閃光

永瀬隼介

角川文庫
14236

それは、闇夜に光る野獣の目のようだった。老人は、ボロボロの軍手をはめた手を思わず握り締めた。何度経験しても慣れることがない。凍った風がゴッと鳴った。眼球が痛い。目を瞬《しばた》いた。熱い涙が浮いた。

新宿西口、青梅《おうめ》街道沿いに建つハンバーガーショップの裏口。一月の末だった。吐く息が白い。寒気が身体を絞り、足先が痺《しび》れた。堪《たま》らず足踏みをした。暗闇に幾つもの黒い人影が佇《たたず》む。おそらく、十以上はあるだろう。水銀灯に朧《おぼろ》に浮かび上がるその顔は、一様に表情が無い。だが、目だけは異様に輝いている。欲望を露《あらわ》にした亡者の群れだ、と老人は思った。そして、自分もそう見えるのだろう、と思い至り、背筋がゾクッとした。

午前一時過ぎ。もうすぐだ。スチール製のドアがゆっくりと開き、洒落《しゃれ》たクリーム色の制服に黒のベンチコートを羽織った若い男が、白いビニール袋を重そうに抱えて、出てきた。廃棄ハンバーガーが詰め込まれた命の糧だ。口の中に唾液《だえき》が湧いた。老人はゴクッと喉《のど》を鳴らした。

空気が動いた。全員が、まるで申し合わせたように一歩、踏み出していた。ジリッと輪が狭くなった。若い男はゴミ箱の蓋《ふた》を開け、無造作にその袋を放り込むと、後も見ずドアの中へと消えた。動物園の慣れない飼育係のような、ぎこちない動きだ。

すっとひとりが歩み寄った。髭面《ひげづら》の、首にタオルを巻いた小太りの中年男。タケウチ、と呼ばれる男だ。垢《あか》がこびりついてテカテカのダウンジャケットと、くすんだ赤銅色の肌が、年季の入った宿無し歴を物語っている。タケウチは悠々とビニール袋の中を漁《あさ》り、自分のズダ袋に賞味期限切れのハンバーガーを五個、収めた。タケウチが離れると同時に残りが駆け寄った。皆、思い思いに手を突っ込み、ハンバーガーを奪い合う。だが、声を荒らげることも、罵《のの》り合いもない。ただ静かに、必死に作業に没頭する。荒い息と、すえた垢の臭いの中、老人も懸命に腕を伸ばし、肩をこじ入れた。一分後、ゴミ箱はカラになった。老人はまだ温かいハンバーガーを二個、手にした。ジャンパーのポケットに入れ、ほっと吐息を漏らした。皆、何事もなかったかのように、静かに散っていく。

どういう事情で決められたのかは知らないが、このバーガーショップを仕切っているのはタケウチだった。だから、タケウチが終わるまで、手を出すことは許されない。暗黙の了解というやつだ。相棒のヨシによると、最近はホームレスの食糧の供給元であるバーガーショップやコンビニがゴミ箱にカギをかけるようになり、食い物の確保は厳しくなる一方だという。レストランなど飲食店の中には、残飯にタバコの葉を混ぜてホームレスを寄せ付けないところも出ているらしい。

老人は、ヨシと肩を並べて青梅街道の歩道を歩いた。ヘッドライトをぎらつかせたタクシーの群れが、風を巻いて吹っ飛んで行く。老人は背を丸め、肩をすぼめた。前方には、黒い空に聳《そび》える高層ビルの群れがあった。内臓まで凍ってしまいそうな寒い夜だった。

ヨシは、中肉中背の、目元の涼しい二枚目だ。長い髪を後ろで結い、黒々とした顎髭《あごひげ》をたくわえている。ボロのコートを着込み、むっつりとした表情で歩く様は、売れない芸術家のようだ。時折、懐からウイスキーの小瓶を取り出しては、口に含む。だが、中身はウイスキーではなく、歌舞伎町の飲み屋の裏を回り、空き瓶から集めた残り酒だ。日本酒や焼酎《しょうちゅう》、ブランデー、ワインなど、さまざまな酒をブレンドした、ヨシが言うところの〝歌舞伎町オリジナル〟だった。

ふたり並んで歩くと、老人の方が頭半分、背が高い。ジャンパーを着込んだ骨太の身体は肉体労働者を思わせた。カッターナイフで短く切った胡麻塩《ごましお》頭は、ところどころ歪《いびつ》に盛り上がっている。筋を刻んだ額と、そげた頰。唇をむっつりとへの字に結んだその横顔は、沈んだ渋皮色だった。

「じいさん、幾つとった？」

ヨシが歩きながら訊《き》いた。老人は億劫《おっくう》そうに顔を歪《ゆが》めた。ヨシは自分の名前を知らない。自分も、ヨシの本名を知らない。ヨシは二十代後半か、それとも四十に手が届いているのか。いずれにしても、自分は他人に関心が無い。だが、ヨシには世話になっている。義理がある。への字に結んだ唇を開いた。

「二個だ」

ボソッと応《こた》えた。

「大収穫じゃないか」

ヨシが明るい声で言った。

「ヨシは？」

「おれは三個だ。扶養家族がいるからな」

そう言うと、ウイスキー瓶をゴクリとやった。二人は、黙々と足を進めた。信号で青梅街道を横切り、新宿警察署の前に出た。ビル風が強くなった。紙くずが舞い上がり、暗い空をモンシロチョウのように飛んでいく。ビールの空き缶が派手な音を立てて転がった。老人は、突風をもろに浴び、皺《しわ》だらけの顔をしかめた。ヨシが足を止めた。老人もつられて立ち止まった。

「気にくわねえよな」

ボソッと呟《つぶや》いた。老人は顔を向けた。ヨシの視線が警察の玄関に据えられている。酔いが回ったのか、目が赤黒い。その視線の先には、黒革のハーフコートを着込み、警杖《けいじょう》を握って立ち番の警備に当たる、若い警官がいた。

「あいつら、おれ、嫌いなんだ」

独り言のように言った。老人はコートの袖《そで》を引いた。

「ヨシ、だめだ、行こう」

ヨシは老人の手を振り払い、両足を踏ん張って吠《ほ》えた。

「こら、国家のイヌ野郎、恥ずかしくねえのか、おまえら、本物の悪党をとっ捕まえてみろ、弱い者苛《いじ》めばかりしやがって！」

顔を朱色に染め、拳《こぶし》を振り回した。

「バカタレ、ウジムシ、ロクデナシ、税金泥棒、ええ、悔しかったらかかってこい！　おれと勝負してみろ！　怖いのかよ、この臆病《おくびょう》もんがぁ！」

った。ヨシが張り上げた怒声は寒風に吹き飛ばされ、立ち番の警官は鋭い一瞥《いちべつ》をくれただけだった。ヨシは忌《い》ま忌《い》ましげに唾《つば》をペッと吐くと、顔を向けた。

「たまには腹の底から声を出さないとな」

老人は首を傾《かし》げた。ヨシは続けた。

「あいつら、絶対に手出しできないもんな」

ククッと、さも愉快げに喉で笑った。

「分かっててやったのか」

「当たり前だよ。そこらのリーマンを怒鳴ったら、やつら給料下がって苛《いら》ついてるから、フクロにされちまうもんな。その点、ポリはいいぜ。怒鳴ったくらいじゃ、手を出せない。ざまあみやがれ」

あっけらかんと言うと、ニッと笑った。前歯はすべて、根本から溶けて黒くなっていた。二枚目が台なしだ。が、白い歯がきれいに揃っているホームレスはまずいない。生活が苛《か》酷《こく》な証拠だった。

「ああいうのも気にくわねえよな」

ヨシの目が細まった。視線の先には、LOVEの文字を象《かたど》った、見上げるほど大きな鉄板の真っ赤なオブジェがあった。歩道の真ん中に意味なく置かれた、場違いなオブジェをヨシは蹴《け》飛《と》ばした。カーンと小気味いい音がした。

「なにがラブだ、ばかやろう」

唇を歪めて吐き捨てた。

高層ビルに囲まれた北通りを歩くと、ビル風がいっそう強くなった。冷たい風が肌に痛かった。顔が痺《しび》れ、じきに感覚が失《う》せた。ふたりは前屈《まえかが》みになり、つんのめるようにして足を進めた。

新宿警察から徒歩十分、副都心の外れにある新宿中央公園がふたりのねぐらだった。もう、ひと月前になる。老人は当てもなくこの、東京ドーム約二個分の広い公園へ来たとき、我が目を疑った。辺り一面に散らばる、青のシートに愕然《がくぜん》とした。ダンボールをシートで覆ったホームレスのハウスは、百や二百ではきかなかった。ベンチに座り込み、呆然《ぼうぜん》と眺めた。芝生の上でじっと新聞に見入る中年男。膝《ひざ》を抱え、俯《うつむ》いたままの若い男。子犬にパン屑《くず》を与える初老の女。日だまりの中で横になり、ひたすら睡眠を貪《むさぼ》る老人たち――気まぐれな風の向きが変わる度に、汗と垢でこねられた酷《ひど》い臭いが漂ってくる。自分がまったく知らない世界がそこにあった。舌に苦いものが浮いた。もう、老人は動きたくなかった。身体の芯《しん》から疲れていた。限界だった。公園に充満する重い負のエネルギーに絡めとられ、何を考えるのもイヤだった。ベンチに座ったまま、老人は背を丸め、肩を落とした。

陽が傾き、辺りに長い影が落ちると、ひとりの男が寄ってきた。

「じいさん、もう帰れよ、おれらは見世物じゃねえぞ」

尖《とが》った声だった。老人はゆっくりと顔を上げ、力無く首を振った。

「帰る場所がないんだ」

小さく言った。男は肩をすくめた。

「あんたもこっち側へ堕《お》ちてきたのかい」

声のトーンが落ちた。

「そのトシじゃあ、大変だろう」

同情を滲《にじ》ませて言った。男の名前はヨシといった。以来、老人はヨシの世話になっている。


公園に入ったヨシは小瓶の最後の一口を飲み干すと、舌打ちをくれた。

「これっぽっちじゃあ、寝られやしねえ」

ビル街ほどではないが、ここも風がある。樹木がギシギシと不気味に軋《きし》んだ。

「いっちょ、あったまるか」

ヨシは素早く辺りを見渡すと、植え込みの中に消えた。暫《しばら》くして出てきたヨシは、カラの石油缶をぶら下げていた。焼けて錆《さび》の浮いた石油缶は、その四方に空気取りの小さな穴がポッポッと穿《うが》ってある。ヨシは石油缶を足元に置くと、再び暗闇に消え、今度は一束の小枝と太い枯木数本、それに古新聞を抱えて来た。まず小枝を石油缶の底に敷き、その上から枯木を無造作に突っ込むと、古新聞を焚《た》き付けにして、ライターで火をつけた。みるみる上がったオレンジ色の炎が小枝を燃やし、枯木を舐《な》めて呑《の》み込んだ。ここのところ雨が降らず、空気が乾いているからよく燃える。

「大丈夫なのか？」

老人は心配げに訊《き》いた。

「夜回りのポリが来たら、さっさと消して逃げちまえばいい。こんなに寒いんだ。大目にみてくれるさ」

事もなげに言った。確かに寒い。いや、寒さを通り越して、痛い。一度、歩みを止めてしまえば、身体の芯が軋んでしまいそうな寒気に縛られ、もう動くのも大儀だった。ホームレスにとって、真冬の東京は冷凍庫と同じだ。夜の底に沈んだ公園の野宿は、寒さとの戦いだった。水飲み場の水も凍って出なくなる。

老人は軍手を脱ぎ、手を炙《あぶ》った。指の先からジンワリと暖かさが染み入ってきた。ヨシは後ろ向きになり、尻《しり》を炙った。

「クーッ、たまらんぜ」

感に堪えぬ声を絞り出した。ふたりは十分に暖まって一息つくと、ハンバーガーを一個ずつ食った。胃袋に食い物を入れると、途端に身体の内部から熱を帯びてくるのが分かる。胃を中心に、じんわりとした温《ぬく》みが広がる。今夜もなんとか眠れそうだった。

と、黒い影が二つ、のっそりと近づいてきた。その緩慢な動きからしてホームレスだった。眠たそうな目をしたドカジャン姿の中年の男ふたりだ。背の低い、黒のキャップを被《かぶ》ったのと、灰色のマフラーで顔半分を隠した男が、オレンジの炎に浮かび上がった。どちらもドカジャンの下にありったけの服を着込んでいるのだろう、パンパンに着膨れしている。

「おまえら、タダじゃダメだ」

ヨシが強い口調で言った。キャップが、カップ酒を二本、差し出した。

「ま、まけとくか」

ヨシはひったくるように受け取ると、一本を老人に渡した。蓋《ふた》を開け、喉《のど》を鳴らして飲む。老人も一気に飲み干した。アルコールが身体中を駆け巡り、ポカポカとしてきた。ホームレスの酒には、身体を温め、厳しい冷気に耐える、防寒対策の意味もある。それが高じてアルコール依存症になり、肝臓をやられてしまうケースは呆《あき》れるほど多い。悪循環だ。

「どんどん増えてくるな」

マフラーがくぐもった声でポツリと言った。

「なにが」

ヨシは酒で濡《ぬ》れた唇を手の甲で拭《ぬぐ》うと、赤黒い目を向けた。マフラーが、炎に視線をやったまま応《こた》えた。

「昼間、こざっぱりとしたスーツにコートを着たのがうろうろしてたよ。五十くらいだった。あれ、リストラされちまって、もう行く場所がないんだ。じきに誰かに声を掛けて、晴れて公園デビューだな。ホームレスが一丁あがりだ」

そう言うと、マフラー越しに自嘲《じちょう》めいた笑いを漏らした。キャップが、分厚い唇を開いた。

「仕事がないもんな。ハローワークはイモを洗うようだってよ。会社、馘《くび》になって、カネがなくなってアパートを追い出されれば、住所不定でハローワークに登録もできねえし、まともな仕事にはつけねえわな。日雇いのドカチンは身体が動かなくなれば終わりだ。結局、プーになるしかねえ。ここだって、四百人からの宿無しが住み着いているもんな。仕事帰りのサラリーマンみてえなヤツがホントに増えた。週末の炊き出しには千人近いプーがうようよだぜ。もう、この国はダメだな」

フーッとため息をつくと、黄色く濁った目を老人に向けた。

「なあジイさん、あんた、七十いってんじゃないのか。これはおれの勘だが、あんた、まっとうな勤め人の匂いがプンプンするよ。中年のリストラ組と違って退職金とか年金をたんまり貰《もら》って悠々自適だろうに」

探るように言った。老人は炎を見つめたままだった。その静かな視線からは、何の感情も窺《うかが》えなかった。無視されたキャップは肩をそびやかし、憮然《ぶぜん》と言った。

「ギャンブルで破産でもしたのか？　それとも性悪な女に骨抜きにされたか？　ええ、そのトシでよ」

「忘れた」

ぼそりと呟《つぶや》いた。その固い横顔には、すべてを拒絶する、頑《かたく》なな色があった。キャップが唇をへし曲げて睨《にら》んだ。ヨシが、その場を執り成すように口を開いた。

「てめえら、ほかに生きていく道がないから、ここに溜《た》まってんだろう。じゃなきゃ、こんなとこ来るもんか。過去なんて関係ないだろう」

マフラーが小さく頷《うなず》いた。キャップが横を向き、太いタンを吐いた。ヨシは続けた。

「おれ、新聞で読んだけどよ、大会社のリストラってのは、これからが本番だってな。まだまだ酷くなるぜ。こんなの序の口だろうが」

どこか面白がるような口調だった。

「とことんまで堕ちて、国が全部、ぶっ壊れちまえばいいんだよ。そいでリセットすれば、新生ニッポンの誕生だわな」

マフラーが、両手を炙りながら呟いた。

「またおっ死《ち》んだ」

鉛を含んだような声だった。

「誰が」

ヨシが低く訊いた。

「赤毛のバアさんだ」

公園の北側、木立の中のダンボールハウスに住む、年老いた小柄な女は赤毛と呼ばれていた。垢《あか》でべったりと汚れた、酷い臭気を放つ灰色の髪も、公園へ来た当初は燃えるような赤色に染めていたらしい。マフラーの話によれば、二日ばかり姿を見かけないのを、不審に思った知り合いのホームレスが訪ねたところ、毛布にくるまり石のように固くなっていたという。

「そんな話、珍しくもねえよな」

ヨシは忌ま忌ましげに吐き捨てた。

「寒さの本番はこれからだ。春まで持ち堪《こた》えられない宿無しがどんどん凍死するぜ」

呻《うめ》くように言うと、唇を結んで黙り込んだ。沈黙が流れた。四人とも、ただ炎を見つめていた。闇のなか、顔だけが鮮やかなオレンジ色に浮かび上がっていた。生気の失せた顔がゆらゆらと揺れ、それはまるで幽鬼のようだった。

と、足音がした。ゆっくりとした足取りで近づいて来る。ヨシが顔を上げた。表情が強《こわ》ばる。水銀灯の下に、人影が浮かんだ。三つ——砂利を踏む音が、真夜中の凍った公園で不気味に響いた。四人は動かなかった。ごくり、と誰かが唾《つば》を呑《の》み込む音がした。

まだハタチ前に見える少年たちだった。全員、黒の毛糸の帽子を被り、鼻や耳にピアスをつけている。三人が、石油缶の前で止まった。炎に浮かび上がるその顔は、何がおかしいのか、一様に頬を緩め、ニヤけていた。陰影を刻んだ顔が不気味に揺れた。中央の、肩幅の広い無精髭《ぶしょうひげ》を生やした少年が、口を開いた。

「ダメじゃん、公園で焚《た》き火なんかしちゃ」

上等のダウンジャケットに両手をつっこみ、ニヤニヤ笑っている。キナ臭い空気がみるみる濃くなった。

「おめえら、ゴミなんだからさ。ドブネズミよりも下なんだから。こんなとこいると、目障りなんだよ」

無精髭の吐く白い息はトルエンの匂いがした。ヨシが拳《こぶし》を握り、グッと一歩踏み出した。

「ゴミだろうと、ネズミだろうと、てめえらよりはマシだろうが」

声が上ずっていた。

「ムカつくよなあ」

無精髭の顔が醜く歪《ゆが》んだ。舌先で唇をペロリと舐《な》め、鼻の頭に皺《しわ》を刻んだ。瞬間、足が跳んだ。石油缶を蹴《け》り倒した。燃え盛る枯木が散らばり、火の粉がパッと空高く舞い上がった。それを合図に、ふたりの少年が襲いかかってきた。ケンカ慣れした動きだった。マフラーとキャップは抵抗する間もなく、呆気《あっけ》なく殴り倒された。怒声が飛び交い、くぐもった悲鳴が上がった。無精髭がポケットから両手を抜いた。ピンッと金属の弾《はじ》ける音がした。右手に飛び出しナイフを握っていた。険しい視線がヨシに据えられる。

「くせえプーが、えらそうに」

細い眉《まゆ》が吊《つ》り上がり、凶眼が青く光った。

「公園の掃除だ。ぶっ殺してゴミ箱に放り込んでやる。おまえら、汚いんだよ」

腰を落とし、ナイフを構えた。ヨシの剝《む》いた両目は、鈍く光るブレードに吸い寄せられて止まった。ヨシは、まるで金縛りにあったように動かなかった。額を、オレンジ色の汗が伝った。傍らで燃え続ける枯木の炎が、右に左に、まるで意志を持った生き物のように揺れた。

老人の頭の芯《しん》が、炎の揺れに呼応するかのようにユラッと動いた。忘れていた怒りがポッと芽吹いた。無意識のうちに足を踏み出していた。無言のまま、無精髭の前に立ち塞《ふさ》がった。背後で「じいさん……」と呟くヨシの声がした。

「なんだ、このジジイ」

無精髭が、首を傾げた。

「いい加減にしとけ」

老人は諫《いさ》めるように言った。無精髭の頰が強ばり、怒気が膨らんだ。

「ジジイだろうが容赦しねえぞ。おら、刺すぞ！」

巻き舌で凄《すご》み、ナイフを握った右手を突き出した。軽い牽制《けんせい》だった。が、老人は一歩、足を踏み出し、その腕を左脇で抱え込んだ。無精髭は瞬時に肘《ひじ》を極《き》められ、動きを封じられた。顔に驚愕《きょうがく》の色が浮かんだ。次の瞬間、老人は身体を反転させ、無精髭を腰でかつぎ上げた。無精髭は、口を半開きにし、目を剝いたまま、巻き込まれるようにして大きく跳んだ。見事な背負投げだった。老人は無精髭を背中から地面に叩《たた》きつけると同時に、右手首をひねってナイフを落とし、馬乗りになった。素早く自分の右前腕を首にこじ入れる。細い、華奢《きゃしゃ》な首だった。そのまま体重をかけ、右肘を落とせば、確実に潰《つぶ》れてしまう。無精髭の動きが止まった。唇がわなないている。剝いた眼球が、いまにもこぼれ落ちそうだった。無精髭の顔が、オレンジ色の炎を浴びてグニャリと歪んだ。鼻の奥がツンとした。死ね、という声が、頭の芯で響いた。刹那《せつな》、老人はふんっと息を詰め、右腕に力を込めた。肘が、突き出た喉《のど》仏を圧迫した。ぐえっと呻き声が聞こえた。

「やめろ、死んじまう！」

叫び声と同時に、黒い影が躍り込んできた。ヨシだった。老人の腕を摑《つか》み、必死に引きはがそうとする。ふっと我に返った老人は力を抜いた。無精髭が身体を海老《えび》のように曲げ、両手を喉に当てて激しく咳《せ》き込んでいた。老人は、ゆっくりと立ち上がった。ヨシは肩を大きく上下させて息を吐くと、地面に落ちたナイフを蹴飛ばし、太い声で言った。

「おまえら、もう帰れ。今度は殺されるぞ」

語尾が震えていた。ぽかんと立ち尽くしていた少年ふたりが顔に怯《おび》えを浮かべ、呻く無精髭を助け起こした。ふたりして両側から担ぎ上げ、水銀灯の下をよろめきながら去っていった。

ヨシは、地面にへたり込んだままのマフラーとキャップの腕を引いた。

「なにがあった」

掠《かす》れ声でキャップが言った。

「なんでもねえよ。もう寝ろ」

ふたりのホームレスは、まるで魔物でも見るような視線を老人に送り、そそくさとねぐらへ消えた。

ヨシは、燃え続ける枯木を苛立《いらだ》たしげに踏んで消すと、後も見ず、西の方向、公園の敷地内の熊野《くまの》神社近くにある自分のハウスへと向かった。突っ立ったままの老人は唇を嚙《か》み、しばらく逡巡《しゆんじゆん》していたが、諦《あきら》めたようにヨシの後を追った。途中、そこここにシート張りのハウスがあった。闇に溶け込み、しんと静まり返ってしわぶき一つ、漏れてこなかった。

ヨシのハウスは、廃材を器用に組んだ立派なもので、天井と壁は内側をダンボールで囲み、その上から毛布と青色のシートで覆ってあった。床は地面にパッキンと呼ばれるプップツの気泡の浮いたビニール製包装材を敷き、上に分厚い絨毯《じゆうたん》を敷き詰めてある。

老人は古びたジョギングシューズを脱ぎ、ポリ袋に入れると、出入り口のシートを捲《まく》って中へ入った。ヨシは寝袋に下半身を入れ、懐中電灯の下で、猫に餌をやっていた。名前はタマ。ヨシが〝扶養家族〟と呼んでいる、白黒のブチ猫だ。ハンバーガーの中身がタマの食事だ。指先でカラシを丁寧に拭《ぬぐ》い取った肉のパテを千切り、目を細めて与えている。

老人は、丸めてあったもうひとつの寝袋を広げて潜り込み、古毛布を二枚、被《かぶ》った。がっちりとした造りの立派なハウスだが、足を伸ばして寝られるほどの広さはない。老人は膝《ひざ》を曲げ、ヨシに背中を向けて目を閉じた。狭い、穴蔵のようなハウス内に、タマが鼻を鳴らしてパテを齧《かじ》り、嚥下《えんか》する音だけが響いた。

「じいさん」

ヨシがためらいがちに声を掛けた。

「なんだ」

老人は目を瞑《つぶ》ったまま、応《こた》えた。

「ケガはなかったか」

「大丈夫だ」

沈黙が流れた。生唾《なまつば》を呑み込む音がした。

「あんた、何者だ？」

ヨシが喘《あえ》ぐように言った。

「忘れた」

素っ気なく応えた。

「なあ、じいさん」

ヨシが上半身を持ち上げ、顔を耳に寄せてくる気配がした。温かい息が耳たぶにかかった。

「あんたさあ、ひとを殺したことがあるだろう」

囁《ささや》くように言った。外で冷たい風が鳴っていた。空気が鉛のように重くなった。老人は乾いた唇を微《かす》かに動かした。

「おれはすべてを忘れた」

嗄《しゃが》れた声音だった。老人の背中でため息がひとつ、漏れた。

「おれも寝るか」

ヨシが呟《つぶや》き、懐中電灯が消えた。タマが寝袋の中で甘える鳴き声と、ヨシがあやす声がしたが、それもじきに消えた。ハウスの中を闇が支配した。

老人は、ゆっくりと眠りに落ちていった。だが、極寒の季節、公園で野宿するホームレスに熟睡はない。この、防寒に工夫のこらされたハウスの中にいても、深夜の冷気は這《は》い込み、地中から湧き上がる湿気とあいまって身体を痛め付ける。ミシミシと音がしそうな冷え込みに、奥歯を噛《か》み締めて耐えながら、浅い眠りを貪《むさぼ》る。本格的な睡眠は、陽が高く上がった日中にしか望めない。

寝袋の中でうとうとしながら、老人は遥《はる》かな過去をさ迷っていた。封印したはずの過去。三十四年前のあの夜に戻り、呻《うめ》いた。頭の隅で、ヨシの言葉が、低く重く響いていた。

――あんたさあ、ひとを殺したことがあるだろう――

老人は、半分覚醒《かくせい》したままの眠りのなかで、ひたすら朝を待った。

一月三十一日、金曜日。東京霞《かすみ》が関《せき》の桜田門《さくらだもん》前に建つ、地上十八階、地下四階の警視庁の一一〇番受理台に赤ランプが灯《とも》ったのは午前六時五十五分だった。通報は、携帯電話によるもの若い男の上ずった声が、《ひとが倒れている》と叫んだ。

だった。男は、《ピクリとも動かない、死んでいるんじゃ……顔の様子がちょっとおかしくて……目玉が抉《えぐ》られているような……》と、うわ言のように続けた。受理台係官は通話を捜査一課と鑑識へ通しながら、「落ち着いてください。場所はどこです」と、穏やかな声で呼びかけた。男は《小金井《こがねい》公園の前、玉川《たまがわ》上水です》と応え、次いで《川に半分、浸かっている》と続けた。

係官は熱っぽい視線を上げ、正面の巨大な都内全域図を凝視した。迷路のように入り組んだ道路を、赤い点が移動している。都内を走るパトカーの動きだった。小金井公園は行政区分でみると、小金井市、小平《こだいら》市、武蔵野《むさしの》市、西東京市の四市にまたがる広大な都立公園だ。北隣には小金井カントリークラブが広がっている。手元のディスプレイで周囲を拡大した地図を呼び出す。玉川上水は、公園の南側、五日市《いつかいち》街道を挟んで、一直線に平行して延びている。となれば、所轄は小金井中央署だ。

「小金井公園の前とは正面入り口ですか？」

係官は場所の特定を急いだ。

《いや、あの、そうではなく少し離れた……》

語尾が途切れた。動転している。係官は静かに語り掛けた。

「五日市街道沿いですよね」

《はい》

弾《はじ》かれたように応えた。ディスプレイに注がれた係官の視線が玉川上水の周辺を目まぐるしく這《は》い回る。玉川上水側のもうひとつの入り口、江戸東京たてもの園前に小金井公園前交番があった。
「交番は見えませんか」
《――見えません。この辺りはほとんど走ったことがないので、よく分かりません》
ヒステリックなトーンになっていた。係官は冷静に続けた。
「交差点がありますか」
《はい、あります》
「では、信号機の地名表示を見てください」
《ああ……あった、小金井橋です！　小金井橋の手前です》
係官は、所轄の小金井中央署と現場周辺を警邏《けいら》中のパトカーを呼び出し、早口で伝えた。
「小金井市桜町一丁目。五日市街道と小金井街道の交差する辺り。小金井橋から三鷹《みたか》方向へ若干離れた玉川上水の中にひとが倒れている模様――」

男は、深さ六メートルほどの上水道の底に、仰向けになってコト切れていた。上水の両側は幅二メートルほどの遊歩道になっており、葉の落ちた桜並木が続いている。カラスの集団が激しく鳴き喚《わめ》いているので、気になったジョギング中の若い男性が柵《さく》を越え、覗《のぞ》いてみたところ、発見したのだった。

これが夏なら、鬱蒼《うっそう》とした緑に覆われ、発見まで手間取ったと思われた。渇水期の冬で水深が三十センチ程度しかなかったことも幸いした。

小金井中央署の刑事課刑事、片桐慎次郎《かたぎりしんじろう》はその日が当直で、すぐさま所轄車輛《しゃりょう》の濃紺のブルーバードを自ら運転して駆けつけた。現場は、小金井街道の小金井橋から百五十メートルほど下流にくだった地点にあった。抜けるような冬の青空が広がる、冷え込みの厳しい朝だった。現場にはパトカーが三台、到着しており、制服警官数人によって黄色のテープが張られていた。片桐は白手袋をつけ、ゴム長を履くと、灰色のワゴン車でやって来た所轄の鑑識係の連中とともに死体のもとへと向かった。高さ百四十センチほどの鉄製の柵を越えて玉川上水に入り、アルミ製のスライド梯子《はしご》を伝って降りる。

上等のキャメルコートを着込んだ背の高い、筋肉質の身体が、しっかりとした足取りで、梯子を降りていく。刃物で削ったようにそげた頬に、短く刈った髪。整った横顔は、ねじれた複雑な心根をそのまま刻み付けたように、冷たく凍っていた。ゴム長で降り立った流れの底は幅四メートルほどで、風もなく、思ったよりも暖かかった。

死体は、流れに半分沈んでいた。緑色のジャンパーを着込んだずんぐりとした体躯《たいく》の男が、両腕を上げ、頭を下流に向けて倒木に引っ掛かり、万歳の恰好《かっこう》で揺れている。鬱血《うっけつ》した青黒い肌と、ざんばらの灰色の髪。右の眼窩《がんか》がポッコリと赤い。カラスに眼球をつつかれ、抉りとられた跡だった。

鼻から赤黒い血が、半開きになった口からは白い泡の浮いた唾液《だえき》が垂れ、よじれた唇に強烈な苦悶《くもん》の色が浮いている。その、地獄の底を覗いたような凄《すさ》まじい形相を前に、他殺を確信した。刑事になって三年目、三十二歳の片桐は、もはや死体に驚く事はないが、恨みを貼りつけたままの死顔にはさすがにたじろいだ。男の醜く歪んだ顔が、何かに押されたようにグラッと動いた。片桐は思わず声を上げそうになった。周囲の水が黒くなって盛り上がり、のたうっている。鯉だった。それも、目を疑うほど巨大な鯉だ。一メートル近い、丸まると太った鯉が十、二十……おそらく五十匹以上いるだろう。死体に群がり、音もなく蠢《うごめ》いていた。

「玉川上水はでかい鯉がうようよいるんだよ」

黒縁メガネをかけた中年の鑑識係だった。腕を伸ばし、片桐に離れるよう促す。カメラを構えた若い鑑識係が歩み寄ってきた。

「鯉のエサにならねえうちに見つかってよかったな」

冷たい水の中で無数の鯉に突つき回される哀れな死体に声を掛けた若い鑑識係は、片手で拝み、シャッターを切り始めた。カメラのフラッシュが焚《た》かれる度に、残った左の赤黒い目が、まるで生きているように光った。片桐のゴム長に、興奮した鯉がゴツゴツ当たる。

中年の鑑識係は、カメラに目配せして撮影を中断させると、両手を合わせて丁寧な合掌をした。次いで、腰を屈《かが》め、ズボンが濡《ぬ》れるのも構わず首のあたりを丹念に観察し、頭蓋《ずがい》の頭頂部を指先で押した。得心したように小さく頷《うなず》いた後、半開きになった左の瞼《まぶた》を指先で慎重に開き、顔を近づけて眼球の奥を凝視した。二分後、「扼殺《やくさつ》だ」と呟いた。と、呻くような声がする。見ると、流れに立つ若い制服警官が、青ざめた顔で吐き気をこらえていた。

「バカヤロウ、吐くんなら離れてろ！」

片桐は思わず怒鳴っていた。他殺となれば、現場は万全の注意を払って確保しなければならない。同時にこれから発生する様々な事柄に思いを馳《は》せ、暗澹《あんたん》たる思いがした。少なくとも、明日から予定していた三日間の休暇がこれで吹っ飛んだことは確かだった。

片桐は、上水の縁《ふち》から覗き込む制服警官に「殺しだ。本庁の鑑識の連中もくる。五日市街道、止めろ！」と短く叫んだ。

死体の身元はすぐに判明した。ＪＲ中央線東小金井駅前のラーメン屋店主、葛木勝《かつらぎまさる》、五十三歳。財布の中に現金一万二千三百円と共にクレジットカードがあり、即座に身元に行き着いた。

その日、警視庁六階にある捜査一課の「在庁」と呼ばれる待機組は、強行犯捜査三係だった。運転担当者の控室を兼ねた宿直室で、スピーカーがなりたてる受理台と現場警察官のやりとりに耳をそばだてていたのは、三係いちの若手、杉田聡《すぎたさとし》だった。学生時代、グレコローマンのレスラーとして日本選手権に出場した経歴を持つ杉田の身体は、分厚い岩のようだ。当直のこの若い刑事は殺人事件と知るなり、「チクショウ」と叫び、スピーカーを肉厚の拳《こぶし》で叩《たた》いた。厳《いか》つい褐色の顔が、みるみる朱に染まる。緩めていたネクタイをギュッと締め、宿直室を出て目の前の捜査一課の大部屋へ飛び込んだ。

七時十分。大部屋は二百四十人分の机が、各係ごとに列をつくって並んでおり、どの列も書類と紙くずの山だった。安っぽいコロンと整髪料、ニコチンの臭いが染み付いた早朝の淀《よど》んだ空間はひっそりと静まり返り、人影はまばらだ。もっとも、日中でもこの部屋はがらんとしている。在席している刑事は、事件発生に備えた在庁の係だけだ。他の係は、それぞれ殺人事件の捜査本部がある所轄署に出ている。捜査中の刑事は事務連絡や資料の検索作業などを除けば、この警視庁の大部屋に顔をみせることはめったにない。

殺人・傷害を扱う強行犯担当は捜査十係まであり、実際に殺人事件の捜査に当たるのは三〜十係である。捜査一課長の下、直接の捜査指揮に当たる管理官は強行犯捜査部全体で四名おり、各係は係長以下、十人前後の私服刑事から成る。管理官の階級は警視で係長は警部。現場で捜査にあたる刑事には警部補、巡査部長から巡査まで、各階級の人間が揃っていた。いずれも所轄署で捜査の腕が見込まれ、捜一へ集められた凄腕《すごうで》ばかりである。

肩を怒らして大部屋に入った杉田は、三〜六係を担当する、管理官の藤原孝彦《ふじわらたかひこ》の姿を認め、駆け寄った。ノンキャリながら、四十五歳で警視の地位にある藤原は、いつも朝が早い。今朝も登庁したばかりらしく、朝刊を小わきに抱え、缶コーヒーを片手に、窓際にある自分の席に向かって歩いていた。痩身《そうしん》にプレスの効いた紺のスーツを着込んだ藤原は、そのポマードで七三に固めた髪とあいまって、一見すると小役人風だったが、メタルフレームのメガネの奥の眼は常に油断なく光っている。

藤原は立ったまま杉田から事件の概要を聞くと、「全員行く必要はないだろう」と呟《つぶや》き、係長を含む五人の名前を挙げた。三係は係長以下、十三人から成っていた。うち一人は捜査中の負傷で入院中、一人が長期休暇中。十一人から五人をピックアップしたその選定の理由は、杉田には見当もつかなかったが、すぐに電話に取り付き、呼び出しにかかった。五人は連絡がつき次第、現場へ急行することになる。杉田が全員に連絡を終えたとき、藤原の姿はもうなかった。管理官は管轄の捜査本部へすみやかに移動し、現場の指揮を執ることになるが、それにしても素早かった。杉田はなにやら狐につままれたような気がして、盛んに瞬《まばた》きをした。

午前八時二十分、登庁してきた一人の刑事が、杉田から報告を受けるなり、顔色を変えた。三係でもっとも年嵩《としかさ》の男、定年を今春に控えた滝口政利《たきぐちまさとし》だった。小柄だが、肩の張った骨太の身体。逞《たくま》しい猪首《いくび》の上に丸い禿《は》げ頭が載っかり、浅黒い肌に太い鼻と厚い唇、ぎょろりと剝いた目玉の迫力は、泥沼に潜む、大ナマズを思わせた。明け方まで飲んでいたのか、吐く息からアルコールとヤニの臭いが強烈に漂う。

滝口は藤原がすでに現場へ向かったことを知ると、唇を歪《ゆが》め、不満げな唸《うな》り声を漏らした。暫《しばら》く虚空を睨《にら》んでいたが、意を決したようにデスクの電話に取り付くと、藤原の携帯に連絡を入れた。滝口は重い声で、自分を捜査陣に加えるよう、申し入れた。電話の向こうで、藤原は「もう決まったこと」とニベもなく却下したのだろう、滝口の禿頭《とくとう》が赤く染まった。

「管理官、五人は少なすぎる。おれは前の事件でも外されている。おれは定年前のジジイだが、おれには経験とカンがある。おれは定年まで、少しでも働きたいんだ。年寄り扱いするのはもうやめてくれ」

節くれだった手を握り締め、断ったらただじゃおかない、と言わんばかりに訴えた。電話の向こうの藤原は、自分より十五も年長の滝口の熱意にほだされたのか、それとも警部補止まりで定年を待つばかりのポンコツ刑事を哀れに思ったのか、じきに認めたようだった。その証拠に、ナマズ顔が油をなすりつけたように輝いた。

滝口は抽斗《ひきだし》に放り込んであった携帯を背広の懐に突っ込むと、よれたコートを摑《つか》み、短い脚を目まぐるしく回転させて飛び出して行った。

杉田は戸惑っていた。滝口の豹変《ひょうへん》ぶりが気になって仕方がなかった。昔は労苦を厭《いと》わぬ辣腕《らつわん》の刑事だったらしいが、若手の杉田が知る滝口は、会議でもほとんど発言しない、暇があればサウナとパチンコで時間を潰《つぶ》している、冴《さ》えない定年間近の刑事だ。上も滝口の年齢をおもんぱかってか、捜査陣から外すことも多い。見方を変えれば、捜査の戦力と見《み》做《な》されない、厄介者ということになる。そして、滝口自身、その処遇に不平ひとつ漏らさなかった。同僚のひとりは声を潜めて「定年前の鬱《うつ》だろう。バーンアウト症候群ってやつだ」としたり顔で囁《ささや》いたが、別のひとりは「静かに、さりげなく身を引いていくために、タキさんなりのやり方で準備しているんじゃないか。あの顔に似合わず自意識過剰の照れ屋だからな」と解説してみせた。杉田も同感だった。長年、捜査の一線を歩いてきた男の胸中を推し量るほど、無神経でも厚顔でもないつもりだが、最近の滝口の顔には枯れた色がある。だが、今朝は現役バリバリの滝口が戻ってきた。それは、杉田がガイシャの名前を伝えた途端だった。

眉間《みけん》に深い筋が刻まれ、「カツラギマサル　ゴジュウサンサイ」と呟《つぶや》いたのだ。次いで、どのような字を書くのか、訊《き》いてきた。杉田がメモに書いてやると、食い入るように凝視し、頬にみるみる険しい色が浮かんだ。それは、本物の刑事だけが持つ、迫力と執念を凝縮した顔だった。

杉田の脳裏から、あの強烈な顔が離れなかった。刑事にもっとも求められる資質、それは記憶力でも分析力でもない。頭にひっかかった些細《ささい》な事柄を、些細な事柄で済ませず、丁寧にすくい上げて、気の済むまで吟味する能力だ。忍耐といってもいい。いや、病的な猜疑心《さいぎ》といったほうが相応《ふさわ》しい。ともかく、杉田は処理を決断し、電話を取り上げた。二十九歳の自分には将来がある。ここで瑕疵《かし》をつくってはならない。六十歳の今日まで現場一筋できた滝口の生きざまは、それはそれで立派だとは思うが、自分の人生とは何の関係もない。警官は出世しないと話にならない。それはノンキャリの出世頭、藤原を見ているとよく分かる。なにより、厳格なヒエラルキーで動く警察組織に身を置き、生き抜いていくとなれば、ひっそりと目立たぬよう、与えられた仕事だけをこなし、定年後の退職金と年金を計算して耐えるか、それとも上の覚えを良くして出世の階段を駆け上がるか、二つにひとつだ。杉田にとって捜査一課の刑事はステップのひとつに過ぎない。

藤原を呼び出した杉田は、電話の向こうの不機嫌な声に萎縮《いしゆく》しながらも、ガイシャの名前を聞いた滝口の顔色が変わったことを伝えた。藤原は暫く沈黙し、《それだけか》と言うと、あっさり電話を切った。だが、杉田には、藤原の怜悧《れいり》な目が底光りしたのが見えた気がした。

滝口政利がタクシーを飛ばして小金井中央署に到着したとき、時計は午前九時二十分をさしていた。滝口は、アルコール消しにジンタンを十粒ほど口に放り込み、ガリガリと噛《か》み砕くと、新聞記者やテレビカメラでごった返す玄関を、怒声をあげて突破し、三階の会議室へと駆け上がった。すでに扉の横の壁には「玉川上水変死事件捜査本部」と大きく墨書した白い縦長の紙が掲げられていた。

滝口はジンタン臭い、荒い息を吐きながら、入り口横の受付のテーブルで名刺に自分の携帯の番号と自宅住所、電話番号を書き入れ、三十代半ばとおぼしき警官に渡した。続々と捜査員が集まり始めている。

「何時からだ？」

「九時半招集との指令がありました」

ほっと一息つくと、会議室に足を踏み入れた。タバコの煙の中で、二十数名の捜査員がざわめいていた。滝口はぐるりと視線を走らせると、先に座っていた同僚の三浦辰男《みうらたつお》の隣に腰を下ろした。細面の、つるりとした爬虫類《はちゅうるい》を思わせる顔の三浦は、眉間《みけん》を寄せ、なにやら万年筆で手帳に書き込んでいたが、滝口を認めるとギョッとした表情で首をひねった。

「タキさん、どうしてここへ——」

「気まぐれよ。もうひと花咲かせようと思ってな」

憮然《ぶぜん》とした表情で言った。四十男のふてぶてしさを顔に貼りつけた三浦は鼻で笑った。

「定年前の狂い咲きってとこですかね」

滝口は三浦の軽口に取り合わず、視線を据えた。

「ガイシャのラーメン屋、自殺の線はないのか？」

「司法解剖の結果があがらないと断定はできませんが、頸部《けいぶ》に皮下出血と扼痕《やくこん》があり、頭部に鈍器で殴られた跡も認められているため、他殺の線でほぼ確定だと思いますよ」

滝口は懐からハイライトのパッケージを取り出し、振り出したフィルターを唇に挟むと、ライターで火をつけた。

「計画的じゃねえな」

くぐもった声で言った。

「どうですかね。それより、カミさんが大変らしいですよ」

「大変？」

白髪交じりの太い眉《まゆ》がピクリと動いた。

「ええ、ショックで倒れてしまって、まだ話もきけていないんですよ」

「病院か？」

三浦が、搬送先の総合病院の名前を告げたとき、会議室内のざわめきが、潮が引くように消えた。

乾いた足音と共に現れた五人の男が、前方のひな壇に腰を下ろした。真ん中に、捜査本部長を務める小金井中央警察署署長と本庁の捜査一課長。その左右に藤原管理官と、捜査主任の所轄署刑事課長。四人と距離を置いて右端に、捜査一課三係の係長、宍倉文平《ししくらぶんぺい》が控えた。

係長の宍倉は、四角い赤ら顔に角刈り、分厚い身体にダブルのスーツを着込んだ、ヤクザと見まがう強面《こわもて》だった。あだ名は怪異な容貌《ようぼう》そのままにゴリラ。滝口の姿を認めると、まるで汚物でも見たかのように露骨にゴリラ顔を歪めてみせた。藤原はメタルフレームのメガネ越しにチラッと一瞥《いちべつ》をくれたが、感情の窺《うかが》えない冷たい顔を崩すことはなかった。

会議はまず、名ばかりの捜査本部長が、顔を紅潮させて通り一遍の訓示を行い、捜査一課長が力のこもらない激励の言葉を並べ立てた。捜査員は、お歴々の有り難い言葉を右から左に聞き流し、切れ者と評判の藤原が口を開くと、やっと耳を傾けた。

手短に事件の説明があり、怨恨《えんこん》、痴情、金銭トラブル、物盗りの線から捜査を行うとの捜査方針が発表された。つまり、なんでもあり、というわけだ。妻の話さえ取れていない今の時点では仕方なかった。最後に、この程度のコロシ、二十四時間で解決しろ、と強い口調で付け加えた。会議室はしんと静まり返り、空咳《からせき》ひとつ聞こえなかった。

三人の捜査幹部が姿を消すと、ひな壇には、一課係長の宍倉と、所轄署刑事課長の二人が残った。宍倉がおもむろに立ち上がり、捜査の割り振りを行う、と野太い声で言った。普通は捜査主任の所轄刑事課長が会議をリードするが、宍倉の凶悪なゴリラ顔には、所轄風情は引っ込んでろ、と言わんばかりの強烈な自負が滲《にじ》んでいた。頭の薄くなった五十面の刑事課長は憮然《ぶぜん》とした表情で腕を組み、険しい視線を宙に据えていた。バインダーを手にした宍倉は、威圧感たっぷりに捜査陣を見回した。

「係長」

滝口は右手を軽く挙げた。宍倉が眉間を寄せ、鋭い視線を飛ばしたが、滝口はかまわず続けた。

「敷鑑はおれがやろう。ガイシャの身辺を洗わせてくれ。おれは、あのラーメン屋の一帯を熟知している。これ以上の適任はないと思うがな」

言外に、周囲から一目置かれるベテラン一課刑事の誇りと自信が漲《みなぎ》っていた。捜査陣から異議の声が上がるはずもなく、宍倉は口をへの字に曲げつつ、小さく頷《うなず》いた。機先を制した滝口の勝ちだ。滝口の相棒は、所轄の片桐慎次郎巡査部長と発表された。

捜査陣容は、被害者の人間関係を洗う敷鑑が三組に対し、事件現場付近の住民への聞き込みを行う地取り捜査は六組。事件の目撃者、またはそれに類する情報がひとつも上がっていない現状を鑑《かんが》みて、現場周辺を六区に分け、徹底した聞き込みが行われることになった。加えて、捜査本部に寄せられる情報を扱う情報班も設置され、捜査員の割り振りは完了した。

会議室を出ていく滝口に、宍倉が声を掛けた。

「タキさん、ちょっと待て」

不遜《ふそん》な響きがあった。振り向くと、朱を注いだゴリラ顔が睨《にら》んでいた。

「あんた、管理官にねじ込んだんだって」

このゴリラの脳みそは外見からはとても想像できない、判断力、分析力に長《た》けた一級品だ。おまけに強烈な上昇志向も備えている。

「ああ」

滝口は素っ気なく答えた。

「で、それがどうしたんだ、係長」

凄《すご》みのある声音だった。ふたり、正面から睨み合った。

「捜査はしっかりやってくれよ。立つ鳥跡を濁さずってやつだ」

「ジジイだから心配かい」

滝口はグイッと足を踏み込み、下から睨《ね》めつけた。

「肩の星の数で本物のホシがとれたら苦労はいらないよな」

「急に張り切られると困るんだよ、名刑事」

宍倉は低く言った。

「定年までおとなしくしてろと言いたいんだろうが——」

滝口は薄い笑みを浮かべ、禿頭《とくとう》をつるりと撫《な》でた。

「あいにく、こっちは気まぐれなんでな」

「断っとくが、倒れた女房、当たる時は十分注意しろよ。ガイシャの身内なんだからな」

その険しいゴリラ顔は、言葉とは裏腹に、病院だろうがなんだろうが、踏み込んで行って徹底して絞り上げろ、と言っていた。

「係長、あんたに捜査のアドバイスをされるとは思わなかったよ」

滝口はしれっと言った。宍倉のこめかみに太い筋が浮いた。奥歯の軋《きし》む音が聞こえそうな形相だった。

「いい気になってんじゃねえぞ」

吐き捨てると、背を向けた。滝口は、その広い背中に射貫《いぬ》くような眼光を疾《はし》らせた。が、それも一瞬だった。唇を固く結び、階段へと向かう。

滝口の後を片桐が続いた。濃い憤怒《ふんぬ》を立ちのぼらせて階段を駆け降りる滝口を追いながら、片桐は舌打ちをくれた。自己紹介もなにもなかった。まるで自分の存在など、眼中にないかのように、駆け降りて行く。頭の芯《しん》で怒りが弾《はじ》けた。片桐は階段を三段とばしで吹っ飛ぶように駆け降り、二階の踊り場で滝口の前に立ち塞《ふさ》がった。

る。

頭ひとつ背の低い滝口は唇をへの字に曲げて睨み返した。ギョロリとした目が充血してい

胸中で、おっさん、こっちを見ろ、と凄みながら、片桐は仁王立ちになって見下ろした。

「滝口さん、クルマ回しますか」

「ガイシャの女房、当たるんですよね」

途端に、滝口のナマズ面が歪んだ。

「まずは現場だろうが！」

ドン、と肉厚の掌《てのひら》が胸を押した。もの凄い圧力だった。片桐は思わずのけぞり、たたらを踏んだ。

「おれは本庁からすっ飛んできたんだ。ちったあ気を回せよ」

野太い声で吐き捨てると、片桐の肩を太い腕でなぎ払い、階段を下りて行った。片桐は目を細め、あのやろう、と呟《つぶや》いた。

「タキさんって呼ばせてもらってかまわないですか」

武蔵小金井駅の南口、市役所の近くにある小金井中央署から、小金井街道をブルーバードで玉川上水の現場へ向かいながら、片桐は助手席の滝口に声を掛けた。滝口は苛立《いらだ》たしげにハイライトをふかし、唇を曲げた。

「なれなれしい野郎だな」

ボソッと言った。

「おれは刑事ですから」

視線を前に据えたまま、懐から抜き出したマルボロに火をつけた。

「おまえ、名前は？」

「片桐ですよ。片桐慎次郎。相棒の名前くらい、覚えておいてくださいよ。トシは三十二で巡査部長ですから、ま、優秀といえるほどじゃありません」

滝口はつまらなそうに舌打ちをくれ、顎《あご》をしゃくった。

「軽口を叩《たた》く暇があったらなんとかしろ。こんなんじゃ、いつまで経ってもつかねえぞ」

小金井街道を走るブルーバードは、JRの踏み切りを越えてすぐ徐行を強いられた。両側に灰色の雑居ビルが立ち並ぶ商店街のなか、クルマが延々と渋滞していた。

「サイレン、鳴らせよ」

不機嫌な声で言った。

「この狭い道じゃあ、意味ないですよ」

片桐は余裕の表情だった。くわえタバコのまま、軽やかなステアリング捌《さば》きで右に折れ、住宅街の路地を北へ、小金井公園の方向へと走る。

「タキさん、こんなことを言うのは不躾《ぶしつけ》かとは思いますが――」

指先でマルボロを摘《つ》まみ、言い淀《よど》んだ。

「不躾と思うなら言うな」

あっさり切り返された片桐の眉間《みけん》が狭まり、頬が隆起した。意を決したように口を開いた。

「係長とは派手にやりあってたみたいですが、いいんですか」

滝口が嘲笑《ちょうしょう》を浮かべた。

「気になるか？」

「ええ、まあ。実質的な現場の指揮官ですからね。うちの刑事課長、殺しのヤマはそれほど踏んでいませんから――地味な所轄のヒラの刑事風情にとっちゃあ、捜査一の係長なんて雲の上ですよ」

ナマズ面がせせら笑った。

「ならおまえ、ツイていなかったな。おれとあのゴリラは誰もが認める犬猿の仲ってやつだ。ついでに言えば、管理官の藤原からも嫌われている。おまえの自己紹介に倣えば、おれは一課の厄介者だ」

「最悪ですね」

片桐はぼそっと呟いた。

「諦《あきら》めろ」

面白そうに言った。

片桐が運転するブルーバードが路地を巧みに縫い、玉川上水の現場に到着したとき、五日市街道の交通規制は解かれていたが、代わりに交差する小金井街道が片側通行で、渋滞の元凶となっていた。

本庁から鑑識の応援部隊も到着したらしく、二十名ほどの鑑識員が上水の中や植え込みに入り込み、調査に当たっている。特に重点的に調べられているのは、玉川上水を跨《また》ぐ小金井街道だった。青い制服に身を固めた鑑識員たちが、古びたコンクリート造りの手摺《てす》りに取り付き、目をこらしている。針金の把手《とって》のついたアンゴラ玉毛に染料のインディゴを含ませ、軽く叩いている鑑識員は、指紋の採取担当だ。指紋が浮き上がれば、透明なゼラチン紙に転写し、黒の台紙に貼りつけて保管する。ルミノール薬を慎重に振りかけて血液反応を見る鑑識員から一メートルほど離れた路上では、特殊インクとスポンジを組み合わせたタイヤ痕《こん》採取器を使い、タイヤの跡の確保に余念がない。

滝口は、橋から約百五十メートル下流の死体発見現場前まで行くと、自分の肩の辺りの高さにある鉄柵《てっさく》を、その骨太の身体に似合わない身の軽さで越えた。枯葉が厚く敷き詰められた土手を慎重な足取りで縁まで進み、六メートルほど下の流れを覗《のぞ》き込んだ後、顔見知りの本庁の鑑識員に声をかけ、状況を訊《き》いた。鑑識員は小金井橋のコンクリートの手摺りから、微細な緑色の繊維屑《くず》が採取されたことを伝えた。そして繊維は被害者の着ていたジャンパーのものと合致した、と。

「つまり、こういうことか。扼殺《やくさつ》されたガイシャはクルマでここまで運ばれ、小金井橋からずり落とすようにして投げ込まれた、と」

鑑識員は頷《うなず》いた。

「なら、ホシは単独犯の可能性もあるな」

「ガイシャは大柄な方ですが、まあ、大の男ふたりなら、手摺りをずるようなことはなかったと思います。しかし、断定はできません」

分をわきまえた慎重な物言いだった。

「指紋は出そうなのか」

鑑識員は首をひねった。

「難しいですね」

鮮明な指紋が採取されれば、指紋自動識別システム（FIS）にかけられることになる。指紋一個の判別に要する時間は千分の一・三秒。前歴者なら、二時間以内にヒットする。

滝口は礼を言い、その場を離れると、片桐を促してブルーバードに乗り込んだ。むっつりと押し黙ったままの片桐に、滝口は事務的な口調で被害者葛木勝の妻が収容されている総合病院の名前を告げた。

午前十一時過ぎ、武蔵野市の総合病院に到着した。四階の病室に赴くと、まだ二十代と思われる制服警官ふたりがドアの前に立っていた。滝口は警察手帳を見せ「本庁だ」とひと言。そのままドアを押し開け、中へ入ろうとしたが、警官のひとりに止められた。

「担当医から面談は禁止との申し渡しがありましたが」

小さく、咎《とが》めるように言った。

「知るか、五分もあれば済む。どけ」

「ですが――」

滝口がぎろりと睨《にら》んだ。

「おまえ、初動捜査の重要性が分かってるのか」

警官の襟首を摑《つか》み、ぐいっと横へと押しやった。小柄な骨太の身体から怒気が漲《みなぎ》った。

「医者は入れるなよ」

そう言い置くと、何事もなかったようにドアを開け、病室へと踏み込んだ。片桐も続いた。個室だった。と、ふたりに険しい視線が飛んできた。若い男が、ベッドの脇の丸椅子に座っていた。肩まである茶髪に黒の革ジャンパーとジーンズ。頬のこけた青白い顔に険が浮いている。ベッドには、目を閉じた中年の女。細面の整った顔だが、くすんだ肌に落ち窪《くぼ》んだ眼窩《がんか》と白く乾いた唇、ぱさついた白髪交じりの髪が哀れを誘う。腕には針が差し込まれ、点滴を受けていた。女は葛木勝の妻、裕美子《ゆみこ》、四十六歳だった。

「なんだ、あんたら」

男が立ち上がった。思ったより背が高かった。百八十センチの片桐より少し低い程度か。だが、首も肩も腰も細く、向こう気の強いその顔は、いつまでも夢を諦めきれないアマチュアロッカー、という風情だった。

「警察です」

滝口が直立して慇懃《いんぎん》に腰を折った。ベッドの葛木裕美子がゆっくりと瞼《まぶた》を開け、緩慢な動作で上半身を持ち上げようとした。古びたネル地のパジャマの襟元を整える手が小刻みに震えている。

「そのまま、そのまま」

滝口は両手を挙げて制し、型どおりの悔やみと、見舞いの言葉を述べると、自分と片桐の名前を告げ、裕美子が仰臥《ぎょうが》するベッドに歩み寄った。

「警察はいま、全力を挙げて犯人の行方を追跡しております。つきましては――」

初動捜査の重要性を簡単に説明したあと、捜査への協力を要請した。椅子から立ち上がったままの若い男が、相変わらず鋭い視線を向けている。滝口はさりげなく目をやり、「こちらは」と穏やかに訊いた。裕美子は掠《かす》れた声で息子の正《ただし》、二十四歳と説明した。正は口を尖《とが》らせた。

「刑事さん、おふくろは強いショックを受けて倒れたんですよ。医者から話がいってませんか？　しばらくそっとしておいてもらいたいんですがね」

滝口は太い首を振った。

「いえ、それはダメです。お気持ちは分かるがそれはできない。捜査には協力していただきます」

有無を言わさぬ口調だった。正は眉間に筋を刻み、唇を震わせた。滝口は畳み掛けた。

「時間はとらせません。お願いします」

そう言うと返事を待たず、正が座っていた丸椅子を引き寄せ、腰を下ろした。話を訊くまではテコでも動かない、といった覚悟を誇示する、素早い動きだった。片桐と正のふたりが突っ立ったまま、椅子の滝口とベッドの裕美子を見守る形になった。

滝口の質問は簡潔で無駄がなかった。空調の音だけが響く病室で、裕美子は淡々とした口調で答えた。

犯人にまったく心当たりはない、主人は他人の恨みを買うような人物ではない、酒は付き合い程度、浮気なんてとんでもない、趣味といえばプラモデルの制作くらいだが、最近はそれも止めていた、と。なぜか？　滝口は切り込んだ。裕美子は暫《しばら》く言い淀《よど》んだあと、ラーメン屋の経営がうまくいっていなかった、と明かした。その金策のため、主人は走り回っていた。事件発覚の前日も店を閉めて昼過ぎから出掛け、そのまま帰ってこなかった――

話の中で、夫婦には子供がふたりおり、二十五歳の長女はすでに結婚、長男の正は勤め先の自動車工場の閉鎖以来、仕事が見つからず、アルバイト生活を余儀なくされていることが分かった。しかし滝口は、背後に立つ正をただの一度も振り返ることはなかった。ベッドの裕美子から一瞬たりとも視線を逸《そ》らすことなく、質問を繰り出していく。滝口は病室の空気を、外部から遮断して被疑者を追い詰める取調室のそれに変えていた。

次いで質問は、ラーメン屋経営に至る勝の半生に及んだ。勝は九年前まで運送屋に勤務し、トラックの運転手を務めていたが、折からの不況の波を受けて仕事は少なくなるばかりで、一念発起してラーメン屋の経営に乗り出した。当初こそ、世のラーメンブームに乗って経営は順調だったが、素人の付け焼き刃の悲しさで徐々に客足は落ち、ついには廃業を検討するまでになった、と。

滝口は得心したように軽く頷いて立ち上がり、最後の質問を口にした。それはふたりの結婚のいきさつだった。裕美子はささくれた唇を嚙《か》み締め、それでも言葉を絞り出した。

「わたしは、都立の商業高校を卒業後、運送会社に事務員として勤務し、そこで働いていたのが主人でした。妻のわたしが言うのもなんですが、主人は口数も少なく、それは真面目で、残業を率先してこなし、文字通り身を粉にして働いておりました。結婚は、わたしがハタチ、主人が二十七歳のときでした」

滝口は「ニジュウナナサイ」と呟《つぶや》き、グッと身を乗り出した。

「御主人が運送会社で働き始めたのは何歳のときですか」

裕美子は顔を横に向け、口に手を当てて嗚咽《おえつ》した。

「裕美子さん、何歳ですか」

滝口は迫った。禿頭《とくとう》に汗が浮き、ナマズ面が朱に染まった。

「主人は若い時分、ちょっとワルい時期がありまして、これではいけない、と一念発起して運送会社で働き始めたと聞いています。たしか二十一歳のときと――」

「ワルい、とはつまり不良ということですね」

滝口が念押しした。裕美子は小さく頷いた。

「では、奥さんはその不良時代のご主人のことはご存じないのですね」

裕美子は「はい」とひび割れた声で言った。目尻《めじり》を涙が伝っていた。片桐は滝口の横顔に、満足気な笑みが浮かんだのを見逃さなかった。冷ややかな笑みだった。片桐は得体の知れない怖気《おぞけ》に背筋がゾクッとした。

「もうやめてくれよ!」

声がした。正だ。

「あんた、いい加減にしろよ。親父の昔のコトなんか関係ないだろう。親父は被害者なんだぞ、どっかの馬鹿野郎に絞め殺され、冷たい川に投げ込まれたんだぞ!」

頬が震えていた。滝口は一礼し、「長々と失礼いたしました。ご協力を感謝いたします」と言うと、これから自宅を見せてもらいたい、と付け加えた。激昂《げっこう》する正を、ベッドの裕美子がたしなめ、長女が対応します、と告げた。そして、絞り出すように、こう言った。

「刑事さん、犯人を一刻も早く捕まえてください。お願いします」

滝口は黙礼すると踵《きびす》を返し、ドアを開けて外へ出た。さきほど、襟首をねじ上げた警官に軽く挙手し、「ごくろう」と言い置くと足早に去っていく。片桐は、なにか黒々としたものに背中を押されるようにして、大股《おおまた》で後を追った。

滝口は病院の玄関で立ち止まり、「クルマ回してこい」と命じると、携帯電話を取り出し、番号をプッシュした。丸い禿頭がうっすらと汗をかき、ナマズ面が赤黒く変色していた。片桐の背中を冷たい汗が伝った。鬼気迫るものを感じ、その場で凝視していると、滝口は眉間《みけん》に筋を刻み、吠《ほ》えた。

「グズグズしてんじゃねえよ、このバカ！」

カーテンを閉めた薄暗い部屋で、男は膝《ひざ》を抱え、目ばかりを光らせていた。つけっぱなしのテレビは、昼のニュースの時間だった。女性キャスターが、淡々とした口調で玉川上水の変死体発見のニュースを伝えていた。変死体の身元は早々に判明したようだ。男は唇を噛んだ。昔の自分なら、と思った。昔の自分なら、こんなヘマはしなかったはず。もっと上手く処理して、今頃は鼻歌でもうたっていただろう。年をとった。長く生き過ぎた。冷静な判断力と大胆な行動力、それに度胸は誰にも負けない自信があった。ところが今は想像もしなかった事態に焦り、うろたえ、恐怖に震えている。すべてが終わったと思っていたのに、まさかこんな形で――

三十四年前のあの興奮と達成感の代償は、もう十分に払ってきたはずだ。それを、まだ足りないというのか？　男は呻《うめ》いた。頭を抱え、いるはずもない神のことを思った。

夜の捜査会議は午後八時に招集された。小金井中央署の玄関前が朝とうってかわって静まり返るなか、各方面に散っていた捜査員たちは、顔に濃い疲労を滲《にじ》ませ、三階捜査本部の席についた。

本庁の捜査一課長と、管理官の藤原孝彦の姿はなかった。滝口は三浦の隣に、片桐はふたりから離れた最後部のテーブルについた。三浦が、皮肉な笑みを浮かべて囁《ささや》いた。

「昼間、デカい帳場が立ったんですよ。やっこさんたち、すっ飛んでいったらしい」

滝口がタバコに火をつけながら、睨《にら》んだ。

「デカい帳場？」

「銀座の通り魔殺人」

三浦は頭の横で指をくるくる回し、

「おかしな野郎が包丁振り回して三人、殺《や》ったっていいますからね。地味な所轄の、ガイシャがチンケなラーメン屋の殺人事件より遥《はる》かに目立ちますわな。一面トップ間違いなしだ」

さも悔しそうに舌打ちをくれた。滝口は憮然《ぶぜん》とした顔でタバコをふかし、虚空を仰いだ。

会議の冒頭、係長の宍倉は、まず午前中行われた司法解剖検案書のコピーを配った。検案書は死亡原因を『頸部《けいぶ》を両手を用いて圧迫、気道を圧搾したことによる窒息死。加害者の指爪による半月形の扼痕《やくこん》あり。顔面の鬱血《うっけつ》および腫脹《しゅちょう》、左眼球結膜の溢血点《いっけつ》、頸部軟部組織出血、舌骨骨折あり。肺内に溺水《できすい》認められず。他殺』と断定。続いて、頭部の損傷に触れ、『頭蓋《ずがい》頭頂部冠骨に若干の陥没あり。直径六センチ、深さ四ミリ。ハンマー状の鈍器で殴打された模様。硬脳膜下出血あり』と記してあった。死亡推定時刻は『一月三十一日午前零時より午前四時』。その他の所見として『血中アルコール濃度ゼロ、胃内残存アルコールなし。右眼球の欠損は鳥等、鳥類の嘴《くちばし》によるものと推定』。

続いて宍倉から、鑑識結果の報告があった。曰《いわ》く、被害者は他所《よそ》で殺害され、クルマ等で現場に運ばれ遺棄された模様。財布に現金一万二千三百円とクレジットカードがあり、物盗りの線は希薄。指紋、靴痕跡、タイヤ痕、すべて有効な材料は採取されず、と伝えられた。間を置かず、会議室内にざわめきが広がった。現場で殺害されていないとなれば、捜査範囲を外へと広げていく必要がある。この時点で誰もが、藤原管理官が命じた二十四時間内の解決など、とても不可能と悟ったらしく、露骨な失望の声が漏れた。

捜査員の報告にも、これといった収穫はなかった。滝口は、ガイシャの妻との面談について、ショックが激しく心身不安定、加害者の心当たりなし、後日詳しく面談、と手短に告げ、葛木勝の簡単な履歴を披露して報告を終えた。

一時間後、会議室はタバコの煙がもうもうと垂れこめ、テーブルに置かれた灰皿はどれも吸い殻が山盛りになっていた。重く淀《よど》んだ空気のなか、皆、ドロンとした目で欠伸《あくび》をかみ殺し、ため息をつき、ネクタイをいじり、無為な時間に飽き飽きした不機嫌な表情を隠そうともしなかった。

苦虫を嚙《か》み潰《つぶ》したゴリラ顔が、新たな聞き込みリストを明日午前八時に配布すると告げ、ヤケクソ気味に吠えた。

「会議終了、明日の健闘を祈る。以上!」

宍倉が立ち上がると同時に、汗臭い男の群れが一斉に椅子を鳴らして動いた。やり場のない、怒声と呻き声、意味不明の雄叫《おたけ》びが交錯する。

頰杖《ほおづえ》をついた片桐はつまらなそうに顔だけ動かし、目で滝口を追った。コートを摑《つか》んだ老刑事は、丸い身体を半身に構え、逞《たくま》しい猪首《いくび》を突き出し、大男揃いの人波を短い両腕で強引にかき分け、小走りに出て行くところだった。切迫した表情が気になったが、相棒を一顧だにしないジジイなど知るか、と怒りをまたひとつ、腹の底に落とし込んだだけだった。片桐は座ったまま「死ね」と吐き捨て、新しいマルボロに火をつけた。

所轄署を走り出た滝口は、三百メートルほど離れた武蔵小金井駅から中央線の電車に乗り込んだ。二十五分後、新宿駅で電車を降り、歌舞伎町のコマ劇場近くにあるスナックへ到着したのは午後九時四十分だった。

雑居ビルの地下にある店のドアを開けると、カウンターで、スコッチのボトルを前に、グラスを傾けていた男が顔を上げた。グレーのスーツに、染めた黒の髪をオールバックにまとめた、柔和な笑顔の紳士。警視庁OBで六十七歳の高村英治《たかむらえいじ》だった。いまは中堅のサラ金会社の総務部長を務めている。

滝口は、化粧の厚い小太りのママにコートを預けると、高村に一礼した。

「待たせて済みません」

「なに、暇を持て余している身だからな。ひとりでゆっくり飲《や》ってたよ」

現役時代の鋭い眼光がウソのように消え、代わりに余裕と諦観《ていかん》のようなものが漂っている。しかし、長年鍛え上げた背筋は、鉄板が入ったようにまっすぐ伸び、さりげなく注がれる視線は、今夜、呼び出したその真意はなんだ、と問い詰めていた。

滝口は隣のスツールに腰を下ろすと、黒ビールを注文した。

「そろそろ観念したか？」

高村が言った。滝口は何のことか分からず、首をひねった。

「名誉の満期除隊まであと二ヵ月じゃないか。おまえ、〝カイシャ〟辞めたあとの身の振り方、まだ決めていないんだってな」

「ああ、おれはいいんですよ」

つまらなそうに言った。

「退職金と年金でなんとかやっていけますから。もうボロボロですわ」

喉《のど》を鳴らしてグラスの黒ビールを飲み干すと、唇の泡を手の甲で拭《ぬぐ》った。高村が前を向いたまま、呟《つぶや》いた。

「そうか。おれはまだまだやれると思うがな」

沈黙が流れた。三十秒後、滝口が厚い唇を開いた。

「高村さん」

固い声音だった。

「内密の話なんでちょっと移りませんか」

高村の顔が強《こわ》ばった。ママに声を掛け、隅のボックス席に移動した。滝口はスコッチをロックで作ってもらうと、ママに「すまんが席を外してくれ」と、柔らかく言った。

ママは「どうぞごゆっくり」と微笑み、席を離れた。

「で、なんだ」

皺《しわ》の刻まれた顔がグッと迫った。滝口は何も言わず、グラスを呷《あお》った。まるで毒でも飲んだように、顔をしかめる。氷がカラン、と鳴った。

「おい、タキ」

滝口は何も言わず、空になったグラスをテーブルに置くと、丸い禿頭《とくとう》を拳《こぶし》で二度、三度、軽く叩《たた》き、視線を逸《そ》らした。

「タキ、観念しろよ」

高村が促した。滝口は唇をぺろりと舐《な》め、眩《まぶ》しそうな視線を据えた。

「高村さん、テレビニュースか夕刊、見ました?」

「それがどうした」

滝口は懐からハイライトを抜き出すと、唇に差し込み、火をつけた。深く吸い込んだ煙を、ため息とともに吐き出した。

「おい」

高村の表情が尖《とが》った。

「なにをもったいぶってる」

鋭い物言いだった。滝口はフィルターを太い指先で摘《つ》まみ、軽く顎を上下させた。

「そうか、忘れちまったか。おれはこんなに重く背負いこんでるのに」

高村の喉仏がゴクリと動いた。

「カツラギマサルですよ」

タバコの火口《ほくち》を分厚いクリスタルの灰皿でねじった。

「カツラギ？」

高村は目を細め、首を傾げた。滝口はテーブルの上で分厚い両手を組み合わせ、視線を据えた。

「ほら、三十四年前の――」

低く囁いた。高村は、滝口を凝視したままだった。表情からみるみる血の気が引いた。

「三十四年前、カツラギ……」

小さく呟き、次の瞬間、目を剝《む》いた。

「おまえ、まさか」

白い唾《つば》が飛んだ。

「そうです。その葛木が今朝、他殺死体で発見されました。場所は小金井公園前の玉川上水――頭を鈍器で殴られたうえでの扼殺《やくさつ》でした」

「なんで今頃……」

喘《あえ》ぐように言った。

「さあ。でもおれは、あの事件と無関係だとは思えないんですよ」

「昭和四十三年十二月十日、早朝、場所は立川市《たちかわ》」

激しく動揺する高村にかまわず、滝口は続けた。

「土砂降りの中、銀行の現金輸送車から三億円、正確には二億九千四百三十万七千五百円が奪われた、あの迷宮入り事件ですよ」

淡々とした口調だった。

高村の頰が震えた。

「おれと高村さんにとっては絶対に忘れられない事件だ」

滝口はスコッチのボトルを摑《つか》むと、グラスに注《つ》いだ。

「おい、タキ」

ぐっと右腕を伸ばし、滝口の肩を摑んだ。

「あれは終わったんだ。七年後の昭和五十年十二月十日、時効が成立しているじゃないか。タキ、忘れろ！」

その顔は、驚愕《きようがく》と恐怖でべっとりと濡《ぬ》れていた。物静かな紳士の面影はきれいに消え、代わりに浮かんだのは、封印したはずの過去に怯《おび》え戦《おのの》く、哀れな老人の顔だった。滝口は不敵な笑みを浮かべると、肩をひねって、高村の手を振り切った。二杯目のスコッチを喉へ放り込むようにして空け、熱い息を吐いた。

「高村さん」

凄《すご》みのある目を据えた。

「おれはまだ、刑事なんだ」

顎に手をやり、ゆっくりと上下にしごいた。分厚い濡れた唇が動いた。

「おれの足に時効はありませんよ」

石を擦り合わせたような声だった。高村は呆然《ぼうぜん》と滝口を見つめた。

二月一日、土曜日、新宿中央公園。空はきれいに晴れ渡っていた。噴水の止まった広場から見える都庁の巨大なビルは、のしかかるように天空高く聳《そび》えていた。暖かな陽光が降り注ぐ昼下がり、老人とヨシはベンチに腰掛けて穏やかな時を過ごしていた。ヨシは集まった鳩の群れにパン屑《くず》を投げ、老人は拾った新聞をぼんやりと眺めた。昨日の夕刊だ。その記事に目を留めた途端、老人の、焦点の定まらない視線が鈍く光った。老人の視界でモノクロの顔写真が歪《ゆが》んだ。扼殺された葛木勝。脳裏で、警告灯が赤く灯《とも》った。

「どうした」

声がした。ハッと我に返った。ヨシが鳩にパン屑を与える手を止め、心配気な表情で見つめていた。

「あんた、顔色わるいぜ」

老人はゆっくりとかぶりを振った。

「なんでもない」

言いながら、自分の声が震えているのが分かった。

片桐は苛立《いらだ》っていた。ソファに腰を埋《うず》め、むっつりとした表情でグラスを傾けた。武蔵野市の、井《い》の頭《かしら》公園近くに建つマンション。五階の部屋の窓からは、闇に沈んだ公園と、その向こうの、白々とした光に覆われた住宅街が望める。

二月一日、土曜日の午後十一時。玉川上水で扼殺死体が発見されて二日目。事件はまだ、解決の糸口さえ見出せなかった。水割りのグラスを飲み干すと、テーブルのボトルを摑み、ウイスキーを注いだ。ストレートのまま、グラス半分ほどを一気に飲《や》る。喉が焼けて涙が滲んだ。身体が火照《ほて》った。酒の酔いのせいばかりじゃなかった。

ネクタイを緩め、ワイシャツの袖《そで》を捲《まく》る。部屋は十畳のリビングと八畳のキッチン、それに六畳の寝室が付いている。片桐はキッチンテーブルに目をやった。赤黒く濁った視線の先には、若い女がいた。缶ビールを片手に、テーブルに広げたファッション雑誌を眺めながら、ポテトチップスをパリパリ齧《かじ》っている。多恵子《たえこ》、十九歳。一緒に暮らし始めて、もう半年になる。

水色のトレーナーに白のショートパンツ姿の多恵子はキッチンの椅子の上で長い脚を組み、胡座《あぐら》をかいていた。細面の整った顔は感情の色がなく、シラけている。時折、茶色のカールのかかった髪を細い指先で搔《か》き上げながら、整えたアーチ眉《まゆ》を微《かす》かにひそめた。機嫌が悪い。当然だ。予定では、今日から月曜日までの三日間、片桐は休暇だった。今頃はふたりして、西伊豆の隠れ里のようなひなびた温泉場で美味《うま》い魚を食い、ゆっくり温泉に浸《つ》かっているはずだった。それが、事件ですべてパーになった。

室内には、ポテトチップスを齧る、乾いた音だけが響いた。

多恵子は我がままだ。気まぐれな猫のような女だ。酔いが回り始めた頭で、多恵子とのバカげた出会いを反芻《はんすう》していた。八月の、むせ返るように暑い夜だった。立川のスナックでしたたか飲んだ後、終電車もとっくに終わった駅前のロータリーでひとり、タクシーを待っていると、ビルの暗がりに人影が見えた。片桐は、単純な好奇心と、少しばかりの職業意識に背中を押され、歩み寄った。ドリンク瓶に詰めたトルエンを吸いながら、まだ十代とおぼしい男と女が五〜六人、輪になって座り込んでいた。

片桐の姿を見ても、まったく動じなかった。それどころか、薄笑いを浮かべて、鋭い視線を飛ばす凶顔があった。色黒のアッシュヘア。片桐は挑発にのってやった。無言のまま、その色黒の男を蹴飛《けと》ばした。瞬間、暑く淀《よど》んだ空気が揺れた。怒声が弾《はじ》け、男が立ち上がった。歯を剝《む》き、目を血走らせて摑みかかってきた。片桐は素早く足払いをくれた。男は呆気《あっけ》なくコンクリートに倒れこんだ。片桐は腹部に蹴りを一発入れると、懐から警察手帳を抜き出した。

「トルエンやってるくらいでツッパるんじゃねえよ」

低く言った。顔に険を浮かべた仲間たちは、片桐の正体を知ると、蜘蛛《くも》の子を散らしたように逃げ去った。後に残ったのは、胃液を吐いて蹲《うずくま》る色黒の男ともうひとり、ミニスカートにへその見える黄色のシャツ、長い脚にサンダルをつっかけた女だった。

「ねえ、あんた、刑事だよね。私服刑事ってやつでしょう」

トルエン臭い息を吐きながら、慣れ慣れしく擦り寄ってきた。片桐の粘った視線が、女の浮き出た鎖骨と、その下、シャツの布地を押し上げるノーブラの豊かな胸を舐《な》めた。くびれた腰と縦長のきれいなへそが、なまめかしかった。

「モノホンの刑事、はじめて見た。やっぱりケンカ、強いんだね」

女は腕を摑んできた。ひんやりとした肌の感触に思わず生唾《なまつば》を吞《の》んだ。蒸し暑い真夜中、爆発した暴力とアルコールの酔いが、片桐の理性をあっさり奪った。女の身体から漂う汗とオーデコロンのキツイ香りに呆気なく欲情した。股間《こかん》がどうしようもなく疼《うず》いた。唇を舌先で舐め、女を誘うと、あっさりついてきた。そのままマンションに連れ込み、以来、一緒に住むようになった。

多恵子はファッションヘルスで働く、宿無しだった。さすがに、ヘルス嬢と同棲《どうせい》していることが分かると警察でマズいことになる。ヘルスを辞めさせ、コンビニでバイトをさせた。どこの馬の骨とも知れないチンピラ女とダラダラ付き合う気はなかったが、妙に居心地がよかった。料理も掃除も洗濯もまったくダメで、時折、行き先も告げずに消えることがあったが、三日もすれば、またフラリと現れた。

片桐は自分がエゴイストだと分かっている。過去の女たちにも散々詰《なじ》られた。しかし、鼻で笑ってやり過ごした。女に束縛されるなど、まっぴらゴメンだ。その点、多恵子は難しいことを言わない風来坊だ。片桐がケンカの強い本物の刑事で、しかも住む場所と食い物を与えてくれるから、ここにいるだけだ。飽きたら、そのうち出ていくだろう。多恵子はいい。後腐れがない。他人に興味のない自分にとって、このうえない都合のいい女だ。

「あーあ」

多恵子が両腕を突き上げ、大きく伸びをした。形のいい胸が隆起した。

「慎ちゃんさあ、あたし楽しみにしてたんだよ」

大きな、黒目がちの瞳《ひとみ》を向けた。不満げに唇を尖《とが》らす。厚い、ぽってりとした男好きのする唇だ。

「せっかく温泉でゆっくりできると思ったのにぃ」

片桐は唇を歪め、つまらなそうに鼻を鳴らした。

「おまえ、まだ十九だろうが。温泉に浸《つ》かって、しっぽりした時間を過ごすなんて似合わないだろう。暇なら勝手にどっか行っちまえばどうだ。おれに遠慮する必要はない」

突き放すように言った。

「初めての旅行だったんだよ」

粘った声だった。片桐は目をすがめ、首をひねった。片桐を見つめる多恵子の顔がどこか妙だ。いままで見たことのない表情だ。甘えるような、非難するような、複雑な色が浮いている。瞳が潤んでいた。泣いているわけじゃない。腋《わき》に冷たい汗が浮いた。多恵子が自分を束縛しようとしている？　バカな。冗談じゃない。刑事の自分が、こんな尻軽《しりがる》のチンピラ女と——

片桐はグラスにウイスキーを注ぎ足し、喉《のど》に放り込んだ。頭の芯《しん》がカッカと燃えてくる。面白くないことばかりだ。多恵子のことも、事件のことも。多恵子はつまらなそうに缶ビールを啜《すす》ると、リモコンを摑み、テレビのスイッチを入れた。バカでかい笑い声が弾けた。何がおかしいのか、頭の悪そうなお笑いタレントが、歯茎をみせて笑っている。

片桐は膨れ上がる怒りを抑え、グラスを口に含んだ。あの、滝口のナマズ面が浮かんだ。

昨日と今日、たった二日間なのに、強引で手前勝手な捜査のやり方にうんざりしている。

昨日、ガイシャの妻が運び込まれた病院に踏み込み、息子の険しい視線を無視して話を聞いた後は、JR中央線東小金井駅前のラーメン屋へ向かった。

葛木勝の経営するラーメン屋は、北口のちっぽけなロータリーから路地を二十メートルほど入った、寂れた商店街の一角にあった。店は閉められ、黒白の鯨幕が張られていたが、集まった親戚《しんせき》や関係者は、司法解剖から帰ってこない遺体を待って、悲しみよりは苛立ちを露《あらわ》にしていた。

滝口は、赤ん坊を抱き、目を真っ赤に泣き腫《は》らしたまま応対に出た長女に警察手帳を示し、「お母さんの了解はとってあります」と告げると、ズカズカと上がりこみ、親戚関係者一同の白い視線を無視して店と家の中を見て回った。

L字のカウンターとテーブル席が二つきりの、ちっぽけなラーメン屋だった。店の奥に四畳半があり、二階の居住部分に八畳ひと間と六畳が二間、それに台所とトイレ、風呂《ふろ》が付いていた。

面やつれのした長女は、北側の六畳間が両親の寝室、と説明した。古びた和箪笥《わだんす》が置いてあるだけの、こざっぱりとした部屋は、箪笥の上に置かれたスポーツカーの模型だけが目立っていた。長さ一メートル近くある、ガルウィングの本格的なもので、赤と青の鮮やかなカラーがボディに丁寧に塗り付けてあった。たしか妻の裕美子が、趣味はプラモデルの制作くらいしかなかった、と証言している。

「模型はこれだけですか？」

滝口は慇懃《いんぎん》に訊《き》いた。

長女は「はい」と消え入りそうな声で答えた。短い髪がぱさついた、痩《や》せぎすの女だった。まだ二十五歳のはずだが、父親の事件のショックに打ちのめされ、痛々しいほど悄然《しょうぜん》としていた。しかし、滝口は容赦しなかった。随分と店の経営が逼迫《ひっぱく》していたようだが、借金はどれくらいあるのか、と問い詰め、その明細を明かすよう迫った。

長女は最初、渋っていたが、滝口は例によって強い口調で初動捜査の重要性を訴えた。帳簿類と、ついでに住所録も提出させると、寝室の中央にどっかと胡座をかき、ひとりで目を通した。時折、手帳にペンを走らせながら、詳細に見ていく。片桐の存在など、まったく無視した振る舞いだった。長女は疲れたのか、それとも、慇懃無礼なナマズ面の刑事とこれ以上、顔を突き合わせていたくないからか、そっと部屋を出ていった。ミシミシと階段の軋《きし》む音が遠ざかっていく。片桐は窓のサッシを開けて窓枠に腰を下ろし、マルボロをふかした。冷たい風が吹き込んだ。が、滝口は気にする様子もなく、住所録と帳簿類をめくり、メモをとった。禿頭《とくとう》の汗が光った。

三十分後、滝口は顔を上げた。目の前に片桐が座っているのを見て、ギョッとした様子だった。

「なんか分かりましたかね。随分と熱心だったようですが」

窓枠から腰を上げた片桐は、指先で外へタバコを弾き飛ばしてサッシを閉めた。滝口は眉間《みけん》に筋を刻み、口をねじ曲げた。

「おまえ、ずっとここでボサッとしてたのか」

「ええ、何の指示もありませんでしたから」

滝口が眉根を寄せた。

「親戚連中に話を聞くとか、ちったあ気をきかせよ」

「タキさん、あんたのせいで下の連中、みんな怒り心頭ですよ。まだ遺体も届かず苛ついているところに、人相の悪い刑事が無遠慮に踏み込んで、金の出入りとかなんとか、ズケズケ訊かれたら、それは頭にきますよ。この家の連中は被害者の関係者なんだから、あんたこそ少しは気をつかったらどうです」

強い口調で言った。滝口は面白くなさそうに鼻を鳴らし、分厚い唇を歪《ゆが》めた。

「被害者面、できるタマかよ」

片桐は目をすがめた。なんだと？ この男は何を——

「どういうことです」

滝口は目を逸《そ》らした。が、片桐は腰を屈《かが》め、滝口の顔を覗《のぞ》き込んだ。

「タキさん、いまあんた、何を言った？ 場末の貧乏なラーメン屋なら殺されてもいいんですか！」

「そんなことは言っていない」

吐き捨てるように答えた。

「じゃあ、なんだ。その帳簿類とか住所録から何か分かったんですか」

片桐はここぞとばかりに迫った。滝口は濁った視線を向けた。

「聞きたいのか？」

「当たり前でしょう。おれはあんたの相棒なんだ」

「ほう、おまえが相棒ねえ」

滝口は頰を緩めてせせら笑った。カッと頭に血が上ったが、奥歯をギリッと嚙《か》み締めて耐えた。

「信用金庫からの借り入れは積もり積もって一千万。それでも足りずにサラ金からも二百五十万摘《つ》まんでいる」

低く言った。

「月々の平均売上六十万に対して、材料費が三十万、この店の賃料が住居込みで二十万。とても月々の返済と生活費まではまかなえねえわな」

「赤字は膨らむ一方だったと」

「そういうことだ」

帳簿類と住所録を手に持つと、滝口は腰を上げ、出て行こうとした。

「それだけですか？」

滝口は立ち止まり、逞《たくま》しい肩越しにギョロリとした目を向けた。

「そんだけ分かれば十分だろう。帳簿の内容は、女房の話とも一致した。つまり、ガイシャはカネの工面で追い詰められていたってことだ」

片桐は首を傾げた。

「納得できませんね」

「なにが」

滝口の視線に険が浮いた。

「自殺したんならともかく、殺されているんですよ。借金は何の関係があるんです」

「カネに詰まっていたんなら、なんか売ろうとしたんじゃないのか？」

試すような物言いだった。が、片桐には苔《こけ》の生えたベテラン刑事が何を言おうとしているのか、見当もつかなかった。

「このボロいラーメン屋の金欠のオヤジが、いったい何を売ろうってんです」

しごくまっとうな質問のつもりだった。しかし、滝口は意味ありげな笑みを浮かべて語った。

「売るもんは金目のものとは限らないだろう」

このオヤジ、何を言ってる？　片桐の疑問をよそに、滝口は部屋を出て行った。

片桐はチクショウ、と声に出さずに呟《つぶや》き、生《き》のウイスキーを喉に流し込んだ。最悪だな、と思った。憧《あこが》れの刑事になって三年目、所轄で発生した久しぶりの殺しなのに、相棒がよりによって、上に睨《にら》まれた、定年間際のポンコツ刑事とは。しかも捜査初日の昨日は、夜の捜査会議が終わるなり、自分を無視してさっさと帰ってしまうし、今日は今日で、ラーメン屋周辺で行った敷鑑の最中もやってくれた。喫茶店でランチを食ったとき、片桐がトイレを使っている間、テーブルに勘定を置いて消えたのだ。

取り残された片桐は歯噛みし、慌てて外へ出た。滝口の姿はもうどこにもなかった。仕方なく、ひとりで聞き込みを行った。だが、地味で真面目な売れないラーメン屋、という話以外は出てこなかった。怒りは蓄積する一方だった。聞き込み相手のなかには、テレビや小説で刑事が二人組で動くことを知っており、露骨に怪訝《けげん》な視線を向ける者もいた。

夜の捜査会議が、惨めな自分に拍車をかけた。成果の上がらない捜査陣に苛立ったゴリラが、その怒りの矛先を向けてきた。滝口の姿がないことを知るや、宍倉は四角い赤ら顔を歪め、せせら笑った。

「ここの所轄の刑事ってのは、相棒に撒《ま》かれて、それでおめおめ帰ってくるのかい」

ヤニの臭いが充満した会議室で、どっと爆笑が弾けた。本庁の連中だった。

「タキさん、サウナかパチンコだろう」

「相棒が頼りないんで逃げたんじゃないか？　相変わらず食えないオッサンだ」

そんな嘲《あざけ》り交じりの声が聞こえた。片桐は腕を組み、憮然《ぶぜん》とした顔で宙を睨んだ。精一杯の虚勢だった。所轄の同僚たちの鋭い視線が全身に突き刺さる。その険しい形相は、おれたちにまで恥をかかすな、と言っている。片桐は、捜査陣の嘲弄《ちょうろう》と蔑《さげす》みに耐えながら、明日滝口に会ったらぶちのめしてやる、と誓った。ジジイだろうがかまうものか。非は向こうにある。

酔いと怒りで脳みそが沸騰していた。いま、この目の前に、滝口のあの不遜《ふそん》なナマズ面があったら、容赦なくパンチをぶち込んでいるだろう。カラのグラスをテーブルに叩《たた》きつけた。奥歯が軋んだ。視界には、キッチンテーブルの向こうから、ぽってりとした唇を半開きにして見つめる多恵子の顔があった。

「ねえ、慎ちゃん、どうしたの」

声が怯《おび》えを含んでいた。

「なにが」

酔った目を据えた。

「怒《こ》ってるみたい」

媚びるような言い方だった。気に食わない。テレビの音がうるさい。お笑いタレントの馬鹿笑いが、沸騰した脳みそをかき回す。

「多恵子」

ゆらりと立ち上がった。フローリングの床が、足の下でたわんだ。

「おまえ、おれのこと、バカにしてんだろう」

椅子に座った多恵子は胡座《あぐら》を解き、身をよじってかぶりを振った。

「ああ、おれが仕事のできないデカだと思って、舐めてんだろう」

低い声で凄《すご》んだ。このチンピラ女、どうやっていたぶってやろうか。舌なめずりをして、よろめきながら迫った。股間《こかん》がズボンの布地を突き上げて痛いほどだ。多恵子の顔から怯えが消え、瞳《ひとみ》が強い光を放った。

「なんだよ、仕事のストレスを女で発散しようってのかよ」

瞬間、怒りが弾《はじ》けた。おもむろに両手を伸ばし、トレーナーを摑んだ。多恵子が腕を振って抗《あらが》った。片桐はトレーナーを捲《まく》りあげた。白い、張りのある胸が露《あらわ》になった。

「やめろよ!」

多恵子が、眉間《みけん》に筋を刻んで叫んだ。片桐はかまわず、両腕を回して抱きすくめ、床に押し倒した。馬乗りになって身体の自由を奪うと、ショートパンツとパンティを一緒に脱がし、すらりと伸びた両脚の間に、強引に腰をねじ込んだ。片手で自分のズボンのベルトを外す。ペニスが猛《たけ》る。

「おまえ、おれに惚《ほ》れてんだろうが」

酒臭い息を吐きながら言った。

「おれはデカだ。ワルをとっ捕まえるデカだ。おまえみたいな元ヘルスのチンピラが、なにを勘違いしてやがる」

耳元でテレビのノイズがガンガン鳴っていた。タレントどもの馬鹿笑いと、愚にもつかない歌謡曲が交錯し、鼓膜を叩いた。唇を桜色の乳首に這《は》わせ、舌を使った。禍々《まがまが》しい情欲が破裂寸前だった。と、声がした。微《かす》かな声だ。片桐は乳首から唇を離し、ゆっくりと頭を上げた。凍った瞳が、じっと見つめていた。

「慎ちゃん、情けないよ」

呟《つぶや》くように言った。十九の小娘が──声に出さずに罵《ののし》った。胸がむかついた。強烈な吐き気が喉元までせり上がる。片桐は慌てて立ち上がると、ズボンを引き上げ、トイレへ駆け込んだ。便器を抱え、背中を丸めて吐いた。その背を、多恵子の柔らかい掌がゆっくりと撫《な》でた。腐った酸っぱい味が鼻の奥を突き刺し、涙が滲《にじ》んだ。霞《かす》む視界で、便器に飛び散るアルコール臭い嘔吐《おうと》物を見ながら、どうしようもなく膨らんでいく怒りの塊を、腹の底にまたひとつ、落とし込んだ。頭の隅で、滝口の皺《しわ》がれた声が響いていた。

――売るもんは金目のものとは限らないだろう――

あの貧乏臭いラーメン屋の亭主がいったい何を……片桐は便器に顔を突っ込み、胃をよじって苦い胃液を吐いた。


　午後十一時半、滝口は、自宅の玄関ドアを開け、すっかり冷えきった部屋に上がった。杉並区との境目に近い、世田谷《せたがや》区の京王線桜上水駅前の公団アパート群。その第五棟の三階にある滝口の部屋は、十畳のリビングに八畳、六畳の二間が付いた、ひとり住まいには広すぎる空間だった。

　壁のスイッチをひねる。蛍光灯の白々しい光が、調度類を浮かび上がらせた。キッチンの食器棚とテーブル、リビングのソファセット。六畳間の壁一杯に据え付けられた書棚とデスク。八畳間には和箪笥《わだんす》と鏡台、それに仏壇があった。滝口は脱いだコートを衣紋掛けに通し、背広姿で仏壇の前に座ると、線香に火をつけ、鉦《かね》をチーンと鳴らして手を合わせた。そして仏壇に置かれた写真を見た。和服姿のふくよかな中年女が笑っている。三年前、他界した妻の俊江《としえ》だ。胃が重たい、と病院へ行ったときはもう手遅れだった。末期の胃ガンで、それから二カ月後、呆気《あっけ》なく亡くなってしまった。五十三歳だった。

　滝口夫婦には子供がいなかった。まだ若い時分、俊江は子供ができないことを気に病み、不妊治療を受けもしたが、滝口はどうでもよかった。子供がいない夫婦など、世の中にごまんとある。そういうものと腹を括《くく》ってしまえば、生活に支障などあるはずがない。夫婦ふたりで生きていく人生の楽しみや豊かさもあるはずだ。そう信じていた。言葉を尽くし、俊江を慰めたことも一度や二度ではきかない。納得してくれたと思い込んでいた。だが、そうじゃなかった。臨終の間際、青白い、痩《や》せて萎《しな》びた顔の俊江は「ごめんね」と呟いた。なんのことか分からず、滝口は耳を寄せた。俊江は掠《かす》れた声で「子供をつくれなくて」と囁《ささや》いた。瞬間、滝口はこれまで味わったことのない感情につき動かされ、唇を嚙《か》んだ。噴き出す涙を拳《こぶし》で拭《ぬぐ》い、「おまえのせいじゃない」と震える声で言った。

自分の偽りを思い知った。自分は、子供のことを考える余裕がなかった。仕事が忙し過ぎた。いや、無理に仕事にのめり込んでいた。忌まわしい、あの事件のことを忘れたかった。念願の刑事になって一年目、当時二十六歳の滝口は、三億円事件にかかわったことで、全てが変わった。いまでも思うことがある。なぜ、警察を辞めなかったのだろう、と。

埼玉の片田舎の高校を卒業して、警視庁入りした。農家の次男坊で、気まぐれな自然を相手に生きる両親の苦労をいやというほど見てきた滝口には、公務員の安定した生活も魅力だったが、それ以上に、社会悪と戦う警官という職業に憧《あこが》れた。

昭和三十五年、安保闘争のあった年だ。東京の街には濃い催涙弾の臭いが満ちていた。六月、警察学校のモノクロのテレビで、国会突入を図って暴れまくる全学連主流派の学生約八千人の姿を見て、口に苦いものが浮いたのを覚えている。親のスネ齧《かじ》りの坊っちゃんどもが、なに甘えてやがる、と坊主頭の滝口は憤怒《ふんぬ》した。

その四カ月後には社会党委員長の浅沼稲次郎《あさぬまいねじろう》が、十七歳の山口二矢《やまぐちおとや》に刺殺される事件が発生した。自分と同世代の少年の起こしたショッキングな事件に驚愕《きょうがく》し、戦《おのの》いた。卑怯《ひきょう》なテロリズムを憎むと同時に、たったひとりで決行した山口の決意と行動力に、根性のある野郎だ、と感心もした。だが事件後、山口が拘置されていた少年鑑別所で首吊《つ》り自殺すると、バカな野郎だ、と吐き捨てた。

翌年、四十三歳のジョン・フィッツジェラルド・ケネディがアメリカの大統領になり、世の中は祭りのようだった。そんな時代に、滝口は警官になった。初任給は九千二百円。うち五千円を埼玉の実家に送った。父親から、感謝と激励の手紙が届いた。自分の息子が社会のお役にたつのかと思うと、こんな誇らしいことはない、命を賭《と》して御奉仕するように、と書いてあった。嬉《うれ》しかった。

初めて配属された所轄は上野署だった。滝口は精力的な警邏《けいら》活動を行った。頑丈な自転車で街を走り回り、空き巣を検挙し、行き倒れの浮浪者を保護し、地回りの揉《も》め事を仲裁した。花見の季節は上野の山で暴れ回る酔っ払いを取り押さえ、東北から上野駅に続々と到着する、集団就職の少年少女たちの不安げな幼い顔を、複雑な思いで眺めた。上野動物園の入園料は大人五十円、子供十円だった。非番の日、先輩に連れられて日比谷の映画館で観た「青春残酷物語」の入場料は二百円だった。桑野みゆきが目映《まばゆ》いほど美しかったことだけを覚えている。

その後、所轄を二つ渡り歩き、入庁七年後、抜群の警邏実績が評価され、三鷹署で刑事課に配属された。同期のトップをきっての刑事就任だった。滝口は己の、希望と可能性に満ちた未来を信じていた。世の悪を糺《ただ》す社会正義のために、自分の人生はあると信じて疑わなかった。そう、あの事件にかかわるまでは。

それは何の前触れもなく発生した。いや、前触れはあった。誰もあんな、後々『戦後最大のミステリー』などという大仰な言い方をされる迷宮入り事件につながる、とは思わなかっただけだ。

昭和四十三年十二月十日、火曜日。場所は立川市の米軍立川飛行場の北東、第三都営住宅と五日市街道の間を並行して東西に延びる直線路。立川市から大和町（現・東大和市）へと北上する芋窪《いもくぼ》街道を左折した道路で、一キロも走れば米軍立川飛行場沿いの車道に突き当たる、寂れた通りだ。つまり、〝H〟の字の横棒の部分が事件現場の道路だった。

滝口は今日の午後、片桐慎次郎とかいう所轄の生意気な若造を撒《ま》いて、ひとり、現場に行ってみた。だが、犯行が行われた確かな場所はもはや分からなかった。当時の鉄条網で囲まれた米軍立川飛行場は、東京ドーム三十九個分の広大な昭和記念公園と陸上自衛隊立川駐屯地に生まれ変わっていた。

事件現場の直線路も広々と整備され、東側は芋窪街道を突っ切って延び、西側も昭和記念公園と自衛隊駐屯地に沿って続く、立派な車道へとつながっており、昔の長さ一キロのちっぽけな道路のイメージは影も形もなかった。しかも頭上をモノレールの高架線が跨《また》ぎ、ゆるゆると銀色の車輛《しゃりょう》が通過していく様は、出来の悪い未来映画を見ている気分だった。加えて、道路の両側には大規模チェーンのビデオレンタルショップやファミリーレストランがずらりと建ち並び、クルマの流れはひきもきらず、主要幹線道路と見まがうばかりの変貌《へんぼう》ぶりだった。犯行現場は、三十四年の歳月の重さに潰《つぶ》され、消えていた。

滝口は、仏壇の前から立ち上がると、ファンヒーターのスイッチを入れ、背広をゆったりとしたスウェットに着替えた。喉《のど》が無性に渇いていた。冷蔵庫から缶ビールを取り出し、一口啜《すす》る。ゾクッと身震いした。冷えた部屋で冷えたビールを飲む自分に苦笑し、それでも一気に飲み干した。後頭部がキーンと痛くなった。唸《うな》り始めたファンヒーターが灯油臭い暖気を吐き出し、幾分か暖まったところで、六畳間の書棚から二冊の、厚手の黒表紙で紐《ひも》綴じした資料を取り出し、キッチンテーブルに置いた。どちらも、黄ばんだ書類が目一杯綴じられ、厚さは十センチ以上ある。

滝口は老眼鏡をかけると、指先を舐《な》めて湿り気をくれ、ゆっくりとめくった。埃《ほこり》っぽい、乾いた匂いがした。

事件は午前九時二十分頃、発生している。現場の道路近くに小学校があり、登校時間帯こそ多くの子供達が行き交うが、それ以外は人影も数えるほどしかなかった。しかも、当日は朝から激しい雨が降っており、犯行時間はまさにバケツを引っ繰り返したような土砂降りで、しかも雷鳴まで轟《とどろ》いていた。

そこを一台のセダンが通りかかる。黒の六四年型日産セドリック。大手都市銀行・東洋銀行の立川支店の現金輸送車だった。ハンドルを握るのは支店の運転手、助手席に私服のガードマン、後部座席には資金係長と若手の平行員。計四人の男がセドリックに乗っていた。後部トランクにはジュラルミンケースが三個、しまい込まれてあった。

この朝、セドリックは、現場から一キロほど離れた上砂町の大手電機メーカー「曙《あけぼの》電機」上砂工場の従業員四千五百人余りのボーナスを運ぶ途中だった。

激しい土砂降りで白く染まった道路を、スピードを時速約三十キロに落として進むセドリックの後方から、赤いランプを点灯させた白バイが追いかけてきたのは午前九時十七分過ぎ、と推定されている。白バイ警官は、セドリックの前に出て左腕を水平に伸ばし、停車するよう命じた。

セドリックは路肩に寄って停車した。前方五メートルほどの路上に白バイを停めた警官は雨の中、歩み寄ってくると、運転席のウインドウを降ろさせ、「東洋銀行立川支店のクルマですね」と呼びかけている。運転手が「そうです」と答えると、警官は一段高い声で告げた。

「支店長の自宅が何者かに爆破されました。このクルマにもダイナマイトが仕掛けられているとの連絡が入っています。車内を見せてください」

だが、運転手は「昨夜も今朝もクルマを点検したが、そんなものありませんでした」と答えている。すると、警官はあっさり引き下がり、「クルマの外を調べてみます」と、背後に回った。

後《のち》の証言によると、警官はマイクの付いた白のヘルメットを目深に被《かぶ》り、顔は口から鼻まで、つまり顔面の下半分を覆う黒革のマスクと、分厚い黒の革ジャンパー、首には白のマフラーを巻き、腕には交通腕章まで付けていたという。四人とも、本物の白バイ警官と信じて疑わなかった。だが、土砂降りの雨とヘルメット、マスクのせいで、詳しい人相は覚えていなかった。

警官が路上に屈《かが》んで、車体の下などを検査し始めると、さすがに車内の四人も気になり、まず運転手がエンジンを切って外に降り、次いで後部座席の資金係長と若手行員が続いた。ただひとり、残った助手席のガードマンは車内に不審物がないかを調べていた。

突然、警官の鋭い声がした。

「あったぞ、ダイナマイトが爆発するから逃げろ！」

車体の下から、ものすごい煙が噴き出していた。路上に出ていた三人が、慌てて車内のガードマンに声をかけた。

「逃げろ、早く」と。外に出たガードマンは、濡《ぬ》れたアスファルトに両手をついて、車体の下を見た。すると、白い煙の中に赤く燃えるものがあったという。

その間、警官は素早く運転席に入り込み、付けたままのキーをひねってエンジンをかけた。何の躊躇《ちゅうちょ》もなくセドリックを発進させ、猛スピードで米軍立川飛行場の方向へと走り去って行った。白バイ警官が現れてからわずか四分。ほれぼれするような早業だった。

セドリックが消え、後に残されたのは、路上で雨に打たれる四人の男と白バイだった。四人は、勇敢な警官がクルマごと爆発物を遠ざけてくれたと思っていた。警官が、ダイナマイトと示した筒状のものは、その後、五分にわたって盛大に煙を吐き続けた。だが、ダイナマイトは、実は発煙筒だった。煙の勢いが収まると、固まっていた四人のなかからガードマンが動いた。白バイに近寄る。赤色灯はよく見ると、市販のクルマ用のストップライトを改造したものだった。ハンドルの下に取り付けられていたマイクも、小学校の運動会などで使用するハンディタイプのトランジスタメガフォンで、側部の書類入れボックスは、クッキーの空き缶に白い塗料を塗ったものだった。なにより、バイクが三五〇ccのヤマハ製で、白バイに採用しているホンダ製ではなかった。

ガードマンが慌てて公衆電話に取り付き、一一〇番したときは、すでに事件発生から十分近くが経過していた。

ジュラルミンケース三個の中には、一万円札二万七千三百六十三枚をはじめ、五千円札、千円札、五百円札を併せて、計四万枚もの紙幣が詰められていた。合計金額は二億九千四百三十万七千五百円。

ここで不思議なのは、なぜ、セドリックの四人があっさり現金輸送車を離れたのか、ということだ。巧妙に偽装した白バイ警官とはいえ、クルマには現金三億円を積み込んでいるのだ。あまりにも無防備に過ぎないか。

事件発生直後、立川署に設置された特別捜査本部へ招集された滝口がまず抱いた疑問もそれだった。しかし、後に明らかになったが、事件は実に巧妙に仕組まれていたのである。

事件発生の五日前、つまり十二月五日木曜日、東洋銀行立川支店に一通の速達が届いている。脅迫状だった。四百字詰めの原稿用紙二枚に、〝現金五百万円を要求する、もし渡さなければ支店長の自宅を爆破する〟といった内容のことが、詳細な受け渡し方法と共に記してあった。文面は、雑誌の切り抜き活字とボールペンの肉筆で綴《つづ》ってあり、かなり手のこんだものと見受けられた。

銀行側は単なるイタズラにしてはあまりにも凝《こ》っている、と警察に相談、実際に婦人警官が女子行員に扮《ふん》して、現金の受け渡し場所として指定された小平霊園まで赴いている。しかし、犯人は現れなかった。

東洋銀行立川支店は全行員に対して、支店の内外での不審な異物、荷物等に充分注意するように、との通達を行っている。この〝脅迫事件〟があったために、事件当日、行員たちは過剰に反応し、犯人の術中に見事に嵌《は》まった、とみられている。

このほか、地元の信用金庫、農協等にも脅迫状が送られ、脅迫電話が入るなど、幾つかの不審な事件が勃発《ぼっぱつ》したが、いずれも犯人は現れていない。警察はこの一連の脅迫事件を、犯人側が金融機関の不安を煽《あお》り、同時に警察の動きをみるための〝布石〟だったと推定している。

滝口は資料をめくりながら、三億円事件への衝撃の度合いを鮮明に思い出していた。それまでの現金強奪事件の最高金額は、昭和四十年、青森で発生したボストンバッグの引ったくり事件の三千百万円だった。昭和四十三年当時、警察官の初任給は二万三千七百九十円。宝くじの一等賞金が百万円から一千万円にアップし、同僚たちが大騒ぎしていた記憶もある。三億円は今の貨幣価値なら三十億円近いだろう。とにかく、度肝を抜かれる大事件だった。

即座に二百人の捜査員が投入され、各所で検問が行われたが、いかんせん、初動捜査が混乱しすぎた。通報の遅れもそうだが、それ以上に大規模捜査本部ゆえ指揮系統が混乱し、時間だけが徒《いたずら》に過ぎていった。

乗り逃げされたセドリックは事件発生の約一時間後、事件現場から北西の方向へ約一・五キロ離れた神社の境内で、捜査中の警官によって発見されている。もちろん、後部トランクのジュラルミンケース三個は消えていた。

以後、犯人は闇に消え、今日に至っている。そのアクション映画顔負けの凝った手口と、死亡者はおろか、負傷者さえ出さなかった鮮やかな現金強奪ぶりで、この三億円事件は昭和最大のミステリーとなった。しかも、奪われた現金二億九千四百三十万七千五百円は保険がかけられていたため、銀行側に金銭的な損害はなかった。

当時のマスコミ報道では、『犠牲者なき鮮やかな犯罪』といった文面が躍り、さながら義賊的な扱いをする向きもあった。ラジオの年末の特別番組など、『今年一番カッコよかった人物』に三億円犯人を選んだほどだ。いわば、庶民の夢を実現したスーパーヒーローというわけだろう。事件の上っ面だけ見たら、一般人がそうとらえても仕方ないと思う。だが、現実は違う。あの三億円事件には、知られていない幾多もの事実がある。警察官である自分の誇りとか生きがいを木っ端微塵《みじん》に砕いてしまった事実が――

滝口は資料を閉じた。老眼鏡を外し、眉根《まゆね》を指先で揉《も》んだあと、仏壇の俊江を見た。遺影の中の俊江は、幸せいっぱい、という顔で笑っている。

滝口は唇を嚙《か》んだ。二十九の年齢《とし》に見合いで結婚した四つ下の俊江は、よく気のつく女房だった。いつ帰るのか分からない夫を待って栄養のバランスに配慮した食事を用意し、朝はノリのきいた真っ白なワイシャツと丁寧にアイロンがけした背広の上下で送り出した。子供を諦《あきら》めた後は、区が主催する趣味のサークルに入会して山歩きやダンスを楽しむ一方、ボランティアにも精を出し、老人ホームや養護施設で介護、掃除、食事の世話などの奉仕活動を行った。また、盲人のための本の朗読テープの作成にも積極的に取り組んだ。夜遅く、滝口が帰宅すると、テープレコーダーを前に本を読んでいることがよくあった。俊江は、朝の早い夫を気遣って止めようとするが、続けさせた。滝口は、俊江の朗読を聴きながら布団に入るのが好きだった。襖越《ふすまご》しに俊江の、淡々とした、それでいて情感のこもった静かな朗読に耳を傾けていると、捜査活動で強《こわ》ばった身も心も解きほぐされていくようだった。

俊江とはよく、こんな話をしていた。定年退職後は千葉か伊豆《いず》の暖かい海辺で暮らそう、と。そのために自分の家を持たず、公団アパートの暮らしを続けてきたのだ。仕事にかまけ、一泊旅行にさえなかなか連れていけない罪滅ぼしのつもりだった。警察組織のなかで散々もがき、喘《あえ》ぎ、回り道をし、それでも働いてきた。心身の疲労は溜《た》まりこそすれ、癒《い》えることはなかった。いつからだろう、定年後のふたりきりの生活に思いを馳《は》せるだけで、幸せな気分になった。海辺の小さな家で、俊江は犬を飼いたいと言った。大型犬で陽気なラブラドールがいい、と言った。滝口は犬が苦手だが、俊江が望むならそれもいい、と思った。燦々《さんさん》と降り注ぐ陽光の下、明るい海辺を散歩する老夫婦と陽気な大型犬の姿を柄にもなく思い描いて、ひとりにんまりすることもあった。バカげた夢だった。

俊江はあっさりと先に逝き、残された定年目前の自分は、冷えきった部屋に戻れば食事ひとつまともに作れない能無しのジジイだ。

滝口はキッチンテーブルから腰を上げると、資料二冊を六畳間の書棚に戻した。次いで、冷蔵庫からもう一本、缶ビールを取り出した。冷蔵庫には缶ビールしか入っていない。残りはあと三本だ。そろそろ買い足ししなければ、と思いながら喉《のど》を鳴らして飲んだ。

シンと静まり返った部屋だった。ファンヒーターの音のほかは、何も聞こえない。ビールを機械的に喉に流し入れた。酒を飲む喜びも何もない。惰性だけだ。俊江が生きている時分、家で飲むときは日本酒専門だった。冬は熱燗《あつかん》。夏はキンキンに冷えた冷酒。肴《さかな》はもちろん、俊江の手料理だ。鯛《たい》の造りにレンコンと牛肉の甘辛煮、アジのタタキ、キュウリの一夜漬け、手製のカマスの干物。どれもこれも旨《うま》かった。ハイライトに火をつけた。

滝口は深い嘆息を漏らした。虚《うつ》ろな目でタバコを吸った。紫煙がゆるゆると昇っていく。ガラス製の灰皿を引き寄せ、灰を落とした。結局、俊江も犠牲者なのだ。俊江は、結婚前の夫が三億円事件の特捜本部にいたことは知らない。そして、捜査の致命的な瑕疵《かし》と、垣間見た警察組織のおぞましさを忘れるために、馬車馬のようにガムシャラに働いていたことも。

二十六のときに出会ったあの事件のおかげで何もかも変わってしまった。大仰でなく、踏み締めていた地面が崩壊してしまった。それでもズルズルと堕《お》ちていかなかったのは、一緒になった俊江のおかげだ。俊江がいたから、まがりなりにも刑事の仕事を続けてこれたと思う。だが、俊江を失ってからの自分は形骸《けいがい》だ。自暴自棄、といえばそれらしいが、要は能力も忍耐力も乏しい、愚鈍で怠惰な本来の自分に戻ったというだけのこと。組織のなかで、自分を懸命に支えてきたつっかえ棒みたいなものが、きれいに取り払われてしまった。深酒が習いとなった。このまま定年まで、息を潜めて過ごそう、と思っていた、葛木勝の死を知るまでは。警察官人生の最後の最後にきて、深い闇の中に潜みつづけてきたものが、朧《おぼろ》な姿を現し始めている。これも運命というヤツだろう。

滝口は眉間《みけん》を寄せてタバコの火口を灰皿で押し潰《つぶ》した。立ち上がって短い腕を頭の上で組み、上半身を左右にゆっくりとひねって凝った背中を伸ばした後、八畳間に布団を敷いた。枕元にラジカセを置き、書棚の隅から一本のカセットテープを抜き出した。ラジカセにセットすると、ファンヒーターを止め、蛍光灯を消して布団に潜り込んだ。ずっと日干ししていないから、冷たくて湿っぽい。

暗闇の中、手探りでラジカセのスイッチを押す。ジーとテープの回る無機質な音の後、俊江の声がした。滔々《とうとう》と朗読する俊江。線香の匂いの漂う部屋に、いまは亡き妻の声が流れた。滝口は目を閉じ、耳を傾けた。俊江は本の装丁、目次、著者の略歴等を丁寧に説明した後、本文に入った。

『つい先だっての夜更けに伊勢海老一匹の到来物があった。ひと仕事終えて風呂に入り、たまには人並みの時間に床に入ろうかなと考えながら、思い切り悪く夕刊をひろげた時チャイムが鳴って、友人からの使いが、いま伊豆から車で参りましたと竹籠に入った伊勢海老を――』

向田邦子の「父の詫《わ》び状」だった。もう五年以上前になるだろうか。この作品を朗読する模様を、滝口は襖《ふすま》を隔てた床の中で聴いていて、なんともいえぬ心地よい気分に浸った。父と娘の、厳しい中にも温《ぬく》もりのあるやりとりと、一家を構えた父親の苦い過去、家族の絆《きずな》――端正な日本語で綴《つづ》られた物語を、俊江はいつにも増して丁寧に読んだ。

翌日が非番だった滝口は、俊江の留守を見計らって密《ひそ》かにテープをダビングした。俊江に言えば、険しい表情で拒絶するに決まっていた。著作権云々の前に、目の不自由な人々のために吹き込んだものを、たとえ夫個人が聴くためであっても無闇に複製することを許さない潔癖さが俊江にはあった。

しかし、ダビングして手元に置いてしまえば、改めて聴く気も起こらず、なによりひとりで聴く機会もなかった。デスクの奥に放り込んでいたテープを引っ張り出してきたのは、俊江が亡くなってからだ。時折、床に入ってから流すようにしている。すると、不思議と穏やかな気持ちになり、安らかに眠りに入っていけた。テープに収められた俊江の声を聴きながら、滝口の意識はゆっくりと穏やかな海を漂った。

『物心ついた時からいつも親戚や知人の家の間借りであった。履物は揃えて、なるべく隅に脱ぐように母親に言われ言われして大きくなったので、早く出世して一軒の家に住み、玄関の真中に威張って靴を脱ぎたいものだと思っていたと、結婚した直後母にいったというのである――』

出世して一軒の家……とろとろと薄れ始めた意識の片隅に、今日見た光景、立川市の事件現場の後、立ち寄った住宅街が浮かんだ。あの男も、確かな夢と希望を持って、一家を構えたはず。真面目に働き、妻と共に子供を育て、己の理想を少しでも具現化しようと、懸命にあがいた揚げ句、絶望の淵《ふち》に突き落とされた男の決断――。

事件現場から東に七キロほど離れた小平市の住宅街に立ったとき、滝口はここでも三十四年の歳月の重さに暫《しば》し呆然《ぼうぜん》とした。西武新宿線小平駅の前に広がる小平霊園。その裏手に位置する住宅街の奥には三十四年前のあの日、都営の木造長屋がずらりと並び、子供達が路地を駆け回って歓声を上げていた。その木造の都営住宅はコンクリートの無機質な集合住宅に変わり、子供達は塾にでも出掛けているのか、姿を見かけなかった。

男の自宅は、都営住宅の前にあった。四十坪ほどの敷地に建った二階建てのちっぽけな家だ。三十四年の間、建て替えることもなかったのだろう、全体的にくすみ、強い風が吹けばギシギシと軋《きし》みそうな古ぼけた家だった。あの白く輝いていたブロック塀は長年の風雨を刻み付けて、ほとんど黒に近い暗い色に染まっていた。雨戸が固く締め切られ、中に人の気配がしない。

辺りには黄昏《たそがれ》が迫っていた。しんしんと冷え始めた空気の中で、滝口はコートのポケットに両手を入れ、立ち尽くした。耳元で冷たい風が鳴った。

寝床の中で、滝口は呻《うめ》いた。脂汗をかき、苦悶《くもん》の表情で助けを求めた。捜査で致命的な失敗を犯した自分。闇に封じ込められ、決して開けてはならない、と命じられた秘密。その秘密が、あの家の中にある。小平の家の前に呆然と立つ、年老いた刑事が、三十四年前の、まだ若い自分と重なった。

絞め殺され、冷たい玉川上水に突き落とされた葛木勝は、あの事件の封印を解くための生《い》け贄《にえ》だ。俊江が亡くなり、定年を目前に控えた自分に、もう怖いものはない、そう信じていた。己の命など、いかほどの価値もない、と思っていた。だが、止まっていた歯車がギリッと動き始めたことを肌で知った今、滝口は身も凍る恐怖に震え、悪夢に呻いた。

二月二日、日曜日。昨日までの澄みきった青空が一転、朝から鉛色の雲が垂れ込め、それだけで気分が滅入《めい》ってしまいそうな暗い曇天だった。小金井中央署の三階会議室に三々五々集まってくる捜査員たちは、今朝の天気を貼りつけたように、重い、陰鬱《いんうつ》な空気をまとっていた。午前八時三十分から始まった捜査会議は、のっけから怒声が響いた。

「じっくり見て気合を入れろ!」

宍倉が、角刈りの四角いゴリラ顔を真っ赤に染め、唾《つば》を飛ばした。全員を睨《ね》めつけながら、分厚いマニラ封筒から、四つ切り判のカラー写真を数枚、抜き出す。タバコと整髪料の臭いが淀《よど》んだ捜査本部に、ピシリと緊張が疾《はし》った。二十数名の捜査員の顔が強《こわ》ばる。ひどい二日酔いの顔も五つや六つではきかなかったが、本庁捜査一課で辣腕《らつわん》をふるう男の怒気が強烈な張り手となって飛び、全員の背筋が伸びた。

宍倉は、写真の束を叩《たた》きつけるようにして、最前部のデスクに置いた。一枚一枚、順に後ろへと回されていく。片桐は最後列の真ん中にいた。マルボロを唇の端からぶら下げ、冷然とした表情で会議室全体を見渡す。

前方のひな壇には、捜査本部長を務める小金井中央警察署署長と、捜査主任の刑事課長が、苦虫を嚙《か》み潰《つぶ》した渋面で座っている。ふたりとも、捜査の主導権を握る宍倉から無視された屈辱と、成果の上がらない捜査陣の不甲斐《ふがい》なさに、ブチ切れ寸前、といった顔だった。だが、切れるわけにはいかない。本庁の強面ゴリラにへそを曲げられたら、捜査に大きな支障をきたす。なにより、捜査本部に合流した本庁の連中が黙っちゃいない。ここはじっと忍の一文字、とへの字に結んだ唇が語っている。

管理官の藤原の姿は今朝もなかった。本庁捜査一課きっての切れ者、と評判の藤原にとって、この程度の殺人事件は直接指揮するほどのこともないのだろう。だから、宍倉は怒っている。焦っている。一刻も早く解決しなければ今後の出世に響く。片桐は舌に浮いた苦いものを吞み込んだ。最初の捜査会議で藤原が言い放った言葉が聞こえる。

――この程度の事件、二十四時間で解決しろ――

二十四時間どころか、三日目に突入したいまも、見るべき成果は上がっていない。

片桐は、回ってきた鮮やかなカラー写真を、マルボロをふかしながら指先で摘《つ》まみ、目の高さに掲げた。玉川上水の流れに半分沈んだ死体。青黒く鬱血《うっけつ》した顔と、カラスに眼球を抉《えぐ》り取られた赤黒い眼窩《がんか》。縊《くび》り殺された際の苦悶《くもん》と無念が貼りついた凄《すさ》まじい形相は、こうやって写真で見ても、ぞっとする迫力がある。

数枚を一通り眺めて、隣に渡した。紫煙を吐き、唇を歪《ゆが》めた。ガイシャの無惨な生写真を捜査員に見せる――めぼしい成果が上がらず、弛緩《しかん》してきた捜査本部の空気を引き締めるために、ガツンと放つショック療法だ。空気がみるみる尖《とが》っていく。餌を眼前にぶら下げられていきり立つ、飢えた猟犬のような視線が、ひな壇のゴリラに突き刺さる。捜査員たちの鋭い眼光を受け止めた宍倉は、満足げな笑みを漏らして今朝の割り振りを始めた。

ドアが開き、禿頭《とくとう》の小男が姿を現した。滝口だ。よれたコートを片手に、ずかずかと入り込み、中程のテーブルの隅に腰を下ろした。

宍倉が額に筋を刻み、不快げな視線を向けたが、すぐにバインダー片手に、淡々とした口調で割り振りを続けた。

滝口も、何事もなかったかのように唇にハイライトを差し込み、火をつけた。片桐は頬を強ばらせ、拳《こぶし》をテーブルの下で握り締めた。滝口の禿頭を認めた途端、頭の芯《しん》で怒りが音を立てて燃え上がった。所轄の自分を徹底して無視する、本庁の定年間際のポンコツ。昨日、捜査途中に自分を撒《ま》いて、この捜査本部で大恥をかかせた償いはキッチリさせる。でないと、自分が舐《な》められる。やっと念願の刑事になったのに、根性なしのチキン野郎と呼ばれるのは真っ平御免だ。屋上へ連れ出して、一発お見舞いしてやる。いまにも食い殺しそうな形相で睨《にら》んだ。滝口は虚ろな視線を宙に据え、タバコをふかしていた。

「以上、健闘を祈る」

宍倉の声ではっと我に返った。空気が揺れ、一斉にパイプ椅子を引く音が響いた。ざわめきが会議室全体に満ち、コートに腕を通しながら靴音も荒く出口に向かう男たちの姿が見えた。

片桐はマルボロを灰皿で潰すのももどかしく、立ち上がった。キャメルコートを着込みながら滝口を探す。筋肉質の大男たちの中で、小柄な身体が背中を丸め、ゆっくりと腰を上げていた。年齢相応の、緩慢な動きだ。一瞬、憐憫《れんびん》が頭を掠《かす》めたが、舌打ちをくれて追い払い、足を大きく踏み出した。大股で滝口に歩み寄ろうとしたそのとき、声が掛かった。

「逃がすなよ」

嘲弄《ちょうろう》交じりの声だ。顔を向けた。同じ刑事課の男だ。名前は小高《おだか》。二つ年長の同僚だが、そりが合わず、私的な言葉を交わした記憶はない。椅子にそっくり返ったまま、オールバックの髪を光らせ、唇をねじ曲げてせせら笑っている。

「どういうことです」

低い声音で言った。小高は尖った顎《あご》をしゃくって、滝口を示した。

「おまえがトロいから、あんなおっさんに撒かれるんだよ」

視線が正面からぶつかった。片桐は足を止め、目を細めた。小高は続けた。

「おかげでおれたちまで大迷惑だ。おまえ、捜査はしなくていいから、これから一日中、あのおっさんの背中だけを見て張りついてろ」

周囲でドッと笑い声が上がった。瞬間、こめかみが熱をもった。頭の芯で燃えていた怒りの矛先が、あっさり向きを変えた。片桐は両腕を伸ばし、小高の襟首を摑《つか》んだ。怒号と共に「いけいけっ」と囃《はや》す声がした。片桐は小高を引き寄せ、固めた拳をにやけた顔面に突き入れようとしたそのとき、背後から羽交い締めにされた。

「片桐、やめろ」

滝口だった。もの凄《すご》い力で押さえられ、片桐はぴくりとも動けなかった。滝口は低い声で囁《ささや》いた。

「おまえ、捜査本部を外されるぞ」

視界の端にゴリラの顔があった。腕を組み、こっちをじっと見ている。所轄同士のつまらないケンカ、共食いだ。拳を解いた。小高が真っ赤な顔で吠《ほ》えていた。片桐は滝口に腕を抱えられ、引きずられるようにして会議室を出た。

「離してくださいよ」

階段の踊り場で腕を邪険に払い、緩んだネクタイを締め直した。

「なにカリカリしてんだ」

滝口が吐き捨てるように言った。片桐は鋭い視線を向けた。

「本当は、あんたを殴ろうと思ってたんですよ」

「なんで」

滝口が猪首《いくび》をひねった。

「あんた、昨日いなくなったでしょうが。勝手なマネされると、こっちが困るんですよ」

「ああ、ちょいと行きたいとこがあったもんでな。悪かった」

滝口は禿頭を指先で掻き、素直に詫《わ》びた。片桐の怒りは急速に萎《しぼ》んだ。振り上げた拳のやり場を失い、戸惑った。さっきまで怒りまくっていた自分がバカに思えた。こんな食えないジジイを相手に、いったい何をやってんだ、と唇を噛んだ。

「相当、イジメられたのか？」

ナマズ面が、哀れむような表情で訊《き》いてきた。

「もういいですよ。それより、ひとりで動きたいなら、さっさとカイシャ辞めて、探偵でもなんでもなればいいでしょうが。おれまで巻き込むのはやめてください」

冷たく言い放った。

「まあ、そう怒るな」

目尻《めじり》に皺《しわ》を刻んだ。

「おまえの言うとおりだ。おれたち刑事は、ふたり一組で一人前だ。それがイヤなら、たしかに刑事を辞めるしかねえわな」

自らを納得させるように言うと、片桐の肩を叩いた。

「クルマ、回して来い」

顎をしゃくった。

「ちょいとコーヒーでも飲もうや」

滝口は笑みを浮かべた。邪気の無い、ワンパク小僧のような笑顔だった。

「玄関で待ってるぞ」

それだけ言うと階段を下りて行った。片桐はその背中を睨み、唇を歪めて唾《つば》を吐いた。

片桐は所轄車のブルーバードのステアリングを握りながら、助手席の滝口に目をやった。腕を組み、じっと前方を見ている。片桐は静かに語りかけた。

「タキさん、あんた、おれが捜査本部を外されちまうとかなんとか言ってたけど、この分だと、あんたも外れますよ」

「どうして」

「だって全然、成果上がってないでしょうが。大事な敷鑑任されてんのに、ガイシャの実家さえ当たってないんだから。それともあんた、おれに内緒でデカいネタ、摑んでるんですか」

「期待してんのか？」

面白がるように言った。

「バカな、おれはただ、足を引っ張られるのがイヤなんですよ。あんたはもう定年間近だからいいだろうが、おれはまだ三十二ですからね」

「ほう、おまえ、出世したいのか」

見下したような物言いだった。

「当たり前でしょう、サツカンは出世してナンボですよ。ベテランか何か知らないが、一生、現場で靴底を擦り減らすなんて、おれはイヤですね」

「皮肉か」

「分かりますか」

素っ気なく言った。滝口は唇を歪め、薄く笑った。

片桐はブルーバードを、三鷹へ抜ける連雀《れんじやく》通り沿いのファミレスの駐車場に入れた。日曜の午前中はスポーツ紙を広げて時間を潰《つぶ》す営業マンも、噂話に笑い転げる主婦連中もいない。広い店内はがらんとして客は数えるほどだった。ふたりは奥の窓際、喫煙のボックス席に向かい合って座った。滝口はコーヒーを、片桐はミルクティーをオーダーした。

滝口はハイライトに火をつけ、うまそうにふかした。

「片桐、おまえ大卒か?」

唐突に言った。予想もしない言葉に、片桐は虚を衝《つ》かれたが、すぐに曖昧《あいまい》に頷《うなず》いた。

「ええ、まあ」

眉間《みけん》を寄せ、懐からマルボロのパッケージを抜き出すと、一本を唇に挟んだ。

「どうして警察官になった」

片桐は睨んだ。滝口はテーブルの上で両手を組み、上半身を乗り出してきた。

「なあ、片桐、おまえ、警察官になった明確な理由はあるのか。社会の秩序を守りたいとか、凶悪な犯罪を憎悪するとか」

片桐は目をすがめ、首をひねった。このオヤジ、からかってんのか——しかし、滝口は真顔だった。片桐はタバコに火をつけながら語った。

「そんなたいそうなものはありませんよ。自分らの就職の年は、ちょうどバブル経済が崩壊した後で、不景気の色が日に日に濃くなってましたからね。公務員なら安定して食いっぱぐれがないんじゃないか、と思っただけですよ」

「なるほど」

滝口は得心したように頷いた。

「それに大学時代は体育会の剣道部で、警察とか消防署ならわりとラクに入れたんですよ。うちの大学の体育会の連中は、頭ん中が筋肉ですから」

「何段だ？」

「四段ですが——まあ、いいじゃないですか、そんな話」

マルボロを灰皿で揉《も》み消した。

「もっと現実的な話をしましょうよ」

「現実的？」

「待遇のことですよ。昔の警察官は安月給の代名詞のように言われたようですが、今は違いますよね。五十過ぎたら、年収はだいたい一千万を超えるでしょう。違いますか」

「そんなもんかね」

つまらなそうに応じた。

「退職金も年金も景気に左右されることはないし、へたな大企業よりよっぽどいいですよ。しかも、退職後の仕事だって紹介してくれるでしょう。いま、給料カットとかリストラで喘《あえ》いでいる民間の連中に比べて、おれは恵まれてると思いますよ。選択は間違っていなかったってことです」

「将来に希望が持てるってのはいいことだ」

片桐は眉根《まゆね》を寄せて睨んだ。が、滝口はかまわず続けた。

「で、大卒ってのは、警察の出世には有利なのか？」

片桐は目を細め、探るように見た。滝口は頬を緩めた。

「おれは高卒の叩《たた》き上げだ。十八からこの道一筋だ」

「じゃあ、余計な迷いとかなくて、よかったじゃないですか。十八と二十二。この四年間で、人間なんてガラっと変わってしまいますからね。おれの同期でも、悩んで辞めちまうヤツが結構多いですよ。バカですよ。仕事なんて、なんでも割り切らなくちゃやっていけないでしょうが」

「ほう、大人なんだな」

感心した口ぶりだった。オーダーした飲み物が届いた。会話が途切れた。片桐はミルクティーを一口飲んで語った。

「しかし、警察って組織は普通じゃないですからね。別にタキさんに気を遣って言うわけじゃありませんが、大卒なんて何の価値もありませんよ」

「どうして。少なくとも昇進試験には有利だろう。たしか、高卒は巡査を四年経験しなければ次の階級、つまり巡査部長の受験資格は得られないが、大卒は二年の経験でいいはずだ。次の警部補の受験も同じだ。高卒が巡査部長三年の経験に対して、大卒は一年じゃないか」

「そこまでですよ、大卒が優遇されているのは」

つまらなそうに答えた。滝口は訝《いぶか》しげに首を傾げた。片桐は顔を寄せ、声を潜めた。

「タキさん、失礼ですが、あんた、階級はなんです？」

「警部補だ」

憮然《ぶぜん》と言った。

「ほう、おれより一つだけ上ですか。で、年齢《とし》は」

「六十だよ。三月末日でお役御免だ」

片桐は目尻《めじり》を下げた。

「じゃあ、定年退職直前にもう一コ上がって、めでたく警部で退職ですか」

「慣例に従えばそうだな」

興味なさそうに言った。片桐は唇の端を歪《ゆが》めた。

「しかし、定年間際のお情けじゃなく、実力で警部になろうと思ったら、警部補を四年経験しないと受験資格を得られません。そして、この条件は高卒も同じです。つまり、大卒が最初だけ優遇されてるのは、高卒に比べて四年遅れて入っているからですよ。警察って組織は、大学の四年間をまったく評価してくれないんですね」

「だが、四年も余計に勉強してんだ。少なくともペーパー試験は高卒の連中より得意じゃないのか」

そう言うと、滝口はコーヒーを音を立てて啜《すす》った。片桐は眉をひそめた。

「何言ってんですか。試験たって、大した問題出ないでしょう。体育会出のバカのおれが言うのもなんですが、巡査部長の試験なんか、留置場の細々した規則とか、クソ面白くもない問題ばかりですよ。高卒の連中は素直で純粋培養されてるから、なんの疑問もなく丸暗記しちまうでしょうが、大卒になると落ち込むらしいですよ。なんで大学まで出たおれがこんな問題を、ってね。それで、ケツまくっちまうヤツらは多いんですよ。まあ、おれには関係ありませんでしたがね」

新しいマルボロを取り出して火をつけた。

滝口は、眩《まぶ》しそうに目を細めた。

「じゃあ、刑事になったのも出世のためか？」

「もちろんですよ」

何の躊躇《ためらい》もなく答えた。

「捜査一課は憧《あこが》れですよ。刑事捜査の腕を見込まれたプロが集まるエリート集団ですからね。キャリアの連中だって、捜一には一目置いているじゃないですか。その後の出世も保証されている。まあ、例外はいるでしょうがね」

顎《あご》をくいっと上げ、蔑《さげす》むような視線で続けた。

「捜一に入るには所轄の成績プラス、有力な引きが必要なことも分かっていますよ。今回は絶好のチャンスだと思っていたんだが――」

頰を歪め、薄く笑った。定年間際でしかも上に睨《にら》まれているあんたじゃ、あてが外れた、と声に出さずに呟《つぶや》いた。

滝口が右肘《ひじ》をテーブルに置き、ぐっと身を乗り出してきた。ギョロッとした目を片桐に据える。

「なあ、片桐。おれはさっきも言ったように、定年間際のジジイだ。出世もできなかった。だがな、一分《いちぶ》の魂くらいはある」

「デカ魂ってやつですか」

滝口は続けた。

「今は冴えないジジイだが、警視総監賞だって何枚も貰《もら》っている。デカが、ペーパー試験なんかで試されてたまるか、と肩肘張ってきたから、出世とは無縁だった。しかし、現場の捜査は誰にも負けない自信がある」

「なんだ、自慢話ですか」

「黙って聞け」

低く言った。

「おれも昔はこうじゃなかった」

片桐は首を傾げた。

「なにが言いたいんです」

滝口は乾いた唇をペロリと舐《な》めた。

「おまえを出世させてやる」

掠《かす》れた声だった。片桐は眉《まゆ》をひそめた。が、次の一言に目を剝《む》いた。

「おれには犯人の目星がついている」

「あんた、なにを——」

片桐は絶句した。

「葛木勝を絞め殺した人間だ。おれには心当たりがある」

片桐の全身が、雷に打たれたように硬直した。強《こわ》ばった舌を引き剝がして、言葉を絞り出した。

「じゃあ、なんで捜査本部にそれを……」

滝口は小さくかぶりを振ると、静かに語った。

「片桐、いいものを見せてやるよ。おまえは、おれと組んだことを神に感謝するはずだ。こんなチャンスはめったにない」

おもむろに立ち上がった。

「ついてこい」

仁王立ちになって見下ろした。その目は、何かに憑《つ》かれたように暗く底光りがした。片桐は、垂れ込めた異様な空気にブルッと身震いした。


ヨシと老人はこの日、朝から〝仕事〟だった。新宿駅の西口の路上にベニヤ板を広げ、古本、古雑誌を積んで売る、通称「本屋」の仕事だ。元締めはホームレスではなく、中野のアパートに住む、中年の男だった。鼻の下に髭《ひげ》を蓄え、でっぷり太ったこの元締めは、ホームレスたちが街中から拾い集めてきた本や雑誌を十円二十円で買い上げ、それを路上で売らせていた。

ヨシは、売り子として優秀だった。売り子は誰でもできるわけではない。不潔で異臭を放つようなホームレスだと、客が逃げてしまう。その点、ヨシは二枚目だし、服装もこざっぱりしている。頭の回転が早く、客あしらいも上手い。なにより、後ろで結った長い髪と顎髭が、アーティスト然とした雰囲気を漂わせ、売り子にはもってこいだった。

売り上げが抜群だから、普通は三千円の日当を、ヨシは五千円貰《もら》っている。そしてこの日、ヨシは元締めに対して、老人とふたりで八千円を要求した。最初、元締めは渋ったが、ヨシが唇を尖《とが》らし、「じゃあ、他を当たれよ」と言い放つと、あっさり承知した。

ヨシの働きぶりは見事の一言だった。ビールケースの上にベニヤ板を敷いた〝陳列台〟に本、雑誌を整然と並べ、段ボールに赤いマジックペンで『激安』とか『美品のみ』『最新本』と大書し、見栄のいい店づくりを工夫していた。酒焼けのした赤ら顔の髭面が、ただ突っ立って売り子をするような、他の店に比べると、客付きが格段に良かった。

日曜の新宿駅前は朝から大変な人出だった。膨れ上がった雑踏の中、臆《おく》する様子もなく軽口を叩《たた》きながら、次々に客を捌《さば》いていくヨシを見て、老人は、この男はいったい何者だろうと思った。が、すぐにヨシも自分の素性を疑っているに違いないと気づき、顔を曇らせた。老人には別にやることがなかったから、ジャンパーを着込んだ身体を屈《かが》めて出店の周りのゴミを拾って歩き、売れた雑誌の補充をした。

順調な売れ行きをみせていた本屋はしかし、昼前に閉店を余儀なくされた。鉛色の空から雨が降り始めたのだ。元締めとはふたりまとめて半日分の四千円で手を打ち、西口の路上を後にした。ヨシと老人は早々に中央公園に戻り、ハウスへと潜り込んだ。

雨脚は激しくなる一方だった。辺りは白く染まり、一面に散らばったハウスの青いシートも朧《おぼろ》に滲《にじ》んだ。いつもは多くの人が行き交う日曜の公園も、いまはひっそりと静まり返り、天井のシートを叩く雨の音だけがいやに大きく響いた。

ヨシはブチ猫のタマを懐に入れ、ハウスの奥で寝袋にくるまっていた。時折、ウイスキーの小瓶に詰めた〝歌舞伎町オリジナル〟を口に含む。吐く息が白い。底冷えのする日曜だった。

老人はハウスの出入り口に座り、両膝《ひざ》を抱えて骨太の身体を丸め、外を眺めてた。冷たい湿気が尻《しり》の下から這《は》いあがり、全身を締めつけた。

「じいさん」

背後から呼び掛けられた。

「なんだ」

「こっち側の生活はどうだい」

老人は唇を嚙《か》み、低く言った。

「辛《つら》いな」

「そうか」

沈黙が流れた。雨音が強くなった。鼓膜が震え、脳が疼《うず》いた。激しい雨に打たれる公園を眺めているうちに、時間と空間の感覚がねじれていく。この沈黙は永遠に続くのでは、と思った。しかし、意を決したようにヨシが訊《き》いてきた。

「あんた、どうして家を出た」

老人の視界で、雨に沈んだ公園がフェイドアウトしていった。

「意味がなくなった」

「意味って、生きている意味か？」

老人は額に筋を刻み、胡麻塩《ごましお》頭をひねった。

「どうだろうな」

目を細めた。白く煙った雨。その中から、いまにも黒い人影が現れそうな気がした。三十四年前のあの朝も、こんな冷たい、陰鬱《いんうつ》な雨だったのだろうか。静かに、この世の全てを流し去るように、ただ雨が降っていた。


千代田区九段。靖国《やすくに》神社から南へ三百メートルほど離れた、皇居の御堀端に建つホテルの一室。窓の外には、黒々とした千鳥《ちどり》ヶ淵《ふち》があった。水面が、激しい雨に打たれて、まるで沸騰したように泡立っていた。

その男は、窓際のソファセットに座って脚を組み、外を眺めていた。黒のタートルネックに、格子柄の上等のジャケット、グレーのズボン。ピカピカに磨かれたモカシンタイプのカジュアルシューズ。軽くウェーブした灰色の髪と、涼しい目元。年齢《とし》の頃は五十を少し過ぎた程度か。筋肉質の上半身は鍛え込まれ、胸板の厚さがいやでも目に付く。身体の手入れを怠らない、大会社の重役、といった雰囲気の男だった。が、その横顔は、感情が失《う》せたように固く凍っていた。

来客を告げるチャイムが鳴った。男はドアを開けた。パンチパーマの男が立っていた。ダブルのスーツに、険しい視線。どす黒い顔と、腹の周りにでっぷりと肉の付いた身体から、日頃の不摂生ぶりが窺《うかが》えた。挨拶《あいさつ》もなく、濁った目で一瞥《いちべつ》した。

「吉岡、こうやってまた会う日が来るとはな」

パンチパーマは低く言うと肩をゆすり、奥へと歩を進めた。窓際のソファにどっかと腰を下ろす。スーツの懐から葉巻を抜き出すと、ポケットナイフで吸い口を切り落とし、カルティエのライターで火をつけた。手首には金無垢《むく》のローレックス。左手の小指が欠けている。全身から暴力の匂いがプンプン漂う男だった。

吉岡と呼ばれた男はソファに向かい合って座ると、両手を組み合わせ、背中を丸めた。

「おまえか？」

囁《ささや》くような声だった。パンチパーマは何も言わず、口の中で転がした煙をふっと吐いた。葉巻の甘い香りが漂った。吉岡の顔がみるみる強《こわ》ばった。上気した頬が朱に染まった。

「おまえが勝《まさる》を殺したのか」

パンチパーマが険の浮いた視線を向けた。

「だとしたらどうする」

凄《すご》みのある声だった。

「ええ、おれがあの、情けねえラーメン屋のオヤジを殺したとしたらどうすんだよ」

その凶眼が青く光った。

「どうしてタキさんの自宅なんですかね」

片桐慎次郎は、玄関ドアを入るなり、咎《とが》めるように言った。桜上水の駅前に建つ公団アパートだ。片桐は、雨に濡《ぬ》れたコートを脱ぐと、玄関に上がった。滝口が投げて寄越したタオルで短く刈った髪と顔を手早く拭《ぬぐ》い、さりげなく視線を疾《はし》らせた。キッチンのテーブルと食器棚。掃除が行き届いているのだろう、きれいに整頓《せいとん》され、埃《ほこり》ひとつなかった。キッチンの奥にリビングがあり、ソファセットが置かれていた。部屋はシンと静まり返って、人の気配がない。

「奥さんの手料理で籠絡《ろうらく》しようとでもいうんですか」

軽い口調で言った。滝口は押し黙ったまま、コートをキッチンの椅子に無造作に掛けると、リビングのファンヒーターのスイッチを入れた。禿頭《とくとう》が濡《ぬ》れて光っていた。片桐は、自分が使い終わったタオルを投げてやった。滝口は面倒臭そうに頭を擦《こす》ると、蛍光灯をつけ、ソファに腰を下ろした。ハイライトを分厚い唇に差し込んで顎《あご》をしゃくる。

「座れよ」

だが、片桐は無視して奥へ足を進めた。ベランダに面した六畳間と、八畳間。壁一面の書棚とデスクがある六畳間に立ち、得心したように顎を上下させた。書棚には紐綴《ひもと》じされた資料やファイル、書籍が整然と並んでいる。

「書斎ってわけですか」

ソファの滝口は何も言わず、ハイライトに火をつけた。片桐は腕時計を見た。午前十一時。ベランダの外に目をやる。激しい雨が続いていた。唇を歪《ゆが》めた。

「陰気な日曜日ですね。まるで夕暮れみたいだ」

ファンヒーターがブーンと唸《うな》り、灯油臭い暖気を吐き始めていた。片桐はつまらなそうに八畳間に視線を向けた。古びた和箪笥《わだんす》と鏡台――視線が止まった。仏壇と、その前の写真を凝視する。和服姿の中年女の笑顔があった。

「あれは」

小さく言った。

「おれの女房だ」

滝口は素っ気なく答えた。片桐は立ち尽くした。滝口は、薄く笑った。

「まあ、座れよ。お茶が欲しいなら、自分で淹《い》れてくれ。ご覧の通り、うちはおれひとりだから、残念ながら女房の手料理はない」

片桐はリビングに戻り、ソファに座りながら、神妙な口調で訊いた。

「奥さんはいつお亡くなりに」

滝口は唇の端を歪め、紫煙を吐いた。

「三年前だ。ガンであっけなく逝《い》っちまった」

目を細め、タバコを灰皿でねじった。

「子供もいないから、気楽なひとり暮らしが続いているよ」

滝口は、この話題は終わりだ、と言わんばかりに立ち上がると、六畳間へ入っていった。

片桐は背中を丸めて両手を組み、滝口を待った。重い足音がした。

「これだ」

厚手の黒表紙で紐綴じした資料。それを投げて寄越した。黄ばんだ半紙が分厚く綴じられた、歳月を感じさせる古びた資料だった。片桐は首を傾げ、視線を上げた。

「おまえに見せたいものだよ」

滝口の強ばった顔があった。片桐はわけが分からず、それでも資料を取り上げた。黴《かび》と埃の臭いが漂った。

「随分古いものですね」

「まあ、見てみろ」

新しいタバコに火をつけながら言った。片桐は憮然《ぶぜん》とした表情で黒表紙をめくった。と、指が止まった。視界に入った文字を反芻《はんすう》しながら、この意味を考えた。分からない。資料の表にはこう記してあった。

『立川三億円強奪事件捜査資料』

右上に〝極秘〟の文字が押され、連番が記されてあった。11。おそらく、捜査陣の主要メンバーに配られた、極秘中の極秘資料だろう。

「三億円事件っていえば……」

片桐は、自分の声が掠《かす》れているのが分かった。滝口が視線を据えたまま頷《うなず》いた。

「そうだ。昭和四十三年十二月十日午前、銀行の現金輸送車から三億円が奪われた事件だ。〝昭和最大のミステリー〟ともいわれる事件だな」

片桐は膨れ上がる困惑を抑えながら言った。

「その三億円事件とあんたが、いったい何の関係があるというんです」

「おれは事件発生直後、その捜査本部に投入されたんだ。二十六歳、念願の刑事になって一年目のことだった」

低く言った。片桐は首をひねった。

「おれが生まれる前の大事件じゃないですか。今回のラーメン屋店主の扼殺《やくさつ》事件とは何の関係もないでしょうが」

滝口の頰が緩んだ。薄ら笑いを浮かべている。片桐の頭が瞬時に沸騰した。ファイルをテーブルに叩《たた》きつけ、腰を浮かした。

「タキさん、説明してくださいよ。あんた、おれをからかってんのか？」

迷宮入りした超弩級《ちょうどきゅう》の大事件と、場末のラーメン屋店主の扼殺事件。つながるはずがなかった。だが、激昂《げっこう》する片桐をすかすように、滝口は小さく言った。

「関係あるんだよ」

片桐は絶句した。両手をテーブルにつき、口を半開きにして凝視した。身体がぴくりとも動かなかった。滝口は右腕を伸ばし、グッと肩を押した。

「ちったあ落ち着け」

片桐は押されるまま、ドスンと座り込んだ。滝口は何事も無かったかのように、懐から取り出した老眼鏡を掛けると捜査資料を取り上げ、険しい表情でめくった。乾いた、紙の擦《こす》れる音が響く。片桐は息を詰めて待った。

「ここだ」

指先で示し、資料を戻した。片桐は受け取り、おののく心を抑えて目を走らせた。心臓の音が鼓膜に響いた。まさか、と声に出さずに呟《つぶや》いた。ゴクリと唾《つば》を呑んだ。

「これは……」

葛木勝。あの、玉川上水でカラスに目を抉《えぐ》られ、絶命していたラーメン屋の主人の名前だ。慌てて上下左右に視線を這《は》わす。上に『最重要参考人リスト』の但《ただ》し書きがあった。

顔を上げた。

「あの葛木と同じ人物なんですか」

喘《あえ》ぐように言った。

「もちろんだ」

老眼鏡越しの目玉が鈍い光を放った。リストには葛木のほか、数人の名前が記されていた。

「まさか、こんなことが……」

「葛木は当時、十九歳だった」

滝口は老眼鏡を外し、淡々と続けた。

「立川周辺を中心に遊んでいた、不良グループのメンバーだ」

「じゃあ、こいつらは――」

「実行犯のリストだよ」

「確証はあるんですか」

「なんの」

片桐は歯を剝《む》き、唾を飛ばした。

「犯人の確証ですよ。三億円犯人だという確証はあるんですか！」

「腐るほどある」

シレッと言った。

「じゃあ、なんで……」

言葉が出なかった。頭がパニック寸前だ。何の説明もなく滝口の自宅に連れてこられ、見せられた資料といえば、三億円事件という、三十二歳の片桐にとっては伝説の大事件だ。

片桐は小刻みに震える指先でマルボロのパッケージを取り出し、一本を唇に挟んだ。ライターで火をつけ、落ち着け、落ち着け、と言い聞かせながら、大きく息を吸った。横を向いて紫煙をフーッと吐いた。ベランダの向こうで、灰色の雨がいつ止むともなく降り続いていた。古びた公団アパートの棟が幾つも並んでいる。雨に沈んだ、静かな光景だった。

滝口にゆっくりと視線を戻した。ごついナマズ面と黄色く濁った眼球。分厚い唇に微笑を湛《たた》え、探るように凝視している。それは幾多もの修羅場を潜った、ベテラン刑事の貌《かお》だった。

片桐は小さくかぶりを振った。

「分かんねえな」

ボソッと呟いた。

「じゃあなんで、逮捕しなかったんです。重要参考人として浮上してきたやつらに腐るほど証拠があって、逮捕できないなんておかしいじゃありませんか」

至極まっとうな質問のつもりだった。だが、滝口はぼそりと言った。

「逮捕できない事情があったんだよ」

逮捕できない事情だと？ そんなもの、想像もできなかった。片桐の困惑をよそに、滝口はぐっと上半身を乗り出し、低く言った。

「おまえ、三億円事件の概要を知っているか？」

片桐は目を細めた。ニセ白バイ警官が銀行の現金輸送車から三億円を奪うという、その鮮やかな手口と、警察の必死の捜査にもかかわらず犯人がまるで闇に溶け込むように消えた、ミステリー小説も顔負けの結末で、日本中が驚愕《きょうがく》した事件だとは知っている。だが、それだけだ。三十年以上も前の事件の詳しい内容など、知るわけがない。第一、犯人は単独犯とばかり思い込んでいたが――

「だいたいは承知していますが……でも、ここには複数の名前がありますね」

片桐の疑問を察知したかのように、滝口が口を開いた。

「おまえ、単独犯だと記憶しているんじゃないのか？」

片桐は乾いた唇を舌先で舐《な》めて言った。

「ええ、週刊誌かなんかで読んだだけですが、確か単独犯で捜査を進めたと記憶しています」

自信がない分、気弱な声音になった。

「あれは間違いだよ」

断定した物言いだった。

「完全なミスリードだな。あれで捜査陣が振り回されてしまった」

己に言い聞かすような口調だった。

「真犯人は複数ってことですか」

「そうだ」

何の気負いもない言葉だった。次いでナマズ顔をしかめ、声を絞り出した。

「だが、逮捕できなかったんだ」

苦渋に満ちた表情だった。

「なぜです」

滝口は小さく首を振った。

「それはおれの問題であって、おまえは関係ない」

毅然《きぜん》とした物言いだった。片桐の頭で疑問がみるみる膨れ上がった。じゃあ、なぜ自分をここへ連れてきて、極秘の捜査資料なんかを——そう思った途端、言葉が出ていた。

「あんた、葛木を殺したヤツの目星がついていると言ったよな」

「ああ、言ったよ」

タバコをくゆらし、余裕たっぷりに頷いた。それがどうした、と言わんばかりの表情だ。

「誰だよ。おれに示してみろ」

怒気を含ませて迫った。

「片桐、おまえ、自分で言った通りだな」

素っ気なく言った。

「なにが」

滝口は、ひと差し指でこめかみを叩いてみせた。

「本当にココが筋肉でできてやがる」

「おい！」

右腕を伸ばして襟首を摑《つか》んだ。

「あんまりふざけてやがると、ジジイだろうが容赦しねえぞ」

グッと引き寄せ、襟首をねじ上げた。滝口はタバコのフィルターを嚙み締めると、左手で片桐の手首を摑んだ。逆をとり、強引に引き剝《は》がす。年齢からは想像もできない、凄《すさ》まじい膂力《りょりょく》だった。片桐は抗《あらが》う間もなく手を離した。苦痛に顔を歪《ゆが》める。

「落ち着け、このバカが」

無造作に押しやった。片桐は手首を押さえ、憤怒《ふんぬ》の視線を据えた。

「いいか、片桐。ざっと敷鑑をやって分かったと思うが、葛木に殺されるような理由はない。カネに詰まった真面目なラーメン屋の店主、という以外の事実は出てこなかった。ならば、葛木がなんらかの動きをしたために、殺されたと考えたらどうだ。しかも、過去、超弩級《ちょうどきゅう》の大事件にかかわっていた男だ」

滝口は淡々と語った。

「おれは、グループの中で亀裂《きれつ》が生じて、殺されたと思っている」

片桐は薄い頰を緩めた。

「タキさん、あんた、マジに言ってるんですか」

滝口は無言のまま頷《うなず》いた。

「三十四年前の事件ですよ」

さも呆《あき》れた、といわんばかりに肩をすくめた。

「今頃、何があるっていうんですか。バカバカしい」

言いながら、ある言葉を思い出していた。ラーメン屋の二階で、滝口が吐いた言葉だ。

――カネに詰まっていたんなら、なんか売ろうとしたんじゃないのか？――

ドロリとした疑念が、片桐の脳裏を覆った。滝口は、片桐の思いをよそに語った。

「あれだけの大事件を起こしたんだ。何もなしで終わるはずがない」

確信に満ちた物言いだった。

「おれは、この日を待っていた。デカ生活の最後の最後になって、巡ってきた幸運だ」

ギョロリとした目が、異様な光を放っていた。なにかに憑《つ》かれたような顔だ。

「待ってたんだよ、おれは」

片桐は口を半開きにして見つめた。

「おい、片桐」

鋭い声が飛んだ。慌てて唇を引き締めた。

「おまえ、葛木の女房の話を覚えているだろう」

片桐は首を傾げた。滝口は舌打ちをくれ、続けた。

「ほら、病室で言ってたろうが。葛木が二十七歳のとき結婚したって」

思い出した。若い時分はワルい時期もあったが、一念発起して運送会社に就職。身を粉にして働いた真面目な運転手。同じ運送会社で事務員として働いていた裕美子と結婚したのは二十七歳……

「それがどうかしたんですか」

片桐はわけが分からなかった。滝口は短くなったタバコを灰皿でねじると、上目遣いに見た。

「三億円事件の時効は七年後の昭和五十年十二月十日。事件当時、十九歳の葛木が二十七歳で結婚したのは、時効を待ってのことだと思う」

「そんなの偶然でしょうが」

「まあ聞け」

片桐の言葉を遮った。

「偶然でもなんでもいいんだよ。だが、事件後、運送会社に就職して目立たぬよう、真面目に、残業も厭《いと》わずコツコツ働いた葛木勝の心情は分かる。ヤツは怖かったんだ。時効を迎えたときの喜びとか解放感は得も言われぬものだったろうよ。それが結婚という人生の節目につながった、と考えて何がおかしい」

自信を滲《にじ》ませた物言いだった。

「そんなの牽強付会《けんきょうふかい》じゃないですか」

滝口は目尻《めじり》に皺《しわ》を刻み、笑った。

「ほう、頭は筋肉なのに、さすがは大卒の巡査部長殿だ。難しい言葉を知ってるんだな」

片桐は奥歯をギリッと嚙《か》み、睨《にら》んだ。が、滝口はかまわず続けた。

「おれは葛木が扼殺《やくさつ》された、と聞いた瞬間、三億円事件がかかわっていると思った。ざっと捜査してみて、それは揺るがぬ確信に変わった」

そう言うと、さも面白そうに唇を歪めた。

「いいか、片桐」

背中を丸め、凝視した。

「捜査ってのは仮定から始めるんだ。持てる情報を組み立て、頭の中で仮定を描き、一段上の捜査に進む。そこで仮定が崩れるようなら、方向を変える。その連続が捜査だろう」

「ベテラン刑事のレクチャーですか」

露骨な皮肉にも滝口は動じなかった。

「定年間近のジジイが自信を持って喋《しゃべ》ってんだ」

顎《あご》をしゃくり、テーブルの上で開いたままになっている捜査資料を示した。

「間違いない、ホシはその中にいる」

片桐は最重要参考人として記された名前を数えた。それは葛木を含めて五人、あった。名前を脳の襞《ひだ》に刻み付けた。

捜査資料を真剣な表情で見入る片桐を、滝口の凍った視線がとらえていた。黄色く濁った瞳《ひとみ》には、微《かす》かな冥《くら》い色があった。それは、哀れみと懺悔《ざんげ》の色だった。

皇居の御堀端に建つホテル。嵌《は》め殺しの窓の向こうでは、千鳥ヶ淵の水面が激しい雨に打たれ、白く濁っていた。部屋の空気は、刻一刻と固く尖《とが》っていった。

窓際のソファセットで、吉岡健一は男が飛ばす鋭い視線を受け止めていた。頬を粘った汗が伝った。パンチパーマにゆったりとしたダブルのスーツ。名前は金子彰《かねこあきら》。吉岡は、目の前の、どす黒く膨らんだ不健康な顔を見つめた。変わった。何もかもが変わった。口の中に苦いものが浮いた。金子は視線を据えたまま、指先に挟んだ葉巻をくわえた。腕に巻いた金無垢《むく》のローレックスがギラリと光った。

「吉岡」

ひび割れた声だった。

「おれじゃない」

そう言うと、静かに視線を外した。

「おれが、あんな情けねえ腑《ふ》抜けのおっさんを殺《あや》めてどうする。なんの得もないだろうが」

金子は、窓の外を眺めていた。腫《は》れぼったい虚《うつ》ろな視線には、蓄積した疲労と深い諦観《ていかん》があった。

「極道はな、得にならねえ殺しはしないんだよ」

低く言うと、ゆっくりと視線を戻した。

「何年ぶりになると思う。ええ、おれとおまえが会うのはよ」

吉岡は首を傾げて呟《つぶや》いた。

「十年以上になると思うが」

「そうだ。この前、おまえのツラを見かけたのは、あのバブル経済真っ盛りの時分だ。銀座の高級クラブだ。舎弟どもと札束きって喜色満面のおれとおまえは偶然、顔を突き合わせたんだ」

「そうだったかな」

「そうさ」

金子は太い首を突き出し、赤黒い顔を歪めた。

「蔑《さげす》む目だった。迷惑だ、あぶく銭を摑《つか》んだ下品な極道の来るところじゃない、どこかへ行け、と言っていた」

「そんなことはない」

「いや、そうさ」

眉間《みけん》を寄せた。視線がみるみる険しくなった。

「実業家とかいって、まっとうなカネを稼いでいるヤツの、威張りくさった目だった」

野太い声が響いた。

「おれは極道だ。しかし、昔のダチを理由もなく殺めるほどおちぶれちゃいない、おれじゃないぞ」

視線を落とした。

「吉岡よ、どうする」

吉岡は無言だった。金子は再び、顔を窓の外に向けた。顎の下の脂肪が揺れた。

「あの日もこんな雨だったたな」

ポツリと言った。

「そうだった。そして、おまえは震えていた」

金子の顔が怒気を帯びた。

「おれは変わったんだ」

吠《ほ》えるように言った。吉岡が軽く頷いた。

「知っている。おれも、おまえも、みんな変わった。そして、ふたりが死んだ」

金子が赤黒く濁った目を細めた。

「ふたり？」

「そうだ。勝でふたり目だ」

吉岡は静かに言った。暫《しばら》く視線を宙に漂わせていた金子は、次いで顎を上下させた。得心したように薄い笑みを浮かべる。

「なるほど、そうだった。ふたり目だ。しかし、おまえは間違っている」

「なにが」

思わず訊《き》いた。

「死んだんじゃないだろう」

吉岡は動揺をなんとか抑え込み、睨んだ。吉岡の戦慄《わなな》く胸中など知るはずもない金子は続けた。

「殺された、の間違いじゃないのか」

唇をひねって、せせら笑った。

「吉岡、おれたちは殺されていくんだよ。あの事件にな」

静寂が部屋に満ちた。空気が冥く重く、鉛のように沈んでいった。吉岡は俯《うつむ》き、ぼそっと呟いた。

「勝はカネに困っていた」

「だろうな。おとなしくトラックの運ちゃんやってればいいのに、ラーメン屋なんかやるからだ」

金子は憎々しげに吐き捨てた。吉岡が続けた。

「少し前、おれのところへ電話が入った」

「カネを貸せってか」

吉岡はかぶりを振った。

「そんなことは言っていない。だが、声のトーンで分かった」

金子は顎を引いて、目をすがめた。

「融通してやったのか？」

「いや――おれたちはそういう関係じゃないだろう。そう決めたはずだ」

「ああ、おまえは正しい」

吉岡は顔を上げた。

「金子、おまえのところへは連絡がなかったか？」

「あったら半殺しにしてる」

分厚い拳《こぶし》をバチンと掌《てのひら》に打ちつけた。鼻の頭に皺《しわ》を刻んだ。

「情ねえ。さんざん突っ張っていた勝が、あの事件でガラリと変わっちまった」

「金子、勝が殺された以上、警察が動く。おまえ、嗅《か》ぎつけると思うか？」

「さあな。だが、始末をしなきゃいけないだろう。どっちに転ぶにせよ、だ」

そう言うと唇を嚙み、暫く言い淀《よど》んだ後、続けた。

「あの女はどうする」

女――。吉岡はギリッと奥歯を鳴らした。

「吉岡、あの女も仲間だった。無視するわけにはいかない」

低く言うと、金子は葉巻をくゆらし、窓の外に目を向けた。

「そうか」

ため息のような吉岡の声だった。沈黙が流れた。と、吉岡はグッと息を詰めた。眉間を寄せ、顔をしかめた。耳の奥で金属の軋《きし》む音がした。それは、再び回り始めた歯車の音だった。目の前に、灰色の雨を眺める金子がいた。ふたり目の犠牲者は葛木勝。

――そして次は――

吉岡は声を出さずに呟いた。


夕方、あれほど激しかった雨も上がり、ビルの向こうに見える西の空が、目に鮮やかな茜《あかね》色に染まった。出入り口のシートの間から、オレンジ色の光が射し込んでくる。

ハウスの中の老人は眩《まぶ》しさに顔をしかめ、寝袋のジッパーを降ろした。上半身をひねり、床に敷いた絨毯《じゅうたん》に手をつき、ゆっくりと起き上がろうとしたとき、激痛が走った。腰に、錐《きり》を揉《も》み込んだような痛みがあった。老人は、無精髭《ぶしょうひげ》の浮いた頰を歪《ゆが》め、低く呻《うめ》いた。

「どうした」

声がした。奥の寝袋に入っていたヨシが顔を上げた。

「ジイさん、痛むのか」

「ああ」

か細い声で応《こた》えた。

「寒さと湿気のせいだ。ちょっと待ってろ」

言いながらヨシは寝袋から素早く這《は》い出ると、ハウスの天井から吊《つ》り下げてあるズダ袋に手を入れた。

「あった、これ」

ヨシは老人に這い寄り、四角い包装袋を破って簡易カイロを取り出した。

「貼ってやるから」

ジャンパーとセーター、トレーナーをめくり、肌着にカイロを貼りつけた。

「温めればじきによくなる。軽い神経痛だろう」

「すまんな」

呻きながら礼を言った。

「寝てなよ」

ヨシはコートのポケットからウイスキーの小瓶を取り出し、〝歌舞伎町オリジナル〟を口に含んだ。喉《のど》仏を上下させて一息に飲むと、フーッと大きく息を吐いた。

「今夜は冷える。湿気が凍った冷気になって身体をギリギリ締めつけるぜ」

老人は片肘《ひじ》をついて、上半身をゆっくりと持ち上げた。

「だが、今夜のメシを確保しなくちゃいかん」

ヨシが、手で顎髭をしごいた。

「おれに任せなよ」

薄暗いハウスの中で、ニカッと笑った。歯の無い黒い歯茎が見えた。

「いや、甘えるわけにはいかない」

老人は奥歯を嚙《か》み、手を絨毯《じゅうたん》について立ち上がろうとした。引き結んだ唇から苦悶《くもん》の呻き声が漏れた。

「おい！」

鋭い声が飛んだ。ヨシが眉間《みけん》に筋を刻んでいた。いつもは涼やかな視線が、険しく尖《とが》っている。

「ここはおれのハウスだ。ここに居る限り、おれの指示に従ってもらう」

有無を言わさぬ口調だった。ヨシは老人の肩を摑み、グッと引き降ろした。

「いいから寝てろよ」

老人は苦笑を浮かべ、ごろりと横になった。

「トシはとりたくないな」

小さく呟《つぶや》いた。

「しょうがねえだろう。仕事なし、家なしのジイ様なんだから」

一転、慰めるように言った。

「ま、ここは諦《あきら》めて、若いもんの言うことをききなよ」

　ヨシはコートの懐に手を入れ、タマを抱き上げた。

「ほら、こいつを抱いてな。生きた湯たんぽだ。あったかいぞ」

　タマを老人の寝袋に押し込むと、目尻《めじり》に皺を刻み、微笑んだ。タマはミャーミャーと鳴き声をあげ、寝袋の胸元から顔を出した。老人は頰を緩め、タマの頭を撫《な》でた。

「ジイさん」

　ぽつりとヨシが言った。

「なんだ」

　柔らかな視線をタマに向けたまま、老人が応えた。ヨシは胡座《あぐら》をかいて手を組み合わせ、俯いた。暫《しば》し言い淀んでいたが、意を決したように口を開いた。

「いつまでここにいるよ」

「迷惑なのか」

　老人が抑揚のない声で言った。ヨシは慌てて顔を上げた。外から射し込む、微《かす》かな夕陽を浴びて、ヨシの顔に朧《おぼろ》な陰影が浮いていた。

「違う、誤解するな」

　強い口調だった。

「以前、宿無しのひとりが言ってたろうが。あんた、まっとうな勤め人の匂いがプンプンするって」

　老人は何も言わなかった。

ヨシはにじり寄った。

「おれもそう思う。あんた、定年までしっかり勤め上げた男の自信みたいなものがあるんだ。それに、ギャンブルで身を持ち崩した様子もないし、女にいれこむ年齢《とし》でもないだろう。バカなガキどもに凄《すご》まれても、毅然《きぜん》として撥《は》ね返すだけの強さも勇気もある。そんなあんたがなぜ、こんなところにいるのかが、おれは不思議でならない」

困惑に満ちた表情だった。

「あんた、身体がダメになったら、ちゃんと面倒みてくれる家族がいるんだろう。ここに来たのは、ほんの気まぐれじゃないのか」

老人は聞いているのか、いないのか、タマの顎《あご》を撫でていた。タマは、気持ちよさそうに目を細め、ゴロゴロと喉を鳴らしている。

「女房とか子供だっているんだろう。ちょっと面白くないことがあって、家出しただけじゃないのか。なあ、ジイさん。本当のことを言ってくれよ。そして、このハウスを出ていきたいなら、いつでも好きにしていい。気持ちが萎《な》えたり、身体が続かないと思ったら、今夜でも帰りなよ」

そう言うと、再び俯いた。ハウス内に、ふたりの呼吸と、タマの喉を鳴らす音だけが響いた。

「ヨシ」

ひび割れた唇が動いた。

「おれには女房も子供もいないんだ」

ヨシが顔を上げた。

「おれは、おまえさえ迷惑でなければ、ここに置いてほしいんだ。おれは、この公園で生きたいと思っている」

掠《かす》れた声だった。

「ここへ来るまで、おれは死人も同然だった。どうせ老い先短い身だから、このままくたばってしまえればどんなにいいか、と思っていた」

「それは自殺ってことか？」

ヨシが、声を圧《お》し殺して訊いた。寝袋に横たわったままの老人は、胡麻《ごま》塩《しお》頭を微かに傾げた。

「そうかもしれない。いや、自殺という言葉を考えるだけの気力もなかった、と言うべきだろう。おれは、極度の無気力に陥っていた」

ヨシはゴクリと喉を鳴らした。寝袋の老人は低い天井を見つめ、淡々と語った。すっかり陽が落ち、ハウスの中にはいつの間にか闇が降りていた。老人のか細い声だけが響いた。

「だが、ここの連中は生きている。うまく言えないが、無様に、惨めに、野外の厳しい寒さに耐えて生きている。おれはホームレスなんて、努力の足りない人生の敗残者だと思っていた。おれは傲慢《ごうまん》で、体裁だけを気にする、つまらない自己本位の男だった。もう遅すぎるが、いまになって思い知った。すべてを捨ててしまって、やっと気がついたんだ。この世に、生き続けることほど尊いものは何もないんだと」

老人は唇を引き結んだ。ひと呼吸分の沈黙が流れた後、ヨシの声がした。

「死にたいと思ったほどの絶望ってのはなんだ？」

老人は唇を固く閉じたままだった。再び、ヨシの声が響いた。それは怒りを滲《にじ》ませた声音だった。

「あんたが言ったように、ホームレスは辛《つら》い。おれはここで暮らして一年になる。だれがすき好んで、こんな酷《ひど》い生活を送るもんか。この公園でも、ホームレスの凍死者が毎日のように出ているんだぞ。仕方がないから、ここにいるまでだ。しかし、おれは思い違いをしていた」

語尾が震えていた。

「おれは、ひとりで生きていける人間だと信じていた。孤独も絶望も、すべてを引き受けて生きていってやると腹を括《くく》った。だが、そんなのまやかしだった。おれは弱い人間だ。あんたと暮らし始めて、ほっとしている自分がいる。和《なご》んでいる自分がいる。そして、あんたがいつか出ていくんじゃないか、とビクビクしている自分がいる」

「ヨシ」

重い、力強い声だった。老人の視線が、震えるヨシの横顔に据えられた。

「おれはどこにもいかない」

ヨシが中腰になった。バサッとシートを捲《まく》り上げる音がした。髪を後ろで結ったヨシの黒い影が、外へ出て行った。老人は絨毯に肘をつき、ゆっくりと上半身を起こして、シートの隙間から外を覗《のぞ》いた。白銀灯の下、背中を丸め、白い息を吐いて、遠ざかっていくヨシの姿が見えた。

午後八時半、小金井中央署の三階会議室に設置された捜査本部は、事件発生三日目にして初めて、期待と興奮の入り交じった活気が漂っていた。捜査会議の冒頭、不審車輛《しゃりょう》目撃情報の報告があったのだ。

そのクルマは、白のセダン。目撃された場所は武蔵野市。葛木勝の扼殺《やくさつ》死体発見現場である小金井公園前玉川上水から東へ四キロほど離れた、境《さかい》浄水場沿いの井の頭通りだった。執念の聞き込みが実った、というわけではなく、捜査本部の情報班に寄せられた一本の電話が発端だった。昼過ぎ、若い男性の声で、一月三十一日深夜、つまり死体が発見されることになる当日の午前二時過ぎ、自転車で自宅アパートへ向かっている途中、白のセダンの中で話し込むふたりの男性を見たのだという。目撃者である若い男性の名前は岩村弘《いわむらひろし》。

所轄の捜査員が岩村のもとへ赴き、話を訊《き》いた。大学生の岩村はファミリーレストランでウェイターのバイトをやっており、その日は仕事を終えて帰る途中だった。午前二時にバイト先を出て、三鷹駅前のアパートに帰宅したのが二時二十分。バイト先の店は目撃現場から七百メートルほど小平市に寄った五日市街道沿いにあり、岩村は境浄水場沿いに延びる井の頭通りの歩道をマウンテンバイクで走って帰るのが常だった。そして、歩道は車道から二メートルほど高い位置にあり、岩村は車道の路肩に停車している白のセダンを見下ろす形で確認したのだという。深夜、まして歩道が頭上にある路肩になど停車するクルマは皆無だったため、目についたらしい。

すれ違う際、水銀灯の下で見た助手席の男はなにやら深刻な顔で運転席の男と言葉を交わしていたという。運転席の男は、キャップを目深《まぶか》に被《かぶ》っており、その表情は視認できなかった。岩村は、新聞報道等で被害者の顔を見て、気になったものの、面倒臭くてそのままにしておいた。しかし、日曜になってガールフレンドに話したところ、電話をするよう勧められ、連絡を入れてきた、とそういう話だった。

しかも、捜査員が改めて葛木勝の顔写真を示すと、岩村は「助手席の男に間違いない」と断定したという。

捜査会議の席上、所轄の捜査員は上気した顔で「かなり精度の高い情報と思われます」と結んで報告を終え、腰を下ろした。どよめきと共に、本庁から派遣されている捜査陣の間から「そのセイガク、女の前でいい恰好《かっこう》したかったんじゃないのか」と、嘲弄《ちょうろう》交じりの声が飛んだ。すると、所轄の捜査員は再び立ち上がり、「目撃者は、接客というアルバイトの性格上、人の顔を覚えておくのが習い性となっています。葛木勝に間違いない、と証言しておりました」と、怒鳴るように言った。

憤怒《ふんぬ》を肩のあたりから漂わせた捜査員が席につくと同時に、声を潜めた言葉があちこちで飛び交い、ニコチンと汗、整髪料の臭いの染み付いた会議室の空気が揺れた。

会議室の前方、宍倉の横に腕を組んで座る所轄署刑事課長が、いつもの仏頂面を緩めて、含み笑いを浮かべた。

目ぼしい成果が上がらず、萎《しな》びたようになっていた捜査員たちの顔が、まるでラードをなすりつけたようにギラギラと輝き始めた。

捜査を指揮する宍倉が立ち上がり、その四角いゴリラ顔を紅潮させた。

「司法解剖による死亡推定時刻は午前零時から午前四時。しかも現場鑑識ではガイシャは他所《よそ》で殺害され、クルマ等で現場に運ばれ遺棄された、と推定している。目撃情報に矛盾する点はない。他に大した成果が上がっていない以上、ここは――」

宍倉の野太い声が響く中、滝口はじっと腕を組み、分厚い唇を引き締めて無言だった。その顔に、感情の揺れは些《いささ》かも見えなかった。滝口から離れた後方のテーブルに座る片桐も、冷然とした表情で前を見つめるだけだった。一気に熱を帯びた捜査本部の中で、ふたりだけがまるで別世界にいるかのように、シラけていた。

「タキさん、こりゃあ思わぬネタかもな」

隣に座る三浦辰男がタバコをふかしながら呟《つぶや》いた。その爬虫類《はちゅうるい》に似た細面の顔が妙にニヤけている。

「タレで、しかも所轄の手柄とあっては諸手《もろて》を挙げて礼讃《らいさん》とはいかないが、白のセダンは有力情報だ。おれは、境浄水場の周辺はよく知ってるんだ」

三浦は以前、新興宗教団体のテロで世間が騒然とした時期、浄水場に毒を撒《ま》くとの情報があり、その捜査で行ったことがある、と問わず語りに明かした。

「境浄水場は他所から来た野郎が偶然迷い込むような場所じゃない。しかも、玉川上水に死体を突き落としているんだ。犯人はこの辺りに土地勘がある。案外近くに住んでいて、今頃震えているかもな」

言葉を切り、滝口の顔を覗《のぞ》き込んだ。しかし、滝口は前を向いたままだった。

「タキさん、ゴリラの野郎、今度はおれらの尻《しり》を叩《たた》くぜ」

面白がるように囁《ささや》いた。

宍倉の怒声が響いた。

「敷鑑！」

「ほら、おいでなすった」

三浦が首をすくめた。

「交遊関係等、なにか情報はないのか」

だが、滝口は憮然《ぶぜん》とした表情をつくっただけで、一顧だにしなかった。三浦が、つきあいきれない、と言わんばかりに舌打ちをくれ、立ち上がった。途端に、「よっしゃあ」「待ってました」と、本庁の連中が拍手と共に囃《はや》し立てた。会議室全体がねじれた躁《そう》状態に入っていた。三浦は大仰に咳払《せきばら》いをすると、メモをめくり、報告した。

「被害者は友人も限られており、店の常連客の筋からも目ぼしい話は出ておりません。仕事関係等では真面目、無口、律義の三拍子揃った、極めて面白みのない人間であります」

一拍置き、不敵な面構えで辺りを睥睨《へいげい》した。所轄の捜査員とは一線を画す、捜査一課のプライドと余裕が漂う。再び、メモに視線を落とした。

「そこで、捜査の範囲を広げましたところ、ひとつ、気になる点が出て参りました。借金及び家族関係は、他の有能な捜査員が動いておりますので――」

ここでチラッと滝口に目をやった。滝口はピクリとも反応を示さなかった。三浦は鼻を鳴らし、唇を動かした。

「被害者の過去を遡《さかのぼ》ると、少年時代、不良仲間と遊んでいた時期があったようです」

キリッと奥歯を嚙《か》む音がした。滝口の頰が隆起し、朱味《あかみ》がさした。が、それだけだった。

片桐は、まるで親の敵でも見るように、鋭い視線を三浦の背中に注いでいた。

「実家は福生《ふっさ》市内にあり、両親は物故しておりますが、実兄が健在でした。ガイシャは中学卒業後、進学した工業高校を一学期で辞めるとすぐに家を出てしまい、立川市周辺で不良仲間と遊んでいたようです。定職もなく、日雇い等で小銭を稼いでは放埒《ほうらつ》な生活を送っていた、と」

「だが、運送会社に勤務していた時分から真面目で通ってきた男だろう」

宍倉が手元のファイルに目をやり、疑問を呈した。三浦はこめかみを指先で掻《か》き、さも困った、という表情をみせた。

「ああ、ガイシャの女房の話から出てこなかったですか」

シレッと言った。宍倉が険しい視線を隣の滝口に向けた。滝口は腕を組んだまま、大儀そうに猪首《いくび》を回しただけだった。

「ガイシャは二十一で運送会社に勤務し、以来二十三年間、ほぼ無遅刻無欠勤でトラックの運転手として働いています。人が変わったように真面目になり、結婚し、ふたりの子供を育て上げています。まあ、九年前、己の適性もわきまえないままラーメン屋なんかに転職しなければ、借金をこしらえることもなかったと思いますが、不況でトラックの仕事は少なくなるし、仕方なかったんでしょうなあ」

「しかし、不良時代といっても三十年以上も前の話だろうが」

宍倉が訝《いぶか》しげに眉根《まゆね》を寄せた。

「今回の事件といったいどういう関係があるんだ？」

「ここからは推測ですが、ガイシャはカネに詰まってサラ金からも摘《つ》まみ、ラーメン屋の廃業も考えていた以上、最後に頼るのは昔の仲間だと思うんですよ。まして不良なんての は絆《きずな》は固いですから、今回の事件についても、なにか有力な情報を持っているんじゃないか、と考えたわけです」

確かな自信を滲《にじ》ませて言った。

「で、その仲間ってのは割れたのか」

宍倉が眉間《みけん》に筋を刻み、迫った。三浦は唇を歪《ゆが》め、首を振った。

「いえ、実兄も、昔の仲間については何も知りません。粘ってはみたんですが、しまいには、弟はとっくにワルから足を洗って、真面目に生きてきたのに、なんで昔をほじくられなきゃいけないんだ、と怒り出す始末でして。まあ、元不良少年とはいえ、いまは加害者ではなく、れっきとした被害者ですからね」

「よし、ご苦労。三浦の組は明日以降も、その不良時代の線を洗え」

宍倉の声に張りがあった。今朝までの沈んだ会議室の空気が、いまはウソのように活気に満ちていた。

「ついでに、ガイシャの家族縁者もまとめておまえがやれ」

「いいんですか」

言いながら、三浦は隣の滝口に目をやった。

「おれが指揮を執ってんだ。割り振りはおれが決める」

宍倉は捜査陣をジロリと睨《ね》めつけ、会議の終了を告げた。ガタガタとパイプ椅子が動き、三々五々、捜査員たちが会議室を出て行った。

「タキさん、悪いな」

三浦は滝口の肩を軽く叩くと、大股《おおまた》で去って行った。

滝口は背中を丸め、コートを摑《つか》み、ゆっくりと腰を浮かした。そこへ、高い靴音が近づいた。片桐だった。顔に皮肉な笑みを浮かべている。

「本庁ってのは凄《すご》いもんですね」

滝口は座り直し、無言で見上げた。その顔には濃い疲労の色があった。

「仲間の持ち分を強引に奪い取って平気なんですか。デカの仁義もへったくれもないでしょう」

滝口は視線を外すと、自嘲《じちょう》するように分厚い唇を歪めた。

「力が無いと見れば、あっというまに食いつき、骨までしゃぶって捨てる。それが捜査一課だ。自分に自信がないなら、捜一なんて希望しないことだ。所轄で細く長く、地道にやったほうが賢明だ」

片桐のそげた頰が強《こわ》ばった。

「タキさん、おれは三十四年前の事件なんて、別にどうでもいいんですよ。はるか昔に時効のきた、古いスクラップの中の事件じゃないですか」

テーブルに両手を置き、上半身を沈めて低く言った。

「葛木殺しのホシ、よそに挙げられたら承知しませんよ」

憤怒で赤く濁った視線をすぼめた。

「とりあえず明日だ。まあ、仲良くやりましょうや」

片桐はそれだけ言うと、背中を向けた。滝口はガランとした会議室で椅子に座り込んだまま、なにかを思案するように宙を見つめた後、背広の懐から携帯電話を取り出し、操作した。


午後九時三十分、小金井中央署を出た滝口はJR中央線の武蔵小金井駅から、新宿行きの電車に乗った。日曜日夜の電車は人気《ひとけ》もまばらだった。滝口は自動ドア横の座席に座ると、目を閉じ、コートのポケットに両手を突っ込み、すぐに船を漕《こ》ぎ始めた。眼窩《がんか》が落ち窪《くぼ》み、曲げた首の皮膚が垂れていた。背中を丸めたその姿は、疲れ果てた初老の男そのものだった。

荻窪《おぎくぼ》駅のホームに電車が入った。ドアが開き、乗降客の動きが落ち着くと、発車を告げるアナウンスが響いた。と、それまで寝入っていた滝口が素早く立ち上がった。それはスイッチの入ったロボットのように、何の前置きもない、瞬時の動きだった。滝口は閉じかけたドアの間に身体を滑り込ませ、強引にホームへ出た。

荒い息を吐きながら、ドアの閉まった車内に鋭い視線を疾《はし》らせ、スピードを上げて去っていく電車を見送った。ホッとひと息つくと、さりげなく辺りを見回し、ホーム中央の階段を下りた。

地下の改札を出た滝口は、南口への階段を這《は》うように歩き、上りきったところで何かを思い出したようにクルリと反転した。滝口は階段を上がってくる数十の人影を視界に収め、尾行点検を行った。そのまま、何事もなかったかのように階段を降り、地下通路を歩いて反対側の荻窪駅北口への階段を上った。

北口のロータリーでタクシーに乗り込み、行く先を告げる。タクシーは駅前の青梅街道を、都心とは逆の練馬の方向へ向かった。五百メートルほど走って四面道の交差点で右折し、環八通りに入る。この首都圏屈指の大動脈は、渋滞一歩手前の混みようだった。ヘッドライトとブレーキランプの洪水の中、西武新宿線を跨《また》ぐ陸橋を越えて約二キロ走り、西武池袋線の練馬《ねりま》高野台《たかのだい》駅手前でタクシーを降りた。

背後に、環八の轟音《ごうおん》を聞きながら、石神井《しゃくじい》川沿いの静まり返った道路を歩いた。冷たい風が吹いていた。滝口はコートの襟を立て、背中を丸めて歩いた。コンクリートのビルが立ち並ぶ都営住宅を抜け、闇に沈んだ石神井公園の前で右に折れ、閑静な住宅街に入る。自分の固い靴音だけが響いた。

滝口は、一軒の瀟洒《しょうしゃ》な住宅の前で立ち止まった。百坪前後の敷地をレンガ塀でぐるりと囲まれ、芝生を張った庭では背の高い水銀灯が、まるで安定した生活を誇示するように白く強く輝いている。

腕時計を見ると午後十時四十分。滝口は、玄関のインタホンを押した。来客を待っていたかのように間を置かず、玄関ドアが開いた。顔を強ばらせた男が半身をのぞかせた。警視庁のOBで、現在はサラ金会社の総務部長を務める六十七歳の高村英治だった。二日前の夜、新宿で会った高村はプレスのきいたスーツを着込み、染めた黒髪をオールバックに整えて隙の無い身だしなみだったが、いまは古びたグレーのセーターに、裾《すそ》の擦り切れた茶色のスラックス、額にぱさついた髪の毛の筋が二つ垂れて、どこから見ても定年後の冴《さ》えないジイさまだ。

「日曜なのにすみませんな」

滝口は慇懃《いんぎん》に一礼した。が、高村は怯《おび》えを含んだ視線を滝口の背後にやり、早く中へ、とせかした。

「大丈夫ですよ」

滝口は余裕の笑みを湛《たた》えて言った。

「まだ行確（行動確認）はついていませんから」

高村は目を剝《む》き、口を半開きにした。驚愕《きょうがく》の表情で滝口を凝視する。が、それも一瞬だった。慌てて滝口を玄関に押し込み、ドアを閉めた。シリンダー錠が機能しているかを確認し、チェーン錠をかけて振り向いた。恐怖を露《あらわ》にした顔が、滝口をとらえた。

「タキ、おまえ——」

声を潜めた。喉仏《のど》がゴクリと動く。

「おまえ、もう動いているのか」

信じられない、とばかりに訊いてきた。

「おれはもう六十ですよ。残りの時間は僅《わず》かなもんだ。春がくれば、無職のジジイですから」

分厚い唇を歪《ゆが》め、嘲笑《ちょうしょう》を浮かべた。高村は苦渋の表情で視線を逸《そ》らすと、顎《あご》をひねって上がるよう促した。コートとくたびれた革靴を脱いだ滝口は、上がり框《かまち》に屈んで靴を丁寧に外向きに揃えた。家の中はシンと静まり返り、物音ひとつしなかった。

高村の後から、玄関横のドアをくぐった。そこは十五畳ほどの応接間だった。アップライトのピアノが光沢を放ち、サイドボードには洋酒のボトルとグラスがずらりと並んでいた。窓には厚い深緑色のカーテンがかかり、小さくクラシック音楽が流れている。

高村は中央の革張りのソファに座り、タバコに火をつけた。憮然《ぶぜん》とした表情で滝口を見上げる。

「タキ、座れよ」

滝口は一礼し、大理石のテーブルを挟んで向かい合う形で腰を下ろした。

「家の者はもう寝ている。ビールくらいなら出せるが」

気乗りしない様子で言った。

「いえ、おかまいなく」

「そうか」

ため息をついた。

「女房には警察の後輩としか伝えていないから、そのつもりでいてくれ」

自分に言い聞かせるように呟《つぶや》くと、苛立《いらだ》った様子でタバコをふかした。

「分かっています」

滝口は禿《は》げ頭をつるりと撫《な》で上げた。高村は唇を嚙《か》み、眉間《みけん》を寄せて俯《うつむ》いた。天井から吊《つ》るされたシャンデリアの眩《まばゆ》い光が、暗く沈んだ高村と対照的だった。

この、一介の元警官の家にしては豪華な一戸建は、土地も含めて妻の実家の所有だと聞いたことがある。その分、女房には頭が上がらないのだろうが、今夜のうろたえぶりは、もちろんそれだけではない。

滝口は背広の懐からハイライトのパッケージを摘《つ》まみ出すと、一本を振り出し、唇に挟んだ。ゆったりとした仕草で火をつけながら、さりげなく目の前の高村を観察する。その顔は、突如、降って湧いた不運を呪い、困惑しきっていた。滝口はわざとらしい深い嘆息と共に、紫煙を吐き出した。焦《じ》れたように高村が顔を上げ、口を開いた。

「タキ、先日も言ったが、あれはもう時効だろう。おれはもう、忘れたんだ」

硬い声だった。顔にすがるような色がある。が、滝口は目を据えたまま、首を横に振った。

「時効なんて関係ありませんよ。それより――」

一拍置いた。高村が唇を引き結んで、滝口の言葉を待った。

「事態は思った以上に早く進行しています」

「事態って……」

喘《あえ》ぐように訊《き》いた。

「捜査ですよ。葛木勝の周辺の捜査が、おれの予想を上回る早さで進んでいるんです。すでに不良時代のことまで嗅《か》ぎ付けて――立川周辺のワルだったと分かってしまったんですよ」

そう言うと、小さくため息を漏らした。高村がひび割れた唇を動かした。

「じゃあ、あの件については――」

「五日先か、あるいは十日先か。いずれにせよ、遅かれ早かれってとこでしょう。おれが家族近親者の敷鑑を一手に引き受けて、なんとかごまかそうと思ったんだが、ジジイはお呼びじゃないらしい。若い同僚にあっという間にかっさらわれてしまいましたよ」

面白がるように言った。

「おれもトシですわ」

滝口は御影石をくりぬいた灰皿で、タバコを押し消した。

「だが高村さん、今回の件は思った通りだ。葛木の扼殺《やくさつ》事件は、グループの連中が絡んでいますよ。ここで沈めたはずの三億円事件が浮上してくると、上は間違いなく潰《つぶ》しにかかる」

高村は根本まで燃え尽きたタバコのフィルターを灰皿に落とすと、何か思案するように、中空に目を据えた。

「だが、そんなことは許しませんよ、今度は許さない」

確かな決意を込めた滝口の声音が響いた。

「許さないっておまえ――」

滝口が不敵な笑みが浮かべた。

「あの家へ行ってきましたよ。ほら、小平霊園近くの」

高村の顔から血の気が引いた。

「家の前の、ボロい都営住宅も、コンクリート造りの集合住宅に建て変わっていて、見違えるくらいでした。新築の戸建てもいっぱい建って、一帯がこざっぱりとした住宅街ですよ。しかし、あの家だけは、三十四年の歳月を刻み付けて、みるも無残な様子でした。白く輝いていた真新しいブロック塀も、いまは黒ずんで、哀れなもんですよ」

「じゃあ、ずっとあの家には……」

「ええ、ヤツは、逃げも隠れもせず住んでいたようです」

高村の額の皺《しわ》が深くなった。

「おまえ、あのひとに会ったのか？」

滝口は応《こた》えず、薄く笑った。

「おい、タキ！」

高村はテーブルに両手をつき、上半身を乗り出した。

「まだ、生きているのか？」

滝口は、その深海魚を思わせる、濁った目玉をギョロッと向けた。

「ええ、生きています。だが、おれは会っていない」

「どうして」

「行方知れずなんですよ」

低く言った。高村の表情が硬直した。滝口はかまわず続けた。

「高村さん、おれとあんたが犯したあの致命的な失敗のことなんだが」

高村の喉仏が上下に動いた。こめかみに浮いた脂汗が、鈍く光った。

「あれは、仕組まれていたんじゃないのか？」

「どういうことだ」

声に怯えがあった。

「上からの命令だったんじゃないか、ってことですよ」

キュッと喉が鳴った。高村の噛み締めた唇が震えた。滝口は冷然とした目を据えたまま、背広の懐に手を入れ、丁寧に畳まれた紙片と万年筆を抜き出した。

「高村さん、ちょいと昔話をしましょうや」

紙片を広げ、テーブルに置いた。高村は口を半開きにして、視線を落とした。そこには、B4ほどの大きさの地図のコピーがあった。暫《しばら》く視線を注いでいた高村は、「これは」と絶句した。

「そうです。事件発生当時の立川市周辺の地図です」

事務的な口調で説明すると、万年筆のキャップをとり、地図に向かった。

「事件発生はここですね」

米軍立川飛行場の北東、第三都営住宅と五日市街道の間を並行して東西に延びる、長さ一キロほどの直線路の中間地点に×印をつけた。

「昭和四十三年十二月十日午前九時二十分過ぎ、ニセの白バイ警官に奪われた東洋銀行の日産セドリックは、米軍立川飛行場の方向へ向かって猛スピードで走り去った」

直線路の上に鮮やかな濃紺の線を引いた。

「しかし、激しい雨の中、セドリックはあっという間に見えなくなった」

米軍立川飛行場の前で、万年筆を止めた。

「セドリックは事件発生約一時間後、現場から北西の方向へ約一・五キロ離れた、五日市街道近くの神社の境内で、捜査中の警官によって発見されています」

万年筆を再び動かした。濃紺の線は立川飛行場を掠《かす》めるようにして北上し、五日市街道に突き当たると左に折れ、鳥居のマークで止まった。二個目の×印をつける。

「ここで後部トランクのジュラルミンケース三個を、カローラに積み替えた。このカローラはもちろん盗難車で、四ヵ月後、小平市の公営住宅の駐車場でシートを被《かぶ》った形で放置されているのを発見されています。後部座席には、カラのジュラルミンケースが無造作に積まれていました」

滝口は万年筆のキャップを閉め、視線を上げた。

「つまり三億円事件は、直径十キロの円の中で始まり、終わっているんですよ」

そう言うと、視線を据えた。射貫《いぬ》くような鋭い眼差《まなざ》しだった。そこには、引退した高村がとっくに失った執念の色があった。

「高村さん、三億円事件は綿密に練られた計画のもと、完璧《かんぺき》に成し遂げられた、鮮やかな事件と思われていますが、それは違いますよね」

高村は、同意も否定もしなかった。滝口の分厚い唇が動いた。

「事件現場には盗難車のバイクをはじめ、百点近い遺留品が残されていました。ダイナマイトに擬した発煙筒、バイクに取り付けたストップライト、ハンディタイプのトランジスタメガフォン……これだけあって、犯人を挙げられないわけがない。現に当時、捜査員たちはこう言っていたじゃないですか。〝難しい事件じゃない。正月は家でゆっくり過ごせるな〟と。高村さんもそう思ったでしょう？」

高村は誘われるように頷《うなず》いた後、慌てて目を伏せた。

「おれもそう思いましたよ。その証拠に、おれたちは事件後間もなく、実行犯とみられるグループとそのリーダーを割り出した。今だから言いますがね、おれはあのとき、始まったばかりの自分の刑事人生で、こんな幸運があっていいのかと思いましたよ」

滝口は両手を開き、ゆっくりと目の前に掲げた。

「日本中が注目している大事件の犯人を、自分のこの手で挙げる」

節くれだった太い指と、脂気の無い皺だらけの掌《てのひら》。年月の染み付いた無骨な手を、じっと凝視した。それは、過ぎ去ってしまった時の重さを思い知り、湧き上がる悔恨と憤怒《ふんぬ》に呆然《ぼうぜん》とする男の顔だった。高村が、機械仕掛けの人形のように、ぎこちない動きで顔を上げた。滝口は己の掌を見つめたまま、独り言のように呟《つぶや》いた。

「犯人は、おれと高村さんの目の前にいた。しかし――」

開いた指が震えた。

「この指の間から漏れる砂のように、すんでのところで捕まえそこなってしまった」

両手をギュッと握り締めた。

「あのとき、実行犯は永遠に消えてしまったんですよ」

憤怒で膨れ上がった眼球が、高村をとらえた。

「だが、まだ仲間が残っている」

高村は、ソファの上で尻《しり》をよじって後ずさった。滝口は、逃がしてたまるか、といわんばかりに背を丸め、顔を突き出した。

「高村さん、教えてくださいよ。あんた、知ってるんでしょう。どう考えてもおかしいですよ。なぜ、おれたちが、あんな失敗を犯したのか――」

高村は力無くかぶりを振った。滝口はしばらく視線を据えていたが、直《じき》に逞《たくま》しい肩を上下させ、フーッと深いため息をついた。全身の強《こわ》ばりを解き、頬を緩めた。新しいタバコに火をつけ、大きく吸うと、さも旨《うま》そうに紫煙を吐いた。

応接室に沈黙が流れた。クラシック音楽はいつの間にか止んでいた。

「ねえ、高村さん、不思議といえばもうひとつ、分からないことがある」

穏やかな声だった。高村は目を訝《いぶか》しげに細めた。滝口は淡々と続けた。

「ジュラルミンのケース三個に詰まっていた現ナマですよ。やつら、どこに隠したと思います？」

高村は無言だった。滝口はタバコを挟んだ指先で、地図を示した。

「捜査本部では、ここが怪しいんじゃないか、と囁《ささや》かれましたよね」

それは、米軍立川飛行場だった。

「いまは広大な昭和記念公園と陸上自衛隊立川駐屯地になっていますが、当時は鉄条網に囲まれたアメリカだ。あそこに運び込まれたら、日本の警察は手が出ない」

が、高村は無表情だった。滝口はタバコを一口吸って語った。

「たしかに手引きするヤツがいたら可能でしょう。別に米軍立川飛行場じゃなくてもいい。現場から五キロも走れば米軍横田基地もある。だが、活劇映画ならともかく、実際は不可能だ。立川の不良グループにそんな人脈があるわけがないし、またそのウラもとれなかった」

　自信に満ちた口調だった。

「しかし、もう一か所、警察の捜査が及ばない場所がある。いや、あった、と言うべきでしょう」

　高村の表情に変化があった。うっすらと朱に染まっている。

「高村さん、あんた、どこだと思います？」

　試すような言い方だった。高村の結んだ唇が白くなった。

「おれはここが怪しいと思いますがね」

　滝口は指先で地図の一点を示した。高村の視線が、導かれるようにして動いた。指先を認めた途端、目が充血し、頬が強ばった。

「警察は手も足も出なかった」

　滝口がボソッと言った。村山町（現・武蔵村山市）の南西に位置する一画。事件現場から見ると日産自動車工場の向こう側、直線距離にして四キロほど離れたそこは、武蔵学院大学のキャンパスだった。

「大学紛争真っ盛りの御時世だった。いまのヤワな大学生と当時の連中は人種が違いますよ。おれは、あんな凶暴で狡猾《こうかつ》で、組織力に長《た》けて、しかもケンカが強い連中にはお目にかかったことがない。殲滅《せんめつ》、とか言って、警察だろうがおかまいなしでぶっ潰《つぶ》しにきましたからね。極道も顔負けの命知らずの連中がゴロゴロいましたよ。スチューデントパワーってやつが荒れ狂って、とにかく世の中が騒がしかった。昭和四十三年といえば――」

滝口はわざとらしく指を折ってみせた。

「一月は長崎佐世保港のエンタープライズ寄港反対運動、二月に二百人近い逮捕者を出した成田空港反対闘争——この年は東大全共闘が結成され、大学生どころか、高校生のガキどもまで荒れ狂い、機動隊が突入する高校もあった。そして十月になると、国際反戦デーにからむデモが全国で勃発《ぼっぱつ》し、新宿駅では市民を巻き込んで過激派と警官隊が激突、市街戦さながらの乱闘が繰り広げられ、一千人が逮捕された。あれは、騒乱罪が適用された大事件でしたな。おれらも、革命が起きるんじゃないか、アカに日本は占拠されちまうんじゃないか、とマジに心配したもんです。しかも三億円事件の一ヵ月後には、東大の安田講堂を巡る攻防が勃発している。ヘリから催涙弾を投下し、放水を浴びせ、逮捕者は六百人を超えた。機動隊の出動は約九千人で、あれは紛れもない学生と警察の全面戦争でしたよ」

一息おくと、独り言のように呟いた。

「何があってもおかしくない、とんでもない時代だった。世の中全体が沸騰して、すべてをぶっ壊したがっていた」

高村は地図を凝視したままだった。

「もう、これに用はないでしょう」

滝口はテーブルの地図を取り上げ、丁寧に畳んだ。

「あんなスゲェ時代に、大学の構内を捜査できるはずがない。私服刑事が近づいただけで、石を投げられ、罵声《ばせい》を浴びせられ、バリケードを組まれちまうんだから。まして当時の武蔵学院大学は、過激派の強力な拠点だ」

高村が顔を上げた。

「タキ、おれは知らん、知らんぞ」

低く言った。

「この期に及んで、それはないでしょうが」

タバコを灰皿で揉《も》み消した。

「現ナマを持ち込むために、手引きした人間がいるんじゃないですか」

滝口は背中を丸め、グッと顔を寄せた。

「おい、高村さん、もう三十四年経ったんだ。いい加減、吐いちまったらどうです」

高村は頰を歪《ゆが》め、逃げるように目を逸《そ》らした。が、滝口は許さなかった。

「あの犯行は、不良グループだけで完遂できたわけじゃない。幾つかの信じられないような幸運が重なっている。おれたちが犯した致命的な失敗もそうだ。いや、おれにとっては失敗でも、あんたにとっては至極当然の成り行きだった。おれにはそう思えてならない。そして、カギは武蔵学院大学にある。ここで手引きした人間がいる。警察が黙り込んでしまう事実がある」

「タキ、おまえ、知っていて――」

高村が恐怖に顔を歪め、呟いた。

「知っていて、おれに――」

「おぼろげながら承知していますよ。おれはデカなんだ。この三十四年、騙《だま》されっぱなしだったわけじゃない」

滝口が凄《すご》みのある笑みを浮かべた。禿頭《とくとう》にミミズのような血管が盛り上がった。

「なあ、高村さん。おれにはもう失うものはないんだ。あんたと違ってね」

声を圧し殺して言った。

「おれはおとしまえをつけなくちゃならない。葛木の扼殺《やくさつ》事件は間違いなく突破口になると思っている。このチャンスを逃したら、あの事件は永遠に闇の中だ」

高村の乾いた唇が動いた。

「なあ、タキよ」

掠《かす》れ声が漏れた。細面の顔が、意を決したように固まり、汗を吸った鬢《びん》が光った。滝口が挑むような視線を据えた。

「なんです」

「おまえ、本気で蓋《ふた》を開けるつもりなのか」

滝口は節くれだった右手を掲げた。

「この手でこじ開けてやりますよ」

不敵な面構えだった。

「ただじゃ済まないぞ」

「でしょうね」

まるで他人事《ひとごと》のように言った。

「もう、止められないんだな」

力のない声だった。

「ええ」

滝口は小さく答えた。

「おれの錆《さ》び付いていたエンジンも、いまフル回転ですよ。すっかりジジイになっちまいましたが、おれは刑事で死にたい。それだけですよ」

高村は唇を嚙み締め、視線を宙に這《は》わせた。暫《しば》し思案の風だったが、顔に決意の色が浮かんだ。

「いいだろう、タキ、教えてやるよ」

新しいタバコに火をつけ、目を細めた。

「おれが知っているコトを教えてやるよ。その代わり――」

指を突きつけた。視線が尖《とが》った。

「おれとおまえの仲はこれで終わりだ。この後、おまえがおれの家を出たら、金輪際、関係はなくなる。おれのことは忘れろ。年齢《とし》の順番からいっておれが先に逝くだろうが、葬儀にも出る必要はない。分かったな」

鋼のような声だった。滝口は頷《うなず》いた。

「ええ、だが、先に逝くのはおれですよ。多分、ね」

軽い調子で言った。高村は顔をそむけ、なんともいえない苦渋の色を浮かべた。滝口の視線が固く凍った。

老人はその夜、ヨシが調達してきたコンビニの廃棄弁当で食事を済ませた。ふたりして寝袋に潜り込んだのは、夜の十時過ぎだった。天井から吊《つ》るした懐中電灯が、ハウス内を暗いオレンジ色に染めていた。老人は新しい簡易カイロを二個、腰に貼りつけ、タマを抱いて寝袋に入り込んだ。風が出始めていた。外で、樹木の擦れる音がする。時折、電線が鳴った。

「どうだ、具合は」

奥からヨシの声がした。

「ああ、温めたら大分良くなった」

「そうか」

アルコールの匂いがした。ボトルを傾ける気配がした。

「なあ、ジイさん」

寝袋から半身を出し、片肘《ひじ》をついた。

「なんだ」

「おれの話をしていいか」

気弱な声だった。

「聞いて欲しいのか」

素っ気なく言った。

「ああ」

「じゃあ、話せばいい。ここはおまえのハウスだ。おれに遠慮することはない」

嗄《しゃが》れた声だった。

「こんな気持ちになるなんて、おれはどうかしてるよな」

ヨシが自嘲《じちょう》するように言った。老人は天井の懐中電灯を見つめたまま、無言だった。

「おれはなあ、ジイさん。ちっぽけな商社勤めのサラリーマンだった。鉄鋼材の営業をやっていてな、結婚もして、子供もひとりいて、それなりに幸せだった」

いったん言葉を切り、小さくため息をついた。外で風の音がした。ハウスが揺れ、懐中電灯が円を描いて揺れた。淡いオレンジ色の光が、粘った液体のようにハウスの中をとろりと這った。

「だが、赤字を抱えながらも踏ん張っていた親会社が銀行から見放されてジ・エンドだ。親会社の倒産と同時におれの会社もふっとんじまって、あっという間に失業者の仲間入りだよ。今から二年前のことだ」

「おれは営業は素人だが、ヨシならすぐに再就職先があったろう」

「ああ、おれもそのつもりだった。しかし、世の中の不況はおれの予想を遥《はる》かに上回っていた。年収を大幅に落とせばなんとかなったが、プライドみたいなものが邪魔をして、失業保険を貰《もら》いながら、必死に職探しの毎日だよ」

「最後まで条件を譲らなかったのか」

「違う。子供もいるんだ。おれはそれほどバカじゃない。それに、貯金もあったし、生活はそんなにせっぱ詰まっちゃいなかった」

声に後悔と怒りがあった。

「女房が、間違ったことをやってしまった。魔が差したんだ」

「魔が差した？」

「ああ、新興宗教みたいなマルチ商法にはまって、あっという間に全財産を吸い上げられてしまった。おれが激怒すると、〝あなたが失業者だから、少しでも家計の足しになれば、と思ってやっただけなのに。仕事の無いあなたが悪いんでしょう〟と喚《わめ》きたててな。女房も必死だったんだろう。だが、おれには許してやるだけの度量とか余裕がなかった。カネに詰まると人間はケダモノになる。そのうち、聞くに耐えない罵詈《ばり》雑言をぶつけあい、摑《つか》み合いのケンカになり、家は修羅場になった。生活費にもことかく有り様だったから、おれはやむにやまれずサラ金から摘《つ》まんでな。あっという間に多重債務者よ」

声が震えていた。

「娘はまだ小学三年生だった。優しかった両親が、突然、目を吊り上げて怒鳴り合い、酷《ひど》いケンカを繰り広げるんだから、それは怖かったろう。おまけにサラ金の取り立ては押しかけるし。娘はいつの間にか、口数の少ない、陰気な子供になっていた。おれも追い詰められてな。ついには、女房を殴ったり蹴《け》ったりすることでストレスを発散するようになった」

涙声だった。

「最後は女房とも離婚して、自己破産して、終わった」

「それで、ここへ来たのか」

「そうだ。おれはいくらでもやり直しがきくと思っていた。まだ若いし、営業の仕事なら大抵の人間には負けない自信があった。だが、そんなの、大きな勘違いだった。おれは失業から始まった女房とのケンカ、借金、そして離婚、自己破産という、自分の人生では絶対にあり得ない、と思っていた大波に揉《も》まれる中で、生きていくための粘りみたいなものをごっそりと奪われていた。世の中の、職を探して、目を血走らせているやつらと一緒に競争していくだけの忍耐とか、闘争心がいつの間にか摩耗していたんだ」

すすり泣きが漏れた。老人は、天井で小刻みに揺れる懐中電灯の鈍い光をじっと見つめた。

「おれの娘はいま、どこで何を考えて生きているんだろう、と思うと、胸が引き裂かれそうだ。おれはとことんダメな父親だ。バカな男だ」

ヨシの、涙交じりのか細い声が続いた。老人はヨシの告白を聞きながら、頭の奥から響いてくる声に耳を澄ました。

――父さん、これでいいんだろう――

老人の虚《うつ》ろな視線が、何かを求めるように宙をさ迷った。三十四年前の、あの掠れ声が聞こえた。

――おれは後悔なんかしていない――

ゴッと風が鳴った。ハウスが大きく揺れた。突風が、張り手をくれるようにちっぽけなハウスを叩《たた》き、去っていった。天井から吊るした懐中電灯が前後左右に大きく揺れ、オレンジ色の光が、まるで何かに怒っているように激しく動き回った。

老人は瞼《まぶた》を閉じ、右腕を額の上に置いた。

「娘にあんな辛《つら》い思いをさせてしまって、おれはなんて……」

夜の底に沈んだハウスの中では、いつ果てるとも知れない、ヨシの懺悔《ざんげ》が続いた。


二月三日、月曜日、午前零時三十分。片桐慎次郎は本を片手に、ウイスキーのグラスを傾けていた。駅前の書店で仕入れた『震撼《しんかん》 昭和の大事件』というタイトルの本だ。筆者は、元大手新聞社会部記者で、自分らがいかに身を粉にして大事件を取材したか、という自慢話のオンパレードだった。七つの大事件が取り上げてあり、三億円事件もまるまる一章が割かれている。特に耳目をひく新しい話があるわけではなく、当時の取材をもとに、ざっと事件の流れをなぞっただけの安直な造りの本だったが、手っ取り早く概要を知るには不足がない。

ワイシャツ姿の片桐は自宅マンションのソファに座り、しらけた顔で活字を追う。

「バカじゃねえの」

思わず呟《つぶや》いた。

「やっぱ、バカだな」

昭和四十三年十二月十日の事件発生から四カ月後、やっとカラのジュラルミンケース三個が発見された、と記したくだりを前に、片桐は首をひねった。どう考えても理解できなかった。

犯人は、現金輸送車のセドリックを奪った後、事件現場から約一・五キロ離れた五日市街道近くの神社の境内に乗り入れ、ここであらかじめ駐車しておいた濃紺のカローラにジュラルミンケースを積み替え、立ち去ったと推測されている。ここまではいい。境内のカローラは事件当日の夜明け前、新聞配達の青年によって目撃されており、後にナンバーまで判明したのだ。

警察は、午前九時二十分の事件発生後、約二十四分で緊急配備を行っている。対象車は乗り逃げされた現金輸送車の黒塗りのセドリックだ。しかし、午前十時二十二分、神社境内で乗り捨てられたセドリックが発見されたことで急遽《きゅうきょ》、全車輛《しゃりょう》を対象とする全体配備に変更。都内と近隣の各県で検問が実施された。しかし、カローラを含む不審車輛は捕捉《ほそく》できず、全体配備は午後二時過ぎ、解除されている。このカローラは事件の五日前、日野市の会社員宅から盗まれたものと判明している。

逃走用に使用されたと思われるカローラはそれから四カ月後の昭和四十四年四月九日、小平市の公営住宅駐車場でシートを被《かぶ》ったまま発見されたのだ。別のクルマの査定に訪れた中古車販売店のセールスマンが不審に思い、シートをめくったところ、カローラの後部座席にジュラルミンケースが無造作に積まれているのを発見し、警察に連絡。遅々として進まなかった捜査は、新たな局面を迎える。

問題は、このカローラがいつから駐車場にシートを被せて放置されていたのか、だった。セールスマンに発見される前日、あるいは一週間前にでも乗り捨てておかれたのならまだ納得できる。ところが驚くべきことに、事件発生の翌日にはもう同じ場所に駐車していたことが明らかになったのだ。なぜその事実が判明したのか?

本に書かれている経緯はこうだ。偶然とはいえ、片桐には信じられない思いだった。

事件発生翌日の昭和四十三年十二月十一日午前、航空自衛隊入間基地の偵察機が発見現場の上空で小平市の航空写真を撮影しており、そこに鮮明にシートを被ったカローラが写っていたのだ。つまり、遅くとも事件発生翌日には、公営住宅の駐車場に駐車していたことになる。もちろん事件当日、犯人が捨てた可能性も有り得る。

特捜本部は、捜査員および三多摩地区の外勤警察官全員に、車輛のチェックを徹底して行うよう、強く指示してあった。なのに、得体の知れない放置車輛が四ヵ月もの長きにわたって見過ごされてきたとは、とんでもない大失態だった。

当時、この大失態はマスコミの恰好《かっこう》のネタになり、捜査関係者の懲戒処分にまで発展している。片桐は当然だと思った。もし、自分が特捜本部に在籍していたら、怒り狂っていたろう。ふと、滝口のナマズ顔が浮かんだ。あのジジイだって、若い時分は相当ケンカっ早かったはずだ。その怒りたるや、凄《すさ》まじいものだったろう。

片桐は頬を緩めて笑った。しかし、いま問題にすべきは、なぜ、このような信じられない捜査ミスが発生したか、だ。普通ではとても考えられない。まして、全国民が注目している前代未聞の大事件なのだ。片桐には見当もつかなかった――

「慎ちゃん」

片桐は視線を上げた。キッチンテーブルの椅子に胡座《あぐら》をかいて座る多恵子。アーチ眉《まゆ》をひそめ、その猫を思わせる黒目がちの瞳《ひとみ》をじっと向けている。上気してピンク色に染まった頬と、湿り気を帯びた茶色の髪。風呂《ふろ》上がりらしく、ブラシで髪を梳《す》いている。形のいい小ぶりの唇が動いた。

「お勉強？」

本は書店のカバーをつけたままだ。

「まあな」

さりげなくページを閉じ、曖昧《あいまい》に答えた。十九歳の元ヘルス嬢に分かるはずもないが、仕事の内容は極力伏せておきたい。

「変だよね」

予想もしない言葉に戸惑った。

「なにが」

「きのうはバカみたいに尖んがって、あたしに襲いかかってくるしさ」

カッと顔が熱くなった。酔いにまかせて多恵子を押さえ込み、最後は便器を抱えて嘔吐《おうと》した、自分の醜態が浮かんだ。多恵子がブラシを使いながら笑った。

「今夜はおとなしくお勉強ですか」

芝居がかった物言いにカチンときた。だが、片桐はネクタイを緩めただけで、再び本に向かった。

「仕事、煮詰まってんじゃないの」

多恵子がからかうように言った。当たっている。片桐は返事の代わりに、グラスを一気に飲み干し、ボトルを傾けた。あのジジイのおかげで、重要な敷鑑を捜一の三浦とかいう野郎にかっさらわれ、捜査指揮官の宍倉からは最後通牒《つうちょう》を突き付けられる寸前だ。不運、といえばそれまでだが、まだ逆転の目はある。それも起死回生の一撃、たんまりとおつりのくる大逆転だ。

自分は今日、いや、もう昨日になる。滝口との別れ際、三十四年前の事件などどうでもいい、と吐き捨てたが、そんなの大嘘だ。こうやって事件の詳細を知るにつれ、ますます興味が湧いてくる。葛木殺しが、三億円事件と関わりがあるとするなら、ホシはそのまま未曾有《みぞう》の迷宮入り事件のホンボシになる。時効とはいえ、大殊勲だ。世間が、マスコミがほうっておかない。警察全体の威信回復にもつながる。自分の将来は一気に開ける。片桐はにんまりと緩んでしまう頬を、さりげなく指先で揉《も》んだ。しかつめらしく眉根《まゆね》を寄せる。テーブルに置いてあったマルボロのパッケージから一本を抜き取り、唇に差し込んで火をつけた。フーッと紫煙を吐く。脳裏で、滝口の声が蘇《よみがえ》る。

――グループの中で亀裂《きれつ》が生じて、殺されたと思っている――

三億円事件は単独犯による犯行が定説だ。現にこの本でもそうなっている。だが、あり得ない。事前の陽動作戦めいた事件の数々と脅迫、事件当日、アジトから偽造白バイをそれと悟られないよう細工を施したうえで運び、ニセ警官に変身し、草深い神社にカローラを隠し置き、犯行後、鮮やかに乗り継いで消えてしまった手際のよさ。とてもひとりで完遂できる事件じゃない。しかし、当時の特捜本部は単独犯と結論づけ、捜査を進めた揚げ句、迷宮入りにしてしまった。理解できない話だ。捜査本部全体が、催眠術にでもかかっていたとしか思えなかった。片桐はかぶりを振った。タバコを灰皿で揉み消し、ウイスキーを生のまま飲《や》った。喉《のど》がジリッと焼け、胃が燃えるようだった。

――完全なミスリード。真犯人は複数。だが、逮捕できない事情があった――

酔いの回り始めた頭に、滝口の言葉が響いた。逮捕できない事情……背筋を冷たいものが這《は》い上がった。思わず身震いした。三億円事件は、得体の知れない闇を抱えている。さっきまでの高揚感が呆気《あっけ》なく消えた。このまま滝口と共に葛木殺しのホシに迫り、併せて三億円事件の全貌《ぜんぼう》を明らかにするか。それとも潔く身を引き、所轄の刑事として細々と人生を送るか。バカな。片桐はギリッと奥歯を嚙《か》み締めた。出世を諦《あきら》めた負け犬になるくらいなら、最初から刑事など志望していない。

あと四人、と小さく呟いた。滝口の自宅で見せられたファイル。最重要参考人のリストには五人の名前があった。絞め殺された葛木を除けば、あと四人。あの中に、葛木殺しのホシがいる。三億円事件の真相が潜んでいる。

キッチンのテーブルに濁った目をやった。多恵子の姿はなかった。寝室に引っ込んだのだろうか。片桐はそげた頰を緩めた。おれは、あんなろくでなしの女と付き合うような男じゃない。そのうち、折を見て叩《たた》き出してやる。片桐の胸に、野望と憎悪を燃やす、青白い炎が灯《とも》った。

『灯を消して天井を見ながら、なるべく海老以外のことを考えようとしたら、不意にマレーネ・ディートリッヒの顔が浮かんできた――』

滝口は、今夜も「父の詫び状」の朗読を聞きながら、睡眠の海を彷徨《さまよ》っていた。懐かしい俊江の声。今は亡き妻の声が、脳をとろりと温かいもので満たし、凍った自分の心をゆっくりと溶かした。布団の温もりが、肌にたまらなく心地いい。まるで、自分の隣に潜り込んだ俊江が耳に唇を寄せ、囁《ささや》いているようだ。

『テレビで見た往年の名画「間諜X27」のラストシーンである。娼婦の姿をしたディートリッヒが反逆罪で銃殺される。隊長が「撃て」と命令し、並んだ十数人の兵士の銃が一斉に発射されるのだが、あれはうまい仕掛けである』

俊江、俊江……呟《つぶや》く自分の声がする。なぜ先に逝った、と詰《なじ》る手前勝手な自分がいる。おれひとりを残して、なぜ死んだ——

『命令した人間は手を下したのは自分ではないと思い、撃った兵士も命令に従ってやっただけだと自分に言い訳が立つ。しかも、ああいう場合、誰の銃に実弾が入っているか、本人にも知らされないと聞いている』

目尻《めじり》を熱いものが伝った。情けない。布団の中で涙するジジイがひとり。俊江の声を耳の奥で聞きながら、滝口は過去をさ迷い、夢を見た。それは、忌まわしい悪夢だった。

三億円強奪事件から六日が経過した、昭和四十三年十二月十六日月曜日の午後三時。滝口と高村英治は、立川警察署の玄関口にたむろする報道陣を避け、裏口からそっと出た。当時、立川署は立川駅の南口、いまではすっかり寂《さび》れてしまった、柴崎町の奥多摩街道沿いに建っていた。三十三歳の高村と二十六歳の滝口は、共に灰色のコートを着込み、北風の中を駅に向かって歩いた。駅前の大通りは、歳末商戦の真っ最中で、ブルーの法被を着込んだ店員たちが野太い声で客の呼び込みに懸命だった。電器店のカラーテレビから、ピンキーとキラーズの「恋の季節」が流れている。通りのクルマの流れが滞るたびに、クラクションがそこここで鳴った。

事件発生以来、捜査員は立川警察署の武道場に泊まり込みだった。滝口は風呂《ふろ》もほとんど使わず、ワイシャツも背広もコートも着たきり雀だったから、自分でも情なくなるほどよれて、皺《しわ》がよっている。下着は一度だけ替えた。これが夏なら、汗と垢《あか》で凄《すさ》まじい臭気を発していただろう。

隣の高村は、ポマードを惜しげもなく使ったオールバックの髪と秀でた艶《つや》のいい額、カミソリを使って丁寧に剃《そ》り上げた頬が、まるで風呂上がりのようだった。かすかにオーデコロンの匂いさえ漂ってくる。噂によれば、新婚の奥さんが金持ちの良家の出で、毎日欠かさず下着やワイシャツの替えを届けにくるらしい。高村のこざっぱりとした恰好を見れば、さもありなん、と思う。滝口は、頭頂部が薄くなり始めた角刈り頭を指先でガリガリと掻《か》き、コートの肩に落ちるフケを邪険に払い落としながら歩いた。小柄だが、肩の張った骨太の身体は、大地を割って生えた松の根っこのように頑丈そのものだった。

交差点の赤信号で立ち止まると、逞《たくま》しい猪首《いくび》をコキコキと鳴らし、分厚い唇をさも不快げにねじった。年齢に似合わぬどっしりとした外見からは、少々のことでは動じない肝の据わりようが窺《うかが》える。しかし、滝口の脳みそはいま、沸騰してしまいそうな熱を帯びていた。

立川駅の南北をつなぐ薄暗い地下道を歩いて駅に入り、改札を抜け、ホームに上がった。

反対側の北口では、高層ビルの建設ラッシュが始まっていた。なんでも七つのデパートが進出するらしい。鉄骨の骨組みがあちこちで、空を目指して伸び、恐竜を思わせる巨大なクレーンが唸《うな》っている。

「すごいですね」

滝口はボソッと呟いた。無言のままでいるのが苦痛だった。

「ああ」

高村は気のない相槌《あいづち》で返した。滝口は続けた。

「南口の丸井や緑屋もこっちへ移転するらしいじゃありませんか。そうなりゃ客の流れがガラリと変わる。商店街が年末商戦に必死なわけだ」

つとめて平静を装った。緊張と興奮で、心臓の鼓動が胸を突き上げるようだった。と、上空で爆音が轟《とどろ》いた。しかし、滝口は顔をしかめて見上げた。冬の高い青空に、C124グローブマスター大型輸送機の機影があった。わずか三百メートル先の米軍立川基地に向かって降りて行く、鋼鉄製の怪鳥だ。機首に突き出た黒いレーダードームはミッキーマウスの鼻にそっくりだが、武装兵士二百人、貨物二十二トンを収容可能な、その呆《あき》れるほどバカでかい機体が発するプロペラの轟音《ごうおん》は、ほとんど暴力だった。凄《すさ》まじい爆音に肌がピリピリ震えた。両手で耳を塞《ふさ》ぎ、憎々しげに空を見上げる顔が、ホームのそこここにあった。

軍用機の離着陸回数は月に三千五百回にも及ぶという。遥《はる》か海の向こうのベトナム戦争の惨劇は、この街とも繋《つな》がっているのだろう、と柄にもなく実感する。

「こりゃあたまらんな」

小さく呟いた。横に立つ高村は、ただ高層ビルの建築現場を眺めていた。

ふたりは中央線で国分寺まで行き、そこから西武多摩湖線で萩山《はぎやま》へ向かった。新宿線に乗り換え、小平の駅に到着したのは、午後四時近くだった。外に出ると、冬の陽はすっかり傾き、冷たい風が頬を嬲《なぶ》った。しかし、滝口の身体は燃えるように熱かった。

「タキ、あんまり入れ込むな」

立川署に設置された捜査本部には二百人からの捜査陣が詰めていたが、滝口と高村は限られた人間しか知らない極秘情報をもとに動いていた。掛け値無しの隠密行動だ。失敗は許されない。

「大丈夫ですよ」

低く答えたつもりだった。しかし、声が上ずっている。事件が発生したその日のうちに特捜本部に入れられて以来、まともに眠っていない。それでも、まったく眠気を感じなかった。全身をアドレナリンが駆け巡り、細胞のひとつひとつがわなないている。

「そうか」

高村は、さすがに落ち着いている。鼻梁《びりょう》の高い、整った横顔は冷静そのものだ。西武新宿線の小平駅で降り、学校帰りの学生たちのざわめくような笑い声の中、肩を並べて黙々と歩いた。踏み切りの向こう、高い街路樹が両側からのしかかる、広々とした通りの先に、白いコンクリート塀に囲まれた小平霊園の出入り口が見えた。滝口は、何かを思い出したように立ち止まると、道の脇に寄った。

「どうした？」

高村が、怪訝《けげん》そうに首をひねった。滝口は学生たちが通り過ぎるのを待て言った。

「あそこですよ」

顎《あご》をしゃくり、前方の小平霊園を示した。

「野郎、あの中に潜んでいたんですかね」

低く言った。高村は、滝口の言わんとすることをすぐに察したようで、その端整な顔がみるみる強《こわ》ばった。

強奪事件発生の五日前にあった脅迫事件――。東洋銀行立川支店に届いた脅迫状には、五百万円を渡さなければ支店長の自宅を爆破する、といった旨の内容が、雑誌の切り抜き活字とボールペンの肉筆で綴《つづ》ってあった。婦人警官が女子行員に扮《ふん》し、指定の場所、霊園中央のロータリーから西に百メートルほど入った雑木林の中で待ったが、結局犯人は現れなかった。しかし、この脅迫事件があったから事件当日、現金輸送車を呆気《あっけ》なく奪われてしまったのだ。捜査本部は、この脅迫事件を三億円強奪犯人による〝布石〟と判断していた。

「さあな」

高村は、懐からピースのパッケージを取り出し、振り出した一本を唇に挟んだ。目を細め、ジッポーのライターで火をつけながら語った。

「真犯人は相当に狡猾《こうかつ》な男だろうから、あれが〝布石〟だとしたら、抜け目なく見張っていたとは思うが――」

淡々とした口調だった。

「じゃあ、高村さんは、野郎が犯人だとは思っていないんですか」

憮然《ぶぜん》とした表情で返した。

「おれは一捜査員だ。軽々しく判断することはできない」

「でも、最重要参考人ですよ」

滝口は気色ばんで言った。

「まだ犯人と決まったわけじゃない」

一口吸っただけのタバコをアスファルトに捨てると、さも苛立《いらだ》たしそうに踵《かかと》でひねった。

滝口は、高村の妙にシラけた態度が気になった。が、それも自分の手で犯人を捕らえられるかもしれない、という高揚感の前では敢《あ》え無く萎《しぼ》んだ。三億円。頭がクラクラする。自分の給料は五万円足らず。想像もつかない金額だった。

「行くぞ」

高村は大股《おおまた》で歩き出した。滝口は慌てて後を追った。

小平霊園の裏手の住宅街に建つ家は、白いブロック塀が眩《まぶ》しい、こぢんまりとした二階建だった。築五年も経っていないだろう。背後には、都営の木造長屋がズラッと並んでいる。夕方四時。冬の埃《ほこり》っぽい乾いた空気が漂っていた。長屋の路地から、子供達の弾《はじ》けるような笑い声が聞こえる。サッカーボールを追いかけて、数人の男の子が、つむじ風のように現れた。ゴム製のボールだからよく跳ねる。クリクリ頭の子供達が子犬のようにじゃれ合い、辺り構わずボールを蹴《け》りまくり、歓声と共に路地の向こうへ消えていく。十月のメキシコオリンピックでサッカーの日本代表が銅メダルをとって以来、子供達の間でサッカーが大変な人気だと新聞記事で読んだことがある。こんな路地でもサッカーか……大事な仕事を前に、どうでもいいことに感心している自分がいる。平常心を失っていた。

「おい」

高村が顎をしゃくって促した。滝口は我に返った。玄関の引き戸に身体をよせる。家の中はシンと静まり返っていた。息を潜め、外の様子を窺《うかが》う若い男の姿が、目に浮かぶようだった。

滝口は高村と顔を見合わせ、頷《うなず》いた。高村が拳《こぶし》を振り上げ、おもむろに引き戸を叩《たた》いた。確かな決意を込めた音に聞こえた。「緒方《おがた》さん」と呼びかけ、耳をそばだてる。反応はない。高村は小声で背後へ回るように指示した。滝口は即座に狭い庭を走り、プロパンガスのボンベが置いてある勝手口へと急いだ。背後を固め、脱出口を封じる。左右を確認して、二階を見上げた。思わず目をすがめた。硝子《ガラス》越しに、人影が動いた。と、玄関の引き戸の開く音がした。滝口は踵《きびす》を返し、戻った。

玄関口では、高村が警察手帳を差し出していた。引き戸の中、コンクリートを張った三和土《たたき》に、白の割烹着《かっぽうぎ》姿の小太りの中年女性が立っていた。蒼白《そうはく》の肌とほつれた髪、充血した目。いつもは福々しい、柔和な主婦の顔なのだろう。しかし、いまは度重なる気苦労に精も魂も尽き果てたのだろうか。憔悴《しょうすい》しきった表情だ。それでも気力のすべてをかき集めて、正面から睨《にら》んでいる。

「主人がおりませんので、どうぞお引きとりください」

女は両手を前に揃え、頭を深々と下げた。

「いえ、息子さんに少しばかり話をお聞きしたいだけです」

高村は静かに言った。

「お時間はとらせませんから」

「どうぞ、なにとぞ――」

女はひたすら、頭を下げた。その姿には、絶対に家の中には入れない、という決意が漲《みなぎ》っていた。

「それにいま、息子は家におりません」

滝口は眉《まゆ》をひそめた。女は、横に控える地味で小柄な若手刑事の姿など目に入らないかのように、高村に向かって切々と訴えた。

「お帰りください。主人に話を通してからいらしてください」

高村は顎に手をやり、眉間《みけん》を寄せ、思案気な表情を見せた。滝口は堪らず口を開いた。

「失礼ですが、お二階に誰かいらっしゃいませんか?」

女の頰に赤みがさした。当惑の色が浮かぶ。が、それも一瞬だった。

「なにを根拠のないことを!」

滝口に顔を向け、拳を握り締めて語気も鋭く言った。

「あなた、わたしが嘘偽りを申しているとおっしゃいますか」

女の唇《ひる》が震えていた。滝口は言葉に詰まって何も言えなかった。目の前の女の、迫力と覚悟に怯んでいた。女は眦《まなじり》を吊《つ》り上げて迫ってきた。

「警察の方々に、あなたたちのような失礼な方がいらっしゃるとは思いもしませんでした」

言い終わると、はっと我に返ったように気弱な色が浮かんだ。右手を口に寄せる。揃えた指を唇に置き、一転、不安気な表情を見せた。視点が定まっていない。明らかに動揺している。

「いや、根拠のないことでは——」

「滝口」

高村が咎《とが》めるように言うと、小さくかぶりを振り、女に向き直った。

「申し訳ありません。また出直して参ります。ご主人にはくれぐれもよろしくお伝えください」

丁寧に頭を下げた。滝口は唇を嚙《か》み、ただ立ち尽くした。女は何も言わず、鋭い一瞥《いちべつ》をくれると、引き戸を手荒く閉めた。

「おい」

肩を、高村の手が摑《つか》んだ。

「行くぞ」

滝口は邪険に振り払った。

「冗談でしょう」

閉められた引き戸に目をやりながら言った。

「どうしてここで引き下がるんです。二階に人影がありましたよ。おれは見たんだ。おふくろさん、庇《かば》っているんですよ。居留守を使っている」

「いいかげんにしろ」

　怒気を帯びた声だった。滝口は振り向いた。高村の冷然とした視線が据えられていた。口に苦いものが湧いた。自分は、刑事一年目の新米だ。まだ実績も何もない。それに比べて、七歳年長の高村は立川署の中堅刑事で、捜査の腕は折り紙つきのやり手だ。警察の厳然たるヒエラルキーからいえば、とても逆らえる相手ではない。しかし、納得できなかった。強ばった舌を動かした。

「みすみす見逃すなんて――」

「ちょっと来い」

　硬い声音で言うと、顎をしゃくった。滝口は忌ま忌ましげに舌打ちをくれ、それでも従った。ふたりして、木造長屋の横で向き合った。くみ取り便所の臭気が漂っていた。周囲を、サッカーに夢中の子供達が駆け回る。割れるような歓声とせわしないズック靴の音が響き渡った。陽は傾き、刻一刻と空気が冷えていた。木枯らしが吹きつける。高村はコートの襟を立て、刃物のような視線を向けてきた。

「逮捕状もなしに、あの家に踏み込むのか？」

　あの家――言葉がなかった。

「一般家庭じゃないんだぞ」

　畳み掛けた。滝口は力なく俯《うつむ》いた。

「父親の立場からすれば、逃げも隠れもしないだろう」

「じゃあ、自分らは――」

絞り出すように言った。

「おまえ、そんなに手柄が欲しいのか」

蔑《さげす》むような言い方だった。滝口は顔を上げた。恥辱で耳たぶまで赤くなるのが分かった。

高村はタバコに火をつけながら、余裕たっぷりに続けた。

「緒方を引っ張って、名前を売りたいのか？　現在、二百名からの捜査員が靴底を擦り減らして動いているんだ。これは、情報のひとつであって、まだ犯人の確証はない。重要参考人のひとりを訪ねた、というだけだ。詰めを焦ってどうする。おまえはまだデカとして駆け出しだろう。強引な真似をして責任がとれるのか？　マスコミが嗅《か》ぎ付けたらただじゃ済まんぞ」

滝口はがっくりと首を垂れた。

「今日は様子見を兼ねているんだ。上もくれぐれも慎重に、と釘《くぎ》を刺している。焦りは禁物だ」

高村は宥《なだ》めるように言うと、肩をポンと叩き、歩き出した。滝口は溜《た》め込んでいたものをすべて出すように、大きく息を吐いた。唇を歪《ゆが》めてかぶりを振り、それでも重い足取りで後を追った。

布団の中で滝口は呻《うめ》いた。二十六歳の自分が、緒方の家を離れ、悄然《しょうぜん》と肩を落とし、歩いて行く。滝口は、遠ざかる自分の後ろ姿に呼びかけた。

「行くな、戻れ」

だが、声にならなかった。いくら叫んでも届かない。いま、戻れば間に合う。事件のカギはあの家にある。

「戻れ――」

夢の中で、滝口は歯嚙みし、視界を背後へと回した。一戸建の新築住宅。三十四年前の自分と高村が拒絶され、立ち去った家があった。視線を上げる。二階部分――息を詰めた。背筋を、凍った手で撫《な》でられた気がした。見てはいけないものが、あった。白蠟《はくろう》色の顔。沈んだ黄昏《たそがれ》の中、二階の硝子窓が開き、若い男が、立ち去るふたりを見つめていた。感情の失《う》せた顔が、薄暗い真冬の宵のなかで、そこだけ光を当てたように白く淡く浮かんだ。

滝口は呻いた。ふたりが去った後、この家で起こった、鬼畜の所業に身体が震えた。阻止できなかった自分を、滝口は呪った。終わりのない悪夢が、全身を締めつけた。呻き、苦悶《くもん》する声が、耳の奥でいつ果てるともなく続いていた。

「起立！」

二月三日、月曜日、午前十時。空は青く晴れ渡っていた。飯田橋《いいだばし》駅に近い雑居ビルの三階にある警備会社の会議室では、新人警備員の研修の真っ最中だった。

太った、まだ三十そこそこと思われる教官の号令に合わせて、九人の新人が、一斉に椅子から立ち上がる。パイプ椅子がガタガタッと鳴った。

「礼！」

頭を下げる。が、角度もタイミングもバラバラでちぐはぐだった。

「ほら、両手を伸ばして指先を太股《ふともも》に当てて、腰は三十度の角度で折る、もう一度」

再び、礼、の声で頭を下げる。

今日が研修初日だった。ハローワークで紹介され、やっと仮採用された警備会社だ。全員、四十歳から上に見えた。中には、きれいな白髪頭の、六十をとうに超えている、とおぼしき老人もいた。皆、真新しい制服を着込んで制帽を被《かぶ》り、真剣な表情で手足を動かす。

「はい、椅子をかたして」

バインダーを手にした教官の声ひとつで、椅子を脇に寄せる。

「もたもたしない、素早く！」

ガランとした部屋の中央に整列した新人を前に、教官のダミ声が飛ぶ。

「ほら、あんた、何やってる」

左脇の、小柄な、黒縁メガネをかけた男がポカンと見つめる。

「号令だろ、号令！　さっき教えたでしょうが」

太い両腕を組み、うんざりした口調で言う。黒縁メガネは背筋を伸ばし、慌てて声を張り上げた。

「きをつけー」

どこか空気の抜けたような声だった。

「もう一度！」

教官の苛《いら》ついた声が飛ぶ。

「きをつけー」

同じだった。

「ふざけんなよ！」

教官が、バインダーで壁を叩《たた》いた。乾いた音が響いた。脂肪がでっぷりついた丸顔が、憤怒《ふんぬ》で赤く染まっている。

「あんた、声が出ていないんだよ。こんなのバカバカしいと思ってんだろうが」

黒縁メガネの顔が蒼白《そうはく》になった。教官は、厚い唇をねじ曲げ、バインダーに挟んだ履歴書をめくった。顔を確認した上で、ほう、と意外そうに言った。

「五十歳で大手の電機メーカーをリストラになったんですか。しかも大学だって有名国立だ。そんなんで、警備員なんてできます？」

いたぶるような声だった。

「できます」

甲高い声だった。

「空調の効いた立派なオフィスで、お上品に経理の仕事やってたんでしょう。ところがこっちは警備員っていったって吹けば飛ぶような中小だから、道路工事の交通誘導とか、建築現場のトラックの誘導ですよ。しかも、試用期間の三カ月間は日当七千円の日給月給だ。アホらしくてやってられないでしょうが」

「そんなことはありません」

直立不動で答えた。教官が続けた。

「ハローワークに通ったって、仕事なんてないですもんね。四十超したら、よっぽど技能のあるひと以外、まともな仕事はありませんよ。有名な大会社の経歴なんざ、屁《へ》の突っ張りにもならない。シビアな世の中になったもんです」

新人全員をぐるりと見回した。

「昔はうちなんか、できそこないの能無し連中の集まりでしたが、いまはこうやって、選ばれた優秀な皆さんが来てくれる。しかし――」

黒縁メガネに目をやった。

「使いモノにならないと分かったら、その時点で採用取り消しとなりますので、その覚悟で頑張ってください」

「はい」

引きつった声で答えた。教官が満足そうに頷《うなず》く。

「いま、仕事をしたい人間は、世の中にゴマンといるんですよ」

緩んだ口元に、酷薄な笑みが浮かんだ。会議室に硬い空気が満ちた。教官はゆっくりと足を進めると、列の中央の男の前で立ち止まった。四十過ぎの痩《や》せた貧相な男だった。教官はもったいぶった仕草でバインダーをめくり、得心したように軽く頷いた。

「元大手デパートの販売係長か」

独り言のように呟くと、顔を上げた。

「自主退職が一年前となっていますが、その間、何をやってました？」

「就職活動です。ハローワークに通いまして」

緊張した声音だった。

「ほう、それで何社紹介されたんです」

「五十社です」

「子供も住宅ローンもあるから必死ですよね。うちの仕事だけじゃとても足らないでしょうが」

「妻がパートに出ておりますので」

消え入りそうな声だった。教官は、さも面白くなさそうに鼻を鳴らした。

「五十社も断られた揚げ句、やっとうちに決まったわけですか。まあ、今時、年齢も経験も問わない職場は、中小の警備員かタクシー運転手、日雇いの単純労働者だけですからね」

細い目で睨《ね》めつけた。

「断っときますが、うちの会社は慈善事業じゃありませんからね。これからもビシバシ、厳しく――」

「ちょっと待てよ」

声が上がった。教官が眉《まゆ》をひそめ、顔を向けた。右端の男が前に進み出た。痩せた、五十がらみの眼光の鋭い男だった。

「さっきから勝手なことを言っているようだが、あんまりじゃないですか」

憤然と言った。教官は答えず、男の顔を凝視すると、バインダーに目をやった。指先に唾《つば》をつけて履歴書をめくる。余裕たっぷりの仕草だった。

「結城稔《ゆうきみのる》、五十四歳か」

ゆっくりと視線を戻した。

「なにがあんまりなんだ、言ってみろよ」

見下した物言いだった。結城と呼ばれた男は、いささかも怯《ひる》むことなく睨《にら》んだ。他の新人たちが、ふたりを固唾《かたず》を呑《の》んで見守っている。痩せた結城と、でっぷりと太った教官。親子ほどの年齢差。研修初日の新人と生殺与奪権を握った指導教官。すべてが違いすぎた。教官は、かさにかかって言った。

「ええ、あんた、前の食品問屋、馘《くび》になって、やっと仕事にありついたんだろう。しかも学歴は高校中退だ」

「高校中退のどこが悪い」

会議室の空気が一瞬にして凍った。低い、凄《すご》みのある声音だった。結城がつかつかと歩み寄った。教官が、その迫力に気圧《けお》されるように、太った身体をよじって後ずさった。

「みんな、仕事がなくて必死なんだ。土下座しろ、と言えばするだろう。靴を舐《な》めろ、と言えば舐めるだろう。それほど、切羽詰まってんだ。おまえみたいな、会社から与えられた立場をいいことに、真面目な研修の場を自分のコンプレックスのはけ口にするような野郎に、いったい何が分かる。ええ、家族を守るために、みんな死に物狂いなんだ」

そこまで言うと、おもむろに左腕を伸ばし、教官の襟首を摑《つか》んだ。強引に壁に押し付ける。制帽がずれ、目を剝《む》いた教官の手から、バインダーが落ちる。その迫力は、年若い教官を完全に圧倒していた。

「おまえの言う通り、おれは食品問屋を馘になった。最後は、薄暗い倉庫の片隅のデスクに座らされ、一日中、ノートにペンを走らせたよ」

結城の目が、憤怒と屈辱で充血していた。

「わたしは無能です、わたしは会社のお荷物です、怠け者の穀潰《ごくつぶ》しです、と延々と書くんだよ。そうやって嫌がらせをして、自分から辞めるようにもっていく。まったく、なんて世の中だ」

教官のずれた制帽が落ち、襟元を摑んだ結城の左拳《こぶし》が顎《あご》にねじ込まれた。太った丸顔が醜く歪《ゆが》む。

「やめろよ」

弱々しく言った。結城はかまわず、右手を握り締め、後ろへ引いた。

「てめえみてえな野郎は、こうやって痛い目にあわせないと、分からないだろう」

教官の額に大粒の汗が浮いた。恐怖にわななく唇が言葉を絞り出した。

「あんた、こんなことをして、後悔するぞ」

結城の拳が白く染まった。

「それがどうした」

拳を突き出そうとしたそのとき、背後から羽交い締めにされた。振り返ると、黒縁メガネの男。元電機メーカーの経理マンだった。

「ダメです。自棄《やけ》になってはいけない。あなたも家族があるんでしょう」

家族――結城は声に出さずに呟《つぶや》いた。

「暴力はいけません」

誠実で、力強い声だった。結城は小さくかぶりを振り、ふーっと息を吐いた。

「おれには、家族なんかいません」

呟くように言うと、襟首を摑んでいた手を離した。太った教官が壁をずり落ち、床に尻《しり》餅《もち》をついた。喉《のど》を両手で押さえて激しく咳《せ》き込む。

「お騒がせしてすみませんでした」

結城は八人の新人に向かって頭を下げた。

「みなさんのご健闘を祈ります」

晴れ晴れとした声で言い置くと、制帽を投げ捨てた。短い角刈り頭だった。会議室を出ると、後ろ手にドアを閉め、唇を歪めて薄く微笑んだ。その顔には、冥《くら》い虚無の色が貼りついていた。


朝の捜査会議が終わると、片桐は滝口と言葉を交わすことなく、所轄車輛《しゃりょう》のブルーバードに乗り込んだ。晴れ渡った冬の空が目に痛い。ステアリングを握りながら、助手席を見る。よれたコートに古びた背広。顎には、剃《そ》り残しの髭《ひげ》が黒黴《くろかび》のように浮いている。禿《は》げ頭を指先でガリガリと掻《か》きながら、大きく欠伸《あくび》をすると、ハイライトをくわえ、百円ライターで火をつけた。フーッとさも気怠《けだる》そうに紫煙を吐く。どこから見ても、冴《さ》えない老刑事そのものだ。

「寝不足ですか」

素っ気なく言った。

「まあな」

欠伸《あくび》交じりに答える。

「コーヒーでも飲んで、頭、シャンとさせますか」

「そうするか」

あっさり同意した。連雀通り沿いのファミレスにブルーバードを入れる。奥の窓際の席に座り、コーヒーを注文した。のんびりとした空気が流れる。片桐の脳裏に、今朝の捜査本部の熱気が蘇《よみがえ》る。捜査会議が終わるなり、捜査員たちは靴音も荒く飛び出して行った。境浄水場で目撃された白のセダンの捜査と、被害者の昔の交友関係。目の前にぶら下げられた旨《うま》いエサを追い、捜査本部全体が熱く煮え立っていた。この自分と、目の前のポンコツ刑事を除いては――

ウェイトレスが下がると、滝口は両肘《ひじ》をテーブルに突き、ぐっと上半身を乗り出してきた。分厚い唇が動く。

「片桐、おまえ訊《き》きたいことがあるんだろう」

予想もしない言葉に面食らった。

「おれとおまえの仲だ。遠慮することはない」

滝口はグラスの水を一口飲むと、両手を組み合わせ、片桐を見据えた。固く結んだ唇と、逃げを許さない強い視線。さっきまでの緩んだ表情がウソのような、修羅場をくぐったベテラン刑事の貌《かお》だった。

「三億円事件のことなんですよ」

誘われるように喋《しゃべ》っていた。

「ちょっと分からないところがありましてね」

頬を緩め、滝口が頷いた。

「あの事件に興味を持たない野郎は刑事じゃない」

低い、地を這《は》うような声だった。片桐は唇を軽く噛んで少し言い淀《よど》んだ後、口を開いた。

「おれも少し調べてみたんですが、あの捜査はおかしいですね」

「なるほど」

どこか面白がるような声音だった。

「で、どこがおかしいんだ」

片桐は咳払《せきばら》いをくれ、語った。

「五日市街道近くの神社から消えたカローラですよ。発見されたのは、事件の四カ月後——遅くとも事件発生翌日には小平市の公営団地の駐車場に置かれていたのに、どう考えてもおかしいでしょう」

コーヒーが運ばれてきた。暫《しば》し沈黙した後、片桐は続けた。

「タキさん、あんただって頭にきたでしょう」

滝口はカップを持ち、ゆっくりとコーヒーを啜《すす》ると、顔を左右に振った。

「いや、全然」

片桐は眉間《みけん》を寄せ、険しい顔で迫った。

「頭にこなかった？　ウソだろう。もし本当なら、あんたは刑事失格だ。あんな杜撰《ずさん》な捜査、おれは信じられませんよ」

カップをソーサーに戻すと、滝口がボソッと言った。

「普通の捜査本部ならな」

目をすがめ、唇の端を吊《つ》り上げた。

「どういうことだ？」

「マスコミからは散々叩かれたよ。警察はいったい何をやってんだ、馬鹿で間抜けな税金ドロボー、とな。しかし、おれは、あのミスは起きるべくして起きたと思っている。当時の捜査本部の在り方を象徴している出来事だ。つまり、やる気がなかったってことだ」

史上最大の現金強奪事件と、解決の糸口さえ摑めない捜査本部。怒りが爆発して当然だ。なのに――脳ミソが粟立《あわだ》った。滝口のナマズ面が薄く笑った。

「すっかりやる気が失《う》せていたんだ。ほら、おれが昨日言ったろうが。逮捕できなかったって」

片桐の脳裏に、昨日、滝口の自宅で聞いた言葉が蘇る。

――だが、逮捕できなかった――

喉が張りついた。理由を問うと、滝口は確かこう言った。

――それはおれの問題であって、おまえは関係ない――

その滝口がいま、淡々と語っていた。

「捜査本部の一部の人間は、もう諦《あきら》めていた。そのネガティブな空気が全体に蔓延《まんえん》していたんだ。捜査ってのはデリケートなもんだ。淀んだ空気はすぐに伝染してしまう」

片桐は乾いた唇を舐《な》めて言った。

「ホンボシが分かっていたのに、逮捕できない理由なんて、おれは知らないし、見当もつかない。だが、ホンボシは現にこの世にいるんだから、諦める必要はないでしょうが。時が来たら……」

言葉が続かなかった。滝口の顔が、苦悶《くもん》に歪《ゆが》んでいた。動揺を抑えるようにタバコに火をつけると、目を細めた。分厚い唇が、ゆっくりと動いた。

「実行犯は既に死んでいた」

掠《かす》れた、いまにも消えそうな声だった。片桐は絶句し、それでも声を絞り出した。

「どういうことだ？」

滝口は答えず、タバコをくゆらした。

「おい、タキさん！」

鋭く言った。

「あんた、昨日、おれにリストを見せたろうが」

「だから、あのリスト五人のうち、すでにふたりが消えている」

タバコを摘《つ》まむ指先が震えていた。

「ニセの白バイを操った実行犯は三十四年前、死んだ」

「事件の直後か？」

「そうだ」

重々しく頷《うなず》いた。片桐は口元にふてぶてしい笑みを滲《にじ》ませた。

「じゃあ、三人だな」

ふっと空気が変わった。滝口が唇を半開きにして、見つめていた。

「三人の中に葛木を殺したヤツがいる。そういうことでしょう」

「実行犯がどうやって死んだのか、気にならないのか?」

「昔のことじゃないですか。大事なのは今だ。誰から当たります。それとも、手分けしてやりますか? 葛木殺しのホンボシさえ挙げれば、自《おの》ずと三億円事件に届くでしょう。違いますか」

「合理的なんだな」

片桐は指先でこめかみを叩《たた》いた。

「頭、まだ柔らかいですから」

「なるほど」

滝口は、灰皿でタバコをひねった。

「話を聞きたいヤツがいる」

ボソッと言った。

「どいつです」

勢いこんで訊《き》いた。

「会わせてやる」

言うなり、席を立った。片桐は、唖然《あぜん》として見上げた。

「これから犯人に？」

「行こうか」

気負いのない、穏やかな声音だった。

「もたもたしてると先を越されちまうぞ」

片桐は弾《はじ》かれたように立ち上がった。


「まだ思案の余地があるんじゃないのか」

吉岡健一は、書類の束を無造作にデスクに投げた。神宮外苑《じんぐうがいえん》近く。青山《あおやま》通り沿いに建つ真新しいオフィスビルは、陽光を受けて、硝子《ガラス》の城のように輝いていた。

吉岡が率いる（株）『サンクチュアリ』の本社は、この十二階フロア全体を占めている。午前十一時。英国製のダークグレーのスーツを一分の隙もなく着込んだ吉岡は、奥の社長室で、長男の巧《たくみ》と向かい合っていた。

「これはおまえの理想であって、計画書ではない。机上の論理が通用するほど、外食産業は甘くない」

軽くウェーブした灰色の髪と、よく日焼けした褐色の肌。苦みばしった吉岡は顔が、いまは経営者の厳しい表情を見せている。『サンクチュアリ』は、吉岡が一代で興したレストランチェーンだった。都内に十店舗を構え、一流の料理人と、教育の行き届いた従業員、大正モダニズムを具現化した、重厚で洒落《しゃれ》た店造りが特徴のレストランだ。

吉岡はローズウッドの広々としたデスクの上で両手を組み、黒革張りの背の高いチェアから、年齢を感じさせないその逞《たくま》しい上半身を乗り出した。デスクの前に立つ、巧の端整な細面が僅《わず》かに曇った。縁なしメガネ、淡いピンクのシャツにライトグリーンのタイを締め、芥子《からし》色のジャケットとグレーのコットンパンツを無理なく着こなした巧は、ビジネスマンというよりは、少壮の政治学者の雰囲気だ。

「いいか、巧」

吉岡は、重々しく語りかけた。

「日本の外食産業はいまや、三十兆円近い巨大市場を形成している。衣料品や百貨店業界はもちろん、自動車産業よりずっと大きい市場だ。なのに外食産業はトップ三社の市場シェアが僅か三％足らずと、他に類を見ない群雄割拠の状態が続いている。それだけに新規参入しやすい業界ともいえる」

「店舗を構えれば、その日から現金が入る業界ですからね」

巧はデスクにほうり出された新店舗開店計画書を取り上げた。

「しかも、社長のご指摘通り、幾らでも参入の余地のある業界です。近年は、資金力、組織力のある他業種からの参入も活発化しています。総合商社、スーパーマーケット、鉄道、建設会社、洋酒メーカー……フランチャイズビジネスとしても十分、旨《うま》みがありますから、この流れは激しくなりこそすれ、緩むことはありません。加えて、バリエーションに富んだ店舗と格安の品揃えで人気の回転寿司や、デパート地下食品売り場をメインとする弁当や総菜の、いわゆる〝中食《なかしょく》〟も急伸しています。いまや、紛れもない戦国時代ですよ。ツボに嵌《はま》れば信じられないほどの急成長を遂げますが、戦略を誤ればあっと言う間に奈落の底です」

巧は一流私大の経営学部を卒業後、米国のビジネススクールに留学し、帰国してからは総合商社で食材を扱い、二年前、二十八歳で『サンクチュアリ』に入社していた。

息子の入社は吉岡の本意ではなかった。子供は巧と、ロンドンの大学に留学中の娘がいる。跡継ぎを考えるなら、もちろん長男の巧だが、吉岡は別の途《みち》、できるなら安定した企業のサラリーマンになって欲しかった。日本経済が出口の見えない衰退期に入ったいま、経営者はあまりにも辛《つら》すぎる。だが、顔に似合わず頑《かたく》なで自己主張の強い巧は譲らなかった。仮に跡を継ぐにしても、もう暫《しばら》く外で経験を積むべきでは、それからでも遅くない、と諭したこともある。巧は「これからの外食産業は感性が勝負。三十を過ぎてからでは遅すぎる」と反論し、半ば強引に入社してきた。以来、自他共に認める吉岡の片腕として辣《らつ》腕《わん》を振るっている。

「社長、各社ともデフレに対応した低価格商品とサービスの効率化でこの消費不況を乗り切ろうとしているなか、味も料金もサービスも一定の水準を維持してリピーターを呼び込み、健闘する『サンクチュアリ』の頑張りは見事ですよ」

巧は、『サンクチュアリ』に入社以来、吉岡のことを公私を問わず〝社長〟と呼んだ。巧なりのけじめと思ったから、好きにさせている。吉岡は鷹揚《おうよう》に頷いた。

「当然だ。アルバイトがマニュアルに沿って調理機器を操作するだけで料理ができてしまうファミレスとは違う。うちは吟味した食材を一流の料理人が捌《さば》く、本物のレストランだ」

「しかし、いまのままでは大規模なチェーン展開はできません。都会の舌の肥えた客を相手にするだけで終わってしまう」

「それでいいんじゃないのか。おれは、闇雲に店を増やす気はないし、味の分からない田舎者を相手にする気もない」

巧は口元に笑みを浮かべ、肩をすくめた。

「それではスケールメリットが得られませんよ。ある程度の規模になれば、良心的な農家や漁協と個別契約して、より素晴らしい食材を廉価に仕入れることもできるんですよ」

「拡大戦略で潰《つぶ》れていった同業他社は腐るほどある。おれは幾つもの哀れな屍《しかばね》を見てきた」

巧はメガネのフレームを摘まみ、冷然とした顔で答えた。

「それは、経営者が目先の利益ばかり追い求めて、従業員の幸せを本気で考えなかったからですよ」

「従業員の幸せ？　そんなの、どの社のパンフレットにだって書いてあるだろう」

さも呆《あき》れた、とばかりに返した。しかし、巧は動じなかった。

「それはうわべだけでしょう。わたしは、完全な実力主義を導入して、マネジメント力、商品開発力のある人材を店長はじめ店の管理職に登用するつもりです。売り上げが上がれば、年収一千万だろうが二千万だろうが、どんどんくれてやるんです。将来的には会社の株を与え、経営陣に加えてもいい。年齢、性別、経験も関係ありません。その代わり、数字が下がれば、別の人材を据える。わたしは、場合によっては、店のコンセプトを根本から変えてもいいと思っている」

緊張が漲《みなぎ》った。父親が築き上げたビジネスの否定さえ辞さない——巧は、反応を見るように一拍置いた。だが、吉岡は口を噤《つぐ》んだきり、何も言わなかった。

「社長、外食産業はその市場スケールのわりに虐げられた業界なんですよ。大学新卒で就職先の第一希望に挙げる者は全体の一%にも満たない。離職率も異様に高い。これでは優秀な人材は集まりません。わたしは店舗を増やし、受け皿を大きくして、これまでとはまったく違う外食産業の可能性を創出してみせますよ」

それだけ言うと一礼し、下がった。ドアを閉め、巧が消えると、吉岡は肩を上下させて大きく息を吐いた。チェアに身体を深く埋《うず》め、ゆっくりと半回転させた。デスクの背後の壁に、嵌《は》め殺しの大きな窓がきってある。冷えた冬の青空の下に広がる、東京の街を眺めた。神宮外苑の森と、その向こうに白っぽいビルの海が続いている。

寄せた眉間《みけん》に深い筋が刻まれた。吉岡には分かっていた。巧が父親を見切っていることを。自分には経営者に必要な、将来を見据えた長いスパンの展望とか、忍耐力、粘り、従来の価値観をぶち壊す創造力が欠けている。無理してやってきたが、そろそろ限界だ。自分の生きる力みたいなものは、三十四年前のあの事件でごっそり奪われた気がする。ここまでやってこれたのは、僥倖《ぎようこう》以外のなにものでもないだろう。

吉岡は手庇《てびさし》をして目を細めた。降り注ぐ陽光を浴びて輝くビルの海の向こうに、葛木の死体が発見された玉川上水がある。三十四年前の葛木は、ふてぶてしい面構えの怖いもの知らずだった。テレビのニュース番組で見た葛木の写真は、髪の薄いずんぐりとした、いかにも気弱そうな顔の初老の男だった。あの葛木とは信じられなかった。耳の奥に、葛木の声が残っていた。殺される前にかけてきた電話だ。

――もうダメなんだ、おれは終わった、ゴメンよ――

場末のラーメン屋で終わった葛木。借金を抱えていた葛木。翻って自分は、社員百名を抱える外食チェーンのオーナーだ。後継者も順調に育っている。この差はしかし、些細《さ さい》なことなのだろう。葛木も自分も、同じ咎《とが》を背負っている。そして、その咎に押し潰されようとしている。

――ゴメンよ――

葛木のいまにも消え入りそうな声が蘇《よみがえ》る。吉岡は顔をしかめた。何を謝るというのか。うまくいかなかった人生のことか……いや、違う。葛木が口を塞《ふさ》がれてしまったいま、朧《おぼろ》げながら分かる。葛木はブスブスと燻《くすぶ》っていた過去に火を放つ気だった。一挙に燃やして、灰に返すつもりだった。

吉岡の頬が朱に染まり、隆起した。険しい視線はビルの海の遥《はる》か向こうを見つめていた。

デスクの電話が鳴った。身体をひねり、腕を伸ばした。耳に当てると金子の声がした。正真正銘のヤクザ。三十四年前、震えていた情けない男。

《吉岡、行こうぜ》

「いつ」

含み笑いを滲《にじ》ませた声だった。

《今夜だ》

短く答え、受話器を置いた。吉岡は、もう戻れないことを悟った。

「分かった」

午後零時過ぎ。滝口と片桐は新橋駅前の繁華街にいた。烏森《からすもり》神社近くの中華料理店。雑居ビルの一、二階部分を占める店内の二階奥。六人掛けの丸テーブルが置かれた個室で、ふたりは待った。外堀通りのクルマの騒音と、電車の轟音《ごうおん》が微《かす》かに響いてくる。

滝口は白磁の湯呑《ゆの》みから熱いウーロン茶を旨《うま》そうに啜《すす》った。片桐は長い脚を組み、苛《いら》ついた表情でマルボロをふかしている。片桐は腕時計に目をやり、口を開いた。

「タキさん、そろそろ二十分になりますよ。遅すぎませんか」

「野郎、忙しいんだ。急な話だったからな」

片桐は唇を歪《ゆが》め、舌打ちをくれた。期待と焦りが入り交じり、どうにかなりそうだった。しかし、滝口は平静だ。上気した色は微塵《みじん》もなかった。ふいに疑念が湧いた。本当にあのリストのひとりなのだろうか。そういえば、滝口はリストに載っていた人間だとはひと言も言っていない。自分の思い込みなのかも……不安が膨れ上がる。それは、唐突に開いたドアから、飛び込むようにして入ってきた男を見て、確信に変わった。

「申し訳ない」

四十絡みの男だった。黒のスーツに、七三に分けた髪。プロのスポーツ選手を思わせるごつい身体を別にすれば、外見は実直なサラリーマンそのものだ。

「ゴタゴタ続きなもんですから」

「シャブか」

　滝口が視線を細めた。片桐は目を剝《む》き、息を呑んだ。

「ええ、韓国ルートにつながるタレコミがあったんですよ」

　男は素っ気なく言うと、腰を下ろした。シャブ、タレコミ――頭の芯《しん》がカッと燃えた。

「タキさん、どういうことなんです」

　怒りにまかせて言った。

「本庁四課の飯島警部だ」

　警部――身体が自分の意志とは関係なく反応した。片桐は顔を向け、申し訳程度に頭を下げた。飯島はふんと鼻を鳴らしただけだった。

「この若いの、どこのどいつなんです。随分、元気が余ってそうだが」

　からかうような物言いだった。

「おれと組んでる所轄の人間だ。小金井中央署の片桐巡査部長。年齢《とし》は三十二だったな」

「大丈夫なんですか」

　嘲《あざけ》りを含んだ声音だった。

「こいつは、世の中を舐めきっている顔でしょう」

　片桐はテーブルの下で拳《こぶし》を固めた。

「おれが保証する。それで問題ないだろう」

　短く言うと、滝口はウーロン茶を音を立てて啜った。

「まあ、タキさんには借りがありますからね」

ボソッと呟《つぶや》くと、顎《あご》に手をやり、片桐を値踏みするように見た。

「小金井中央署の一課がらみと言えば——」

思案げに顎を擦《こす》った。

「ラーメン屋の扼殺《やくさつ》事件だったな。玉川上水で発見されたやつだ」

片桐は誘われるように頷《うなず》いた。飯島が薄く笑った。

「つまんねえ野郎だな。もうちょい焦《じ》らせよ。おまえ、デカだろうが」

ガタッと椅子が動いた。顔を朱に染めた片桐が、腰を浮かせていた。その腕を滝口が摑《つか》んだ。

「いちいち尖《と》んがるな」

片桐は奥歯が砕けそうな形相で睨《にら》んだ。

「ほら、座れ」

目を据えたまま、ゆっくりと腰を下ろした。飯島は唇をひねってせせら笑った。

「なんだ、タキさん。問い合わせのあった極道はそのコロシのホシですか」

「いや、まだ分からんのだ」

憮然《ぶぜん》とした口調だった。飯島は両腕を組み、さも大儀そうに首を回すと、真っ白なクロスのかかったテーブルに目をやった。

「まだ注文してなかったんですか。ここ、密会場所としてもいいんですが、味もなかなかですよ」

ボーイにメニューを持ってこさせた。

「なんにします？」

「ラーメンでいい」

滝口は小さく言った。

「まあ、試してみてくださいよ。チョンガーに戻って、大したもん食ってないんでしょう。天国の奥さんが心配してますよ」

そう言うと、勝手にオーダーした。牛肉とアスパラガスの炒《いた》め物、燻製《くんせい》ハムと腸詰めの盛り合わせ、カニシューマイ、蒸し鳥のサラダ、五目焼きそば、車エビと帆立のチリソース……運ばれてきた皿に、飯島は率先して箸《はし》をつけた。滝口と片桐も、気のすすまぬ様子で箸を取り上げた。注文した品の半分以上を、飯島が旺盛《おうせい》な食欲でたいらげた。

飯島は食後のジャスミンティーを飲みながら、微笑んだ。

「メシをちゃんと食わない野郎に捜査はできない、と教えてくれたのはタキさんでしたよね」

「そうだったかな」

つまらなそうに言うと、ハイライトに火をつけた。飯島がシラけた顔で懐に手を入れた。

「まあ、昔の話ですがね――本題に入りましょうか」

黒革の手帳を取り出し、ページをめくった。

「金子彰。大手組織の三次団体『蒼龍会《そうりゅう》』の頭《あたま》ですな。大田区の蒲田《かまた》に事務所があり、舎弟は八人ほど。ひところは三十人からのイキのいい舎弟を抱えて、随分と羽振りも良かったんですがね」

金子彰――片桐の記憶にヒットした。たしか、三億円事件の最重要参考人リストにあった名前だ。湧き上がる動揺を抑えて、マルボロを唇に挟んだ。まさか、ヤクザをやっていたとは……小刻みに震える手でライターをひねり、火をつけた。深々と吸い込み、猛《たけ》り立つ神経を鎮める。飯島は淡々と続けた。

「九〇年のバブル経済崩壊と、九二年に施行された暴力団対策新法で暴力団はどこも喘《あえ》いでいますが、金子のところも例外ではないようです。まあ、新法のもとでは暴力団の最大の資金源である民事介入暴力や企業対象暴力が事実上できなくなったわけですから。金子も上部組織への会費、つまり上納金が滞ることも珍しくなく、最近は――」

いつの間にか滝口はメモ帳をテーブルに置き、万年筆を走らせていた。そのゴツい容貌《ようぼう》に似合わない、小さな、整然とした文字が並んでいた。

「どれほど暴力団が困窮しているかといえば、東北や北海道では、食うに困った暴力団員がカニやサザエ、鮭の密漁に手を染める例が後を断ちません。中国地方ではシジミの密漁で地元漁協から訴えられる、という情けない例もあります。大都市でもシノギが上手くいかなくて、パチプロで食っているヤツなんてゴマンといます。偽ブランド品や健康食品の売買でセコく稼ぐなんてのはまだいいほうです。上納金や義理がけに苦しんで組を解散するとか、はなはだしきは金に詰まった組長がピストル自殺をしたケースもあるほどです。バブルの狂乱時代とは隔世の感がありますな」

滝口はタバコを指先で挟み、目をすがめた。

「おい、飯島、報告は簡潔かつ手短に、と教えたろう」

低く言った。飯島は右手を挙げ、滝口の言葉を制した。

「久しぶりに一緒にメシを食ったんだから、大目に見てくださいよ。これで極道のシビアな現状が分かったでしょうが」

わざとらしく咳払《せきばら》いをくれると、続けた。

「金子はバブル期の地上げで相当なカネを摑んでます。十億単位を右から左に流して、その筋の世界でも名前を売ったようです。しかし、調子にのり過ぎたんだな。派手な底地買いをやったんですよ」

滝口は軽く頷いた。片桐はタバコをくゆらしながら、黙って見ていた。

「つまり借地権のついた底地を金子自身が安く買い取り、上の居住者や営業主を強引に立ち退かせ、更地にしたうえで転売したわけです。これだと利益が丸まる自分のものになる。不動産業者等から依頼され、その手数料で稼ぐのとは桁《けた》が違います。その分、リスクも半端じゃない。なにより、土地の買収にぶちこむ莫大《ばくだい》な現ナマが必要だし、地価が右肩上がりを続けるという前提のもとでしか成り立たない商売ですから。バブルが弾けた途端、天国から地獄へ真っ逆さまですよ」

「借金《しゃっきん》は相当あるのか」

「二十億か三十億か……あれはもうダメですよ」

飯島はジャスミンティーを啜った。

「いまのシノギは？」

「水商売相手に観葉植物のリースとか、ミカジメの取り立てでなんとかやってるようですね。金子自身、長年の不摂生が祟《たた》って健康状態も芳しくないようだし、遅かれ早かれ、バンザイでしょう」

「マエは？」

飯島は手帳に視線を戻した。

「銃刀法違反で二回、恐喝で一回。ムショ生活は合計で三年余り。まあ、ごく平均的なヤクザです」

滝口は宙を睨んだ。

「所詮《しょせん》、ヤクザの頭を張るほどの器量がなかったってことです。バブルに踊って不相応のカネを摑み、自滅する――バカなヤクザの典型ですよ」

飯島は吐き捨てるように言うと、スーツのポケットから一枚の写真を抜き出し、テーブルに置いた。指先で滝口に押しやる。

「これが、バカなヤクザの面《つら》です」

滝口は摘まみ上げ、凝視した。横から、片桐が覗《のぞ》き込んだ。パンチパーマに鋭い視線。ひと目でヤクザ者と分かる、暴力の匂いがプンプン漂う貌《かお》だった。しかし、どす黒い肌とたるんだ頰が、深刻な健康状態を物語っている。滝口は唇を噤《つぐ》んだまま、じっと見つめていた。

この後、スナックをやらせている情婦《イロ》の素性、ショバの詳細、自宅等の情報を得て、ふたりは席を立った。勘定はすべて、飯島が払った。数枚のクレジットカードを差し込んだ財布の中から、分厚い万札が覗いていた。別れ際、店の前の路上で飯島は囁《ささや》くように言った。

「タキさん、あんたんとこの管理官、藤原でしょう」

滝口の顔がかすかに強《こわ》ばった。

「もう定年じゃないですか。これまで散々こき使われたんだ。無理しないことですよ」

それだけ言うと、片手をヒョイと挙げ、雑踏の中へと消えていった。軽さを気取っているが、それが板につかない、どこか異様な身のこなしだった。

「あの野郎、信用できるんですか？」

片桐が憮然《ぶぜん》とした顔で言った。

「さあな」

素っ気なく答えると、ハイライトに火をつけた。

「同じサツカンなんだ。信用もへったくれもないだろう。利用するかされるか、それだけだ」

片桐はさも不快げに眉根《まゆね》を寄せた。

「借りがあるとか言ってましたが、どうせロクでもないコトでしょう」

「あのバカ、ヤクザの情婦とできちまってな。面倒臭いゴタゴタがあって、おれが間に入って手打ちにしたんだよ。それだけだ」

つまらなそうに言った。

「野郎の財布の中、手の切れそうなピン札がぎっしり詰まってましたよ。ヤバくないですか」

「あいつもいまや、四課の辣腕《らつわん》刑事なんだ。捜査費もたんまり貰《もら》ってんだろう。まあ、深くは詮索《せんさく》しないことだ」

コートのポケットに両手を入れると、滝口は肩を丸めて歩きだした。その悄然《しょうぜん》とした後ろ姿には、濃い疲労が貼りついていた。

どうしてキレたのか。黒のキャップを目深に被《かぶ》った結城稔は首をひねった。飯田橋の警備会社を出た後、中央線の電車に乗り、新宿で小田急線に乗り換えた。狛江《こまえ》駅で降りると駅前の立ち食いうどん屋で昼食を済ませ、自動販売機でカップ酒を三本買い、飲みながら多摩川の方向へ南口通りの歩道を歩いた。

あんなバカで粋がった若造など、適当におだててやれば、何の問題もなかったはず。それを、真っ向から渡り合い、殴り飛ばす寸前だった。やっぱり自分はどこかが壊れ始めている。せっかくありついた仕事だったのに、この先、いったいどうすればいいのか。深くため息をついた。

一本がカラになった。車道に投げ捨てる。硝子《ガラス》の割れる音がした。新しい一本をジャンパーのポケットから取り出す。あれ、と首を傾げた。あと二本残っているはずなのに、指先には一本分の感触しかない。舌打ちをくれた。もう二本、飲んでしまったのか――道行く主婦やスーツ姿の勤め人が、眉《まゆ》をひそめ、顔をそむけて通り過ぎて行く。古びたジーパンにワークシャツと薄汚れたジャンパー。人目を避けるようにキャップを目深に被り、酔いで頬をピンク色に染め、平日の昼間からカップ酒を啜りながら歩く様は、軽蔑《けいべつ》の視線を向けられても仕方のない風体なのだろう、とぼんやりした頭で思った。

交通量の激しい世田谷通りを強引に渡り、住宅街の路地を歩いた。太陽が頭上で輝いていた。顔をしかめた。まだ二月に入ったばかりだというのにこの暑さはなんだ。首筋に照りつける陽光が、容赦無く肌を焦がす。たまらず、高い樹が植わった公園のベンチに座った。公園のブランコや滑り台で子供を遊ばせていた女たちが、結城の姿を認めるなり、顔を強ばらせた。眉をひそめ、さりげなく目配せし合い、そそくさと子供の手を引いて、消えた。

ベンチにぐんにゃりともたれ、最後のカップ酒をゆっくり味わい、腰を上げた。足がよろけた。水道道路の南側、路地が網の目のように巡る住宅街に建つ賃貸マンションに着いたとき、午後一時を回っていた。築二十年の三階建て。多摩川まで五百メートルもない。さすがにここまで来ると、辺りにはビニールハウスや肥料小屋を備えた本格的な田園が広がり、豊かな土の匂いが漂う。駐車場込みで家賃十万円の二DKの部屋。高校生の息子を持つ三人家族には手狭な部屋だ。いや、と頭を振った。妻も息子も、とっくに家を出ていった。あれはいつだったか。記憶を辿《たど》った。分からない。

――五十も半ばになって賃貸のボロマンション暮らしで、しかも仕事まで失うなんて、あんた、いったいどんな生き方をしてきたんだ――

息子の生意気な声が聞こえる。頭にきてぶん殴り、蹴飛《けと》ばしてやった。ケンカなら、まだまだ負けない。女房が金切り声をあげて止めた。バカげた茶番だった。息子は正しい。女房も正しい。この自分が、家族を持つなどという大間抜けな誤りを犯しただけだ。

マンションは静かだった。結城はクリーム色の塀の手前で立ち止まり、目をすがめて周辺を窺《うかが》った。赤ん坊の泣き声と洗濯機を回す音、テレビから漏れる笑い声——不審な人影はなかった。

集合玄関をくぐり、郵便受けに突っ込まれていたサラ金と出張ヘルスのチラシの束を引き抜き、据え付けてある段ボール箱に投げ入れてから、冷たいコンクリートの階段を歩き、三階の部屋へ向かった。

スチールのドアを開く。腐ったアルコールの臭いがした。部屋の空気は重く淀《よど》んでいた。カーテンを締め切った薄暗い部屋はしんと静まり返っている。キャップを脱ぎ、玄関と接したダイニングを抜ける。足元にずらりと並んだ酒の空き瓶が数本、倒れた。結城はかまわず足を進め、ベランダに面した六畳の和室の布団へ倒れ込むようにして俯《うつぶ》せになった。うすっぺらい湿った万年床は、汗と涙の臭いがした。三日前、嗚咽《おえつ》した自分。テレビのニュースに目を凝らし、震えた自分。いるはずもない神のことを思った自分——

布団を抱えるようにして、暫《しばら》くじっとしていた。階下の掃除機の音がする。心臓の鼓動が聞こえる。ドクン、ドクン、と全身に血を送る音が鼓膜に響く。生きている。本当だろうか？　自分はもう、とっくに死んでいるんじゃないだろうか。

結城はよろめく足で立ち上がり、カーテンを横に払った。眩《まぶ》しさに目をすがめた。のんびりとした明るい畠が広がっている。サッシを開け、裸足でベランダに立ち、下を見た。コンクリートを張ったマンションの駐車場。そこには、中古の白のコロナがあった。自分が葛木を乗せて走ったクルマが、陽光を浴びて、まるでハレーションを起こしたように、ギラギラと輝いている。薄暗い部屋に慣れた目が悲鳴を上げた。視界が破裂してしまいそうな照り返しに耐え切れず、結城はその場にしゃがみこんだ。両腕で角刈り頭を抱えて、呻《うめ》いた。脳の芯《しん》が疼《うず》いた。この目で見た、札束の山が蘇《よみがえ》る。三十四年前のことなのに、つい昨日の光景のようだ。

——あの金さえあったら、こんなことにはならなかった——

湧き上がる憤怒《ふんぬ》と後悔で、脳みそが真っ赤に膨れ上がった。

午後九時過ぎ、宍倉が捜査会議の終了を告げると、ドッと空気が動いた。ガタガタと椅子を鳴らし、捜査員たちが立ち上がった。結局、白いセダンに関する目ぼしい情報はなかった。捜査本部に気落ちした色が流れ始めている。今後は捜査範囲を広げ、ローラーでしらみ潰《つぶ》しに当たることになる。犯人に土地鑑があるにしても、住居は案外離れているのかもしれない。となれば、捜査は難航する。捜査員をとりまく空気が倦《う》むのも当然だった。が、宍倉から特別な言葉はなかった。バインダーを片手に、険の浮いたゴリラ顔で威圧感たっぷりに睥睨《へいげい》する様はいつもの通りだったが、捜査員の報告に対して叱責《しっせき》することも、アドバイスすることもなく、どこかうわの空だった。

捜査の停滞は片桐にとっては好都合だが、それよりも気になることがある。管理官の藤原孝彦だ。その姿は今日もない。捜査が始まって四日目。そろそろ活を入れに現れてもおかしくないのに、捜査初日に〝二十四時間で解決しろ〟と、尻《しり》をひっぱたいたきりだ。加えて、葛木の昔の仲間を追う本庁の三浦辰男も見えない。片桐は首をひねった。と、視界の隅を慌ただしく立ち去る男がいた。宍倉だ。四角い赤ら顔を強《こわ》ばらせ、会議室を足早に出て行く。急用でもあるのか？　何かが変だった。今朝までとは雰囲気が一変している。滝口は察しているのかいないのか、相変わらずむっつりとした顔でコートに袖《そで》を通している。

この漠とした危懼《きぐ》を滝口に伝えておいたほうがいいかもしれない――片桐はアルミの灰皿でマルボロを潰し、腰を浮かせた。測ったように携帯が鳴った。素早くスーツの懐から抜き出すと、耳に当てた。

《慎ちゃん》

多恵子の声だった。片桐は眉《まゆ》をひそめた。多恵子が電話を入れてくることなど殆《ほとん》どない。お互い、束縛しないことが暗黙の了解事項だ。片桐はコートを摑《つか》むとパイプ椅子から立ち上がり、廊下へ出た。一日の緊張から解き放たれた捜査員たちが、ざわめきながら移動していく。

「どうした」

低く呼びかけた。

《ちょっとおかしいんだよ》

硬い声音だった。要領を得ない電話に、片桐は苛立《いらだ》った。

「だからなにが」

《いま、バイトから部屋に戻ったんだけど、一階の玄関のとこに変な男がいるんだよ》

変な男……片桐は首をひねった。

「どう変なんだ」
《ダウンジャケットを着て、普通のサラリーマンみたいだけど――》
言い淀《よど》んだ。マンションの玄関はオートロックだ。外部の人間は簡単には入れない。いったいなにが変だというのだ。多恵子が続けた。
《こう言ったんだよ。片桐慎次郎さんと一緒に住んでいる方でしょう、津村多恵子さんですよね、って》
喉《のど》が張りついた。
「それだけか」
喘《あえ》ぐように言った。
《うん、でも不気味だよ。あたしと慎ちゃんが住んでるって、知っている人いないもん。あいつ、慎ちゃんが刑事だと分かってて張ってるんだよ》
ガツンッと頭をぶん殴られた気がした。
《あれ、やばいよ。なにかあるよ。昔ぱくったヤツのお礼参りかもしれないよ。一一〇番に電話しちゃおうか》
「バカヤロウ、特急で戻るから、おまえはじっとしていろ!」
携帯を懐に仕舞い、片桐は足を進めた。階段を目立たぬよう、しかし、速足で駆け降りながら、どす黒いタールのような不安が腹の底へ溜《た》まっていくのを感じた。
片桐慎次郎は逸《はや》る心を抑え、武蔵小金井駅から中央線東京行の電車に乗った。午後九時過ぎ。井の頭公園近くに建つ自宅マンションまでは、タクシーなら小金井中央署前の連雀通りを三鷹方面に走ればいいが、夜は渋滞していることが多い。いまの時間なら、電車の方がずっと早い。

十五分後、電車を吉祥寺《きちじょうじ》駅で降り、南口に出た。毒々しいネオンが瞬《またた》く繁華街は人の波でごった返していた。片桐は雑踏を縫うようにして小走りに駆け、クルマがぎっしりと連なる井ノ頭通りを渡り、予備校ビル横の路地に入った。住宅街が広がる一帯は、駆け抜けてきた繁華街のざわめきが嘘のように静まり返っている。路地は、井の頭公園に向かって一直線に伸びていた。電柱から張り出した蛍光灯の下、固い靴音だけが響く。

京王井の頭線の銀色のガードを潜ると、自宅マンションまで百メートルも無い。周囲に油断なく視線を疾《はし》らせながら、足を進めた。一歩、近づくごとに頭が沸騰していくのが分かる。

集合玄関の前。人影は無かった。肩を大きく上下させ、荒い息を吐いた。

「片桐さん」

くぐもった声がした。片桐は弾《はじ》かれたように顔を向けた。玄関横の暗闇。高さ二メートルほどの植え込みの中だ。片桐は足を一歩、踏み込んだ。眉間《みけん》を寄せ、険しい表情で睨《ね》めつける。

「出てこいよ」

静かに誘った。拳《こぶし》を握り、身構える。植え込みが乾いた音をたてた。闇を切り取るようにして、人影が現れた。黒のダウンジャケットに、グレーのチノパン。オールバックに固めた髪と、太い眉《まゆ》。肉厚の、不敵な面構えだった。身長は百八十センチの片桐と同じ程度か。だが、首が太く、肩が張った筋肉質の身体は、むしろ片桐より逞《たくま》しいくらいだった。

「はじめまして」

薄い唇が動いた。目尻《めじり》に笑みを湛《たた》え、余裕たっぷりの表情で一揖《いちゆう》した。片桐は記憶を辿《たど》った。見覚えが無かった。初めて目にする顔だ。現役の刑事を前に、この太々《ふてぶて》しい態度はただ者ではない。片桐は視線を上下させ、素早くチェックした。靴は踵《かかと》の擦り減ったソフトレザーのウォーキングシューズ。持ち物は革製のブリーフケースのみ。年齢は片桐より少し年嵩《としかさ》の、三十代半ばか。全身から漂う雰囲気は、刑事でもヤクザでもない。ならば——片桐は強ばりを解き、目をすがめた。

「多恵子に声を掛けたのはあんたか」

男は頷《うなず》いた。

「どこの社だ？」

男は肩をすくめ、頬を緩めた。

「さすがは現役の刑事さんだ。やっぱり臭いで分かるんですかね」

「ああ、犬の臭いがする。しつこい、腹を減らした犬野郎だ」

吐き捨てるように言い、足元に唾《つば》を吐いてやった。が、男は挑発に乗らず、柔らかな視線を向けただけだった。その顔は、感情を圧《お》し殺すことに慣れ切ったプロのものだ。何の気負いもなく懐に手を差し込み、名刺を取り出す。片桐は指先で摘まんで受け取り、汚物でも見るような険しい目を向けた。

宮本翔大《しょうだい》　月刊「新時代」編集部　特派記者

と記してあった。「新時代」なら、名の知られた総合月刊誌だ。しかし、肩書が理解できない。

「特派記者……」

独り言のように呟《つぶや》いた。分かるようで分からない、肩書きだ。

「特派ってのは、平たく言えばフリーってことです」

片桐は顔を上げた。屈託の無い表情が、じっと見つめていた。

「つまり、犬は犬でも、何のしがらみもない、その日暮らしの野良犬ですよ」

自嘲《じちょう》を含ませた声音だった。

「一応、編集部専属の身だが、基本給は月十万余りで、あとは出来高払いです。原稿を書かないとすぐにおマンマ食い上げになってしまう、不安定で惨めな仕事なんです。しかも、ノンフィクションの需要なんて日に日に狭まる一方ですよ。それに、雑誌よりケータイの世の中だ。雑誌自体が出口の見えない出版不況とあいまって、部数の低下に歯止めがかかりませんからね。可能なら転職したいくらいだ」

その言葉とは裏腹に、確かな自信を滲《にじ》ませた強い視線を注いできた。

「で、その売れないフリーのモノ書きが、いったい何の用だ」

片桐は目の前で名刺を二つに折り、無造作にコートのポケットに突っ込んだ。が、宮本の顔に感情の揺れはなかった。

「ここじゃなんだし、場所を変えませんか」

宮本は顎《あご》をひねり、マンションの玄関を示した。口元に薄ら笑いを浮かべる。

「なんなら片桐さんの部屋でもいいですよ」

片桐は唇を捩《ね》じ曲げた。

「あいにく、ペット禁止のマンションなんでな。しつこい犬野郎が入れる場所じゃない」

素っ気なく言い、反応を見た。が、宮本は鼻を鳴らしてニヤついただけだった。

「いいだろう、話を聞いてやる」

片桐は背中を向けると、両手をコートのポケットに差し込み、足を進めた。宮本は間髪を入れず、肩を並べてきた。その素早い動きには、絶対に逃がさない、という確かな意志があった。片桐は眉をひそめ、それでも平静を装って、歩いた。

「片桐さん、この際だから教えてあげますが、あんたはおれと同じ臭いがしますよ」

囁《ささや》くように言った。

「お互い、他人の秘密を嗅《か》ぎ回るのが身についちまっている、哀れな犬野郎だ。胸を張って威張れるような仕事じゃないと思いますがね」

片桐は唇を引き結んだまま、歩いた。マンション前の路地を進み、コンクリートのなだらかなスロープを降りた。濃い土と水の匂いがする。前方に井の頭公園の闇が広がっていた。湿気を含んだ冷気が足元に絡む。凍った水銀灯が、一定の間隔をおいて続いていた。

片桐は森閑とした夜の公園を歩き、池の辺《ほとり》で立ち止まった。池の向こう側に、繋留《けいりゅう》された足漕《こ》ぎのスワンボートの黒い影が仄《ほの》かに見える。暗闇に浮かぶスワンボートは、まるで恐竜の群れのようだった。ゆっくりと踵を回し、宮本と正面から対峙《たいじ》した。

「フリーのもの書き風情が、おれに何の用だ」

水銀灯の仄かな光で陰影を刻んだ宮本の顔が、声も出さずに嗤《わら》った。白い歯がきらめいた。

「大した肝っ玉だ」

宮本が嘲《あざけ》るように言った。片桐の削《そ》げた頰が固くしこった。

「元ヘルス嬢と同棲《どうせい》してるんだ。並の刑事なら、とても怖くてできませんよ。上に分かったらタダじゃ済まないでしょうが」

片桐は一歩、踏み込んだ。顔を寄せる。

「おまえ、脅迫してるのか」

低く言った。息が白く染まった。

「ご冗談を。現役の、しかも強面《こわもて》で知られる短気な刑事さんを脅すほど、世間知らずじゃない」

朗らかな声だった。

「しかし、警察組織じゃ、突っ張り通すわけにもいかんでしょう。明らかな減点の対象だ。出世に差し障りが出るのは間違いない。女性関係はうるさいですもんね。以前は結婚相手の三親等まで、身元調査したそうじゃないですか。前科者やアカの活動家なんかがいたら大変だ。上司が結婚を思い止《とど》まるよう必死に説得したってんだから、酷《ひど》いところですよ。

たとえ遊びだって、ヘルス嬢との同棲はまずい。刺されたらイチコロですよ。警察なんてのは密告、足の引っ張り合いで成り立っているような組織なんですから」

片桐の奥歯が軋《きし》んだ。宮本は満足げに頷《うなず》くと、背中を向け、池をぐるりと囲む柵《さく》に歩み寄った。水銀灯の明かりを避けるように、闇に溶け込み、佇《たたず》んだ。闇の向こうで魚の跳《は》ねる気配があった。水面を叩《たた》いたスプラッシュ音が糸を引いて消え、静寂が満ちる。片桐は大股《おおまた》で迫った。

「おい、何が言いたい」

声が掠《かす》れていた。宮本が振り向いた。顔を緩めて微笑んだ。ダウンジャケットのポケットからタバコのパッケージを取り出し、一本を唇に差し込んだ。ライターで火をつける。闇の中、炎に浮かんだその顔は、愉悦に溶けていた。

「率直に言いましょう。あんた、葛木勝の扼殺《やくさつ》事件を追ってますよね」

断定した物言いに、片桐はたじろいだ。その動揺を、宮本は見逃さなかった。

「しかし、本当は事件なんてどうでもいいんでしょう。あんたの狙いは場末のラーメン屋の背後に広がる、ドス黒い疑惑だ」

瞬間、後頭部を激しく張られたようなショックに呻《うめ》いた。この男は知っている。葛木が三億円強奪グループの一員であったことを——宮本は、タバコを挟んだ指先を片桐に向けて伸ばした。唇に微笑が浮いている。赤い火口が、誘うように揺れた。二月初旬の夜の公園。身を絞るような寒さのはずなのに、身体の芯《しん》から熱が湧いてくる。宮本が続けた。

「管理官の藤原は切れ者だ。もう、嗅《か》ぎつけていますよ」

藤原孝彦――捜査初日に顔を見せただけの辣腕《らつわん》管理官。不意に捜査本部の異変に思い至った。夜の捜査会議の席上、どこかうわの空だった指揮官の宍倉文平。加えて、葛木の昔の仲間を追い始めた三浦辰男の姿が無かった。何かがおかしい、と思った途端、携帯が鳴ったのだ。そして多恵子が不審な人物――いま、自分の眼前に立つフリーライターのことを告げた。まだある。昼間、新橋の中華料理屋で会った本庁四課の飯島。あの、うさん臭いマル暴担当のデカが別れ際、滝口に囁いた言葉も妙だった。唐突に管理官の藤原の名前を出し、気をつけたほうがいい、と言わんばかりに「無理するな」と告げたのだ。今から思えば、あれは警告ではなかったのか？　自分と滝口の周囲で何かが動き始めている。頭の芯で、ギリッと軋む歯車の音が聞こえた。

目の前の赤い火口が、膨れ上がる憤怒《ふんぬ》に火をつけた。身体ごと突き上げるような感覚に襲われ、右腕を大きく払った。宮本の指先からタバコが飛んだ。

「嗅ぎつけているって、何をだ」

へばりついた舌を引き剝がし、動揺を抑え込んで凄《すご》んだ。

「言ってみろ」

「三億円事件ですよ」

こっちの気負いをはぐらかすように、さらりと言った。

「葛木が最重要容疑者と目されていたグループの一員だと察知したんですよ」

片桐は震える唇を噛《か》んだ。胸の奥で滝口への憎悪が燃え上がった。自分と滝口がモタモタしている間に、横からガイシャの交友関係をかっさらい、捜査を進めた三浦。あの本庁一課のイタチ野郎が嗅ぎつけ、上に注進したということだろう。ならば、自分たちは永遠にカヤの外だ。定年間際のポンコツに振り回され、ホシまでかっ攫《さら》われた所轄の大間抜けにもはや出世の芽はない。捜査本部が三億円事件の犯行グループまで辿《たど》り着くのは時間の問題だ。と、そこまで思い至ったところで、宮本の狙いが見えた。売れないフリーのモノ書きが手にする生涯最大の大スクープ――

「おまえ、ウラ取りに来たのか」

宮本が首を傾げた。目の辺りに訝《いぶか》しげな色が浮かぶ。

「どういうことです」

「とぼけんなよ。大事件とはいえ、とっくに時効がきたヤマを、警察がわざわざ掘り返すのも差し障りがある。犯人の人権にもかかわるしな。それよりも、リークしたうえでマスコミに大騒ぎしてもらったほうがいい。マスコミなら、扼殺事件から辿りついた三億円事件の真相とかなんとか、いくらでも煽《あお》れるだろう。だからおまえは、いずれ警察がリークする、と踏んでいるんだろう。いや、リークしないまでも、ウラ取りには協力するはず、と思っているだろう。違うか」

言ったあと、目を疑った。宮本がさも呆《あき》れた、とばかりにかぶりを振っていた。

「おい、なんとか言えよ！」

苛立《いらだ》った声が出た。が、宮本は無言のまま、新しいタバコに火をつけた。目を細め、紫煙をゆるゆると吐き出す。

「片桐さん、本気ですか」

小さく言った。

「本気でそう思っているんですか」

さっきまでの小馬鹿にするような微笑は消え、代わりに尖《とが》った表情を向けてきた。片桐は喉《のど》を絞って訊《き》いた。

「ほかに何かあるのか？」

か細い声だった。

「あんた、本庁の滝口さんから何も教えてもらっていないんですか」

哀れむようなトーンがあった。滝口――三億円事件に執念を燃やす、定年間近のジジイ。葛木殺しのホシを知っている、と囁《ささや》き、自分を引き入れたタヌキ。

「おい！」

右腕でダウンジャケットの襟首を摑《つか》み、引き寄せた。

「おまえ、なんで滝口と組んでいることを知っている」

いまさら繰り出す質問でもなかった。この男は、警察内部に深く食い込み、第一級の情報をモノにしている凄腕のジャーナリストだ。案の定、動揺のかけらさえ見せなかった。

「おれは取材のプロですよ。本庁内にディープスロートは片手に余るほど確保している」

気負いのない、淡々とした物言いだった。現職の刑事に脅されながら、些《いささ》かも感情の揺れを見せないこの男の胆力に、内心舌を巻いた。逆に、自分は底無し沼にはまり込み、動揺しきっている。

「言ってみろ、滝口の狙いは何だ！」

迫りながら、滝口の言葉を思い出していた。三十四年前、犯人が分かっていながら、警察には逮捕できない理由があった。そして、実行犯、ニセ白バイで現金を奪ったヤツは事件直後、死んだ――

闇の中、唇が動いた。

「自分で訊けばいいだろう」

宮本の瞳《ひとみ》に蔑《さげす》みの色がある。

「仮にもあんた、デカでしょうが。フリーの人間を脅しあげることはできても、相棒には何も言えないのか。利用されるだけされて、それで終わりか。おれみたいな一般人から情報を得ようなんて、恥ずかしくないのか」

伝法《でんぽう》な物言いに、何も返せなかった。襟首を摑んでいた手を力なく降ろした。宮本はダウンジャケットの乱れを直すと、何事もなかったかのように正面から見据えた。

「おおかた滝口から、葛木を殺した人間の目星はついている、三億円犯人のグループが絡んでいる、とかなんとか、上手いことを言われて、引き込まれたんだろう。肝心の部分は何も明かさずにな」

肺腑《はいふ》を抉《えぐ》るような、鋭い言葉だった。

「あんた、大手柄が目の前にチラついて仕方なかったんじゃないのか。葛木殺しの犯人と昭和最大の迷宮入り事件のホンボシを併せて挙げられる、と本気で考えただろう。海千山千のタヌキに乗せられたんだよ。つまり嵌《は》められたってことだ」

片桐は無言のまま立ち尽くすしかなかった。宮本が続けた。

「おれは、三億円事件をずっと追い続けてきた。事件当初の捜査陣容から、捜査線上に浮かび上がった重要参考人まで、可能な限り調べ上げている。あの三十四年前の事件には、まだ知られていない事実がある」

片桐は乾いた唇を舐め、声を絞り出した。

「それは、犯人グループを逮捕できなかった理由か？」

喘《あえ》ぐように言った。

「そうだ」

見下した、冷たい視線だった。

「じゃあ、あんたがおれに接触してきた理由は――」

「おれは三億円事件のすべてを書きたい。フリーのモノ書きとして、自分の作品を世に問いたい。そのため、何年もかけて準備してきたんだ。葛木が殺された、と知ったとき、おれのアンテナが大きく反応した。調べてみたら、滝口が捜査陣に入っているじゃないか。滝口と組んでいる刑事なら、すべてを承知していると思っていたが、当てが外れたよ」

それだけ言い置くと、横を向き、つまらなそうに舌打ちをくれた。そのまま立ち去るかと見えたが、再び向き直った。そしてひと差し指を突きつけた。

「おい、片桐さん、ひとつだけ忠告してやる」

恩着せがましい物言いだった。が、片桐は何も言わず次の言葉を待った。

「警察は三億円事件に蓋《ふた》をしておきたいんだ。その蓋をこじ開けようとしている滝口とあんたはタダじゃすまない」

「バカな。おれは何も知らないのに――」

声が上ずっていた。

「そんな言い訳を、警察が信じると思っているのか？」

宮本が唇を歪《ゆが》めてせせら笑った。

「警察は組織を守るためなら何でもやる。あいつらがもっとも重視しているのは、犯人の検挙なんかじゃない。組織防衛だ。それはあんたもよく分かっているだろう。所轄の刑事なんか、コマのひとつに過ぎない。いくらでも替えがきく廉価な消耗品だ。あんたの価値なんか、自分で思っているより、ずっと安いのさ。違うか？」

否定できなかった。宮本の視線が険を帯びた。

「信じるかどうかは勝手だが、おれは、あんたらの側の人間だ」

あんたら――片桐は眉根《まゆね》を寄せた。自分と滝口は本当に同じなのか？　あのポンコツと同じ側に立っているのか？　口に苦いものが込み上げた。顔をしかめ、唇を窄《すぼ》めて唾《つば》を吐いた。

「おれは……」

言い淀《よど》んだ。刑事になって初めて、心底怖いと思った。宮本が目をすがめ、先を促した。

「おれは、滝口に確かめなくてはならない」

声が震えていた。

「なにを？」

面白がるような口調だった。片桐は奥歯を嚙み、わななく唇を動かした。

「ニセ白バイを操って三億円を強奪した実行犯のことだ。そいつが事件直後、死んだ理由を、おれはまだ聞いていない」

ほう、と宮本が感心したように呟《つぶや》いた。

「そこまでは教えてもらっていたのか。そうだ。あの男は呆気《あっけ》なく死んでしまった」

細めた視線を、墨を流したようなとろりとした池の水面《みなも》に向けた。

「そこで固い蓋が閉められた……」

ゆっくりと視線を戻してきた。青黒い光を帯びた瞳が、片桐をとらえた。

「悪いことは言わない。マスコミの人間と手を結んでいたほうがいい。貴重な保険になる」

それだけ言うと、背中を見せた。

「とにかく、気をつけることだ」

宮本は池に沿って歩き、闇の中へ溶け込むように消えた。ひとり残された片桐は、耳の奥でカチカチと鳴る音に我に返った。歯の根が合わなかった。背筋を這《は》い上がる震えを止められなかった。寒さのせいなんかじゃない。

「チクショウ！」

吐き捨てると、地面を蹴《け》って走った。大股《おおまた》ですっ飛ぶように疾駆した。見えない足元が樹の根っこを引っかけ、幾度かつんのめったが、構わず走った。公園のスロープを駆け上がり、マンションへ向かった。集合玄関に飛び込むとオートロックを解き、エレベータを使うのももどかしく、階段を走った。心臓の跳ね回る音が鼓膜を叩いた。

汗にまみれ、息を荒らげ、五階の部屋のドアを開けたとき、視界に飛び込んできたのは呆然《ぼうぜん》と立ち尽くす多恵子だった。ジーンズにトレーナー。バイトから帰ったまま、何も手につかず、ひたすら待っていたのだろう。慎次郎の顔を認めた途端、強《こわ》ばった顔が安堵《あんど》に緩んだ。

「慎ちゃん、なかなか帰ってこないからどうしたかと思った」

腕時計を見る。午後十時三十分。署で多恵子の電話を受けてから一時間半も経過している。心配して当然だ。片桐は革靴を脱ぎ捨てると、足音も荒く廊下を歩き、立ち尽くす多恵子を横に押しやり、キッチンに入った。冷蔵庫から缶ビールを取り出し、プルタブを引き開けるのももどかしく、貪《むさぼ》るように飲んだ。

「慎ちゃん」

多恵子が遠慮がちに呼びかけた。

「なんだ」

コートを着たままの腕で口の泡を拭《ぬぐ》い、赤く濁った目を向けた。強ばった多恵子の顔が、心配げに見ている。

「顔色悪いけど、やっぱ、お礼参りのヤクザかなんか？」

ヤクザならどんなに良かったか——顔をしかめ、言葉を呑《の》み込んだ。キッチンテーブルの椅子に倒れ込むように座ると、残りのビールを飲み干した。肩を上下させて大きく息を吐き、改めて多恵子を見た。茶色のカールのかかった髪を指先で掻《か》き上げ、アーチ眉《まゆ》を心細げに歪《ゆが》めて立ち尽くしている。十九歳の元ヘルス嬢。いつの間にか住みついた女。一緒に生活し始めても六ヵ月になる。おかしな関係だったが、それなりに心地よかった。視線を細め、口を開いた。

「出て行け」

抑揚のない声で言った。多恵子の顔に険が浮いた。

「なに言ってんだよ」

憮然《ぶぜん》とした声だった。

「荷物まとめて出て行けって言ってんだよ、このアバズレが！」

唾を飛ばし、怒鳴った。

「マジかよ」

形のいい唇が吊《つ》り上がった。

「そういうこと、マジで言ってんのかよ！」

語気も鋭く吠《ほ》えた。

「ああ、マジだ。どこの馬の骨とも知れない元ヘルス嬢と一緒に暮らしてんのがバレるとまずい。仮にもおれは刑事だからな」

多恵子が顎《あご》をひねった。黒目がちの瞳《ひとみ》が覗《のぞ》き込む。

「じゃあ、下の玄関にいた男、警察の人間かよ」

片桐は顔を逸《そ》らした。

「それはおまえに関係ないことだ」

「なんだよ、上司に脅しかまされたら、すぐビビッちゃうような男なのかよ！」

容赦のない声が鼓膜を突き刺す。片桐は懐に手を入れ、財布を抜き出すと、全部のカネ、万札六枚と千円札八枚をテーブルに置いた。

「持っていけ」

「手切れ金のつもりかよ」

多恵子のシラけた声がした。片桐は銀行のキャッシュカードを一枚、テーブルに投げた。

「これもやるから、自由に使え」

三十万ほど入っているはずだ。警察職員の給料は全額、職員組合の口座に振り込まれる。職員個々のカネの動きを把握し、事前に不祥事を防ぐため、といわれる。片桐は、自分のカネの出し入れまで監視されるのがイヤで、給料日に全額、他の都市銀行の口座に移すようにしていた。このカードは複数ある口座のひとつだ。多恵子に渡したところで、後の生活に困るわけではない。

「カードの暗証番号は――」

「誕生日だろう」

片桐は虚を衝かれ、顔を上げた。多恵子が挑むような視線を向けていた。

「慎ちゃん、そういうの面倒臭がりだから、簡単に覚えられる数字にしてるんだろう。複雑な数字なんか、使うひとじゃないもん。違う?」

「ああ、まあ」

言葉を濁した。

「じゃあ、分かるからいい」

そう言うと、多恵子はテーブル上の現金とカードを取り上げた。

「分かるっておまえ……」

誕生日など、教えた記憶がなかった。だから多恵子は自分の年齢も知らないはずだ。もともとそういう付き合いじゃなかった。ただの遊び、都合のいい宿無しのアバズレ。片桐の困惑をよそに、多恵子は語った。

「初めてこの部屋に連れて来られたとき、タクシーの中で教えてくれたんだよ」

半年前、深夜の立川駅前でトルエンを吸っていたチーマーをぶちのめし、酔いの勢いで誘った女。やっぱり記憶になかった。

「三月四日だろう。立派なチンポつけてんのに、桃の節句はイヤだから、おふくろに頼んで、産むのを一日遅らしてもらったって言ってた。トシを訊《き》いたら、ミシマっていうホモの作家が腹を切って死んだ年に生まれた、とだけ教えてくれた」

有り得る話だった。自分は、他人の質問にまともに答えるのが苦手だ。まして相手は街にたむろするトルエン狂いのアバズレだ。尻軽《しりがる》に違いない、とからかい、適当に答えたのだろう。まさか、記憶しているとは思わなかった。

「あたし、千葉の高校を一年で中退してプラプラ遊んでたバカだから、ミシマって分からなかった。だから、図書館に行って調べたんだ。そしたら三島由紀夫って有名な作家が昭和四十五年に自衛隊に乗り込んで切腹自殺していた。慎ちゃんは昭和四十五年三月四日に生まれたんだ。だから三十二歳だ」

片桐は唇を嚙《か》み、俯《うつむ》いた。

「あと一ヵ月足らずで、初めて一緒に過ごす誕生日だと楽しみにしてたんだよ。急な事件で温泉には行けなかったけど、誕生日があるって慰めてた。でも、もうそれも無しだね」

片桐は顔を上げた。

「多恵子」

多恵子はさばさばした表情で次の言葉を待っていた。

「おまえ、時々いなくなることがあったろう。行き先も告げずに消えることがよくあった。三日もすればまた帰ってきたが、あれは何だ？」

多恵子は薄く笑って肩をすくめた。

「元ヘルス嬢がいたら迷惑じゃないかな、って思ったんだ。だから、ふっと思い立って出ていくんだけど、やっぱり戻りたくなってしまう。慎ちゃんは夜中、仕事で疲れて帰って来て、あたしの姿を見つけると、なんだいたのか、って顔をするんだ。ちょっとホッとした表情だった。外じゃ散々突っ張ってる慎ちゃんだから、あんな無防備な顔を見せるの、あたしにだけだよね。それだけで十分だった。慎ちゃんは氷みたいに冷たくて身勝手で、あたしのことをバカな女だと見下しているけど、あたしは構わなかった。でも、こんなことになったら、本当に出て行くしかないよね」

それだけ言うと、荷物を手早くまとめ、部屋のキーをテーブルに置いて出て行った。玄関ドアを閉める音がいやに大きく響いた。

片桐は大きく息を吐いて立ち上がり、サイドボードからウイスキーのボトルとグラスを取り出した。がらんとした部屋だ。何か大事なものを失った気がしたが、錯覚だ、と頭を振り、グラスにウイスキーを注いで一気に飲《や》った。二杯、三杯と重ね、酔いで朦朧《もうろう》とした頭で考えた。三億円事件と葛木殺し。滝口に嵌《は》められた自分。蓋《ふた》をこじ開けようとしている滝口。宮本が言っていた、三億円事件の背後にある疑惑。目をすがめ、宙の一点を睨《にら》んだ。このままで終わるわけにはいかない。朧《おぼろ》な視界で、滝口のナマズ顔が醜く歪《ゆが》んだ。

ダークブルーのBMWが、夜の第三京浜を走っていた。吉岡健一はフロントガラスの向こう、一定の距離を置いて疾駆するクルマの群れから視線を外し、助手席を一瞥《いちべつ》した。襟を立てたコートに顔を埋《うず》め、目を閉じ、腕を組んで微動だにしない男。ドス黒い肌と弛《たる》んだ顎。呼吸のたびに、でっぷりと太った腹が波打つ。唇をへの字に曲げたその顔は、眠っているのではなく、何かに耐えている表情に見えた。

「金子」

小さく呼び掛けた。

「なんだ」

掠《かす》れた声がした。パンチパーマの頭が揺れた。薄く目を開き、太い首を回した。

「横浜の関内《かんない》で良かったんだな」

「そうだ、伊勢佐木《いせざき》町だ」

さも気怠そうに答えると、暫《しばら》く前方を見つめていたが、再び腫《は》れぼったい瞼《まぶた》を閉じた。

吉岡は、何か話していたかった。だが、話の継ぎ穂が見つからない。金子の苛立《いらだ》ち。金子の孤独。

金子とは渋谷《しぶや》駅前の宮益坂下の交差点で待ち合わせをした。吉岡は路肩にＢＭＷを停め、歩道を歩く人の群れを眺めて待った。約束の時間丁度に現れたのは黒のベンツだ。停車するなり、運転席から飛び出した若い舎弟が素早く後部座席に回り、ドアを開けた。ダブルのスーツにコートを着込んだ金子は相変わらず不機嫌そうな顔だった。何が気に食わないのか、舎弟の頰を一発、拳《こぶし》で張り飛ばした。雑踏の動きが一瞬、止まり、息を吞《の》む音が聞こえた。顔を張られた舎弟は後ろへたたらを踏み、それでも体勢を整え、直立不動の姿勢から頭を下げて「失礼しました」と吠《ほ》えた。金子は詫《わ》びを入れる舎弟を無視し、カッと喉《のど》を鳴らして太いタンを吐いた。

ＢＭＷの運転席からその光景を見ていた吉岡は、思わず眉《まゆ》をひそめた。ヤクザとはいえ、衆人の中で舎弟を張り飛ばすその無神経さと苛立ちもだが、頭を下げた舎弟が一瞬、飛ばした鋭い視線が気になった。

所詮《しょせん》、金子は組の頭《あたま》を張る器じゃない、と納得した。バブル時代は羽振りも良く、組の運営も上手くいっていたようだが、落ち目になると地が出る。金子に、もはや舎弟をまとめる求心力は無い。その証拠が、舎弟が見せた視線だ。憎悪と蔑《さげす》みの色があった。

助手席の金子は目を閉じ、固く唇を結んでいる。その胸中に巣くう虚無が透けて見えそうな、どす黒い不健康な顔だった。吉岡はステアリングを握る手に視線を落とした。このまま、大きくきってしまおうか、と思ったが、すぐにそんな無茶も勇気も、とうの昔に失った、と気づき、苦笑した。

伊勢佐木町のその店は、高級クラブが入るビルにあった。午前零時。まっとうなクラブならそろそろ店仕舞いの時間だ。しかし、三階でエレベータを降りた金子は何の迷いもなくすたすたと歩き、革張りのドアを開けた。『DJANGO《ジャンゴ》』という名のクラブだった。出迎えた黒服のボーイに「金子だ」と告げ、中へ入った。室内は二百平方メートル以上はあるだろう。広々としたフロアには絹張りのソファが置かれ、カウンターの磨き込まれた分厚いオーク板は目映《まばゆ》いばかりの光沢を放っていた。客の姿は無かった。が、天井から吊《つ》られたシャンデリアが黄金色の光を振り撒《ま》き、華やかで優雅な空気に満ちている。派手ではないが、落ち着いた雰囲気の店だった。少なくともヤクザが常連の店ではない。

ボーイは強《こわ》ばった顔で金子のコートを脱がし、次いで吉岡に目をやった。吉岡は断り、自分で脱ぐと、ボーイに手渡した。軽やかなピアノの調べが流れていた。

「吉岡」

両手をズボンのポケットに突っ込んだ金子が、弛んだ顎《あご》をしゃくった。

カウンターの横にワインカラーのアップライトのピアノがあった。レモンイエローのカットソーに黒のレザーパンツ姿の、長い髪をソバージュにした女が、目を閉じ、鍵盤《けんばん》に向かっていた。形よく隆起した鼻と、小ぶりの唇、秀でた額。その横顔は、最後に見たときとそう変わらなかった。光の具合なのか、もう五十半ばだというのに、白い肌の艶《つや》も張りも、時間の流れを無視した、としか思えなかった。ピアノはショパンのノクターン第二番変ホ長調に変わっていた。甘く感傷的な旋律が、ふたりを歓迎しているのか、いないのか、定かではなかったが、金子は中央のソファにどっかりと座り、薄く笑った。

「相変わらずすかしてやがる」

顎をひねり、隣に座るよう示した。吉岡は女に目を据えたまま腰を降ろした。オーダーを伺うボーイに、金子は「ブランデーをボトルで持ってこい」とだけ言うと、脚を組み、懐から葉巻を取り出した。ポケットナイフで吸い口を切り落とし、唇に挟むと、カルティエのライターで丹念に炙《あぶ》る。目を細めて唇を窄《すぼ》め、口中で転がした甘い煙をフーッと吐いた。

その間、一心にノクターンを奏でる女、真山恭子《まやまきようこ》はふたりに一瞥もくれることはなかった。ゆったりとした旋律のノクターンを弾き終わると、優雅に立ち上がり、振り向いた。ソファのふたりを認めると、婉然《えんぜん》と微笑み、歩み寄ってくる。その姿を見た途端、吉岡は胸に痛みを感じ、視線をすがめた。右足を軽く引いて歩くその姿が、脳の襞《ひだ》にしまい込んであった吉岡の記憶を喚起した。

恭子と初めて寝た夜。場所は国鉄青梅線の西立川駅前、米軍立川基地から五百メートルも離れていない住宅街に建つ、吉岡の安アパートだった。あの事件の四ヵ月前、八月の蒸《な》し暑い夜、風がそよとも吹かない部屋、扇風機がかき回す湿った熱気が、ふたりの肌を撫でた。恭子は金持ちの家で育った、有名大学の法学部に在籍する二十一歳。吉岡は十九歳の無職のチンピラだった。時折、上空から耳をつんざく轟音《ごうおん》が響いた。窓硝子《ガラス》がビリビリと震え、地震に見舞われたように部屋が揺れた。夜間訓練の米軍戦闘機の発着音だった。

恭子の右膝《ひざ》には手術の跡があった。醜い、ケロイド状に盛り上がった縦長の切開跡だ。まだボルトが入っている、と恭子は笑った。セクト間の抗争に巻き込まれ、鉄パイプで叩《たた》き割られたのだという。そのお嬢様然とした美貌《びぼう》からは想像もできないほど、恭子は図太く、したたかだった。その証拠に、なんのためらいもなく、吉岡を誘い、寝ようとしている。自ら蛍光灯を消し、オレンジ色の就寝灯の下で、ジーパンとTシャツを脱ぎ、汗臭い煎餅《せんべい》布団に横になった。シャツの下はノーブラだった。量感のある豊かな胸と、くびれたウェストが、若い吉岡を誘った。しかし、踏み込めなかった。恭子は片肘《ひじ》をつき、濡《ぬ》れた瞳《ひとみ》を向けた。

「健一、怖いの？」

唇の端をねじ曲げて嗤《わら》った。瞬間、理性が音を立てて蒸発した。野獣めいた唸《うな》り声と共に、恭子の裸体に躍りかかった。張りのある乳房にむしゃぶりつき、乳首を嚙《か》み、パンティを脱がし、長い脚の間に腰を割り入れた。熱いぬめりを感じながら、湧き上がる恐怖に震えていた。仲間の女を抱いてしまった――もし、分かったら、どんな制裁を受けても文句は言えない。そういうルールで自分たちは生きている。しかも、ただの仲間じゃない。自分たちの頭に立つ男だ。だが、襲いくる快感に恐怖は呆気《あっけ》なく流れ去り、セックスに没頭した。腰を叩きつけるように動かした。

「革命を起こすのよ」

切ないよがり声を上げながら、恭子が呟《つぶや》いた。革命？　それよりも今夜のおまんこ、明日のカネがずっと大事だ、と汗みずくになりながらせせら笑ったのを覚えている。

セックスの後、どんな音楽が好き、と訊かれ、グループサウンズが好きだ、モップスがいける、漫画はあしたのジョーが最高だ、と答えると、恭子は何も言わず、腹ばいになってタバコに火をつけ、頰にへばりついた長い髪を搔《か》き上げた。フーッと煙を吐き、宙を見つめた。恭子は？　と問うと、少し言い淀《よど》んだ後、ショパンとチャイコフスキーが好き、「ゲバラ日記」がわたしのバイブル、と呟いた。劣等感を抱く代わりに、住む世界が違う、と思い知っただけだ。山梨の貧乏農家で育ち、中学卒業と同時に口減らしで外に出され、パン工場で働きながら夜間高校に通い挫折《ざせつ》、中退してその日暮らしの自分とは、なにもかもが呆《あき》れるくらい違う。バカバカしくて、比較する気もしなかった。

上空で凶暴な轟音が響き、安普請の部屋が揺れた。恭子はタバコを灰皿に押し付けて天井を見上げた。険しい視線を据え、「世界を壊したい」と叫ぶように言った。が、降り注ぐ爆音にかき消され、それは悲しいほど儚《はかな》い声に聞こえた。吉岡は「おれもだ」と応じ、抱き合った。扇風機が力なく首を振る四畳半。汗に濡《ぬ》れた恭子の肌がひんやりと冷たかったのを覚えている。身震いするように揺れる部屋で轟音に包まれ、胸の中がどうしようもなく猛った。華奢《きやしや》な肩を抱き、シャンプーの匂いを嗅《か》ぎながら、恭子のためなら世界でも宇宙でもぶっ壊してやる、と本気で思った。今になって分かる。まんまと罠《わな》に嵌《は》められ、舞い上がったバカな男だった、と。

右足を僅《わず》かにすりながら迫る恭子は、「久しぶりね」と、昔と変わらない、少し鼻にかかった掠れ気味の声で言った。三十年以上も会っていなかったのに、一カ月ぶりの常連を迎えるような気負いのなさだった。

「あなたもお元気そうで」

軽く頭を下げた。隣の金子が葉巻をふかしながら、クックッと喉《のど》で笑った。ボーイがブランデーのボトルとグラスを運んでくると、恭子は「お疲れさま」と労《ねぎら》い、下がらせた。

三人で話をしたい、ということだ。

恭子は三個のグラスに優雅な手つきでブランデーを注ぎながら、吉岡の成功を誉めそやした。顔を訝《いぶか》しげにしかめると、「おれが教えてやった」と、金子が恩着せがましく言い添えた。

あの事件の後、フランス人の貿易商と結婚し、あっさりと旅立った恭子。グラスを傾けながら、恭子はパリでの生活、離婚、そして十五年前に帰国し、店を開いたことを、問わず語りで告げた。吉岡の与《あずか》り知らない年月を明らかにしないことには、前には進めない、と言わんばかりの淡々とした口調だった。近くで見る恭子の顔は目尻《めじり》に細かな皺《しわ》が刻まれ、目の下は弛《たる》み、ピアノの前では分からなかった衰えを刻んでいた。それでも、美貌が損なわれたということはなく、夜の水で洗われ、磨かれたその容姿は、失われた若さを補って余りある妖艶《ようえん》さを身につけていた。

恭子はひと通り語り終えると、グラスを飲み干し、「ああ、おいしい」と華やかな声をあげた。

吉岡は視線を隣にやった。余裕たっぷりの表情で葉巻をくゆらす金子。何の迷いもなく店に案内した足取りと、さっきの恩着せがましい口ぶりから、このヤクザが幾度か店を訪れたのは間違いない。それもまた、自分の知らない過去だった。吉岡は恭子に向き直った。

「逃げたんだろう」

ぼそりと言った。金子が鋭い視線を飛ばし、恭子が細い顎《あご》をクイッと上げた。白い喉が震えた。

「どういうことかしら」

口元に微笑を滲《にじ》ませた。

「結局、恭子は逃げたんだ。そういうことじゃないか」

吉岡は、グラスを取り上げ、ブランデーを口に含んだ。燻味《くんみ》のある芳香が、喉から鼻へと広がった。

「なるほど」

得心したように金子が頷《うなず》く。指先で葉巻を摘《つ》まみ、恭子を見やった。

「したたかな女だもんな」

ため息のような声音だった。しかし、恭子は柔らかな表情を崩さなかった。吉岡は恭子に目を据えたまま、グラスをテーブルに置いた。

「勝が殺された――」

低く、辺りを憚《はばか》るように言った。細い眉《まゆ》がピクリと動いた。

「知ってるわ」

「どう思う？」

小ぶりの唇が吊《つ》り上がった。

「三十年以上も会ってない勝のことでしょう。いまさらどうこう言われても困るわ。ひとりの人間が再生し、そして死んで行くのに十分すぎる時間が流れたんだもの」

何のてらいも含みもない、率直な物言いだった。背筋を伸ばし、凜《りん》とした顔を金子に向ける。商売用の仮面を取り払った、素顔の恭子が現れた。

「彰、あなたがまさかヤクザになったなんてね」

声に蔑《さげす》みの響きがあった。それは、ヤクザという職業への蔑みではなく、過去の金子への蔑みだった。

「臆病《おくびょう》で震えていたあなたが、ヤクザの組長なんて」

白い歯をみせ、声を出さずに笑った。朗らかな笑顔だった。この女は昔と変わらない。他人の傷痕《きずあと》に塩を擦り込み、平然と笑う女。が、金子は大儀そうに首を回し、指に挟んでいた葉巻を噛み締めると、ゆっくりと右手を懐に入れた。

「そうだ、おれはヤクザだ」

黄色く濁った目で恭子を、次いで吉岡を見た。不健康に膨らんだ、どす黒い肌。額からこめかみ、頰をべっとりと覆う、粘った汗の膜。その顔には、悽愴《せいそう》の色があった。紫色の厚い唇を歪《ゆが》め、薄く笑った。

「見ろよ」

右手を引き抜いた。そこには、黒光りのする鋼の塊が握られていた。リボルバーの拳銃《けんじゅう》だった。吉岡は生唾《なまつば》を呑《の》み込んだ。

「それは……」

声が上ずってしまう。

「ヤクザがチャカ持って何がおかしい」

そう言うと、手慣れた仕草でシリンダーを振り出してみせた。弾倉はすべて塞《ふさ》がっていた。

「実弾入りだ」

シリンダーを戻すと、銃把を握った右腕を突き出した。恭子の顔を狙う。

「ぶっ放してやろうか」

片頬を緩めて笑った。銃口を眉間《みけん》に据える。

「今夜は、おまえをぶっ殺してやろうと思って来たんだ」

カチリと金属の擦れる音がした。太い親指が、ハンマーを起こしていた。シリンダーがぐるりと回る。トリガーにかかったひと差し指がぴくりと動いた。

「恭子、おまえを殺してやろうか」

くぐもった声だった。目が酷薄な光を放っている。だが、恭子の顔に動揺の色はなかった。

「できるわけないわよ」

ポツリと言った。

「あなたはわたしを殺せない」

そう言うと、メンソールのタバコを唇に差し込み、火をつけた。緊張のかけらも無い、ごく自然な動作だった。

金子の顔がみるみる赤黒く染まった。緩んでいた頬が硬く強ばり、嚙み締めた葉巻が上下に揺れた。

「ナメんなよ。おれは昔のおれじゃない。ええ、命乞《ご》いをしてみろ」

冗談がマジになった。銃口が震えている。小心者の、追い詰められたヤクザ。吉岡は素早く腕を伸ばし、銃身を摑《つか》んだ。冷たい鋼鉄の感触にゾクリとした。

「金子、冗談が過ぎる」

強い口調で諫《いさ》めた。金子が憤怒《ふんぬ》の形相で睨《にら》んできた。

「おまえ、おれに指図すんのか」

「落ち着け。おれたちには話し合うべき、大事なことがあるはずだ」

「カネの勘定しか能のないレストラン屋風情がえらそうに」

顔を醜く歪め、左拳《こぶし》を飛ばしてきた。鈍い音とともに頰を激しく張られ、のけぞった。人を殴ることに慣れたヤクザの拳だった。脳天を揺さぶる痛みに、思わず呻《うめ》いた。金子はフンッと鼻で笑うと、拳銃を懐にしまい込んだ。葉巻を指先で摘まみ、紫煙を吹きつけた。「バカが」

吐き捨てるように言った。吉岡は熱をもった頰をさすりながら、恭子を見た。何事もなかったようにタバコをふかしている。その、冷然とした顔を見ながら、銃を摑んだ自分の行動もこの女の計算の内に入っていたのだろう、と思った。

「恭子」

声が出ていた。恭子は眉を寄せ、瞳《ひとみ》を向けた。

「おまえ、勝を殺したのは誰だと思う」

小首を傾げ、金子を一瞥《いちべつ》した後、含み笑いを漏らした。

「ここにいない男――でしょう」

吉岡は小さく頷いた。

「おれもそう思う。で、おれたちはどうすればいい？」

恭子にお伺いをたてる自分。昔と変わらない自分。恭子は、さも当然と言わんばかりに、唇を開いた。深紅のルージュが目に痛かった。

「殺せばいいでしょう。後腐れのないように」

ゴクッと息を呑む音がした。金子が歯を食いしばり、恭子を凝視していた。脂肪の垂れた顎が震えている。それは、悪魔を目の前にした、幼子を思わせた。

「三人目、だな」

吉岡は呟いた。

「なにがよ」

タバコを細い指先に挟み、尖《とが》った表情を向けてきた。

「死んでいく仲間がさ」

恭子の口元にみるみる侮蔑《ぶべつ》の嘲笑《ちようしよう》が湧いた。

「仲間？　あなた、相変わらず成長していないのね。そんなもの、三十四年前に終わったのよ。あいつが死んで、全てが終わった。あなたもそう言ったじゃない」

あいつ——一人目の犠牲者。顔に虚無を貼りつけた、坊主頭の十九歳の姿が浮かんだ。恭子の恋人。そして無二の親友と信じていた男だ。

「どいつもこいつも死んじまえばいいんだ」

情けない感傷を断ち切るように、金子が吠《ほ》えた。

「全部灰になっちまえ、あのカネみたいによ！」

めていた。

ボトルを掴み、グラスに注ぐと、一気に呷《あお》った。唇の端からこぼれた琥珀《こはく》色の液体が、喉《のど》を、シルクシャツを、スーツを濡《ぬ》らした。憤死寸前のヤクザを、恭子が凍った瞳《ひとみ》で見つめていた。


二月四日、火曜日。朝の捜査会議を終え、ブルーバードのステアリングを握った片桐は、助手席の滝口に声を掛けることなく、ただフロントガラスの向こうを眺めていた。灰色の雲が、空一面を厚く冥《くら》く、覆っている。

会議に、捜査の陣頭指揮を執る宍倉の姿は無かった。代わりに、所轄の刑事課長が捜査の割り振りを行ったが、士気の低下は甚だしかった。空気は緩み、気の抜けた欠伸《あくび》がそこここで上がった。憮然《ぶぜん》とした刑事課長は唇をへの字に曲げて会議を終えた。三浦は顔こそ見せたが、会議が終わるなり、そそくさと出て行った。宍倉が不在の、形骸《けいがい》に等しい捜査本部を目の当たりにして、片桐の背筋を冷たいものが這《は》い上った。

武蔵小金井駅前で、南北に延びる小金井街道に突き当たると、南の方向、右へステアリングを切った。

「どこへ行く」

滝口が唇だけ動かして言った。今日は本庁捜四の飯島から得た情報、『蒼龍会』の金子彰の周辺を探る予定だった。

「タキさん、変だと思いませんか」

滝口が眠たそうな目を向けた。

「捜査本部ですよ。ゴリラの姿はなく、今や捜査陣のエースとなった三浦だっておかしな動きをしているじゃないですか。藤原管理官も、初日に顔を見せたきりですからね」

「なるほど」

くすんだ色の商店街が流れて行く。

「で、どこへ連れて行こうってんだ」

「じっくり話ができるところですよ」

「ほう」

滝口はよれたハイライトのパッケージを取り出し、折れ曲がった一本を唇に挟んだ。

「もう、あんたに振り回されるのはうんざりなんだ」

滝口は、片桐の言葉を無視するように火をつけ、旨《うま》そうにくゆらした。ブルーバードは小金井街道を南下した。

片桐が向かったのは、多磨《たま》霊園沿いの人気《ひとけ》の無い道路だった。路肩にブルーバードを停め、エンジンを切ると、尻《しり》を捩《よじ》って助手席に向き直った。唇の端を歪め、低く言った。

「タキさん、上のやつら、もう知ってますよ」

滝口は眉を動かした。が、それだけだった。ゆっくりと腕を組み、目を閉じる。

「そうやって平静を装うのは勝手ですがね、これで終わりですよ」

滝口は何も言わず、ただ黙然としていた。片桐は続けた。

「この分だと、葛木殺しのホシまでかっさらわれますよ。おれたちは笑いものだ。タキさん、おれは何も知らなかった、三億円事件のことなんか、これっぽちも承知していなかった、定年間際の大先輩であるあんたの勝手な振る舞いに、引きずられただけだ、そういうことですから承知しておいてください」

一気に語ると片桐は口を噤《つぐ》み、滝口の反応を待った。

「怖くなったか」

ぽつりと言った。

「なんだと」

片桐は低く凄《すご》んだ。滝口が厚い瞼《まぶた》を上げた。充血した眼球をギョロリと動かし、太い唇が、さも面白そうに歪《ゆが》んだ。

「おまえ、もう逃げられないぞ」

片桐はグッと奥歯を嚙《か》み、滝口を睨んだ。

「ふざけるな」

声が情けないほど震えていた。

「片桐、何があった」

地の底から湧いてくるような重い声だった。片桐は目を逸《そ》らした。滝口は右腕を伸ばし、肩を摑んだ。万力のような凄《すさ》まじい力で、強引に振り向かせた。

「誰が接触してきた」

逃げを許さない、強い言葉だった。血走った眼球が怖い光を放っている。片桐は乾いた唇を嚙み、俯《うつむ》いた。沈黙が流れた。肩を摑む手にさらに力が加わった。指先がめり込み、骨が砕けそうな痛みが襲った。刑事一筋で生きてきた男の執念が籠《こ》もる、凄まじい握力だった。片桐に逆らう術《すべ》はなかった。

「昨夜、おれのマンションに訪ねてきた男がいた」

痛みに呻きながら言った。

「それで」

「月刊誌の契約記者を名乗る男で、そいつはカイシャの上の動きを摑んでいて――」

宮本翔大が語った話を伝え、三億円事件に異様ともいえる執念を抱いている、と告げた。

「なるほど、立川署の特捜本部にいたおれの名前まで摑んでいやがったか」

滝口は感心した口ぶりで言った。いつのまにか肩を摑んでいた手を離し、顎をしごいていた。禿頭《とくとう》がピンク色に染まり、上気した顔で前方を見つめている。

「大した野郎だ」

独り言のように呟《つぶや》いた後、太い首をひねった。

「だが、早すぎるな」

片桐は強《こわ》ばった唇を動かした。

「上の動きですか？」

滝口はあっさりかぶりを振った。

「それもそうだが――その宮本って男の動きだ。何かを摑んでいるとしか思えない。葛木に関する何かを……でないとおかしいだろう。葛木が三億円犯人のメンバーに違いない、というなんらかの確証を抱いていない限り、現場の刑事にじか当たりなどするものか」

確信した物言いだった。そういえば、突然の宮本の出現にうろたえた自分は、繰り出される情報に気圧《けお》され、葛木を三億円犯人と断定する明確な理由までは聞き出せなかった。昨夜のやりとりを反芻《はんすう》してみた。三億円事件のすべてを書きたい、とかなんとかほざいていたが、上手くはぐらかされた気もする。不意に、脳がざわついた。警察が蓋《ふた》をした理由、犯人グループに触ろうとしなかった理由――

「タキさん、犯人グループが分かっていながら、カイシャが動かなかった理由ってのは何だ？」

滝口が視線をすがめた。片桐は語気を強めた。

「つまり、事件直後、実行犯が死んだため、カイシャは動かなかったんだろう」

「なるほど」

顎《あご》を軽く上下させた。

「それを知ってどうする」

片桐は言葉を探しながら、乾いた唇を舐《な》めた。ささくれた皮が舌を刺した。

「保険にでもするか？」

ほけん……耳の奥で宮本の言葉が聞こえた。

――マスコミの人間と手を結んでいたほうがいい、貴重な保険になる――

片桐は即座に計算し、答えを弾《はじ》き出した。ここまできた以上、情報と手持ちのカードは多いほどいい。

「ああ、保険にしたい」

きっぱりと言った。

「それに、おれには知る権利があるはずだ」

滝口のナマズ面が笑った。

「おれとおまえは相棒だ。権利は十分すぎるほどある……いいだろう、もうひとつの霊園に行け」

「霊園？」

眉をひそめた。滝口は窓の外を顎でしゃくった。樹木の間から墓石の群れが覗《のぞ》いている。

「多磨じゃなく、小平だ。小平霊園へ行け」

片桐は唇をひねり、せせら笑った。

「そいつの墓でもあるんですか」

「ああ、でっかい墓がある。おれが教えてやる。三億円事件の裏でいったい何があったかを、な」

促されるまま、イグニッションキーを回した。何か得体の知れない力に押されるように、クルマを発進させた。

小金井街道を北上して小金井カントリークラブを過ぎ、新青梅街道を西に折れ、小平霊園に到着したのは午前十時過ぎだった。

一面に枯れた芝生が広がり、葉の落ちた背の高い広葉樹の下で常緑樹が生い茂る、まるで公園のような霊園だった。園内は墓参の老人が散見されるだけで閑散としていた。広大な霊園内は、無数の墓石の間をアスファルト張りの細い通路が縦横に走り、迷路のようだった。

片桐は、ブルーバードを通路の脇に停め、外に出た。冷たい空気が頬を刺した。肩をすくめ、「冷えるな」と、呟いた。滝口は何も言わず、足を進めた。片桐は後を追い、肩を並べて歩いた。頭ひとつ、片桐の方が高い。滝口はずんぐりとした背を丸め、くたびれたコートのポケットに両手を突っ込み、黙々と歩く。上等のキャメルコートを着込んだ片桐は、隣の禿頭を見下ろしながら、自分との共通項は刑事という職業以外に何もない、と改めて思った。

滝口は正面の門から外へ出た。片桐は戸惑い、訊《き》いた。

「タキさん、どこへ行く」

「もうすぐだ」

滝口は速足で歩いた。西武新宿線の線路脇の、戸建て住宅が密集する住宅街に入り、民間の大規模マンションと見まごうクリーム色の都営団地群の近くで立ち止まった。顎をひねる。

「あそこだ」

白い瀟洒《しょうしゃ》な戸建て住宅が立ち並ぶなか、古びた二階建ての木造家が、時の流れに取り残されたように佇《たたず》んでいた。雨戸を固く締め切り、ブロック塀は長年の風雨を刻み付けて黒くくすみ、砂糖菓子が水を吸って崩れたように、所々が欠けている。住んでいる人間の気配がない。生活の匂いがしない。その木造家は間違いなく死んでいた。

片桐は訳が分からず、立ち尽くした。と、視界の隅に一台のクルマが入った。路上に停車したワゴン車だ。窓には一面、スモークが入っている。

「歩け」

何の前触れもなく、低い声がした。

「笑え」

滝口が柔らかな笑みを浮かべている。だが、目には緊張感が漲《みなぎ》っていた。肘《ひじ》で脇腹を突かれた。

「笑いながら歩け！」

片桐は戸惑いながらも、頬の筋肉を緩め、肩を並べて歩いた。横目で滝口を窺《うかが》う。口元を緩め、目尻に皺《しわ》を刻んでいた。平日の昼近い時間、談笑しながら歩くコート姿の男ふたりは、サラリーマンにしか見えないだろう、と思った。

滝口はさりげなく振り返りながら、足を速め、霊園へ戻った。ブルーバードに乗り込むと、ハイライトに火をつけ、深く吸い込んだ。運転席に身体を滑り込ませた片桐は、

「ワゴン車ですか」と、囁《ささや》くように訊いた。

「そうだ。あの家はすでに監視下にある」

「おれたちは？」

「まだ行確はついていない」

片桐は肩を上下させて安堵《あんど》の吐息を吐いた。

「だが、時間の問題だな」

小さく呟いた。片桐は眉間《みけん》を寄せて迫った。

「タキさん、あのオンボロの家はなんだ」

「だから、墓標だよ」

「マジメに答えろ！」

ドスを利かして吠《ほ》えた。滝口はタバコを指先で摘《つ》まみ、視線を向けた。分厚い唇が動いた。

「あの家で死んだんだよ」

地を這《は》うような声だった。

「三十四年前に、か」

喘《あえ》ぐように訊いた。滝口は小さく頷《うなず》いた。

「名前は緒方純《じゅん》、十九歳だった」

灰皿にタバコの灰を落とした。

「白バイを操った実行犯だよ」

「なぜ、死んだ」

瞬間、滝口の頬に固い筋が浮いた。額に深い皺を刻み、片桐を凝視した。蒼白《そうはく》に染まったナマズ面が、何かに耐えるように震えた。

「自殺したことになっている」

ボソッと呟いた。

「自殺？」

滝口は前を向き、フロントガラスの向こう、陰鬱《いんうつ》な冬の曇り空に目をやって語った。

「純は立川を根城に、車上荒らしや恐喝を繰り返す有名な不良でな。配下のメンバーが三十人以上もいるグループのリーダーだった」

「じゃあ、自殺は三億円事件が発覚しそうになって――」

滝口は大きくかぶりを振った。

「さんざんワルさをやって、それでおふくろさんが説教というか、哀願したらしい。もうワルから足を洗ってくれ、と。それで、自殺したというんだ。青酸カリを飲んでな」

「青酸カリだと？」

現実感を伴わない言葉に思えた。滝口は何の淀《よど》みもなく続けた。

「当時、あの辺りはでっかいドブネズミが出て困っていてな。半年前に父親が知り合いのメッキ工場のオーナーから薬殺用に譲り受けたという話だ。警察の調べではそういうことになっている」

喉《のど》を這い上がる怒声を呑《の》み込み、口を開いた。

「警察は三億円のホンボシだと勘づいていたんでしょうが。なぜ、しょっぴかなかったんです。取調室にぶちこんで吐かせちまえば――」

片桐は目を疑った。滝口の横顔が苦渋に歪み、いまにも嗚咽《おえつ》しそうだった。

「おれは当時、二十六歳だった」

嗄《しゃが》れた声だった。タバコを灰皿で押し潰《つぶ》し、節くれた両手を組み合わせた。

「現金強奪事件発生から六日後の昭和四十三年十二月十六日夕刻、年長の同僚とふたり、おれは緒方の家を訪ねた。しかし、母親に居留守を使われた。話を訊くつもりが、体よく追い払われたんだから、バカな話だ。そしてその夜、緒方純は自ら命を断った」

「居留守って、それが分かっていたのなら張り込みでも何でもやればよかったでしょうが」

「その通りだ。おれもそう思うよ」

滝口は同意し、言い添えた。

「だが、できなかった」

「なぜ」

「緒方純の父親は現職の警察官だった」

けいさつかん？　上半身をドライバーズシートから引き起こした。が、声が出なかった。頭の芯《しん》が白く染まり、こめかみの血管が膨れ上がるのが分かった。

「慎重に扱え、というのが上の命令だった」

自嘲《じちょう》を含ませて続けた。

「警察官の息子が三億円強奪事件の実行犯なんて、想像を絶する事態だ。慎重のうえにも慎重に、と言われれば、分かりました、と同意するのが清く正しい警察官だ。違うか」

片桐は強《こわ》ばった舌を引き剝《は》がした。

「しかし――」

滝口が血走った眼球を向けてきた。その赤い視線が、先を促していた。生唾を呑み、口を開いた。

「しかし、タイミングが良すぎやしませんか。刑事が訪ねてきた、その夜に命を断つなんて。しかも、札付きのワルなんでしょう。そんなに簡単に死にますかね。警察官の親父は、何らかのルートで自分の息子に嫌疑がかかっているのを承知していただろうし、事前に話もあったはずだ。少なくとも、まともな捜査本部ならそうしている」

話しているうちに、ドロッとした冥《くら》い想像が頭をもたげた。ばかな、と否定したが、一度描いてしまえば、それが最も相応《ふさわ》しい話に思えた。

「タキさん、それ、自殺したんじゃないでしょう」

掠《かす》れる声で言った。

「自殺じゃなければ、なんだ?」

滝口は、片桐のおぞましい想像を予期していたように切り返してきた。脂汗の浮いたナマズ面がギラリと光った。禿《は》げ頭が、まるで水を被《かぶ》ったように濡《ぬ》れている。片桐は、目を据えたまま唇を動かした。

「緒方純は殺されたんでしょう、警察官の父親に」

窓の外を見た。

「つまり、口封じだ」

沈黙が流れた。木の葉が風にそよぐ音がした。墓石の間を、這うようにして歩く人影があった。分厚い毛織りのオーバーを着込んだ老夫婦だった。きれいな銀髪頭にソフト帽を載せた夫が水桶《みずおけ》を、萌黄《もえぎ》色のスカーフを被《かぶ》った妻が菊の花束を手に歩いている。陰鬱な曇天の下、菊の花の明るい黄色が目に痛かった。

「おれもそう思うよ」

滝口は呟いた。そして、大きく嘆息した。コートのポケットから引っ張り出したハンカチで顔と禿げ頭を拭《ぬぐ》う。

「じゃあ、カイシャは隠蔽《いんぺい》したわけだ。あんたも、その片棒を担いだわけですね」

片桐は断定するように言った。汗を吸ったハンカチをポケットに戻した滝口は、憮然《ぶぜん》とした顔で新しいタバコに火をつけた。

「おれは一度、上司に迫ったことがある。両親をしょっぴいて、徹底して矛盾を追及しましょう、と」

「それで」

「上司は激怒したよ。〝おまえは警視庁三万五千人の職員とその家族を路頭に迷わす気か〟とね」

「弁解ですか」

吐き捨てるように言った。

「ああ、弁解だ。おれは何もできなかった。組織の一員として、疑惑に蓋《ふた》をする側に回った。不良グループの他のメンバーへの接触も禁じられ、おれは唯々諾々と従った。情けない男だよ」

一息おいて、フーッと紫煙を吐いた。片桐は鋭い視線を投げた。

「あの家は無人のようだったが、父親はどうしているんです」

「緒方耕三は昨年暮れに妻晴子を亡くし、その後は行方不明だ」

片桐は眉根《まゆね》を寄せた。

「行方不明だと？　相当なジイさんでしょうが」

「七十四歳だ」

片桐は舌打ちをくれ、唇をねじ曲げた。

「今回の事件で三十四年前の亡霊が蘇《よみがえ》り、犬どもが自宅に殺到しているわけですか」

「いろいろ喋《しゃべ》られると困るんだろう」

他人事《ひとごと》のような口調だった。

「あんたみたいな、昔を知ってるデカが接触するとマズいわけか」

「そういうことだ」

「じゃあ、葛木の扼殺《やくさつ》事件は予想外の出来事だったわけですね」

「蓋がずれたのは間違いない」

「つまり、あんたはその蓋をこじ開けようとしているわけだ」

「ああ」

素っ気なく言った。

「カイシャが黙っちゃいないでしょう」

「そうなるな」

気怠そうにタバコをくゆらした。片桐は険しい視線を向けた。

「それが分かってて、おれを引き込んだのか」

「おまえはおれの相棒になった。可哀想に——」

淡々とした物言いだった。片桐はそげた頰を強ばらせて睨《にら》んだ。

「定年間際の老いぼれの分際で、おれの将来を閉ざすのか」

「おまえの希望通り、保険になる話をしてやったろうが。記者の宮本だって保険だ」

からかうように言った。片桐は歯を嚙《か》み、拳《こぶし》を固めた。カッカと燃え上がった怒りの矛先を逸《そ》らすように、滝口が薄く笑った。

「なに笑ってやがる」

片桐は吠《ほ》えた。

「ここまでは事件のアウトラインだ」

「なんだと」

「もうひとつ、事件の裏があるんだ。警察が動けなかった、本当の理由がな」

それだけ言うと、滝口はタバコをくゆらした。片桐は口を半開きにして、底の知れない情報を隠し持つ禿頭《とくとう》を見つめた。携帯の呼び出し音が鳴った。

「おれか」

滝口がタバコを灰皿に押しつけ、さも大儀そうに背広の懐から携帯電話を取り出した。耳に当て、唇を歪《ゆが》めた。みるみる顔が綻《ほころ》ぶ。

「なるほど、わかりました」

それだけ言うと通話を切り、懐に戻した。

「片桐、おいでなすったよ。藤原だ。切れ者の管理官殿が午後、おれに会いたいそうだ」

助手席のドアを押し開けた。

「おまえはおれの連絡があるまでドライブでもしてろ。待機だ」

そう言い置くと、歩み去っていった。その逞《たくま》しい背中を、片桐はただ見送った。

緒方耕三は、新宿歌舞伎町にいた。鼓膜に無数の靴音が響く。昼を、コンビニのごみ箱に捨ててあった賞味期限切れの焼き肉弁当で済ませた後、コマ劇場前の広場に座り込み、拾った新聞に目を通した。隣ではヨシがダンボールの上に寝転び、〝歌舞伎町オリジナル〟をちびちびと啜《すす》りながら、のんびりとした様子で雑踏を眺めている。緒方は広げた新聞の社会面を真剣な面持ちで見ていた。

「じいさん、あんた、老眼鏡もなしで大したもんだな。相当タフな身体をしてるんだな。その分だと、百まで生きるぜ」

ヨシの軽口に取り合わず、緒方は視線を這わせた。今日もまた、玉川上水の扼殺事件の続報はない。事件発生から四日が経過してもまだ犯人検挙に至らないとなれば、捜査は長期化する可能性大だ。

緒方は短く刈った胡麻《ごま》塩《しお》頭をがりがりと掻《か》くと、新聞を丸め、投げ捨てた。事件を知って以来、胸に巣くっている不安がまた膨らみ、緒方を苛立《いらだ》たせた。

「こいつら、なんでこうも無視できるのかね」

ヨシが、辺りを憚《はばか》らない胴間声で言った。

「見ろよ、やつらにおれらの姿なんかないんだ。明日は我が身とも知らずによ」

せせら笑い、小瓶を傾けた。ヨシの言う通りだ。雑踏の中で蠢《うごめ》く無数の顔は、横たわるホームレスなど無視して、勝手に笑い、シラけ、苦悩し、怒っていた。こうやって路上に座り込んで見上げると、それはなんとも卑小で哀れな生き物の群れに見えた。そして今の自分は、社会的には無きに等しい存在、傍らの紙くずと何ら変わらない存在だと思い知った。

ヨシは顎髭《あごひげ》をしごき、空を見上げた。つられて緒方も首を曲げた。広場の周りに聳《そび》えるビルに四角く切り取られた、鉛色の空があった。

「どうも怪しい天気だよな」

ヨシが腰を上げ、両腕を天に突き上げて大きく伸びをした。

「タマも待ってることだし、そろそろ帰るか」

欠伸《あくび》まじりに言うと、緒方を見た。

「じいさん、どうする」

緒方は軽く頷《うなず》き、両手をコンクリートについた。

「神経痛、大丈夫か」

「何とか、な」

鈍い痛みに耐え、腰を持ち上げた。ふたりは雑踏の中をゆっくりと歩いた。上をJRの線路が走る大ガードを潜り、副都心に出ると、ヨシが「またポリをからかってやるか」と呟《つぶや》いた。が、ジャンパーのポケットに両手を入れ、背中を丸めた緒方は「やめとけ」と諌《いさ》めた。ヨシは舌打ちをくれたものの緒方に従い、青梅街道から左折し、新宿警察署を迂回《うかい》して歩いた。

高層ビルが左右に立ち並ぶ北通りは今日もビル風が強かった。身を切る烈風となって吹きつける風に身を屈め、ふたりは足を進めた。

中央公園は静かだった。陰鬱《いんうつ》とした曇天と冷え込んだ大気のせいだろう、一面に散らばるホームレスハウスに比べ、外に出ている住人の姿は数えるほどだった。奥まった場所、熊野神社の近くにあるヨシのハウスに向かう。と、ハウスの百メートルほど手前でヨシが足を止めた。端整な髭面が強ばる。緒方は尖《とが》った視線の先を追った。ふたり、いた。ハウスから這い出る男と、傍らに立ち、こちらを威嚇するように睨む男だ。いずれもコートを着込んだ、普通のサラリーマン風だった。あっと思う間もなく背を向けると、柵《さく》を越え、植え込みに入り込み、消えた。緒方は立ち尽くした。男たちの無駄のない動きは、鍛えられたプロのものだった。

「なんだよ」

ヨシは呟くなり、駆け出した。緒方も後を追った。シートを捲《まく》り上げ、入り込んだヨシが悲鳴を上げるまで、それほど時間を要しなかった。緒方も慌てて身体を潜り込ませた。薄暗いハウスの中、ヨシはぺったりと座り込み、両手にだらりとしたものを載せ、啜り泣いていた。それはタマの死体だった。首をひねられたのだろう、口からピンクの舌が覗《のぞ》き、一筋の血が垂れている。

「タマは怒ったんだ、怒って、あいつらを追い払おうとしたんだ。だから、だから——」

緒方は、嗚咽《おえつ》交じりのヨシの声を聞きながら、そっと右腕を動かし、私物を入れたショルダーバッグの中を探った。

「ホームレスなら、何をしてもいいってのかよ。こんなの、酷《ひど》いだろ——タマはおれの

――」

身を震わせ、タマの死体に涙を落としながら、ヨシが呻《うめ》いた。緒方は目をすがめた。シヨルダーバッグの中、白い布で包んでいたはずの位牌《いはい》が剝《む》き出しになっていた。まだ白木の香りが漂う真新しい晴子の位牌を確認し、奥にしまい込んだ。緒方は、三十四年前の事件が再び動き出したことを知った。


窓の外、陰鬱な曇り空の下、日比谷公園の枯れた緑が広がっていた。滝口が呼び出された場所は、桜田門の警視庁ビルではなく、日比谷公園沿いに建つ、高級ホテルの一室だった。

「本庁じゃマズイのか」

窓際のソファセットに腰を下ろした滝口は、ハイライトに火をつけながら訊《き》いた。

「どっちでもよかったんですが、まあ気にする連中もいますから」

向かい合って座る藤原孝彦は、冷然とした表情を崩さなかった。ポマードで七三に固めた髪と、プレスの効いたスーツ。メタルフレームのメガネの奥から、油断のない視線を注いでいる。

「タキさん、えらく張り切っているようじゃないですか」

唇の端を歪めた。

「定年まであと二ヵ月足らずだ。そんなに精力的に動かれると、いらぬ心配までしなくちゃならない」

片頬を緩めて続けた。

「わたしもタキさんには無事、警官生活をまっとうしてもらいたいんですよ」

それだけ言うと口を噤《つぐ》み、反応を窺《うかが》うようにじっと見る。滝口はタバコをふかすだけで何も言わなかった。藤原は小さく息を吐くと、両手を組み合わせ、前屈みになって顔を寄せてきた。

「ねえ、タキさん、この先どこまでやる気なんです？」

低い声だった。

「気になるのか」

「ええ」

「納得いくまで、と答えたらどうする」

藤原は首をすくめた。

「それなりの対応をするしかないでしょう」

滝口は苦笑いを浮かべると、静かに言った。

「管理官。あんた、どうやって葛木勝が三億円事件の重要参考人だと知った？　葛木の昔の不良仲間を探り始めた三浦の情報か？」

藤原はかぶりを振った。

「いいえ」

唇の端を吊《つ》り上げた。

「タキさん、あなた、わたしに直談判して強引に捜査本部へ入ってきたじゃないですか。露骨すぎるんですよ。それまで暇を持て余していた定年間際の刑事が、葛木の名前を聞くなり急に張り切るなんて、なにかあるに決まってるでしょうが」

「杉田の野郎だな」

ぼそっと言った。滝口の脳裏に四日前の光景が浮かんだ。一月三十一日早朝、本庁六階の捜査一課の部屋で自分に事件の概要を伝えた杉田聡。ガイシャの名前に思い至ったときの、心臓が破裂してしまいそうなショックが蘇《よみがえ》る。

「あの筋肉マン、顔に似合わずそつが無い。ゴリゴリの出世志向だから、管理官とは馬が合うんだろう。いい部下を持ったな」

「おかげさまで」

些《いささ》かも動じた様子はなかった。滝口は続けた。

「おれが捜査本部に割り込んだ時点で察しがついたとしたら、そこから水面下で調べていたというわけか。三浦の情報も入ったし、ついでに二係の古ぼけた極秘資料でも引っ繰り返したのか？」

二係とは捜査一課強行犯二係のことで、迷宮入りしてしまった難事件を、捜査本部解散後も継続して追う、特殊な部署だった。捜査一課のある本庁六階フロアとは離れて、五階に設置されており、部外者の立ち入りは厳しく制限されている。

「まさか、売れないラーメン屋の主人が、三億円事件と絡んでいるとはね」

藤原は二係の協力を得たか否かに触れず、淡々と述べた。

「俄《にわか》には信じられませんでしたよ。三十四年前の伝説の大事件だ。嘘偽りなく、天地が引っ繰り返りそうでした」

言葉とは裏腹に、藤原の冷静な顔に感情の揺れはなかった。滝口はくわえタバコのまま、顎《あご》をしごいた。

「では質問を変えよう。三億円事件の真相を知ったとき、どう思った？　緒方親子のことだ」

藤原は唇をねじって嗤《わら》った。

「まさか、タキさんから質問されるとは思いませんでした」

言外に、警部補の老いぼれが警視の自分に質問できるのか、という強烈なヒエラルキーがある。滝口はタバコを灰皿で擦《こす》って上半身を乗り出した。

「警察が犯人を逮捕できなかった理由だぞ。それを知ったとき、現職の警察官として思ったことがあるだろう」

藤原は鼻で笑った。

「事件は、わたしが警察官になる十年も前の出来事ですよ。そんな黴《かび》の生えたような昔話に、特別な感慨などあるわけがない。わたしは組織の一員だ。それ以上でも以下でもない。組織の意志に従うまでです」

滝口は無精髭《ぶしょうひげ》の浮いた頰を撫で、掠《かす》れ声を漏らした。

「真山恭子の名前は承知してるよな」

藤原は目を据えたままかぶりを振った。

「それは言ってはいけなかった」

ため息のような声だった。

「保険のつもりかもしれないが、その名前は劇薬だ。言ってはいけなかった。あなたが出していい名前は、緒方までですよ」

藤原の顔が、苦渋に歪んだように見えた。滝口は背中を丸め、新しいタバコに火をつけながら言った。

「違う、勘違いしないでくれ。保険にしようなんて思っていない」

くぐもった声だった。

「おれは現場を山ほど踏んで来た、事件一筋の刑事なんだ。それほど世間知らずじゃない。カイシャに保険など効くものか。管理官、あんた、全てを承知しているようだから訊くが、コトの真相を知って、どう思った」

「同じですよ」

「同じ?」

「とっくに時効の来た、三十四年前の事件じゃないですか。特別な思いなんてあるわけないでしょう」

「本気で言っているのか?」

藤原は背筋を伸ばして両腕を組み、見下ろした。レンズの奥の目が鈍く光った。

「意味が分からないな」

滝口は顔を強《こわ》ばらせた。

「おかしいと思わないのか」

声が震えた。

「自分の先輩たちはなんてことをしたんだ、と悔しくなかったのか？　組織防衛のために犯人逮捕を見送ったなど、あってはならないことだ。怒りを覚えて当然だ」

「タキさん、どうしたんです」

十五歳下の管理官は哀れむように言った。

「あの事件は終わったんだ。時効がきた以上、もはや事件じゃない。当時の上の判断を、今さらわたしにどうこう言う資格はない。わたしは評論家じゃないからな」

滝口は言葉に力を込めた。

「管理官、当時の上層部は強引に蓋《ふた》を閉めたんだ。こんなこと、許されることじゃない。必ず歪《ゆが》みがくる」

「バカな、三十年以上経ったんですよ。迷宮入りして、いまや三億円事件は歴史の一ページだ。それも、奪われた現金の額と、怪我人すら出なかった鮮やかな手際の強奪事件としてのみ、記憶されているだけでしょう。国を揺るがす疑獄事件や、国民に陰惨な記憶を残す誘拐、殺人事件とは訳が違う。学生運動とか高度経済成長で世の中が祭りの時代に出現した、いわば徒花《あだばな》じゃありませんか。もう終わったんだ。いまさら突っつき回す必要がどこにある」

些かの迷いもない、鋼を思わせる言葉だった。滝口は身体の強ばりを解き、太い唇を開いた。

「なるほど、じゃあ管理官、おれを呼びつけた理由はなんだ」

藤原は空咳《からせき》をひとつ吐き、重々しく口を開いた。

「これ以上、首を突っ込むと厄介なことになります。まあ、タキさんなら分かっていると は思いましたが、念のためにね」

「それは警告か？」

藤原は小さく頷《うなず》いた。滝口は禿頭《とくとう》を指先で掻《か》くと、つまらなそうに鼻を鳴らした。

「なるほど。では、葛木殺しの犯人も見逃すのか？」

藤原の視線が尖《とが》った。

「見損なわないでください。きっちりケリはつけますよ。警察は犯人を検挙してナンボの 世界ですから。しかも発生からまだ間がない、ほかほか湯気が上る、生の殺人事件じゃな いですか」

そう言うと、ぐっと顔を寄せた。ポマードの香りが匂った。

「終わってしまったことよりも今ですよ。今が大事なんだ。分かりますか、タキさん」

噛《か》んで含めるように言った。

「つまらない感傷で動いていたら、そのうち泣きを見る。後悔してももう遅い。組織の意 志に反する行動をとろうとしたら、それなりのリスクを背負うことになる。組織で禄《ろく》を食《は》 んでいる以上、当然のコトですよ。たとえ排除されても文句は言えない。わたしは何か間 違っていますかね」

部屋の空気がみるみる重くなった。沈黙が流れた。藤原が射貫《いぬ》くような視線を据えてくる。禿頭にうっすらと汗が浮いた。

「いいや、あんたは正しいよ、管理官」

滝口はネクタイを緩め、喘《あえ》ぐように応《こた》えた。

「組織の意志はおれの意志だ。四十年以上、カイシャで世話になったんだ。その恩義を忘れちゃいない」

「なら、いい」

静かに言った。

「タキさん、これまで散々カイシャのために働いたんだ。少しのんびりしたらどうです。有休を使って温泉に浸《つ》かるのもいいかもしれませんね。定年まで、もうカウントダウンが始まっているじゃありませんか。いまさらジタバタしたって大したコトはできませんって」

滝口は頭を垂れ、呟《つぶや》いた。

「そうさせてもらうかな」

くたびれきった老刑事の悄然《しょうぜん》とした姿に、藤原は満足げな笑みを浮かべると立ち上がった。

「葛木殺しの始末は任せてください。万事、遺漏なきようやりますから」

滝口は何も言わず、ただ俯《うつむ》いたままだった。藤原が部屋から出ていく気配を耳で追いながら、唇を噛み締めた。笑いをこらえるのに必死だった。頭の芯《しん》で巻いた渦が、決壊寸前だった。組織への服従、組織への忠誠——後生大事に守った結果が今の体たらくだ。自分はもう解き放れた、と悟った。これからやるべきことを忙しく計算し、弾《はじ》き出した答えは結局、カタをつける、の一言だった。

小平霊園で滝口と別れた片桐は、停車したブルーバードの中でステアリングに両腕をかけ、頭をもたせて煩悶《はんもん》した。警察官の息子、緒方純が実行犯。そして、息子を殺した緒方耕三……だが、警察が動かなかった理由はそれだけじゃない。「もうひとつ、事件の裏がある」と呟いた滝口の食えないナマズ面が浮かんだ。片桐は怖かった。あの家、古ぼけた二階家で三十四年前、起こったことを想像するだけで喚《わめ》き出したくなる。ステアリングをギュッと握り締め、顔を上げた。フロントガラスの向こう、のしかかってくるような分厚い鉛色の雲がうっとうしかった。太い鎖に絡みとられ、身動きできない自分が惨《みじ》めだった。いつの間にか墓参の人影も消え、広大な霊園の、無数に連なる墓標が、じっと自分を見ているようだった。片桐は舌打ちをくれ、イグニッションキーをひねった。

ブルーバードを発進させると、新青梅街道に出て東の方向、新宿へ向かった。あては無かった。緒方純が殺された家、腹を減らした犬どもが殺到している古ぼけた廃屋寸前の家を少しでも離れたかった。自分の人生が、こんなことで閉ざされてたまるか。

アクセルを踏み、片道三車線の直線路を飛ばした。左右の風景が後ろへ吹っ飛んで行く。次々に現れる信号が邪魔だった。パトライトを回し、サイレンを鳴らして突っ走ったらどんなに爽快《そうかい》だろう、と頬を緩めたとき、無線ががなり立てた。自分の名前を呼んでいる。

はっと我に返り、マイクを手に取った。すぐに聞き覚えのある声に変わった。玉川上水扼《やく》殺《さつ》事件捜査本部の形ばかりの捜査主任を務める刑事課長、串本忠司《くしもとちゅうじ》だった。頭の薄くなった小役人然とした顔が憤怒《ふんぬ》で歪み、湯気を上げている様まで見えるような甲高い声だ。至急、戻ってくるように、と告げた無線に、素っ気なく返事を返した片桐はマルボロに火をつけ、フィルターを噛み締めた。ブルーバードは田無《たなし》駅近くの交差点に入ろうとしていた。所沢街道と合流する北原交差点だ。片桐はステアリングを回した。タイヤが軋《きし》みを上げ、車体が半回転した。ブレーキの悲鳴の音と怒声、クラクションが錯綜《さくそう》する交差点を抜け、Uターンしたブルーバードは尻《しり》を振りながら、小金井中央署へと向かった。

　片桐が指定された二階の小会議室に入るなり、串本の胴間声が飛んできた。

「上、カンカンだぞ」

　顔が朱に染まっていた。突っ立ったまま眉根《まゆね》を寄せ、唾《つば》を盛大に飛ばし、喚《わめ》き立てる様は、さながら発情した狒狒《ひひ》を連想させた。

「もう、三階の本部には出なくていいからな」

　これが結論、とばかりに言い放った。

「理由は分かってるだろう」

　片桐は、さあ、と首を傾げてみせた。串本の寄せた眉間《みけん》が盛り上がった。

「おまえ、捜査本部に投入されながら、本庁の老いぼれと勝手なことをやってるらしいな」

捜査本部が設置されて以来、本庁係長の宍倉に指揮権を取られっぱなしで、屈辱に臍《ほぞ》を噛む毎日を送ってきた刑事課長は、日頃の鬱憤《うっぷん》を晴らさんばかりに吠《ほ》えた。

「鑑取りをほっぽって、所轄車輛《しゃりょう》を乗り回してふらふらしてるんだってな。立派な職務怠慢だろうが。ふざけるんじゃないぞ！」

窓のブラインドを下ろした会議室は、パイプ椅子を備えた八人掛けテーブルが一つ、それにビデオデッキ付きのテレビセットがあるだけの、殺風景な部屋だ。片桐は怒声を浴びながら、ゆっくりとした仕草でキャメルコートを脱ぐと、丁寧に畳み、パイプ椅子のひとつに置き、隣に腰を下ろした。突っ立ったまま興奮する刑事課長を黙殺した、余裕たっぷりの仕草だった。

長い脚を組み、デコボコに凹《へこ》んだアルミの灰皿を引き寄せてマルボロに火をつけた。串本の顔から朱の色が引き、蒼白《あおじろ》く染まった。テーブルに両手を突き、緩慢な動きで腰を沈め、片桐と向かい合う形で座った。

「なあ、片桐」

声のトーンが一段、下がっていた。

「なんです」

目を合わさずに言った。

「本庁の捜査一課長直々に、おまえを捜査本部から外すよう、言ってきた。署長は真っ青だ」

声が震えていた。

「理由は？」

　ぼそっと言った。

「なんだと？」

　串本が目を剝《む》いた。片桐が尖《とが》った視線を向けた。そげた頰が隆起した。

「おれを外すよう、言ってきた具体的な理由ですよ。本庁のポンコツと勝手なことやってるったって、それは向こうの言い分でしょうが。串本課長がそれだけ激しい物言いをされる以上、確たる理由があるんでしょうな。でなきゃ、納得できませんよ」

　串本はさも不快げに顔をそむけた。片桐は両肘《ひじ》をテーブルに置き、上半身を乗り出した。

「捜査一課長は何と言ってきたんです」

　低い声音で迫った。苦虫を嚙み潰《つぶ》した顔の串本が暫《しばら》く言い淀《よど》んだ後、口を開いた。

「捜査に熱意が見られない、いても荷物になるだけだから外せ、ということだ」

　絞り出すように言った。

「他には無いんですか」

「ああ」

　片桐は串本を見た。俯《うつむ》いたその薄い頭に汗が浮いていた。

「おれたちが勝手に動き回っていたその理由ってのはどうでもいいんですか」

　俯いた頭は動かなかった。

「捜査一課長の、そんな曖昧《あいまい》な命令ひとつでオタオタするほど、所轄ってのは弱いんですかね」

串本は無言だった。二百四十名の捜査員を率い、東京管内百の警察署で発生する殺人・誘拐・強盗などの凶悪事件全てを統括する本庁の捜査一課長は、階級でいえば警視正だ。一方、小金井中央署は都内でも弱小の所轄で、しかも署長の階級は警視。階級の違い以上に、その力の差は歴然としている。片桐の舌に苦いものが湧いた。奥歯を嚙《か》んだ。

「課長、おれは憧《あこが》れの刑事になって三年目になります。しかし、捜査一課長に睨《にら》まれた以上、もう出世はないですよね」

串本は顔を上げ、弱々しくかぶりを振った。

「そんなことはない」

片桐は鼻を鳴らして苦笑した。

「気休めはいいですよ。いずれ、交通課か総務課、運が悪ければ離島の派出所勤務だ。これから先、定年まで三十年近く飼い殺しでしょう。一度、履歴に汚点がついてしまえば、上がりの目はない。それがカイシャの論理でしょうが」

片桐は腰を浮かせ、テーブル越しに顔を寄せた。

「課長、本庁が騒いでいる本当の理由を知りたくないですか？」

「なにを……」

串本の喉《のど》仏がゴクリと動いた。片桐は唇の両端を吊《つ》り上げた。

「葛木勝の扼殺事件の裏ですよ。とんでもないものが埋まってますよ」

沈黙が流れた。串本の顔にプツプツと汗の玉が浮いた。

「知りたいでしょう」

囁《ささや》くように言った。串本は、顔を小さく左右に振った。片桐は額に筋を刻んだ。

「なぜです。刑事は真実を追求するのが仕事でしょうが。それとも、本庁を向いてのご機嫌とりが最優先なんですかね。ええ、どうなんです、課長」

強い口調で迫りながら、底無し沼に足をとられ、ずぶずぶと沈んでいく自分に戦慄《おのの》いた。

串本の顔が強《こわ》ばった。片桐は頬を緩めた。

「まあ、いいですよ、課長にも立場があるでしょう。子供の教育費とか家のローンも大事ですもんね」

鼓膜に響く自分の声が震えていた。

「捜査本部を外れるとなると、自宅待機でいいんですかね」

浮かせた腰を伸ばした。串本は何も言わず、虚空を睨んでいた。

「課長、おれはマンションの部屋で膝《ひざ》を抱えて、暫く泣きの涙で暮らせばいいんでしょう。そういうことですよね」

それだけ言うとコートを掴《つか》み、返事も待たずに会議室を出た。腹の底で燃えるドロリとしたものが、赤い熱を噴き上げていた。


曇り空の下、ヨシは白手拭《てぬぐい》に包んだタマの亡骸《なきがら》を両手に持ち、ベンチに腰掛けて暫く呆《ぼう》然《ぜん》としていたが、陽が傾き、冷たい風が吹き始めると、のろのろと立ち上がった。ハウスの横に穴を掘って、タマを丁重に埋め、丸い拳大の石を置いた。ホームレス仲間の太った中年女が線香の束を一本、くれた。それにライターで丸ごと火をつけ、丸石の前に突き刺し、煮干しを二本、置いた。ヨシは後ろで手を合わせる緒方に一瞥《いちべつ》もくれることなく、ハウスの中へ潜り込んだ。緒方も続いて入った。

ヨシは奥で背を向け、横になっていた。線香の匂いが薄暗いハウスの中にまで這《は》い入ってきた。緒方は胡座《あぐら》をかくと、手荷物をまとめた。ヨシがゆっくりとこちらを向いた。

「なにやってんだよ」

尖った声だ。緒方はタオルを畳み、マグカップをショルダーバッグに入れながら、答えた。

「世話になった」

ヨシが跳ね起きるようにして上半身を起こした。

「どうして」

「おれがいると、また迷惑をかけてしまう」

「じゃあ、タマが死んだのは……」

「おれは追われているようだ。おまえには気の毒なことをした」

「借金か」

勢い込んで訊《き》いた。

「いや――」

皺《しわ》だらけの顔を歪《ゆが》めて苦笑した。

「もっとタチのワルいもんだ」

「出ていくことはない」

強い口調で言った。

「タマが死んで、このうえ、あんたまでいなくなったら、おれはどうしたらいい？」

「もう決めたことなんだ」

「おい！」

ヨシが腕を伸ばし、ジャンパーの襟を摑んだ。

「ジイさん、勝手じゃないか」

後ろで結った髪と、整った細面に黒々とした顎髭《あごひげ》。その芸術家然とした顔が、苦悶《くもん》に歪んだ。

「いてくれ、と頼んでるんだ。あんた、ここで生きていきたい、と言ったじゃないか。どこにも行かないと約束したろう。このハウスが気にくわないのか？　それとも、家に帰りたくなっちまったのか？」

緒方は首を振った。

「前にも言った通り、おれには女房も子供もない。このハウスに何の不満もないんだ。ヨシ、おれは手前勝手な男なんだよ」

目尻《めじり》に深い皺を刻んだ。ヨシはゆっくりと手を離した。

「じゃあ、どこへ行く」

掠《かす》れ声で訊いた。

「さあな」

ショルダーバッグのジッパーを締めながら言った。ヨシが掠れ声を絞った。

「この寒空で、どうやって生きていく。あんた、宿無しの老いぼれなんだぞ」

古びたジョギングシューズを履き終えた緒方は、何も言わず腰を上げた。シートを捲《まく》り、外へ足を踏み出す。

「待て、送って行く」

ふたりは肩を並べ、埃《ほこり》っぽい冬の夕暮れの中、歩いた。ヨシが何事か話しかけ、緒方が小さく頷《うなず》いた。知らない人間が見たら、まるで父子のようだろう。

冷たいビル風の舞う地上を避け、地下の車道に沿って一直線に延びる歩道を新宿駅の方向へ歩いた。仕事帰りの人の波が、歩道をぎっしりと埋めていた。無数の固い靴音と、車道に連なるクルマのエンジン音がコンクリートに反響した。地下に淀《よど》んだ排気ガスで喉がいがらっぽい。ヨシは足元に痰《たん》を吐いた。

ホームレスとはいえ、ふたりの恰好《かっこう》は清潔でこざっぱりとしている。普通に歩いていれば、奇異な視線を向けられることもない。地下鉄大江戸線の都庁前駅を過ぎたところで、頭半分背の高い緒方が身体を寄せ、さりげなくヨシの耳元へ語りかけた。

「ヨシ、歩きながら聞け」

ヨシの顔が強ばった。

「尾行《つけ》られている」

瞬間、ヨシの足が止まりそうになったが、すぐに歩き始めた。

「どこから」

前方を向いたまま訊いた。

「公園を出てからだ」

「おれに任せろ」

ヨシの目が光を帯びた。瞬間、「走れ！」と小さく叫び、ヨシが前のめりに転がった。腹を両手で押さえ、痛い、痛い、と声を限りに叫んだ。叫びながら視界の端で、老人の汚れたジョギングシューズが素早く遠ざかって行くのを見た。人の波がどっと割れ、流れが止まった。歩道を塞《ふさ》ぐ形で、雑踏がみるみる膨らんだ。どけ！　逃げるぞ！　と怒声が聞こえた。ヨシは両足をバタつかせ、派手に歩道を転げ回りながら、逃げろ、ジイさん、逃げろ、と声に出さずに叫んでいた。


ドアをノックする音で目が覚めた。六畳間に敷いた万年床の上。はっと身構え、這いつくばった。暗い部屋。狛江の古びたマンションで、結城稔はまだ覚醒《かくせい》しきっていない頭を左右に振り、しょぼつく目を凝らして枕元の目覚まし時計を見た。午後十時過ぎ。ノックが続いている。ゴクリと生唾《なまつば》を呑《の》み込み、四つん這いのまま、玄関ドアへにじり寄った。辺りに転がるカラのカップ酒や一升瓶がカチャカチャと耳障りな音をたてた。舌打ちをくれ、そっと立ち上がった。ダイニングを抜け、ドアの前で耳をそばだてた。コン、コンと機械的なノック音がするだけだった。サツか？　こんな時間、訪ねてくるような知人はいない。家族が崩壊して以来、自分は極度の人間嫌いになり、知人と呼べる存在がない。最悪の状況を思い描いて、全身が強ばった。三階の部屋。ベランダから飛び降りるか――ダメだ。警察なら、外も固めているだろう。脳が粟立《あわだ》った。パニック寸前に陥り、それでも呼びかけてみた。へばりついた舌を引き剝がし、「誰だ」と囁《ささや》いた。ノックが止まった。怖い静寂が流れた。結城は目を剝《む》き、腰を引いた。次の瞬間、声がした。

「稔」

静かな声だった。

「稔、おれだ」

おまえは——震える手でシリンダー錠を解き、チェーン錠を外してドアを押し開いた。男が立っていた。

「吉岡！」

思わず呼び掛けていた。

「稔、おまえがいてよかった」

その顔は、柔らかな笑みを浮かべていた。吉岡健一だ。上等のコートにスーツ。シルクのネクタイ。金持ちにふさわしい恰好だった。軽くウェーブした灰色の髪と、涼しい目元。自信に満ち溢《あふ》れた男の顔だ。何年ぶりになるのだろう。二十年、いや、三十年——俯《うつむ》き、頰に手を当てた。粉っぽい肌に浮いた無精髭のざらつきが痛かった。ボロの賃貸マンションに住む、無職のアルコール依存症。服は着たきりのワークシャツに古びたジーパン。妻と息子に愛想を尽かされ、逃げられた惨めな男だ。自分でも呆《あき》れるほど差がついてしまった。

「吉岡、おれは——」

顔を上げ、喘《あえ》ぐように言った。吉岡が小さくかぶりを振った。笑みが消えていた。

「何も言うな」

顎をしゃくり、結城の背後を示した。

「身の回りのものをまとめてこい」

強い口調だった。結城は呆然《ぼうぜん》と立ち尽くした。

「時間がない、早くしろ」

結城は促されるまま、部屋に戻り、荷物をまとめた。下着類をバッグに突っ込みながら、久しく縁の無かった安堵《あんど》感が広がっていくのを感じた。

ジャンパーを羽織り、外へ出ると、寒風が首筋を撫《な》でた。結城は角刈り頭をすくめた。集合玄関から少し離れた路上にダークブルーのＢＭＷが停車していた。低いエンジン音が響いている。水銀灯の下で、ピカピカに磨かれたボディが鏡のように輝いていた。助手席に人影があった。パンチパーマの大柄な男だ。サイドウインドウが音も無く下りた。ぬっと四角い顔が突き出した。どす黒い肌と弛《たる》んだ顎、険しい視線。結城は不穏なものを感じて後ずさった。

「よう、稔」

男が頬を緩めて笑った。口元の辺りに昔の面影があった。

「彰、か？」

呻《うめ》くように言った。

「乗れよ」

顎をひねり、後部座席を示した。結城は躊躇《ちゅうちょ》した。金子は視線を据えたまま、左手の指先に挟んだ葉巻をゆっくりとくわえた。薬指に金無垢《むく》のカマボコリングが光り、小指が欠けている。ヤクザになった彰。噂には聞いていた。昔の情けない彰を知っていたから、内心、見下していた。だが、実際にこうして会うと、全身から漂う暴力と頽廃《たいはい》の匂いに圧倒され、何も言えなかった。

「稔、乗れ」

後ろから背中を押された。吉岡だった。後部座席のドアが開き、押されるまま、中に入った。ドアを閉めた吉岡は素早く運転席に回り、乗り込んだ。年齢を感じさせない、軽やかな動きだった。周囲に油断なく目をやり、BMWを発進させた。

「間に合ってよかった」

独り言のように呟《つぶや》いた。助手席の金子が振り返り、葉巻をくわえたまま唇を歪《ゆが》めた。

「仕事、なにやってる」

結城は力なく首を振った。

「リストラにあっちまって……いまは求職中だ」

「以前の勤め先はちっぽけな食品問屋だったな」

「ああ」

金子が値踏みするように視線を上下に動かした。

「小汚いオヤジになっちまったもんだ。安酒の匂いがプンプンするぜ」

眼を伏せた。分かっている。頬がこけ、無精髭《ぶしょうひげ》の浮いた冴《さ》えない敗残者の顔だ。

「稔、おまえが殺《や》ったんだろう」

弾《はじ》かれたように顔を上げた。金子の凶眼が青く光っていた。

「勝を絞め殺したのはおまえだろう」

結城は頰を強ばらせ、睨《にら》んだ。

「だとしたら、どうするんだ」

声が震え、唇が震えた。

「おう、そんなこと言っていいのか？」

いたぶるような物言いだった。

「サツから匿《かくま》ってやれるのは、おれらしかいねえだろう」

サツ――恐怖に身を絞られ、両手で頭を抱えた。

「稔」

吉岡が静かに呼び掛けた。

「なぜ勝を殺した」

バックミラーに映る吉岡の顔は、気負いも怒りもなく、平静そのものだった。

「あいつが――」

続く言葉を吞み込んだ。

「あいつが、どうした」

結城は角刈り頭を両手で搔《か》き毟《むし》り、呻いた。

「ダメだ。頭がこんがらかっちまって、何から話せばいいのか……」

渇いた喉《のど》がひりついた。

「ド貧乏のアルコール依存症か。どうしようもねえな」

金子が鼻で笑った。

「酒をくれ」

「頼む、カップ酒一本でいい」

喘《あえ》ぐように訴えた。BMWは世田谷通りを都心の方向へ走っていた。吉岡は速度を落とし、ウインカーを出すと、コンビニの駐車場に停車した。

「日本酒でいいんだな」

「ああ」

結城は力無く答えた。吉岡はドアを開け、出て行った。

「おまえ、依存症になって長いのか？」

前を向いたまま、金子が訊《き》いた。結城はささくれた唇をペロリと舐《な》め、絞り出すように言った。

「仕事を無くしてからだから、もう一年近くになると思うが……」

か細い声だった。

「女房も息子も出ていってしまったし……おれは弱い人間だから、惨めな自分を忘れようと、酒に逃げてしまった」

「情けない野郎だ」

金子は葉巻を嚙《か》み締め、さも不快げに唇をねじ曲げた。

「三十四年経って、このざまか」

結城は虚《うつ》ろな視線を金子のパンチパーマに向け、何か言おうと思ったが、適当な言葉が見つからず、黙り込むしかなかった。

コンビニから帰った吉岡がポリ袋に詰め込んだカップ酒を渡すと、貪《むさぼ》るように飲んだ。

二本空け、外を見る。ＢＭＷは世田谷通りから環状八号線に入り、南下していた。

「どこへ行く？」

血走った目をきょろきょろと動かした。

「気になるのか」

金子が欠伸《あくび》交じりに言った。

「当たり前だ！」

声が裏返った。

「蒲田におれの舎弟どもが寝泊まりしているマンションがある。そこに匿ってやる」

金子は恩着せがましく言った。ステアリングを握る吉岡が口を開いた。

「それより稔、喉も潤ったことだし、質問に答えてくれないか」

「質問？」

訊き返した。

「そうだ、勝を殺した理由だ」

ドクンッと心臓が跳ねた。赤く濁った眼球を剝《む》き、唇を引き結んだ。

「おまえ、カネでも貸していたのか？」

結城は小さくかぶりを振った。

「おれにカネがあるわけないだろう」

「じゃあ何だ」

震える手でポリ袋の中からもう一本摑み取り、蓋《ふた》を引き千切るようにして開け、唇をつけた。まるで毒でも呷《あお》るように、目を閉じ、顔を歪めて飲み干した。フーッと熱い息を吐くと、袖《そで》で口を拭《ぬぐ》った。二呼吸分の沈黙が流れた。

「勝は誇りに思っていた」

消え入りそうな声だった。吉岡の顔色が変わった。結城はボソボソと続けた。

「あの時以来、おれたちはもう会わないと決めた。だが、おれは勝と時々会っていた。勝もおれも、中学のガキの時分からの知り合いで、遊び人のワルから堅気の勤め人になって、辛《つら》いことばかりだった。学歴も、手に職もないし——勝は吉岡の成功を、とても誇りに思っていた。実際に『サンクチュアリ』へ足を運び、店の盛況を自分の目で確かめ、料理を食っておれに教えてくれたこともある。〝いい店だった。味も従業員のサービスも申し分ない〟と、我が事のように喜んでいた」

「いつの話だ」

助手席の金子が睨みをくれた。

「まだ運送屋に勤めている時分だ」

「トラックの運ちゃんをやってるときか」

「あいつ、会社の事務のコと結婚して、子供も生まれて、一生懸命だった。吉岡の成功を励みにしていたんだ。でも、バブル後の不況で運送会社が左前になってな。あいつ、手先は器用で、料理も得意だったから九年前、ラーメン屋として独立した」

「たしかに手先は器用だった」

金子が意味ありげに呟《つぶや》いた。が、吉岡は前を向いたままだった。

「吉岡がレストランで成功したんだから、おれはラーメン屋で勝負してやる、と張り切っていた」

「なら、相談に行けばよかったのによ」

結城は今にも泣きそうになった。

「そんなこと、できっこないだろうが。おれたちは会わない、と決めたんだ。成功した吉岡に、どの面下げて会える。金子、おまえにだって分かるだろう」

金子は大儀そうに首を回した。

「じゃあ、食品問屋の勤め人だったおまえが吉岡のところへ行かなかったのも同じ理由か？」

結城は助手席のシートを両手で摑《つか》み、上半身をぐっと寄せた。その顔は、苦悶《くもん》に歪《ゆが》んでいた。

「おまえ、なにを――」

「リストラの声がかかったとき、吉岡に頼めば成績を上げることもできたろうが。外食産業の勝ち組のオーナー様なんだ。都内に高級レストランのチェーン店を持つ吉岡と契約できれば、ちっぽけな食品問屋の利益は膨大だ」

金子の言葉に、首を振って否定した。

「バカな、おれは考えたこともない」

「本当か？　人間ってのはそんなに強くないと思うがな」

葉巻をふかしながらせせら笑った。

「もっと自分に素直になったらどうなんだ。あのとき、吉岡に頭を下げとけば、女房と息子に捨てられることなく、自分も会社に残り、出世できたかもしれないと思ったことはないのか？」

「ない！」

唾《つば》を飛ばして怒鳴った。シートを握る手が白く染まった。

「稔は正しい」

運転席の吉岡が静かに言った。金子がぐるりと顔を向けた。腫《は》れぼったい目が険しくなった。

「なにが正しいんだ」

「おれは、稔が訪ねてきても会わなかったろう。それがおれたちの約束だった」

結城が口を半開きにして、凝視していた。吉岡は淡々と語った。

「勝から電話をもらったことがある」

「いつ」

結城が運転席に身を乗り出すようにして迫った。

「おまえに殺される前だ」

「なんて言ってた」

勢い込んで訊いた。

「こう言ったよ。〝おれは終わった、ゴメンよ〟と——か細い、蚊の鳴くような声だった」

吉岡の横顔に変化はなかった。ステアリングを握り、ただ前を向いている。結城はクシャッと顔を歪め、ずるずると屈《かが》み込んだ。そして呻《うめ》くように言った。

「あいつ、カネに困って、おれに相談に来たことがある。失業保険で食いつなぐおれに、手形が落ちない、とな」

嗚咽《おえつ》交じりのくぐもった声だった。

「無職のおれに何ができると言うんだ。こっちが貸してもらいたいくらいなのに——すると、せっぱ詰まったあいつは、マスコミに売るって言い出したんだ」

「マスコミだと」

金子が振り向いた。赤黒く染まった顔が、怒気を帯びていた。結城は訥々《とつとつ》と語った。

「そうだ。おれたちがやったことをマスコミに売るって言うんだ」

金子の喉《のど》仏がごくりと動いた。

「マスコミに売り、手記を出せば、一千万からのカネになる、と言っていた。おまえにも分けてやる、とな。いくら説得してもダメだった」

鼻をすすった。

「あの夜、おれはあいつをクルマに乗せて、どこか静かなところで話そうと、境浄水場の脇に停めたんだ。〝成功した吉岡の足を引っ張るのか、おまえは間違っている〟と、言葉を尽くして迫ったが、ダメだ。勝はもう、捨て身だった」

「なるほど」

金子が得心したように頷《うなず》いた。

「吉岡に電話してきてゴメンと言ったのはそういうことか。社会的な成功を収めた吉岡を売ると決めて、電話をした。だが、あわよくば、金欠の自分を気遣う言葉を期待したのかもしれない。吉岡は素っ気なかった。それで決意したんだろう。違うか、吉岡」

「さあな」

金子は薄く笑い、結城に向き直った。

「で、おまえは勝を殺した。自分の手で絞め殺して、玉川上水に投げ込んだ。そういうことだな」

「ああ。おれは、勝の怖さを知っている。いざとなれば、おれを殺すくらいわけはない。案の定、最後はキレておれに摑みかかってきた。おれは無我夢中で隠し持っていたハンマーを握り、あいつの頭に打ち付けたんだ。勝を止めるにはそれしか方法がなかった。ぐったりしたあいつの首を、おれは両手で思い切り絞めて——」

最後は嗚咽で言葉にならなかった。金子が葉巻を指先に挟み、口を開いた。

「なら、おまえは吉岡の恩人だ。勝が三億円事件の犯人と名乗って、すべてを喋《しゃべ》ったら、『サンクチュアリ』は終わりだった。誰が迷宮入り事件の真犯人のレストランに高いカネ払って飯を食いにいくかよ。血と汗で築き上げた会社も即ジ・エンドだ。もっとも、おれは極道だから、箔《はく》が付いて大歓迎だがな」

そう言うと、肉厚の顔を歪めてせせら笑った。

「おれは——」

結城が呟いた。無精髭《ぶしょうひげ》が浮き、頬のこけた顔は苦渋に満ちていた。

「正直に言う、おれはあのカネがあったらどんなに助かるか、と思ったことがある。あの三億円があったら……」

ポリ袋から新しいカップ酒を取り出し、呷った。喉を鳴らして一気に飲み干すと、助手席から見つめる金子を睨《にら》んだ。

「勝もそう思ったはずだ。あの三億円さえあれば、まだやり直しがきくのに、と天を呪ったはずだ。おい、吉岡！」

吉岡の横顔に、険しい視線を向けた。

「おまえはそう思ったことはないのか。それとも、金持ちの成功者には、とるに足らないカネかよ」

吉岡は何も言わず、ただステアリングに手を添えていた。金子は前に向き直り、葉巻をふかしている。車内を固い沈黙が支配した。

結城の顔が憤怒《ふんぬ》と酔いで紫色に染まった。赤黒い眼球が痙攣《けいれん》するように揺れ、頬がひきつれた。ばかにしやがって、と小さく呟くと、ポリ袋に手を突っ込み、カップ酒を摑み上げた。

十分後、ポリ袋の中のカップ酒をすべて飲み干した結城は、後部座席でくにゃりと横になり、じきに鼾《いびき》をかき始めた。金子が一瞥《いちべつ》し、口を開いた。

「呆気《あっけ》なく酔い潰《つぶ》れてしまいやがった」

「ずっと緊張してたんだろう」

吉岡がポツリと呟いた。

「金子」

「なんだ」

「おまえも、あの三億円があったら、と思ったことがあるのか」

金子は腫れぼったい瞼《まぶた》を細めた。

「おれは十億、二十億のカネを右から左に動かしていたんだぜ。地上げのキングと呼ばれたこともある。たかが三億円ぽっち、どうってことはない」

薄く笑って、続けた。

「まあ、バブルが弾《はじ》けたいまはそうも言ってられないがな。ゼロが二、三個少ない仕事にも喜んで食いつくくらい、切羽詰まっている」

ふっと息を吐くと、視線が険を帯び、頰が強《こわ》ばった。

「おれはあの現ナマを拝んでから人生が変わった。あれだけの事件をやり遂げた、と思えば何も怖くなかった」

「だからヤクザになったのか」

「そうだ。どいつもこいつもおれのことをバカにしやがって」

鼻に皺《しわ》を刻んだ。結城の鼾が一段と高くなった。

「勝も稔も、すげえワルだった。恐喝、強盗、ツッコミ、なんでもござれだ。立川と横田の基地からはベトナムに向けて、軍用機がバンバン飛んでいた。あの時代の命知らずのアメ公どもにケンカを売って、ふたりとも一歩も引かなかった。おれのことを臆病《おくびょう》もんと笑い、罵《ののし》った。ところがその後どうなった。惨めな負け犬じゃねえか。ド貧乏同士が共食いの揚げ句、このザマだ。おれはおかしくって涙が出るぜ」

目尻《めじり》を親指で拭《ぬぐ》い、後部座席の結城に視線を向けた。

「純が死んだとき、勝も稔も分け前が増える、と内心小躍りしていたと思うぜ。それが、おまえがあんな無茶やるから、未練たらたらで生きて、結局こんな惨めなコトになっちまった」

「おれのせいなのか」

重い声だった。

「そうだ。おまえのせいだ」

薄ら笑いを浮かべて言った。

「いっそのこと、こいつもぶっ殺しちまおうか。ええ、ズドンと一発よ」

ぽんと胸を叩《たた》いた。拳銃《けんじゅう》を懐に呑《の》んだ、借金塗《まみ》れのヤクザ。吉岡は首を振った。

「ダメだ」

ピュッと口笛が鳴った。金子が頬を緩め、目尻に柔らかな皺を刻んでいた。

「そんなことを言っていいのか。恭子は殺すことを望んでいるぜ。おれに任せさえすれば、キレイに消してやる」

「金子、ダメだ」

強い口調だった。

「稔を殺したら、おれが許さない」

「なんでえ、恩義に感じているのかよ」

懐からリボルバーを抜き、何の躊躇《ちゅうちょ》もなく吉岡のこめかみに押し付けてきた。鋼鉄の銃口は冷たいはずなのに、火傷《やけど》しそうに熱かった。

「もう昔の関係じゃないんだ。そこんとこ、わきまえとけよ」

余裕たっぷりの言葉に、吉岡は奥歯をギリッと嚙《か》んだ。

国分寺のスナックでしたたかに飲んだ片桐が、ふらつく足取りで井の頭公園近くの自宅マンションに帰りついたのは、午後十一時を十分ほど回った時だった。ドアにキーを差し込み、部屋に入る。暗い冷えきった空間にため息をつき、落胆する自分がいた。頭の隅に、多恵子のことがあった。昨夜、部屋のキーを置いて出ていった多恵子。いるはずがないのに、アルコールで痺《しび》れた脳みそが、多恵子を求めていた。部屋の明かりもつけず、コートを着込んだまま、ソファに崩れるように座り込んだ。背もたれに身体を預けてまどろんだ。睡魔がすうっと降りてきて、浮かんだ光景は、灰色の海だった。鏡のような海原でひとり漂う、自分の姿だった。しんと静まり返った海だ。どこかで音がする。無粋な音。無気質な音。携帯の呼び出し音が鳴っている。脳の隅でポッと期待が芽生えた。多恵子？　重い瞼をこじ開け、コートのポケットから取り出した。
《片桐、おれだ》
低く嗄《しゃが》れた声。滝口だ。

《ひとりか？》
「ああ」
気の無い返事しか出ない。
《宮本に会わせろ》
ミヤモト……宮本翔大、月刊誌の特派記者――脳が覚醒《かくせい》した。目を見開いた。
「タキさん、あんた、藤原と話したんだろう」
携帯を握り締めた。
《ああ》
「だったら、もう動けないだろう。おれは捜査本部を外された。本庁捜査一課長の命令だ。もう終わりなんだ」
呻《うめ》くように言った。あんたのせいだ、と責める言葉を呑み込んだ。言えば、歯止めがきかなくなる。惨めな自分を晒《さら》すだけ――
片桐の心中をよそに、滝口は静かに語った。
《おれも同じだ。これ以上、首を突っ込むようだと厄介なことになる、と脅された》
ゾクッと身震いした。
「じゃあ、無理じゃないか。どっちにせよ、おれたちはもう動けない」
《バカだな、おまえは》
せせら笑いが聞こえた。
《とにかく、おまえの〝保険〟に会わせろ》

携帯を握る手がべっとりと汗ばんだ。片桐は声を潜めた。
「いま、どこにいる」
《地下に潜った、とでも言っておくか》
「やけくそになったか」
《おれはカタをつける。片桐、おまえだって、このままじゃ終われないだろう》
頷《うなず》いている自分に気づき、片桐は頬を強ばらせた。

二月五日、水曜日。雲の間から陽光が射し込む昼下がり。新宿駅南口の改札を出た片桐は、サングラスのブリッジを指で押し上げ、辺りをゆっくりと見回して歩き始めた。南口は相変わらずの雑踏だった。革のジャンパーのポケットに両手を差し込み、長身をすぼめた片桐は、甲州街道沿いの歩道を人波に揉《も》まれるようにして新宿御苑の方向へ歩いた。目付きの鋭い男たちがたむろするウィンズの手前の路地を右に折れ、紙くずの舞うアスファルトを暫《しばら》く歩くと、閑散とした街に入る。サングラスを外し、ポケットにしまった。右手に、そびえ建つ高島屋の巨大なビルが迫って見えた。白い校舎が眩《まぶ》しい都立高校の近くにその旅館はあった。古びた住宅が密集した、時の流れから取り残されたような一画だ。片桐は立ち止まり、見上げた。おたふく旅館、と白地に黒のペンキ文字が躍る畳一枚大の看板が掲げてある。木造二階建ての、場末の連れ込み宿、といった風情の旅館だ。
玄関から声を掛けると、太り肉《じし》の中年の女が出てきた。石のように表情の無い女だ。案内され、歩くたびにギシギシと音のする薄暗い階段を上り、静まり返った冷たい廊下を歩き、入ったのは二階の角部屋だった。

八畳ほどの和室の中央に座卓が置かれ、閉じられた木枠の硝子戸《ガラス》を背に、滝口がどっかりと胡座《あぐら》をかき、ノートに鉛筆を走らせていた。横には黒表紙で紐綴《ひもと》じした捜査資料二冊が積まれている。座卓には他にポットとお茶のセット、それにタバコの吸い殻が山と盛られた分厚い陶器の灰皿が置いてあり、胡座をかいた足元にはバインダーやメモ帳が散乱していた。

滝口はベージュのセーターにゴルフズボンというラフな恰好《かっこう》だ。古びた旅館の部屋、老眼鏡をかけ、資料に囲まれ、ノートに向かうその姿は、売れない老作家か人間嫌いの学者、といった風姿《ふうし》だが、じろりと上げたその顔は、ねじくれた鋼で固めた、現職刑事のそれだった。

「いいとこだろう」

分厚い唇が動いた。老眼鏡を外し、ノートを閉じる。

「小汚い連れ込み宿じゃないですか」

襖《ふすま》を閉めて胡座をかいた。

「アホか。由緒正しいジャパニーズホテルだ」

「なんです、それ」

「客のほとんどは外国の若い貧乏旅行者だ。奴ら、好奇心と行動力の塊だから、昼間は出払って静かなもんさ」

陶器の灰皿を引き寄せ、ハイライトに火をつけた。

「この宿は東京オリンピックの前にオープンしてな、常連客には有名なハリウッドの映画監督もいるって話だ。もっとも噂だがな」

そう言うと、声に出さずに笑った。その笑顔の裏に、虚無や諦観《ていかん》に陥るのを頑《かたく》なに拒否して踏みとどまる、強靭《きょうじん》な意地が透けて見えた。片桐は座卓の捜査資料に目をやり、次いで部屋の隅のボストンバッグを認め、首をひねった。

「タキさん、あんた、家を出たんですか」

「そうだ」

「なぜです」

「行確がつくと煩わしいからな」

片桐は息を詰めた。滝口は上目遣いに睨《ね》めつけた。

「片桐、おまえ、官舎住まいか」

「まさか、自前でマンション借りてますよ」

「連れはいるのか」

多恵子の顔が浮かんだ。苦いものを呑み込んで答えた。

「いいえ、気楽なひとりもんです」

「ならいい」

タバコを旨《うま》そうにふかした。

「暫く部屋には帰らないほうがいいな」

「そのつもりです」

滝口はうっそりと笑った。

「腹、括《くく》ったか」

片桐は横を向き、舌打ちをくれた。

「そんなたいそうなもんじゃありません。このままだと、おれにはもう、将来はない。一発逆転に賭《か》けますよ」

「夢を持つのはいいことだ。若さの特権だな」

嫌みたっぷりの物言いはいつもの滝口だが、声のトーンにどこか抜けたような爽《さわ》やかさがある。どうしたのか、とあれこれ推測し、分かったのは、すべてを捨てた開き直り、ということだった。

「うまく嵌《は》めやがって」

憎々しげに吐き捨てた。

「ひとりよりはふたりだ。おまえもここに部屋をとるか」

「冗談でしょう」

マルボロをくわえ、眉間《みけん》を寄せて火をつけた。

「片桐、おれはいま、信州の山奥の温泉に浸《つ》かっていることになっている。おまえは？」

「遊軍ですよ。どっかのド田舎へ追いやる辞令が出るまで待機しろ、ってことでしょう」

滝口は頰を緩めた。

「なら、願ってもないな。カイシャに電話連絡の定期便を入れとけば二、三日は大丈夫だろう。だが、念を入れてこれ、使え」

　手元の紙袋から、携帯電話を二本、取り出した。グレーとブルー。

「プリペイド式の使いきりの携帯だ。おれの番号はもう入れてある。連絡用だ。余計な電話が入らなくていいだろう」

　食えない野郎だ、と声に出さずに吐き捨て、差し出されたブルーの携帯を受け取った。カイシャが本気になれば、携帯の傍受くらい朝飯前だ。プリペイド式の携帯でも、購入者の身元が明らかなら同様だ。しかし、不正購入されたものなら話が違ってくる。

「なるほど。これもあんたの人脈ですか」

　ディスプレイで番号を確認しながら言った。滝口は、まあな、と曖昧《あいまい》に応《こた》えた。

　平成十年秋に売り出されたプリペイド式携帯は当初、匿名で契約が可能だった。しかし、誘拐事件等、重大犯罪に使用されるケースが続出したため、十二年七月からは販売元による購入時の身元確認が徹底されている。だが、これは建前だ。どんな規制にもいずれ穴は開く。実際は、個人間で幾度も転売されたプリペイド式携帯が、インターネットでおおっぴらに売られているし、不良外国人が出国間際に身分証を提出して大量の携帯を購入したうえで闇ルートへ流し、そのままとんずらしてしまうケースもある。倒産した卸会社から千本単位で出回ることも珍しくない。

　片桐は携帯を尻《しり》のポケットにねじ込み、滝口を見た。不機嫌な顔で横を向いたまま、目も合わせようとしなかった。

　部屋の時代物の黒電話が派手に鳴った。タバコを捨て、受話器を取った滝口は「通してくれ」と応え、フックに戻した。

「切れ者のジャーナリスト様のお出ましだ」

野太い声だった。据えた眼球が底光りした。その視線は目の前の自分ではなく、遥《はる》か彼方、三十四年前の闇を見つめていた。片桐は背筋を這《は》い上がる震えを空咳《からぜき》でごまかした。

黒のダウンジャケットを小わきに抱え、革製のブリーフケースを提げてのっそりと入ってきた宮本は、無遠慮にぐるりと部屋を見回した。畳に座りこんだままの片桐をきっちり素通りし、座卓の向こうの滝口を認めると、一礼した。滝口も軽く頭を下げ、「どうぞお座りください」と慇懃《いんぎん》に言った。宮本は座卓の前に腰を下ろし、型どおりの名刺交換を済ませると、勧められるまま、足を崩した。片桐は、宮本の斜め後ろに控える形になった。固めたオールバックの髪と太い眉《まゆ》、肉厚の不敵な面構えは二日前と変わらなかった。しかし、目の下に貼りついた隈《くま》と顔を覆う粘った疲労の色は、夜の街灯の下では窺《うかが》えない、新たな発見だった。

滝口はポットを引き寄せ、手ずからお茶を淹《い》れ、宮本の前に湯呑《ゆの》みを置いた。次いで、柔らかな笑みを浮かべ、「先日は、うちの若いのが随分と世話になりまして」と、軽いジャブを繰り出した。

「いえ、どうってことはありません」

抑揚の無い声で応え、

「それはそうと、おふたりとも捜査本部を外れたそうで」

と切り返してきた。瞬間、片桐の頭に血が上った。突き上げる憤怒《ふんぬ》を懸命に抑え、食い殺しそうな視線を飛ばした。しかし、宮本は滝口と相対したまま、一瞥《いちべつ》もくれなかった。

滝口は柔らかな表情を毫《ごう》も変えることなく、

「さすがに精度の高いネタ元を持ってらっしゃる。そうです。いまや、わたしたちは寄る辺を失った難破船みたいなものです」

淡々と語った。宮本は顎《あご》を右手で撫《な》で、露骨に値踏みする視線を滝口に向けた。

「なるほど。沈没は時間の問題ってわけですか」

「宮本さん、正直に言いましょう」

片肘《ひじ》を座卓に置き、ぐっと身を乗り出した。禿《は》げ頭が朱色に染まった。

「あなたは三億円事件について、随分とお調べになっている。ここはひとつ、持ちつ持たれつでいきませんか」

一気に斬り込んだ。片桐は生唾《なまつば》を呑み込み、ふたりを見守った。フリーのモノ書きに取引を持ちかけるベテラン刑事。現実のこととは思えなかった。

「バーターってやつですか」

宮本が言った。

「そうです。ややこしいことは抜きにして、お互いに得になることをやりましょうや」

「捜査本部を追い出されたおふたりに、いったいなにができるんですかね」

片桐のこめかみが熱を帯びた。額の奥で憤怒の激流が渦を巻いた。舐《な》めきった口調のせいじゃない。先《さっき》から〝ふたり〟と口にしながら、自分を一顧だにしない、その徹底した無視の態度だ。

「おい、宮本!」

片膝《ひざ》を立て、中腰になった。宮本は、いま初めて気がついた、と言わんばかりに視線を向けてきた。口元を歪《ゆが》め、眉をひそめたその顔には、蔑《さげす》みの色があった。

「下手に出ればつけあがりやがって。ネタが欲しくて接触してきたのはそっちだろうが。フリーのライター風情が、偉そうな口きくんじゃねえよ」

ほう、と宮本が感心したように言うと、視線を戻した。

「滝口さん、これも計算のうちですか」

落ち着いた声だった。

「宥《なだ》め役と脅し役。まるで取調室じゃありませんか。あまり感心しないな」

滝口は苦笑し、執り成すように片手を挙げた。

「ああ、宮本さん、勘弁してくれ。こいつは短気でね、初めて遭遇した大ネタに興奮しているんだ」

「なるほど。若葉マークの刑事にはよくあることですよ」

軽い口調で言い放った。片桐は唇を噛《か》み、拳《こぶし》を握り締めた。だが、宮本の肩越しに飛んできた滝口の鋭い視線に制止され、不承不承腰を下ろした。

「宮本さん、ざっくばらんにいきましょうや」

目尻《めじり》に皺《しわ》を刻んで滝口が言った。

「あんた、月刊『新時代』に三億円事件、書くんだろう」

一転、伝法《でんぽう》な物言いになっていた。硬軟を自在に使い分ける、ベテラン刑事の自然な変わり身だった。

「もちろん。そのために長年、取材してきたんですから」

気負いのない言葉だった。滝口のナマズ面が弛緩《しかん》した。

「あれだけの大事件だ。そりゃあ話題になる。でも、取材は大変だったろう。後ろ盾のないフリーの身なんだ。通常の仕事をこなしながら、地道な取材を続けていく。生半可なことでできる仕事じゃない。何年くらいかけたんだ?」

「あなたに答える義務はないでしょう」

口元に冷笑を浮かべた。

「しかし、あれほどジャーナリストの取材意欲をそそる事件もありませんよ。不可解なことばかりなんだから。日本の警察はバカだ、アホだ、と罵《のの》られても仕方ありませんな。大体、限りなくクロに近い犯人グループがいるのに、みすみす見逃してしまうんだから、信じ難い無能集団ですよ」

滝口は顔をしかめ、禿《は》げ頭を右手でぴしゃりと叩《たた》いた。

「それはそうだ。おっしゃる通りだな。返す言葉もない」

その右手を目の前にかざし、指を折る。

「いち、に、さん、し――五人だ」

握り拳をつくった。

「立川市周辺で暴れ回っていた不良グループの、とびっきり頭の切れるリーダーを中心に、五人が企て、完遂した大事件、と思っているんだろう」

宮本は小さく頷《うなず》き、肉厚の頬を緩めた。

「しかし、リーダーの緒方純は事件直後に死んだ。警察はさぞ驚いたことでしょう」

「ああ、予想外の出来事だった。驚天動地とはあのことだな」

滝口は拳をゆっくりと下ろした。宮本は小さくかぶりを振って言った。

「それでひと安心とばかり口を噤《つぐ》んでしまうんだから、情けない連中だ」

滝口は座卓の上で節くれた太い指を組み合わせ、広い背中を丸めた。顎をぐっと引き、逞《たくま》しい両の肩を張り、下から窺うようにして睨《ね》めつける。

「だがな、ずっと胸に溜《た》め込んで、呻吟《しんぎん》してきたデカもいるんだ」

鋼の声だった。

「宮本、おまえ残りの四人についても時間をかけて取材してきたんだろう。なにが分かった？」

宮本の表情に変化はなかった。沈黙が十秒ほど流れ、おもむろに滝口の分厚い唇が動いた。

「葛木はカネに困っていた。ラーメン屋の経営がうまくいかず、店を畳む寸前だった。おまえなら当然、知っているはずだ」

宮本は否定も肯定もせず、冷然とした顔を崩さなかった。

「おれにはどうしても分からないことがある」

滝口が呟《つぶや》いた。

「おまえは二月三日夜に片桐に接触している。葛木の死体が発見されたのは一月三十一日早朝だ。いくら敏腕ジャーナリストとはいえ、接触が早すぎやしないか？」

宮本の斜め後ろに控える片桐は奥歯を噛み締め、ふたりを睨《にら》んだ。脳裏に、多磨霊園で交わした滝口の言葉が蘇《よみがえ》る。確かこう言っていた。

――接触が早すぎる。何かを摑《つか》んでいるとしか思えない、葛木に関する何かを――

だが、自分の頭では幾ら推理しても分からない。片桐の困惑をよそに、滝口が続けた。

「宮本、おまえは、葛木が三億円事件の犯人だとの確証を既に得ていたんだろう。曖昧《あいまい》な灰色の傍証じゃなく、誰もが納得する真っ黒な確証だ。違うか」

片桐は眉《まゆ》をひそめた。宮本の横顔が僅《わず》かに白くなったような気がした。

「見方を変えて推論してみよう。閉店寸前のラーメン屋主人、葛木勝がもっとも欲しかったものは何か？　目の前のカネだ。では、売り払うものはあるのか？　住居兼店舗は賃貸で、信用金庫からの借り入れは一千万、サラ金からも二百五十万摘《つ》まんでいる。売り払うものなど、あるはずがない。では、カネに詰まり、追い込まれた葛木はどうする？」

ナマズ面が愉悦に歪んだように見え、片桐は思わず後ずさった。滝口は一拍置いて、語った。

「おれなら、過去を売る」

片桐は目を剝《む》いた。このオヤジ、何を言ってる？　頭が混乱し、脳が軋《きし》みを上げた。しかし、滝口の語り口はあくまで冷静だった。

「三億円事件の実行犯として、マスコミに手記を売る。そして、現金を得る。とっくに時効は来てるんだし、人を殺したわけでもない。奪われたカネは保険で賄われているうえ、怪我人もいないんだ。しかも犯行はあの一度きり。鮮やかで実にキレイな事件だ。凶悪犯の殺人事件や、ギャングどもの荒っぽい現金強奪事件とは訳が違う。犯人として名乗り出たら、それは世間の非難の目はあるだろうが、破産し、店を失い、家族が離散し、路頭に迷うよりは遥《はる》かにいいと思う」

宮本の頰に筋が浮き、視線が鋭くなった。滝口の言葉が続いた。

「おれは、犯人グループはいずれ、亀裂《きれつ》が生じると信じていた。昭和最大のミステリーと持て囃《はや》された大事件だ。マスコミに売るヤツが出ても不思議じゃない。他人様《ひとさま》のカネを三億も奪っといて、安穏な生活が送れるはずがないんだ。そうは思わないか」

滝口は右の腕を伸ばし、ひと指し指を突きつけた。

「おい、ジャーナリスト、犯人の手記を取るために動いたんだろう。違うか」

「なるほど」

感情の揺れを感じさせない、静かな声だった。滝口は一気に畳み掛けた。

「そして四人の現況を調べあげ、もっとも落ちる可能性のある男を絞り込んだ。それが葛木だ。ヤクザの組長の金子なんかにもち掛けたら、逆に殺されてしまうかもしれない。レストランチェーン『サンクチュアリ』のオーナー、吉岡は知らぬ存ぜぬで通すだろう」

サンクチュアリ――聞いたことがある。有名な高級レストランだ。片桐は顔から血の気が引いていくのが分かった。このオヤジ、いったいいつの間に――

「残るは失業中の結城と、そして葛木だ。どっちもカネが欲しいのは同じだが、借金と家族を抱えて切羽詰まってるのは葛木だ。手記を売ったカネさえ入れば、借金を清算できる。再出発の資金も得られる」

片桐の喉仏《のど》がゴクリと動いた。〝吉岡〟も〝結城〟も、捜査資料の重要参考人にあった名前だ。しかし、その素性までは知らない。片桐は、自分がまだ承知していない事実を惜しげもなく語る滝口の分厚い唇を睨んだ。屈辱と怒りで身が焦げそうだった。心のどこかで相棒と思っていた自分の甘さに、つくづく呆《あき》れた。喉を突き上げる言葉を寸前で嚙み締めた。忍耐？　違う。本物の刑事の凄《すご》みに圧倒され、声が出ない、というのが正直なところだ。

「どうだ、宮本」

自信たっぷりの物言いだった。宮本は肩をすくめた。

「そうですよ」

あっさり認めた。片桐は呆然《ぼうぜん》と見つめた。

「おれは、葛木に持ちかけてみた。さすがに最初は事件への関与も認めなかった。しかし、カネをちらつかせたらあのオヤジ、とたんになびいてきました。手記を雑誌に発表し、単行本にまとめたら、ベストセラーはもちろん、テレビドラマ、映画化も夢じゃない。カネが唸《うな》って入ってくる。その程度の借金など軽く清算して、莫大《ばくだい》なお釣りが残る、とね。あとは持久戦ですよ。粘りと忍耐は、フリーの必須条件だ」

宮本の淡々とした告白に、頭の芯《しん》が軋んだ。片桐は両手でこめかみを押さえ、憤怒の唸り声を漏らした。しかし、ふたりとも片桐の存在など忘れたかのように、座卓を挟んで対峙《たいじ》していた。

「宮本、葛木は誰に殺されたと思う？」

片桐は息を詰め、答えを待った。宮本は唇の端を歪《ゆが》めて笑った。

「葛木ってのは、昔はケンカ自慢のワルで鳴らしたんだが、あれで案外気が小さいんですよ。もっとも、それもあの男に絞り込んだ理由なんですがね」

宮本は肩を上下させ、深いため息を吐いた。

「で、ある男を噛《か》ませたい、って言うんです。そいつもカネに困ってるから、ふたりで一緒にやりたい、と。おれは、やめとけ、と止めたんだが、勝手に連絡してしまった」

悔恨を滲《にじ》ませた物言いだった。

「誰だ」

滝口が低く迫った。

「失業中の結城ですよ。白の中古のコロナを転がしてる――」

次の瞬間、片桐は胡座《あぐら》を解き、弾《はじ》けるように立ち上がっていた。境浄水場で目撃された白のセダン、結城だ、間違いない――一発大逆転の目が出た。興奮と驚愕《きょうがく》で視界が揺れた。

「慌てるなよ、熱血刑事」

宮本が嘲笑《ちょうしょう》していた。

「まだ続きがあるんだ」

片桐は肩をそびやかし、足を踏み出した。

「なに言ってやがる」

低く凄んだ。任意同行だ、一刻も早く身柄を確保しなくては！　気がどうしようもなく急《せ》いていた。滝口を見た。新しいハイライトに悠然と火をつけていた。なに恰好《かっこう》つけてやがる！ 眉間《みけん》を寄せ、怒声を上げようとしたそのとき、宮本の声がした。

「片桐さん、結城はもういないんだよ」

えっ、と言葉を呑《の》み込み、立ち尽くした。

「昨夜、何者かが連れ出している。おれが近所に聞き込みをやったら、そういうことだった」

「誰だ」

「あんたデカでしょう。ちょいと考えれば分かるでしょうが」

からかうように言った。片桐は頬を強《こわ》ばらせ、睨んだ。宮本は含み笑いを漏らしながら前を向き直った。

「結城の身柄を警察に渡したくない誰か――おれは犯人グループしかいないと思いますがね」

そう言うと、目の前の湯呑《ゆの》みを摑《つか》み、冷えてしまったお茶を啜《すす》った。片桐は目に放心の色を漂わせて、ゆっくりと腰を下ろした。耳の奥で、宮本の言葉が続いていた。

「いずれにせよ、警察は結城の自宅マンションを襲うでしょう。今日か、明日か。三億円事件の実行犯グループと承知している以上、葛木殺しのホンボシと見当つけるまで、それほど時間は要らない」

「だろうな」

滝口が口を開いた。

「葛木殺しの犯人はきっちり挙げるつもりらしい。やつら、自信を持ってる。蓋《ふた》をした過去には興味がなくても、目先のコロシには熱心なんだ。おれは切れ者の管理官殿から、終わってしまったことよりも今が大事だ、と説教を食らったよ」

自嘲を滲ませて言った。宮本が白い歯を見せて嗤《わら》った。

「組織の論理から言えば当然でしょう。寝た子を起こす方がよっぽどおかしい。あなたは厄介な異物ですよ」

滝口はくわえタバコのまま、それはそうだ、と応《こた》え、こちらもニヤけたナマズ面を見せた。片桐は、靄《もや》のかかった脳みそで、ここはどこだ、と考え、視界をぐるりと巡らして場末の旅館と確認したとき、目の前の、屈託なく笑うふたりがまったく別の世界に棲《す》む異物だと悟った。ならば自分はなんだ？　と身震いし、息を詰めた。滝口の顔から笑みが消えていた。

「宮本」

嗄《しゃが》れた声で呼びかけた。

「あの事件にはまだ知られていない謎があるだろう」

謎――片桐には何のことか分からなかった。

「ええ」

同じく笑みを消した宮本が応えた。

「これぱかりは噂のみで、幾ら調べても分からなかった。正真正銘のトップシークレットだ。それが明らかにならない限り、おれの取材は完結しない」

滝口がタバコをくゆらし、目を細めた。

「犯行グループ六人目の人物、だよな」

六人目の人物——片桐の頭が真っ白になり、次いで、そうかこれか、という囁《ささや》きが聞こえた。小平霊園で滝口が漏らした言葉。もうひとつ、事件の裏がある——六人目、ろくにんめ……誰だ？

「滝口さん、今度はあなたの番だ。六人目、教えてくれますよね」

静かな声音だった。滝口は、ああ、と小さく頷《うなず》いた。

二月五日、水曜日、午後二時。神宮外苑近くの『サンクチュアリ』本社で、取引先との打ち合わせを済ませた吉岡健一は社長室に戻ると、黒革張りのチェアに腰を下ろし、宙に視線を据えて逡巡《しゅんじゅん》した。が、一分も続かなかった。唇を引き結ぶと、おもむろにデスクの電話受話器を取り上げ、長男の巧に連絡を入れた。都内の店舗を視察していた巧は、突然の電話に驚きを隠せない様子だった。

「巧、今晩、時間をとって欲しいんだが」

単刀直入に言った。父親の物言いに異変を感じたらしい巧は、不審を滲《にじ》ませた声音で応えた。

《なんです、社長、やぶからぼうに》

「祐天寺《ゆうてんじ》に来い。久しぶりにメシでも食おう」

吉岡と妻の住む自宅は目黒区祐天寺にあった。巧は二年前、二十八歳で『サンクチュアリ』に入社以来、家を出てマンションにひとり住まいだった。いつの間にか祐天寺の実家とは疎遠になり、振り返れば今年の正月に顔を出したきりだ。吉岡は、父親の反対を押し切って入社してきた巧なりのケジメと思い、敢《あ》えて何も言わなかった。こうやって、子供は親から離れていくのだろう、と感じただけだ。

「母さんも寂しがってる。たまに手料理を食ってやってもバチは当たらんだろう」

巧は有無を言わさぬ吉岡の誘いに、接待の約束がある、と抗《あらが》ったが、他の役員に任せろ、と強引に言い置き、電話を切った。

吉岡は背の高いチェアにもたれた。瞼《まぶた》がどうしようもなく重い。身体の芯に張りついた疲労は、吉岡の気力、体力をごっそりと奪っていた。右のこめかみに、そっと手をやった。指先を這《は》わせる。火傷をしそうに熱い。鉄の感触が蘇《よみがえ》る。昨夜、リボルバーを突き付け、立場をわきまえろと迫ったヤクザ。吉岡は、奈落へと沈みつつある自分の身を呪う一方で、湧き上がる解放感を抑えられなかった。

この三十四年間、自分を縛っていた軛《くびき》が解かれることなど、想像もしなかった。いや、無理に頭から追い払っていただけだ。冷静に考えれば、安穏な日々が送れるはずなどなかった。六つの人生が集まり、そして弾けたのだ。捩《よじ》れ、蛇行し、再び絡んでくる人生があってもおかしくない。この先、どこへ行くにしても、もう戻れないことだけは分かっている。両の手を組み、目を瞑《つむ》った。

褐色の肌から血の気が引き、蒼白《そうはく》になった。引き結んだ唇が霜をのせたように白くなった。それは紛れもない死人の顔だった。

ひどい二日酔いに呻《うめ》いた。頭が軋《きし》みをあげている。結城稔は唸《うな》り声を漏らしながら、布団から這い出した。薄暗い部屋だ。締め切ったカーテンの間から、陽光が射し込んでいる。朦朧《もうろう》とした頭を振り、顔を苦悶《くもん》に歪《ゆが》めた。

襖《ふすま》がガラッと開き、起きたのか、と低い声がした。見知らぬ若い男だった。角刈り頭の、眉を剃《そ》り落とした目付きの鋭い凶顔が、薄く笑った。だぼっとした白のジャージに、首に巻いた金色のチェーン。どこから見ても、チンピラだ。結城は乾いた唇を動かした。

「蒲田……か」

たしか、彰はこう言っていた。蒲田に舎弟どもが寝泊まりしているマンションがある、と。ならば、目の前の男は彰の子分に違いない。だが、男の言葉は予想もしないものだった。

「匿《かくま》ってやってんだから、おとなしくしてろよ」

年齢《とし》は三十前後だろう。ひどく見下した物言いには憎しみさえある。

「彰はどうした」

言外に、自分はおまえらの親分のダチだ、と匂わせた。が、男は些《いささ》かも動じなかった。

「親分はシノギが忙しくてな」

口元がせせら笑っている。結城は混乱した。ヤクザの上下関係は鉄よりも固いはず。親分の知人なら、下にも置かぬ待遇が当然だ。なのに、この態度はなんだ？　彰の命令なのか？　結城は不穏なものを感じた。男は、値踏みするように見下ろしている。喉《のど》がヒリついた。

「水を一杯くれないか」

掠《かす》れ声で言った。

「勝手に飲めよ」

顎《あご》をしゃくった。

「あんた、アルコール依存症なんだってな。冷蔵庫にはミネラルウォーターも、ビールも入ってる。勝手に飲めばいい。カップ麺《めん》もあるから、食いたきゃ食え」

突き放すように言うと、身を翻《ひるがえ》した。結城は額を手で押さえて布団から立ち上がり、後を追った。

「待ってくれ」

男が振り返った。八畳ほどのダイニングキッチンは四人掛けのテーブルと冷蔵庫、テレビ、それにインスタント食品の詰まった戸棚があるきりの、殺風景なものだった。

「なんだよ」

うさん臭いものを見る視線だった。

「彰はなにか言っていなかったか？」

男は角刈り頭を傾げた。

「なにかって、何が」

ひどく間の抜けたやりとりだった。

「その……つまり、おれの扱いだ」

消え入りそうな声で言った。男は、さも愉快げに唇を吊《つ》り上げた。

「ああ、厄介な荷物だから、絶対に部屋から出すな、と言ってたな」

「それだけか」

男は苛立《いらだ》たしげに舌を鳴らした。

「あんた、親分のダチなんだろう」

結城は小さく頷いた。

「別に、おれには関係ないからな」

それだけ言うと、男はキッチンテーブルの椅子に腰を下ろし、タバコに火をつけた。眉間《みけん》に筋を刻み、「迷惑なんだよ」と呟《つぶや》いた。結城は突っ立ったまま、タバコを吸う男を眺めた。肉の薄い横顔に不満と苛立ちの色がある。男はタバコを半分ほど吸うと、おもむろに立ち上がった。くわえタバコのまま、狭い、穴蔵のような玄関で踵《かかと》を潰《つぶ》したズック靴を履き、外へと出て行った。まるで結城の存在など無いかのような、徹底した無視の態度だった。ドアが閉まり、結城はひとり残された。

肩を上下させて酒臭いため息を吐いた。冷蔵庫を開け、ミネラルウォーターのペットボトルを取り出し、直接口をつけて飲んだ。渇きがおさまると、ぐるりと周囲を見回した。自分が寝ていた六畳間と、ダイニングキッチン、それにパイプベッドが三つ並んだフローリングの部屋があった。ベッドの上には、シルクシャツやボンタンズボンが脱ぎ散らかしてあり、床には実話週刊誌や競馬新聞が乱雑に積まれ、カップ麺の容器が転がっている。キッチンシンクはコップや丼《どんぶり》が積まれ、異臭が漂っていた。結城は首をひねった。もとより、ヤクザの合宿所にまともな生活の匂いなど期待する気もなかったが、それにしてもこの空気はなんだ？　ヤクザは躾《しつけ》にことの他厳しい。若い舎弟たちが寝泊まりしているのだから、確とした規律があってしかるべきだ。いや、部屋が乱雑とかいう前に、若い者に必要な野心や緊張が感じられない。空気が緩み切って、倦怠《けんたい》さえ漂っている。

彰はいったいどういうつもりだ、と訝《いぶか》った。絶対に部屋を出すな、と命令された舎弟は、ふらふらと外へ行ってしまった。結城は布団を敷いたままの和室に戻り、窓のカーテンをはぐった。外には商業ビルやマンションが乱立する、くすんだ街並が広がっていた。両の掌を硝子《ガラス》窓に置き、呆然《ぼうぜん》と眺めた。

吉岡と彰が何を考えているのか、まったく分からない。このまま、サツから匿い続けたとして、その先にいったい何があるのか。アルコールの抜けた頭は珍しくクリアだった。吉岡と彰。ふたりは、勝を殺した自分が生きていて、何か得をすることがあるのか？　と思った途端、肌が粟立《あわだ》った。


旅館の部屋の隅で片桐は、胡座《あぐら》をかき、焦点の定まらぬ視線を漂わせていた。宮本がいつ消えたのか、記憶になかった。ただ、上気して朱に染まった肉厚の顔が、虚空を見つめていたことだけを覚えている。あれが、とてつもないスクープをモノにしたジャーナリストの反応というものなのだろうか。長年の、身を削るような苦労が報われ、それでも分かってしまえば、虚脱感と達成感に襲われ、呆然自失に陥った、というところか。いや、それよりも冷静に、今後の対応に思いを馳《は》せていたのかも……。

片桐はかぶりを振った。他人の心の内を忖度《そんたく》する余裕などないはずだ。まだ、自分の頭の整理さえできていない。三億円事件の真相なるものを明かされ、信じられないという思いが半分、事実の重みに喘《あえ》ぎ、逃げ出したがっている自分が半分。初めて明かされた六人目の犯行メンバーと、その背後に声もなかった。

静寂の中、書類をめくる音だけが響く。滝口を見た。老眼鏡をかけ、一心に捜査資料に見入り、座卓のノートに鉛筆を走らせている。

「タキさん」

強《こわ》ばった声で呼び掛けた。

「なんだ」

顔も上げず応《こた》えた。

「おれは、あんたの一方的な話を聞いて、どうしても納得できないコトがある」

滝口は大儀そうに首を回すと、鉛筆を置き、ハイライトに火をつけた。目をすがめ、じっと片桐を見る。

「言ってみろ」

片桐はささくれた唇に舌先で湿りをくれて語った。

「結局、単独犯説を主張し、捜査陣をミスリードした野郎はいったい、どこのどいつなんです？　現場の人間じゃ無理でしょう。とても全体を動かすような影響力があったとは思えない」

「その通りだ」

指先に挟んだタバコの火口を眺めた。

「もう亡くなったが、当時の捜査一課長だ。あらゆる情報を吟味し、検討したうえで出した結論と言っていたがな。もちろん、上層部が承知しなきゃ、そんなことできるはずがない。いわゆる〝総合的な判断〟というやつだろう。幸い、犠牲者が出たわけでもないし、奪われたカネは保険で賄える」

「実害がないキレイな事件だから、迷宮入りにしてしまっても構わない、というわけですか。組織を守るためとはいえ、エゲツないことをやりますね」

滝口は太い唇をへし曲げただけだった。

「これからどうするんです」

片桐は迫った。

「ええ、タキさん。おれらふたり、なんの後ろ盾もなく、この先、なにができるって言うんです」

滝口が濁った目を向けた。

「任せとけよ」

自信満々の物言いだった。

「魚心あれば水心ってやつだ」

意味ありげな笑みを浮かべた。

祐天寺の吉岡の自宅は、駒沢通りの西側、聖ミカエル修道院近くの落ち着いた住宅地にあった。敷地二百坪に建つ、総檜《ひのき》の和風建築は今から十年前、会社の株式公開を機に吉岡自ら見取り図を引き、建材も吟味した、いわば成功のシンボルだ。

庭に臨む、広々としたリビングのテーブルには、妻の喜美子《きみこ》の手料理が並んだ。特別豪華なものではないが、新鮮な魚介類と上等の牛肉を使ったメニューは、喜美子が息子と久しぶりに囲む夕餉《ゆうげ》のために腕を振るっただけあって、どれもこれも旨《うま》かった。

デザートの洋ナシのタルトを食べ、コーヒーを飲むと、もう午後九時を回っていた。喜美子は、巧にあれこれ話しかけては、決まり文句のように、急な話で大したものも用意できなくて御免なさいね、と言い、勝手な夫を非難するように軽く睨《にら》んだ。吉岡は、社の幹部ともなれば、そうそう時間は自由にならない、こうやって強引に連れ込まないと、おまえの大事な息子は実家の場所さえ忘れてしまう、と陽気に言った。本当に、と微笑み、相槌《あいづち》を打った喜美子は、スミレの花を配したカシミアセーターに軽やかなシルクのパンツが、年齢を感じさせせないスレンダーな身体によく似合っていた。

喜美子は自分より一つ下だから、五十三になるのか、と改めて思い至り、過去を反芻《はんすう》した。二十一歳で知人が経営する武蔵野市のステーキレストランの経営を任され、そこに客として訪れたのが喜美子だった。ごく普通のサラリーマン家庭の女子大生と、夜間高校中退の元ワル。世間の目はふたりに冷ややかだった。喜美子は自宅から家出同然に出て、風呂《ふろ》無しアパートで同棲《どうせい》した。お嬢様然とした外見とは裏腹に、喜美子は芯《しん》が強かった。妊娠したと知るや、なんの未練もなく大学を辞め、スーパーのレジを叩《たた》き始めた。子供が第一、という信念はいまに至るまで変わらないが、巧が生まれると同時に吉岡が、独立を考えている、自分でレストランをやりたい、と打ち明けると、顔色も変えず、どうぞ、と応えた。逡巡《しゅんじゅん》も戸惑いもなかった。正直、度肝を抜かれた。言葉の出ない吉岡を励ますように、喜美子はこう言った。わたしたちにはまだ時間がある。たとえ失敗しても、それを糧《かて》にやり直す猶予が与えられている、と。

あれから三十年が流れ、レストランチェーンは成功し、都内の一等地に自宅を構えるまでになった。もし、喜美子がどこの馬の骨とも知れぬ自分に賭《か》けていたとするなら、見事万馬券を引き当てた、ということだろうか。いずれにせよ、いまの喜美子には幸福な家庭がある。夏には、ロンドンの大学に留学中の娘の千恵も一年振りに帰国するらしい。言葉には出さないが、家族四人で伊豆の別荘でゆっくりできる、と楽しみにしているはずだ。吉岡は家族、の二文字を脳裏に描き、自分の行く末を思った。とたんに暗鬱《あんうつ》としたものが広がり、視界がぐらりと揺れた。

吉岡の黒々とした胸の内をよそに、母と息子は久しぶりの宴《うたげ》を楽しんでいた。巧は母親の、洗濯は、食事は、という日常生活の細々した問いに、苦笑交じりに、適当にやってると応え、適当じゃ分かりません、と問い詰められると、頭を掻《か》き、ぼそぼそと、出入りのクリーニング屋への支払いで給料の三分の一が飛ぶ、と嘆き、食事は夜遅いので朝食抜き、その代わり、昼食は業者との打ち合わせで豪華なランチ、夜は接待で野菜スティックの種類が豊富な銀座のクラブで飲んでいる、とヤケクソ気味に応えた。それから母親の小言が始まり、巧はうなだれ、吉岡は眩《まぶ》しいものを見る思いでふたりを眺めた。他人が見れば、どこにでもある、ごく平和な家族の団欒《だんらん》だろう、と頭の隅で考え、コーヒーを飲んだ。

午後九時三十分、吉岡は喜美子に、少し仕事の打ち合わせをしたい、と告げ、腰を上げた。喜美子はすぐさま経営者の妻の顔に変わり、巧に、健康にはくれぐれも気をつけなさい、と言い置き、キッチンの洗い物を片付けるべく、エプロンをつけた。

吉岡は二階の書斎に入り、巧も後に続いた。応接テーブルにはコニャックのボトルとグラス、それにちょっとした肴《さかな》が置いてあった。喜美子の心遣いだった。結局、喜美子は今夜の、唐突ともいえる巧の訪問から、夫と息子の間になにか重大な話があると察知していたのだろう。胸の奥が痛んだ。喜美子は、夫の本当の貌《かお》を知らない。

吉岡は、CDプレイヤーにショパンのノクターン、ウラディーミル・アシュケナージ演奏のCDをセットした。

応接セットに腰を下ろし、二つのグラスにコニャックを注いだ。なにも言わず、口に運ぶ。巧は居心地悪そうな顔でグラスに手を伸ばした。気まずい空気が流れた。ピアノのたおやかな深みのある旋律が部屋中に満ちた。吉岡はじっと耳を傾け、コニャックを舐《な》めた。不意に巧が口を開いた。

「社長はショパン、好きですよね。それからチャイコフスキーもだ」

なにを言おうとしているのか分からず、それでも「ああ」と応えた。巧は縁なしメガネのフレームを摘《つ》まみ、正面から見据えた。顔が、心なしか強ばっている。

「わたしが物心つくころから、家にはショパンの物悲しい旋律が漂っていた気がする。なぜなんです、なぜ、モーツァルトでもベートーベンでもなく、ショパンとチャイコフスキーなんですか？　母さんはクラシックよりはビートルズだ。息子の分際で生意気なようですが、わたしは社長とショパンが結びつかないんですよ」

吉岡はおののく心を封じ込めて、軽い調子で言った。

「そういう育ちじゃない、と言いたいのか。貧乏農家の小倅《こせがれ》には、ショパンやチャイコフスキーなど不釣り合いだと」

巧は苦笑を浮かべて手を振った。

「それは誤解です。社長は、たった一代で都内十店舗を構える高級レストランチェーンを築いた、いわば、立志伝中の人物じゃないですか。趣味が高じて、自分でオケのタクトを振ったところで、誰も文句は言いませんよ。ただ、わたしは社長の息子ではあるけれども、分からないことが多すぎる気がします。失礼を承知で言いますが、社長は胸襟を開いて子供と接してこなかったような気がする。別に非難しているのではなくて、これが社長のスタイルだったと思うし、なにより仕事に忙殺されて時間もなかったのでしょう。おかげでわたしと千恵は、それほど苦労することなく父親離れができた」

なるほど、と思った。ふたりともあっさり海外へ留学し、巧は外で実力をつけた上で父親の会社へ半ば強引に入社してきた。そこらの二代目とは比べものにならない、したたかさと強さ、確たるビジネスのビジョンがある。自慢の息子といっていいだろう。だが、自分には明かせない過去がある。その分、負い目がある。巧は薄々勘づいている——

吉岡は、額に浮いた汗をハンカチでさりげなく拭《ぬぐ》い、唇を引き締めた。巧は、両手をテーブルの上で組み、上半身を乗り出してきた。

「社長、ショパンとの接点は何です。誰かの影響でも受けたんですか？」

誰かの影響——真山恭子の影響。恭子が教えたショパン。バカな。軽く頭を振り、口を開いた。

「若い時分、ラジオで聴いて、柄にもなくいいと思ったんだ。おれはクラシックなんて門外漢もいいところだが、ショパンを聴くと、あの苦しかった時を思い出す。借金ばかりが嵩《かさ》んで、経営を投げ出そうと思ったことも一度や二度じゃない。おれにも、身体ひとつで出発した創業者に相応《ふさわ》しい苦労はそれなりにある。恵まれた現状に奢《おご》ることなく、初心に帰るためにも、おれはこの先もショパンを聴いていくだろう」

すべてが嘘と言うわけじゃない。恭子が教えてくれたショパンを聴くと、日本中の注目を浴びたあの事件をやり遂げ、三億の現ナマをこの手に掴《つか》んだじゃないか、という自信が湧いてくる。しかも自分は司直の手にかかることなく人生をリセットし、新しい人間として生まれ変わった。シャバを大手を振って歩くこと自体が大変な幸運なのだから、このチャンスをモノにして存分に生きてみろ、後悔するな、と己に言い聞かせ、心を奮い立たせることができた、若い時分は。今は違う。あの事件以降の人生は所詮《しょせん》、僥倖《ぎょうこう》以外の何物でもなかった。結局、ツケは回り回って、いま自分を呑《の》み込み、食い殺そうとしている。誰もあの事件の呪縛から逃れることはできない、と思い知ったのが唯一の収穫だろう。自分の、成功したレストランチェーンのオーナーとしての生活など、幻に過ぎない。現実は、あの事件にのみある。

吉岡は唇を歪《ゆが》めて苦笑し、語り掛けた。

「巧、もう社長と呼ぶのはやめてくれ」

巧は眉根《まゆね》を寄せた。

「どうしてです。いまのあなたはわたしにとって、父親である前に社長です。乗り越えなければならない、大きな山です」

決然とした口調だった。吉岡は右手を軽く挙げて巧の言葉を制した。

「社長はおまえだ」

巧は口を半開きにして絶句した。端整なインテリ然とした細面が、いまは驚愕《きょうがく》と戸惑いで強ばっている。当然だ。いずれ二代目に就くとはいえ、今は五人いる役員の末端なのだ。が、すぐに動揺を見せたことを恥じるように空咳《からせき》をくれると、視線を据えた。その冷徹な顔には、たしかな覚悟があった。

「いつからです」

「できるだけ早くだ」

「なぜ、です」

吉岡は脱力したようにソファにもたれ、両手でグラスを抱えた。

「おれの感覚はもう時代遅れだ。客の嗜好《しこう》が摑めなくなっている。おれには既存のものを破壊し、創造するだけの力が無い。かといって徒《いたずら》に地位に恋々《れんれん》として、醜態を晒《さら》すのも嫌だ。しかもこの御時世だ。判断ミスは即、致命傷につながる。巧、存分にやってみろ」

巧は視線を下げ、背を丸めた。

「父さんは――」

言い淀《よど》んだ。何年ぶりだろう、社長が父さんになっている。

「父さんはまだ五十四じゃないですか」

「まだ若い、といいたいのか？」

巧は無言だった。

「会社を率いるのに、年齢《とし》は関係ない。その時、もっとも力のある人間がトップに立てばいい。とくに、うちのように熾烈《しれつ》な戦国時代を生きている中小企業は、な」

親のひいき目でなく、巧には志も理想も、それを具現化するだけの実力もある。しかし、組織を束ねていくには、個人の力だけではどうにもならないことくらい承知している。

サポート体制に問題はない。現ナンバー2の副社長は、まだ三十八歳と若いが、吉岡自ら引き抜いた辣腕《らつわん》だ。取引先の都市銀行の担当者だったが、この男は『サンクチュアリ』を外食産業の成長株と見込んだらしく、毎週のように事業内容に関するレポートを提出してきた。正確な市場分析と、『サンクチュアリ』の可能性に言及したその説得力十分の内容に目を見張り、唸《うな》ったことも一度や二度ではきかない。三年前、うちでやってみないか、と誘うと、金融不安で喘《あえ》ぐ銀行に見切りをつける潮時を狙っていたらしく、即座に乗ってきた。巧とは気も合うらしく、しょっちゅう意見交換の場を設けているし、プライベートでもゴルフや観劇に共に行く仲らしい。この年若い副社長をそのままナンバー2として、巧のサポート役に据えれば何の問題もない。吉岡は続けた。

「おまえのやりたいようにやればいい。拡大戦略をとり、スケールメリットを得る経営に転換するなら、それもいいだろう。良心的な農家と契約し、無農薬野菜の供給を得るのもいい。社員の徹底した実力主義、結構じゃないか。店舗のコンセプトを根本的に変えるのも自由だ。おれはおまえの力を信じている」

「父さんはどうするんです」

縋《すが》るような声だった。

「完全リタイアだ。おれは会社から離れる」

確かな覚悟を滲《にじ》ませて答えた。固い沈黙が流れた。

「これも、わたしの知らない父さん、というわけですか」

ポツリと呟《つぶや》いた。

「止めても無駄ですね」

「ああ」

「わかりました」

ソファから腰を上げ、巧は一礼した。

「これまでご苦労様でした」

それだけ言うと、ドアを開けて出て行った。ピアノのたおやかな調べが虚空を舞った。

吉岡はソファにもたれ、軽く目を閉じた。第二〇番　嬰《えい》ハ短調。ショパンの遺作とされるノクターンだ。

クラブ『DJANGO《ジャンゴ》』でピアノを弾いていた真山恭子。陶酔した横顔は、刻んだ年月を感じさせなかった。吉岡は記憶を辿《たど》り、恭子と初めて出会った日へと遡《さかのぼ》った。あれは、昭和四十三年の初夏。脳裏に、立川市の西隣、昭島市の多摩川沿いに建つ総合病院が浮かんだ。セピア色に染まった光景が次第に色を帯びる。

陽光を反射して輝く白い建物が目に痛かった——五月の終わり、よく晴れた日の午後、吉岡はバイクの事故で入院していた緒方純を訪ねた。

六人部屋の窓際のベッドで、右腕を額にのせて仰向けになっていた純の横顔は暗く沈んでいた。だが、吉岡の顔を認めるなり、頬がとろけてしまいそうな笑みを浮かべ、上半身を持ち上げた。傍らの松葉杖《まつばづえ》を引き寄せながら、

「吉岡、こんな辛気臭い部屋、出ようぜ」

吐き捨てるように言った。他の入院患者の険しい顔など頓着《とんちゃく》しない、その傲岸《ごうがん》な態度は相変わらずだった。

屋上のベンチで、タバコをふかしながら、純は「しくじった」と盛んにボヤいた。左脚の膝《ひざ》から下が石膏《せっこう》で固めてある。聞けば、深夜の青梅街道をフルスロットルでぶっ飛ばし、小石につまずいて転倒したのだという。

「空中を十五メートルはダイビングしたな。スローモーションの画面の中にいるみたいで気持ちよかったぜえ。風を切って飛んだんだからな」

坊主頭の純は、背もたれにそっくりかえり、晴れ晴れとした表情で言った。

「しかし、バイクでずっこけたのはカッコ悪いよな」

左の臑《すね》を折っただけで奇跡的に命は助かったものの、愛車の大型バイクは大破。だが、純は幸運を神に感謝するほど、殊勝じゃなかった。

「こんなちっこい石だぜ」

指先を二センチほど開き、片目を瞑《つむ》ってみせた。

「バカみてえ」

天を仰いだ。つられて、吉岡も視線を上げた。きれいに晴れ渡った空があった。眺めているうちに、初夏の明るい青空に無性に腹が立ってきた。吉岡は唾《つば》を吐き、惚《ほう》けたように空を見上げている純を見た。首筋の青い血管が透けて見える、白い肌だ。繊細さと脆《もろ》さを貼りつけた、端整な横顔。その外見からは想像もできない凶暴なものが、純の中には潜んでいる。入学した商業高校は三日で退学になった、と聞いたことがある。

「親父さん、怒ってたろう」

純ははっと我に返ったように顔を向けると、唇を捩《よじ》り、酷薄な笑みを浮かべた。

「血管ぶち切れて、死ぬんじゃないかと思った。おれは不肖の息子、恥さらしだからな」

純の父親は警察官だった。

「あいつさあ、手術が終わったばかりのおれに拳《こぶし》を入れてくるんだぜ」

右頬を押さえ、わざとらしく顔をしかめてみせた。

「思いっきり殴りやがってさ。〝命を粗末にして、おまえは大馬鹿野郎だ〟と、涙をポタポタ流しながら言うんだ。情けないったらありゃしねえ」

純は、父親が大嫌いだという。警察官の父親を困らせるために、ワルをやってるらしい。真面目で堅物で、頭ごなしに〝正義〟を押し付ける、その独りよがりの態度が気に食わない、とも言っていた。吉岡は、そんなものかな、と思っただけだ。それより、純のワルの魅力に圧倒されていた。坊主頭に、細身の身体。一見、普通の少年だが、ケンカになるとまるでフライ級のプロボクサーのように素早く動き、相手を攪乱《かくらん》し、顎《あご》にドリルのようなパンチを叩《たた》き込んでＫＯした。そしてなにより、クソ度胸がある。バイクのチキンレースは負け知らずだった。横田基地近くの資材置き場で、鉄骨の山に向かってふたり同時に疾走する肝試し。純は相手がギブアップしない限り、アクセルを緩めようとしなかった。

「純は普通じゃない、クレイジーだ」と評判になった。タチの悪い地回り三人に路地裏に引きずり込まれながら、逆に叩きのめしたこともある。組から呼び出しがかかると、ひとりで飄々《ひょうひょう》と事務所に乗り込んだ。吉岡たちは半殺しにされる、と覚悟した。しかし一時間後、出てきた純は白い歯を見せ、坊主頭を掻《か》いた。親分から直々に、養子になれ、と誘われたという。おそらく、恐《はら》れを知らぬその堂々とした立ち居振る舞いに、親分が惚《ほ》れ込んだのだろう。それほど、肚《はら》が据わっていた。

じきに純は、立川を中心につるんで遊んでいた吉岡らの不良グループのヘッドに祭り上げられた。キラキラ輝いた瞳《ひとみ》は、いつも何か面白いことはないか、と言わんばかりにクルクル動き、笑顔は無邪気そのものだった。

しかし吉岡は、純の横顔に疾《はし》る冥《くら》い影を知っている。それは生きることに興味の失《う》せた、虚無の色だった。笑顔が眩《まぶ》しいだけに、時折見せる冥い影はぞっとするほど深く濃かった。おそらく、今回の事故にしても、純の背中を押した、得体の知れない何ものかがいるのだろう。死ぬことがなにより怖い吉岡は、そう思っている。

「外へ出たら、また遊ぼうな。バイク転がしてよう」

心なしか、純の声に張りがなかった。吉岡は、ああ、と曖昧《あいまい》に応《こた》えた。目の前に、銀色に輝く多摩川があった。ふたりして暫《しばら》く眺めた。ふと、純が声を上げた。

「女、できたぞ」

吉岡は顔を向けた。オモチャを自慢する子供のように、無邪気に微笑む純がいた。

「どこに」

右のひと差し指を下に向けた。

「ここさ」

「看護婦か？」

純なら有り得る。純は女にもホモにも、いやになるくらいモテる。街を一緒に歩くと、いつもねっとりとした秋波が飛んでくる。ワルのフェロモンに魅了された女やホモが向ける視線だ。寝る女は幾らでもいたし、新宿のホモバーのボーイにも愛人がいるという噂だった。

看護婦の彼女ができても別に口にするほどの事もないだろう、と思った。が、純は意味ありげに薄く笑った。

「見せてやる」

返事も待たず背中を向けると、松葉杖をコッコッ鳴らしながら歩いて行った。

そこは個室ばかりが並ぶフロアだった。汗と排泄物《はいせつぶつ》の臭いが漂う大部屋のそれと違い、静かで落ち着いて、消毒薬と芳香剤の交じった、金持ちの匂いがした。

純はひとつのドアの前で左右を見回すと、そっとドアを開いた。吉岡はドア横のプレートの名前をさりげなくチェックした。真山恭子とあった。ベッドでは、パジャマ姿の若い女が大きな枕を背もたれにして、本を読んでいた。開け放した窓から、白いレースのカーテンを揺らして土と緑の匂いのする風が入ってくる、明るい広々とした部屋だった。枕元にはラジオ付きのカセットレコーダーが置いてある。静かなピアノが流れていた。後から知ったが、それがショパンだった。

「恭子」

純は静かに呼んだ。恭子はチラッと視線を上げたが、それだけだった。長い髪を二本の三つ編みにして垂らし、小ぶりの唇を引き締め、一心に読み入っている。吉岡はゴクリと生唾《なまつば》を呑《の》み込んだ。その整った横顔には、男への媚《こ》びの代わりに、凛《りん》とした冷たい色があった。初めて見る種類の女だった。磁石に吸い付けられるように、恭子を凝視した。

「なに、読んでんだよ」

松葉杖を鳴らし、右足で跳ねるようにして歩み寄った純が、本を取り上げた。

「ちょっとぉ」

怒りを露《あらわ》にした声だった。正面から見た顔も怒っていた。黒目がちの瞳《ひとみ》が挑むように光り、猫科動物を思わせる端整な顔がみるみる朱に染まった。

「読書の邪魔をするって最低よ。野蛮人の行為でしょう」

が、純は恭子の伸ばす手が届かないよう、本を掲げると、背表紙に目をやった。

「へーえ、ジャン・ジュネの『泥棒日記』ねえ。コソドロの日記が面白いのか？」

からかうように言った。

「あなたみたいな不良には分からないわよ」

憮然《ぶぜん》と言った。

「スカしてやがらあ」

つまらなそうに言うと、本をポイッと投げた。恭子は空中で器用に摑《つか》むと、そっとサイドテーブルに置いた。純は振り向き、頬を緩めた。

「吉岡、この恭子さんはな、おれらより二こ上の二十一のお姉さまだ。名門武蔵学院大学の四年だぞ。しかも法学部だ。正真正銘のインテリゲンチャアってわけだ」

武蔵学院なら、吉岡だって知っている。毎年、司法試験に百人近くが合格する、有名な大学だ。吉岡は気圧《けお》される思いで、ペコリと頭を下げた。しかし、恭子は値踏みするような鋭い視線を向けただけだった。全身から立ちのぼる苛立《いらだ》ちが強いバリアとなって、他人を寄せつけない雰囲気がある。石膏で固めた右足が痛々しかった。

「恭子は膝の骨を砕いている。おれはバイクだが、恭子はケンカだ」

「不良と一緒にしないでよ」

憮然と言った。

「ああ、ケンカじゃなく、内ゲバだったな。学生運動で組織の揉《も》め事があったらしい。正義を貫き、無知な労働者階級を啓蒙《けいもう》し、日本を変えるのもなかなか大変だよな」

からかうように言った。吉岡は笑みを浮かべたが、内心、関係ないな、と呟《つぶや》いていた。所詮《しょせん》、恵まれた学生のお遊びだろう。ベトナム戦争反対とか、反体制とか言ったって、そんなもん、本当の殺し合いを知らないヤツラの戯言《たわごと》だろう。立川の安酒場で、時折、狂ったみたいにバーボンのボトルを呷《あお》り、吠《ほ》えるように泣いている若い黒人のアメリカ兵を見ることがある。ベトナムで人を殺して来たんだろうか、それとも殺しに行くんだろうか。いや、殺されに行くのかも、と思いながら、やつらの凄《すさ》まじい飲みっぷりを眺めていると、戦争の怖さみたいなものをひしひしと感じる。自分と同じ年齢ぐらいの連中が、国の命令で遠い遠い異国のジャングルへ殺し合いに行く。それを止めようと思うなら、日本の機動隊と街頭デモでぶつかってもダメだろう。内ゲバなんかでガチャガチャやってる暇もないはずだ、というのが、ワルさして遊び回っている吉岡の正直な感想だった。

学生運動をやってる連中が十年後も世の中を変えようと頑張っているなら、少しは認めてやってもいい。しかし、ちゃんとした会社に入って嫁さん貰《もら》って団地に住んでサラリーマンをやっているようなら、それはインチキということじゃないだろうか。恵まれた学生のママゴトだ、暇潰《つぶ》しだ。漠然とそんなことを考えてしまう。これは学もカネも無いチンピラの僻《ひが》みなんだろうか。

「吉岡！」

はっとして顔を上げた。

「なにボーッとしてんだよ」

純の目が笑っていた。

「あんまりマブい女なんでビックリしたか」

「いや、その……」

柄にもなくドギマギした。

「吉岡、おれと恭子には共通点があるんだぜ。それで共感ってヤツが芽生えてデキちまったわけだ」

自慢めいた口調だった。武蔵学院大学のインテリ女学生と、商業高校を三日で退学になった街のワル。共通点など、ありようが無かった。

「聞きたいだろう」

「よしなさいよ」

恭子の美しい顔が強《こわ》ばり、柳眉《りゅうび》が吊《つ》り上がった。

「べつに隠す必要はないだろう。セックスの趣味がばっちり合うって言ってるわけじゃないんだから」

恭子は「バカ」と叫んで、枕を投げ付けた。純はそれを右手で受け止めると続けた。

「恭子の親父はな、おれんちと同じ警察官なんだ。しかし、うちは高卒の叩《たた》き上げの兵隊なのに、恭子の親父は東大卒のエリート、兵隊を顎《あご》でこき使う指揮官だ。面白いだろう」

さも愉快そうに笑った。

「身分は違うが、正義の面を被《かぶ》った親父に反発して警察とケンカしてるのは同じだ。なあ、恭子」

恭子は返事の代わりに、サイドテーブルに手を伸ばした。果物ナイフを握り、何の躊躇《ためらい》もなく投げ付けた。ケンカ慣れした純はさっと顔を振り、余裕で避《よ》けた。吉岡は口を半開きにして立ち尽くした。頭の芯《しん》が痺《しび》れた。怒りにまかせてナイフを投げ付ける女。その気性の激しさに声も無かった。

純はかぶりを振り、「いけないコはお仕置きをしないとな」と言うと、吉岡を見た。それは、忠誠を強いるヘッドの顔だった。

「吉岡、おまえは外へ出てろ。おれと恭子は、これから一発やるからよ。お互い、足を石膏で固めてるから、重なる恰好《かっこう》が難しいんだ。とても他人様《ひとさま》にお見せできるもんじゃない。医者と看護婦が来ないよう、しっかり見張っとけよ」

せせら笑った。純には逆らえない。吉岡は言われるまま、踵《きびす》を返して外へ出た。閉じた背後のドアから、流麗なピアノの調べにのって、圧し殺した嬌声《きょうせい》が聞こえた。

吉岡は書斎でまどろみながら、あの日、ひと目で恋に落ちた、十九歳の自分を呪った。

その夜、片桐は中野のビジネスホテルに投宿した。井の頭公園近くの自宅マンションに帰る気はなかった。すくなくとも、今回の件が片付くまでは近寄らないほうが賢明だった。ホテル近くのバーでバーボンのソーダ割りを飲みながら、膨らんでいく不安を抑えられなかった。いったいどういう形で片付くのか、想像もできなかった。この先、カイシャも黙ってはいないだろう。仮に葛木殺しの犯人、ジャーナリストの宮本が犯人だと断定した結城なる男を確保したとしても、カイシャは三億円事件の真相について口を噤《つぐ》み続けるのだろうか。結城が三億円事件のことを洗いざらい喋《しゃべ》ってしまったら、さすがに無視はできないはず。それとも、殺人犯の虚言として済ますのだろうか。いや、いっそのこと、口封じしてしまえば全てが丸く収まる——と、考えたとき、これが最も現実的な話に思え、ぶるっと身震いした。だが、宮本の動きは止められない。滝口も同様だ。そして、ふたりとつるんでいる形の自分も、カイシャから見れば同じ〝危険分子〟だ。排除されてもおかしくない。しかも——

片桐はグラスを呷った。知らなければよかった、と後悔している。今日、宮本と自分の前で、滝口が明かした三億円事件の真相だ。犯行グループ六人目の人物が、まさか女だったとは。事件発生当時、武蔵学院大学の学生で、父親は警察庁キャリア。当時の階級は警視監で東北管区警察局長を務めていたという。それを聞いたとき、自分はあのしけた旅館の部屋から空気が瞬時に蒸発したような息苦しさに襲われ、思わず「バカな！」と叫んでいた。

女の名前は真山恭子。結局、父親は事件の影響があったのか、警視監どまりだったが、退官後は大手建設会社の顧問に迎えられ、副社長で引退している。その父親も他界して五年になるという。事件当時、真山恭子の存在はトップシークレットで、滝口が知ったのも、今回の扼殺《やくさつ》事件以降らしい。ならば、捜査に当たった延べ数万人の捜査員は、絶望的な無駄足を踏んだことになる。

このまま滝口と共に、中央突破を図るか、それとも管理官の藤原に、結城のことを含むすべてをぶちまけて助けを請うか？　ここまできたら、宮本の存在も保険になるとは思えない。真相は、一介のジャーナリストの手に余る様相を見せ始めた。

片桐はカラになったグラスを叩《か》きつけるようにカウンターに置くと、虚空を凝視した。頬を粘った汗が伝った。唇を噛み、革ジャンパーの懐に右手を入れた。滝口から渡されたプリペイド式の携帯電話だ。掴み上げようとしたとき、着信音が鳴った。背筋を冷たいものが這《は》った。震える手で耳に当てた。滝口だった。時計を見ると午後九時半。くぐもった声で、これから付き合え、と低く言ってきた。

新宿駅で滝口と合流し、地下鉄丸ノ内線で銀座方面へと向かった。午後十時。車内はガラガラだった。滝口はハンチングを目深に被り、むっつりと押し黙ったまま座席に腰を下ろした。腕を組み、俯《うつむ》いている。片桐が「古いフランス映画のデカみたいじゃないですか。きまってますよ」と軽口を叩くと、一言、「うるせえ」と、呟《つぶや》いた。

「今夜は誰です」

声を潜めて訊《き》いてみた。

「ヤクザか何かですか」

が、滝口の分厚い唇はじっと引き結んだまま動かなかった。

「銀座あたりで飲むんですかね。おれ、東京でデカやってるのに、銀座のクラブに行ったことないんですよ」

緊張している自分を押し隠すように喋り続けた。が、それも長くは続かなかった。滝口が腰を上げたのは、新宿から三つ目の四谷三丁目駅だ。肩をすぼめて歩く滝口の後を追う。路上へ出ると風が強かった。片桐は革ジャンパーのジッパーを引き上げ、ブルッと身震いした。

その店は荒木町の狭い路地の中にあった。分厚い木製のドアを押し開けると、地下への階段が続いている、まるで隠れ家のような店だ。中は入り口の素っ気なさからは想像もできないほど広々《とも》としていた。天井では柔らかな間接照明が輝き、十以上はあるテーブル席はランプが灯る、落ち着いた雰囲気の店だった。軽やかなジャズピアノが流れている。

片桐が「洒落《しゃれ》た店を知ってるじゃないですか」と囁《ささや》くと、滝口は「おれは焼き鳥屋専門だ」と返してきた。

奥の個室に先客があった。丸テーブルでビールを啜《すす》るスーツ姿の中年男だ。髪を短く刈った細面の、狡猾《こうかつ》な性格がそのまま表に出た、爬虫類《はちゅうるい》を思わせる顔だった。

片桐は思わず拳《こぶし》を握り、なぜここにこいつが、と声に出さずに呻《うめ》いた。名前はたしか三浦辰男。滝口と自分から、ガイシャの身辺捜査を奪い取った一課の狡《こす》っ辛い刑事。油断のならない男だ。片桐は身構えた。

「おう、タキさん」

グラスを目の前に掲げた。

「さきにやってます」

そう言うと、椅子を勧めた。

「おまえも座れよ」

顎をしゃくった。鷹揚《おうよう》な物言いの中に、蔑《さげす》みの色がある。

「タキさん、どういうことです」

片桐は強い口調で迫った。

「情報交換だ」

さらりと言うと、ハンチングとコートを脱ぎ、腰を下ろした。三浦はあちら側の人間だ。到底納得できない。そもそも自分たちが捜査本部を外されたのも、三浦の動きが原因だ。この男は敵のはず。

「片桐だったよな。そんな怖い顔して尖《と》んがるなよ。緊張して酒も飲めなくなっちまう」

言いながら、三浦は旨《うま》そうにビールを啜り、「おー、怖い怖い」と笑った。

ボーイが入って来なければ、摑みかかるところだった。片桐は湧き上がる憤怒をなんとか抑え込んで座った。滝口は二人分のビールをオーダーすると、分厚い一枚板の丸テーブルで手を組み、背を丸めて低く言った。「捜査本部の様子はどうなんだ」

三浦はタバコに火をつけると、目を細め、くゆらした。

「一課は引き揚げたも同然ですよ。若い連中を二、三人残して、所轄の連中に任せっきりだから、大したこともできないでしょう」

チラリと視線を向けると「なあ」と同意を求めてきた。片桐は眉間《みけん》を寄せ、睨《にら》んだ。三浦は鼻で笑うと、テーブルに両肘《ひじ》をつき、滝口へにじり寄った。

「タキさん、すげえ事件に食らいついているらしいじゃないですか」

「事件じゃない。時効はとっくに来てるんだからな」

面倒臭そうに応《こた》えた。

「まあ、おれには関係ありませんがね」

その顔は、余計なことは聞きたくない、と言っていた。

「宍倉が頭《あたま》か」

「いや、管理官直々に陣頭指揮を執ってます。チーム編成は極秘で、おれらにも全体の姿は分かりません。三係の半分を割いてますが、他でも動いているんじゃないですかね」

捜査一課で殺人・傷害事件を扱う強行犯担当の管理官は、四人しかいない。そして十ある強行犯捜査係のうち、殺人事件の捜査に当たるのは三係から十係まで。これを二名の管理官が統率しており、藤原の担当は三～六係。つまり、都内全域で発生する殺人事件のすべてを二名の管理官が見ているわけだ。たかが絞殺事件、と言ってしまえば語弊があるが、あの程度の事件に管理官ひとりを割いて捜査に当たることは通常あり得ない。三億円絡み故だろう。片桐は改めて、自分の立ち位置を認識し、足元から震えが這い上がった。

「で、タキさんの問い合わせの件なんだが――」

三浦は、脂汗を垂らした片桐の心中をよそに、懐からメモ帳を取り出して、ぱらぱらとめくってみせた。

「ひでえコトになってるな」

頬を緩め、せせら笑った。

「藤原から相当ドヤされたんと違いますか」

三浦はチラッと視線を上げて滝口の反応を見る。その表情は、早くそっちのネタを出せ、と言っている。滝口はボーイが運んできたビールを啜ると、声を潜めた。

「おまえ、葛木殺しの犯人の目星はついてんのか？」

三浦は横を向いた。陶器の灰皿を引き寄せ、苛《いら》ついた様子でタバコを揉《も》み消した。

「犯行グループの中にいるんじゃないですかね」

自信なげに呟いた。滝口はハイライトをくわえた。

「早くしないと、かっさらわれるぞ」

目をすがめて、火をつけた。

「この寒いなか、歩きに歩いて、苦労して昔の不良グループにたどり着いたんだろう。藤原と宍倉からお褒めにあずかったのに、最後の最後、ホシを奪われちゃあ、やりきれないよな。おまえの努力は水の泡だ。デカにとっては屈辱以外の何ものでもない。可哀想に」

沈黙が流れた。タバコを挟んだ滝口の唇が動いた。

「一度しか言わないからよく聞けよ」

三浦が視線を上げた。小さく頷《うなず》く。滝口は静かに語った。ガイシャの葛木がマスコミに三億円事件の手記を売ろうとしていたこと、結城稔とのトラブル、クロに限りなく近い結城は狛江の自宅マンションにはもういないこと——三浦は、メモにボールペンを走らせ続けた。その顔が、次第に愉悦に歪《ゆが》んでくる。湧き上がる喜びを抑えられない、といった表情だ。そして、昨夜、結城が何者かに連れ去られたことを告げると、顔を上げ、「なるほど」と呟いた。さすがに現職の捜査一課の勘は、片桐とは比べものにならなかった。

「結城を警察に確保されてもっとも困るのは昔のメンバーだ。ペラペラ喋られて困るのはやつらでしょう。下手したら消されちまいますよ」

「誰が消すんだ？」

滝口がぼそりと訊いた。メモに視線を落とした三浦はしばらくページをめくっていたが、じきに目当ての箇所があったらしく、指をとめた。

「極道だ。蒲田の金子彰でしょう。『蒼龍会』の頭《あたま》をやってる——」

片桐の心臓がドクンと跳ねた。が、滝口は軽く首を回しただけだ。

「さあな。そこからはおまえの仕事だろう」

素っ気なく言った。三浦は唇をねじった。

「まかせてください。相手は現役のヤクザだ。じっくり、慎重に詰めますよ」

自信満々に応えた。

「ちょっと待てよ」

声が出ていた。ふたりが、片桐に視線を据えた。

「三浦さん、いま、消される可能性がある、と言ったが、それはヤクザだけの話なのか？」

「どういうことだ」

「ぺらぺら喋《しゃべ》られたら困るのはカイシャも同じでしょうが」

三浦は無精髭《ぶしょうひげ》の浮いた顎に手を当て、しごいた。

「警察が消すというのか？」

「可能性はゼロじゃないってことです」

引きつるような笑いが漏れた。

「おまえ、くだらない映画の観過ぎだろう」

が、片桐は退《ひ》かなかった。

「三億円事件と、その後のカイシャの動きがよっぽど映画でしょうが。それに比べれば、貧乏に喘《あえ》ぐ失業者ひとり消すくらい屁《へ》でもないと思いますがね」

三浦の顔が強《こわ》ばった。ばかな、と呟いたが、その声には力が無かった。

「片桐、怖いのか？」

滝口のギョロッとした目が、さもおかしそうに歪んだ。

「まさか正義なんて曖昧《あいまい》なもん、信じているんじゃないだろうな。カイシャは組織防衛のためならなんだってやる。おまえの推理など、屁《へ》のつっぱりにもならない。おれたちの踏み込んだ場所は、そんな段階をとっくに超えている。もう逃げるのは無理だ」

「誰が逃げると言った！」

怖気《おぞけ》を振り払うように怒鳴った。が、滝口はさらりと言った。

「だったら、おとなしくしてろ。おれはまだ三浦と話がある」

「また、お得意のバーターかよ」

吐き捨てた。瞬間、三浦が探るような視線を向けた。

「ほう、バーターが得意か。タキさん、なにを仕掛けようとしてるんです？」

「知りたいか？」

三浦は肩をすくめ、あっさりかぶりを振った。

「いや、おれはまだカイシャで生きていかなきゃならない。あんたらみたいな勇気はありませんよ。まあ、後先を考えない蛮勇、と言うべきかもしれませんが」

滝口は三浦の軽口を無視して顔を寄せた。ナマズ面が淡い照明の下で、溶けるように揺れた。

「今度はおれの番だ。あの男はどうしてる？」

「緒方耕三ですね」

一転、静かな三浦の物言いだった。片桐は、穴蔵のような部屋で交わされるふたりの言葉に耳をそばだてるしかなかった。

「ひと月前、小平の自宅を出た緒方は、その後、新宿へ来ています」

メモに視線を落とし、淡々と語った。

「知り合いでもいたのか」

「いや、公園です。副都心の外れの中央公園でホームレスをやってたんですよ」

「ホームレスだと？」

信じられない、と言いたげな滝口の声だった。

「ええ、定年退職した警官でホームレスやってるジジイは緒方くらいでしょう」

滝口が、なぜだ、という言葉を呑《の》み込んだのが分かった。訊いても詮《せん》無いことだと思ったのだろう。それは片桐も同じだった。

「若いホームレスの厄介になっています。名前は水谷義昭《みずたによしあき》、三十八歳。通称ヨシ。このヨシの家というか、ハウスに寝泊まりしていたようです」

ガタッと音がした。

「いまもそこにいるのか？」

滝口が中腰になっていた。テーブルの縁を摑《つか》む両手が震えている。

「いや、昨日午後五時過ぎ、行確が振り切られています。新宿駅に向かう地下道の雑踏の中で撒《ま》かれました」

「ばかやろう」

呻《うめ》くように言うと、拳《こぶし》でテーブルを殴った。鈍い音が響いた。三浦は何事も無かったように続けた。

「緒方と共に行動していた水谷が突然、腹を抱えて路上に転がり、群衆が何事かと立ち停まり、現場が混乱しているうちに逃げられてしまいました」

「水谷の話はとってあるんだろうな」

「搬送先の病院で話は聞いてあります。しかし、何も知らない、名前さえ知らない、の一点張りで――」

滝口は脱力したようにドスンッと腰を沈めた。三浦が弁解するように言葉を添えた。

「いまや、ホームレスには市民団体がバックについていますからね。人権に敏感な御時世だし、強くは出られないんですよ。これは言わずもがなですが、水谷の健康状態に特段異常はなく、今朝になって元気に病院を出て行きました」

「水谷のハウスの場所を教えてくれないか」

落ち込んだ気持ちを奮い立たせるように、滝口は声を出した。三浦はメモ帳を一枚、破り取ると、そこにボールペンで大まかな位置を記して渡した。

「じゃあ、おれはこれで失礼しますが――」

そこまで言った後、首を傾げた。

「しかし、信じられませんよね。いくら大事件とはいえ、自分の息子に手をかけるなんて……」

三浦の言葉が止まった。滝口が濁った目を据え、ゆっくりとかぶりを振っていた。

「まだ決まったわけじゃないぞ」

ヤスリで削ったような声だった。三浦の顔が強ばり、身を引いた。

「緒方耕三が自ら手をかけ、殺したと断定できる材料があるのか？」

「状況を見れば——」

後が続かなかった。滝口の分厚い唇が動いた。

「緒方耕三は立派な男だ。あの事件以来、三十四年間、小平の自宅を動かなかった。定年まで働いて自分の城を守り、女房を守ったんだ。一切口を噤《つぐ》み、ただ淡々とふたりの生活を送った。自宅を出たのは、女房の晴子が亡くなったからだ。やつは責任を果たした。おれはそう思う」

己に言い聞かせるような、重い言葉だった。憮然《ぶぜん》とした表情の三浦は「そういう見方もあるんですかね」と呟《つぶや》くと、むっつり押し黙った。滝口は、メモを破って携帯の番号を二つ書き付け、「おれたちの連絡先は当分、これになる」と告げて渡した。三浦は何も言わずに受け取ると、プイッと立ち上がり出て行った。

片桐は昂《たか》ぶる気持ちを抑えるようにマルボロに火をつけ、深く吸い込んだ。一本、吸い終わる間、滝口は視線を宙に据えて身じろぎもしなかった。固い沈黙のなか、片桐はこの定年間際の刑事の狙いが見え始めた気がした。

十分後、店の外に出ると、滝口は鋭い視線を前後左右に飛ばしながら歩いた。

「行確ですか」

「ああ」

ヘッドライトがぎっしりと連なる外苑東通りに出て初めて、「三浦も余裕がないようだな」と呟いた。

別れ際、滝口は「明日午前十時、おれの部屋へ来い」と言った。「なぜ」と問うと、「宮本が来る」と答え、停めたタクシーに乗り込みながら、「あの野郎、フリーのライターにしておくのは惜しい」と言った。

去って行くタクシーを、片桐は呆然《ぼうぜん》と立ち尽くして見送った。

時折、外で風が鳴った。廃材とダンボール、シートで組み立てたハウスで横になり、目を閉じていると、隣でヨシが寝ているような気がする。が、横で寝入るのは髭面《ひげづら》の巨漢だ。鼾《いびき》が高く低く、響く。シートの透き間から入り込む風は、潮とドブの臭いがした。コンクリートの上に厚い板を敷き、絨毯《じゅうたん》を敷き詰めた床は万全の防寒対策が施してあるように見えるが、それでも厳しい冷気が這《は》いのぼる。顔が冷たい。鼻の先が痛い。寝袋の中、被った古毛布を顔まで引き上げた。汗と垢《あか》の臭気に噎《む》せた。が、そのままじっとしていた。眠れない。とろとろとまどろむが、熟睡には至らない。容赦なく襲い掛かる寒さが睡眠の邪魔をする。浅い眠りの中、半分覚醒《かくせい》したままの脳が、昔の記憶を紡ぎ出す。

すべては息子の純から始まった。初めて、手痛い反抗に会ったのはいつのことだったか。そうか、あれは十四のときだ。高校受験を前に、工業高校へ進み、バイクのエンジニアになりたい、と言ってきた純に、自分は失望した。大学へ行け、石に齧《かじ》りついてでも大学へ行け。そして、まっとうな大企業の社員になれ、とかき口説いた。工業高校を出ただけのエンジニアなど、所詮《しょせん》、ブルーカラーだ。身奇麗なホワイトカラーに顎《あご》でこき使われ、オイルと汗に塗《まみ》れて一生を送るのは目に見えている。そんな人生が、おまえは望みなのか？

じっと俯《うつむ》いて聞いていたおまえは、顔を上げ、不敵な目を据えてきた。

「望みです」

凛《りん》とした声で答えた。瞬間、手塩にかけて育てた柔順な息子が遠くへ行ってしまう錯覚に襲われ、視界が揺れた。おののく心を隠し、両腕を伸ばした。その細い肩を摑んだ。どこか遠くへ去ってしまわぬように。しかし、指先から伝わる薄い肉が激しく抗《あらが》った。身を捩《よじ》り、「放せ!」と叫ぶ。頭の芯《しん》が燃え上がり、力任せに頰を張った。乾いた音が響き、純が吹っ飛んだ。頰を押さえ、憎悪の視線を向ける息子に、なんとかしなければ、と焦った。

屈《かが》み込み、語りかけた。自分は警察官として働き、いろんな人生を見てきた。夢も大事だが、現実を直視しなければダメだ。エンジニアになりたければ、大学の工学部へ行けばいいだろう。高卒ではハンディになる。後悔することになる。自分は、たったひとりの息子にそんな人生を送らせたくない。反論があれば言ってみろ。聞いてやるから。

熱を込めて語るほど、言葉が空回りし、純の顔は醜く歪んでいく。こっちの言葉が詰まると、純は待ってましたとばかりに、「父さんの言い方はまるで尋問みたいじゃないか。おれは容疑者じゃない」と吐き捨てた。ガラガラと足元が崩れていくのを感じた。常日頃から、警察官の息子として恥ずかしくないように、と言い聞かせ、厳しく育ててきた息子。自分に逆らうなど、想像もしなかった。自分は正義を背負い、私生活を犠牲にして、国のため、市民のため、家族のために働いてきた。その警察官として真摯《しんし》に生きる父親の背中を見て、純は育ってきたはず。懸命に、真面目に生きてきた父親の言うことに、真っ向から反発することなど許されるものか。おまえはおれの自慢の息子なのだ——

気がついたら、怒声を上げ、床で丸まった純を蹴《け》りつけていた。背後から晴子にしがみつかれ、それを振り払って蹴り続けた。純は両腕で頭を抱え、それでも視線は憎しみで底光りしていた。

その日から、純は堰《せき》を切ったように非行へと走った。万引きや恐喝で補導され、警察に引き取りに行ったことも一度や二度じゃない。じきに上司の耳に入り、呼び付けられた。自分の息子の非行も止められないようでは、警察官の資格がないだろう、恥ずかしくないのか、と厳しく注意された。その時点で出世は諦《あきら》めた。まだ四十前だった。戦後、警視庁の緊急増員募集に応募して巡査を拝命し、なんとか警部補まで這い上がってきたものの、昇進はそこで終わった。

多忙な警官生活の中で睡眠時間を削り、昇進試験の勉強をしてきた。純と遊ぶ時間も犠牲にして、頑張ってきたのだ。自分の昇進が家族の幸せと信じていた。でき得るなら、二つ上の警視まで昇進し、小さな所轄署の署長を務めて終わりたかったが、それも儚《はかな》い夢と終わった。所轄署の刑事課から総務課に移り、細々《こまごま》とした書類の整理に追われる日々の中、純の更生だけが望みだった。

くだらない不良たちとつるんで遊び回る純に鉄拳《てっけん》を見舞い、諫《いさ》めた。が、逆効果だった。帰らない日も珍しくなくなり、やっとのことで入学した定員割れの商業高校は暴力事件がもとで三日で退学になった。立川の不良グループのヘッドになり、暴れ回っている、と同僚から聞かされたのは、念願の一戸建てを小平に建てた後だ。新築の自宅で、怒りにまかせて迫ったことがある。「おれは、こうやって家を建てた。家族を守ってきた。この父親を窮地に陥れて、そんなに面白いか」と。純は薄笑いを浮かべて「まだまだこんなものじゃない」と憎々しげに応え、握った拳を壁に突き入れた。合板に敢《あ》え無く穴が空いた。「こんなチンケな家で喜びやがって」と、憎々しげに吐き捨てた。

これが自分の息子かと思うと、情けなくて涙が出た。

ひたすら、重大事件だけは起こさないように、と祈る毎日だった。晴子は涙にくれ、悲痛な面持ちで日々を送った。一度、晴子に訊《き》いたことがある。いったい何が悪かったのだろうか、と。晴子は俯き、ぽつりと呟いた。「鋳型に強引に嵌《は》めようとしていたのかもしれませんね」と。

そうか、鋳型が壊れたとき、純は弾《はじ》け、ワルの道をひた走ったということか、と妙に納得したのを覚えている。

隅田《すみだ》川を行き来する船のエンジン音がする。夜明けが近いのだろうか。この先、再び自分の周囲でカイシャの視線が光り始めるのは時間の問題だった。自分は誰にも迷惑をかけずに消えていこうとしているのに、まだ許してくれないのか。純、晴子。自分の人生は何だったのか。どこでどう間違ってしまったのか。目尻《めじり》を熱いものが伝った。凍えたハウスの中で、緒方は息を殺して嗚咽《おえつ》した。

二月六日、木曜日、午前十時。新宿駅南口のおたふく旅館に現れた宮本は、部屋の真ん中にどっかと腰を下ろすと、革製のブリーフケースの中から、黒い紐《ひも》で綴《と》じたコピーの束を抜き出した。

「これを見てください」

座卓の上に置いた。滝口は黒縁の老眼鏡をかけると、口をへの字に結んでコピーを取り上げた。怪訝《けげん》な視線を向ける。片桐も横から覗《のぞ》き込む。表紙には供述調書と記してあった。

「これは？」

滝口が顔を上げた。

「緒方耕三の供述調書ですよ」

あっさりと言った。片桐は一瞬、なんのことか分からなかったが、すぐにその意味するものに思い至り、愕然《がくぜん》とした。

「バカな、カイシャはそんなことはしていないはずだ。そうですよね、タキさん」

同意を求めた。滝口は重々しく頷《うなず》き、口を開いた。

「ああ、おれが上司に親を引っ張ろうと迫ったら、警視庁三万五千人の職員とその家族を路頭に迷わす気か、と激怒したよ」

片桐はひきつった笑みを浮かべた。

「そういうことだ。宮本、こんなの、ガセだろうが」

滝口の手から調書を取ろうとした。が、滝口は調書を開き、睨《にら》んでいた。眉間《みけん》の皺《しわ》が深くなり、険しさを増していく。宮本が唇を歪《ゆが》めた。

「こう言っては何ですが、滝口さんは当時、その他大勢の平刑事のひとりでしょう。極秘捜査のことなど、知らなくて当然ですよ。これは純が死んで五日後、自宅近くの所轄の取調室でとられた供述です」

滝口は調書を凝視したままだった。こめかみの血管が膨れ上がり、禿頭《とくとう》に大粒の汗が浮いた。三分、五分、沈黙が流れた。片桐は宮本に目をやった。肉厚の横顔が、窓の外を眺めていた。つられて視線を向けた。乱立するビルの上、空を分厚い雲が覆っている。呼吸をすることも忘れてしまいそうな暗い曇天だ。

「必死の弁明ってやつだな」

ぼそりとした声だった。滝口はコピーの束を座卓に置いた。ハイライトをくわえ、火をつける。そして目配せをし、読め、と促してきた。片桐は平静を装って取り上げた。

〝警視庁〟の文字の入った縦書きの罫線《けいせん》入りの用紙に、崩し文字で書きなぐってあった。

まず緒方耕三の名前、住所、生年月日のあと、

『右の者は昭和四十三年十二月二十一日、本職に対して任意、次のとおり供述した』

とあり、次いで本人の供述が記されている。

『私はただいま申し上げました住所に昭和四十二年より住んでおりまして、家族は妻晴子主婦四十歳との二人暮らしであります』

現職警察官らしい実直な物言いが忠実に再現されていた。緒方は、自分の警察官としての職歴の後、純が自殺したとされる昭和四十三年十二月十六日の模様を述べている。

『夜、帰ってみますと、珍しく純がおりました。昼間、刑事が二人、来たとの話を家内より聞き及び、激しく叱責《しっせき》いたしました。なにか事件を起こしたに違いない、と思ったのです。いいえ、立川の三億円強奪事件のことはまったく念頭にありませんでした。そういう噂

が流布しておるのは承知しておりましたが、息子にはあのような凄《すご》い重大事件を引き起こすほどの計画性も度胸もありません。それゆえ、刑事の来訪も、別の事件と思い込んでいたのであります』

片桐は顔を上げ、ハイライトをくゆらす滝口を見た。

「タキさん。この刑事ってのは、あんたですよね」

「そうだ」

片桐は調書に視線を戻した。

『実を申しますと、このような形で聴取を受けるのは本意でありません。自宅では、息子の自殺に大きな衝撃を受けました家内がいまもって臥《ふ》せっております。このことを知りましたら、どれだけ嘆き、悲しみますことか。しかし、私には警察官としての責務と誇りがあります。いわれの無い疑念は晴らさねばなりません。話を戻します。私が息子を激しく叱責しましたところ、口論になり、お恥ずかしい話ではありますが、つかみ掛かって参りました。ご承知のとおり、息子は街の不良グループに属しておりましたので、様々な悪事を働いていたようであります。刑事の来訪も、青天の霹靂《へきれき》というわけではなかったようです。その後、揉《も》み合いになり、私は心を入れ替えろ、でないと人生を誤ってしまう、このままでは私も仕事を辞めなくてはならなくなる、と訴えました。私も必死でした。息子を力任せに床に押さえ付け、諭しました。しかし、憎悪のこもった視線を向けてくるだけです。家内に諭されて手を離しますと、憤然とした様子の息子は二階の自室へ駆け上がって行きました。家内もあとを追い、固く閉ざされたドアの前で、悪い友達との付き合いはもう止めてくれ、と訴えておりましたが、返答はありません。下へ降りてきた家内はさめざめと泣いておりました』

この後、息子の将来をいかに心配していたかを切々と訴え、自殺現場の発見に至る。

『夜十一時過ぎ、二階より唸《うな》るような声が聞こえました。わたしは不審に思い、階段を上がってドアを開けてみました。すると、ベッドの中で、苦悶《くもん》の表情で身を捩《よじ》る息子の姿がありました。その時は分かりませんでしたが、息子は青酸カリをあおっていたのです。この青酸カリは、自宅周辺にドブネズミが出て困っておりましたので、その駆除用に、知り合いのメッキ工場の社長に頼み込み、譲っていただいたものです。それを洗面所の下の収納棚に入れたまま失念しておりました。息子はこの青酸カリをサイダーに交ぜて、一気に飲み干したのであります。遺書の類《たぐ》いはありませんでしたが、察するに、息子は私に叱責され、同時に父親の職を奪ってしまうかもしれない現実を気に病み、発作的に死を選んだのだと思います』

なお、三億円事件当日の純の行動については、家出同然の身ゆえ、まったく分からない、と述べてあった。

「なるほど」

片桐は調書を閉じると、座卓に戻した。

「この調書からすると、純は父親思いの性根の優しい青年じゃないですか。不良集団を率いる筋金入りのワルとはとても思えませんよね。こんなもんで捜査本部は納得したんですかね」

滝口はハイライトのフィルターを噛《か》み締め、絞り出すように言った。

「おそらく、万が一に備えた調書だろう」

「万が一？」

「そうだ。純が三億円事件の実行犯と分かってしまったとき、警察はしかるべき捜査をやっていた、父親も任意で引っ張り事情聴取している、と言い訳ができる。別に隠蔽《いんぺい》しようとしていたわけではない、とな」

「カイシャがやりそうなことだ」

片桐は眉根《まゆね》を寄せた。

「しかし、おれはもう真相を知っている。本当は真山恭子の父親と警察組織を守るためじゃないか。だとしたら、緒方純は生《い》け贄《にえ》だろう。タキさん、緒方耕三は真相を知ってるんですかね」

「おれだって知らなかったんだ」

それだけ言うと、ハイライトを灰皿で押し潰《つぶ》した。重い沈黙が流れた。それまで黙ってふたりのやりとりを聞いていた宮本が口を開いた。

「滝口さん、ひとつお訊《き》きしたいのですが」

「なんだ？」

濁った視線を向けた。

「昨日、あなたはこう言ったでしょう。あれは鮮やかで実にキレイな事件だと。つまり、奪われた三億円は保険で賄われ、犠牲者はひとりもいなかった、と」

「ああ、言ったな」

つまらなそうに答えた。

「本当ですかね。本当に犠牲者はいなかったんですかね」

滝口の眼球が底光りした。

「それは、緒方親子のことか？」

「バカな。やつらは自業自得でしょう」

宮本はせせら笑った。

「息子が大それたことをしでかしたんだ。その罪を負うのは当然のことでしょうが。何も知らないまま捜査に駆り出され、靴を擦り減らしたサツカンも同様です。自分の所属する組織内のことですからね。いいザマだ、自業自得だ、と思いこそすれ、同情なんかしませんよ」

挑発的な物言いに、片桐は戸惑った。冷静ないつもの宮本とはどこか違う気がする——

滝口は宙に視線を据えた。

「そういえば——」

独り言のように呟《つぶや》いた。

「あれはたしか事件の一年後だった。誤認逮捕された男がいたろう。新聞は一面で実名と写真を載せて、プライバシーを微に入り細を穿《うが》って暴き、大変な騒ぎになった」

片桐も、ああ、あの男だ、と思い至った。先日読んだノンフィクションの中に書いてあった。独身の二十六歳の男性が別件逮捕され、厳しい取り調べを受けたものの、事件当日のアリバイが明らかになり、二日で釈放された、という警察の大失態だ。

「あの男は紛れもない犠牲者だな。上層部の、単独犯による犯行、というミスリードを信じて捜査に邁進《まいしん》したデカが招いた大失態だ。まだ内偵中にもかかわらず、新聞が大々的にスクープを打ってしまったから、逮捕に踏み切らざるを得なかった。かわいそうなことをしたよ」

その弁解めいた言葉に、宮本が一瞬、視線を伏せたのを片桐は見逃さなかった。なんだ？　落胆とも哀しみともつかない、その複雑な表情になにか引っ掛かるものがあった。が、次の瞬間、正面から滝口を見つめ、語りかける宮本の姿があった。

「そうですね。あれから、就職もままならず、辛酸を舐《な》めたというから、酷《ひど》いものです」

真摯《しんし》な物言いだった。

「真犯人が逮捕されないまま、彼が疑われ続けてな。週刊誌とかテレビが追い続けたんだ」

「彼は犠牲者ですね」

宮本はぼそりと呟いた。

「あれはキレイな事件なんかじゃなかった。おれが間違っていた」

滝口は静かに言った。

「べつにあなたに謝罪を求めたわけじゃない。おれは、あの事件の真の姿を伝えたいだけだ」

滝口は頷《うなず》き、言葉を継いだ。

「宮本、『新時代』の記事は出るのか？」

言外に、真山恭子のことを知ったおまえに、全てを書けるのか、真相を書く覚悟があるのか、という問いかけがあった。

「おれたちはサツカンほどヤワじゃないですから」

一転、不敵な笑みを浮かべ、言い放った。

「もう編集長にも通してますよ。証言者の葛木が殺されたのは手痛い誤算でしたが、それを補って余りある成果が得られたんですからね。何の問題もありません。超弩級《ちょうどきゅう》のスクープで世間の度肝を抜いてやりますよ」

片桐は安堵《あんど》し、微《かす》かに頬を緩めた。真山恭子の話が出てきた以上、宮本の腰も引けてしまうのでは、と憂慮していたが、杞憂《きゆう》に過ぎなかったようだ。筆一本で食っているジャーナリストの覚悟と矜持《きょうじ》、それに日本屈指の総合月刊誌の底力を思い知った気がした。まだ、宮本は保険になる。片桐はホッと胸を撫《な》で下ろした。あれほど気になった宮本の複雑な表情のことなど、いまはすっかり忘れていた。

午後一時を回る頃から強い雨が降り始め、辺りは陰鬱《いんうつ》な鉛色に染まった。気温もグングン下がり、ひとりきりのハウスの中は寝袋に潜り込んでいても震えがくるほどだった。

ヨシは、屋根を叩《たた》き、ハウス内に反響する太い雨音を聞きながら、タマのこと、ジイさんのことを思い、ため息を漏らした。と、外で音がした。耳をそばだてた。固い靴音が近づいてくる。ひとり……ふたりだ。ヨシは上半身を起こし、出入り口のシートを捲《まく》った。

傘を差したふたりの男が立っていた。背の高い若いのと、小柄な初老の男だ。どっちもコートを着込んでいる。

「なんだ、おまえら」

不快感を露《あらわ》にして誰何《すいか》した。背の低い、がっちりした身体の年嵩《としかさ》の方が、懐から手帳を出した。「警察だ」と短く言い、中腰になった。またか、と思った。ジイさんを逃がした後、運び込まれた病院で刑事からジイさんのことを根掘り葉掘り訊かれた。素性も名前も知らない、と言い続けた。本当だから仕方がない。しかし、ジイさんが警察に追われていたとは、思いもしなかった。内心、びびった。同時に怒った。てめえら、警察のくせに、おれの大事なタマを殺しやがって、と喚《わめ》いてやった。おかげで病院に一泊しただけで放免となった。だが、許したわけじゃない。

「失《う》せろ!」と怒鳴って、シートを閉めた。再び寝袋に潜り込む。外から、年嵩のデカが話しかけてきた。雨音でよく聞こえなかったが、ジイさんの行方を教えてくれ、と言ってきた。バカヤロウ、と毒づいた。外ではまだ話が続いている。ジイさんの名前はオガタ、七十四歳だという。それがどうした、と嗤《わら》った。が、すぐに眉根を寄せ、耳を澄ました。よく理解できなかった。落ち着け、と言い聞かせ、デカのくぐもった言葉を反芻《はんすう》してみた。ジイさんが警察のOB? たしか、そういう意味のことを言った。ならば、ジイさんは昔の仲間に追われていることになる。どうして? 雨脚が激しくなった。ハウスの中にバチバチと火薬の爆《は》ぜるような雨音が響いた。身が凍るほど寒いはずなのに、背中に汗が浮いた。ガバッと身を起こし、シートをはぐった。二つの人影が、灰色の雨のカーテンの向こうへ消えようとしていた。

午後五時過ぎ、マンションの窓から見る街の光景はすでに夜のものだった。ヘッドライトと水銀灯の明かりが、雨に滲《にじ》んでいる。結城は部屋を見回した。見張りの舎弟、白ジャージの角刈り頭の態度に変化はなかった。つまり、やる気がない。いまも、パチンコへ行ったのか、あるいは飲みに出たのか、姿が見えない。

結城は決意した。相手は極道だ。逃げろ、と耳の奥で声がする。彰が自分をこのままにしておくはずがない。舎弟の見下した態度にしても、彰が自分の命を軽んじているからこそ、という気がする。

玄関の傘を引き抜き、外へ出た。街は激しい雨の底に沈んでいた。周囲に注意を払い、人気のない路地に入った。そういえば、と思った。そういえば、三十四年前の朝もこんな叩きつける太い雨だった。自嘲《じちょう》めいた笑みが浮いた。柄にもなく、過ぎ去った年月に思いを馳《は》せ、暗澹《あんたん》とした。前方に人影があった。結城は立ち止まり、目をすがめた。傘を傾け、歩いてくる。顔は見えない。結城は惚《ほう》けたように立ち尽くした。街灯の下、人影が派手に水たまりを踏んだ。銀色の飛沫《しぶき》が上がる。突き出された拳銃《けんじゅう》が見えた。リボルバーだった。マズルフラッシュが光った。眉間《みけん》にドンッと衝撃を感じ、傘が舞った。首がのけ反った。身体が独楽《こま》のように回る。視界が黒く濡《ぬ》れ、意識が無数の赤い玉となって飛び散った。アスファルトに屍《しかばね》が転がり、砕かれた頭蓋《ずがい》から噴き出す血と脳漿《のうしょう》が、雨粒に溶けて流れた。

多恵子——小さく呟いた。電話が鳴っている。真夜中の呼び出し音だ。事件に違いない、新しい事件が発生したんだ。早く行かなくては。多恵子——。どんなに熟睡していても、必ず起こしてくれた。優しく肩に手をかけ、揺すってくれた。

慎ちゃん、起きなよ、電話だよ。

上に内緒で同棲《どうせい》している元ヘルス嬢。電話に出られない己の立場をわきまえた女。居心地が良かった。多恵子の名前を呼んだ。どうした、なぜ今夜は起こしてくれない？　携帯が鳴っている。滝口が渡したプリペイド式の携帯——薄く目を開いた。低い天井がのしかかる。視界の左右から壁が迫る狭い空間だ。舌打ちをくれた。中野のビジネスホテルだ。夢のなかとはいえ、多恵子の名を幾度も口にした、未練たらしい自分を呪いながら、ベッドのパネルに嵌《は》め込まれた時計を見た。午前三時。携帯を耳に当てた。滝口の重い声が響いた。

《片桐、寝ぼけてんじゃねえぞ》

「大丈夫です」

眠気を嚙《か》み殺して答えた。まだ頭は半分、まどろみの中にある。

《結城が殺されたぞ》

ユウキ、ゆうき、結城……瞬時に頭が覚醒《かくせい》した。目を見開いた。

「いつ！」

携帯を握り締めた。

《昨日の夕方だ。チャカで頭を半分、吹っ飛ばされて蒲田の路地に転がっていたらしい。いま、身元の確認がとれたとの連絡があった》

脳が沸騰した。チャカで撃たれて——ホシは結城を匿《かくま》っていたというヤクザか？　それとも……キュッと喉が鳴った。カイシャが動いたのか？

「タキさん、ホシは割れたんですか」

舌が震えていた。

《いや、まだだ》

冷静な声だった。

「あのデカは——三浦とかいった捜一のデカは何と言ってるんです」

滝口は応《こた》えず、一時間後、新宿駅南口の二十四時間営業の喫茶店で待っていると告げ、電話を切った。片桐は携帯を握ったまま唸《うな》った。恐怖と憤《ふん》怒《ぬ》でこめかみの血管がぶち切れそうだった。

酔いがいっこうに回ってこない。金子彰はウイスキーのボトルを傾け、グラスに注いだ。一気に呷《あお》る。褐色の液体が唇の端から溢《あふ》れ、肉のたっぷり付いた顎《あご》と喉を伝い、ゴールドのネックレスを垂らした胸を濡《ぬ》らし、分厚い脂肪が浮いた腹から股《こ》間《かん》へと流れ落ちた。だらりとしたペニスが、ヒヤッとした。

蒲田の組事務所から二キロほど離れた、京急線大森町駅前に建つマンション八階のこの部屋からは、黒い水を湛《たた》えた勝島運河と、その向こう、赤や青のライトが無数に点灯する羽田空港が見える。

素っ裸の金子はソファセットに身体を埋《うず》め、グラスを握ったまま、惚けたように、その未来都市のような光景を眺めた。蒲田でスナックをやらせている情婦《イロ》の美穂が住むこの部屋は、誰も知らない自分の隠れ家だ。何の心配もないはずなのに、ビビりまくっている自分がいる。

傍らのベッドでは、自分の好みに散々仕込んできた美穂が、二つ重ねた枕を背もたれにして、シーツを身体に巻きつけ、気怠そうにタバコをふかしている。

「ねえ、パパ、どうしてできないの？」

身体を捩《よじ》り、甘ったるい声で色目を使う。黒目がちの瞳《ひとみ》が妖《あや》しく光った。まだ二十三の、みずみずしい肌がピンクに染まっている。栗色のウェーブのかかった髪を細い指で掻き上げ、わざとらしくため息をつく。

「パパさあ、他の女のことを考えてるんでしょう」

ばかやろう、と怒鳴りつけた。美穂は身を固くした。が、それも一瞬だった。シラけた顔でそっぽを向くと、タバコをすぱすぱ吸った。金子は動揺を隠すように、葉巻をくわえ、金無垢《むく》のライターで丁寧に炙《あぶ》って火をつけた。他の女——真山恭子しかいないはず。頰を緩めた。死ぬほど憧《あこが》れた女。恭子に認められるなら、なんでもやれる、と信じていた。声を掛けて貰《もら》っただけで顔が赤くなり、舞い上がった。恭子と一緒なら、臆病《おくびょう》で小心者の自分も変われるかもしれない、と思った。苦笑した。十分変わったじゃないか。末端の組織とはいえ、極道の頭《あたま》になり、若い情婦を囲う身分——

口の中で転がした煙をふっと吐いた。頭が軋《きし》んだ。崩壊していく自分。その予兆は山ほどある。バブルの崩壊で背負った莫大《ばくだい》な借金と、うまくいかないシノギ。いまでは親に収める上納金も滞りつつある。三十人いた舎弟も八人になり、どいつもこいつも、根性はないくせに、カネと女とバクチに目がないぼんくら揃いだ。

組織に必要な規律も団結力も、とっくの昔に失《う》せていた。その結果が今回の大失態だ。おかしくて涙が出る。パチンコ行ってて見張りをさぼってました、だと？　あの舎弟、名前は菊池といった。

激しい雨の中、チャカで弾《はじ》かれた死体が転がった、と聞き、すぐに若い衆を確認にやった。同時にマンションへ電話を入れた。菊池も稔も出なかった。不安が胸をよぎった。ずぶ濡れになって帰ってきた若い衆が、死体は頭半分が無かったが、結城に間違いない、と言った。すぐにパチンコ屋にしけこんでいた菊池を引っ張り、合宿所のマンションでヤキを入れた。

金子は、右の拳《こぶし》を左手でゆっくりと撫《な》でた。まだ熱をもっていた。ヘタを打った菊池をうんざりするほど殴り飛ばしたゴッイ拳だ。金子は唇を歪《ゆが》めた。

菊池の野郎、紫色に腫《は》れ上がって、目鼻の造作もはっきりしなくなった顔を歪め、散々泣きを入れた後、開き直ってこう言った。おれはもう辞めたい、エンコ飛ばすから許してくれ、と。訊《き》けば、前から足を洗いたかったらしい。たいしたシノギもなくて、上の締めつけもキツい、吹けば飛ぶような末端の組だ。ヤクザになれば、カネと女に不自由せず、どでかいアメ車を転がして高級クラブで旨《うま》い酒を浴びるほど飲み、昔のダチにいい顔ができると思ったのに、実際はどうだ。カネに詰まった冴《さ》えないチンピラ稼業が続いている。どうも先の展望もなさそうだから、ここらで見切りをつけたい、ということだ。

怒りで真っ赤になった脳みその、まだ冷静な部分が囁《ささや》いた。この野郎、世の中を渡る嗅《きゅう》覚《かく》だけは一人前だ、と。その通りだ、『蒼龍会』は遅かれ早かれ解散だ。生き延びる目は、もうどこにもない。それは、頭の自分が一番良く分かっている。小汚いエンコを貰《もら》おうが、もうどうでもよかったが、くれるというから見届けた。菊池は台所から出刃を持ち出し、まな板に置いた左手の小指に当てた。欠けた歯を食いしばり、気合を入れたが、声ばかりで手が震えている。あんまりみっともないから、他の舎弟どもに命じて押さえつけ、口にタオルを突っ込んで、奪い取った出刃を握った。菊池は泣いて身を捩った。かまわず出刃を落とし、左の小指を飛ばしてやった。

血まみれの左手を押さえてピーピー泣き喚《わめ》く菊池を部屋の外へほうり出し、まな板で蠢《うごめ》く小指を便所に流した後、金子は、壊れる寸前の自分に気づいた。虚無、というのだろうか。

葉巻を嚙み締めた。肝心《かんじん》の、稔をチャカであっさり殺した野郎の見当がつかない。強いて言えば、サツか？　三億円事件に蓋《ふた》をしておきたいサツならありうる話だ。恐ろしいコトが起こっているのに、どこか他人事《ひとごと》のような気がする。テレビ画面を覗《のぞ》いている気がする。おれたちはあの事件に翻弄《ほんろう》され、殺されていく。それは定まった運命というもので、どう足掻《あが》いても逃げられない、ということだけは分かる。

吉岡はヤクザの自分を疑うのだろうか？

唇を歪めた。いまのあいつが何を思おうと、かまわない。自分よりずっと強くて凄《すご》いやつら――緒方と吉岡、それに勝、稔の四人に気を遣って身も細っていた昔のことなどとっくに忘れた――ウソだ。あの屈辱の日々は、死ぬまで忘れない。だが、自分は生まれ変わり、力を身につけた。昔の自分とは違う。そもそも、稔が死んだところで誰が悲しむ。むしろ好都合だろう。

痺《しび》れ始めた頭が不意に閃《ひらめ》いた。真山恭子の言葉だ。クラブ『DJANGO《ジャンゴ》』で自分と吉岡を前に、言い放った言葉。

――殺せばいいでしょう、後腐れのないように――

そのとき、自分は震えた。これが恭子だ、と感動し、身を絞る恐怖に耐えた。

自分は吉岡の意を受け、勝を殺した稔を匿《かくま》ってやった。それが結果はどうだ。恭子の望む通りになっている。恭子はいまどうしている？　早く教えてやりたかった。稔がチャカで撃ち殺された、と知ったら、白い歯を見せて、にっこり笑うだろう。そして、よかった、と囁くだろう。下半身が痺れた。血が音をたてて駆け巡る。ペニスが硬くなった。

「肝臓じゃないの？」

声がした。美穂だ。アーチ眉《まゆ》を顰《ひそ》めている。

「肝臓がイカれてるって言ってたじゃない。その顔色、普通じゃないよ。酒、やめたほうがいいって」

そうか、と呟《つぶや》きながら頬を撫でた。ざらついた、生気の失せた肌だ。こうやって撫でるだけで、生命の火がやっと燃えているのが分かる。黄色を通り越して、どす黒く腐った肌だ。重度の肝硬変だ。医者からは一刻も早い入院を勧められている。だがクソクラエだ。いまさら、ジジイの小便みたいにタラタラ生き延びたところで何になる。あの三億の現ナマを拝んだ後、太く短く、と心に誓い、極道の門を叩《たた》いたはずだ。それが、時代の波とかいうやつに乗り、目も眩《くら》む現ナマを摑《つか》み、有頂天になったはいいが、呆気《あっけ》なく堕《お》ちてしまった――歯を剝《む》いた。

「だから、こうやって消毒してんだ」

グラスに注いだウイスキーを口に含み、喉を鳴らしてうがいした後、ごくりと飲み干してみせた。

「パパの考えていること、分かんないよ」

美穂はかぶりを振った。

「分かれよ」

葉巻を揉《も》み消し、ソファから立ち上がった。屹立《きつりつ》したペニスと弛《たる》んだ腹。窓硝子《ガラス》が、醜悪なシルエットを映し出す。美穂が目を剝いた。瞳が濡れた。

「パパ、スゴイじゃん」

「たっぷり味わえや」

シーツをめくり、全裸の美穂を抱き寄せた。形良く盛り上がった乳房と、くびれた腰。栗色の髪を摑み、その顔を股間《こかん》に押し付ける。美穂は形だけ抗《あらが》ってみせたが、本気だと知るとあっさり観念してくわえ込んだ。唾液《だえき》を音をたてて啜《すす》り、舌を使う。生温かいぬめりを感じながら、恭子、と呟いた。待ってろ、すぐに行く。おれはもう、何も怖いものはない。

二月七日、金曜日、午前四時。分厚い革ジャンパーを着込んだ片桐が、新宿駅南口の繁華街にある喫茶店に入ったとき、滝口は窓際の席でハイライトをふかし、ノートに見入っていた。ボックス席のあちこちで、始発電車を待つ客が船を漕《こ》いでいる。なかには、中学生としか見えない女の子のグループもあり、ジュース一杯でつかの間の睡眠を貪《むさぼ》る様は、痛ましいの一言だった。汗とニコチンと安っぽいコーヒーの臭いが、淀《よど》んだ暖房に蒸されて吐き気をもよおしそうだった。

「遺書でも書いてたんですか」

軽い調子で言い、ソファにどっかりと腰を降ろした。

「過去の未解決事件に執念を燃やす、定年間際の老刑事か。いまどき、三流の劇画も扱わない題材ですよ」

滝口は片桐の軽口に取り合わず、びっしりと書き込みのあるノートを閉じると、「ご苦労」とぼそりと言った。脂気が抜けた粉っぽい肌と、弛んだ瞼《まぶた》の下の隈《くま》。疲労が蓄積された、初老の刑事の顔は、目だけが炯炯《けいけい》と光る幽鬼だった。

片桐は、欠伸《あくび》を嚙《か》み殺してやってきた金髪のボーイに、ホットコーヒーをオーダーすると、マルボロに火をつけ、自分の胸にしこる怖気《おぞけ》を隠すように、悠々とふかした。だが、タバコを挟む指先が震えている。片桐は舌打ちをくれ、タバコを硝子の灰皿にねじ込むと、背を丸めた。

「タキさん、こんなとこで不味《まず》いコーヒー啜っている暇はないでしょう。ホシは誰なんです。三浦は何と言ってきたんです」

「連絡を入れてきたのは三浦じゃない」

ポツリと言った。片桐は首をひねった。

「じゃあ誰です」

滝口は薄く笑った。

「宮本だ。あのフリーのジャーナリスト、並のデカ以上の調査能力だな」

冷めたコーヒーを啜りながら言った。片桐は唇を歪めた。

「しがらみばかりのデカと違い、何の縛りもない外部の人間だから勝手に動けるんでしょうが」

素っ気なく返した。滝口はカップをソーサーに戻し、新しいタバコに火をつけた。

「宮本の野郎、興奮してやがった。内部崩壊の始まりだ、ヤクザの金子が殺《や》ったに違いない、と上ずった声で言っていたな」

「タキさんはどう思うんです」

「さあな」

片桐は運ばれてきたコーヒーを受け取ると、ボーイが立ち去ったのを確認して、顔を寄せ、囁いた。

「カイシャが始末したってことは考えられませんか」

滝口の頬が強《こわ》ばった。

「まだそんなことを言ってるのか」

顎《あご》をぐっと引き、睨《にら》んできた。片桐は目を逸《そ》らさなかった。

「タキさん、否定できますか？」

滝口はフーッと紫煙を吐くと、窓の外に視線をやった。

「怖いことを言うんだな」

ひび割れた声だった。

「おれはもう、カイシャが信用できないんですよ」

片桐は吐き捨てるように言った。

「あんただってそうでしょうが。散々騙《だま》され、利用されて、人生を棒に振ってきたんだ。現場一辺倒で出世も諦《あきら》めて、その揚げ句が奥さんも逝《い》っちまって、いまじゃボロ屑《くず》同然のジジイじゃないですか。奥さんを温泉旅行にでも連れていったことがありますか？　ないでしょうが。仕事だから分かってくれる、とでも思ってたんじゃないですか。ところが忠誠を誓い、しがみついたカイシャは、組織の威信だかなんだか知らないが、ホンボシをみすみす逃がして蓋を閉めて知らんぷりだ。奥さんを犠牲にしてまでやるような仕事ですかね」

滝口は憮然《ぶぜん》とした表情でタバコをふかした。禿《は》げ頭に粘った汗が浮いている。

「タキさん、なんとか言ったらどうです」

片桐は迫った。

「落とし前をつけるったって、それはあんたの自己満足でしょうが。つまんない負け犬の人生に付き合わされて、おれは大いに迷惑してんだ」

ナマズ面がじろりと眼球を動かした。

「三浦もそう言ってたな」

「三浦？」

言葉に詰まった。連絡を入れたのは宮本であって三浦じゃない。自分は確かにそう聞いた。滝口は続けた。

「宮本から事件とガイシャの名前を聞いたおれはすぐに三浦と連絡をとった。当然だろう。三浦がもっとも結城に近いんだからな。あの野郎、テンパってやがった」

せせら笑った。片桐は生唾《なまつば》を呑《の》み込んだ。滝口の分厚い唇が動いた。

「あんたのせいだ。あんたがおかしなネタを渡したから、おれのキャリアに傷がつく、と喚き、錯乱寸前だった。無理もない。殺しのあった時間、三浦はあの界隈《かいわい》で情報を集めていた。それもひとりで。勝手な単独行動だ。カイシャは許さない。しかし、もとはと言えば勲章狙いだろう。三浦は捜査本部を追放されたおれたちと会い、葛木殺しのホシの結城を追った。抜け駆けだが、うまくいけば、あいつは大手柄を挙げて勲一等だ。それが、こういう結果になったからおれを責める。おまえと同じだろう」

蔑《さげす》みの視線が据えられる。

「ちょいと形勢が悪くなれば、すぐに泣きを入れる。情けない野郎だよ」

片桐はそげた頬を強ばらせ、眉根を寄せた。

「じゃあ訊《き》くが、三浦がうろたえていたから、あんたはカイシャの仕事じゃないと思うのか？　三浦は所詮《しょせん》、現場のデカだ。三億円事件のあんたと同じだ。騙され、嵌《は》められたとしてもおかしくはないだろう。違うか？」

「いま分かっていることはただひとつ、犯人グループのメンバーがこれでふたり、殺されたってことだ」

片桐は白い歯を見せた。

「そうじゃないでしょう」

眉間に筋を刻んだ滝口に、余裕たっぷりの視線を注いだ。

「ふたりじゃなく、三人目だ。緒方純から始まった殺しはいったいいつ、終わるんですかね」

滝口の唇が、痙攣《けいれん》したように震えた。

「さあな」

動揺を押し隠すように顎に手をやり、窓を向いた。その横顔には悽愴《せいそう》の色があった。

二月七日、金曜日。早朝のニュースで事件を知った吉岡は、BMWのステアリングを握り、横浜へと向かった。事前に恭子へ連絡を入れると、「どうぞ」と、含み笑いを漏らした。すべてを承知している、と言わんばかりの口調だった。

勝を扼殺《やくさつ》し、玉川上水へ投げ込んだ稔。そして、拳銃で撃ち殺された稔。フロントガラスの向こう、昨日の雨が嘘のように青い、冷たい空が広がっていた。吉岡は第三京浜を疾走するBMWの中で、滑空して冬の青空へ吸い込まれていくような浮遊感にとらわれた。

過去が、まるで古いフィルムを回すように、克明に蘇《よみがえ》る。吉岡は頬を緩め、目を細めた。話を持ちかけて来たのは、初めて寝てから一週間後だった。恭子に会いたくて堪《たま》らない吉岡の心の昂《たか》ぶりを推し量ったように、新宿へと誘い出された。八月の、スモッグ交じりの焦げそうな夏空の下、歌舞伎町のコマ劇場前で、タバコをくゆらして立つ恭子は、グラビアから抜け出したモデルのようだった。スラリとした長身に白のベルボトムとブルーのサマーセーター。レモンイエローのチューリップハットの下から流れるように垂れたストレートのロングヘアは艶《つや》があってキラキラ輝いていた。化粧っ気のないスッピンだが、周囲の、瞬《また》きの度にバサバサと音のしそうな付け睫《まつげ》と、真っ黒なマスカラをたっぷり塗りたくった背の低いタヌキに似た女たちとは月とスッポン。まるで違う星の生物のようだった。

翻って自分は、ポマードをたっぷりつけた髪に櫛《くし》こそ丁寧に入れてあるが、裾《すそ》の擦り切れた短めのコットンパンツと五分袖《そで》のピンクのボタンダウンシャツ、茶色のデッキシューズ。垢《あか》抜けない田舎者そのものの恰好《かっこう》だった。

恭子は、吉岡を認めると笑顔を見せ、「健一！」と弾む声で呼び掛けてきた。周囲の、アロハの胸元をはだけ、よたっていた遊び人たちが、サングラス越しに好奇の視線を飛ばしてくる。が、恭子はかまわず、健一の名前を連呼する。

真夏のギラつく太陽のもと、美しく、屈託のない恭子が眩《まぶ》しくて目を伏せた。そのまま映画館に入った。入場料金三百五十円、ふたり併せて七百円は恭子が払ってくれた。洋画だった。冷房の効いた二番館でふたり並んで、コーラを飲み、ポップコーンを摘《つ》まみながら、『俺たちに明日はない』を観た。フェイ・ダナウェイとウォーレン・ビーティが最後、撃ち殺されたとき、思わず、スゲエ、と呟《つぶや》いていた。隣に座る恭子を窺《うかが》うと、瞳《ひとみ》をキラキラさせてスクリーンに食い入っていた。

映画館を出ると、恭子が当然のように腕を組んできた。右足をすこし引きずっている。歩調を合わせ、人込みの中をゆっくりと歩いた。カッと照りつける太陽が眩しかった。淀《よど》んだ排気ガスの臭いに顔を顰《しか》めた。絡めた腕がひんやりと冷たかった。誰かに見られているのでは、とドキドキする自分にかまわず、恭子は、ボニーとクライドは実在の人物、映画のラスト、ふたりが浴びる銃弾は七十八発、あの結末は最高、と熱に浮かされたように説明した。そうか、と頷《うなず》きながら、せわしなく周囲に目をやった。

「また怖がってる」

一転、冷えた声がした。背筋がゾクッとした。恭子が見上げていた。大きな瞳が、自分の脅えた顔を面白そうに覗《のぞ》き込んでいる。喉《のど》が張りつき、声が出なかった。恭子の形のいい唇がとろりと緩んだ。

「覚悟、決めなさいよ」

血の気が引いた。炎天下のはずなのに、氷の穴へ突き落とされた気がした。

「健一、とことん行かなきゃ」

腕をぐっと引いてきた。オマワリに連行されるシンナー狂いのラリガキのように、おぼつかない足取りで歩いた。連れて行かれた先は、雑居ビル地下のジャズ喫茶だった。タバコの煙と人いきれが淀んだ薄暗い店内は、まるで穴蔵だ。叩《たた》きつけるようなピアノが、凄《すさ》まじい勢いで鳴っている。空気がビリビリ震えていた。鼓膜が悲鳴を上げそうだった。

恭子は痩《や》せたボーイに素早く五百円札を掴《つか》ませ、耳打ちすると、健一の肩を押し、奥のボックス席に連れ込んだ。ひとつのソファに、肩を並べて座る。他のボックス席は、ほとんどが男のひとり客だ。黒縁メガネに七三分けの真面目そうなのや、長髪顎髭《あごひげ》のフーテンみたいなのが、一様に目を閉じ、腕を組み、身体を揺らしてリズムをとっている。そのぎこちないリズムが、パワフルなピアノとまったく合っていない。

恭子は長い脚を組み、マッチでタバコに火をつけた。ボーイがビールとグラスを二つ、運んでくる。眉間《みけん》を寄せ、恭子が大音響に負けじと怒鳴った。

「ビールよりレコードが先でしょう。早く替えてよ」

ボーイは無表情のままだった。

「トロいやつ」

短く吐き捨てると、ビールをグラスに注ぎ、勝手に飲んだ。吉岡も口をつける。温《ぬる》いビールだった。動揺を気どられないよう、尻《しり》のポケットから抜き出したステンレスの櫛で髪を撫《な》でつけた。

唐突に静寂が訪れ、すぐにバチバチとスピーカーが鳴り始めた。何の前置きもなく、怒《ど》濤《とう》のようなサックスが溢《あふ》れ出る。唇に泡をつけたまま、恭子が耳元で囁《ささや》いた。

「チャーリー・パーカー。呆《あき》れるくらい天才なのよ」

ボーイが演奏中のレコードジャケットを、ピンライトに照らされた壁のホルダーに架けた。輸入盤らしいそのジャケットは、肉の分厚い、タフな面構えの黒人の顔写真だった。こいつが天才かどうかは分からないが、音が自在に駆け上がり、落下し、うねるようなドライブ感でぐいぐい迫ってくる様は、確かに尋常な才能ではないと思った。が、それだけだ。パーカーよりも、隣で肩を寄せ、ビールを啜《すす》る恭子のことが気になった。純と天秤《てんびん》にかけて楽しもうとしているのか？　それとも、他に狙いがあるのか？

「恭子」

堪らず呼びかけた。返事を寄越す代わりに視線を上げ、小首を傾げた。

「何か用があるんだろう。じゃなきゃ、おれみたいなチンピラをデートなんかに誘うわけないもんな」

「随分、自虐的なのね」

にっこり微笑んだ。濡《ぬ》れた唇が動いた。吉岡の首に両腕を回し、引き寄せる。吐息が耳たぶを舐《な》めた。

「デカイことやろうよ」

ゾクッとした。

「ボニーとクライドみたいにさ」

ドスンと重いものが後頭部に落ちた気がした。

「おれと恭子でか？」

喘《あえ》ぐように訊《き》いた。恭子はあっさりかぶりを振った。

「純も入れてやろうよ。じゃなきゃ、あいつ、メチャ怒るわよ」

息を詰め、その美しい顔を見た。両腕を首に絡めた恭子が、優しく微笑んだ。淀んだ薄闇の中で、漆黒の瞳が青く光った。パーカーのサックスが暴風雨のように荒れ狂っていた。

吉岡は、カチカチと鳴る歯を噛《か》み、恭子とのコトを振り返っていた。

五月、多摩川沿いの病院で初めて会ってから半月後、恭子は純から一週間ほど遅れて退院した。吉岡は、幾度かふたりのデートに付き合った。酒を飲み、ふたりにビリヤードを教えてもらい、クルマ、純の愛車と偽ったサニー1000をぶっ飛ばした。実際は窃盗車だが、そんなこと、誰も気にしない。

じきに、恭子は吉岡の密《ひそ》やかな胸のうちを察したようだった。純の隙を狙って、熱っぽい視線を飛ばすのだから、当然だった。しかし、意味ありげな冷笑を返すだけで何の進展もなかった。それでよかった。恭子は純の女なのだ。しかし、後部座席で濃厚なペッティングを愉しむふたりの睦言《むつごと》と恭子の切ない喘《あえ》ぎ声を背中で聞きながら、ハンドルを握るのは辛《つら》かった。時折、ルームミラーの目が合った。恭子は、見せつけるように、派手に声をあげた。自分は、ふたりの刺激剤かと思った。股間《こかん》の勃起《ぼっき》が惨めだった。

ところが一週間前、なんの気まぐれか、恭子は立川の安アパートで自分と寝た。今日、こうやって誘い出されて、その狙いが見え始めた。

「なにをやる?」

「現金強奪」

さらりと言った。

「年末の大会社のボーナスを狙うの。目星はつけてある。億単位だから面白いわよ」

決まったも同然の口ぶりだった。

「おれが降りたら、どうする」

テーブルのしたで震える拳《こぶし》を握り締めて訊いてみた。瞳が黒く濡れ、唇が吊《つ》り上がった。それは暗闇に仄《ほの》かに浮かぶ夜叉《やしゃ》の顔だった。

「あなたがそんなこと、できるわけないじゃない」

確信に満ちた声だった。暗に、純にすべてをばらす、と言っていた。身を絞る恐怖に襲われ、呻《うめ》いた。もし純が知ったら——顔から血の気が失《う》せていくのが分かった。

「大丈夫だから。わたしたちが手を組めば悪いコトにはならないって」

慰めるように言った。ジャズ喫茶を出た後、大久保のラブホテルに入り、踏み込んでしまった現実から逃れるような痺《しび》れるセックスをした。終わった後、ベッドで抱き合い、告白を受けた。恭子は、自分が望まれない子供、妾《めかけ》の子供だと吐き捨てた。認知はされているが、自分と母親は家族と認められていない。東北管区警察局長の父親は、家族とともに仙台に赴任しており、自分と会うことは殆《ほとん》どない。父親の実家は山の手の資産家で、官僚や政治家を何人も出している旧家だという。見えっ張りだから、妾母子への手当は十分だった。ふたりで横浜の一戸建てに住んでいたが、母親は恭子が大学一年のとき、病死したらしい。恭子の心に、どういう形で憎悪の炎が燃え上がったのか、定かではなかったが、ともかく、母親の死が復讐《ふくしゅう》のきっかけだ、と強い口調で語った。そして恭子の学生運動は、父親の頭痛の種だった。

その学生運動に挫折《ざせつ》した今、凄《すご》い事件を起こして世間を騒がせたい、警察をキリキリ舞いさせたい、と美しい顔を紅潮させた。セックスの最中にも見せたことのない、興奮しきった顔だった。

凝視する吉岡に、父親のことを知っているのは純と健一だけ、と恩着せがましく言った。その顔は、純とあなたは同列、どちらも別《わ》け隔て無く愛してあげる、と言っていた。

それからは一気呵成《かせい》だった。吉岡のアパートに集まって、計画を練った。シンナーでラリッたフーテンがふらふらしているようなアパートだから、人の出入りに気を留めるようなやつはいなかった。純は最初から乗り気だった。面白い、おれはこういうことをやりたかった、おれは以前、本気で府中競馬場の現金輸送車強奪を考えたこともあるんだ。オマワリにほえ面かかそうぜ、と恭子のくびれた腰を抱いて笑った。

純は一緒にワルさして遊び回っているグループのメンバー三十人余りから、仲間をふたり、ピックアップした。葛木勝と結城稔。どちらも怖いもの知らずの不良だ。恐喝、車上狙いは当たり前。生まれも育ちも福生市で、中学のときから一緒に遊んでいたふたりは、強力なワルのタッグチームだった。勝はずんぐりむっくりした頑丈な体つきで、いつも眠ったような目をした無口な男だ。細身で筋肉質の稔は、滅法威勢が良かった。酔っ払ったアメリカ兵にケンカを売り、鉄パイプでぶちのめして身ぐるみ剝《は》いでやった、と自慢げに話すのは、いつも稔だった。負けず劣らず暴れたはずの勝は、隣でつまらなそうに聞いているだけだ。

金子は計算違いだった。純に憧《あこが》れ、くっついて回る金魚の糞《ふん》。口は達者だが、その正体は臆病《おくびょう》で根性なしの、ワルになり切れないハンパ者だ。純の周囲で何かが始まっていることを察知した金子は、嫉妬《しっと》にかられた中年女のようにしつこく嗅《か》ぎ回った。純が呆《あき》れ、ボヤくと、恭子はあっさり、入れてやればいいじゃない、と言った。

計画を明かし、マジだと知ると、金子は案の定、ブルった。男四人で取り囲み、ケツをまくるなら一生後悔することになる、と凄《すご》むと、ポタポタ涙を流し、死ぬ気でやる、と誓った。半分は信用してやったが、半分は疑った。そのうち、恭子に露骨な視線を注ぐようになった。金子は身の程知らずのバカだ。うだるような熱帯夜、福生の不良米兵の溜《た》まり場になっているバーで男五人が飲んでいるときだった。ハイネケンのボトルをラッパ飲みしていた純が、赤黒い視線を金子に飛ばした。

「カスは所詮《しょせん》、カスかよ」

独り言のように呟《つぶや》いた。瞬間、キナ臭い空気が辺りに満ちた。

「彰、殺すぞ」

ドスの効いた声だった。ダルマのソーダ割りを啜《すす》っていた金子が雷に打たれたように硬直した。

「おまえ、恭子に惚《ほ》れてるだろう」

不意をつかれ、金子の顔が恐怖に染まった。純が唇を吊《つ》り上げた。

「おれの女をスケベ丸出しの目で見やがって」

ソーダ割りのグラスが手から落ちた。テーブルを転がり、コンクリートの床で砕けた。

「恭子が気持ち悪いとよ」

金子は俯《うつむ》き、顔を屈辱に歪《ゆが》めた。

「外へ出ろ。ヤキを入れてやる」

純が顎《あご》をしゃくると、勝と稔が立ち上がり、震える金子の腕を左右から抱え、引きずるようにして外へ出た。店の裏の、熱気が垂れ込めた湿っぽい路地に連れ込み、純が頬を激しく張った。顔が左右に捩《よじ》れ、乾いた音が連続して響いた。次いで、勝と稔が、ヘッドの女に色目使いやがってとんでもない野郎だ、と嗤《わら》って蹴《け》りを入れ、小便と吐瀉《としゃ》物の臭いが淀《よど》む路地に転がした。金子は鼻血を流しながら、唇をギュッと嚙《か》んで耐えていた。

吉岡も殴った。襟首を摑んで引きずり上げると、薄い頰に拳を入れ、バカなヤツ、と呟いた。哀れみと怒りがゴッチャになり、全身が熱を持った。誰も自分と恭子の関係を知らない。所詮、金子はおまけ、お情けで仲間に加えてやったミソッカスだ。自分は違う。恭子と相思相愛の、本物の男だ。酔っ払った勢いとはいえ、金子ごときのちっぽけな男に怒りを露《あらわ》にする純を見下した。優越感に満たされた。これで現金強奪の大仕事をうまくやってのければ、自分は純の上に立てる、と確信した。

純の目を盗んで、恭子の国立のアパートで寝た。恭子は「この部屋に男を入れるのはあなたが初めて」と微笑んだ。ベッドに二人して入ると、決まってチャイコフスキーとショパンのレコードをかけた。チャーリー・パーカーは？　と訊《き》くと、あれは熱すぎる、熱いのはもうセックスだけで沢山、と言った。汗だくになって絡み合った。

計画は周到に練られた。ターゲットは大手電機メーカー「曙電機」上砂工場の従業員四千五百人余りの冬のボーナス。恭子の高校時代の友人に上砂工場幹部の娘がいて、ボーナス時期には三億近い現金が運び込まれる、と聞いたらしい。幹部の娘は、喫茶店で数人の友人を前にさも自慢げに、上砂工場は都内でも有数の大工場、支給前日に工場へ届く四千五百人分の現金の仕分けを丸一日でやってしまうから本当に大変、うちの父が嘆いている、と言っていたらしいが、まさか、金持ちのお嬢様ばかりで成る自分の友人に現金強奪を企てる者がいるなど、夢にも思わなかったろう。

下調べ用のクルマの調達は簡単だった。盗めばいい。ケンカが強く度胸満点の純は、盗みもプロだった。並のワルは、運転席の三角小窓をドライバーで叩《たた》き割ってドアロックを外し、バッテリーとイグニッションキーのコードを直結して盗むが、純は違う。当時、国産車の窓の開閉はハンドル式だった。窓の上部に僅《わず》かな隙間のあるクルマを探し出し、指先を差し込んで強引に体重をかける。二、三センチは造作なく開いた。その隙間から、先端に輪っかのある針金を差し込んでロックに引っかけ、慎重に引き上げて解錠した。ドアを開け、運転席の下に潜り込むと、慣れた手つきでバッテリーとイグニッションキーを直結した。その手捌《てさば》きは鮮やかの一言で、ものの三分もかからなかった。

純は小遣い銭が欲しいときは単なる車上狙いで済ませたが、まとまったカネが入用になると車輛《しゃりょう》ごとブローカーに売りつけた。クルマを傷付けない純の鮮やかな盗みはブローカーにも評判がよかった。

気まぐれな純は、単なる遊びでやることもあった。夜中、盗んだクルマで散々走り回り、夜明け前、ガス欠寸前になって元に戻すのだ。純はこの遊びがよほど面白いらしく、「真面目な働き者のお父さん、ハンドル握って走り出したらガス欠でエンストだ。わけが分からず、キョトンとしちまうぜ」と、朗らかに笑った。

一度、金子を団地の駐車場に立たせて見張りに使ったら、目は虚《うつ》ろでビビりまくって、警邏《けいら》のお巡りの職務質問を受けてしまった。純が慌てて間に入って、待ち合わせとかなんとか、適当に喋《しゃべ》りまくって事無きを得たが、後で「てめえはカカシか、このグズ」と、殴り飛ばした。金子はまったく使いものにならなかった。だが、仲間に入れた以上、いまさら捨てるわけにもいかなかった。

月々の給料を上砂工場へ運び入れる銀行は、東洋銀行立川支店だった。これは、都内茅《かや》場町《ばちよう》の証券会館に赴き、会社の有価証券報告書で主要取引先銀行を調べればすぐに分かった。

まず取り掛かったのは、現金輸送ルートの確認だ。八月、九月、十月と、給料日前に吉岡と純のふたりで張り込んだ。銀行は呆《あき》れるほど無防備だった。給料日の前日午前九時、まるで銀行の力を庶民に見せつけるように、店舗の前で堂々とジュラルミンケースを黒のセドリックの後部トランクに積み込み、走り去った。純と吉岡は、窃盗車のスカイラインで後をつけた。上砂町までの約七キロのルートは毎回一定だった。立川駅前の支店から立川通りを北上、途中から芋窪街道を走り、五日市街道と交差する手前で左折した。これは朝の通勤時間、常に渋滞する五日市街道を避けるため、と思われた。クルマも人影も少ない直線路が一キロに亘《わた》って続いていた。初めての尾行でこの、周囲に畠の広がる直線路に入ったとき、助手席の吉岡は、思わずハンドルを握る純と顔を見合わせた。ここだ、と思った。前方を呑気《のんき》に走るセドリックが、ここで襲え、カネを奪え、と誘っていた。その後も尾行を続け、ルート変更をしないことがほぼ間違いないと分かると、狂喜した。

問題は、現金強奪の方法だった。純は警官を装って現金を奪ってやる、と言った。全員、その大胆なやり口に声も出なかった。後で吉岡とふたりになったとき、純は「これが、おれと恭子のやり方だ。共にオマワリを親父にもったガキの意地だ、シャレだ。恭子も大賛成だ」と言い放った。

嫉妬《しっと》した。密《ひそ》かに訪れた恭子のアパートで詰《なじ》った。「おれより、純のほうがいいのか」と。恭子は道端のクソでも見るような目で吐き捨てた。「つまらないガキ。この期に及んでぐだぐだ言ってないで、どっちが凄い男なのか見せてよ」

自分は恭子に上手く煽《あお》られている、と分かっていた。だが、止まらなかった。このまま恭子を取られるくらいなら、死んだほうがマシだ。とことんやってやる、と肚《はら》を据えた。

勝と稔は、決行に備えてアジトを捜し出してきた。立川市の西隣、昭島市の国鉄青梅線中神駅から北へ一キロ。大神町と中神町に跨《また》がって広がる工場街の外れに位置する板金工場の倉庫だ。板金工場は付き合いのある窃盗車ブローカーの表の顔で、以前からしょっちゅう出入りしていた。このところ、〝本業〟が忙しいオーナーの工場は休業状態だという。人気もなく、恰好《かっこう》のアジトだった。

当初、金子を除く四人が私服刑事を装い、偽装したパトカーを使ってクラウンを停め、銀行員たちの自由を奪ったうえで現ナマを積んだクラウンを乗り逃げする計画だった。純は、吉岡のアパートに全員を集め、この計画を明かした。純の言葉に異議があるはずもない。吉岡は興奮した。銀行員を脅し、後ろ手に縛り上げて路上に転がし、鮮やかに逃げ去る自分たちの姿を想像してワクワクした。威勢のいい稔はもちろん、あの無口な勝までが、顔を喜色に輝かせ、やってやる、と低く気合を入れた。恭子は事前に聞いていたらしく、口元に笑みを浮かべ、全員の反応を観察して、楽しんでいた。実行チームから外された金子は、部屋の隅でひとり膝《ひざ》を抱え、暗い目で虚空を見つめていた。

しかし、本格的な秋を迎えた頃、突然純が心変わりした。場所は昭島市のアジトの倉庫だ。鉄骨が剝《む》き出しになった天井で裸電球が一個、灯《とも》るだけの寒々とした空間。屋根はスレート葺《ぶ》き、壁はブリキ板で囲っただけの、安っぽい作りだった。しかし、床はコンクリート張りで普通乗用車なら四、五台は収納できそうな広さだ。ほこりと鉄錆《さび》の匂いが濃く立ち込めていた。各々がパイプ椅子に座り、純の話を聞いた。仲間の前に立つ純は、不機嫌そうだった。喉《のど》がいがらっぽいのか太い痰《たん》を吐いた後、坊主頭を傲然《ごうぜん》と上げ、「計画は変更だ。現金強奪はおれひとりでやる」と言い放った。恭子を除く全員が、棒を吞《の》み込んだような表情で凝視した。恭子だけは、黒革のブーツにジーパンの裾《すそ》をたくし込んだ脚を組み、小さく頷《うなず》いた。純はふてぶてしい笑みを浮かべ、

「おれが白バイを使って、襲ってやる。おれがヘッドだから文句ねえよな」

と強い口調で言い、全員をゆっくりと見回した。視線が止まった。

「なあ、吉岡、いいよな」

念押しした。承知するしかなかった。純のバイクの腕は一流だ。度胸も実行力も満点だ。文句があろうはずがない。しかも、純はたったひとりで、全てのリスクを背負ってやろうというのだ。その大胆な決断に圧倒され、痺《しび》れた。

「複数はダメだ。ひとりがドジッたらすべてがオジャンだ。しかし、おれは絶対にドジらない。失敗はない」

その自信に溢《あふ》れた表情は、暗に、おまえらはトロくて信用できない、と言っていた。純

の言葉を聞きながら、横目で恭子の顔を窺《うかが》った。首筋が火照った。純を見上げた瞳《ひとみ》が、まるでセックスの最中のように熱っぽく潤んでいる。チクショウ、と声に出さずに罵《ののし》った。

その日から、犯行の日に向けて、本格的な準備が始まった。白バイに偽装するためのストップランプ、ハンディタイプのトランジスタメガフォン、白色のスプレーペイント等を全員で分担して買い集めた。偽装作業は、手先が器用でプラモデル制作が趣味の勝が、白バイ用のバイク調達は盗みの腕が純と遜色《そんしょく》ない稔が、それぞれ担当した。

一方で、純は「本番に備えて布石を打つ」と言った。何のことか分からなかった。純は自信満々だった。いまにして思えば、純は自分と恭子の関係を薄々感づいていたのではないか、という気がする。でなければ、あれほどの大仕事を、単独で実行することにこだわっただろうか。

当時の吉岡はただ、後れをとりたくない一心だった。そして、計画の仕上げが気になって仕方なかった。つまり、奪った三億ものカネをどこに運び込むか、ということだ。恐らく、犯行現場周辺は即座に大規模な交通規制がかけられ、警察は徹底したローラー作戦でシラミ潰《つぶ》しに捜索するだろう。昭島のアジトは論外だ。奪ったセドリックでそのまま逃げるわけにもいかない。車輌《しゃりょう》ナンバーと車種をもとにした広域手配であっという間にお縄だ。現金を一刻も早く他のクルマへ積み替えるのは当然だが、その後はどうする？　遠方へと逃げ延びるのは不可能だ。近くに、絶対に警察に踏み込まれない秘密のアジトが必要だ。しかし、街中にそんな理想的な場所があるとは思えなかった。

だが、純は「おれに任せろ」と、余裕綽綽《よゆうしやくしやく》だった。吉岡には、純が何を考えているのか、見当もつかなかった。

臆病者の金子に与えられた仕事は、脅迫文の作成だ。東洋銀行立川支店と、その周囲の金融機関へ送りつけるというのだ。吉岡は眉《まゆ》をひそめた。そんなことをやったら、かえって銀行側の警戒心が増して失敗するのでは、と危惧《きぐ》した。

「おれだけじゃない。百人が百人、そんなバカなことは止めろ、と言うだろう」と迫ると、「じゃあ、全員バカだ」と鼻で笑い、蔑《さげす》みの視線を向けた。坊主頭のこめかみを指先で叩き、「吉岡、ここを使えよ」と言った。

内心、こんな無謀な計画にはついていけない、と思った。結局、純のひとり舞台、自己満足じゃないか。実行したはいいが、あっさり警察にパクられるなど、間抜けもいいとこだ。自分はまだ十九なのだ。しかし、ダメだった。恭子がいる。あの女がすべてをバラしたら破滅だ。金子に入れたヤキごときじゃ済まない。恭子と寝ている自分と、嫉妬に狂った純——怖くて堪《たま》らなかった。熱に浮かされるようにここまで来たが、いつの間にか、首まで泥沼に嵌《は》まり込んで逃げられない自分に気づいた。

これまで散々バカにされ、厄介者扱いされてきた金子は、脅迫文の作成を任されたことがよほど嬉《うれ》しいらしく、張り切って仕事に取り掛かった。都心まで出掛けて、あらゆる種類の雑誌を買い込み、活字を切り抜いて、純の指示する脅迫文を作成した。ハサミを使い、切り抜いた活字にノリをつけ、便箋《びんせん》に貼りつけて、封筒に封をするまでのすべての作業を、指紋が残らぬよう、薄いゴム手袋をはめてやった。やむを得ず肉筆を使う箇所は、筆跡がばれないよう、ボールペンを使い、左手で丁寧に書いた。気の遠くなるような作業だった。

吉岡のアパートで金子は、畳に胡座《あぐら》をかいた純と吉岡の監視のもと、座卓の前に正座して、目をしょぼつかせながらも黙々と作業を続けた。

ある夜、純がタバコをふかしながら、言った。

「なあ、吉岡、おれ、面白いことを考えたんだ」

少年の面影を残した端整な顔が、不敵な笑みを貼りつけていた。吉岡は息を詰めて言葉を待った。薄い唇が動いた。

「本番の前に警察を動かしてみないか」

ドキッとした。座卓に向かっていた金子も弾《はじ》かれたように顔を上げた。

「彰、おまえは仕事、続けてろ」

金子は慌てて顔を伏せた。

「どういうことだよ」

張りついた喉を引き剝《は》がした。

「カネを要求するんだ。手紙に受け渡し場所と、その方法もちゃんと記してな」

「ばかな」

かぶりを振った。

「そんなことをしたら、本番が台なしだ。銀行のやつら、警戒して失敗しちまうぞ」

「それは違うな」

目を細め、紫煙を吐いた。金子が耳をそばだてていた。荒く、早くなっていく己の息遣いだけが聞こえる。純はタバコをくゆらし、散々焦《じ》らした後、口を開いた。

「警戒してもらったほうがいいんだ」

吉岡は奥歯を嚙み締め、腰を浮かした。もう、黙っていられなかった。

「おい、説明してくれよ。おれは脅迫文だって危ないと思っている。それを、カネの受け渡しまで記すなんて、予行演習のつもりなのか?」

純が目をすがめた。値踏みするように鋭い視線を飛ばしてくる。

「吉岡、怖いんだろう」

せせら笑うように言った。

「ばかな」

顔を逸《そ》らした。が、純は容赦しなかった。顎《あご》を摑《つか》まれ、引き寄せられた。唇が吊《つ》り上がり、白い歯が輝いた。

「警察が怖いんだろう。この腰抜け!」

唾《つば》が顔に飛んだ。

「違う!」

強引に腕を払いのけ、睨《にら》み合った。

「このままだと現金強奪は失敗する。セドリックごと奪って逃げたとして、その後はどうする? 現ナマの安全な隠し場所無しには、この計画は成功しない」

諭すように言った。

「なら、おまえの納得する隠し場所を用意すればいいんだろう」

「ああ」

こめかみを汗が伝った。不意に純の頰が緩んだ。

「おれに任せとけ」

自信満々に言うと、薄く笑いながらタバコをふかした。唇をすぼめ、煙の輪っかを天井向けて吐き出す。金子が口を半開きにして呆然《ぼうぜん》と見ていた。

計画の全体図は全て、純の頭にあった。十一月に入り、奪った現金の積み替え場所を探した。ふたりして窃盗車のスカイライン２０００ＧＴを転がし、現金強奪予定地点から北西の方向、五日市街道を中心に探した。助手席の純が地図で確認しながら、運転席の吉岡に指示した。丸二日かけて走り回り、墓地や公園の駐車場、玉川上水沿いの道など、複数の候補地の中から決定したのは、五日市街道から路地を入った、ちっぽけな神社だった。手入れされた様子のない、雑草の生い茂った神社は、絶好の積み替えポイントだった。境内の雑木林の脇、樫《かし》の大木の陰にクルマを隠しておけば、ひとに見られず、現金の積み替えができる。

ふたりで境内を歩いて回り、スカイラインへ戻ると、純がポツリと呟《つぶや》いた。

「この神社だとすぐだな」

吉岡の顔が強ばった。強奪現場からか？　それとも——

「どこからだよ」

強い口調で訊《き》いた。純はマッチを擦ってタバコに火をつけると、助手席のシートを倒し、さも旨《うま》そうにふかした。両手を頭の後ろで組み、柔らかな視線を向けてくる。

「奪った現ナマの隠し場所から、だ」

なんの気負いもなく答えた。

「用意できたのか？」

勢い込んで訊いた。

「とっくに用意しているさ」

くわえタバコのまま言った。吉岡の喉仏《のど》がゴクリと上下した。厳重な警察の目をくぐり抜けて、三億ものカネを運び入れ、ほとぼりが冷めるまで隠し続けられる場所など、本当にあるのか？ 膨れ上がる疑問をよそに、純は続けた。その答えを耳にした瞬間、その手があったか、と息を呑み、純が〝頭を使え〟と言った意味が分かった。同時に嫉妬の炎が音を立てて燃え上がった。

「武蔵学院大学のキャンパスだ。恭子が手引きする」

低く言った。

「あの大学は過激派の巣窟《そうくつ》だ。サツは近づいただけでボコボコだから、いったん入ってしまえばこの世で最も安全な場所だな。恭子が言うには、治外法権エリアだってよ」

日産自動車工場の向こう側、村山町の南西に位置する武蔵学院大学まで、この神社から直線距離で約三キロ。位置的にも申し分ない。積み替えたクルマは恭子の所属している劇団の舞台装置の搬入を装って中へ入る、という。学内は、大学の民主化と学内自治を求める学生運動の盛り上がりに押され、学校当局の力が弱まるばかりで、学生が事前に警備員に届けておけば何の問題もないらしい。

吉岡はハンドルを握り締め、唇を噛《か》んだ。血が滲《にじ》んだ。鉄錆《てつさび》の味がした。結局、この計画は、恭子と純が主役。ふたりがボニーとクライドというわけだ。もう決着はついたのか？　自分は純の下につき、恭子を諦《あきら》めるしかないのか？　いや、まだだ。諦めるのはまだ早い。吉岡はスカイラインを慎重にスタートさせた。隣の純は、タバコをくわえた唇をねじ曲げ、勝ち誇った表情だった。

東洋銀行立川支店を含む複数の金融機関へ送った脅迫状の文面は、それぞれ内容が違ったものの、概《おおむ》ね次のようなものだった。

『世の中は混沌《こんとん》としている。目を覆うケダモノの蛮行と、人を人とも思わぬ卑劣な振るまいに満ち満ちている。天は暗く曇り、希望の曙光《しょこう》はいっこうに射さない。力ある者、富める者は享楽の限りを尽くし、貧しき者は絶望の果て、地にひれ伏し、助けを乞《こ》う。富める者はこの世の害毒だ。貧しき者は怒っている。耐え忍ぶことをやめ、戦うことにした。貧しき者は近いうちにカネをいただく。銀行の金庫には現金が唸《うな》っているだろう。少し分けてもらうことにする。詳しい受け渡しの方法は後日、連絡する。もし、この真摯《しんし》で正当な要求が無視されるようなら、貧しき者は爆弾を使う。当然、人が死ぬことになる。支店長が死に、職員が死に、家族が死ぬ。貧しき者はバカではない。貧しき者はつかまらない。貧しき者は証拠を残さない』

純がひとりで作った文章とのことだったが、恭子が知恵を入れているのは明らかだった。爆弾の文字を使ったのは、当時、爆発物絡みの事件が頻発していたためだ。ライフルとダイナマイトを持って、静岡県寸又峡《すまたきよう》温泉の旅館に立て籠《こ》もった二月の『金嬉老《きんきろう》事件』、横須賀線の電車の網棚に置いた荷物が爆発して死者一名負傷者多数を出した六月の『横須賀線爆破事件』、学生運動のデモ活動で火炎瓶が使われるのは日常茶飯事だった。爆弾の文字が、銀行に不安感を抱かせたのは間違いない。

この脅迫文は各々の支店長宛に、十一月半ばまでに投函《とうかん》した。同時に純は勝を使い、脅迫電話を掛けさせた。公衆電話のボックスに入り込み、純の書いたメモを読ませた。勝の老けた声は重みがあって、脅迫にうってつけだった。純は声を潜めて受話器に耳を寄せ、終わった後、腹を抱えて笑った。楽しくてたまらない、といった風だった。

曙電機の冬のボーナス支給日は、十二月十一日。ならば、現金は前日の十日に運び込まれることになる。その二週間前、稔がバイクを調達してきた。ヤマハの三五〇ccだった。できうるなら警視庁が白バイに採用しているホンダ製が欲しかったが、適当な放置バイクが無く、改造に要する時間的なリミットも考えて、ヤマハで妥協するしかなかった。

昭島市のアジトに運び込み、勝が改造に取り掛かった。純が着用する白バイの制服は、道路工事のガードマンの制服で間に合わせた。これは、吉岡が千葉県船橋市の警備会社で偽名でアルバイトし、辞める際、一着拝借してきたもの。管理が甘く、何の問題もなかった。

決行六日前の十二月四日水曜日、東洋銀行立川支店の支店長宛に、脅迫文を速達で送った。この最後の脅迫文には、具体的な現金の受け渡し方法を記していた。すなわち、十二月六日金曜日の午後三時、女子行員に五百万円を入れたハンドバッグを持たせ、小平霊園内の指定場所に立たせよ。指定場所は霊園の中央部にあるロータリーから西に百メートルほど入った雑木林。指示に従わなければ、支店長の自宅を爆破する。警察に通報した場合でも同様である、と。

青空が広がる一日だった。吉岡は純とふたり、小平霊園に赴いた。恐れを知らぬ純は、ここでも大胆だった。二時過ぎから正門奥の芝生の上で日光浴を装い、寝転んで待ったのだ。さすがにヤバ過ぎるのでは、と危惧《きぐ》した吉岡に、事もなげにこう答えた。「おれの自宅は目と鼻の先だ。冬の晴れた日に日光浴を楽しんで何が悪い」と。気持ちよさそうに表情を緩め、両腕を突き上げて背伸びした。

「こういう時は大胆に振る舞ったほうがいい。ビビってるとかえって目を付けられる」

純の不敵な言葉を聞きながら、吉岡は周囲をさりげなく眺めた。公園墓地だけに、墓参りの人間以外にも、学生風のグループや子供連れの母親らが枯れた芝生の上で、キャッチボールやバドミントン、縄跳びを楽しんでいる。のんびりとした、欠伸《あくび》の出そうな冬の昼下がりの光景だ。

しかし、吉岡の視界には私服刑事らしき目付きの鋭い男たちの姿もあった。清掃人や墓参の人間に、明らかに刑事と分かる、体格のがっちりした者が見受けられる。警察は脅迫文を送り付けた人間が、こうやって間近で観察しているなど、夢にも思わないだろう。

「吉岡、目の前でサツどもが右往左往するのを見るのは気色いいだろう」

仰向けになった純が、明るい空を見上げて言った。

「本番になれば、もっと凄《すご》いことになる。日本中が大騒ぎだ。新聞もテレビもラジオも週刊誌も、おれたちの仕事一色になる。犯人はどこのどういう奴だ、と勝手な憶測を巡らし、羨《うらや》み、嫉妬《しっと》する。警察はヒステリー状態だ。いつも威張りくさってるやつらが、青い顔でウロウロして、頭を抱えるぞ」

憑《つ》かれたように喋《しゃべ》った。

「おれたちは三億の現ナマを手にして、大笑いだ」

純は横向きになり、腕枕をして、吉岡の顔を覗《のぞ》き込んできた。

「なあ、吉岡、おまえ、何に遣う？」

えっ、と絶句した。純は目を細め、諭すように言った。

「奪ったカネに決まってるだろう。遣い出があるぜ」

吉岡は何と言っていいのか分からず、目を逸《そ》らした。西に傾いた太陽が眩《まぶ》しかった。手庇《てびさし》をして、呆然《ぼうぜん》と眺める。今の今まで、考えたこともなかった。三億。六人で平等に分けても五千万だ。建設現場のドカチンをやって、足腰が立たなくなるくらいこき使われても日当は千三百円だ。何日分になるのだろう。二十年や三十年、働かなくても食っていけるのではないか。もしかすると、一生遊んで暮らせるのかもしれない。気が遠くなった。小さくかぶりを振った。

「おれには分からない。手にしたら考えてみる」

チェッと舌打ちして、純が上半身を起こした。ジャンパーの懐から抜き出したタバコを唇に差し入れ、マッチで火をつける。

「そんなにオタオタするカネかよ。ちゃんとした計画を持ってないと、あっという間に文無しだぞ。ハイエナみてえなズベ公どもに吸い上げられ、競輪競馬でスッちまうのが関の山だ」

唇をすぼめ、フーッと紫煙を吐いた。その横顔は自信に満ちていた。

「純はどうするよ」

吉岡は囁《ささや》くように訊いた。視線を前に据えたまま応《こた》えた。

「おれはパリに行く」

「パリ？」

予想外の言葉に、反応のしようがなかった。

「そうだ。花の都、パリだ」

「なにをしに」

「こんなクソみてえな国、もううんざりだ」

不快げに頬を歪《ゆが》めた。

「パリには本物の、筋の通った人間がゴマンといるらしい。作家とか絵描きとか音楽家とか、そういった才能に溢《あふ》れる人間も明日の栄光を夢見て、パンと水で頑張っている。学生運動にしたって、自分の信念でやっている。今年、五月革命ってのが起こってな。三万人の学生たちが武装した警官隊に立ち向かい、市街戦をやったんだ。そして労働者や一般市民も巻き込んで、全国規模のストライキにまで発展したらしい。日本みたいにブームとかノリとか、手前勝手な正義感、自己満足で騒いでいるのとわけが違う。解放区とかいう、自由な土地を築こうと、命を賭《か》けてやっている。世界の、志のある若いやつらの憧《あこが》れの街だ」

胸に不吉な影が射した。入れ知恵したやつがいる。間違いない。

「誰と行く」

動揺を押し隠して訊《き》いた。

「恭子だ」

素っ気なく答えた。

「モンマルトルの丘の近くにアパートを借りて住む。落ち着いたらおまえも呼んでやろうか」

心臓の音が鼓膜を叩《たた》いた。

「いや、いい。おれは外国は嫌いだ」

太陽が黒く見えた。純と恭子が手に手を取ってパリへ――想像するだけで頭が軋《きし》んだ。

両手をこめかみに当て、目を閉じた。

「デカどもが右往左往してやがる」

せせら笑う純の声がした。

「あと四日だぜ。四日でこの手に現ナマを摑《つか》んでやる。そして、警察のバカどもにほえ面をかかせてやる」

そうだ、あと四日しかない。恭子を問い詰め、真意を訊く時間は残されていない。薄く瞼《まぶた》を開ける。小春日和の陽だまりのなか、坊主頭の純が、虚《うつ》ろな目でタバコをふかしていた。じっと見ていると、降り注ぐ柔らかな光に溶けて消えてしまいそうだった。それは儚《はかな》い、幻に見えた。

あのとき、吉岡は、純がこの世の存在に思えなかった。願望か、それとも近い未来の運命を察知していたのか。いずれにせよ、純は死に、恭子は去った。三十四年が経ち、残された男四人のうちふたりが死んだ。運命の歯車は確実に回り始めた。BMWのステアリングを握る手が震えた。

横浜市中区のフェリス女学院大学近く、横浜港を見下ろす住宅街に、真山恭子の住むマンションはあった。左手首に巻いたクロコベルトのピアジェは午前九時五十分をさしていた。

吉岡は地下の来客用の駐車スペースにBMWを停めると、エレベータで八階まで上がった。玄関ドアを開けた恭子は、ソバージュの髪を後ろでまとめ、白のコットンパンツ、ベージュのセーターというリラックスした恰好《かっこう》だった。

「いらっしゃい」

婉然《えんぜん》と微笑んだ。

「お待ちかねよ」

吉岡の眉《まゆ》がピクリと動いた。来客？　勧められるまま、玄関に入った。大理石の廊下が奥へと続いている。靴を履いたまま歩いた。広々とした天井の高いリビングへと通された。三十畳はあるだろうか。中央にグランドピアノが置かれ、壁一面には優雅な曲線を描いた硝子《ガラス》板が嵌《は》め込まれている。その向こう、晴れた空の下、横浜の海が白く青く輝いていた。

吉岡の足が止まった。クリーム色の革張りのソファに来客がいた。眩しいほど輝く光景をバックに、パンチパーマのどす黒い顔が緩んでいる。金子だった。

「おう、吉岡」

皺《しわ》の寄ったワイシャツと、肩からだらしなく外れたサスペンダー。御影石のテーブルにはブランデーのボトルとリボルバー。脚を組み、ぐったりともたれて、グラスを啜《すす》っている。

「先に飲《や》ってるぞ」

腫《は》れぼったい瞼《まぶた》の間から覗く目は、まるで膜がかかったように生気が無かった。脂肪のだぶついた顎《あご》をしゃくった。

「まあ、座れや」

「稔への弔い酒か」

ソファに腰を下ろしながら言った。

「おまえ、おれを疑ってんのか?」

眠ったような視線に怒気が浮いた。右手を伸ばし、テーブルのリボルバーを無造作に摑《つか》み上げると、鋼のボディに指を這《は》わせ、さも愛しそうに撫《な》でた。

「おれがこのチャカでぶっ殺したと思ってるのか?」

吉岡は首を振った。

「いや、おまえはヤクザだ。本気で殺《や》るなら、あんな杜撰《ずさん》な真似はしない。東京湾にコンクリートを抱かせて沈めるとか、顔を潰《つぶ》し、指紋を削って山に埋めるとか、この世からキレイに消してしまうやり方はいくらでも知ってるだろう」

　金子の、不健康に膨らんだ顔が綻《ほころ》んだ。リボルバーをテーブルに置いた。吉岡は淡々と語った。

「おまえなら、拳銃《けんじゅう》で撃ってそのまま地元の街中に転がすなんて、バカな真似はしない」

「恭子と同じ意見だな」

　赤黒い目が鈍い光を放った。その視線の先を追った。ピアノの前のチェアに座った恭子は、脚を組んでメンソールのタバコをふかしていた。

「おれは、恭子が喜んでくれるんじゃないかと思って、張り切って駆けつけたら、このアマ、鼻で笑い、いったい誰がやったのよ、とのたまいやがった。大した女だ」

　紫色の唇を歪め、せせら笑った。その露悪を気取った顔の皮を剝《は》げば、必死に押し込めた焦燥と脅えが剝《む》き出しになるだろう。恭子は指先にタバコを挟み、冷たい視線を向けてきた。その美しい顔には、毫《ごう》の変化も無かった。

「健一、このヤクザ、警察に追われてるのよ」

　さらりと言った。

「知らなかった?」

　吉岡は唇を引き結び、首をひねった。恭子は嬉《うれ》しそうに頷《うなず》くと、テレビのニュースで得た最新の情報を説明した。警察は稔が殺される前に一緒にいたとされる暴力団組長が、事情を知っているとみて行方を探している、と。

「参考人ってことだけど、実際は指名手配みたいなものよね」

恭子は、金子に目をやった。ブランデーで濡《ぬ》れた唇をワイシャツの袖《そで》で拭《ぬぐ》い、金子は独り言のように呟《つぶや》いた。

「一緒にいたなんてのはウソだ。舎弟に見張りを任せていたが、そいつが遊びに行っちまってな。その隙に稔はマンションを抜け出して撃ち殺されたんだ」

肩を大きく上下させ、長いため息を漏らした。顔には濃い疲労の色がある。吉岡の脳裏に、あの渋谷での光景が蘇《よみがえ》った。衆人の中で舎弟を殴りつけた金子、そして憎悪と蔑《さげす》みの視線を飛ばした舎弟。あのとき吉岡は、金子から組をまとめる求心力は失《う》せた、と悟った。最悪の形でそれが証明されたわけだ。

「まったく情けねえ話だ。舎弟へのしつけがなってない、と責められれば、はい、そうです、と答えるしかねえな」

金子は自嘲《じちょう》気味に続けた。

「サツはおれら極道なら、どうやって追い込んでもかまわねえ、と思っている。尊い人権とやらも、おれらには関係のない話だ」

背中を丸め、グラスを啜《すす》った。

「金子、誰が稔を殺ったんだ」

吉岡は低く言った。

「さあな」

視線を逸《そ》らした。

「警察か？　三十四年前の真相に封をしておきたい警察が殺ったのか。そして、おまえの身柄も拘束しようとしているのか？」

「おれが知るか！」

怒鳴った。

「ごちゃごちゃ言ってる暇があったら、自分のことを心配したらどうだ。おれとおまえは同罪なんだぜ」

鋭い視線を飛ばしてきた。

「組はどうする」

金子の唇が震えた。絶句したのが分かった。が、それも一瞬だった。

「終わった」

掠《かす》れた声だった。吉岡は眉根《まゆね》を寄せた。

「どういうことだ？」

「解散だ。しょぼいチンピラしかいねえ組だから、どうってことはない」

投げやりな口調だった。そして頬をとろりと緩め、薄ら笑いを浮かべた。

「だが、おれには借金《しゃっきん》がある。二十億か三十億か、まあそんなとこだろう。組がなくなった以上、おれは親の後ろ盾を失った元ヤクザだ。やばい連中が群れを成して襲ってくる。おれがカラッケツと分かれば即、これだな」

手刀で首を飛ばす真似をした。

「吉岡、今度はおれがおまえを脅してやろうか？　三億円事件の真犯人がオーナーと分かれば、さすがにマズいだろう。億のカネなら出すんじゃないか。贅沢《ぜいたく》は言わない。フィリピン辺りでプール付きの屋敷を構え、シャブ食って、若い女をはべらして一生、遊んで暮らしていける程度でいいんだ。どうだ、吉岡、おれは手負いの元ヤクザだ。本気でやると思わないか？」

嬲《なぶ》るように言った。

「おれはもうオーナーじゃない」

素っ気なく返した。

「どういうことだ？」

金子が身を乗り出して凄《すご》んだ。

「経営権を息子に譲った。若い二代目を迎え、会社もやる気満々だろう。もう、おれの入り込む余地はない。どこを叩《たた》いてもカネなんか出ないぞ」

強い口調で言った。金子の濁った目に険が浮いた。

「いよいよ自分の身がヤバくなったと悟ったのか？　三十四年目にしてよ」

吉岡は口を噤《つぐ》んだ。

「なんでえ、吉岡。おまえ、純を犠牲にして生き延びたのに、トシとって出世したら、自分の会社がなにより大事ってわけかい。こんなんじゃあ純が草葉の陰で泣いているぞ。情けねえおっさんになっちまったってよ」

吐き捨てるように言った。

「彰、それは違うわ」

恭子だった。タバコを分厚いクリスタルの灰皿で消し、傲然《ごうぜん》と顎を上げた。

「あの事件には、あなたの知らないことがあるの」

冷たい口調だった。

「あれは、わたしと純、それに健一の三人で仕組んだものだった。そして、勝と稔は度胸たっぷりの補強要員。申し訳無いけど、チキンのあなたは戦力外だった。お情けで加えてもらっただけでしょう」

「なんだと」

金子の視線が冥《くら》い光を帯びた。それは、紛れも無い極道の顔だった。が、恭子はまったく動じなかった。

「だって本当だもの。あなたは強い男になりたかった。わたしに認めて欲しかった。どこか間違っていたら訂正しなさいな」

「黙れ！」

どす黒い顔に血が上り、赤紫色に変わった。こめかみの血管がみるみる膨れて、いまにも破裂しそうだ。

「彰、教えてあげるわ。あなたの知らない、事件の秘密を」

静かな声だった。金子の頬に粘った汗が浮いた。

「止《や》めろ！」

吉岡はソファから立ち上がった。

「恭子、もう終わったことだ。今更話してどうなる」

「終わった？」

細い眉を歪《ゆが》めた。

「なにをバカなこと言ってるの。まだ三人が生き残ってるのよ。終わるわけないじゃない」

凜《りん》とした口調だった。

「そうだ、吉岡、引っ込んでな」

振り向くと、金子が右腕を突き出し、リボルバーを構えていた。ハンマーを起こす音がした。滑るように回転したシリンダーが鈍く光った。

「おれは恭子と話したいんだ。おまえはそっちいってろ」

銃身を振った。

「おら、ぶっ放すぞ！」

歯を剥《む》き、吠《ほ》えた。吉岡はソファからゆっくりと離れた。恭子はサファイアを埋め込んだライターを鳴らして、新しいタバコに火をつけた。動揺のかけらも窺《うかが》えない、自然な仕草だった。金子は静かに語り掛けた。

「恭子、いったい何があった。教えてくれ」

恭子は軽く頷《うなず》くと、視線を金子に据え、語り始めた。

それは、固く凍っていた過去が溶けていく声だった。恭子は、自分の父親が警察庁の高級官僚だったこと、事件当時、東北管区警察局長の要職にあったこと。自分は立場的には妾《めかけ》の娘だったが、警察はなんとしても隠しておきたかったに違いない、と簡潔に語った。

沈黙が満ちた。金子の顔から血の気が失せ、蒼黒《あおぐろ》くなっていた。まるで魂が抜けたような虚《うつ》ろな視線が中空を漂う。分厚い唇が動いた。

「じゃあ、純は犬死だろう」

囁《ささや》くような声だった。

「おれは、純が自殺したから、警察の捜査が止まったと信じていた」

赤く濁った眼球がぐるりと動き、焦点が定まった。その視線の先には、恭子がいた。

「恭子、散々騙《だま》して、さぞかし楽しかったろう」

眉間《みけん》が狭まり、頰が強《こわ》ばった。

「だが、三十四年は長過ぎる」

リボルバーのグリップを握る手が白く染まった。ギリッと歯の軋《きし》む音がした。それは身体の内から噴き上げる憤怒《ふんぬ》に必死に耐えながらも、破裂する寸前の顔に見えた。吉岡はそっと足を踏み出した。

「おい、なんとか言ってみろ」

鋭い声だった。恭子の頰が緩んだ。冷然とした表情を崩し、微笑んだ。

「わたしは事実を述べただけ。それをどうとらえるかはあなたの勝手でしょう」

金子は、これ以上話しても無駄とばかり、唇をへし曲げ、銃口を据えた。吉岡は床を蹴《け》り、ソファの金子に摑みかかった。が、金子は、動きを予想していたかのように、上半身をひねると、右手を振った。グリップがこめかみを叩いた。幾多の修羅場を潜った、無駄のない流れるような動きだった。吉岡は呆気《あっけ》なく崩れ落ち、仰向けに転がった。金子が立ち上がったのが見えた。

いていた。

「吉岡、てめえも殺すぞ！」

酒臭い怒声が響いた。白くぼんやりと染まっていく視界の中で、悪鬼の形相の金子が喚《わめ》いていた。

おたふく旅館の二階角部屋で、滝口は携帯電話を耳に当てていた。相手は、警視庁捜査四課の飯島だった。壁にもたれた片桐が、マルボロを指先に挟み、険しい視線を向けている。
午前十時。やっと摑まった飯島は、電話の向こうで声を潜めて情報を流した。
《タキさん、銃器に関する鑑識の結果を読み上げますよ》
メモをめくる乾いた音がした。
《現場より採取された弾丸は回転式拳銃用の短形弾。口径は0・357インチ。ライフルマークの鑑定から、使用された銃器はS&W・M65と判明しました》
「弾丸が発射された距離は？」
《極めて近い距離、五十センチ程度までの近射と思われます。頭蓋骨《ずがいこつ》を砕いて脳内に入った弾丸は脳脊髄液《せきずい》に大きな圧力を加え、大脳部分を頭蓋骨もろとも吹き飛ばしています。加えて、弾丸の射入口周辺の皮膚に火傷状の焼暈《しょううん》があり、その縁に沿って火薬の粉粒痕《ふんりゅうこん》が残されていました。以上の結果から鑑《かんが》みて、近射と断定してよいと思われます》
淡々とした口調だった。
「ホシは？　テレビニュースによると、捜査本部は『蒼龍会』の金子彰とほぼ断定したようだが……」
受話器の向こうで息を呑《の》む音がした。滝口は待った。三呼吸分の時間が流れた。声がした。
《タキさん、ちょいとヤバすぎますよ》
脅えを含んだ声音だった。
《おれは、タキさんが何を追っているのか知らないし、また知ろうとも思わないが、これは玉川上水の扼殺《やくさつ》事件とつながってますよね》
「ああ」
《タキさんが捜査から外されてまで動いているってことは相当なことなんだろうが、おれはもう、止めたほうがいいと思う。カイシャに逆らって勝てるはずがありませんよ》
「おれの勝手だ」
《余計なお世話ですか》
「そうだ」
固い沈黙が鼓膜を舐《な》めた。じっと見つめる片桐が眉根を寄せ、そげた頬を強ばらせた。
《じゃあ、しょうがない、言いましょう》
メモをめくる音がした。
《ホシは金子じゃない。あいつの所持してるチャカは同じリボルバーの0・357インチですが、S&Wではなく、コルトパイソンだ。極道でも、幹部になるとチャカにもこだわりがある。金子じゃありませんよ》

「カイシャはそれが分かったうえで金子を追っているんだな」
《そういうことです。野郎の舎弟どもを何人か引っ張ってるが、金子は結城を匿《かくま》っていただけ、と証言しています。まあ、ヤクザの言うことを信用するバカもいませんが、金子の野郎、なにをとち狂ったか、組を解散する、と言ってたらしいですよ》
「解散だと？」
《そうです。舎弟をほっぽらかして、ひでえ極道の頭《あたま》もあったもんだ。あの野郎、莫大《ばくだい》な借金《しゃっきん》を背負っているから、ヤバ筋から狙われますよ。いつ殺されてもおかしくない》
吐き捨てるように言った。滝口の背筋を冷たいものが這《は》った。
「金子はいまどこにいる」
《明け方まで情婦《イロ》のとこにいたようだが、いまは行方知れずです。まあ、指揮を執ってるのが切れ者の藤原だから、遅かれ早かれでしょう。その後は、カイシャの胸三寸だ。幸いに、と言うべきか、金子は借金で極道どもから追われる身だから、どうとでもできる》
滝口は思わず唸《うな》り声を漏らした。
《タキさん、御身《おんみ》大切に頑張ってくださいよ。あの若いの、頭はともかく、身体だけは使い減りがしないようですから、ボディガードならなんとか務まるでしょう》
それだけ言うと、携帯が切れた。
「タキさん、おれの言った通りでしょう」
片桐が勢い込んできた。
「カイシャが金子を追っかけてるんだ。口封じ以外に何があります。結城を殺ったのもカイシャですよ。そうに決まっている」

唇がわなないている。

「どうするんですか！」

指先のマルボロも微《かす》かに震えていた。

「まだ決まったわけじゃないぞ」

滝口は胡麻塩《ごましお》の無精髭《ぶしょうひげ》が浮いた顎《あご》をぞろりと撫《な》で、目をすがめた。

「いま、おれに分かっているのは、三人が残ったということだけだ」

その視線は、遠い過去へと遡《さかのぼ》っているように見えた。


ピアノの音がする。春の柔らかな陽差しの中、ゆっくりと散歩するようなたおやかな調べだ。ショパンだった。瞼《まぶた》をこじ開ける。頭が重い。右のこめかみで鈍痛がしていた。吉岡は手を当て、指先で少し腫《は》れた髪の生え際を撫でた。霞《かすみ》がかかったような視界が徐々に焦点を結んだ。天井から吊《つ》られた豪華なシャンデリア。ショパンの調べ——はっと目を剝《む》き、上半身を起こした。

光の海が視界いっぱいに広がった。眩《まぶ》しさに思わず手庇《てびさし》をした。窓の外、陽光を反射して輝く横浜の海を眺めた。ピアノの音色に誘われるように、視線を向ける。リビングの中央に置かれたグランドピアノの前、ソバージュのロングヘアーを後ろでまとめた恭子が、くわえタバコで鍵盤《けんばん》を、まるで撫でるように操っていた。白のコットンパンツにベージュのセーター。目を閉じ、陶酔したその怜悧《れいり》な横顔は、相変わらず俗世から超越していた。リボルバーを向けて吠《ほ》えた金子と、死を覚悟した自分。頭を沸騰させたふたりの男の存在など、何の興味も無い、と言わんばかりの、感情の窺《うかが》えない冷然とした顔だった。

視線をぐるりと巡《めぐ》らす。半開きの口。クリーム色の革張りのソファで、金子が寝ていた。どす黒い顔に浮いた脂汗と、弛《たる》んだ顎。呼吸の度に、アルコールの饐《す》えた臭いが漂う。時折鼻を鳴らし、いぎたなく睡眠を貪《むさぼ》る金子は、精も根も尽き果てた抜け殻だった。だらんと垂らした右手の指先に、リボルバーが引っ掛かっている。

「恭子」

掠《かす》れた声で呼びかけた。恭子は、蔑《さげす》むような一瞥《いちべつ》をくれただけだった。

「金子はどうした」

ピアノが止んだ。恭子は指先でタバコを挟み、足を組んで瞳《ひとみ》を向けた。フッと紫煙を吐くと、形のいい唇をひねった。

「どうしたって、あの通りよ」

嘲笑《ちょうしょう》を含んだ声だった。吉岡は歯を軋《きし》ませて言った。

「いまにもリボルバーをぶっ放しそうだった。おれはおまえが殺されると思った」

恭子は片頬を歪めた。

「彰にわたしを撃てるわけないじゃない」

確信に満ちた物言いだった。

「死ぬほど惚《ほ》れてるんだもの。彰には無理よ。拳銃《けんじゅう》を向け、散々喚いていたけど、そのうちがっくりと横になってね。頭がショートしたみたい」

タバコを分厚いクリスタルの灰皿で押し潰《つぶ》した。

「ねえ、健一」

固い視線だった。

「誰が殺したと思う？」

一瞬、何のことか分からず、呆然《ぼうぜん》と見つめた。細い眉《まゆ》が吊り上がり、眉間《みけん》の辺りに苛立《いらだ》ちが浮いた。

「稔よ。殺したの、誰よ」

強い口調で迫った。吉岡はかぶりを振った。

「おれには分からない」

「警察なの？　彰は警察に追われている。ならば、わたしたちが追われてもおかしくないでしょう」

吉岡は床から身体を引き剝《は》がすようにして、腰を上げた。どうしようもなく重かった。

ピアジェを見た。午前十時半。携帯電話が鳴った。ジャケットの内ポケットから取り出して耳に当てる。巧だった。警察から父さんの居所を訊《き》かれた、と強《こわ》ばった声で訴えてきた。

吉岡は、ほうっておけ、おまえには関係ないこと、と告げて最後、会社の経営に専念しろ、と言い添え、電源を切った。

「会社から？」

恭子が顔を覗《のぞ》き込むようにして訊いてきた。吉岡は頷いた。

「息子だ。警察がおれの居所を探しているらしい」

恭子は唇の端を捩《ねじ》り、薄い笑みを浮かべた。

「なら、警察はあのことを知っているのね」

「だろうな」

目尻《めじり》の皺《しわ》が深くなった。

「じゃあ、彰と一緒じゃない。わたしたち三人、警察に追われる逃亡者ってわけか」

視線を宙に据え、頬を緩ませた。恭子は面白がっていた。

「なにがそんなに面白い」

声が出ていた。恭子が視線を戻した。

「だって、またあの事件が注目されているんだもの」

当然、と言わんばかりの口調だった。

「あなた、面白くないの？　ほら、あのときの興奮が蘇《よみがえ》ってくるでしょう。退屈な日常を木っ端微塵《みじん》にぶち壊して初めて得られる快感と陶酔。その極上の境地に、また到達できるのよ」

「そんなもの、一瞬だろう」

突き放すように言った。恭子は唇を吊り上げ、せせら笑っただけだった。だが、目は笑っていない。瞳の奥が凍っている。背筋を悪寒が這《は》い上った。あの時、この女は悪魔だ、と思い知ったはずなのに、また一緒にいる。三十四年という歳月も、この女の前ではほんの刹那《せつな》に過ぎない。

「恭子、どうする？」

震える声で訊いた。恭子は小首を傾げた。無邪気な童女のような仕草だった。

「警察は既に察知しているぞ。おまえのこのマンションも、伊勢佐木町の店もだ。雪崩《なだれ》込んで来るのは時間の問題だと思うがな」

平静を装って続けた。が、恭子には通用しない。意味ありげな視線で一瞥し、唇を動かした。

「また怖がってる。男って、本当に成長しないのね」

うんざりした口調だった。大きく切った窓から、黄金色の陽の光が降り注いでいた。しかし、この部屋は三人の暗い運命を内包したかのように、冷たく凍えている。

「健一、いずれにせよ、このマンションにはいれないってことでしょう。警察に身柄を拘束されたらわたしたち、口封じに消されてもおかしくないのよ」

恐ろしいことを、まるで事務報告のように淡々と語った。

「なら、どうすればいい？」

昔と同じだ。恭子にお伺いをたて、その答えを天の言葉のように待っている自分。恭子は焦《じ》らすように、新しいタバコに火をつけ、ゆっくりとくゆらした。吉岡は眉間に筋を刻み、睨《にら》んだ。瞬間、恭子の顔が輝いた。

「逃げるしかないわよ。ほら、ボニーとクライドみたいに」

そう言うと、白い歯を見せて笑った。朗らかな笑い声が響いた。吉岡は、その底の抜けたような笑顔を直視できず、目を伏せた。

「情けないヤツ」

低く重い声が、鼓膜をジリッと焼いた。


午前十一時三十分。青山通り沿いに建つオフィスビルの『サンクチュアリ』本社で、吉岡巧は、目の前に座る男ふたりの事情がよく呑《の》み込めず、首をひねった。父親に会いたい？　声に出さずに呟《つぶや》いた。分からなかった。巧は応接室で、警視庁捜査一課の捜査員と名乗る大柄なふたりの男と向かい合っていた。

自分の怪訝《けげん》な顔に業を煮やしたのか、男たちは再度、警察手帳を差し出し、ついでに名刺も渡した。年嵩《としかさ》の方、四角い赤ら顔に角刈り頭の強面《こわもて》が宍倉文平。分厚いゴッゴッとした身体に、褐色の厳《いか》つい顔の若手が杉田聡。

巧は説明した。警察の人なら、もう一時間以上前に来られたが、まだ何か用なのですか。先程も説明しましたように、父親はいまおりません。プライベートの旅行に出ております。御伝言がありましたら、必ず伝えますので、と。捜査員ふたりはギョッとした表情で顔を見合わせ、次いで宍倉がテーブルに両手をついて身を乗り出し、その人物の人となりを教えてください、と迫ってきた。その人物の人となり？　巧は眉をひそめた。宍倉は、顔を真っ赤にして吠《ほ》えた。その警察の名を騙《かた》った男たちです、と。巧は、何がなんだか分からず、それでも目の前の捜査員の迫力に気圧《けお》されるように、ついさっき会ったばかりのふたりの風貌《ふうぼう》を説明した。頭の禿《は》げ上がった短軀《たんく》の初老の男と、自分とさほど年齢の変わらない背の高い、頬のそげた、短髪の目付きの鋭い男だった、と。

捜査員ふたりは顔を強ばらせて立ち上がり、辞去の挨拶《あいさつ》もそこそこに応接室を出ていった。

ひとり、残された巧は、胸の内になにか暗く重いものが満ちていくのを感じた。昨夜、社長業の引退を明言した父親——母の話では、今朝、行き先も告げず慌てて家を出たという。間違いない、何かが起こった。最初に訪れた捜査員ふたりが偽物だとしたら、いったい何が狙いだったのだろう。父親の携帯の番号を再度呼び出してみた。つながらない。頭を抱えた。父親は失踪《しっそう》したのか？　それとも、会社の経営がらみの事件に巻き込まれたのか？　だから社長業を放擲《ほうてき》したのか？　唇を嚙《か》み、呻吟《しんぎん》した。分からない。結局、自分は息子でありながら父親のことは何も知らない、と思い至っただけだった。

濁った潮の香りがする。そうか、ここはもう海に近いのか、とぼんやりとした頭で思った。膝《ひざ》をギュッと抱えて背を丸め、目を細めた。胡麻《ご ま》塩《しお》頭を撫《な》でていく風が冷たかった。浅草・隅田川の水上バス発着所から五百メートルほど上流。浅草駅を出発した東武伊勢崎線の電車が日光へと向かう鉄橋の先、河岸に広がる隅田公園のテーブル状の護岸壁で、緒方耕三はダンボール紙に座り、じっと川面を見つめていた。午後零時過ぎ、降り注ぐ太陽の光が川面に反射して眩《まぶ》しかった。

コンクリートの護岸壁のそこここに蹲《うずくま》り、或いは横たわって昼寝を貪《むさぼ》るホームレスの姿がある。夜は冷気に痛めつけられて眠れない分、ホームレスたちは昼間の暖かい時間帯に睡眠不足を補う。厳しい冬を乗り切る知恵だった。

公園には、青色のシートで覆ったハウスが百以上は建っている。新宿中央公園ほどではないが、ここも都内有数のホームレスの住処《すみか》だ。

緒方の背後のハウスから、テレビの音が微《かす》かに流れていた。ヨシが別れ際、ここへ行け、と教えてくれたハウスだ。持ち主は、熊のような髭面《ひげづら》の大男、名前はゲン。年齢《とし》は四十前後か。以前、新宿中央公園でヨシが面倒をみてやったのだという。

ゲンは自家用の発電機でハウスに電灯を灯《とも》し、起きている間は常にテレビをつけている。今朝、ニュース番組を見入るゲンに背中を向け、まどろんでいた緒方は、テレビから流れた名前に目を見開いた。名前をもう一度、反芻《はんすう》し、次の瞬間、弾《はじ》かれたように振り向いた。ちっぽけな画面に、目付きの鋭い頬のこけた男の顔が映っていた。結城稔——こいつが、と呻《うめ》きながら、上半身を起こした。ゲンは、不審気な表情で見つめている。無理もない。憔悴《しょうすい》し、半ば死人のようだったジジイが、急に顔に生気を漲《みなぎ》らせて、テレビに見入っているのだから。

「なんでえ、ジイさん、知り合いか？」

尻《しり》をボリボリと掻《か》きながら訊いた。

「頭、チャカでぶっ飛ばされておっ死《ち》んだらしいぜ」

欠伸《あくび》交じりに続けた。

「いや、人違いだ」

素っ気なく答えて、また寝袋に潜り込んだ。しかし、あのとき、自分は襲いくる現実に恐怖し、鼓膜を叩く激しい動悸《どうき》の音に息を詰めていたのだ。身体がどうしようもなく震えていた。嚙み締めた奥歯がキリキリと軋《きし》んだ。無様だった。逃げ出したかった。が、いまは違う。川面を見つめながら、ぼんやりとした頭で考えた。これでふたり死んだ、という事実があるだけだ。いったい誰が殺した？　カイシャか？　だとしたら、自分が守り抜いた組織はまた、なりふり構わず、保身に走っているというのか？　ダメだ。小さく頭を振った。いくら考えても分からない。確かなことはただひとつ。自分はもう逃げない、ということだ。動き始めた歯車がどう回って行くのか、自分には見届ける義務がある。晴子のため、そして純のために。

吉岡のBMWは横浜新道を小田原方面へ走っていた。午前中は晴れ渡っていた空が、いまは雲に覆われ始めている。太陽はとっくに隠れ、辺りは陰鬱《いんうつ》な冬の光景だった。

助手席には真山恭子。部屋では結っていたソバージュのロングヘアをいまは解き、長く垂らしている。黒のパンツとカシミヤのカーディガンを着込んだ恭子は、時折、髪を指先で掻《か》き上げ、気怠《けだる》そうにタバコをふかしている。

「吉岡、どこへ行く？」

腫《は》れぼったい瞼《まぶた》を半開きにした金子が、後部座席から声を掛けた。右手に、恭子の部屋から持ち出したブランデーのボトルを握っている。口元がだらしなく緩み、目は薄い膜が張ったように、どろんと淀《よど》んでいた。

「伊豆だ」

金子は弛《たる》んだ頬を歪《ゆが》めた。

「ああ、そうだったな。おまえの持つ伊豆の別荘だ。金持ちの象徴だ」

皮肉な物言いも、いまは力が無かった。金子はボトルを口に含むと、濁った目をルームミラーに向けてきた。吉岡と視線が合うと、鼻で笑った。

「そういえば昔、こうやって三人でクルマに乗っていたことがあったな」

ボソリと言った。

「あのとき、おれは興奮と恐怖で、頭がどうにかなりそうだった」

独り言のように呟《つぶや》いた。吉岡は助手席の恭子に目をやった。窓の外を眺め、指先に挟んだタバコをすっている。吉岡の脳が、過去を鮮やかに紡ぎ出した。

昭和四十三年十二月十日。夜明け前から激しい雨が降っていた。昭島市の工場街の倉庫に設けたアジトでは、純がシャッターを引き上げた出入り口から暗い空を見上げ、喜色満面だった。

「天の恵みだ。おれたちは絶対に成功する」

確信に満ちた声が飛んだ。スレート葺《ぶ》きの屋根を雨粒が叩《たた》き、倉庫内部は激しい雨音が響いていた。純はシャッターを降ろし、全員の顔を見回した。口元に浮かべた微笑と、キラキラ光る瞳《ひとみ》。余裕たっぷりの表情だ。天井から裸電球がぶら下がっただけの倉庫は仄《ほの》かなオレンジ色に染まり、埃《ほこり》っぽい冷気が身を絞った。吐く息が白い。

「いいか、すべては打ち合わせの通りだ。恐れることは何もない。天はおれたちに味方した。浮足立つなよ」

純の顔に険が浮いた。鋭い視線の先に、悄然《しょうぜん》と立つ金子がいる。

「ビビるんじゃねえぞ」

腹の底に響く怒声だった。金子は蒼白《そうはく》な顔で頷《うなず》いた。稔と勝が侮蔑《ぶべつ》の視線を向けた。ひとりパイプ椅子に座り、脚を組んだ恭子はガムをクチャクチャ嚙《か》みながら、白けた顔で男たちを眺めている。ネズミ色のジャンパーに擦り切れたジーパン、小豆色の毛糸の帽子。貧乏な劇団崩れの女学生そのものだ。

「彰、てめえは、サポート車の中でおとなしくしてろ」

そう言い捨てると、顔を傲然《ごうぜん》と回した。

「バイクは大丈夫だろうな」

うっす、と勝が低く吠《ほ》えた。改造を終えたヤマハの三五〇ccバイクが、アジトの中央にあった。赤のストップランプとハンディタイプのトランジスタメガフォンを装着し、側部の書類入れは白いペンキを塗ったクッキーの四角い空き缶で偽装してある。ボディは白のペンキとスプレーでムラ無く塗り上げてあり、はた目には白バイとしか見えない。上々の仕上がりだ。勝がバッテリーとスターターを配線し、エンジンを始動させた。

純はバイクに跨《また》がると、満足気な笑みを浮かべた。

「三億、ばっちりいただくぜ」

言うなり、アクセルをひねった。フルスロットルの爆音が倉庫内に轟《とどろ》いた。吉岡は、鼓膜が破れそうなエンジン音に顔をしかめ、両手で耳を押さえた。純はさも愉快そうに笑うと、アクセルを戻した。スレートを叩く雨音と低いアイドリング音が響く。耳の奥がキーンと鳴った。

「吉岡、怖くなったか？」

からかうように言った。吉岡は大きくかぶりを振った。

「バカな。ここまできて怖いもへったくれもあるか」

太い声で吐き捨てた。嘘だった。とてつもない事件を引き起こそうとしているのに、緊張のかけらも見せず、逆に仲間を揺さぶり、弄《もてあそ》ぶ純が怖かった。純はバイクを降りると、顎《あご》をしゃくって勝と稔を促した。即座にバイクに取り付いたふたりは、黒のビニール布をボディに被《かぶ》せ、器用にピンチ（金属製の洗濯挟み）で留めていった。偽装白バイを上手くカムフラージュしてしまうと、純は満足気に頷いた。

「これで現場近くまで行き、白バイをお披露目してやるぜ。バイクの路上ストリップだ」

冗談めかした後、「あとはおれに任せておけ」と力強い口調で言った。

セイコーの自動巻き腕時計は午前七時二十分をさしていた。稔が顔を紅潮させて一歩、踏み出した。

「ヘッド、おれら勝とふたり、そろそろ行きますから」

純は唇を引き締め、力強く頷いた。稔は続けた。

「三億の現ナマ、楽しみに待ってますから」

心なしか、声が震えていた。怖いもの知らずの稔も、さすがに緊張は隠せないようだった。ふたりは五日市街道沿いの神社の雑木林に置いてあるカローラで待機する手筈《てはず》になっている。

「ご苦労。もうちょいだからな」

　純は、稔の緊張をほぐすかのように頬を緩め、片目をつぶってみせた。何の気負いもない、軽やかで洒落《しゃれ》た仕草だった。雨の中へふたりが消えると、純はおもむろに革ジャンパーとトレーナー、綿のズボンを脱ぎ捨てた。

　下着姿になった純は、腰に両手を当て、金子に目をやると「拾え」と命じた。金子は腰を屈《かが》め、冷たいコンクリートの床に散った衣服を拾い集め、バッグに入れた。次いで純は、「持って来い」と顎をしゃくった。金子は柔順な僕《しもべ》のように、吉岡が船橋市の警備会社から盗んできたガードマンの制服と純白のマフラー、その他一式を運んできた。純は制服を手早く身に付け、マフラーを首に巻き、黒革のブーツを履いた。筋肉質の締まった身体によく似合っていた。

「どうだ、白バイ隊員に見えるか？」

　目を細めて訊《き》いた。

「うん、見える、見える」

　恭子が拍手した。

「不良の白バイ隊員だよ。とても正義の使徒には見えません」

　パイプ椅子に座ったまま、ほっそりとした喉《のど》をのけ反らせて笑った。純もそれに応《こた》え、白い歯を見せた。この雨の音の響く凍った埃《ほこり》っぽい倉庫で、ふたりだけ、暖かな空気に包まれ、笑い転げていた。吉岡は突っ立ったまま、足元から這《は》い上がる震えに耐えていた。

　純は分厚い黒の革ジャンパーを羽織り、顔半分を被《おお》う黒革のマスクを付けた。坊主頭に白のスプレーで塗装したヘルメットを被り、革手袋をはめ、右手に発煙筒を摑《つか》んだ。黒のビニールテープを巻いてダイナマイトに擬した発煙筒だ。

「恭子、しっかり見とけよ」

マスク越しのくぐもった声だった。ヘルメットの下から覗《のぞ》く二つの瞳が、鋭く光った。

恭子はコクンと頷いた。

「最後まで見届ける。信じてるから」

一転、真摯《しんし》な物言いだった。純は発煙筒をジャンパーの胸元に差し入れると最後、グレーのポンチョを頭からすっぽり被り、アイドリングを続けるバイクに跨がった。アクセルをひねると同時に、野太い声を出した。

「吉岡、シャッター開けろ！」

それは戦闘開始の鬨《とき》の声だった。吉岡は弾《はじ》かれたようにシャッターに取り付き、一気に跳ね上げた。純はクラッチを繋《つな》ぎ、バイクを発進させた。徐行し、倉庫前の路地を右へと進んだ。三十メートル程離れた場所でブレーキランプが灯《とも》った。降り続く雨の中、バイクを停めた純は灰色に煙った幕の向こうで朧《おぼろ》な黒いシルエットとなって沈んでいた。ブレーキランプが、そこだけ血を垂らしたように赤かった。冷たい雨に打たれ、佇《たたず》む純とバイク。恐ろしいほど静かな姿だった。

吉岡は小走りに駆け、倉庫の前に停めてあったスカイラインへと乗り込んだ。恭子は、当然のように助手席へ身体を滑り込ませてきた。吉岡はハンドルを握り締め、苛々《いらいら》しながら、金子を待った。ルームミラーに、純の衣服類を詰め込んだバッグを抱えて走ってくる金子が見えた。舌打ちをくれ、モタモタしやがって、と吐き捨てた。膝《ひざ》に温かな感触があった。恭子が手を置き、小さくかぶりを振っていた。

「焦ってはダメ」

囁《ささや》くように言った。その漆黒の瞳に見つめられると、ささくれていた心が不思議に落ち着いた。

「大丈夫だ」

静かに言った。金子が後部座席に、申し訳なさそうに肩を丸めて収まった。荒い息を吐き、視線は虚《うつ》ろだった。吉岡は後ろを振り返った。

「金子、キンタマ、ぎゅっと摑んでろ」

口を半開きにして、放心したように見つめてきた。

「ビビりまくって縮んだキンタマ、握ればちったあ肚《はら》が座る」

金子は言われるまま、股間《こかん》を摑んだ。助手席の恭子がタバコに火をつけ、バーカ、と嗤《わら》った。金子は顔を真っ赤にして俯《うつむ》いた。吉岡は前を向き、ハンドルを握り直した。大丈夫、恐怖も緊張感もきれいに失せていた。金子は仲間内の精神安定剤だ。惨めな姿を晒《さら》すほど、周囲の人間は蔑《さげす》み、見下し、余裕を取り戻す。吉岡はヘッドライトをパッシングさせた。バイクのブレーキランプが消え、発進した。

「いよいよだぜ」

アクセルを軽く踏み込みながら言った。

「健一」

恭子が呟《つぶや》いた。その視線は、ワイパーがせわしなく動くフロントガラスの向こうを見ている。表情が厳しい。不吉な予感がした。

「なんだよ」

内心の動揺を抑え、ぶっきらぼうに言った。

「純、おかしいでしょう」

何のことか分からず、首を傾げた。

「ほら、あなたを挑発したり、わざとエンジンを空ぶかししたり――ニセ白バイの警官に変身した際の、芝居がかった振る舞いだってそうじゃない」

恭子は指先に挟んだタバコを一口吸った。

「あれは、ギリギリのソウ状態にあるからよ」

「ソウ?」

吉岡は訊いた。

「躁鬱《そううつ》の躁。恐怖の余り、無闇にはしゃいでいるのよ」

恐怖――ばかな。吉岡はかぶりを振った。が、恭子は続けた。

「恐ろしくてたまらないから、わざと大胆な振るまいをして、仲間の目をごまかしているのよ。わたしには分かる」

心理学者のように冷静な物言いだった。前を行くバイクが、オレンジ色のウインカーを点滅させ、右に曲がった。工場街を南北に貫く車道へと出る。

「恐ろしかったら、たったひとり、バイクなんかで襲わないだろう」

吉岡の言葉に、恭子は前を向いたまま平然と答えた。

「あいつ、追い詰められてるもの。ああするしかないのよ」

冷たい視線の先に、ポンチョをまとい、ずぶ濡《ぬ》れになって、事前の計画通りの道順で現場へ向かう純がいた。

「追い詰めたのはおまえだろう」

言ってから、唇を嚙《か》んだ。が、恭子の横顔に変化はなかった。バイクが信号で停まった。純は両足をアスファルトにつき、背筋を伸ばして、じっと前を見つめている。

「なあ、恭子」

強《こわ》ばった声で呼び掛けた。恭子がゆるりと顔を向けた。

「成功する見込みはどのくらいだと思う？」

恭子は唇をすぼめ、フッと煙を吐きつけてきた。

「いいとこ五分五分でしょう」

事もなげに答えた。吉岡は顔を歪《ゆが》め、前を向き直った。信号が青に変わり、バイクはスタートした。ゴクッと唾《つば》を呑《の》み込む音がした。ルームミラーの中に、恐怖で顔を強ばらせた金子がいた。目が合うと、気弱に逸《そ》らした。

バイクは、国鉄青梅線の中神駅から延びる引き込み線を越え、左右に白いペンキ塗りの米軍ハウスが建つ通りを走った。じきに右手に米軍立川飛行場のフェンスが見えてくる。フェンスの向こう、滑走路の脇に置かれた巨大な黒い輸送機が数機、雨に煙って見えた。純は、速度を時速六十キロ程度に保っていた。時折、貨物トラックが轟音《ごうおん》と共に追い抜いていく。白い水煙を巻き上げ、疾走するトラックのなかには、獲物を見つけた猟犬のようにバイクに接近し、露骨な幅寄せをするものもあった。純が接触し、吹っ飛んでしまいそうな錯覚を覚え、思わずハンドルを握り締めた。が、純の走りは、まるで無人の荒野の一本道を往《ゆ》くかのように安定していた。

一・五キロほど続く長い直線路が終わると、バイクは右に折れ、木造長屋が密集する都営住宅の中を走った。時計は午前八時四十分をさしていた。通勤の時間帯はとっくに終わり、時折、傘を差した主婦や老人の姿が見受けられるだけだった。誰も地味なグレーのポンチョを被《かぶ》ったバイクに注意を払う者はいなかった。

都営住宅の外れで純はスピードを落とし、周囲を油断なく窺いながら左に寄せて、幅五メートルほどの路地にバイクを入れた。バイクを停める。吉岡は、スカイラインを路地にバックから入れ、出入り口を塞《ふさ》ぐ形で停車させた。人影は無かった。

「金子、行くぞ」

短く言った。計画では、ここで偽装白バイを被う黒のビニールを剝《は》ぎ取り、ポンチョを脱がせることになっていた。が、返事は無い。振り返った。金子は後部座席で背中を丸め、口を手で押さえて嗚咽《おえつ》をかみ殺していた。

「怖くて怖くて、たまらないのよ。かわいそうに」

恭子が宥《なだ》めるように言った。吉岡は頭に血が上り、次の瞬間、身を乗り出し、拳《こぶし》を飛ばした。右のこめかみを殴られた金子は呻《うめ》き、座席につっ伏した。吉岡は運転席のドアを開け、ひとり外へ出た。雨粒が顔を濡らした。純はバイクに跨《また》がったまま、じっと前を向いている。それは、雨に佇む彫像のようだった。水たまりを蹴飛《けと》ばして走り寄る。バイクに屈み込み、ピンチを素早く外していった。黒のビニール布を丸め、小わきに抱えると、万歳の恰好《かっこう》をした純からグレーのポンチョを剝ぎ取った。眼前に白バイと警官が現れた。吉岡はハッと息を呑《の》んだ。ヘルメットとマスクの間から覗《のぞ》く視線が固く強ばっていた。

「吉岡、恭子はちゃんと見てるか？」

余裕を見せようというのだろう。が、そのくぐもった声は心なしか震えていた。吉岡は声を出そうとしたが、喉《のど》が張りついて舌が動かない。慌てて頷《うなず》いた。純は革手袋をはめた右手を邪険に振り、クルマへ戻るよう促した。吉岡は弾《はじ》かれるように踵《きびす》を返し、走った。心臓の音が鼓膜を叩いていた。純が怖がっている？　口に苦いものが湧いた。粘った唾《つば》を吐き、雨に濡れた唇を舐《な》めた。

スカイラインに戻り、濡れたポンチョとビニールを後部座席に投げ捨てた。金子は、震える手でかき集め、胸に抱いて俯《うつむ》いた。運転席に座った吉岡はハンドルを握り直した。スカイラインを慎重に発進させる。道路に車首を半分ほど出して、左右を窺う。右から走ってきた軽トラックをやり過ごし、ハンドルを左に切った。一時停車し、純のバイクを前にやった。背筋を伸ばし、堂々とした態度の純は白バイ警官そのものだ。

約百メートル先で通りが交差している。純は迷うことなく左折した。三十秒ほど待った後、スカイラインも続いた。左折した途端、視界が開けた。一面に畠が広がっている。このまま北の方向へ五百メートルも走れば、襲撃予定現場の大通りに出る。スカイラインは、幅五メートルほどの道路を北上した。前方にバイクの姿が見えた。ブレーキランプが灯《とも》り、停車したのが分かる。襲撃ポイントに決めた大通りの手前、五十メートルの地点だ。時計は九時十五分。午前九時に東洋銀行立川支店を出発したセドリックは、九時二十分前後に通過するはず。

停車したスカイラインの中、吉岡は息を詰めて待った。隣の恭子は脚を組み、背中を丸め、顎《あご》に手を当てて、バイクを見つめている。細い眉《まゆ》が僅《わず》かに歪んでいた。後部座席の金子は相変わらず泣いていた。身を捩《よじ》り、震えているのだろう。だが、振り返る余裕は無かった。バイクがスタートする瞬間を見逃すわけにはいかない。赤いブレーキランプを凝視し続けた。

雨が強くなってきた。ワイパーが唸《うな》り、ボディを叩く太い雨粒がバチバチと鳴った。視界が淡く、白く滲《にじ》んだ。フェイドアウトしていく光景の中で、ブレーキランプの赤が消えた。瞬間、視界が黄金色に輝いた。雨に沈んでいたバイクと純が、鮮やかに浮かび上がる。稲光だった。天を貫く冬の激しい雷雨の中、純が動いた。

恭子は五分五分の成功率、と言った。純は壊れる寸前だった。恭子には、そのことが分かっていた。そして、壊したのは恭子だ。

「おまえら、できてたんだろう」

背後から嗄《しゃが》れた声がした。三十四年前、泣いていた金子はいま、破滅したヤクザになり、惨めな己の過去に塩を擦り込んでいる。

「ええ、純の目を盗んで乳くりあってたんだろうが」

赤黒く濁った視線が、ルームミラーで笑った。

「そうよ」

恭子があっさり認めた。

「わたしの部屋で、何度も何度も愛し合った。最高だったわ」

そう言うと、視線を窓の外にやった。空は鉛色の雲に覆われ、今にも雨が降り出しそうだ。

「で、失意の純はたったひとりで現金強奪を決行し、おまえに男を見せたってわけかい」

金子は頬を歪めた。

「その揚げ句が自爆とは、笑い話にもなりゃしねえ。アホくせえ」

吐き捨てると、ボトルを呷《あお》った。

「違うわ」

恭子はウインドウに顔を寄せ、目を閉じた。

「純はもう、やることがなくなったのよ」

それだけ言うと、唇を引き締めた。弛《たる》んだ瞼《まぶた》と、口元の皺《しわ》。脂っ気の失せた肌。疲れ切ったその顔は、何かに耐えるように暗く沈んでいた。

「吉岡、おまえ、純は本当に自殺したと思うか？」

金子の声に、縋《すが》るような響きがあった。

「さあな」

素っ気なく返した。横浜新道から藤沢バイパスへ入ったBMWは、大磯を過ぎ、相模湾沿いの西湘《せいしょう》バイパスを走った。左手に陰鬱《いんうつ》な灰色の海が広がる。風があるのか、黒い岩山に激突して砕けた波が、白い飛沫《しぶき》となって散った。

「まるで北の海じゃねえか」

金子が独り言のように呟いた。

「暗い暗い海だあ」

声に異様な響きがあった。

「どんどん暗くなるなあ」

首筋の辺りにひんやりしたものを感じて、振り返った。金子は後部座席の左隅に背をもたせ、窓の外を眺めていた。吉岡の視線に気づくと、腫れぼったい瞼の下の眼球をギョロリと動かし、分厚い紫色の唇を開いた。

「まだ、死なねえぞ」

ヤニで汚れた歯を剝《む》いた。脂汗が薄い膜となって、どす黒い顔を覆っていた。

「おれは純の野郎をぶち殺したかった」

吉岡は、金子の呪詛《じゅそ》の言葉を聞きながら、前を向き直った。

「あの野郎、せっかく三億の現ナマ摑《つか》んだのに、あっさり死んでいった。おれが殺してやる前に、あの野郎、逃げやがった」

ブランデーを呷る音がした。

「おれは信じていた。純は、自分さえ死ねば警察は手を出さない、と分かっていた。だから、おれたちを守るためにひとりで死んでいった、と」

淡々とした声音だった。

「勝も稔もそう信じていた。信じたまま、死んでいった。まさか恭子の親父がなあ――」

声が途絶えた。吉岡は右手でルームミラーを動かし、金子の姿をとらえた。海を眺めたまま、唇が動いていた。それは、バカくせえ、と言っていた。

ＢＭＷは小田原を過ぎ、伊豆半島の付け根の湯河原で海沿いのドライブインへ入った。空腹と尿意を訴えた金子の指示だった。土産物屋とレストランが併設された、二階建ての大きなコンクリート造りの建物の前に、広々としたアスファルト張りの駐車場が広がっている。百台以上は収容可能に見える、その駐車場には、クルマが数台あるだけで閑散としていた。

二月七日、金曜日、午後一時過ぎ。ウイークデイの昼下がり故か、それとも陰鬱な冬の天候のせいか、いずれにせよ、侘《わび》しい海辺のドライブインは、この三人に相応《ふさわ》しい佇《たたず》まいに思えた。

ドアを開け、外へ出た。風が強かった。分厚いアランセーターの上から黒のレザーコートを着込んだ吉岡は、寒さはそれほど感じなかったが、顔に吹き付ける北風は身を切るように冷たかった。ウェーブした灰色の髪が乱れた。

カーデガンの上からアルパカのハーフコートをまとった恭子は、風に嬲《なぶ》られるソバージュヘアを手で押さえ、顔をしかめた。酒をしこたま注ぎ込んだ身体が火照《ほて》るのか、金子はダブルのスーツだけで平然としたものだった。葉巻を片手に、悠々と歩いて行く。その後を、吉岡と恭子が追う恰好になった。右足を引きずる恭子は、年齢と共に股関節《こかんせつ》にも無理がきたのか、ひどく遅い歩きだった。背が高く、脚が長い分、ぎくしゃくした動きが目立つ。クラブ『DJANGO《ジャンゴ》』でも、マンションでも、それほど歩行が不自由には見えなかった。が、屋外の、それも周囲に何もないだだっ広い駐車場を歩くと、途端にそのハンディが露《あらわ》になった。あの、真夏の新宿の繁華街を女王のように闊歩《かっぽ》し、道行く男達の視線を集めた恭子の姿はもうどこにもない。吉岡は立ち止まって待ってやった。恭子は俯き、北風に嬲られる髪を押さえながら、黙々と不自由な足を運んだ。

一階の土産物屋は、干物等海産物の匂いが暖房に蒸されて、吐き気を催すような臭気に満ちていた。金子は色とりどりの土産物が並ぶ店内を、ぶらぶらと見て回った。パンチパーマに凶顔、手首に巻いた金無垢《むく》のローレックス、左手小指の欠けた金子は、どこから見てもヤクザだった。店員や客は、極力目を合わさず、それとなく背を向けた。が、金子はそんな対応は慣れっこになっているのか、気にする様子もなく生け簀《いす》の鯛《たい》や鯖《さば》に見入っていた。吉岡と恭子を認めると、顎をしゃくった。

「二階に食堂がある。少し休んだらどうだ。魚が美味《うま》そうだぜ」

紫色の唇を曲げ、薄く笑った。

「くたびれた恭子なんて、見てられねえや」

そう言うと、横を向いた。吉岡は恭子とふたり、二階へ続く階段を上った。狭い、急な階段だ。さすがに恭子が辛《つら》そうなので、手を貸そうと差し出した。が、恭子は無視して、真鍮製《しんちゅう》の手摺《てす》りに摑まった。血管の浮いた、萎《しな》びた手だった。階段の下で、金子が見ていた。指先で摘《つ》まんだ葉巻を嚙み締め、さも愉快そうに弛んだ頰を歪《ゆが》めた。

吉岡と恭子は、窓際のテーブル席に座った。焼き魚定食を注文した後、恭子はタバコを取り出し、火をつけた。客は他に、けたたましい笑い声を上げる主婦のグループがいるだけだ。恭子はテーブルにほお杖《づえ》をつき、汚れた窓硝子《ガラス》の向こうを見ていた。灰色の海が荒れ狂っていた。

「いつ始末する？」

冷ややかな声だった。吉岡は息を呑《の》み、恭子を見つめた。横を向いたままタバコをふかしていた。小ぶりの唇が、まるで別の生き物のように動いた。

「このままだと、彰の存在は厄介なコトになるわよ。警察に追われる破産したヤクザなんて、疫病神もいいとこよ」

吉岡は強《こわ》ばった舌を動かした。

「おまえ、まさか金子を――」

言葉が終わらないうちに、くるりとこっちを向いた。眉間《みけん》の辺りに苛立《いらだ》ちがあった。テーブル越しに顔を寄せてくる。秀でた額は昔と変わらず、艶々《つやつや》と美しかった。

「当然じゃない。借金だってもの凄《すご》いんだもの。そのうち、凶暴なヤクザに追い込みをかけられて、わたしたちまで巻き添えを食うわよ。あなたが身を削る努力と苦労の果てに築いた会社だって、大変なことになる」

吉岡は絶句した。恭子は鼻で笑い、凍った瞳《ひとみ》を据えたまま、タバコをアルミの灰皿で揉《も》み消した。その顔には些《いささ》かの逡巡《しゅんじゅん》も戸惑いもなく、揺るぎない自信に溢《あふ》れている。三十四年前、自分を惑わし、魅了した恭子が眼の前にいた。

トイレはドライブインの裏手にあった。金子は両手をズボンのポケットに突っ込み、葉巻を嚙《か》み締めたまま、ゆったりとした足取りで向かった。スーツの懐に忍ばせたコルトパイソンのずっしりとした重さが心地よかった。風に煽《あお》られた電線が、頭上でむせび泣いていた。

ブロックの壁で囲み、屋根をトタン板で葺《ふ》いたばかでかいトイレが、ポツンと建っていた。観光バスの団体客を想定した造りらしく、小便用の黄ばんだ便器がずらりと二十個以上も並んでいる。人影は無かった。ガランとしたトイレで金子はひとり、用を足した。腹の周りにでっぷりと張りついた脂肪のせいで自分のペニスが見えない。金子は手探りで引き出し、便器に向けた。濃いコーヒー色の小便が弧を描いた。血が迸《ほとばし》るような錯覚に襲われ、どす黒く膨らんだ顔をしかめた。肝臓に加えて腎臓《じんぞう》もいかれている。腰の後ろに鈍痛がある。先は長くない。ボタボタと未練たらしく流れ落ちる小便を切るべく、ペニスを振った。その時、背後に何かを感じた。首筋の毛がチリチリと鳴った。冷たい悪意——

ブルッと身震いし、振り返ろうとした瞬間、スーツの襟首を摑《つか》まれ、引き倒された。物凄い力だった。派手に仰向けに倒れ込んだ金子はそれでも右手をスーツの懐に差し入れた。コルトパイソンを抜き出す。嚙み締めた歯の間から怒声を撒《ま》き散らしながら、腕を伸ばした。が、狙いをつけるより先に、足が跳んできた。尖《とが》った革靴の切っ先が、こめかみを蹴《け》り飛ばした。視界が暗くなり、意識が遠のいた。

が、背筋を貫く激痛が強引に意識を引き戻した。握り締めていたはずのパイソンが、コンクリートの床に転がっていた。右手首が、踏みつけられていた。踵《かかと》に体重をかけ、ひねりを加えてくる。骨の砕ける嫌な音がした。喉《のど》をせりあがる悲鳴を圧《お》し殺し、左の拳《こぶし》を飛ばした。相手の臑《すね》を叩《たた》いた。堅くて太い骨の感触があった。頭上でウッと呻《うめ》く声がし、踵が緩んだ。砕かれた右手を引き抜き、素早く身体をひねると左膝《ひざ》をついて中腰になった。朦朧《もうろう》とした頭で、サツか、それとも極道か、と考えた。揺らぐ視界に、人影はひとつしかなかった。思案する暇を与えないかのように、顎《あご》を蹴り上げられた。のけ反り、半転して床に叩きつけられた。頬に、冷たいコンクリートの感触があった。両肘《ひじ》をついて、上半身を持ち上げた。口中に溢れた生温いものを吐いた。血の塊に混じって砕けた歯がボタボタと落ちた。四つん這《ば》いになり、頭を振った。グッと腰が持ち上がった。ズボンのベルトを摑まれ、引き起こされていた。抗《あらが》おうにも首を手で押さえられ、身動きがとれない。凄《すき》まじい膂力《りょりょく》だった。鐘を打つ撞木《しゅもく》のように、そのまま便器に叩きつけられた。額が陶器を砕いた。金子は半壊した小便臭い便器に顔を突っ込んだまま崩れ落ちた。裂けた額から流れ落ちる鮮血で、視界がぼやけた。

白濁した意識の中で、キナ臭い殺意を感じた。稔を殺《や》ったヤツだ。じっと闇に潜み、蛇のように尾《つ》け回し、ここに現れた。舌なめずりする湿った音が聞こえる。残りはふたり、恭子と吉岡だ。左手で便器の残骸《ざんがい》を摑み、ふらつく足で立ち上がった。背中を丸め、拳を握り締めた。が、手首を潰《つぶ》された右手はぶらんと垂れたままだった。唸《うな》り声を上げ、左の拳を突き入れた。瞬間、その腕を摑まれ、逆にねじ上げられた。肩の関節が外れる不気味な音が響いた。激痛に喉を鳴らし、床に転がった。顔を上げ、ぼやけた視線をすがめた。

赤いカーテンの向こう、仁王立ちになった人影が見下ろしている。

「だれだ？」

金子はか細い声で問いかけた。

「おれたちが憎いのかい」

が、返事の代わりに、黒いものが突き出された。拳銃《けんじゆう》だった。きょうこ——自分の情けない呟《つぶや》きが鼓膜を舐《な》めた。地獄へ堕《お》ちろ、と囁《ささや》く声があった。轟音《ごうおん》が炸裂《さくれつ》し、肉と骨が弾ける鈍い音がした。背後へすっ飛び、後頭部が破裂した。瞬時に意識も痛みも消えた。


熱い日本茶を啜《すす》っていた吉岡は、不意に耳をそばだてた。眉間を寄せた。

「なんだ？」

顎を引き、目をすがめた。恭子が小首を傾げた。吉岡の肌がブツブツと粟立《あわだ》った。と、階下で慌ただしい気配があった。床を通して緊張が伝わってくる。みるみる空気が尖り、ざわめきが広がった。吉岡は椅子を鳴らして立ち上がった。恭子が見上げる。吉岡は、何かを待つように宙を睨《にら》んだ。悲鳴が聞こえた。瞬間、足を大きく踏み出し、ダッシュした。階段をすっ飛ぶように駆け降りる。男の従業員が血相を変えて上ってきた。

「どけ！」

横へ突き飛ばした。土産物屋の客が、従業員が、外へと出ていく。吉岡は、その後を追った。裏手のトイレに人だかりができていた。

ヤクザだ、とか、抗争だ、という強ばった声が断片的に聞こえた。人波を掻《か》き分け、前へ出た。濃い血の臭いが鼻を衝《つ》いた。

眼前の光景を視界に収めた途端、平衡感覚が捩《よじ》れ、足元がふらついた。金子はトイレの床で絶命していた。手と足を不自然にねじ曲げた死体は、ワイシャツがめくれ、サスペンダーがずり下がり、分厚い脂肪が巻きついた腹が露《あらわ》になっていた。小便の途中だったのか、ズボンの股間《こかん》から黒ずんだペニスが垂れている。その醜い屍《しかばね》には、顔がなかった。顔面の中央に撃ち込まれた弾丸が、あの不健康に膨らんだ顔を破壊し、後頭部を吹き飛ばしていた。鮮血に塗《まみ》れたベチャッとした肉塊が壁や便器に張りつき、赤い花を散らしたようだった。便所の床に転がる金子の傍らにリボルバーがあった。相応《ふさわ》しい最期だ、と得心した。次いで、これが自分たちの運命だ、と思い至ったとき、足元から震えが這い上がり、膝がわなないた。バカでかいパトカーのサイレンが響いた。そこここで顔を蒼白《そうはく》に歪め、嘔吐《おうと》するやじ馬の姿があった。

吉岡は後ずさり、みるみる膨れ上がっていく人の輪を抜け出ると、つんのめるようにして走った。身体が左右に傾《かし》いだ。捩れた平衡感覚のせいで視界が頼りなく揺れた。しかし、ドライブインの玄関に両腕を組んでもたれる恭子の姿を認めた途端、背筋が伸びた。腕を取り、「行くぞ」と低く言った。恭子は吉岡の手を振り払い、「彰は？」と訊《き》いてきた。「死んだ、便所で顔を吹っ飛ばされていた」と答えると、口に手をやり俯《うつむ》いた。吉岡は泣いているのか、と思った。

違った。笑っていた。声を潜め、喉を鳴らして笑っていた。

「恭子！」

怒鳴った。再び腕を取り強く引いた。恭子は抗わず、ついてきた。視界のそこここでパトカーと救急車の赤色灯が回っていた。足の悪い恭子にかまわず、半ばだき抱えるようにして走った。BMWの助手席に押し込むと、ドライバーズシートに滑り込み、発進させた。目立たぬよう、速度を抑えて国道に出る。ステアリングを左に回す。落ち着け、落ち着け、と言い聞かせ、熱海《あたみ》の方向へ向かった。

眉《まゆ》をしかめた。車内に、鼓膜を引っ掻《か》くような不快な音が響いた。隣の恭子が、引きつった笑い声を上げていた。白い喉を反らし、目尻《めじり》に皺《しわ》を刻んで、さも愉快げに笑い転げている。

「なにがおかしい」

怒りも露に言った。恭子はハンカチで目尻の涙を拭《ふ》き、向き直った。

「だって、ドライブインの汚いトイレで顔を吹き飛ばされて死んだんでしょう。デキすぎだと思わない?」

吉岡は答える代わりに唇を嚙んだ。

「しかも、厄介者のヤクザが死んだのよ。生きていたら、あなたが始末しなきゃいけなかったのよ。ホッとしたでしょうに」

そう言うと、顔を覗《のぞ》き込んできた。

「健一、これでふたりになれたのよ。嬉《うれ》しくないの?」

吐息が頰にかかった。

「恭子、おまえは怖くないのか」

静かに言った。

「次はおれたちだぞ。残ったのは、おれたちふたりだ」

恭子が肩を寄せ、腕にすがってきた。頬が緩んでいた。

「怖くないわよ」

「どうして」

「あなたがいるから」

ぞっとした。

「あなた、わたしと一緒なら、死んでもいい、と思ったでしょう。あの純の目を盗んで寝たくらいだもの。その覚悟があったでしょう。わたしのことが好きで好きでたまらなかったでしょう」

「三十四年前のことだろう」

震える声で言った。恭子が見上げた。黒い瞳《ひとみ》が潤んでいた。吉岡は目を逸《そ》らした。

「一緒に死ねばいいのよ。それが運命なのよ。あの三億円を手にした時から決まっていたことだもの」

乾いた、か細い声音だった。

「健一、もういいじゃない。ほら、純が待ってるよ」

小さく呟いた。ＢＭＷは海岸沿いの道を走っていた。波が岩に砕け、白い飛沫《しぶき》が鉛色の空高く舞い上がった。

隅田川沿いの公園にあるゲンのハウスでは、焼酎《しょうちゅう》で酒盛りが始まっていた。家も仕事もカネも無い、赤ら顔の男たちが声高に喚《わめ》いている。拾ってきた賞味期限切れの弁当を肴《さかな》に、陽気にグラスを傾けるホームレスたちに背を向け、緒方耕三はテレビに見入っていた。午後三時のニュースが、神奈川県湯河原町のドライブインで発生した殺人事件について報じていた。

被害者は金子彰、五十四歳。アナウンサーの伝えるところによれば、昨日、大田区蒲田で発生した射殺事件について、警察はなんらかの事情を知っているものと推定、その行方を追っていた矢先の事件、とのことだった。最後、金子は広域暴力団の三次団体の代表を務める人物で、抗争に巻き込まれた可能性もある、と述べ、ニュースは終わった。

緒方はふらりと立ち上がると、焼酎とニコチン、食い物の雑多な臭いが淀《よど》んだハウスを出た。凍った風が頬を嬲《なぶ》った。外はもう暗かった。冬の曇天に相応しく、夕闇が駆け足で迫っていた。

緒方は隅田川の辺《ほとり》に立ち尽くし、縮緬皺《ちりめんじわ》のようなさざ波が立った水面《みなも》を眺めた。遥《はる》か対岸の首都高速から、クルマの轟音が風に乗って聞こえてくる。水銀灯が淡く鈍く輝いていた。緒方は俯き、乾いた唇を噛《か》んだ。あと何人死ぬのだろう。いずれにせよ、この自分に、そんなに時間が残されていないことだけは確かだ。それが、バカな自分への報いなのだ。ビュッと耳元で烈風が鳴り、脳の奥底に沈んでいた声が聞こえた。それは、トウサン、モウサヨナラダ、と呻《うめ》く、末期《まつご》の声だった。

吉岡の別荘は熱海の先、伊東市の山あいにあった。眼下に伊東の市街ときれいな弧を描く相模湾を望む、ロッジ風の丸太小屋だ。一階が広々としたリビングと、二十四時間入浴可能な檜木《ひのき》造りの温泉風呂《ぶろ》。二階に二つの寝室と三つのゲストルームを備えた、豪華な造りだった。

午後四時。リビングでは、暖炉の炎が燃えていた。窓の外には重く暗い海が広がっている。恭子はロッキングチェアに座り、オレンジ色の炎を見つめていた。吉岡はソファに寝そべり、両手を頭の後ろに当てて宙の一点を睨《にら》んでいる。部屋は刻一刻と暗くなっていった。しんと静まり返った空間で、時折、マキの爆《は》ぜる乾いた音だけ響く。別荘に到着してから三十分余り、ふたりは無言のままだった。恭子は自らの意志で押し黙り、吉岡はクルマを降りた途端、忘れていた疲労と恐怖に蝕《むしば》まれ、声も出ない、といったところだった。しかし、不思議なほど眠気は襲ってこなかった。いったいいつまで、この静かな時間が続くのだろう、と思ったとき、「健二」と呼びかけられた。顔をひねった。恭子は暖炉の炎を見つめたまま動かない。

「思い出さない？」

穏やかな声だった。

「ほら、こうやって一緒に炎を見ていたことがあったでしょう」

恭子の瞳が闇を吸い寄せ、妖《あや》しく輝いた。整った横顔が、オレンジと黒の陰影を刻み、ゆらゆらと揺れた。

「あなたはもの凄《すご》く怖い顔をしていた。この世に鬼か悪魔が存在するなら、ああいう顔だ

った と思う」

吉岡の脳が覚醒《かくせい》した。思い出した。三億円を灰に戻した夜、すべては終わったと信じた
——錯覚だった。弱々しくかぶりを振った。

「おれは間違っていたとは思わない」

恭子が顔を向けた。凛《りん》とした表情だった。

「あなたは正しい。純がこの世から消えたとき、あなたは解き放たれたのよ」

瞳が熱っぽい潤みを帯びた。

「そしてわたしも」

視線が絡んだ。吉岡は強《こわ》ばった舌を動かして、言葉を絞り出した。

「パリはどうだった」

恭子は小首を傾げ、蔑《さげす》むような笑みを見せた。頭の芯《しん》で怒気が弾《はじ》けた。

「おまえが純と行くつもりだったパリだ。世界の、志のある若い人間のための自由と希望の都だ。どうだった」

言いながら、これは嫉妬《しっと》か、と顔を赤らめ、誰だ、嫉妬の相手は純か、それとも貿易商の男か、と思案した後、結局自分はあの時とまったく変わっていないと気づかされ、深い嘆息を漏らした。恭子はタバコを取り出し、火をつけながらせせら笑った。

「夫はフランス人にしては働き者でね。ほとんど家にいなかったから、わたしはやりたい放題。パーティにオペラにコンサート。向こうの金持ちって凄くてね。ジェット族って聞いたことあるでしょう。自家用ジェットで一年中、世界中を遊び回っている大馬鹿たち。

そいつらに何故か気に入られて、ドンチャン騒ぎよ。日本人には優雅な保養地として知られているニースなんて、乱交マニアと変態野郎、ヘロインジャンキーの巣窟《そうくつ》だもの。そしてパリは享楽と退廃の都。さんざんバカやって、もう飽きちゃってね」

「それで夫にも捨てられたってわけか」

　恭子は唇をへし曲げ、肩をすくめた。

「夫は泣いてすがったわ。おれを捨てないでくれ、とね。しまいには拳銃《けんじゅう》を取り出して、自分のこめかみに当てて、死んでやる、と喚いてね」

　指先に挟んだタバコを一口吸うと、唇をすぼめ、ふーっと天井に向けて煙を吐いた。余裕に満ちた仕草だった。

「それでどうした」

「死ねば、と言って出てきたわ」

　あっさり答えた。

「結局、あれ以上面白いことはなかったのよ」

　吉岡はズボンのポケットからハンカチを引っ張り出し、額の脂汗を拭《ふ》いた。

「健一、あなたもそうでしょう」

　美しい顔が凝視してきた。しかしその視線は焦点が定まらず、吉岡を通り越してどこか遠くを見つめているようだった。

「わたしたち、凄いことをしてしまったのよ」

　ため息のような声だった。

「あれほどスリリングで芳醇《ほうじゅん》な時間を過ごしたなんて、いまでも夢みたいよ。あとの人生は燃え滓《かす》だけだった。どんなに楽しくて贅沢《ぜいたく》なことをやってもダメ。心の中に穴が空いて、そこを冷たい風がピューピュー吹いていくみたいだった」

タバコを唇の端でくわえた恭子は、両手をチェアの手摺《てす》りに置き、ゆっくりと揺らした。ギッギッと床の軋《きし》む音がした。マキがパンッと弾け、火の粉が散った。

「誰?」

強ばった声だった。恭子が上半身を引き起こした。大きく見開いた瞳が周囲を見回している。頬に固い筋が浮いていた。窓の外、伊東の街にポッポッと明かりが灯《とも》り始めていた。

「誰よ!」

背筋がゾクッとした。異様な空気が満ちていた。気が触れたのか、それとも純の魂が彷徨《さまよ》っているのか――

「恭子!」

堪らず叫んだ。我に返った恭子が縋《すが》るような視線を向けた。

「外に誰かいるわ」

耳を澄ました。微《かす》かな音。枯れ葉を踏む、乾いた音がする。吉岡はソファから立ち上がり、玄関に向かった。大理石を張った三和土《たたき》に降り、分厚い木製の玄関ドアの前で外を窺《うかが》う。確かに人の気配がする。それも複数だ。小声で言葉を交わしている。警察か、それとも――ドンドンッとドアが叩《たた》かれた。反応を窺うように静寂が流れる。続いて、吉岡さん、と胴間声が呼びかける。ドンドンドンドンッ、と苛立《いらだ》たしい感情をぶつけるようにドアが激しく鳴った。吉岡はチェーン錠をかけたまま、ドアを少しだけ押し開けた。二つの人影があった。スーツ姿の背の高いのと低いの。凹凸のシルエットが視界を塞《ふさ》いだ。

「どなた」

平静を装って誰何《すいか》した。

「保健所のもんです。別荘の温泉のことでちょっと」

近々、温泉の水質調査を行うという。巡回してみたら、クルマを見かけたので、訪ねてみた、と屈託のない声音で述べた。吉岡はチェーン錠を外した。――小柄だが、武張った体つきの禿頭《とくとう》の男がギョロリとした目を据えてきた。頬がとろりと緩んだ。

「ここにいたか、三億円犯人」

重い声が鼓膜を舐《な》めた。瞬間、吉岡の手から足から力が抜け、その場に突っ立っているだけの木偶《でく》の坊《ぼう》と化した。男はドアの間に足を差し込み、がっちりとした肩をねじ込んできた。懐から警察手帳を抜き出して示し、

「吉岡、怖がるな。おれは敵じゃない」

分厚い唇が、さも愉快げに歪《ゆが》んだ。胸を邪険に押され、後ろへ下がると、背の高い若い男も入り込んで来た。蛍光灯の下で見るふたりは、背恰好《かっこう》から顔かたち、年齢まですべて対照的だった。背を押され、リビングへ向かう。まるで裁きの場へ引き出される咎人《とがにん》のようだった。

小柄な男は、ロッキングチェアに座った恭子を認めると立ち止まり、凝視した。こめかみの血管が太いミミズのように膨れ上がる。が、それも一瞬だった。

「あんたが真山恭子さんか」

ざらりとした声だった。恭子は何も言わず、暖炉の炎を見つめていた。

闖入者《ちんにゅうしゃ》ふたりは、ソファに向かい合って腰を下ろすと名刺を差し出した。小柄だが、肩の張った骨太の年嵩《としかさ》が警視庁捜査一課の滝口政利、剣呑《けんのん》な目付きの背の高い男が小金井中央署刑事課の片桐慎次郎。滝口の名刺には、万年筆で携帯電話の番号が記してあった。

「吉岡、会いたかったぜ」

滝口が言った。

「おれはあんたなんか知らん」

吐き捨てた後、再度、名刺を見た。

「小金井中央署といえば——」

顔を上げた。片桐が険しい視線を飛ばしてきた。薄い唇が動く。

「そうだ。おまえのダチが殺された、玉川上水扼殺《やくさつ》事件の捜査本部だ」

続きを滝口が引き取った。

「しかし、上の覚えが悪くてな。おれたちは捜査本部を外されて、いまや自宅謹慎の身だよ」

自嘲《じちょう》するように言った。

「じゃあ、なんでここに——」

滝口が小さく頷《うなず》いた。

「おれはおまえを三十四年前から知っている。ええ、立川のワル」

吉岡は眉間《みけん》を寄せ、睨《にら》んだ。滝口はスーツの懐からハイライトのパッケージを取り出した。

「三億円事件発生当時の捜査に携わってたんだ。おまえとは古い知己みたいなもんだろう」

さらりと言うと、目を細め、タバコに火をつけた。

「おれはあの事件から六日後、緒方純の自宅も訪ねている。もっとも、その夜、あっさり死んじまったがな」

吉岡は目を剝《む》き、凝視した。

「あんたが――」

「そうだ」

太い首をさも大儀そうに回した。

「緒方純が死んで、三億円事件も終わったと思っていたが――」

太い節くれた指先に挟んだタバコで、恭子を示した。

「まさか、バックに女がいたとはな。それも警察幹部の娘らしからぬアバズレだ」

滝口は挑発していた。しかし恭子は刑事ふたりをきっちり無視し、陶然とした表情で炎のゆらめきに見入っていた。

「男どもを手玉にとって、悪魔みたいな女ですよ」

背を丸めた片桐が、食い殺しそうな視線を据えていた。

「吉岡、ドライブインの便所でくたばった金子だがな」

滝口が脚を組み、淡々とした口調で続けた。

「使用されたチャカは昨日、蒲田で結城を弾いたのと同じだったよ。弾丸のライフルマークが合致した」

予想していたことだった。しかし、こうやって警察の人間から告げられると、身を絞るような恐怖に、息が止まりそうだ。

「なあ、だれが殺《や》ったんだ」

吉岡はカッと目を見開いた。

「あんたたちじゃないのか」

ひび割れた声だった。滝口が分厚い唇を舐めた。

「ほう、警察がやったといいたいのかい」

「理由があるだろう」

「どんな」

「おれたちを消せば、三億円事件は永遠に闇の中だ」

「なるほど、自覚はあるんだな」

滝口は腕を組み、ソファの背にもたれた。頬が緩んだ。

「だから、こうやって惨めったらしく逃げ回っているのかい」

「ふたり、撃ち殺されてんだぞ！」

吉岡はテーブルを拳《こぶし》で叩いた。

「時効のきた事件は事件じゃない。こんなメチャクチャな話があるか！」

上半身を乗り出し、睨んだ。滝口は反応を楽しむように、平然と見据えてきた。その隣で片桐が蒼白《そうはく》の顔を強《こわ》ばらせ、鋭い視線をあちこちに巡らせている。

「吉岡、おまえ、他に心当たりはないのか」

一転、凄《すご》みのある声で迫った。硬く尖《とが》った眼光は、数々の修羅場を潜ったベテラン刑事のそれだった。

「おまえらが命を狙われる理由だよ」

エッと絶句した。

「警察がおまえらを一刻も早く確保したいのは事実だ。しかし、ああいう乱暴な消し方はうちの組織のやり方じゃない。おれは、違うものが動いている気がする」

重い沈黙が流れた。ゴクリと喉が鳴った。片桐だった。隣の滝口を、信じられないとばかりに凝視している。吉岡にはふたりの関係が見えなかった。ただの上司と部下とは思えない。滝口と片桐の間には、深い溝みたいなものがある――吉岡の疑念をよそに、滝口が動いた。猪首《いくび》を伸ばし、何かを探るように顔をぐるりと回す。窓の外に青い闇が降り、伊東市の向こうに広がる相模湾には漁火《いさりび》の群れが輝いていた。

「片桐！」

鋭い声が飛んだ。

「外でクルマの音がした」

片桐が腰を浮かした。

「見て来い」

有無を言わさぬ命令だった。片桐はリビングを出て行った。

「警察は血眼になっている」

滝口が静かに言った。

「おまえのBMWは既にNシステムや有料道路の料金所のカメラが捕らえているだろう。ナンバーまで鮮明に写っているはずだ。今日か、明日か。いつ踏み込んできてもおかしくない」

「あんた、警察に引き渡すんじゃないのか？」

滝口は苦笑し、かぶりを振った。

「ばかな。おれは、まだおまえを殺すわけにはいかない」

ゴクッと息を呑《の》んだ。自分の顔が強ばっていくのが分かった。滝口の分厚い唇がさも面白そうに歪んだ。

「それに、間近に迫っているのは警察とは限らないだろう」

弄《もてあそ》ぶように言った。滝口は誤解している。自分の顔が強ばったのは、老練な刑事の言葉のせいじゃない。警察への恐怖や、得体の知れない殺人犯のせいでもない。この部屋の中の異変だ。視界の端で動いているものがある。いつの間にか、恭子がロッキングチェアから立ち上がっていた。ゆっくりと滝口の背後に迫る。不自由な足のハンディを微塵《みじん》も感じさせない、猫のような忍び足だった。吉岡は声が出なかった。暖炉の炎が明々と燃えるだけの、薄暗い部屋。恭子は美しい顔を愉悦に染め、両腕を振り上げた。その手には、暖炉から引き抜いた鉄製の火掻《ひか》き棒が握られていた。何の躊躇《ちゅうちょ》も無く、ブンッと振り下ろした。

瞬間、殺気を感じたらしい滝口は、そのずんぐりした身体に似合わない俊敏さで首をひねった。が、間に合わなかった。

ガツッと鈍い音がして、滝口はソファから転がり落ちた。首筋を強打された滝口は床に倒れ込み、呻《うめ》き声を漏らした。

「恭子！」

吉岡は縛りが解けたように立ち上がり、低く叫んだ。恭子は不敵な笑みを浮かべた。

「健一、逃げよう」

しっかりとした声だった。

「しかし、こいつらは――」

恭子は大きく首を振った。ソバージュのロングヘアが、まるで別の生き物のように逆巻いた。

「どんなきれいごと言ったって、警察の人間じゃない。最後は騙《だま》すに決まってるんだから。こいつら、どこまでいったって組織が一番なんだから」

憎悪に歪《ゆが》んだ顔が吠《ほ》えた。

「警察を信じるなんて、あなたバカじゃない？　しっかりしなさいよ！」

吉岡は呆然《ぼうぜん》と立ち尽くした。

「ほら、健一」

腕を取った。引かれるまま、リビングを出た。駐車場は半地下になっている。キッチン奥の裏口からコンクリートの階段を降りた。

別荘の周囲には、葉の落ちた雑木林が広がっている。滝口の指示で外へ出た片桐は、アスファルトで固めた別荘地用の狭い山道を歩き回った。ポツポツと点在する別荘は、どれも雨戸を固く閉め、人の気配がない。と、山道の奥に停車する白いセダンを認め、走り寄った。しかし、セダンはすぐさま発進し、伊東の街へと下って行った。車内には若い男女の姿が見えた。舌打ちをくれ、吉岡の別荘に戻ると、エンジンの音がした。別荘はブロックを積み上げて土をならした、道路より三メートルほど高い位置に建っている。そして、エンジン音は半地下の駐車場から響いた。片桐はダッシュした。BMWがロケットのように飛び出し、タイヤを派手に鳴らして迫ってきた。ステアリングを握る吉岡健一の切迫した顔と、助手席で悠然と微笑む真山恭子の顔。瞬間、ふたりが視界からかき消えた。ハイビームにした強烈なヘッドライトに目が眩《くら》んだ。片桐はアスファルトの真ん中で両手を広げ、仁王立ちになった。BMWが加速して突っ込んでくる。片桐は激突する寸前に横っ跳びに転がり、爆音をあげて遠ざかるBMWを見送った。

四つん這《ば》いになって頭を振り、立ち上がると、ふらつく足で別荘に戻った。リビングへ駆け込む。床に蹲《うずくま》った滝口がもぞもぞと蠢《うごめ》いていた。

「タキさん」

屈《かが》み込むと、「大丈夫だ」と弱々しく答え、差し出した片桐の腕を押しやって自分の足で立った。首筋を押さえ、顔をしかめた。

「片桐、外はどうだった」

「やつら、BMWをぶっ飛ばして逃げましたよ」

「そうじゃない、不審者がいなかったかと訊いてんだ」

苛立《いらだ》ちを露《あらわ》にした声だった。

「アベックの白のセダンですよ。乳くり合いに来たらしく、おれの姿を認めるなり山を下って消えました」

滝口は肩を落とし、屈み込んだ。

「あの女、狂ってやがる」

床に転がった火掻き棒を取り上げ、大きく振った。

「これで後ろから殴ってきやがった。あれは普通じゃない。この非常事態を存分に楽しんでやがる」

「だから男どもを操って三億円事件なんて凄いことできたんでしょう」

片桐が口元を緩めた。

「しかしタキさん、あんたも女にやられちまうなんて、ヤキが回ったんじゃありませんか」

「うるせえ」

ギリッと睨《にら》んだ。

「戻るぞ、タクシー呼べ！」

鼓舞するように吠えると、火掻き棒を投げ捨てた。

吉岡はBMWを熱海の海水浴場前の市営駐車場に停めた。あの滝口が言っていたNシステムも気になったが、それよりも疲労困憊《こんぱい》で、これ以上、ステアリングを握り続ける気力も体力も失せていた、というのが本音だ。吉岡と恭子はタクシーを拾って熱海駅まで赴き、午後六時十八分の「こだま」で東京へ向かった。

車内の座席は半分程度が空いていた。東京駅までの約五十分間、恭子は吉岡の肩に頭をもたせ、眠り続けた。それは不安も緊張も窺《うかが》えない、穏やかで安心しきった寝顔だった。吉岡は疲れ切っているはずなのに、頭が冴《さ》え冴《ざ》えとするばかりで、眠気はいっこうに襲ってこなかった。理由は分かっている。いま、この「こだま」のどこかに潜んでいるかもしれない殺人者だ。次のターゲットは自分と恭子だ。あの、顔を吹っ飛ばされ、トイレに転がっていた金子。顔の無い死体。呆気《あっけ》なかった。実に手際のいい、凄惨《せいさん》な殺人だった。自分は殺される。それが分かっていながら、警察にも駆け込めない境遇を呪い、ついで自分はなぜ東京へ向かっているのだろう、と首をひねった。窓の外、流れて行く夜の街を見ながら、そうか、自分は今、待ち受ける死の口へと飛び込んで行くのだ、死ぬほど愛した恭子と共に——込み上げる笑みを嚙み締めた。

それでも分からないコトがある。自分たちを狙う殺人者の正体だ。いったい、いつ、その怪物の尻尾《しっぽ》を踏んでしまったのだろう。人を殺すどころか、ケガひとつ負わせず、奪《あ》ったカネは銀行の保険で補塡《ほてん》され、被害者と呼べる人間はただのひとりもいないはず。敢えて被害者に近い人間を探せば、無駄足を踏んだ警察だが、それとて組織防衛に走った結果の自業自得、自分たちの責任ではない。誰だろう。幾ら考えても分からない。しかし、その殺人者が姿を現す時は刻一刻と迫っている。恭子――声に出さずに名前を呼んだ。本当におまえは怖くないのか？　昏々《こんこん》と眠るその寝顔を、そっと指先で触ってみた。ひんやりとした肌。血の温《ぬく》みが失《う》せた、死人のような肌だった。ああ、と得心した。恭子はもう死んでいた、とっくの昔に魂を抜かれてしまったのだ。それはこの自分も同様だった。あの眩《まばゆ》いばかりの閃光《せんこう》、冬の雷を浴びて、三億円を奪取したときに、すべては終わっていた。吉岡はぐんにゃりとした恭子を抱き寄せた。瘦《や》せた肩と胸。悲しいほど軽い身体だった。三十四年の歳月を刻み付けた抜け殻だ。顔を寄せ、頬擦りをした。恭子の匂いがした。窓の外に光の海が広がっていた。

片桐と滝口がJR伊東駅から特急「踊り子号」に乗車し、東京駅に到着したのは午後八時過ぎだった。まだ足元がふらつく、と言う滝口と共にタクシーに乗り込み、新宿のおたふく旅館まで送った。結局、憔悴《しょうすい》しきったその滝口の姿が気になり、一晩付き合うことにしたが、本音は、この件が片付くまではひとりになりたくない、というところだ。カイシャの動きといい、姿の見えない殺人者といい、ヤバすぎる事態が自分をびっしりと取り巻いている。突破口はまったく見えなかった。

部屋に布団を敷いて滝口を寝かせ、缶ビールを飲みながら、この目で見た三億円犯人のことを思った。三十二歳の片桐にとっては伝説の大事件、もはや歴史の一ページだ。その事件の犯人が、生身の男と女であることが不思議でならなかった。もしかすると、今日、見たふたりは幻ではなかったか――唇を歪めて笑った。バカな。火掻き棒で一撃され、昏倒した滝口。目の前の、布団で寝入るポンコツ刑事こそが何よりの証拠だ。

マルボロに火をつけた。大きく深呼吸し、ニコチンを肺から頭へと巡らせた。少しは脳の巡りがよくなるかもしれない。打開策が見つかるかもしれない。そうだ、と閃《ひらめ》くものがあった。あの三億円犯人の吉岡を口説き、独占告白を宮本に取材させたら、とてつもない保険になったろう。カイシャの思惑など吹っ飛んで、世間は大騒ぎだ。なぜ、こんな大事なコトに気づかなかったのか。自分のバカさ加減がつくづく情けなかった。同時に宮本の行方が気になった。取材のやり方によっては、あいつも危ない。不意に不吉なものが胸を掠《かす》めた。と、まるで測ったように、懐で携帯電話が振動した。抜き出し、耳に当てた。

《片桐か》

潜めた声だった。

《おれだ、三浦だ》

三浦辰男──本庁捜査一課の三浦。なぜ？　と思う間もなく、声が続いた。

《ひとりか？》

「ああ、まあ」

昏々と眠り続ける滝口を見ながら、言葉を濁した。

《おまえらヤバいぞ》

背筋が総毛立った。

「どういうことです」

湧き上がる恐怖をなんとか抑え込んで訊《き》いた。

《カイシャの動きがおかしい》
片桐は眉根《まゆね》をひそめた。三浦は続けた。
《タキさん、やり過ぎだ。おれはタキさんには世話になった。結城の件じゃミソをつけちまったが、あれはタキさんのせいじゃない。おれが勲章に目を奪われ、突っ走ったせいだ。昨日から取調室に連れ込まれて、ガンガンやられてな。なんとかごまかして今夜のところは解放されたが、あの分だとタキさんも危ない。もちろん、おまえもだ》
ぞくりと身震いした。
「何が言いたいんだ」
携帯を握り締めた。
《片桐、タキさんを助けられるのはおまえしかいない。おれの説得なんぞ、鼻で笑ってしまいだ。女房も死んで、子供もいなくて、定年間際でタキさんは自暴自棄だ。三億円事件の蓋《ふた》をこじ開けるなんて、普通じゃない。もうやめさせろ！》
悲痛な声が鼓膜を叩いた。
《おれのサツカン人生はこれで終わりだ。どこか田舎のハコ番に放り込まれて、欠伸《あくび》を嚙《か》み殺しながら生きることになるだろう。だが、おれにだって一分《いちぶ》のデカ魂くらいある。タキさんを見殺しにはできない。おれは――》
沈黙が流れた。電話の向こうで嗚咽《おえつ》をこらえる気配があった。
「どうすればいい？」
囁《ささや》いた。昂《たか》ぶった感情を鎮めるように、大きく息を吐く音がした。

《おれには行確がついている。おまえ、動けるか?》
一転、静かな声音だった。
「ああ」
《落ち合う場所を言う。メモしろ》
片桐は手帳にボールペンを走らせながら、そうだ、もうこんなバカなことに付き合えるか、と怒りがこみ上げた。携帯を懐にしまい、何も知らず寝入る滝口を眺め、もう終わりだ、と吐き捨てた。

渋谷駅から麻布《あざぶ》方面へと続く六本木通りは、なだらかな坂道になっている。歩道を五百メートルほど進んだ青山トンネルの手前、渋谷二丁目交差点の辺りが坂道の頂きになっており、一帯は見通しのいい広場のようだった。

片桐はコートのポケットに両手を突っ込み、周囲に鋭い視線を飛ばした。午後十一時。首都高速が併走する六本木通りはクルマの流れがひきもきらず、ヘッドライトの川が途切れることなく続いている。しかし、歩道はときおり千鳥足の学生風やカップルが通り過ぎるだけで閑散としていた。

背後で固い靴音がした。振り返る。背の高い人影が近づいてきた。毛織りの上等のコートを着込んだ痩身《そうしん》の男。水銀灯の下に浮かんだその顔は、三浦だった。

「ご苦労」

低く言った。

「タキさんはどこだ？」

「寝てます」

まだ警戒心を解いたわけではなかった。場所までは言えない。自分たちふたりが潜んでいる場所を詳しく訊いてくるようなら、このまま踵《きびす》を返して消えるつもりだった。

「そうか」

ため息のような声だった。タバコをくわえ、火をつけた。フーッと煙を吐くと、俯《うつむ》いた。いつもの傲岸《ごうがん》で狡猾《こうかつ》な三浦ではなかった。陰影を刻んだ横顔が憔悴しきっていた。

「おれは、タキさんには世話になった。あのひとも、奥さんを亡くすまではバリバリの強面《こわもて》だった。朝も夜もなく靴を擦り減らして捜査に駆け回り、情報提供者やマル暴との付き合いもハンパじゃなかった。その底無しの馬力は、いまから思うと、ちゃんと理由があったんだな」

「理由？」

三浦が視線を上げた。気弱な色が浮いていた。

「過去を忘れようとしたんだろう。遮二無二働くことで、忌まわしい過去を忘れようとしていた」

淡々とした物言いだった。

「おれは、おまえらがあんな凄い事件に首を突っ込み、本気で蓋をこじ開けようとしているなんて、想像もしなかった」

目を閉じ、小さくかぶりを振った。

「まさか、伝説の大事件を今頃……」

言葉が途切れた。頬が震えていた。

「もう、終わったことだろうが」

三浦は掠《かす》れ声を絞り出した。

「三浦さん、おれはこれからどうすればいいんです」

縋《すが》るような自分の声がいやに大きく響いた。三浦は俯いたまま、指先に挟んだタバコを吸った。沈黙が流れた。クルマの轟音《ごうおん》だけが響いた。三浦の唇が動いた。

「カイシャじゃ、出世しなきゃ、ただのバカだ。おれたちは、シビアな階級社会に生きてんだ。いくらタキさんが私生活を犠牲にして頑張っても、あのひとは結局、出世できなかった。なぜだか分かるか？」

片桐は首を傾げ、目を細めた。空気が変わった。

「カイシャを信じることができなかったからだ。それがあのひとの限界だった」

ゴクリと生唾《なまつば》を呑《の》み込んだ。目を剝《む》き、答えになっていない、と詰《なじ》ろうとしたその時、背後から右腕を摑《つか》まれた。

「片桐巡査部長」

固い声音だった。瞬間、腕を捩《よじ》り、振り切ろうとしたが、びくともしない。凄《すさ》まじい膂《りょ》力《りょく》で押さえられていた。振り返った。肉厚の厳《いか》つい顔があった。身長は自分と同じくらいだが、横幅が違う。岩のような分厚い身体だ。

「警視庁捜査一課三係の杉田です。階級はあなたと同じ巡査部長だ」

　ククッと喉《のど》の鳴る音がした。三浦だ。目尻《めじり》を下げ、さも愉快そうに笑っている。

「三浦！」

　怒声を上げ、足を踏み出したが、すぐに肩を摑まれ、引き戻された。

「片桐巡査部長、自分は拳銃《けんじゅう》の携行を許可されております。どうぞ、落ち着いてください」

　慇懃《いんぎん》な口調の裏に、刃物のような怒気がある。

「そいつはおまえより三つ下の二十九だ。しかし、捜一のバリバリのデカだからな。自宅謹慎を食らってる、所轄の間抜けとはワケが違う」

　タバコを旨《うま》そうにふかすと、続けた。

「出世しなきゃダメだと言ったろう。これで、おれの失点は帳消しだ」

「騙《だま》しやがって」

　全身を捩り、抗《あらが》った。が、杉田は摑んだ右腕を背中に回し逆をとってきた。肩が軋《きし》みをあげた。激痛に呻いた。三浦がせせら笑った。

「杉田はつえぇぞ。日本選手権大会への出場歴もあるアマレスラーだからな」

　杉田が耳元で囁《ささや》いた。

「片桐巡査部長、お話をお聞きするだけですから。勝手な振る舞いは困ります」

　諭すように言った。その口調とは裏腹に、杉田の肉厚の顔は歪み、見下すように嗤《わら》っていた。いつの間にか、周囲に屈強な男が数人、立っていた。片桐は捕らわれて身動きのできない自分を悟った。

「離せ！」

鋭く叫んだ。

「おれだって素人じゃない。分かった、従う」

無念を滲《にじ》ませて言った。背中にねじ曲げられた腕が解かれた。顔をしかめ、肩をゆっくりと回した。

低いエンジン音がした。黒の大型ワゴン車が近寄ってくる。停車と同時に、スライドドアが開いた。背中を乱暴に押され、ステップを踏んで中へ入った。座席に大柄なスーツ姿の男がいた。隣に座らされた。

杉田は助手席に回り、素早く身を滑り込ませてきた。

「てめえ、ふざけた真似をしてくれたな」

重い声だった。角刈り頭と四角いゴリラ顔。宍倉だった。

「所轄風情が、舐めんなよ」

ブンッと空気が唸《うな》った。頬に熱い衝撃があった。思わずのけぞった。

「伊豆の別荘、おまえらが好き勝手に掻《か》き回したおかげで、おれらはいい恥晒《さら》しだ」

固い拳《こぶし》が腹部にめり込んだ。息が詰まった。背を丸め、呻《うめ》いた。

「滝口はどうした」

「知るか」

掠《かす》れた声を絞り出した。髪を摑まれ、引き上げられた。

「片桐、よく聞けよ。カイシャに逆らっても、得なことはない」

一転、頬を緩めたゴリラ顔が眼前にあった。

「まだ間に合う。協力してくれたら、これまでのコトはチャラにしてやるぞ」

宥《なだ》める声がした。片桐は口をすぼめ、プッと唾《つば》を吐きかけた。

「この野郎！」

怒声が響いた。助手席の杉田が振り向き、怒りの形相で両腕を伸ばしてくる。

「手え出すな」

宍倉は一喝すると、湧き上がる憤怒《ふんぬ》を抑えるように、ポケットから取り出したハンカチでゆっくりと顔を拭《ふ》いた。片桐は険しい視線を据えた。

「おい、係長、おれを三浦のボケナスと一緒にするなよ。カイシャが組織の裏をかこうとした人間を許すわけないだろうが」

宍倉は目を細め、得心したように顎《あご》を小さく上下させた。

「なるほど。融通のきかないところは滝口譲りかい」

唇を歪《ゆが》めた。

「バカな野郎だ」

吐き捨てると、「サッカン同士の取り調べはキツイぜ」と囁いた。片桐は眉根《まゆね》を寄せた。

「やってみろ」

宍倉は視線を前方にやると、「行け」と小さく命じた。助手席の杉田と運転席の男が同時に頷《うなず》き、ワゴンは発進した。

「どこへ行く」

が、宍倉は押し黙ったままだった。スモークの入ったウインドウを通して、外の光景が流れる。ワゴンは青山学院大学の横を進み、青山通りに入ると北上した。青山一丁目の交差点で左折し、広大な赤坂御用地沿いの通りを信濃町《しなのまち》の方向へ向かう。片桐はゾクッと身震いした。青山通りを直進すれば桜田門の本庁だ。しかし、左折したとなると、目的地は別にある。捜査一課が極秘で確保しているマンションか、それとも警察の息のかかった興信所の事務所か——いずれにせよ、これでまともな事情聴取は受けられないことが分かった。ならば、最悪の事態もありうる。

片桐は、震える膝《ひざ》を両手で押さえた。宍倉たちは、完全に確保したと思い込んでいる。隙は必ずある。落ち着け、落ち着け、と言い聞かせ、ウィンドウの外に目をやった。

ワゴンが停まったのは、JR信濃町駅の先、慶応大学病院の裏手に建つ、古ぼけたマンションの地下駐車場だった。

助手席から降りた杉田が、降りてくる片桐を待って簡単な身体検査をした。コートとスーツの上衣の裏表を手早く探る。次いで足元に屈み込み、両脚を上から下へと探っていく。と、異変を感じた。あれほど尖《とが》っていた空気が緩んでいた。マンションへ連れ込んだ安心感か、周囲の緊張感がとけている。背後では宍倉が、ゆっくりとした動作でワゴンの車内から出る気配があった。運転席の男は、なにをモタついているのか、姿が見えない。考えるより先に身体が動いていた。右膝を、屈《かが》み込んだ杉田の顔に叩《たた》き入れた。が、一流アマレスラーの反射神経は並ではなかった。咄嗟《とっさ》に首をひねり、外した。しかし、流れた膝が肩をもろに捕らえた。不意をつかれ、バランスを崩した杉田は呆気《あっけ》なく倒れ、尻餅《しりもち》をついた。片桐はコンクリートの床を蹴《け》り、走った。背後で怒声が響く。

マンションの外に張っている人間がいるのでは、と危惧《きぐ》したが、杞憂《きゆう》だった。人気《ひとけ》の無い、深夜の住宅街を疾走した。白い息を吐き、アスファルトを乱打する己の靴音を聞きながら、走った。


伊豆の伊東から帰京した吉岡と恭子は、結局、どこへ行くあてもないまま、東京駅近くのビジネスホテルに投宿した。部屋に落ち着いてしまえば、もう外へ出る気も失《う》せて、ルームサービスでサンドイッチを頼み、ふたりで簡単な夕食をとった。ホテルは十階建てで、部屋は最上階のツインだった。

吉岡は先にシャワーを浴びると、備え付けの浴衣《ゆかた》に着替えた。恭子は、窓際のベッドに腰を下ろし、タバコを吸っていた。焦点の定まらない顔で窓の向こう、夜の帳《とばり》の降りた東京駅を眺めている。

吉岡は、手前のベッドに大の字になって寝転がった。頭の後ろで両手を組み、目を閉じた。

「わたしねえ」

恭子の声がした。

「純の死は、当然のことだったという気がする」

そうか、おまえもか、と声に出さずに呟《つぶや》きながら、口を開くのも億劫《おっくう》な自分に気づいて、小さくため息を漏らした。当然だった。朦朧《もうろう》とし始めた意識の中、朝からの出来事を反芻《はんすう》する。金子の一撃を食らい、昏倒《こんとう》した自分。顔を吹っ飛ばされて絶命した金子。刑事を火掻《ひか》き棒で打ち倒した恭子——身体も神経もパンク寸前だった。

「傍観者のわたしでさえ、あんなに昂揚《こうよう》し、天にも昇る達成感を得たんだもの。たったひとりで実行し、三億円を奪った純は、死んで当然だという気がする。あれは、魂が蒸発してしまいそうな凄《すご》い体験だった。純は……」

ボリュームを絞るように薄れていく恭子の声を聞きながら、脳は細胞のひとつひとつが覚醒《かくせい》し、あの光景を映し出していた。

降りしきる雨の中、黄金色の稲光を浴びて動き出した純を追い、吉岡はスカイラインを発進させた。純のバイクは大通りに出て左折し、黒のセドリックを追った。雨脚は激しくなる一方で、辺り一帯が白く煙っていた。隣の恭子は、息を詰めて凝視していた。後部座席の嗚咽《おえつ》はいつのまにか止まっていた。ルームミラーに目をやる。金子が惚《ほう》けたような表情で、ただ見つめていた。

午前九時十五分過ぎ。通りに他のクルマの影は無かった。トランクに三億の現ナマを積んだセドリックと、それを追うバイクだけが、狂ったように動くワイパーの向こうで静かに走っていた。激しく叩きつけているはずの雨音も、恭子と金子の息遣いも聞こえなかった。恐ろしいほどの静寂が、吉岡を包んだ。

静止画のようだった光景が、溶けて流れるように動いた。バイクが右に寄り、一気に加速した。純は巧みなハンドル捌《さば》きでセドリックの前に出ると左腕を水平に伸ばし、停まるよう指示した。どこから見ても、白バイ警官そのものだった。黒のセドリックは左の路肩に寄り、停車した。吉岡はスカイラインの速度を緩め、セドリックから約百メートル後方の路肩に停めた。ギアをニュートラルに入れ、ハンドブレーキを引き、アイドリングを続けながらいつでも発進できる態勢をとる。セドリックの銀行員たちは、突然現れた白バイに気をとられ、とても後方に注意を払う余裕はないはず。しかも、都合のいいことに土砂降りの雨だ。吉岡は天に感謝し、前方を凝視した。

純がセドリックの真ん前で、その進路を塞《ふさ》ぐようにバイクを停め、右足を高く上げて降りるのが見えた。それは無駄のない、相手に無言の威圧を与える、自信に満ちた動きだった。耳元でゴクリと喉《のど》が鳴った。いつの間にか、金子がシートを摑《つか》んで身を乗り出し、食い入るように見つめていた。

雨で白く染まった視界の中、足元を黒革のブーツで固めた純が、セドリックに歩み寄って行く。事前の計画では、不測の事態が発生した場合、このスカイラインで現場に突っ込み、純を乗せて走り去ることになっている。最悪の事態を想像した。ニセ白バイ警官を見破った行員たちが一斉に純に襲いかかり、捕らわれてしまったら、この自分が救出に行かなくてはならない。チキンの金子は戦力外だ。果たして自分ひとりで、そんな活劇映画みたいなことができるだろうか？　今まで経験したことのない不安と恐怖が肚《はら》の底からせりあがり、全身が燃えるように火照った。

「純、スゴイ」

ため息のような声がした。恭子が、唇を半開きにして、見つめていた。その瞳《ひとみ》は、熱っぽく潤んでいる。スッと頭が冷えた。分かっている。サポート車の本当の役割は純の救出なんかじゃない。この女に、現金強奪の一部始終を見せたいのだ。純は恭子に、自分の勇気と覚悟を分かって貰《もら》いたいのだ。しかし、恭子は見透かしている。恐怖の余り、躁《そう》状態に陥った哀れな純を——

セドリックの傍らに立った純は、運転席の窓を叩いた。半分ほど降りた窓に向かい、真剣な面持ちで語りかけている。こう言っているはずだ。

——支店長の自宅が何者かに爆破されました。このクルマにもダイナマイトが仕掛けられているとの連絡が入っています。車内を見せてください——

誰も降りてくる気配はなかった。それでも、セドリックの中で膨れ上がる動揺と恐怖が透けて見えるようだった。純はあっさり引き下がると、車体の周囲を調べ始めた。

純と恭子の練った計画は周到だった。まず複数の金融機関に、爆弾の文字を頻出させた脅迫文を送りつける。とどめはターゲットの東洋銀行立川支店の支店長宛の具体的な脅迫文だった。小平霊園での具体的な現金の受け渡しを記し、従わなければ支店長の自宅を爆破する、と脅す。世は『金嬉老事件』や『横須賀線爆破事件』で嫌でも爆発物には敏感になっている。吉岡は、警察まで出動させた最後の脅迫は内心、やり過ぎだと思っていたが、こうやって襲撃の現場に身を置くと、計画は間違っていない、と確信した。その証拠に、純が車体を調べ始めるとすぐに運転席のドアが開き、スーツ姿の男が出てきた。次いで後部座席の左右のドアが同時に開き、ふたりが現れた。雨に濡《ぬ》れながら、キョロキョロと周囲に目をやっている。明らかに浮足立っていた。残るは助手席の男ひとり——が、出てこない。目を凝らすと、後部座席に身を乗り出し、シートに手をかけている。車内の不審物を探しているようだ。無駄なことを、と苦い思いが湧き上がった。その時、純が素早くセドリックの背後へ回った。

「さあ、やるわよ！」

張りのある華やいだ声が車内に響いた。それは、奴隷の殺し合いを観戦する、無慈悲な女王の声に聞こえた。

純が屈み込み、車体の下を窺《うかが》うふりをしながらジャンパーの懐に右手を突っ込んだのが見えた。取り出した発煙筒を投げ込むと同時に白煙が盛大に上がった。

「あったぞ、ダイナマイトが爆発する、逃げろ！」

緊張感の漲《みなぎ》った太い声が響いた。警告を発した純は素早く立ち上がると、小走りに駆け、腕を大きく振って「離れろ、離れろ」と叫んでいる。スーツ姿の三人の腰が引けたのが見えた。慌てて助手席の窓に取り付き、大声で喚《わめ》いている。残るひとりに外に出るよう、促している。だが、出てこない。何をしている。感づかれたか？　冷や汗が腋《わき》に浮いた。目を凝らす。助手席の男は、首を振っている。失敗か——

「もうダメだ」

悲痛な声が響いた。金子が指の爪を嚙《か》み、いまにも泣きそうになっている。「うるせえ」と怒鳴ったが、吉岡も内心、観念した。それほど、切迫した事態に見えた。が、動いた。半ば、引きずられるようにして、助手席の男が外へ出た。ホッとした。しかし、それも一瞬だった。がっちりとした体軀《たいく》の男は濡《ぬ》れたアスファルトに即座に屈み込み、派手に煙を噴き上げる車体の下を窺ったのだ。他の三人は離れた場所で呆然《ぼうぜん》と立ち尽くしている。吉岡も信じられない思いだった。ダイナマイトを恐れず、自分の職務を全うしようとする男の勇気に唖然《あぜん》とした。

次の瞬間、無人のはずのセドリックが動いた。はっと我に返った。純が計画通り、運転席に滑り込み、ハンドルを握っていた。轟音《ごうおん》が響いた。セドリックが一気に加速し、水煙を巻き上げて遠ざかって行く。黒い車体がみるみる小さくなった。

「健一、早く」

肩をパンと叩《たた》かれた。恭子が険しい顔で睨《にら》んでいた。慌ててハンドブレーキを戻し、ギアをローに入れてスカイラインを発進させた。雨に打たれ、スーツ姿の四人が突っ立っていた。

「スゲエよ」

後部座席の金子が、裏返った声で叫んだ。

「スゲエ、三億だ、大金持ちだぜ」

ルームミラーに映る顔は、さっきまでの泣きっ面がウソのように大口を開け、ケタケタ笑っていた。

「黙ってろ」

ドスの効いた声で一喝した。その時、辺りが黄金色に染まった。稲光だった。目映《まばゆ》いほどの光に照らされ、路上に立ち尽くす四人の男がくっきりと浮かび上がった。すれ違う寸前、頭上で雷鳴が轟《とどろ》いた。巨大な鉄玉を転がすような、腹に響く音だった。それが合図のように、ひとりがぐっと足を踏み出した。あの、助手席からなかなか出ようとしなかった男だ。路上で赤い炎を噴き、盛大に白煙を上げる〝ダイナマイト〟を睨んでいる。男は、何かおかしいと気づいたのか、弾《はじ》かれたように顔を上げた。その雨にずぶ濡れになった横顔は唇を噛み、強ばっていた。眉《まゆ》の太い、岩を削ったような武骨な顔だった。

ハンドルを握る手が震えた。アクセルを踏み込みそうになるのを必死に耐え、何食わぬ顔で通り過ぎた。ルームミラーの中、雨に打たれながら険しい視線を向ける男と、放置された偽装白バイがあった。男は、走り去ったセドリックの行方を捜しているように見えた。男の姿が、雨に溶けるようにして消えた。

ビジネスホテルのベッドの上、吉岡は、脳の中に仕舞い込まれていた三十四年前の光景、稲光に照らされ、立ち尽くす男に震え、呻《うめ》いた。

片桐はしんと静まり返った住宅街を走りながら、背後を幾度も振り返り、追っ手の有無を確認した。それらしき姿はなかった。狭い路地に走り込み、マンションの陰に身を潜め、辺りを窺ってみた。気になる物音、人影はなかった。ほっと息を吐き、再び足を動かした。新宿通りに出てタクシーを捕まえ、おたふく旅館の部屋へ戻ったとき、日付は変わり、二月八日土曜日の午前零時三十分になっていた。

滝口は起きていた。ワイシャツとズボン姿で布団の上に胡座《あぐら》をかき、黙念とした顔でタバコを吸っていた。

「よく寝てましたよ」

静かに呼び掛けた。ジロリと見上げた。

「どうした」

顎《あご》をしゃくった。

「顔が真っ赤だぞ」

片桐は屈《かが》み込み、低く囁《ささや》いた。

「タキさん、思った以上にヤバいですよ」

滝口の顔に緊張が疾《はし》った。

「どうして」

片桐は、これまでのことをかい摘《つ》まんで伝えた。三浦に呼び出されたこと。上手く嵌《は》められ、宍倉ら捜査一課の人間にマンションに連れ込まれそうになったこと。隙をみて逃げ出したこと――

「おまえが捜一に身柄を確保されながら逃げ出しただと？」

尖《とが》った視線が、詳細を訊《き》かせろ、と言っている。片桐は戸惑いながらも、答えた。

「ええ、杉田とかいうデカい野郎が、のんびりボディチェックをやりやがったんで、その隙に」

言葉が終わらないうちに滝口が立ち上がった。顔が険しかった。部屋の蛍光灯を消し、そっと窓に寄る。カーテンの透き間から外を窺う。

「なるほど」

顎を小さく上下させると、振り返った。

「外、張られてるぞ」

心臓が跳ねた。

「そんな」

闇に浮かぶ滝口のナマズ面に蔑《さげす》みの色があった。

「見てみろ」

窓の外を覗《のぞ》いた。旅館の前は、街灯の灯《とも》る路地になっている。左右に目をやると、確かに人影があった。

「バカな、おれは――」

声が上ずっていた。

「追っ手の有無を確認したというのか？」

「もちろんですよ。タクシーに乗るときだって確認したし、そのタクシーも途中で乗り換えている。最後、旅館のだいぶ手前で降りて、周囲に注意を払いながらこの部屋まで来たんだ。尾行なんてあり得ない」

滝口が目を細めた。

「おまえ、土産貰《みやげもら》ってきたろう」

「土産？」

首をひねった。

「そうだ。てめえの服を探ってみろ」

片桐は言われるまま、両手でコートとスーツの裏表を探った。次いで、ズボンを軽く叩いてみる。尻《しり》ポケットまで探ったが、何もない。

「もっと丁寧にだ。コートの襟元なんかチェックしてないだろう」

言われて気づいた。左の襟元に、普段は使わない小さなポケットがある。慌てて手を差し入れた。指先に引っ掛かるものがある。摑み出した。掌《てのひら》に載せ、窓から射し込む街灯の明かりに透かした。黒いプラスチックの塊。碁石ほどの大きさのものだ。

滝口が手を伸ばしてきた。指先に挟み、頰を緩めた。

「ほら、土産があったろう。杉田がボディチェックの際、プレゼントしたものだ」

声が出なかった。

「GPSを利用した位置検索追跡システムの端末だ。精度は抜群だ。二〜三メートルの誤差で位置を特定するからな」

滝口のナマズ面がゆるりと溶けた。その顔は、このバカが、と詰《なじ》っていた。

「平たく言えば、カーナビゲーションのシステムを応用したものだ。おまえが苦労して、あっちこっち走って、タクシー乗り換えた様もディスプレイの上ですべて見られていたってわけだ。あいつら、腹を抱えて笑ってるぜ」

「じゃあ、わざとおれを——」

言葉が続かなかった。

「やつらが本気で確保に動いたら、おまえに逃げられるわけがない。嵌められたんだよ」

締め上げても滝口の居場所を明かしそうもない、とみたあのゴリラ野郎の策だろう。ご丁寧にやつらを引き連れ、滝口のもとへと舞い戻った大間抜け。憤怒と屈辱で頭が白くなった。端末を奪い取り、腕を振り上げた。床の間に叩きつけようとした瞬間、手首を滝口に摑《つか》まれた。くわえタバコの唇が歪《ゆが》んだ。

「相変わらず短気な野郎だな」

強引に指を引き剝《は》がした。

「ここで壊しちまえば、気づかれたと察知したやつらの監視が厳しくなるだろうが」

端末をズボンのポケットにしまい込むと、指先で自分のこめかみを叩いた。

「ちったあここを使え」

滝口は鼻で笑い、座卓にどっかりと腰を降ろした。短くなったタバコを灰皿でひねる。スタンドライトのスイッチを入れ、顎に手を当ててしごいた。進退極まった、という風だった。

「タキさん、やつら、踏み込んできますか」

突き上げる怒りを嚙み殺して言った。滝口は新しいタバコに火をつけると、苛立《いらだ》ちを静めるように大きく息を吐いた。

「いいや、余計な騒ぎは避けたいはずだ。おれたちが動き出せば別だが、ここに暫《しばら》く釘付《くぎづ》けにしておいて、一気にカタをつける気だろう」

「カタをつけるって……」

喘《あえ》ぐように訊いた。

「蓋《ふた》をしっかり閉め直すんだよ。まずは緒方のジイさんだろう。次いで、吉岡と真山恭子だな」

恐ろしいことを、静かに語った。片桐は拳《こぶし》を握り締めた。

「じゃあ、これまでの殺しもカイシャが動いたっていうんですか」

「さあな」

ぽつりと呟《つぶや》いた。

「だが、分かるさ。それも近いうちにな」

タバコを吸い、目を細めた。

「いずれにせよ、ここを出なきゃな」

静かな声音に揺るぎない決意があった。片桐は言葉が出なかった。捜一の監視下から、いったいどんな脱出法があるのか、見当もつかなかった。滝口が顔を向けた。

「おまえ、誰か心当たりはあるか」

「何がです」

滝口の分厚い唇が緩んだ。目尻《めじり》に皺《しわ》が刻まれる。

「信頼できる人間だよ。四の五の面倒臭いことを言わず、ここまで助けにきてくれるヤッだ。同僚とか、友人とか、おまえの周りでそういう人間はいないのか？」

試すような口ぶりだった。バカな、と呟いた。自分が死ねば、満面の笑みで酒を酌み交わす野郎なら腐るほどいるが、信頼できる人間など、ただのひとりも思い浮かばなかった。てめえこそいるのか、と怒鳴ろうとして思い留《とど》まった。いる。

「宮本はどうです」

勢い込んで言った。宮本翔大なら、すべてを承知している。それに、凄腕《すごうで》の事件記者だ。なんとかしてくれるかもしれない。が、滝口の反応は違った。

「ダメだ」

かぶりを振った。

「どうして」

「所在がつかめない」

重い声だった。片桐は絶句した。

「今朝から幾度か電話を入れているが、出ない。月刊『新時代』の編集部にも連絡したが、出社している様子はない。フリーだから自由ってことだろうが、それにしてもおかしい」

横顔に沈んだ色があった。

「タキさん、それってヤバくないですか」

「どうして」

強《こわ》ばった舌をなんとか動かした。

「取材の過程で消されたってことですよ」

言いながら、唇が震えた。

「結城に金子。ふたりの犠牲者が出ているんだ。十分、有り得るでしょうが」

言葉に出してしまえば、それ以外に有り得ない、と思った。宮本はすべてを知っている。しかも、長年の取材でも分からなかった最後の謎、真山恭子まで辿《たど》り着いた以上、ヤツはカイシャにとって三億円犯人や緒方耕三と同列だ。状況は最悪だ。宮本が既に消されたとなると、自分と滝口の保険は雲散霧消する。足元から震えが這《は》い上がった。踏ん張らないと、腰が砕けてしまいそうだった。

だが、滝口に恐怖の色は微塵《みじん》もない。冷然としたベテラン刑事の顔で迫ってくる。

「片桐、ここですべてが終わるのを待つか？」

嘲《あざけ》りを含んだ声だった。

「バカな」

片桐は吐き捨てた。だれがてめぇなんかと、と声に出さずに罵《ののし》り、立ち尽くした。場末の旅館のしけた八畳間。しかも、外は張り番のサッカンだらけだ。出口を求めて天を仰いだ。節の浮いた天井の板が、ぐんにゃりと顔を描いた。片桐は目を細めた。それは、自分を受け入れてくれる、この世で唯一の人間だった。

片桐は震える手で携帯電話を取り出した。

「やめとけ！」

鋭い声が飛んだ。びくっとした。

「その携帯はダメだ。いくら使い捨てでも、番号を承知している三浦があちら側に付いたんだ。傍受が入る可能性がある」

冷たい汗が背中に浮いた。滝口はボストンバッグに手を突っ込みながら、プリペイド式の携帯電話を抜き出した。

「未使用のまっさらだ。これが最後の一本だ」

片桐は差し出された携帯を摑み取ると、背を向け、番号を押した。そらで正確に押せる自分が情けなかった。息を潜め、耳の奥で鳴る呼び出し音を聞いた。
《はい》
不安を露《あらわ》にした声がした。
「多恵子」
小さく呼びかけた。二呼吸分の沈黙があった。
《慎ちゃん？》
吉祥寺のマンションを叩《たた》き出して一週間にもならないのに、ずっと離れていた気がする。
《慎ちゃんだろう》
温かいものが鼓膜を撫《な》でた。だが、じんわりと湧き上がる安堵《あんど》も、重い現実にあっさり呑《の》み込まれた。片桐は乾いた唇を舐《な》め、言葉を継いだ。
「元気か」
多恵子の、戸惑いを露にした息遣いが聞こえた。
《何度も電話したんだけど、出なかった。自宅も携帯もダメだった。本当に捨てられたと思っていた》
今にも泣きそうな声だった。罪悪感を封じ込め、強い口調で言った。
《多恵子、助けて欲しいんだ》
息を詰める気配がした。片桐は一気に喋《しゃべ》った。クルマを用意して欲しい。場所は南新宿の旅館。こっちは事情があって監禁状態にある。おまえが最後の頼りだ、と。現職の刑事が助けを求めるのだから、非常事態もいいとこだ。まして多恵子は十九歳の元ヘルス嬢。

クルマはいざとなればレンタカーでもダチのを借りてでも、何とか都合するだろう。しかし、ドライブに行くのとはわけが違う。恐れ戦《おのの》き、断って当然だった。しかし、違った。多恵子はあっさり承知すると、コールバックする、と告げて切った。

「昔の女か」

滝口が声を掛けてきた。不意に頭が沸騰し、次いで激しい後悔が渦巻いた。

「ええ、色男」

「うるせえ、ちょっと黙ってろ！」

唇を噛《か》み、頭を抱えた。多恵子なら、間違いなくやって来る。自分はとんでもないコトをやらせようとしている。多恵子、と呻《うめ》いた。部屋の重い空気を切り裂くように携帯が鳴った。慌てて耳に当てた。

《慎ちゃん、小一時間で行けると思う。場所、教えて》

ウソだろう、と呻き、それでも問われるまま、おたふく旅館の住所と周辺の詳細を述べた。多恵子は、《分かった》とだけ言い置くと、あっさり切った。緊張も恐れもない声だった。いったいあの女は……呆然《ぼうぜん》と携帯を凝視した。

「意外だな」

滝口がボソッと呟いた。

「なにが」

片桐は睨《にら》んだ。

「おまえのために、こんなとこへ飛び込んで来る女がいることが、だよ」

タバコを吸い、目をすがめた。

「そんな付き合いはできない男だと思っていたがな」

「どういうことだよ」

「ゴリゴリの出世主義で、自分に都合のいい女しか相手にしない。そして、飽きたら捨てる——身勝手な、エゴイズムの塊ってやつがおまえだと思っていたんだがな」

何も言えなかった。腰から崩れるようにして、布団に座り込んだ。

「タキさん、クルマが来るから準備しといてくれ」

それだけ小さく言うと、がっくりと頭を垂れた。滝口はタバコをくゆらしながら宙に視線を据え、何かを考えている風だった。


午前一時半、片桐の携帯が鳴った。

いやにのんびりした多恵子の声だった。

《近くまで来たよ》

《おたふく旅館の看板が見える》

ドッと冷汗が噴き出した。

「停まれ、それ以上動くな」

携帯を耳に当てたまま立ち上がり、窓へ駆け寄った。旅館の前を左右に延びる路地。右手の向こうにヘッドライトがあった。路肩に寄り、すっと消える。

「片桐、行くぞ」

コートを着込み、ハンチングを目深に被《かぶ》った滝口が、資料類を詰め込んだボストンバッグを片手に立っていた。

「タキさん、得物《えもの》はあるか」

片桐は両手を組み合わせ、節くれた指をバキバキと鳴らした。

「邪魔する野郎はぶちのめしてやる」

滝口はボストンバッグから革ケースに入った棒状のものを抜き出した。受け取った片桐は、ケースを外すと右手に握り、ひと振りした。伸縮性の特殊警棒がシャキンと音を立てて伸びた。

部屋を出たふたりは、そっと廊下を歩き、階段を降りた。玄関の硝子《ガラス》戸に垂れたカーテンの隙間から外を窺《うかが》いながら、携帯に語りかけた。

「多恵子、玄関前まで来い」

小娘がハンドルを握るクルマに、監視要員がそれほど警戒心を抱くとは思えなかった。ヘッドライトを灯《とも》したセダンが徐行で近づいてくる。その車体の重厚なフォルムを確認した途端、息を呑んだ。オフホワイトのセルシオ。多恵子が高級車のセルシオ？　ドンと背中を押された。

「ボヤボヤすんな！」

鋭い滝口の声が響いた。硝子戸を引き開け、外へ飛び出した。瞬間、固い複数の靴音が響く。黒い人影が左右から迫る。右に目をやった。横幅の広い大柄な男。杉田だ。

「杉田、こっちだ」

左手に握った特殊警棒を身体の後ろに隠して誘った。視界の隅で、滝口がセルシオの後部座席に乗り込むのが見えた

「チャカ出してみろ」

挑発した。が、体力でも格闘能力でも圧倒的に勝る杉田は、無言のまま摑みかかってきた。片桐は距離を測り、充分に引き付けたうえで右足を大きく踏み込み、左腕を突き出した。路地に、裂帛《れっぱく》の気合が響いた。特殊警棒の先端が杉田の喉を直撃した。剣道の突きの応用だった。カウンターで決まった一撃に、巨体が声もなく崩れ落ちた。背後から迫る人影に振り向きざま、特殊警棒を振った。空気を切り裂く音がした。左腕に、相手の首筋を捕らえた感触があった。グッと息を詰める声がし、これもくたくたとアスファルトに蹲《うずくま》った。

「片桐、乗れ！」

後部座席の滝口が叫んだ。片桐が乗り込むと同時に、怒声が飛んだ。

「ほら、アクセル踏めよ！」

滝口が運転席のシートを拳で叩いた。片桐は何がなんだか分からなかった。ステアリングを握るのは、男だった。三十前後の、洒落《しゃれ》た革のコートを着込んだ優男だ。シルバーのロン毛にピアス。売れっ子ホストか得体の知れない青年実業家、といった風体の男だった。蒼白《そうはく》の頬が震えている。セルシオは停車したままだ。

「佐伯さん、このままだとヤバいよ！」

助手席に多恵子がいた。茶髪とアーチ眉《まゆ》。ジーンズにピンクのセーターとシルバーのダ

ウンジャケット。整った顔が強ばっている。

「マジで消されちまうよ」

佐伯と呼ばれた男は唇を嚙み、意を決したようにセルシオを発進させた。フロントガラスの向こうに両腕を広げ、立ち塞《ふさ》がる二つの人影が現れた。

「突っ込め！」

滝口が怒鳴った。佐伯は唇を嚙み、やけくそのようにアクセルを踏み込んだ。男たちは激突する寸前、横っ跳びに転がった。訓練されたプロの動きだ。セルシオは路地を疾走した。明治通りが眼前にあった。

「左だ」と滝口が命じた。セルシオはタイヤを軋《きし》ませ、深夜の、交通量の少ない幹線道路へと出た。

滝口はハイライトのパッケージを取り出すと、一本を唇に挟んだ。火をつけ、目を細めて片桐を見た。

「さすがは大学体育会の剣道四段だ。おまえ、棒を持たすとバカみたいに強ええな」

からかうように言った。

「だが、ふたりをぶちのめしてしまったんだ。とことん恨まれるぜ」

「そんなもん、どうってことないでしょうが」

吐き捨てた。

「開き直ってやがる」

頬が、さも面白そうに緩んだ。片桐は拳を握り締めて睨んだ。

「アケミちゃん、これ、なんなんだよ!」

運転席の佐伯が悲痛な声を絞り出した。アケミ——頭の芯《しん》がカッと燃えた。助手席の多恵子が振り返り、ペロッと舌を出した。

「慎ちゃん、あたし、免許もクルマもないから、この佐伯さんに頼んだんだ。昔の知り合いなんだ」

ただの知り合いじゃなくて、ヘルス嬢の馴染《なじ》み客だろう——斜め前の佐伯に視線を据えた。湧き上がる複雑な感情を嚙み締めた。

「おれ、厄介なことはゴメンだよ。アケミちゃんが、友達迎えに行きたいって言うから、無理して出てきたのに」

「ゴチャゴチャうるせえな」

片桐は怒鳴り、ついでに軽く後頭部を張り飛ばした。佐伯の顔がひきつった。恐怖と緊張で、剝《む》いた眼球が飛び出しそうになっている。

「ちょっと、慎ちゃん、乱暴はやめてよ、佐伯さん、助けてくれたんだよ」

多恵子がアーチ眉を歪《ゆが》め、詰《なじ》った。片桐は運転席に身を乗り出し、佐伯の肩に手を置いて囁《ささや》いた。

「おまえ、おれのこと、ヤクザと思ってんだろう」

佐伯は前を凝視したまま、顎《あご》を小さく上下させた。

「そんで、さっきの騒ぎはヤクザの抗争かなんかだと思ってんだろう」

再び、頷《うなず》いた。こめかみに汗の粒が浮いていた。

「佐伯さん、違うよ」

多恵子が、ことさら陽気に言った。

「慎ちゃんは短気でケンカが強いけど、これでも刑事だよ」

佐伯の喉《のど》仏がゴクリと動いた。

「ホントですか」

か細い、上ずった声だった。滝口が窓の外に目をやり、ニヤついている。片桐はシートに背をもたせ、両腕を組んだ。

「ああ、本当さ。しかもこっちのオッサンは警視庁捜査一課の鬼刑事だぜ」

佐伯の顔に、安堵《あんど》と戸惑いが浮いた。

「ついでに教えとくが、さっきお前がひき殺し損なったやつらも刑事だ」

瞬間、佐伯の身体が電気に打たれたように硬直した。多恵子もギョッとした顔で振り返った。

「どういうこと……」

「多恵子、おれたちは警察に追われてるんだよ」

静かに言った。車内に固い沈黙が満ちた。佐伯がクシャッと顔を歪めた。

「わけ分かんねえよ」

嗚咽《おえつ》交じりの声だった。

「もう勘弁してくれよ」

鼻を啜《すす》り、訴えた。

「ニイちゃん、悪かったな」

滝口が背後から肩をポンポンと叩き、慰めた。

「このヤクザみてえなデカ、こっちの娘さんとワケありでな。それで、苛《いら》ついてんだ」

片桐は険しい視線を向けた。だが、滝口は続けた。

「あんたには世話になった。おかげで助かったよ。事情を知らなかったとはいえ、ああいうことはなかなかできることじゃない」

佐伯は聞いているのかいないのか、「もう許してくれよ」とか細い声を絞り出した。滝口は分かった、とばかりに軽く頷いた。

「ニイちゃん、ここらでいい。停めてくれ」

佐伯はセルシオを路肩に寄せた。片桐は運転席に身を乗り出した。

「念のために言っとくがな」

声を潜めた。

「さっきのやつら、さすがにナンバーを控える暇は無かったと思うが、もしおまえのとこへデカが乗り込んで来たら、小金井中央署刑事課の片桐慎次郎に唆《そその》かされた、自分は何も知らない、と言えよ」

佐伯が前を凝視したまま、コクンと頷いた。頬も唇も、ステアリングを握る手も震えている。その怯《おび》えきった横顔は、もう顔を合わすのも嫌だ、と言っていた。

「いいか、片桐慎次郎だぞ。多恵子の――」

言葉を切り、顔をしかめた後、口を開いた。

「アケミの名前出したらてめえ、殺すぞ！」

ドスの効いた声で言い放つと、外へ出てドアを叩きつけた。セルシオは爆音を上げて遠ざかって行った。

三人が降りた場所は明治通りと大久保通りが交差する、大久保二丁目の交差点だった。

「片桐、こっちだ」

滝口が大久保通りのタクシーを停め、手招きをしていた。

「乗れ」

片桐は多恵子の手を引いた。滝口は助手席に乗り込み、片桐と多恵子は後部座席に入った。滝口が顎をしゃくり、「行ってくれ。道は指示する」と短く言った。若い運転手は、行き先を告げない客に不審な表情を見せながらも、発進させた。

多恵子は押し黙り、窓の外を眺めていた。言葉を掛けたかった。が、なんと言っていいのか分からなかった。感謝か、それとも謝罪か。いや、滝口の耳がある。躊躇《ちゅうちょ》していると、滝口が声を出した。

「停めろ」

目の前に、大久保通りを跨《また》ぐ山手線の高架があった。新大久保駅の手前。まだワンメーターも走っていない。タクシーはハザードランプを点滅させ、路肩に停車させた。

滝口は千円札を憮然《ぶぜん》とした顔の運転手に押し付け、「釣りはいい」と言い置き、助手席のドアを開けた。

「ぼやぼやすんな！」

滝口の怒声に促され、片桐は多恵子の手を引いて慌てて外へ出た。

「タキさん、どこへ行くんです」

滝口はボストンバッグを歩道に置き、ガードレールに腰を下ろしてタバコを唇に差し込んだ。火をつけ、目をすがめた。

「ラブシーンは手短に、簡潔に済ませろ。おれたちはこれからやることがある」

ハンチングの庇《ひさし》を引き下げると横を向いた。相変わらず食えねえジジイだ、と呟《つぶや》き、片桐は多恵子に視線をやった。午前二時。中国人の若い男女グループが、声高に談笑しながら通り過ぎて行く。多恵子はダウンジャケットのポケットに両手を入れ、上目遣いに睨《にら》んできた。

「慎ちゃん、ヤバいことになってるみたいだね」

片桐は片頬を歪め、薄く笑った。

「おまえには関係ない」

多恵子はダウンジャケットから右手を抜き出すと、茶色の髪を掻《か》き上げた。頬が朱に染まってる。怒っている。

「関係ない、関係ないって、慎ちゃんはいつもそうじゃないか」

片桐は舌を鳴らして言った。

「多恵子、おまえのヤサ、いまどこにある」

「高円寺だよ」

「ダチんちか」

「ウィークリーマンション、借りてる。ビジネスホテルより割安だから」

「カネはまだあるな」

「うん」

「じゃあ帰れ」

多恵子は眉間《みけん》を寄せた。

「帰って寝ろ」

素っ気なく言った。多恵子の顔が今にも泣き出しそうに歪んだ。そして足を踏み出し、両手でコートの襟を摑《つか》んできた。

「なんだよ、言いたいことはそれだけかよ」

声が震えていた。

「別に感謝してくれなんて思っていない。でも、もっとさあ……」

涙が頰を伝った。

「待ってろ」

えっと唇を半開きにし、惚《ほう》けた顔で見上げた。

「全部終わったら迎えに行く。だから待ってろ」

それだけ言うと、横を向いた。多恵子はコートから手を離し、小さく頷いた。

「慎ちゃん、死ぬなよ」

多恵子は何かを振り切るように背中を向けた。大久保通りを走るタクシーに手を上げ、乗り込むと、そのまま去って行った。ただの一度も振り返らなかった。

「やせ我慢しやがって」

滝口だった。目深に被《かぶ》ったハンチングの下、分厚い唇がせせら笑っている。

「おまえ、このまま女としっぽりしたいんじゃないのか？　ヤバイこと忘れて、慰めてもらったらラクになるぞ」

「うるせえよ」

低く凄《すご》んだ。へらず口を叩きまくるこのジジイの顔に拳を入れたら、どんなにスカッとするだろう、と思った。瞬間、鼓膜を叩いた音に首をすくめた。パトカーだ。二台のパトカーがサイレンをけたたましく鳴らし、真っ赤な回転灯をギラつかせて、大久保通りを飯田橋の方向から疾走してくる。歩道の自分に向かって突っ込んでくるのでは——思わず後ずさった。瞬間、脳裏で警報が鳴った。視界が眩《くら》んだ。

「タキさん、端末だ！」

舌を引きはがして叫んだ。位置検索追跡システムの端末は滝口がポケットに入れたままだ。位置を特定したパトカーが迫っている——背筋が凍った。懐の特殊警棒を摑んだ。しかし、滝口はガードレールに座ったままタバコをふかし、猛スピードで通過していくパトカーを眺めていた。

「タクシーの跡、尾《つ》けてんじゃねえか」

つまらなそうに言った。タクシー——頭にカッと血が上った。

「じゃあ、ワンメーターも乗らずに捨てたタクシーは……」

言葉が出なかった。安堵《あんど》と自己嫌悪が頭で渦を巻き、腰が砕けそうだった。

かなかった。

「片桐、行くぞ！」

尻《しり》を蹴飛《けと》ばすように、鋭い声が飛んだ。滝口はタバコの吸いさしを指先で弾《はじ》き飛ばすと、ハンチングの庇を押し上げた。疲労と睡眠不足で赤く濁った目が、オイルを垂らしたように底光りしていた。午前二時過ぎ。こんな時間にどこへ行くというのか。片桐は見当もつかなかった。

「『新時代』の編集部だ」

滝口の重い声がずっしりと響いた。新時代——宮本の消息が分かったというのか？

「今夜は幸い、最終締切日だ。朝まで編集部全員、がん首揃えているだろう」

それだけ言うと、ガードレールから腰を上げた。足元のボストンバッグを摑み上げ、大《おお》股《また》で歩き出した。片桐は肩を上下させてため息を吐き、後を追った。

夜半過ぎ、吉岡がビジネスホテルのベッドで目を覚ますと、腕の中に恭子がいた。胸に顔をよせ、軽い寝息をたてている。その穏やかな寝顔は、邪気の無い童女のようだった。

「恭子」

小さく呼び掛けてみた。動かなかった。死体のように熟睡していた。勝、稔、金子。なんとか生き延びたのに、みんな死んでしまった。残ったのは恭子と自分だけだ。純は、このことが分かっていたのだろうか。だから、ひと足先にあちら側へ行ってしまったのだろうか。みんな、本当に自殺だと信じていたのだろうか。分からない。

脂気が抜けてぱさついたソバージュの髪を撫《な》でながら、吉岡はゆっくりと瞼《まぶた》を閉じた。

この女のために生きていた、あの時間を思った。現実感が伴わないまま、スカイラインのハンドルを握っていた自分。瞳《ひとみ》をキラキラさせ、上気した顔で雨に消えたセドリックを探していた恭子。金子は後部座席で、湧き上がる狂喜を抑え込んで呻《うめ》いていた。そして思い出したように、さんおく、さんおく、と呪文《じゅもん》のように唱え、喉《のど》を引きつらせて笑った。不快な、金属質の笑いだった。

直線路を襲撃現場から五百メートルほど進むと、米軍立川飛行場のフェンスの手前の車道に突き当たる。吉岡はハンドルを右に切った。暫《しばら》く走ると、雨に沈んだ灰色の住宅街に出た。

「純、スゴかったね」

熱っぽい恭子の声がした。

「ああ」

固い声音で答えた。ハンドルを握る指が小刻みに震えている。腕にグッと力を込め、なんとか押さえた。

「嬉《うれ》しくないの？」

顔を覗《のぞ》き込んできた。

「まだ成功したわけじゃない。警察はすぐに広域の緊急配備を敷き、血眼で捜し回るだろう。これからがずっと大変なんだ」

後部座席の呻きと笑いがピタリと止まった。チキンの金子は、恐ろしい現実に我に返り、蒼白になった顔を強ばらせているのだろう。

恭子は「つまんないヤツ」と吐き捨てると、シートにそっくり返った。タバコを唇に差し込み、火をつける。

「でも、あれは純しかできないわよ。冷静で度胸があって、どんな不測の事態が生じても慌てないんだもの。セドリックの最後の男が車内で粘った時は、もうダメかも、と思ったもの。決行前の不安定な状態からは想像もつかない、素晴らしい出来だった」

自分の作品を褒めそやす、傲慢《ごうまん》なアーティストのような口ぶりだった。吉岡はハンドルを握り締め、前を凝視したままだった。逸《はや》る心を抑え、速度を一定に保った。フロントガラスの上で狂ったように雨粒を弾き飛ばすワイパーのせわしない動きが、神経を苛立《いらだ》たせた。ラジオをつけてみた。面白くもない漫才師の喋《しゃべ》りとか、歌謡番組ばかりで、臨時ニュースの入る気配はなかった。

住宅街を抜けると、南北に延びる五日市街道と交差する四つ角が見えた。ルームミラーで背後を確認する。金子の、脅えきった阿《あ》呆面《ほうづら》が真ん中にあった。吉岡は歯を剝《む》いて怒鳴りつけた。

「邪魔だ、どけ！」

金子ははっと我に返り、慌てて横へ逸れた。クルマも人影も見えなかった。ハンドルを回し、交差点を左折した。五日市街道を奥多摩の方向へ走る。朝の渋滞の時間も終わり、流れはスムーズだった。一キロほど進み、左の路肩で停車した。右側の路地の奥の神社で、ジュラルミンのケースをカローラに詰め替えているはずだ。現金の入ったケースをそのままカローラのトランクに移すだけだから簡単だ。事前の計画では二分も要しないはずだった。と、路地から何の前置きもなくバイクが現れた。カッパを着込んだ勝の跨《また》がったバイクだ。五日市街道の手前で左右を窺《うかが》い、停車したスカイラインを認めると、小さく頷《うなず》き、北へ去って行った。バイクは、葛木と結城のふたりが、昭島市の工場街のアジトから乗ってきたものだ。次いで、濃紺のカローラが現れた。運転席でハンドルを握るのは稔。表情までは窺えないが、緊張している様子はない。純は後部座席の床に蹲《うずくま》り、シートを被って隠れているはずだ。乗り捨てたセドリックは、神社の雑木林の中だ。手筈《てはず》通り、カローラは五日市街道を横切るとスカイラインの前に停車した。

警察が緊急配備を敷き、検問を実施する際の対象車は黒のセドリックだ。カローラに乗り換えた今、検挙される危険性は格段に減った。

「じゃあね」

それだけ言い置くと、恭子が助手席を飛び出して行った。ネズミ色のジャンパーに擦り切れたジーパン、小豆色の毛糸の帽子を被った恭子が、黒く濡《ぬ》れたアスファルトを踏んで駆けて行く。吉岡は、ああっ、と声を上げそうになり、寸前でこらえた。恭子はカローラに同乗し、武蔵学院大学に入る際の警備員のチェックを通過しなければならない。なのに、恭子が自分を捨て、純のもとへ去って行く錯覚に陥ってしまう。惨めな胸の内を嚙《か》み締めた。すべてが終わったら、恭子は純とパリへ行く――吉岡はフロントガラスの向こうを凝視した。恭子が助手席に入ると同時にカローラは発進した。スカイラインも続いた。間にクルマが入らぬよう、車間距離を狭める。

「吉岡、これでもう大丈夫だよな」

背後から金子のか細い声がした。

「黙ってろ！」

前を向いたまま一喝した。注意深く周囲を窺う。どこにも検問の気配は無かった。日産自動車工場の向こう側、村山町の南西に位置する武蔵学院大学まで、神社から直線距離で約三キロほどだが、実際は大きく迂回《うかい》するので、五キロ弱の距離になる。

二台のクルマは五日市街道を進み、玉川上水の上、天王橋の交差点を右折し、三ッ木八王子線を北上した。村山町の閑静な住宅地に広がる武蔵学院大学に到着したとき、時計の針は午前十時十五分を指していた。セドリックを奪ってから一時間も経っていない。

キャンパスはコンクリートの塀で囲まれ、葉の落ちた銀杏《いちょう》や楡《にれ》の大木が、ズラリと植わっていた。立て看板が雨に濡れている。特徴のある角文字で〝佐藤栄作は米国帝国主義の傀儡《かいらい》だ　即刻辞めよ〟とか、〝嬰児《えいじ》殺しの米軍はベトナムから撤退せよ〟〝自衛隊は米軍のイヌだ　即時解体すべし〟といった勇ましいスローガンが踊っていた。

多くの学生が行き交う煉瓦《れんが》造りの正門を避けて裏門に回り、恭子が警備員の詰め所で手続きを済ますと、呆気《あっけ》なくカローラは三億の現ナマと共に大学構内へ入って行った。

吉岡はスカイラインの中から見送り、大学を後にした。金子とふたり、ここからクルマで十分の国鉄拝島駅の近くのボウリング場で、昼まで時間を潰《つぶ》すことになっている。万一に備えてのアリバイ作りだ。

「ラジオだ！」

引きつった金子の声がした。

「ニュースが言ってる」

パネルに嵌《は》め込まれたラジオの声に耳を澄ませた。男性のアナウンサーが、淡々とした口調で、立川市の路上で銀行の現金輸送車が何者かに襲われた模様、と伝えていた。

「チキショウ、やったぜ、おれたちがやったんだぜ」

恐怖と昂揚《こうよう》感の入り交じった、金子の甲高い声が轟《とどろ》いた。吉岡は、どこか現実感を伴わないニュースをぼんやりと聞き、いよいよ始まった、と思っただけだった。終わりではなく始まりだ。それが何の始まりなのか、漠として分からなかった。ただ深く冥《くら》いものに、足を踏み入れた感触だけはあった。

午後零時過ぎ、あれほど激しかった雨も止み、空からは薄日さえ射していた。予《あらかじ》め決めていた通り、武蔵学院大学近くの安食堂で全員が顔を合わせた。真鍮製《しんちゅうせい》の把手《とって》の付いた観音開きの硝子《ガラス》戸を開けると、煮魚、焼き魚に肉ジャガ、みそ汁、その他雑多な総菜類の匂いが交じった生臭い温気《うんき》が顔を嬲《なぶ》った。中央のダルマストーブで石炭が燃え、巨大な薬缶《やかん》が派手に湯気を噴き上げている。木製の長テーブルが二十以上並んだ、だだっ広い食堂はほぼ満員だった。客の半分が学生と思《おぼ》しい、自分らと同世代の若い男女で、残りが作業服や吊《つ》るしのスーツを着込んだ勤め人だ。

奥の窓側のテーブルに、坊主頭の純と艶《つや》やかな黒髪の恭子が並んで座り、その両脇に控える形で勝と稔がいた。すでに食事は済ませたらしく、お茶を啜《すす》っている。吉岡と金子は、空いているビニール張りの丸椅子を引き寄せ、腰を下ろした。

テーブルの上で手を組み合わせた純は、背中を丸め、声を潜めて、「カネは隠した。計

らしいほど冷静だった。

稔は愛想笑いを浮かべて黙り込んだ。あれだけの大仕事を成し遂げたというのに、純は憎

掴《つか》んだとき、ヒリヒリして火傷《やけど》しそうだった」と自慢げに語った。純が鋭い視線で制した。

画通りだ」と言った。横から稔が、「現ナマってのはホントに熱いんだぜ。万札の札束を

ている。鴨居《かもい》にベニヤ板を渡しただけの台にモノクロテレビが載っかっていた。昼のニュ

もっとも、周囲に聞かれる心配はなかった。客はひとり残らず、テレビに釘《くぎ》付けになっ

ースで事件の概要が伝えられると、スッゲー、三億円かよ、と上気した声が飛んだ。ドッ

と店内が湧いて、一生遊んで暮らせるな、うまいことやりやがった、白バイ警官に化ける

なんてとんでもない知能犯だ、と弾《はず》んだ声があちこちから聞こえた。画面に、襲撃現場の

模様が映った。雨の中、レインコートを着込んだ数十人の警官が歩き回り、白いチョーク

で線を引き、路上に放置された偽白バイの写真を撮っている。自分たちがやったことなの

に、こうやってテレビで見ると別世界の出来事に思えた。

「この店の学生はバカで臆病《おくびょう》なノンポリばっかりだから、心配ないわよ。残りの客だって、

保身と平凡な日常だけを後生大事にする安サラリーマンだもの」

恭子が純に肩を寄せた。

「リスクを死ぬほど忌み嫌うくせに、お金とか安寧だけは人並み以上に欲しがる、狡《ずる》い餓

鬼の群れよ」

純の耳元で囁《ささや》いた。純が薄く笑った。それは、睦言《むつごと》を交わす恋人同士そのものだった。

吉岡はさりげなく目を伏せた。

ジュラルミンケースから取り出したカネは、舞台の大道具を仕舞う倉庫の奥に隠したという。ほとぼりが冷めるまで寝かせておく予定だった。一ヵ月か、半年か、いずれにせよ、学内が学生運動で混乱の極みにある以上、演劇どころではなく、当分は気づかれる心配はないらしい。カローラは既に純と稔が始末していた。小平の公団団地の駐車場にカラのジュラルミンケース三個を積んだままシートを被《かぶ》せ、捨ててきたという。その決断と行動力に舌を巻いた。もし自分なら、検問にひっかかる危険性を考慮して、暫《しばら》く待っただろう。だが、純は動いた。現金強奪をやり遂げ、身も心も疲労困憊《こんぱい》しているはずなのに、始末に困るジュラルミンケースごと放置したのだ。恐らく、純の勘みたいなものが働いたのだろう。でなければ、わざわざ危険を冒してカローラを捨てる理由がない。ともかく、これで完全犯罪へと大きく一歩前進したことになる。その空気を察知したのか、金子が口を開いた。

「じゃあ、もう成功したも同然ってことだ」

能天気な声に、純の顔が綻《ほころ》んだ。金子も卑屈な追従笑いを浮かべた。

「彰、おまえ怖くて泣いていたんだってな」

鋼のような声だった。金子の顔がみるみる硬直した。肩をすぼめ、目を伏せた。勝と稔の蔑《さげす》みの視線が突き刺さる。

「それで分け前、等分に貰《もら》おうって思ってんのか？　泣いて、震えていただけの野郎がよ」

空気が固くなった。ざわついた食堂で、このテーブルだけが冷たく沈んでいる。

「おまえみたいな口の軽い野郎は危なくてしょうがない。いっちょまえのこと、偉そうに囀《さえず》ってると、山に埋めちまうぞ」

聞きながら、これも躁《そう》状態ゆえの脅しなのだろうか、と思った。純は怖いのだろうか。

吉岡の戸惑いをよそに、純は全員をゆっくりと見回し、口を開いた。

「いいか、浮足だつなよ。ここが正念場だ。警察の捜査はハンパじゃない。ローラーをかけて徹底的に調べまくる。警察の威信ってやつは、おれらの想像をはるかに超えている」

ウオッ、という声がして空気が揺れた。六人とも弾かれたように顔を向けた。テレビに、神社の雑木林と乗り捨てた黒塗りのセドリックが映っている。現場のアナウンサーが早口で、セドリックのトランクに三個あったはずのジュラルミンケースは無く、警察の緊急配備にもかかわらず、犯人の行方は未だ不明、と伝えた。これで現場中継が終わるか、と見えたとき、横からペーパーが突き出された。アナウンサーは引ったくるようにして受け取ると、強《こわ》ばった声で読み始めた。

「えー、たった今入った情報です。この神社境内に早朝、カローラ、濃紺のカローラが停めてあったとの目撃者の証言があった模様です。警察は犯人が後部トランクに収納してあったジュラルミンケースをカローラに移し変え、運び去った疑いが強いと見て、車種を特定した検問を開始したとのことです」

全身の血が引いた。もし、純がカローラを始末していなければ万事休すだった。勝も稔も同じ思いらしく、テレビ画面を見つめた顔が蒼白《そうはく》になっている。金子は小さくかぶりを振り、俯《うつむ》いた。純は両腕を組み、険しい表情でじっと見入っている。

「やっぱり純だよね」

恭子が純の腕にすがり、感に堪えない声を出した。

「純じゃなきゃ、わたしたち、今頃冷たい手錠を掛けられ、やじ馬の罵声《ばせい》を浴びながら警察に連行されていたかもね」

純は恭子を押しやり、身を乗り出した。恭子は肩をすくめて微笑み、タバコに火をつけた。

「いいか、とにかく今はじっとしてろよ。警察の出方を見るんだ。新たな証拠を摑んでいるかもしれない。おれの指示があるまでおとなしくしてろ」

声に切迫した響きがあった。テーブルに頰杖《ほおづえ》をついてタバコをふかし、外を眺めている恭子以外、皆、固唾《かたず》を吞《の》んで見守っている。

「カネにしたって、番号が控えてあれば使えない。警察の情報が出尽くし、メドがつくまで、勝手な真似は許さねえぞ」

稔と勝の顔に、落胆の色があった。金子は唇を固く結び、大きく頷《うなず》いた。吉岡は内心、ほっとしていた。これでパリ行きが先延ばしになる、恭子を失うまで、まだ暫く時間の猶予がある。胸を撫《な》で下ろし、次の瞬間、情けない自分に腹が立ってガツンと一発、テーブルを拳《こぶし》で張った。四つの湯飲が震え、お茶がこぼれた。

「なんだ、吉岡、不満かよ」

純の尖《とが》った視線が飛んで来た。いや、と口ごもり、目を逸《そ》らした。視界に恭子がいた。悠然とタバコをふかしながら、外を眺めている。

「日本中が大騒ぎだね」

ぽつりと言った。

「みんなが注目している。犯人はどんな奴だ、と噂しあっている。驚愕《きょうがく》と羨望《せんぼう》が日本中で渦巻き、沸騰している。警察は苛立ち、怒り狂っている。こんな面白いことってないわよ」

陶然とした表情だった。

「ほら、犯人はわたしたちよ、ここにいるわよ、と言ったら信じてくれるかしら」

くるりと首を回した。

「ねえ」

愉悦に蕩《とろ》けた美しい顔が、同意を求めた。五人の男は声もなく呆然《ぼうぜん》と見つめた。吉岡は分かった。恭子は初めからカネなど眼中になかった、ただこの時間だけが欲しかっただけだ、と。学生たちのざわめきと、食器の触れ合う耳障りな音がする。事件を伝えるテレビの声が尖ったノイズとなって鼓膜を突き刺した。視界が歪み、上気した恭子の顔が、ぐんにゃりと溶けて流れた。

午前二時二十分。神田の出版社を訪ねると、さすがに正面玄関はシャッターが降りていたので、空車のタクシーがずらりと並ぶビル背後に回り、裏口の頑丈なスチール製ドアのインタフォンを押した。

顔を覗《のぞ》かせた初老の警備員に、滝口は警察手帳を示し、『新時代』編集長への面会を申し入れた。すぐさま一階のロビー脇の応接室に通された。テーブルには固定電話と古びたアルミの灰皿が載り、花の無い真鍮《しんちゆう》製の一輪挿しが置いてある。片桐はコートを、滝口はハンチングとコートを脱ぎ、ボストンバッグを床に置いてソファに座った。待つこと五分。現れた編集長は、ワイシャツの袖を捲《まく》り上げた、恰幅《かつぷく》のいい五十がらみの男だった。縁なしメガネの奥から剣呑《けんのん》な視線を這《は》わせ、ゆったりとした仕草で名刺を交換すると、「こんな時間に、捜査一課の御登場とは、いったい何ですかな」と慇懃《いんぎん》無礼に言い、「編集部はいま戦場なんで、手短にお願いします」と付け加えた。名前は川村。その不敵な面構えは、記事のゲラが欲しいのか、それとも記事を止めたいのか、情報源を知りたいのか、いずれにせよ最終締切日に訪れたおまえらの狙いの記事は何だ、と言っていた。

「編集部の宮本さんに会いたいのです」

滝口が切り出した。

「宮本？」

川村は眉《まゆ》をひそめ、首を傾げた。

「特派記者の宮本翔大さんです」

ひと呼吸分の間が空いた後、ああ、と呟《つぶや》き、「フリーの」と漏らした。

片桐は身を乗り出した。

「そうです、フリーの宮本です。基本給だけ貰って自由に動いている事件記者ですよ」

川村は腕を組み、憮然《ぶぜん》とした表情で「最近は顔を見ていませんね」と言った。

「見ない？」

片桐は呻《うめ》いた。再度、身を乗り出そうとしたとき、臑《すね》を蹴《け》られた。滝口の固い横顔が、黙ってろ、と言っていた。

「わたしは宮本さんと懇意にしておりまして、このところ連絡がとれないので心配しているんですよ」

「何かの事件絡みですか」

今度は川村が身を乗り出した。

「内偵中ですので」

一転、川村は渋面になり、「フリーのスタッフはいろんなタイプがいますからねえ」と、弁解するように呟いた。言外に、フリーの活動まで責任がもてるか、という不遜《ふそん》な響きがあった。

「フリーなら、担当の編集者がいらっしゃいますよね」

滝口が迫った。

「担当の方なら、最近の動きをご存じなんじゃありませんか。時間はとらせません。ここへ呼んでください」

川村は口をへの字に曲げ、暫《しば》し黙考していたが、手元の固定電話を引き寄せ、社内の直通番号を押した。

片桐は頭が混乱していた。宮本は既に編集長には話を通している、と言っていた。なのに、目の前の川村の態度からは、宮本への関心さえ窺《うかが》えない。昭和最大のミステリーだぞ、三億円事件だぞ、と詰め寄ってやりたかった。大スクープだから徹底して隠す、というのか？　すべてを承知のうえでとぼけているのならこの男、大変な役者だ。

担当編集者は三十代半ばの、痩《や》せぎすの男だった。腫《は》れぼったい目とくすんだ肌が、睡眠不足と蓄積した疲労を物語っていた。訪問者が刑事と知ると、今度は警戒心で全身が強《こわ》ばった。

「宮本くんがどうかしましたか？」

竹山と名乗った男は、正面から視線を据えてきた。

「彼は優秀な事件記者でしたよね」

滝口が探るように言った。

「事件モノの取材じゃ、ピカ一だと思いますよ」

「人脈も凄《すご》いようですし」

竹山の顔に憤《ふん》怒《ぬ》の色が浮いた。

「刑事さん、単刀直入にいきましょうよ。この時間にいらっしゃったんだから、なにかワケありでしょうが」

滝口が無精髭《ぶしょうひげ》の浮いた顎《あご》を撫《な》でた。

「まあ、率直に言えば、宮本さんに会いたいってことですよ」

「なぜ」

「ヤバい状況になっているんじゃないか、と思いましてね」

竹山がゴクリと唾《つば》を呑み込んだ。

「これ絡みです」

滝口は指先で頬を撫でた。マル暴絡み――片桐は息を詰め、顔を伏せた。まったくの出まかせを、そうと感じさせないごく自然な口ぶりだった。

「取材の過程で怖い連中にぶち当たったらしい」

「詳しく説明してください」

滝口は顎をしゃくった。

「こちらの編集長さんは、暫く顔を見ていない、とおっしゃいましたが、本当ですか」

「それは――」

竹山は言葉を濁し、隣に座る川村の顔を窺った。川村は余裕の笑みを浮かべて答えた。

「もう二カ月になりますかね。編集部は彼と一年契約を結んではいますが、最近はネタもテーマも上がってこないし、このままだと年度末の三月で打ち切りってことになるでしょう。ただ、うちの専属契約は縛りが緩いから、外でバイトしてもかまいません。この御時世だし、仕事をくれるならどこの出版社であれ食いついていかなきゃ、フリーはやっていけません。宮本くんはやり手だから、他の媒体で精力的な取材をこなしているんじゃありませんか」

フリー記者の厄介事は御免こうむる、と言わんばかりの口調だった。片桐は、この男を過大評価していた自分の観察眼を恥じた。こいつは編集長より総務の管理職が似合いだ。

「では、いま彼が行っている取材については承知していない、ということでよろしいですな」

滝口は、これが結論とばかりに言い放った。川村は大仰に頷《うなず》いた。

「ま、そういうことになりますな」

　ひと息置いて続けた。

「知らないんだから仕方がありませんよ」

　自分に言い聞かせるような言葉だった。

「お忙しい中、ありがとうございました」

　それだけ言うと、滝口はハンチングを被り、コートに袖《そで》を通して、ボストンバッグを取り上げた。

「ちょっと待ってくださいよ、刑事さん！」

　竹山が腰を浮かせた。

「彼、そんな危ない事件に首を突っ込んでるんですか？」

　滝口は頰を緩めた。

「一緒に仕事をやってきたあなた方にも語っていないのなら、こちらから言うことじゃありません。すべては彼の判断でしょう」

　淡々とした口調とは裏腹に、視線は硬く尖《とが》っていた。片桐は、応接室を出て行く滝口を追った。ビルの外へ出ると、冷気が身を絞った。肩を並べて歩いた。

「タキさん、宮本はいったいどうなってるんです」

　吐く息が白かった。答えは無かった。

「たったひとりで、あんな凄い事件の取材をやってきたってことですか。あの男は、『新時代』の編集部とは別に動いてきたんですか」

言いながら、頭の芯《しん》から黒々とした疑念が膨れ上がった。宮本の行動の真意が見えない。何もかも分からなくなった。宮本の本当の目的も、その生死さえも——全ては深い闇の中へと沈んでしまった。

「もうじき分かる」

ハンチングの下の唇が動いた。

「全部、おれが暴いてやる」

掠《かす》れた、か細い声だった。片桐はコートのポケットに両手を入れ、肩を丸めた。真夜中の凍った街に、ふたりの固い靴音だけが響いた。

夜明け前、吉岡は呻いていた。ビジネスホテルのベッドの上、夢うつつの状態で純の名を呼び、両手で虚空を摑《つか》んだ。純、じゅん——おまえは——

あれは事件の三日後、昭和四十三年十二月十三日、金曜日だった。夜、たまり場になっていた福生のバーで、坊主頭の純は全員をぐるりと見回した。玉突きをやってる白人米兵たちのバカ笑いが響く。

純は暗い照明の下、背を丸め、分厚い木製の丸テーブルの上で両手を組み、静かに語った。「これから暫く会わないほうがいい」と。瞬間、空気が強ばった。勝が、稔が、金子が、棒を吞《の》み込んだような顔で凝視している。純の隣に座る恭子だけが、しらけた顔で、細い指に挟んだタバコをふかしていた。純はハイネケンのボトルを摑み、一口飲んだ。吉岡はテーブルに身を乗り出すと、渇いた喉《のど》を引き剝《は》がして訊いた。

「どうしてだよ」

純はボトルを静かに置いた。充血した目がすっと細まる。

「ヤバいからだ」

低い声だった。

「サツがくんくん嗅《か》ぎ回る音がする。不審者は片っ端からしらみ潰《つぶ》しに当たるローラーが、すげえ勢いで迫っている。現に、ワルのグループの幾つかが絞め上げられ、事件当日のアリバイを追及されているって話だ。おれたちまで来るのは時間の問題だ」

沈黙が流れた。金子の唇が震えた。

「どうすればいいんだよ！」

「チキンは黙ってろ」

稔が尖った視線を飛ばし、次いで純を見た。

「つまり、ほとぼりが冷めるまで、おとなしくしてろってことですか」

「そうだ」

「いつまでです」

「分からない」

純は首を振った。

「おれは反対ですよ」

勝が重い口を開いた。いつもは眠ったような目が、いまは熱いオイルを注いだようにギラついている。

「ねえ、ヘッド、早いとこカネを山分けして、あとは解散ってことにしませんか」

声に焦《じ》れた響きがあった。

「そうだ、そうしましょうよ、ヘッド」

稔が同調した。

「カネを分けて、あとはそいつの責任で逃げたらいいじゃないですか。とっ捕まるかどうかは、そいつの運と度胸次第だ。万が一、サツに引っ張られてもおれたちは絶対に仲間を売らない。もしぺらぺらウタッたら、そいつは後で泣きをみる。べつに人を殺《あや》めたわけじゃない。しょっぴかれたとしても三〜四年で出てこれますよ。ムショを出た後、じっくり追い詰めて、死んだほうがマシってリンチをかましてやる。なあ、彰」

口元に薄い笑みを浮かべた。金子は肩をすぼめ、俯《うつむ》いた。

「いや、カネの山分けはまだだ」

純が言った。決然とした物言いだった。稔の尖った喉仏がごくりと動いた。

「稔、おまえ、いま現ナマ握ったら、頭に血ぃ上ってわけが分かんなくなるだろう。女と酒につっこんで、あっと言う間に、あのチンピラ、急に羽振りがよくなりやがった、と噂になるだろう。そうなりゃ全員がヤバいんだぜ。おれの言う通りにしろ」

稔は唇を嚙《か》んだ。

「いいな」

有無をいわせぬ口調だった。稔は小さく頷いた。

「勝」

尖った視線を向けた。勝はずんぐりとした身体を捩《よじ》って横を向き、それでも顎《あご》を軽く上下させ、恭順の意を示した。

くくっと喉で笑う声がした。恭子だった。

脚を組み、唇を吊《つ》り上げ、純を除く四人の男たちを、値踏みするように順番に睨《ね》めつけた。

「あなたたちは純の言う通りにやってればいいのよ。これまでだって間違いなかったでしょう」

雑魚《ざこ》は黙ってなさい、と言わんばかりの口調だ。吉岡は身を焦がす嫉妬《しっと》を呑み干すように、ウイスキーのソーダ割りを呷《あお》った。

「あんな凄いこと、純にしかできないんだから」

ため息のような声だった。

「たったひとりでやったのよ。純だから、最後まで我を失わなかったのよ。普通の男ならパニックに陥って、メチャクチャになってる」

吉岡に冷たい一瞥《いちべつ》をくれ、純の腕を摑んでしなだれかかった。

「ねえ、純」

甘えた仕草で見上げた。ほっそりとした白い喉が眩《まぶ》しかった。が、純は素っ気なく振り払った。

「恭子、もう次の段階へ入ってるんだ。現金強奪のことなんか忘れろ。これからが正念場だ。逃げ切れるかどうかの瀬戸際だ」

切迫した口調だった。が、恭子は熱っぽい瞳《ひとみ》で見つめているだけだった。恭子の視界には純しかない。吉岡は目を伏せた。

「おれはもう誰にも会わない。もちろん、恭子にもだ。おまえら、静かにしてろ。勝手に動くなよ」

掠れた純の声が、頭蓋《ずがい》で響いた。それは命令というより、懇願だった。吉岡はそっと視線を上げた。息を呑んだ。純の顔が、蠟《ろう》のように白く染まっていた。生気が失《う》せ、目の焦点が頼り無く揺れている。純は何かを恐れ、動揺していた。指で押せば、呆気《あっけ》なく倒れてしまいそうな、そんな危《あや》うい不安定さが、純を覆っていた。恭子の表情も変わっていた。見つめる目に、微《かす》かな侮蔑《ぶべつ》の色がある。恭子は、純に失望している。

その夜が、生きている姿を見た最後だった。純は、何の前触れもなくあっさり消えた。

あのとき、自分はどう反応したのだろう。純の死は、突然やってきた。別れてから四日後の十二月十七日火曜日の朝、吉岡のボロアパートを訪ねてきたのは、金子だった。上気した頬と、ねじ曲げた唇。湧き上がる歓喜を、無理してしかめ面で覆い隠している、そんな不自然な顔だった。

純が昨夜死んだ、と聞いたとき、ああ、そうだろう、と納得したことだけを覚えている。自殺だった、と聞き、本当だろうか、と首をひねった。だが、純はもう、生きることに倦《う》んでいた。飽いていた。これ以上、生きることに耐えられなかった。事件はひとつの引き金にすぎない。胸の奥にぽっかりと虚無が巣くっていた純は、遅かれ早かれ、死ぬことになっていた。現金強奪で残り少ない命を燃やし尽くしてから六日。よく保《も》ったのかもしれない。自殺にせよ、そうでないにせよ、純が生き続けて、老醜を晒《さら》すことだけはあり得ない、と分かっていた。

吉岡は、泣きも怒りも、もちろん笑いもしなかった。だが、本音を言えば、声を上げて笑ってやりたかった。純、アバヨ、と笑って、ほんの少しだけ泣きたかった。

そうか、と呟《つぶや》き、押し黙ると、金子は目を剝《む》き、凝視した。次いで、眉間《みけん》に筋を刻み、それだけかよ、と詰め寄ってきた。吉岡のトレーナーを両手で摑みあげ、唇をへの字に曲げた。純は自殺したんだぞ、青酸カリを飲んで死んじまったんだぞ、と唾《つば》を飛ばして吠《ほ》えた。トレーナーを摑む手に、それまでの金子にはなかった力が込められていた。朱に染まって激しく詰《なじ》る金子の顔を、吉岡はただ眺めた。脳裏に恭子の美しい顔が浮かんだ。恭子は泣いているのだろうか。それとも、いつものように冷然とした表情で、そう、と呟いたのだろうか。

吉岡は瞼《まぶた》を閉じ、小さくかぶりを振った。もう、自分の胸からは、恭子に恋い焦がれたあの切ない気持ちがきれいに消えていた。純を失ってしまえば、嫉妬《しっと》も焦りも、なにもかもが別世界の出来事、過去の抜け殻だった。この世のすべてが、終わった気がする。

それから四日後の十二月二十一日、土曜日の深夜、あの福生のバーで、残る全員と顔を合わせた。バーの中央にはバカでかいクリスマスツリーが置かれ、赤や青の電球が点滅している。その周りでは、白人の若い兵士たちが、陽気なロックンロールに合わせて腰をくねらせ、腕を突き上げ、ビールをラッパ飲みしていた。

吉岡たちが陣取ったのは、いつもの隅の丸テーブルだった。金子が、純の葬式に行ってきた、と声を潜めて語った。どこか自慢げな口調だった。稔と勝が冥《くら》い視線を向けた。ふたりとも憔悴《しょうすい》しきった表情だ。稔は頬がそげ、いつもの饒舌《じょうぜつ》が嘘のように黙りこくっている。目の下に隈《くま》の浮いた勝は、瞼を半開きにして、ただ金子を眺めた。恭子は冷え冷えとした視線をチラッと向けたきりだった。唇に差し込んだタバコにゆっくりと火をつけ、煙を吐いた。

金子ひとりが生き生きとしていた。目が輝き、顔に余裕の色がある。あの、いつもオドオドとしていたチキンの哀れな姿はすっかり影を潜め、自信が漲《みなぎ》っている。

「どうだった」

堪《たま》らず吉岡は声を出した。金子が口元を歪《ゆが》めた。

「おれたちは仲間だったよな。なのに、おれだけだぜ。葬式に出たのはおれだけだ」

全員の顔を見回した。

「なさけねえよな」

吐き捨てると、ウイスキーのソーダ割りを啜《すす》った。

「警察の動きはどうだった？」

恭子が強い口調で訊《き》いた。

「私服とか、うじゃうじゃしてた？」

金子は唇を引き締め、答えた。

「サツカンの息子の葬式だからな。それなりにいたが、特別、参列者をチェックしている様子もなかった。それより——」

俯《うつむ》いた。

「彰、言いなさいよ」

恭子の鋭い声が飛んだ。金子はゆっくりと顔を上げた。

「親の様子がちょっと異様だった」

呻《うめ》くように言った。

「おふくろさんは酷《ひど》いショックを受けたみたいで、葬式にも出ていなかった。見るからに頑固そうな親父さんが弔辞を述べてな。息子がグレたのは自分の育て方が悪かったからだ、こうなったのは自分の責任だ、と何度も何度も言ってな。最後、警察官の息子がこんな無様なことになって、申し訳ありません、って深々と頭を下げるんだ。最初から最後まで謝り続けてな。息子を亡くした親なら、少しは哀しみとかあると思うんだ。でも、あの親父さんは謝ってばかりだった」

「なにを許してもらおうとしたのかしら」

恭子がぽつりと呟いた。吉岡の背筋を冷たいものが這《は》った。やはり純は——それまで敢《あ》えて脇に追いやっていた恐ろしい思いが身を絞った。

ゴクリと唾《つば》を呑《の》み込む音がした。稔だ。いつもの狡猾《こうかつ》な顔が、固く強《こわ》ばっている。

「おれ、まだよく分からないんだが——」

薄暗い明かりの下で、稔の顔が歪んだ。

「なんであの純が死んだんだ？」

掠《かす》れ声を絞り出した。

「なあ、吉岡、おまえなら知ってるだろう。あいつはこの世に怖いものなんかない、本物のワルだった。おれは、いまでも信じられないんだ」

縋《すが》るような表情に何も言えなかった。頭の中を黒々したものが覆い、酷い倦怠《けんたい》に襲われた。できるなら、このままテーブルにつっ伏してしまいたかった。

「純は怖かったのよ」

恭子だった。全員の目が注がれる。恭子は唇をすぼめて紫煙を吐き、白い歯を見せて微笑んだ。

「結局、純は怖くて仕方なかったのよ。あの滑稽《こっけい》なほどの動揺ぶりを、あなたたちも見たでしょう。三億円を奪ってはみたものの、コトの大きさに耐えられなくなって自爆した。そういうことでしょう」

黒い瞳を据えてきた。

「ねえ、健一、そう思わない？」

「どうかな」

視線を逸《そ》らした。この女はすべてを承知して――

「おい、吉岡」

勝だ。腫《は》れぼったい瞼の奥から、射るような視線が飛んできた。

「そんなことより、カネはどうすんだよ」

重い声が迫る。

「三億の現ナマ、いつまで眠らしておくんだ？　おれら、カネを摑《つか》むためにヤバい橋を渡ったんだからな」

「勝の言う通りだ」

即座に稔が応じた。さっきまでの気弱な戸惑いがかき消え、本来の狡猾《こうかつ》な顔に戻っている。

「純が死んじまった以上、グタグタ文句は言わせねえぞ」

眉根《まゆね》を狭めて睨んだ。稔と勝。ワルの幼馴染《なじ》みが、二匹の飢えたハイエナとなって牙《きば》を剝《む》いてくる。カネを寄越せ、早くおれたちの取り分を寄越せ、と。視界の端で、恭子がほくそ笑んだ。吉岡の頰を粘った汗が伝った。

「待てよ」

ガタッと椅子が鳴った。金子だ。立ち上がるや両手をテーブルに置き、首をぐっと突き出してきた。仄暗《ほのぐら》い明かりに照らされた顔が陰影を刻み、険しい視線に怒気が浮かぶ。これがあのチキンの金子か？　と息を呑んだ。吉岡の困惑をよそに、金子が口を開いた。

「吉岡が新しいヘッドに決まってるだろう。純がもっとも信頼してた男は吉岡だ。この計画だって、純と吉岡が練り上げたんだ。おれもおまえらも、手伝いみたいなもんじゃないか。それは、おまえらだって分かってるだろう」

唇を吊《つ》り上げ、稔と勝を睨んだ。

「文句があるなら言ってみろよ」

低く凄《すご》んだ。ふたりが尖《とが》った目を向けた。その視線には蔑《さげす》みがあったが、金子が一歩も引かないと分かると、濃い怒気が浮いた。三人が睨み合う。キナ臭い空気が満ちた。吉岡が腰を浮かし、間に割って入ろうとした瞬間、奇声が響いた。けたたましい笑い声とバカでかい雄叫《おたけ》びが鼓膜を叩く。クリスマスツリーの周りで踊っていた白人兵たちだ。一、二――全部で五人いる。うち、ふたりが半裸になり、ビールをかけあってふざけている。

「うるせえよ！」

怒鳴り声が響いた。金子だった。眉《まゆ》を吊り上げ、ジーパンの尻《しり》ポケットに右手を入れた。バカ笑いが消えた。陽気な白人兵たちの顔が強ばった。ふたりがビールのかけあいを止め、じっとこっちを見ている。サファイア色の冷たい視線が、射貫《いぬ》くように据えられた。逞《たくま》しい腕と太い首。盛り上がった筋肉。戦闘のプロ、人殺しのプロの身体だった。が、金子は怯《ひる》まない。

「ここは日本だぞ。ひとんちに土足で上がり込んで、ガタガタ騒ぐんじゃねえよ」

ポケットから右手を抜き出した。ピーンと金属の弾《はじ》ける音がした。スウィッチナイフだった。飛び出したブレードが鈍く光っている。

「どいつもこいつもぶっ殺すぞ！」

ナイフを空中に放り、柄《つか》を逆手に摑むや振り下ろした。カツッと乾いた音がして、テーブルに突き刺さった。稔も勝も、呆然《ぼうぜん》と見つめている。こいつは狂っている――吉岡は呻《うめ》き、次いで、純だ、怖いもの知らずのあの純が乗り移った、と思った。五人の屈強な兵士とケンカになったら、タダじゃ済まない。が、金子は傲然《ごうぜん》と胸を張り、五人を睨《にら》んだ。ふいに空気が緩んだ。白人兵たちは顔を見合わせると、ひょいと肩をすくめ、シラけた顔で席に戻っていった。金子の勢いに気圧《けお》されたのか、それとも頭がおかしいイエローなど相手にしていられないのか。いずれにせよ、金子は最後まで引かず、五人の白人兵を黙らせた。金子が向き直った。視線の奥に鋼の色がある。

「おれは、純が死んだのは、親父が警官だったからだと思う」

低く言った。全員が金子を凝視した。

「死ぬ前、純は異常に脅えていたろう。あれは、自分の身に捜査の動きが迫っているのを知っていたからだ。最後の最後、死んで詫《わ》びようとしたんだ。親父さんに悪い、このままだと迷惑をかける、と思ってな。純はそういうヤツだった。ワルだったけど、ホントは親父さんのことが好きだった。愛してもらいたかったんだ。だから反発してワルになった。おれには分かる」

揺るぎのない言葉だった。吉岡はバカな、と声に出さずに呟《つぶや》き、視界の端で恭子の表情を窺《うかが》った。警察の高級官僚を父親に持つこの女は、すべてを知りながら、ただ金子を見つめている。美しい横顔は何を考えているのか、感情の揺れはなかった。

「純は自分の命を断つことで親父さんを、そしておれたちを守ったんだ。警察に、自分が死んで責任をとるからもう追うな、とメッセージを送ったんだ。純は警察の恥晒《さら》しになる自分が死ねば全てが終わる、と分かっていた。ヤツは男だった」

金子は自分の言葉に酔っていた。

「吉岡！」

鋭い声が飛んだ。金子がテーブルからナイフを引き抜き、切っ先を突き付けてきた。

「いま、この瞬間からおまえがヘッドだ。いいな」

金子は変わった。三億の現金強奪が、そして純の死が、金子を劇的に変えてしまった。頭の芯が痺《しび》れた。恭子が小さく頷《うなず》いた。吉岡は腰を上げた。

「もちろんだ。おれが全部決める。ゴチャゴチャぬかす野郎はタダじゃおかねえぞ」

拳《こぶし》を握って吠《ほ》えた。稔と勝が不承不承、頷いた。カネなど関係ない恭子が、さも面白そうに眺めている。この女に翻弄《ほんろう》され、死んだ純。だが、おれは違う。吉岡は険しい視線を向けた。恭子は悠然とタバコをふかし、頰を緩めた。

きょうこ——吉岡は呻いた。きょうこ——突き出した両腕が、何かを求めるように左右に揺れる。十本の指が、虚空を何度も何度も摑んだ。額にべっとりと脂汗が浮き、荒い息を吐いている。

夢うつつの状態で自分の名前を呼ぶ吉岡を、恭子はベッドの端に腰を下ろして眺めた。そして身を屈《かが》め、冷たい濡《ぬ》れタオルで額の汗を拭《ふ》いてやった。

「健一」

小さく呼び掛け、空しく動き回る腕を摑み、静かに下ろしてやった。手を優しく摩《さす》ってやり、じっと見つめた。荒い息が収まり、穏やかな寝顔が戻っている。恭子は小さく頷いた。

「ゆっくり眠ればいい」

シーツを整え、立ち上がった。アルパカのコートに黒革のブーツ。身支度はすっかり済ませてあった。タバコを唇に挟み、火をつけるとドアへ向かった。大きく息を吸い込み、振り返った。

何の屈託もない、華やいだ声だった。ぐっすりと寝込んだ吉岡を見つめ、右手を小さく振った。

「楽しかったね」

「バーイ」

囁《ささや》くように言うと、ドアを開け、後ろ手で閉めた。静まり返った廊下を右足を引きずるようにして歩き、エレベータでロビーまで降りる。フロントの若い男は怪訝《けげん》な表情を見せたが、何も言わず見送った。ホテルの外は冷たい風が吹いていた。鼻の奥がつんと痛くなった。恭子は首をすくめ、両手をコートのポケットに入れて歩いた。吐く息が白い。街には、夜明け前の凍った青い闇が降りていた。頭上に重いものが漂っている。押し潰《つぶ》されるような圧迫感を感じて、空を仰いだ。無数の瘤《こぶ》が張りついたような分厚い雲が、一面を覆っていた。

外堀通りへ出た。人気のない歩道を、銀座の方向へ歩いた。右手に東京駅八重洲《やえす》口がある。ホームの蛍光灯がやけに白々として見えた。冬の冷気が膝《ひざ》の古傷を締め上げる。右足が鉛を流し込んだように重い。恭子は、一歩一歩、確かめるように歩いた。左右全八車線の広々とした外堀通りは、時折空車のタクシーが走るだけで、まるで滑走路のようだった。

八重洲ブックセンターを過ぎ、鍛冶橋《かじばし》の交差点で右に折れ、信号を渡った。外堀通りから鍛冶橋通りへと入る。通りを五百メートルほど直進すると皇居前広場だった。新幹線と鍛冶橋通りの歩道を歩く恭子の目の前に、トンネルのようなガードがあった。

ＪＲ在来線の二つの大ガードが、通りを跨《また》いで横たわっている。その向こう、左斜め前に、巨大な飛行船の骨組みを連想させる東京国際フォーラムのビルが聳《そび》えていた。恭子は皇居へ向かって歩いた。

新幹線のガード下は放置バイクと自転車が連なり、埃《ほこり》っぽい冷気が淀《よど》んでいた。皇居前広場へ一直線に延びる道路は水銀灯の放列に照らされ、目映《まばゆ》いばかりの銀色だった。赤や青の信号が無数に灯《とも》り、その彼方《かなた》に皇居の黒い森が見える。昼間は凄《すさ》まじい交通量の道路も、今はタクシーとトラックが思い出したように通り過ぎるだけだ。ブーツの固い音がコンクリートに反響した。風がビュービューと音を立ててガード下に吹き込んでくる。目に涙が滲《にじ》み、視界が潤んだ。風に嬲《なぶ》られるソバージュのロングヘアを右手で押さえた。新幹線のガードを潜ると、すぐに在来線のガードが現れる。上部に、赤い血のようなペンキ文字で〝制限高3・8メートル〟と記してある。

不意に背後から左腕を摑《つか》まれた。

「逃げるのか」

耳元で囁いた。男の声だった。恭子は細めた視線を向けた。涙に潤んだ視界で、分厚い、大きな人影が、のしかかるように迫っていた。

「おまえは逃げるのか」

恭子は大きくかぶりを振った。

「違う」

朧《おぼろ》な視界で、男の唇が動いた。

「では、なんだ」

重い声だった。

男は首を傾げた。恭子は続けた。

「あなたよ」

「こうやって、ひとりでいたら、必ず会えると思っていた」

烈風がビュッと鳴った。頬に、ナイフを当てられたような冷たい痛みが疾《はし》った。

「入れ」

顎《あご》をしゃくり、男が足を踏み出した。掴まれた腕はびくともしない。引きずられるようにして、歩いた。歩道の横に、暗い闇が口を開けて待っていた。新幹線と在来線のガードの間は幅二十メートルほどあり、金網で囲まれたJRの廃材置き場になっている。出入り戸が開いており、中に連れ込まれると、そこは外界から隔絶された、冷たいコンクリートと鉄の墓場だった。用無しになったレールや、コンクリート製の枕木が堆《うずたか》く積まれ、鉄錆《さび》と粉っぽい埃の臭いが澱《よど》んでいる。上を高圧電流のケーブルが無数に走り、その向こうに航空機向けの赤い警告ランプを灯した高層ビルがずらりと立ち並ぶ様は、文明の粋と廃墟《はいきょ》が凝縮した未来都市のようだった。

男は邪険に押した。恭子は呆気《あっけ》なくよろめき、レールの山に手をついた。凍りついた鉄が痛かった。右足が重く疼《うず》く。

「会ってどうしようと思った。命乞《ご》いか？」

嘲笑《ちょうしょう》を含んだ声が降ってくる。

「バカな」

振り向き、強い口調で言った。

「惨めに逃げ回ったりするのは、わたしの趣味に合わない。どうせ、殺すんでしょう。わたしの命が欲しいんでしょう」

男の唇が歪《ゆが》んだ。

「怖いだろう」

「怖い？」

恭子は細い眉《まゆ》をひそめ、立ち上がった。男は両手をダウンジャケットのポケットに入れ、じっと凝視している。

「そんなもの、とっくに捨てたわ」

男の目が底光りした。恭子は頬を緩め、語り掛けた。

「あれだけの事件を引き起こしたんだもの。日本中が注目し、驚愕《きょうがく》したのよ。背筋を突き抜ける快感にわたしは喘《あえ》ぎ、身震いした。あれは生命が蒸発してもおかしくない、凄《すご》い体験だった。結局、あとの人生は燃え滓《かす》だけ。なにをやっても、見ても、感動も興奮もできない虚無の中を、わたしは無為に漂ってきた。もう退屈な生活にうんざりしたわ」

「おまえにとってあの事件は〝遊び〟だったのか」

「もちろん。身体が蕩《とろ》けるような極上のスリルに満ちた、この世で最高の遊びよ。カネなんてどうでもよかったもの」

ためらいなく答えた恭子は一息置き、「あれは唯一無二の体験だった」と、静かに語った。

「だから死んでもいいというのか」

「ええ」

ポケットに入れた男の右手が僅《わず》かに動いた。

「殺される理由を聞きたくないのか」

石を擦り合わせたような、抑揚のない、無機質の声だった。

「どうでもいいわよ」

「そうか」

ため息のような声音だった。

「もう終わりにしましょう」

低く呼びかけた。

「終わり？」

「わたしで終わりにするのよ。稔と彰を殺したんだから、十分でしょう。わたしで終わり。

健一は殺さないで」

「どうして」

「健一はまだ死にたくないのよ。自分が築いた会社の行く末を見届けたい、家族を守りたい、と願っている」

「未練たらたらじゃないか」

嘲《あざけ》りを含んだ声だった。

「あんたは、おれの前に自ら身を投げ出し、その見返りに吉岡を殺さないでくれ、と頼んでいるわけだな」

「ええ。健一は、わたしに引きずられただけだもの。わたしの犠牲者だもの」

「ダメだ」

あっさり言った。恭子は息を詰めた。

「だが、吉岡を殺すのは最後にしてやろう」

最後――頭の芯《しん》が痺《しび》れた。恭子はぐっと右足を踏み出した。脚の付け根まで鈍い痛みが疾った。黒髪が風に逆巻き、別の生き物のように荒れ狂った。

「なら、健一の他にも殺す人間がいるというの?」

上ずった声で訊《き》いた。

「そうだ」

恭子は呆然《ぼうぜん》と立ち尽くした。自分たち以外にいったい誰を殺すというのか――分からなかった。男の唇が吊り上がった。

「色とカネに狂ったアホどもが、女ひとりに踊らされやがって。おまえら全員、ぶっ殺してやる」

歯を剝《む》いた。血に飢えた獣の形相だった。もうひとり、もうひとり――誰だろう。残ったのは健一だけなのに。恭子の脳を、重いタールのようなものが満たした。

音がする。ガタガタと鉄を揺るがす重い音が、次第に大きく、高く響いてくる。と、轟《ごう》音《おん》が巻き起こり、沈んだ闇を切り裂いた。在来線を、回送電車が疾走してくる。地面を揺るがす振動が足から腰、背中へと駆け上がった。鼓膜がわなないた。目映い車内の明かりが男を照らし、その双眸《そうぼう》が青く光った。

「あんたを消せば、あとふたりだ」

男は右手を引き抜いた。黒い鋼が光った。

「おれはあとふたり、殺す」

リボルバーを握った右腕がぐっと伸びてきた。漆黒の銃口が据えられた。

「さよなら、だ」

掠《かす》れた、か細い声だった。銃声が尾を引いて轟《とどろ》き、電車の轟音に呑《の》み込まれた。恭子の胸を熱い衝撃が貫いた。そのまま、何か巨大なものに薙《な》ぎ払われるようにして、背後へ吹っ飛んだ。軽い、痩《や》せた身体がレールの山に激突し、背骨が籤《ひご》細工のように折れた。両手で胸を押さえ、くるくると捩《ねじ》れながらその場に崩れ落ち、冷たいコンクリートの床に仰向けに転がった。恭子は最期、闇に消える男の背中を見送り、ゆっくりと瞼《まぶた》を閉じた。乾いた唇が、誰かの名を呼ぶように、僅かに動いた。血の気の失せていく顔を、太い雨粒が叩《たた》いた。


電話の呼び出し音で、ぼんやりと脳が覚醒《かくせい》した。片桐はうつ伏せのまま首を上げ、枕元のパネルに嵌《は》め込まれた時計を見た。午前九時。ガバッと跳ね起きた。慌てて受話器を摑み上げた。

《下だ。ロビー横の喫茶店に来い》

滝口の嗄《しやが》れた声が聞こえた。わけが分からず、それでも了承の返事を口にし、受話器を

置いた。ああ、そうか、と思った。昨夜、いや、もう今日になる。

神田の『新時代』編集部を出た後、ふたりしてこの中野のビジネスホテルまで来たのだ。

片桐が投宿しているこのホテルに、滝口も部屋を取り、別れたのは午前三時半だった。

耳に触る音がある。片桐はベッドから抜け出し、カーテンをはぐった。外は雨だ。激し

い雨が、鉛色の陰鬱《いんうつ》な空から降り注いでいる。雑居ビルの建ち並ぶ街全体が、灰色に染ま

り、暗く沈んでいる。見ているだけで暗澹《あんたん》となる風景だった。

片桐は手早く洗面を済ますと、ワイシャツとスーツに着替え、ロビーへ降りた。くたび

れた背広を着込んだ滝口は、隅の喫茶ルームにいた。窓際のテーブルで背中を丸め、モー

ニングセットをぱくついていたが、片桐の姿を認めると顎《あご》をしゃくり、前に座るよう促し

た。

「よく眠れたようじゃないですか」

軽い調子で言うと、赤黒い目をギロリと向けてきた。

「おまえも食え」

そう言うと、バターをたっぷり塗り付けたトーストを口に押し込み、コーヒーを流し込

んだ。逞《たくま》しい顎が黙々と咀嚼《そしやく》していく。それは、食事を楽しむというよりは燃料補給、こ

れからの活動に必要なエネルギーを蓄えている、といった風だった。顔色が悪い。胡麻塩《ごましお》

の無精髭《ぶしようひげ》が浮いた粉っぽい肌と、瞼の下の隈《くま》が、疲労の蓄積を物語っていた。定年間際の

老刑事は、片桐の憐憫《れんびん》を含んだ胸の内など関係なく、一心に食事を摂《と》っていた。限界まで

きた疲労を封じ込み、老いた身体に活力を注ぎ込むには食事しかない、といった覚悟が全身に漲《みなぎ》っている。

片桐もモーニングセットを注文した。砂を噛《か》む思いでベーコンエッグを胃に収め、トーストを齧《かじ》った。食事を終えた滝口は、ハイライトをふかしながら目を細め、窓の外を眺めていた。雨脚は強くなるばかりだ。

「もうすぐ報告書が届く」

低く言った。

「報告書？」

片桐が顔を上げた。

「ああ、知り合いの興信所に依頼済みだ」

その言葉が終わらぬうちに、フロントの男が声を掛けてきた。ファックスが届いている、という。滝口はカウンターでペーパーを受け取り、サインを済ますと戻ってきた。ペーパーは三枚あった。座り直した滝口は、老眼鏡をかけると、丹念に目を通し始めた。一枚、読み終わると片桐に渡した。

それは、『調査対象者・宮本翔大』と記した報告書だった。出身地から履歴、仕事内容等を記した、簡潔だが手際のよい報告書だった。

「いつこれを」

「昨日だ。午前中、依頼しておいた」

ペーパーに視線を落としたままぼそりっと言った。片桐は夜中、南新宿のおたふく旅館を脱出する間際、滝口が語ったことを思い出した。今朝から宮本と連絡がとれない、編集部に電話しても出社している様子がない、と言い、おかしい、と呟《つぶや》いたのだ。滝口はその時点で、いや、午前中、ふたりして青山通り沿いの『サンクチュアリ』本社を訪ねた際は既に依頼済みだったわけだ。もし、自分が身上調査を依頼するか否か、相談を持ちかけられていたら、一笑に付していただろう。宮本は協力者なのに、なぜそんなことをする必要がある、と。だが、今は違う。未明に訪ねた『新時代』編集部の対応で分かった。宮本にはなにか裏がある。滝口の勘と実行力に改めて舌を巻いた。

「この興信所とは古い付き合いだが、プロ中のプロだ。並の刑事なら裸足《はだし》で逃げ出しちまうぜ」

老眼鏡越しに嘲笑《ちょうしょう》を投げてきた。片桐は睨《にら》みをくれた。滝口は鼻を鳴らして視線をペーパーに向けると、言葉を続けた。

「カネに詰まった弁護士どもと結託して、戸籍謄本から何から、簡単に取り寄せちまう」

この人権尊重の御時世、すっかりガードの堅くなった役所の窓口も、弁護士なら、裁判資料の名目で簡単に戸籍を引っ張れる。

「マスコミ各社とも契約を結んでいるから、宮本の住処《すみか》も関係者を当たって割ったらしい。労を惜しまぬ人海戦術で機動力抜群だが、その分、価格も目ん玉が飛び出るほど高くてな」

満足気な笑みを浮かべた。片桐はペーパーに視線を戻した。報告書には、宮本が埼玉県浦和市（現・さいたま市）の公立高校から都内の有名国立大学に進学、卒業後、出版社勤務を経て、フリーになった旨が記されていた。昭和四十一年生まれの三十六歳。『新時代』との契約は五年前だった。フリージャーナリストとしての仕事は殺人事件から経済事件、政治家官僚の汚職、中国マフィアの実態等、ゴリゴリの硬派な記事で占められていた。一冊にまとまった著作は未だないものの、辣腕《らつわん》ぶりが窺《うかが》える仕事内容だ。

現住所は渋谷区幡ヶ谷《はたがや》。住居は賃貸マンション。結婚はしていないものの、同棲《どうせい》している女性がいる旨、その簡単な身上と共に報告してあった。補導、罰金、逮捕歴、共になし。フリーのもの書きとしてはまずまず堅実な部類に入るのではなかろうか。

だが、これを読む限り、宮本の背後に不可解な色は見えない。滝口の危惧《きぐ》も杞憂《きゆう》に終わりそうだ——軽口のひとつも叩いてやるか、と片桐は顔を上げた。息が詰まった。滝口の顔が険しかった。こめかみに青筋が浮き、眉間《みけん》に深い筋を刻んでいる。禿頭《とくとう》がみるみる朱に染まった。老眼鏡の奥の鋭い目が、三枚目のペーパーに注がれている。不意に虚空を見上げた。分厚い唇がゆるりと動く。ぶつぶつと何かを呟いていた。

「タキさん」

片桐は小声で呼びかけた。が、反応はない。その視線は、じっと虚空に据えられている。ペーパーを持つ指が小刻みに震えた。間違いない、重大な事実にぶち当たった——

「おい！」

片桐は強引にペーパーをひったくり、目を通した。それは『除籍』と記した戸籍謄本のコピーで、横に簡単な報告が記してあった。

『辰巳史郎、文子夫婦のもとに生まれた翔大は十歳で文子の実弟、宮本良平の養子となり、以後、宮本翔大として育っ――』

息を詰め、戸籍のコピーに視線を移す。

《昭和五拾壱年拾壱月弐拾参日　宮本良平の養子となる届出　埼玉県浦和市領家八丁目参号九番地宮本良平戸籍に入籍につき除籍》

そこまで確認したとき、ペーパーが消えた。滝口だった。奪い取ったペーパーをポケットに押し込み、老眼鏡を外すと、そのまま席を立った。広いずんぐりとした背中から、濃い怒気のようなものが立ちのぼっている。片桐はわけが分からないまま、後を追った。

「タキさん、どうしたんです」

滝口は何も言わず、エレベータに乗り込んだ。滝口の部屋は片桐と同じ五階にある。狭い箱の中でも押し黙ったきり、ぎょろりとした目で中空を睨んだままだった。

足早に廊下を歩き、自室へと入る滝口に片桐は、「部屋で待ってますから」と、声を掛けるのが精一杯だった。

部屋に戻り、ベッドに座った。太い雨が窓を叩いていた。滝口の不可解な態度に戸惑い、怒気に圧倒された自分が疎《うと》ましかった。湧き上がる苦い自己嫌悪を噛《か》み締めながら、することもなく、テレビのリモコンを押した。ニュースをやっていた。若い男性キャスターが深刻な表情で喋《しゃべ》っている。ぼんやりと眺めながら、宮本とは何者だ？　と改めて思い、頭を振った。

何も分からなかった。だが、滝口は重大な事実を目にしたはずだ。あの、一瞬にせよ、我を失うほどの反応は間違いない――と確信したとき、キャスターの声が不意に明瞭《めいりょう》になった。人の名前、女の名前、殺人——脳がざわっと反応した。テレビ画面に意識を集中した。雨に打たれる警官たちと、くすんだ廃材置き場、現場を確保する黄色のテープ。画面の上部を電車が走っていく。事件現場の鑑識の最中だった。テロップが流れる。その犠牲者の名前を認めた瞬間、ああっ、と声が出た。

真山恭子、五十六歳。画面にキャスターの声が被《かぶ》さる。午前六時頃、東京駅近くの廃材置き場で発見された女性の射殺死体は、横浜の飲食店主、真山恭子さんと判明しました——

結城稔と金子彰に次ぐ、三人目の犠牲者。視界が眩《くら》んだ。全身の血が足元に落ちた。もうひとり、吉岡は？　恭子は吉岡健一と行動を共にしているはず。あの男はどこに？　片桐は立ち上がった。脚がわななないた。滝口に知らせなくては。つんのめりながら、ドアを引き開けた。瞬間、身体をのけ反らせた。目を剝《む》き、口を半開きにしたまま固まった。眼前に滝口が立っていた。ハンチングを被り、コートのポケットに両手を突っ込んだ滝口は、口元に薄い笑みを浮かべた。

「どうした、そんなに慌てて」

さっきまでの険しい表情はきれいに消えていた。

「顔色が悪いな」

片桐は乾いた喉《のど》を引きはがし、口ごもりながら、真山恭子が殺された、拳銃《けんじゅう》で撃ち殺された、と告げた。が、滝口は白髪の浮いた眉《まゆ》をピクリとも動かさず、ほう、と呟いただけだ。呆然《ぼうぜん》と見つめる片桐に、顎《あご》をしゃくった。

「ぼやぼやすんな、行くぞ」

鋭い口調だった。

「女の殺害現場ですか？」

滝口は眉根を寄せた。

「おれたちなあ――」

ナマズ面が歪《ゆが》んだ。

「現場を外された厄介者なんだぞ」

顔に不敵な色があった。

「厄介者には厄介者のやり方がある」

「じゃあ、どこへ」

喘《あえ》ぐように訊《き》いた。

「幡ヶ谷だ」

幡ヶ谷――宮本のマンション、女と同棲している自宅がある。そして目の前の滝口は、宮本の正体に迫りつつある。

「急げよ！」

憤怒《ふんぬ》の形相で吠《ほ》えた。片桐は弾《はじ》かれたように身を翻し、作り付けのクローゼットからキャメルコートを取り出すと、急いで袖《そで》を通した。

シートを雨粒が叩《たた》いていた。狭いハウス内で、緒方耕三は寝袋にくるまり、ゲンと共にぼんやりテレビに見入っていた。ニュースが、殺人事件を報じていた。東京駅近くで五十六歳の女の死体が発見されたという。拳銃で胸を撃ち抜かれ、ほぼ即死状態だった、と耳にしたとき、不意に、何か関連はあるのか、と思った。名前は真山恭子。記憶になかった。拳銃で殺された結城稔と金子彰。それにつながる女性なのだろうか？　が、ニュースは二件の射殺事件との関連性にはまったく触れずに終わった。緒方は真山恭子の名前を脳裏に刻みつけ、身体をゆっくりと起こした。

身を切る凍った風が、出入り口の隙間から吹き込んでくる。シートを捲《めく》ってみた。コンクリートの護岸壁の向こう、隅田川が沸騰したように泡立っていた。未明から降り出した強い雨はいっこうに弱まる気配がなかった。

緒方はシートを閉じると、傍らのショルダーバッグを引き寄せ、中を探った。便箋《びんせん》と封筒、ボールペンを取り出す。胡座《あぐら》をかいて、便箋にペンを走らせた。十五分ほどかけて書き終えると、読み直し、丁寧に折り畳んだ。

「なんだよ、手紙か？」

ゲンが髭面《ひげづら》をぐるりと回した。緒方はさりげなく手元を隠し、封筒にしっかり封をした。

「いや、そんな大層なもんじゃない」

緒方は背を向けると、ジャンパーのポケットを探って財布を取り出し、紙幣を抜き出した。

「ゲン、頼みがある」

「なんだよ」

欠伸《あくび》交じりに言った。

「これをヨシに渡して欲しい」

封筒を差し出した。ゲンが片肘《ひじ》をつき、上半身を起こした。不審気な表情で封筒を受け取る。緒方は二つ折りにした万札三枚を指先に挟み、差し出した。

「少ないが、おれの気持ちだ」

ゲンは髭面を綻《ほころ》ばせ、それでも首をひねった。

「なんだよ。ジイさん、出て行くのか？」

「近いうちにな」

緒方は遠い目を中空に漂わせた。

「世話になるのもあと一日か二日だろう」

「故郷《くに》へ戻るのか」

「そんなとこだ」

曖昧《あいまい》に答えた。ゲンは頷《うなず》いた。

「ジイさん、もういいトシなんだから、帰るとこがあるならその方がいいな。おれみたいになったら、もう抜け出せない。ホームレスのまま、酒に肝臓やられて、おっ死《ち》んでいくだけだ」

そう言うと、羨《うら》ましそうに頬を緩めた。黒ずんだ歯が覗《のぞ》いた。緒方は舌に浮いた苦いものを呑《の》み込んだ。ゲンが真顔に戻った。

「あんた、ただのホームレスじゃないよな。どこか超然としているもんな」

緒方は唇を歪め、苦笑した。そういえばヨシもそんなことを言っていた。どこへ行こうと、どれだけの年月が経とうと、自分に染みついた匂いはとれないとみえる。胸を冷たい風が吹き抜けるようだった。

「ジイさん、家族は？」

ゲンが、探るように訊いてきた。

「いなくなった」

「そうか」

どこかホッとした声音だった。

「ゲンは」

「さあな。おれも前はあったけどな」

それだけ言うと、寝袋に入り込み、ぐるりと背を向けた。緒方は声を掛けた。

「大変だよな」

「なにが」

怒りを含んだ声が返ってきた。

「生きるってことは、だ」

緒方は目尻《めじり》に深い皺《しわ》を刻んで続けた。

「くたびれたジジイが言うんだから実感があるだろう」

ゲンは肩をゆすって笑った。

「おれはあんたとは違う。プーの根無し草だ。どうってことねえよ」

背中を向けたまま、素っ気なく答えた。

「ヨシには、おれが責任もって届けるから安心しな」

緒方はゲンの大きな背中に頭を下げ、次いでバッグの中を探った。奥から白い布に包まれた晴子の位牌《いはい》を取り出し、そっと布を解くと、両手に持って眺めた。どこか悔恨を滲《にじ》ませた視線は、柔らかく、温かく、真新しい白木の位牌にじっと注がれていた。


吉岡は呆然《ぼうぜん》となった。東京駅から南へ電車で三つ目、浜松町駅前の雑居ビル四階にあるサウナだ。店のタオル地のバスローブを着込んだ吉岡はリラックスルームと名付けられた休憩室のビニール張りのソファに座り込み、テレビ画面を凝視していた。殺害現場の光景と、真山恭子の名前。拳銃《けんじゅう》、射殺、未明、という言葉が脳ミソをかき回した。頭の芯《しん》で黒い熱気がみるみる膨張し、頭蓋《ずがい》が破裂しそうだった。

両腕で頭を抱え、背を丸めた。そうだ、東京駅近くのビジネスホテルの部屋で目が覚めたのは、午前五時過ぎだった。十階のツインルームから見る東京駅は陰鬱《いんうつ》な灰色に染まり、激しい雨に打たれていた。腕の中で寝入っていたはずの恭子が、消えていた。自分ひとり——途端に覚醒《かくせい》した。ベッドから跳ね起きた吉岡は、バスルームを覗き、廊下に出た。恭子の姿はどこにもなかった。頭の隅で警告音が響き、刻一刻と大きくなっていた。それから一時間余り。午前六時過ぎまで待ったが、帰ってこなかった。限界だった。吉岡は、レザーコートを羽織ると、フロントで精算を済ませてホテルを出た。凍った雨に打たれながら、何かに追われるように走った。遠くから、パトカーのサイレンが聞こえてきたのを覚えている。あの、雨音を切り裂いて届いた禍々《まがまが》しい響きは、恭子の最期を告げるものだった、と今になって分かる。

　自分から去って行った恭子。銃弾を撃ち込まれた恭子。嗚咽《おえつ》を嚙《か》み殺し、呻《うめ》いた。一緒に死のうと帰ってきた東京で、恭子だけが逝《い》ってしまった。稔を、金子をあっさり殺し、恭子まで手に掛けた殺人者の姿が見えない。

　と、首筋がチリッと鳴った。ぞくりとした。迫りくる殺人者の息遣いが聞こえた気がした。そっと視線を上げて周囲を窺う。カビ臭い饐《す》えた臭いの漂う、場末のサウナだ。スポーツ紙を広げる中年男、缶ビールを啜《すす》るパンチパーマ、口を半開きにして眠りを貪《むさぼ》る若い男……数人の人影があった。この中にいるのか？　じっと監視しているのか？　頭を振り、瞼《まぶた》を閉じた。どうすればいい、自分はどこへ行き、何をすればいいのだろう。何も分からなかった。


　タクシーを甲州街道沿いの京王線幡ヶ谷駅前で降りた滝口と片桐は、コンビニで買い求めたビニール傘をさし、住所を頼りに、マンションを探して歩いた。

　そのマンションは、上を首都高速が走る甲州街道から路地を入った奥、薄汚れた雑居ビルと住宅が密集する一角にあった。オートロックシステムの無い、古びたマンションの三階。三〇一号室。角部屋だ。インタホンを押す。土曜日の午前中。勤め人が在宅している可能性の高い時間帯だ。女の声がした。

　滝口は、警察の者と名乗り、宮本翔大のことを訊《き》きたい旨を伝えた。インタホンから、絶句する気配が伝わった。暫《しばら》くして、ドアが開いた。髪を後ろにまとめ、トレーナーとジーンズ姿の、三十前後の女が顔を出した。端整な細面に色白の肌、切れ長の目を持つ、どこか幸薄《さち》そうな印象の女だった。

滝口はドアの間に短い足を差し入れ、半身を素早くこじ入れると警察手帳を示した。

「宮本さんはいらっしゃいませんね」

女は、その黒目がちの瞳《ひとみ》に不安を漲《みなぎ》らせて頷いた。

「あのひとになにか……」

声が震えていた。

「部屋でお伺いしてもよろしいですか。重要な話なもので」

慇懃《いんぎん》な口調の中に、有無を言わさぬベテラン刑事の迫力があった。女は戸惑いを見せながらも、了承した。

部屋はこぢんまりとした二DKだった。六畳と八畳の和室に、十畳程度のダイニングキッチン。片桐は、無遠慮にぐるりと視線を這《は》わせた。箪笥《たんす》と化粧台。テレビとステレオセット。きれいに整った部屋だった。六畳の和室にデスクと書籍が隙間なく詰まった本棚、パソコン一式があった。宮本の書斎なのだろう。滝口はコートとハンチングを脱ぎ、二人掛けのキッチンテーブルの椅子にどっかと座った。当然のように顎《あご》をしゃくる。

「どうぞ」

前を示す。女は言われるまま腰を下ろした。片桐は、俯《うつむ》き、こめかみのあたりを震わせている。胸の内の動揺が透けて見えるようだった。片桐は、老刑事の背後に立った。いつの間にか滝口は部屋の空気を支配し、自由に操っていた。雰囲気は取調室だ。女は顔を上げた。

「あの、宮本になにかあったのでしょうか」

か細い声だった。頬を上気させ、思い詰めた表情で滝口を見つめている。片桐は壁にもたれ、ふたりを眺めながら、報告書にあった女の簡単な身上を辿《たど》った。内野照美、三十一歳。

信販会社勤めのOL。面やつれしたその顔には、どこか縋《すが》るような色がある。

「よろしいですか」

滝口は背広の懐からハイライトのパッケージを抜き出した。照美は腰を上げ、台所からアルミの灰皿を持ってきた。滝口は礼を言うでもなく、分厚い唇にタバコを挟み、火をつけると、深々と吸い込んだ。照美の顔に焦燥の色が濃くなる。滝口は、それそろ頃合いとみたのか、ふーっと嘆息を漏らすように煙を吐き、口を開いた。

「宮本はどこへ行ったんでしょうねえ」

他人事《ひとごと》のような声音だった。照美が眉《まゆ》を寄せた。

「刑事さん」

咎《とが》めるように言ったそのとき、滝口がぬっとごついナマズ面を突き出した。右肘《ひじ》をテーブルにつき、顎に手をやる。唇を歪《ゆが》め、目を細めた。照美の顔と十センチも離れていない。シャーと雨の降る音だけが聞こえた。空気がみるみる硬くなる。

「どうです。最近、気になることがあったでしょう」

重い、嗄《しゃが》れた声だった。その顔は、あんたの胸の内は分かっている、と言っていた。照美は身を引き、肩をすぼめて下を向いた。捜一のベテラン刑事と、娘のような年齢のＯＬ。しかも、自分の同棲相手が何かよからぬことに巻き込まれているのでは、と不安で胸が張り裂けそうになっている女だ。勝負は、照美が不用意にドアを開けたときについている。

最早、蜘蛛《くも》の巣に搦《から》め捕られた蝶《ちょう》だ。照美は問われるまま、宮本がここ半年ほど、大きなネタにかかりきりだったこと、月曜日から帰っていないこと、姿を消す直前、大事な資料を始末していたこと、等を語った。月曜日——今日は土曜日だ。片桐は記憶を辿った。二月三日、月曜日。宮本と初めて会った日だ。あの夜、吉祥寺のマンション前で宮本はこの自分を待っていた。背筋を、うすら寒いものが這い上がった。

照美は、宮本の仕事内容については一切、知らないし、興味もなかった、と語り、その理由を、怖い仕事が多いから、と消え入りそうな声で答えた。硬派ジャーナリストのシビアな仕事ぶりが窺《うかが》える言葉だった。

照美は唇を嚙み、意を決したように顔を上げた。

「あのひと、なにか事件に巻き込まれたんですか」

滝口はタバコをくゆらし、意味ありげな視線を送っただけで話題を変えた。

「宮本は十歳で親戚《しんせき》の養子になっていますね」

照美は頷《うなず》いた。

「両親はどうしました。あの男、捨てられたんですか」

嘲弄《ちょうろう》が交じっていた。傍らで耳を傾ける片桐でさえ、ムッとしたくらいだから、照美の心中たるや察するに余りがある。照美は視線に険しい色を浮かべ、それでも抗弁した。両親は早くに亡くなった、あのひとは親戚の家で苦労して育った、大学も奨学金を貰《もら》い、アルバイトで学資や生活費を稼ぎ、卒業したのだ、と。

「なるほど」

ぼそりと答えた。滝口は一転、慈父のような穏やかな顔で、先を促した。照美は勢い込んで説明した。宮本の父親は彼が六歳のとき、死んだ、首を吊《つ》っての自殺だった、と。滝口は椅子の尻を捩《よじ》ってにじり寄った。それは、羽根を折って飛べない小鳥に忍び寄る大蛇のようだった。

「なぜ、父親は自殺したのでしょう」

照美はかぶりを振った。

「分からない。ただ、父親は職を転々として、相当苦労したみたいです」

「母親はどうしました」

「夫の自殺のショックで臥《ふ》せり、後を追うようにして亡くなった、と聞いています」

「よくある話ですな」

滝口はつまらなそうに言うと、横を向き、タバコをふかした。照美の切れ長の目が吊り上がった。強《こわ》ばった頬が紅潮している。震える唇が動いた。

「刑事さん、これは取り調べですか。何の用件かも告げずに、ずけずけとあの人の過去を訊くなんて、失礼にもほどがあります」

声がわななないていた。滝口は小さく頷くと、「ありがとうございました」と告げ、腰を上げた。

「待ってください」

照美が叫び、中腰になって背広の袖口《そでぐち》を摑《つか》んだ。

「なにか事件に巻き込まれたんですか」

切迫した声だった。滝口は首を振って答えた。

「あの男は、重い重い、わたしらには想像もできない過去を抱えていたんです」

滝口は、そっと照美の手を外した。

「あのひと、そういえば――」

照美の瞳《ひとみ》が中空を彷徨《さまよ》った。

「そういえば、何です」

滝口の顔が強ばった。

「夜中、酷《ひど》くうなされることがあって。起こしてあげると、脂汗をべっとりかいた顔で、親父が泣いている、って言うんです」

「泣いている？」

滝口が眉を寄せた。照美は、虚《うつ》ろな視線のまま続けた。

「お父さんの首吊り死体を発見したの、あのひとなんです。お父さんは鴨居《かもい》に通したベルトにぶら下がったまま、泣いていたんです。その悲しい死に顔を夢に見る、と言っていました」

ギリッと音がした。滝口が奥歯を嚙《か》み、何かに耐えるように俯いた。引き結んだ唇が白くなった。

「失礼します」

滝口は何かを振り切るように頭を下げ、コートを着込むと、玄関へ向かった。

「刑事さん」

悲痛な声が飛んだ。

「あの人はもう帰らないんですか」

滝口はハンチングを被《かぶ》り、庇《ひさし》を指先でしごいただけだった。

「わたし、三年も一緒に暮らしていて、あのひとのこと、何も知らなかったんです」

瞳が潤んだ。

「肝心なことは何も――」

照美は脱力したように腰を下ろし、両手を顔に当てた。沈黙が流れ、じきに低いすすり泣きが聞こえた。

片桐は、滝口に続いて部屋を出た。マンションの集合玄関でビニール傘をさし、何事もなかったかのように、滝口は足を進めた。水たまりを踏み、人気の無い路地を歩いた。片桐は声を掛けることもできないまま、後を追った。滝口の背中が急に萎《しぼ》んだような気がした。と、足の動きが鈍くなった。背を丸め、頭を垂れた。歩みが止まり、雨の中、滝口は悄然《しょうぜん》と立ち尽くした。どうした？　思う間もなく、身体がぐらりと右に傾いた。ビニール傘が手から落ちた。滝口はそのまま電柱に右の肘をつき、寄り掛かった。肩を上下させ、荒い息を吐いた。いまにも膝《ひざ》が折れ、アスファルトに崩れ落ちてしまいそうだった。

「どうしました」

片桐は慌てて駆け寄った。だが、滝口は左手を挙げ、大丈夫だ、と言うように小さく振った。雨音がやけに大きくなった。微《かす》かにエンジン音がする。甲州街道と、その上を走る首都高速のクルマだろう。それは、氷雨に身震いする都会の息吹のようだった。

嗚咽《おえつ》が聞こえた。堪《こら》えに堪え、それでも止められない、圧《お》し殺した嗚咽だ。肩が震えている。滝口がコートの袖に顔を埋め、泣いていた。片桐は立ち尽くした。ただ、ビニール傘を差し掛けてやることしかできなかった。

「おれは――」

呻くような声だった。

「おれは、とんだ間違いを犯した」

間違い？　片桐は眉をひそめた。

「あの女……真山恭子の存在を明かしてしまった。そして宮本は、最後のピースをはめ込んだ」

片桐はゴクリと喉《のど》を鳴らした。そうだ、あれは三日前、水曜日のおたふく旅館だった。あの凄腕《すごうで》のジャーナリストがいくら追いかけても分からなかったトップシークレット。犯人グループ六人目の人物の正体を、滝口は明かした。葛木勝の手記を取るべく動いていた、という宮本の証言とバーターに。

「翌日、おれたちは宮本から緒方耕三の供述調書を受け取った。そのとき、宮本がなんと言ったか覚えているか。あいつが、おれたちに発した、たった一つの問い掛けだ」

滝口は、目深に被ったハンチングの下から、いまにも消えそうな言葉を絞り出した。片桐は記憶を紡いだ。宮本の問い掛け――犠牲者――そう、犠牲者だ。片桐は強ばった舌を動かした。

「あいつはこう言ったんだ。三億円事件に本当に犠牲者はいなかったのか、と」

滝口の頬がゴリッと盛り上がった。

「おれは犠牲者などいない、と思っていた。二十六歳の男性が別件逮捕された、あの有名な事件を除けばな」

宮本が一瞬見せた、あの落胆とも哀しみともつかない、複雑な表情が蘇《よみがえ》った。滝口が続けた。

「あいつは、おれの言葉に落胆し、そして消えた」

そうだ、その夜、ただ一度、結城射殺の情報を、まるで誇示するように滝口に電話で伝えた以外は――

「では宮本が――」

声が出なかった。滝口は顔を上げ、振り向いた。涙と雨で、無精髭の浮いた頬が濡《ぬ》れている。赤黒い目を据えたまま、コートのポケットに右手を突っ込み、一枚の紙を差し出した。

黄ばんだザラ判紙だった。みるみる雨粒が染みた。片桐は慌てて受け取り、傘の下で視線を這わせた。『現金輸送車乗務員リスト』と記してあった。

「これは……」

顔を上げた。滝口が頷いた。

「捜査資料から抜き取ってきた」

滝口の自宅で見せられた、あの『立川三億円強奪事件捜査資料』の一部だった。

「名前を見ろ」

促され、再び視線を落とした。四人の氏名が記してあった。

田村康文（35）東洋銀行立川支店資金係長
林　幹久（25）　資金係
山中義男（30）　総務部車両係
（運転手）
辰巳史郎（33）アサヒ警備保障本社
（私服ガードマン）

視線を止めた。辰巳――辰巳史郎――

目を剝《む》いた。視界が眩《くら》んだ。腰が砕けるような衝撃に、片桐は両足を踏ん張って耐えた。

「辰巳って宮本の父親じゃあ……」

声が上ずってしまう。滝口は静かに語った。

「首を吊って自殺した父親だ」

そしてアスファルトに転がったビニール傘を取り上げると、肩を上下させて大きく息を吐いた。乾いた唇を舐《な》め、言葉を継いだ。穏やかな表情だった。肩を震わせ、嗚咽まで漏らした、あの激情がきれいに消えていた。

「おれは、報告書に辰巳史郎の名前をみつけたとき、ああ、どこかで見た記憶があったなと、ぼんやりと思ったんだ。次いで、ガツンと脳みそをぶっ叩《たた》かれたようなショックを受けたよ」

ビジネスホテルの喫茶ルームで、ペーパーを持つ指が震えていた、あの滝口の姿が浮かんだ。

「部屋に戻り、捜査資料をひっくり返すと――」

顎《あご》をしゃくり、片桐の持つザラ半紙を示した。

「名前はそこにあった。おれは頭が真っ白になったよ。まさか宮本が辰巳の息子なんてな」

滝口は背広の懐から折れ曲がったハイライトを抜き出し、唇に挟むと、目を細めて火をつけた。

「タキさん、あんた、辰巳の親父に会ったことあるんですか」

滝口は片桐の手からザラ半紙を取り上げ、コートのポケットに押し込むと、首を振った。

「いいや。だが、当時、現金強奪のあまりの手際の良さから、捜査本部では内部犯行説が浮上したのも事実だ。当日の現金輸送担当者を中心に、銀行関係者は徹底して背後を洗われた。しかし、銀行は組織で全力を挙げて仲間を守った。マスコミ、世間の好奇の目が及ばぬよう、大胆な配置転換も行った。当然だ。被害者なんだからな」

「じゃあ――」

片桐は呻《うめ》くように言った。

「辰巳は——民間の私服ガードマンは——」

「サンドバッグだな。ちっぽけな民間の警備会社に何ほどのことができるわけもない。しかも雇い主の銀行に対して、犯行を防げなかったという負い目もある」

「バカな。いくらガードマンとはいえ、たったひとりでどうやって防げって言うんですか。あの状況でニセ白バイと見破れるヤツなんていませんよ」

語気も鋭くまくしたてた。滝口が宥《なだ》めるように、小さく頷いた。

「その通りだ。しかも、辰巳は事件の二ヵ月前に東洋銀行立川支店の担当になったばかりだ。現金輸送車襲撃の手引きをするほど銀行の内部情報に精通しているわけでもない。だが、いつまで経っても犯人は挙がらない。そうなると、マスコミも警察も、弱い者を叩く。現金輸送車の中の〝よそ者〟〝異物〟だった辰巳に注目する。辰巳が担当になって間を置かず、事件が起こった、やっぱりこいつじゃないか、と疑う」

目をすがめ、タバコを吸った。

「辰巳はどうなったんです」

「おれは、捜査本部とは別に動いていたから、直接は知らない。だが、事件後、暫《しばら》くして警備会社を退職したって話だ。居辛《いづら》くなったんだろうな」

「その後は」

「知らん」

吸差しのタバコを投げ捨てた。

「しかし、どこへいっても噂はついて回ったんだろう。あいつがやっぱり三億円の真犯人じゃないか、とな。あの照美って女も言ってたろう、職を転々として相当苦労したみたいだ、と」

淡々とした口調だった。

「おい」

左腕を伸ばし、滝口のコートを摑《つか》んで捩《ね》じ上げた。滝口のハンチングが水たまりに落ちた。

「そういう他人事《ひとごと》みたいな口がきけんのかよ。あんたらが緒方純のこと、真山恭子のことをオープンにし、残りのメンバーを挙げておけば、辰巳は——宮本の親父は死ななくてもよかったんだろうが！」

言いながら、六歳の辰巳翔大を思った。父親の首吊《つ》り死体を発見し、凄絶《せいぜつ》な死に顔を脳裏に焼き付けた幼い息子。視界がぐにゃりと揺らいだ。滝口の真っ赤に膨れたナマズ面が、雨に溶けるようにして流れた。

「片桐、おまえの言うとおりだ。おれは間違っていた。分かっていたのに、何もできないまま、年齢《とし》を重ねてきた。おれはダメな男なんだ」

掠《かす》れた声が鼓膜に響いた。片桐はゆっくりと手を放した。滝口は、背を丸めて咳《せ》き込んだ。右手にビニール傘を持ったまま、立ち尽くした。冷たい雨が、すべての運命を呑《の》み込むように、白く煙っていた。

背を向け、歩いて行く滝口が視界で消えた。片桐は小さくかぶりを振ると、霞《かす》んだ目をコートの袖で拭《ぬぐ》い、水たまりのハンチングを拾い上げて後を追った。

吉岡は、サウナのソファに座り込んだまま、テレビの昼のニュースを凝視した。続報はあるのか？　息を詰めて待った。あった。女のニュースキャスターが、眉根《まゆね》を微《かす》かに寄せて語っている。――今日未明、飲食店経営の真山恭子さんが何者かに拳銃《けんじゅう》で射殺された事件で、捜査本部は直前まで真山さんと行動を共にしていたとみられる男性会社経営者の行方を追っています。この男性は――

血の気が引いた。心臓の鼓動が重く響いた。さりげなく俯《うつむ》き、左手を顎に当て、ゆっくりと顔半分を覆った。自分だ、この自分が追われている。落ち着け、落ち着け、と言い聞かせた。どうすればいい？　そっと周囲を窺《うかが》った。陰鬱《いんうつ》な雨のせいか、客の姿はまばらだ。しかし、いつまでもここにはいられない。自宅に連絡するか？ダメだ。もう警察の手が回っているだろう。喜美子はどう応対しているのだろうか。気丈な女だから取り乱すことは無いと思うが、何も知らない妻が哀れだ。巧はどうだろう。今日は雨だから接待ゴルフもないはずだ。怜悧《れいり》な息子の顔が浮かんだ。吉岡は目を閉じ、力なく首を振った。冷静沈着な巧のことだ。ひとまず会って事情を聞かせてくれ、と言うだろう。だが、なにをどう説明する？　昔、おまえが生まれるずっと以前に、おれは銀行の三億円を奪ったことがある、世間を震撼《しんかん》させた大事件を引き起こしながら、それをひた隠しにして生きてきた、とでも言うのか？　出口が見えない。吉岡は呻きながら立ち上がった。腰が鉄板を巻き付けたように重い。ひとまず、ここを出よう。外の冷たい空気を吸えば、フリーズしてしまった脳も動き出すはずだ。

更衣室で着替え、精算を済ませて外へ出た。激しい雨のなか、黒のレザーコートの襟を立てて歩いた。

ＪＲ浜松町駅の構内に入った。蟻の群れのような雑踏が湿っぽい冷気のなかで蠢《うごめ》き、靴音が甲高く響いていた。キャスター付きのスーツケースを転がす旅行客の姿がやけに目につく。そうだ、いまは土曜日の午後だ。不意に、このまま羽田からどこか遠くへ飛んで行ってしまおうか、と思った。が、逃げてどうなる。その先に何かあるのか？　売店でマスクと折り畳み傘を買い求めた。コンクリートの柱にもたれ、マスクをつけた。油断なく、視線を這《は》わせる。腰が痛い。膝《ひざ》もわなないている。このままへたりこみたかった。

ぼんやりと雑踏を眺めた。どこへ行くのか、皆、一様に急ぎ足だった。誰も、この自分が、都内の一等地に十店舗を構える高級レストランチェーン『サンクチュアリ』のオーナーだとは思いもしないだろう。駅の片隅で行き場所を失い、惨めに立ち尽くす男。唇を歪《ゆが》め、声を出さずに笑った。背を丸め、下を向いた。おかしくて涙が出た。薄汚れた床にポタポタと垂れる涙を見て、もう終わりなのか、と思った。純、恭子、金子、勝、稔、みんな逝《い》ってしまった。残ったのは自分ひとりだ。

殺人者は誰だ、警察か？　それとも、まったく違う何者か？　いっそ警察に駆け込んでやるか、恭子を殺したのは自分じゃない、と。ダメだ。頭を振った。自暴自棄になることはない。まだ、途《みち》はある。出口はある。自分はいつも逃げずにピンチを凌《しの》いできた。あの事件もそうだし、ビジネスを進める上で立ち塞《ふさ》がってきた幾つもの障害も同様だ。諦《あきら》めたら終わりだ。目を固く閉じた。誰かいないか、誰か——恭子、殺人者、警察——

そうだ、刑事だ。伊豆の別荘に乗り込んできた、滝口とかいう老刑事だ。自宅謹慎の身でありながら、勝手に動き回っている捜査一課の刑事。恭子の不意打ちを食らって昏倒《こんとう》する前、あの男は三十四年前、三億円事件の捜査本部にいた、と言っていた。しかも、稔と金子を殺《や》った手口は警察組織のやり方じゃない、とも。

突破口は滝口だ。吉岡はレザーコートの懐を探った。名刺二枚を抜き出した。若い方が片桐慎次郎。年嵩《としかさ》が滝口政利——あった。滝口の名刺に、万年筆で携帯電話の番号が記してあった。顔に似合わない、端正な文字だ、と嗤《わら》った。

ヨシは道端に蹲《うずくま》っていた。新宿中央公園から新宿駅へと続く、地下車道沿いの歩道だ。ジイさんと別れた地下道だ。段ボールを敷いて膝を抱え〝歌舞伎町オリジナル〟をウイスキーの小瓶から啜《すす》る。こんな雨の日、ひとりでハウスの中にいるのは、とてもじゃないが耐えられそうにない。タマもジイさんもいなくなって、自分は無気力になった。心が弱くなった。

目の前を行き交う人の群れをぼんやりと眺めながら、小瓶を傾けた。クルマのエンジン音と、無数のカニが這うような足音がコンクリートに反響している。排気ガスに塗《まみ》れた湿気が淀《よど》み、呼吸する度に喉《のど》が、胸が痛い。絶え間無く注ぎ込む酒のおかげで身体はポカポカしている。だが、いずれ肝臓をやられ、起き上がれなくなるだろう。今年の桜の花は、もう無理かもしれない。そんな予感がある。これが鬱《うつ》というものだろうか。

頭がぼんやりしている。エネルギーが失《う》せている。メシを食うか。だが、腹が減っていない。いつから食っていないのだろう。ボランティアの炊《た》き出しは、列に並ぶのが面倒臭いし、なにより他人の自己満足を満たすようでイヤだ。賞味期限の切れたハンバーガーやコンビニ弁当を漁《あさ》りに行くのも億劫《おっくう》だ。頬を撫《な》で、顎鬚《あごひげ》をしごいた。肉がそげている。硬い骨の感触がある。

とろんとした視界の先で、無数の足が動いている。こうやって膝を抱えて蹲る自分など関係なしに、それぞれどこかへ向かっている。黙々と足を運ぶ人の群れを眺めながら思った。そんなに一生懸命歩いて行かなくてはならない場所が、この世にあるんだろうか。小瓶を一口やる。焼酎《しょうちゅう》やブランデーをブレンドした、濃いアルコールが喉を下る。フーッと酒臭い息を吐いた。と、コツッと固い音がした。目の前で動きを止めた靴がある。ふたりだった。泥のこびりついた革靴のつま先がこっちを向いている。

「ここにいたか」

重い声が降ってきた。首を曲げ、虚《うつ》ろな視線を向けた。コートを着込んだ背の高いのと、ずんぐりしたの。見覚えがあった。ジイさんが出ていった二日後、ハウスを訪ねてきた警察の野郎だ。ヨシは半身を起こし、険しい視線を向けた。年嵩の、ずんぐりした方が腰を屈《かが》めてきた。

「ハウスにいねえから、随分探したぜ」

目深に被《かぶ》ったハンチングの庇《ひさし》を指先で押し上げた。無精髭の浮いた、深海魚を思わせる武骨な顔がぐっと寄せられた。ヨシは目を据えたまま、胡座《あぐら》をかいた。

「おれは、匂いで分かる。宿無しが吹き寄せられる場所なんて一発だ」

男は右腕を伸ばし、手を肩に置いてきた。ずっしりとした分厚い手だった。

「水谷、ジイさんはどこにいるんだ」

重い、ひび割れた声が鼓膜に響いた。ジイさん――そうだ、先日、ハウスに来たときも、こいつは言っていた。ジイさんの行き先を教えてくれ、ジイさんはオガタという名前で、警察のOBだと。警察がなぜ、ジジイの、とっくに辞めたはずのOBを追うのか分からなかった。怖かった。あのジイさんが元警察官など、思いもしなかった。

「おれは、警察は嫌いだ」

震える声を絞り出した。男は太い首を振った。

「違う、おれは病院でおまえからジイさんのことを聞き出そうとした警察の人間とは違う」

なにを言ってる？　おまえも警察官だろう。だが、男の言葉は意外なものだった。

「おれは、ジイさんを助けたい。だから、警察に追われている。刑事なのに、おれは警察に追われているんだよ」

助けたい――胸の奥がカッと熱くなった。

「あんたの言っていること、訳が分からないよ」

上ずった声で訴えた。男の目が底光りした。

「おれ以外、ジイさんを助けられる人間はいない。水谷、信じろ！」

肩を摑《つか》んだ手にぐっと力を入れてきた。ヨシは張りついた喉《のど》を引き剝《は》がした。

「ジイさんは何をした。やっぱり人を殺したのか？」

男の顔が硬直し、すっと血の気が失せた。土気色の肌と毛細血管の浮いた眼球。冥《くら》い執念の凝縮した顔だった。ヨシは息を詰めた。男の厚い唇が震えた。

「誤解するな。警察は、ヤツの罪を追いかけているんじゃない。自分たちの罪を隠蔽《いんぺい》しようとしているんだ」

声に、苦渋の色があった。ヨシは目を伏せた。頭を振り、呻《うめ》いた。

「ジイさん、もう七十四だろう。あんなトシになってどうして――」

「水谷、時間がない、教えてくれ」

切羽詰まった響きがあった。ヨシは顔を上げた。

「あんた、ジイさんの後輩か？　昔の恩があるとか、そういうことなのか？」

「いや、おれはまだ、会ったことも話したことも無い」

「それでも助けるというんだな」

「そうだ」

静かに言った。ヨシは男の腕を払うと小瓶を傍らに置き、俯《うつむ》いた。無機質な靴の音と苛《いら》ついたクルマのエンジンだけが聞こえる。ボロの軍手をはめた手を組み合わせ、呟《つぶや》いた。

「頼む、ジイさんを助けてくれ」

「約束する」

揺るぎのない声だった。

新宿駅西口の雑踏の中で、滝口の携帯電話が鳴った。人の流れから外れ、壁の方へ歩み寄りながら、懐から取り出した。右の耳に当てる。隣に立つ片桐が険しい視線を向けてきた。限られた者しか知らないプリペイド携帯だから、気にしているのだろう。もしかすると宮本では、と考えているのかもしれない。しかし、聞こえてきた声は、弱々しい、自分とさほど年齢の違わない男のものだった。滝口は頬を緩め、目尻《めじり》に皺《しわ》を刻んだ。

「おう、吉岡」

瞬間、片桐が目を剝《む》き、両腕を伸ばしてきた。背を向け、左の耳を手で押さえ、すべての雑音を封じ込めた。

《おれじゃないんだ、おれが恭子を殺したんじゃない！》

悲痛な声が鼓膜を叩いた。

「なんだ、疑われてんのか」

素っ気なく答えた。

《テレビニュースでもやってたじゃないか！　直前まで一緒にいた会社社長の行方を追っている、と》

「悪いな。ちょいとたてこんでいたもんで、そんな面白いことになってるとは知らなかった」

携帯の向こうで息を吞む音がした。かまわず続けた。

「それで、どうして貰《もら》いたい」

《滝口さん、助けてほしい。おれはもう、誰も——》

「ほう、泣きが入ったか」

滝口はほくそ笑み、横目で片桐の様子を窺《うかが》った。心配するな、と目配せしてやったが、片桐は拳《こぶし》を握り、食い殺しそうな視線を据えていた。

《なんでもいいから助けてくれ。おれはひとりだ。たったひとりなんだ》

すすり泣きの交じった声だった。滝口は、遠くを見るように、目を細めた。

「わかった、助けてやる。ジイさんに会わせてやるから、おまえも来い」

一転、強い口調で言った。

《ジイさんて誰だ》

「緒方のジイさんだ。あの純の父親に会って、おれが三十四年前の事件を終わらせてやる」

絶句する気配があった。滝口は静かな口調で、落ち合う場所と時間を告げ、携帯を切った。

「タキさん、どういうことだよ」

片桐が低く言った。怒気を漲《みなぎ》らせた蒼白《そうはく》の顔が迫る。

「あんた、もう忘れたのか」

「なんだ」

「最初に用意したプリペイド携帯の番号は三浦も承知している、だから傍受される可能性がある、と言ったろう。それで、おれに未使用の携帯を渡したじゃないか。カイシャの連中、すっ飛んでくるぞ」

「いいんだよ、それで」

片桐の喉仏がごくりと動いた。どういうことだよ、と掠《かす》れる声が囁《ささや》いた。滝口の顔に不敵な笑みが浮いた。

「やつら、緒方の居所がはっきりするまで手を出せるわけがない。おれら三人を泳がせるしかないだろう」

「じゃあ、あんた——」

「全部まとめて面倒みてやる。このおれが、カタをつけてやる」

「死ぬぞ」

滝口はうっすらと笑うと、そのまま何も言わず、背を向けた。ビニール傘を片手にぶら提げ、改札へ向かって歩いていく。ハンチングを被り、よれたコートを着込んだ短軀《たんく》が、膨れ上がる雑踏に呑み込まれ、いまにも消えてしまいそうだった。片桐は頰を強《こわ》ばらせ、憤怒の唸《うな》りを漏らし、それでも後を追った。立ち塞《ふさ》がる人の波をかき分け、大股《おおまた》で前へと歩いた。


雨の中、顔を隠すかのように傘をさしかけ、肩をすぼめて行き交う人々を、吉岡は眺めていた。足元から湿った冷気が立ちのぼる。

ＪＲ上野駅の最も小さな乗降口である入谷《いりや》口から見る街並みは、暗い灰色に染まっていた。歩道と車道を隔ててくすんだ古いビルが立ち並び、その向こうには、昭和通りの上を走る首都高速の高架が覗《のぞ》いている。

眼の前の車道は北千住《きたせんじゅ》方面に向かって延びる一方通行で、両側に違法駐車のトラックが延々と続き、その間をずらりと連なったクルマが、右から左へ亀の歩みで徐行して行く。見ているだけで息の詰まりそうな、酷《ひど》い渋滞だった。

吉岡は、浜松町駅から乗り込んだ山手線の電車を降りると、入谷口を示す矢印に従って駅構内の直線路を北の方向へ延々と歩き、人影もまばらな改札を通り抜けてコンクリートの階段を降りた。滝口が指示した場所だ。

閑散としていた。人波でごった返す上野駅正面玄関の広小路《ひろこうじ》口や不忍《しのばず》口とは対照的な、寂れた、目立たない乗降口だった。

階段下の踊り場にはコインロッカーがあった。天井から吊《つ》り下げられた監視カメラを避けて、踊り場の隅に立った吉岡は、顔半分を覆う白いマスクを指先で摘《つ》まんで目の縁まで引き上げた。三億円事件の捜査本部にいたという老刑事はいったい何を考えているのだろう。

純の父親が、いまも生きているという。ひとり息子の純の葬儀の場で、ひたすら謝り続けていたという警察官の父親と会って、自分は何を話せばいいのか。滝口は、三十四年前の事件を終わらせてやる、と言っていた。揺るぎない決意の漲《みなぎ》る言葉だった。あの男は、警察組織から離れて、いったい何をどうしようとしているのか——分からない。吉岡は力なくかぶりを振った。革のコートのポケットに右手を入れ、左手に傘をぶら提げ、背中を丸めて立ち尽くした。

降りしきる雨の音と、固い靴音だけが聞こえる。視界を横切る人々は、みな一様に無口で表情が無かった。淀《よど》んだ冷気が重い。じぶんはひとりだ。孤独ではなく、ひとりだ。純、と声に出さずに呼んでみた。おまえは三億のカネをどうするつもりだった？　恭子とパリへ行くなんてウソだろう。三億のカネなんて、どうでもよかったんだろう。

吉岡はマスクの下で頬を歪《ゆが》め、こみ上げる苦いものを嚙《か》み締めた。自分がやったことは間違っていたのだろうか。金子の言葉が蘇《よみがえ》る。――おまえがあんな無茶をやるから、二人とも未練たらたらで生きて、結局こんな惨めなことになっちまった――

自分が動かなければ、勝と稔の人生も変わったというのか。バカな。あれ以外、道は無かった。すべてをなかったことにしてしまえば、新しい道が開ける、と信じていた。

そうだ、あれは純の死からひと月後だった。昭和四十四年一月中旬。曇り空の、底冷えのする日、自分は全員を呼び出したのだ。

午後三時、武蔵学院大学近くの安食堂で落ち合い、カネの始末をする、と告げた。

「山分けするんだな」

稔が喜色満面で迫った。むっつりと腕を組んでいた勝も身を乗り出した。

「吉岡、やっと決めたか。そうだ。あれだけのカネをいつまでも寝かしておくことはない」

恭子はタバコをくわえ、火をつけた。眉間《みけん》を寄せ、フッと煙を吐くと、尖《とが》った視線を向けた。

「どうやってやるのよ」

吊《つ》り上げた唇のせいだろうか。どこか小馬鹿にしたような表情だった。吉岡はテーブルに片肘《ひじ》をつき、ぐっと背を丸めた。下から全員を睥睨《へいげい》し、静かに言った。

「今夜だ。今夜、運び出す」

ゴクリと唾《つば》を呑《の》み込む音がした。金子だった。

「どこへ」

喘《あえ》ぐように訊《き》いた。

「おれに任せろ」

金子は頷《うなず》き、囁《ささや》いた。

「おまえがヘッドだ。おれたちは、おまえの判断に従う」

恭子が目を細めた。

「ねえ、健一」

指先に挟んだタバコを吸い、意味ありげな微笑を浮かべた。

「警察の捜査はどうなってるのかしら」

瞬間、空気が尖った。全員が恭子を凝視した。ダルマストーブの上で湯気を噴き上げる薬缶の蓋《ふた》の音がやけに大きく聞こえた。午後遅い食堂内には、客がちらほらと見えるだけだ。白い割烹着《かっぽうぎ》姿の女性従業員たちはひとつのテーブルに固まり、お茶を啜《すす》りながら、井戸端会議に興じている。

「何が言いたい」

吉岡は掠《かす》れ声で訊いた。恭子はタバコを灰皿でもみ消し黒目がちの瞳《ひとみ》を向けてきた。

「ほら、小平の公団団地の駐車場に捨てたカローラよ。本気で警察がローラーやってるなら、もう見つかってもいいでしょう。遅すぎるくらいだわ」

そうだ、現金強奪のその日に捨てた濃紺のカローラの情報がまったく無い。カラのジュラルミンケースも一緒に放置してあるのだから、発見されればテレビ新聞等で大騒ぎになるはずだ。

「おれもそう思う」

稔だった。狡猾《こうかつ》な目がキラキラ光っている。勢い込んで続けた。

「あれを捨てたのはおれと純だ。シートを被《かぶ》せただけで現場を後にしたんだ。あんなの、捜査を真剣にやればあっという間に発見できちまうぜ」

確信に満ちた言い方だった。

「おれの言った通りだろう」

金子がぐっと身を乗り出した。

「警察は純のメッセージを受け取った。自ら命を断った純に免じて、捜査の手を緩めたんだ」

低く言うと、鋭い視線を飛ばしてきた。

「吉岡、おれたちも早く決着をつけちまおうぜ」

稔と勝の顔も、オイルを塗りつけたようにギラリと輝いた。吉岡は睨《にら》みをくれた。

「大学の中じゃヤバい。今晩、運び出す」

強い口調で言うと、さりげなく恭子を見た。つまらなそうに硝子《ガラス》窓の外を眺めていた。純の死。恭子の父親——陰鬱《いんうつ》な曇り空と、電線をゆらす木枯らし。冬の冷たい夕闇が、そこまで迫っていた。

その夜、吉岡は初めて、現ナマを目にした。正確な金額は新聞記事で承知していた。大手電機メーカー「曙電機」上砂工場全従業員四千五百人分の冬のボーナス二億九千四百三十万七千五百円。隠し場所はペンキと黴《かび》の臭いが充満した、裸電球が一個灯《とも》るだけの薄暗い部屋だ。埃《ほこり》を被った舞台道具がぎっしりと詰まった、コンクリート張りの部屋のその奥。ベニヤ板を蓋代わりに被せ、その上から木製の長椅子を逆にして載せた木箱の中に、パンパンに膨らんだ麻袋二個が置いてあった。

「ほら、これだ」

稔が袋の口を開いてみせた。一万円の札束が見えた。稔は涎《よだれ》を垂らしそうな顔で帯封のついた札束を両手に一個ずつ摑《つか》み上げ、眼前に突き付けてきた。

「触ってみな。手がヒリヒリするほど熱いから」

指が震えていた。唇がだらしなく緩み、愉悦に満ちた目が鈍く光っている。シンナー狂いのラリッたガキを思わせる顔だ。吉岡は札束を邪険に払い、低く抑えた声で言った。

「舞い上がってる暇《はし》はないぞ、早くしろ！」

稔の顔に緊張が疾った。札束を袋に戻すと肩にかつぎ上げた。吉岡も残りの一個を持ち上げた。ずっしりと重かった。部屋の出入り口で見張っていた勝が手を振った。小走りに駆け、薄暗い廊下を進んだ。鮮やかな原色を大胆に使ったサイケデリックなイラストが、そこかしこに描かれている。どこかで、酔っ払いがインターナショナルをがなる声がする。ギターをかき鳴らして歌う、へたくそなフォークソングの合唱と手拍子も微《かす》かに聞こえる。外に出て、キャンパスの裏手に停めておいたスカイラインに駆け寄る。助手席に恭子がいた。毛糸の帽子を被り、足首まで覆うロングコートを着込んでいる。トランクを金子が開けた。吉岡は麻袋を素早く放り込むと、運転席に乗り込み、後部座席に男三人が収まったのを確認してヘッドライトを点灯し、発進させた。

裏門を通り抜け、車道を走る。ハンドルを握る手が強《こわ》ばっていた。

「どこへ行くの」

恭子が訊いてきた。

「おれに任せろと言ってるだろうが！」

ダッシュボードを拳《こぶし》で叩《たた》き、怒鳴った。恭子が鼻で笑い、タバコに火をつけた。固い沈黙が車内に満ちた。バックミラーに目をやった。三人とも、鉛の棒を呑んだような沈痛な顔で黙りこくっている。三億を積み込んだこのスカイラインの行き先は、自分しか知らない。新しいヘッドである自分の、最初にして最後の仕事だ。全員が、得体の知れない不穏なものを察知している。頰を熱い汗が伝った。

スカイラインは、三ツ木八王子線を二キロほど北上し、東西に走る青梅街道を左折した。対向車線のヘッドライトの帯が目に痛い。午後九時。アクセルを踏み込み、速度を上げた。エンジンの轟音《ごうおん》が車内に響く。

横田基地のある瑞穂町《みずほまち》を過ぎ、青梅市の市街を抜けると、交通量は途端に減少した。四車線が狭い二車線に変わり、道の両側から黒々とした奥多摩の山が迫る。蛇行した道は傾斜が大きくなり、エンジンが悲鳴を上げた。しかし、吉岡は構わずアクセルを踏み続けた。巧みなシフトダウンとハンドル捌《さば》きで、タイヤは確実にアスファルトをとらえていく。ヘッドライトが闇を切り取って山間《やまあい》のくねった坂道を上った。左側の崖《がけ》下で多摩川が渦を巻いて流れ、右側に平行して国鉄青梅線の線路が走っていた。一度だけ、電車とすれ違った。ガランとした車輛《しゃりょう》の窓から溢《あふ》れる白々とした蛍光灯の光が眩《まぶ》しかった。

終点の奥多摩駅の手前で多摩川にかかる橋を渡った。アスファルトが途切れ、砂利を撒《ま》いただけの林道に変わる。車内が震動し始めた。タイヤが砂利を踏む耳障りな音がする。吉岡はヘッドライトの光を頼りに、クルマ一台がやっと進める狭い林道を進んだ。そのハンドル捌きに迷いはなかった。

「吉岡」

背後から金子が呼びかけた。

「おまえ、この道、初めてじゃないだろう」

吉岡は、肯定も否定もせず、唇を引き結んだまま、フロントガラスの向こうを凝視し続けた。時折、野犬かタヌキか、山に潜む獣の目がヘッドライトを反射して青く光った。蛇行の度合いが激しくなり、漆黒の闇がいつ果てるともなく続いた。

三十分ほど走り、吉岡は林道のどん詰まりにある広場でスカイラインを停めた。クルマが三、四台入る程度の、ちっぽけなスペースだった。営林作業車用の駐車場と思われた。ヘッドライトを消し、エンジンを切る。しんとした深い静寂が降りた。吉岡はダッシュボードのボックスから懐中電灯を取り出してつけた。

「行くぞ」

振り返り、後部座席の三人を照らした。一様に顔を歪《ゆが》めた。

「吉岡、こんな山奥に連れ込むなんて、念を入れ過ぎじゃないのか」

稔が目を瞬《しばたた》きながら、軽い調子で言った。

「邪魔がなくていい」

それだけ言い置くと、吉岡は外へ出た。肌を刺す山の冷気に首をすくめ、ブルッと身震いした。トランクの麻袋は、稔と勝が先を争うようにして取り出し、胸に抱えた。吉岡は薄く笑った。「こっちだ」と懐中電灯を振り、先に立って歩いた。砂利を踏む音が響いた。足元を照らす、一本の光の帯は、圧倒的な闇の中でいかにも頼りなげだった。それでも広場から藪《やぶ》に分け入り、何の迷いもなく足を進めた。

背後から、枯枝を踏む乾いた音と共に、濃い戸惑いと疑念が漂ってくる。吉岡は黙々と歩いた。どこかでコノハズクが鳴いている。それは地獄の底から響く、幽鬼の呻《うめ》きだった。声がした。

「なあ、つまり、こういうことか。おまえはこの山奥に改めてカネを隠そうと考えている
──」

稔だった。縋《すが》るような響きがある。

「そして、完全にほとぼりが冷めた頃、また取り出しに来ようとしているんだろう」

吉岡は何も言わず、藪をかき分けた。広場から二百メートルほど離れた草地で足を止め

た。懐中電灯で照らした先に、穴があった。周囲に土を盛り上げ、スコップが一本、突き刺してある。直径二メートル、深さ一メートルほどの穴だ。懐中電灯を消し、尻《しり》ポケットにねじ入れた。重い暗闇が広がった。

「おい、やっぱり稔が言ったとおりじゃないか。この穴はおまえがあらかじめ掘っておいたんだな。そして、ここに埋めようとしているんだろう」

勝が願望を滲《にじ》ませて言った。

「埋めといて、山分けはまだ先にしようっていう腹だろうが、おれは納得できないぞ。なあ、稔」

同意を求めた。

「そうだ。ここで分けちまおうぜ」

稔が即座に反応した。ふたりの顔は闇に溶けて見えなかった。しかし、勝手な真似は許さない、と言わんばかりの怒りの形相が透けて見える。恭子と金子の影が、吉岡の真意を推し量るように、じっと佇立《ちょりつ》していた。

「おれがヘッドだ」

それだけ言うと、ふたりの麻袋を強引に奪い取り、中身を穴にぶちまけた。札束がドサドサと落ちた。稔と勝が怒声を上げ、摑《つか》みかかろうと身構えた。吉岡はジャンパーの懐に右手を差し入れ、「動くな!」と短く叫んだ。ふたりが止まった。抜き出した右腕を天高く伸ばした。自動拳銃《けんじゅう》のシルエットが朧《おぼろ》に見えた。息を詰める音がした。吉岡は躊躇《ちゅうちょ》なくトリガーを引いた。鮮やかなマズルフラッシュが黒い闇を裂き、乾いた銃声が炸裂《さくれつ》した。

山襞《やまひだ》に反響した重い木霊《こだま》が幾重にも重なり、凍った夜の底へ吸い込まれるようにして消えた。

「なんだよ」

恐怖を露《あらわ》にしたか細い声が聞こえた。稔だ。

「コルトガバメントだ。福生の不良米兵から横流ししてもらった。まだ弾はたっぷりあるぞ」

吉岡は腕を水平に伸ばし、稔に据えた。

「おれがヘッドだ。分かってるよな」

生唾《なまつば》を呑み込む音がした。吉岡は銃口を据えたまま、穴の縁に置いてあったポリタンクを蹴飛《けと》ばした。液体が流れる音がした。強烈な揮発性の臭いが漂う。

「これは……」

稔が絶句した、肩が震えている。勝が憤怒《ふんぬ》の唸《うな》り声を上げた。猛《たけ》り狂った野獣が呻いているようだ。

「ガソリンだろう」

金子が上ずった声を出した。吉岡は左手に握ったジッポのライターをひねった。ボッとオレンジの炎が上がる。

「健一、やるじゃない」

恭子が瞳《ひとみ》を向けた。炎に揺れる美しい顔が微笑んだ。

「やめろ！」

稔が叫んだ。悲痛な声だった。吉岡は乾いた唇を舌先で舐《な》めた。

「終わるんだよ。全部、おれが終わらせてやる」

低く言った。左手に炎を吹き上げるライター、右手にコルトガバメントを握った吉岡は仁王立ちになった。

「おまえらが握ったカネをばら撒《ま》けば、すぐにアシがつく。そうなったら警察も黙っちゃいない。もうやめだ、カネを奪っただけで十分だ」

「吉岡、ちょっと待ってくれ、落ち着いてくれ！」

勝が叫んだ。

「おまえだって新聞読んでるだろう。銀行側に控えられていた紙幣のナンバーは、五百円札の新券二千枚だけだ。たった百万ぽっちだぜ。それだけ捨てちまえばいいじゃないか。全部焼くことはない」

「警察の発表なんか信じられるか」

吐き捨てた。

「そうだ、吉岡の言うとおりだ」

金子のはしゃいだ声が響いた。

「おれたちがカネを使えば警察は許さない。首謀者の純が自殺したんだ。このままカネを処分して、なかったことにしてしまえば、それですべて終わる。別に人を殺したわけじゃないからな。純だってそれを望んでいたはずだ。純の遺志を無駄にはできない」

どこかタガが外れた声だった。

「すべてを捨てて、ここからやり直せばいい。簡単なことだ」

これが結論、とばかりに言い放った。勝と稔がジリッと足を踏み出した。肌が赤く染まっているのか、それとも血の気が失せ蒼白《そうはく》になっているのか、いずれにせよ、濃い陰影を刻んだその顔は、追い詰められ、我を失う寸前だった。吉岡はライターの炎を目の高さに掲げ、銃口を据えた。

「おまえらも始末してやろうか？」

掠《かす》れた声で言った。ガバメントを握る手に力を込める。

「四五口径だ。一発で頭が吹っ飛ぶ。潰《つぶ》したトマトみたいにグシャグシャになって、人相も分からなくなる。その醜い死体を、おまえらの大好きな札束と一緒に焼いてやろうか？」

「吉岡、ダメなのか！」

稔の悲痛な声が飛んだ。

「もう決めたんだ」

静かに言った。ふたりが、身を捩《よじ》るようにして、力なく頭を垂れた。吉岡は眉《まゆ》をひそめた。微《かす》かな声がした。気のせいか、と思ったが、違った。すすり泣きだ。稔と勝。筋金入りのワルふたりが泣いていた。

吉岡は下から腕を振り出すようにしてライターを投げた。オレンジの炎が尾を引いて弧を描き、ガソリンを吸った札束が積み重なる穴へと吸い込まれた。固い静寂が張り詰め、次の瞬間、ドンッと爆発音がして炎が上がった。みるみる吉岡の背丈を越え、高く太く、夜空に舞い上がった。腹の底に響く轟音《ごうおん》が巻き起こり、顔が火照った。予想を遥《はる》かに上回る炎の勢いに、一歩、下がった。臍《へそ》の下に力を込めた。

「いいか、これで終わりだ。札束が燃え尽きたら、おれたちの関係はなくなる。全員、勝手に生きろ。

「もう会うことはないのか？」

金子が言った。炎に炙《あぶ》られた顔が、母親を求める赤子のように歪《ゆが》んでいた。

「そうだ」

吉岡は頷《うなず》いた。

「じゃあ、おまえと恭子も？」

声に、信じられない、といった響きがあった。

「当然だろう」

あっさり言った。途端に金子の顔が綻《ほころ》んだ。唇が吊《つ》り上がり、小鼻が膨らんだ。

「そうか、ここでおれたちは生まれ変わるんだな」

甲高い声で叫ぶと、両の拳《こぶし》を握り、天を仰いだ。つられて、吉岡も視線を上げた。炎の先端から無数の火の粉が上がり、焼けた紙幣が白い灰となって漆黒の空へと吸い込まれていく。夜、人里離れた山間の、冥《くら》く凍った闇を焦がし、燃え上がる三億の篝火《かがりび》。荘厳で華やかで息を呑《の》むほど美しく、このうえなくバカげていた。現実感がなかった。

鼓膜を引っ掻《か》くような高笑いが響いた。胸を反らせ、両手を腰に当て、金子が笑っていた。稔がふらりと動いた。膝《ひざ》を折り、ぐんにゃりと草地にしゃがみこんだ。次いで勝も腰を落とし、胡座《あぐら》をかいて座った。精も根も尽き果てたのだろう。ふたりとも、生気の失《う》せた顔で炎を眺めている。頬が涙で濡《ぬ》れていた。

「稔、勝、おまえらもここからやり直せ。もう、祭りは終わったんだ。これだけの仕事を成し遂げたんだから、なんでもやっていけるだろう」

柄にもない、と思いながらも、励ますように声を掛けた。返事はなかった。

「そうだ、おれはやるぜ、どこまでものし上がってやる」

金子が目を剝《む》き、吠《ほ》えた。

「たかが三億、屁《へ》でもねえ」

それは、虐げられた者が全てから解き放たれた、歓喜の雄叫《おたけ》びだった。喉《のど》を裂くような哄笑《こうしょう》が夜空へと駆け上がった。恭子が頬を緩め、薄く笑った。熱っぽい顔がゆらゆらと揺れた。黒とオレンジの陰影が、炎にあわせて妖《あや》しく躍った。

自分と恭子だけは知っている。警察が捜査の手を緩めざるを得ない、本当の理由を——

吉岡はガバメントをベルトに差し込むと、盛り土に突き刺してあったスコップを握り、引き抜いた。右足を大きく踏み込み、炎の元へ向けて一気に差し込んだ。チリッと眉毛《まゆげ》の燃える音がした。かまわず腰を落とし、スコップを力任せにひねった。下の方で燻《くすぶ》っていた札束が燃え上がり、盛大な火の粉が音をたてて舞い上がった。それは、贅《ぜい》を尽くした豪《ごう》奢《しゃ》な緋《ひ》色のカーテンが、突風に嬲《なぶ》られ、はためくようだった。

吉岡は、夜空を彩る鮮やかな朱と黒のコントラストを見上げ、終わった、と思った。金子のバカ笑いが、いつまでも続いていた。

三億が消え、五人が死んだ。残ったのは自分ひとりだ。こんなはずじゃなかった。吉岡は、入谷口の階段踊り場に悄然《しょうぜん》と立ち尽くした。固い靴音と湿った冷気。灰色の雨が降っている。まだ午後二時というのに、車道の街灯が灯《とも》っていた。冬の夕暮れが駆け足で迫っている。自分はなぜ、こんな惨めな姿でここにいるのだろう。と、思ったとき、声がした。

「吉岡」

虚《うつ》ろな視線を向けた。ふたりの男。ずんぐりとした小柄なのと、背の高い目付きの鋭いの。滝口と片桐だった。

「どうした、ぼんやりしやがって」

滝口がハンチングの庇《ひさし》を指先で押し上げた。炯炯《けいけい》とした眼が光る。片桐は周囲に油断なく目を配っていた。が、滝口は自分を見据えたままだった。歪めた分厚い唇に皮肉な色が浮かんだ。

「ダンディが台なしだな」

思わずマスクに手をやった。顔を隠し、こそこそと逃げ回る濡れ鼠。滝口が顎《あご》をしゃくった。

「その覇気の無いどろんとした目とボサボサの髪はなんだ。高級レストランチェーンのオーナーというよりはホームレスだぜ」

そう言うと、意味ありげに頬を緩めた。

「滝口さん、純の親父はどこです」

精一杯声を出しているつもりなのに、情けないほど掠れた、か細い声だった。

「それより吉岡、おれはおまえに訊《き》きたいことがある」

静かに言った。

「三億円はどうした」

ガツンッ、と頭を張られた気がした。途端に覚醒《かくせい》し、ぼんやりとしていた視界がクリアになった。滝口のごつい顔が、言い逃れは許さない、と語っていた。

「燃やした」

マスク越しにくぐもった声が漏れた。滝口が太い首を傾げ、視線をすがめた。隣の片桐が目を剝き、ぐっと顔を寄せた。

「燃やしただと？」

低く迫った。吉岡はマスクを外し、ポケットに突っ込んだ。そして片桐を見た。

「純が死んだ後、ガソリンぶっかけて燃やした。奥多摩の山の奥だ」

片桐の喉仏がごくりと動いた。滝口は視線を伏せ、小さくかぶりをふり、「そうか」と呟《つぶや》いた。嗄《しゃが》れた、弱々しい声だった。空気がぐんと重くなった気がした。

「吉岡、ジイさんに会いに行こうか」

一転、滝口が力強く言った。

「ついて来い」

それだけ言い置くと背を向け、ビニール傘を開いた。何の躊躇《ちゅうちょ》もなく、雨の中へ踏み出して行く。

「ぼさぼさすんなよ」

片桐だった。目のあたりに険がある。上等のキャメルコートと、鋼のような長身。短く刈った髪。そげた頬を強ばらせて凄《すご》む様は、刑事というよりはヤクザの鉄砲玉だった。

吉岡は右手にぶら提げた折り畳み傘を開いた。滝口は車道沿いの歩道を、上野駅の正面玄関へ向かって歩く。傘を叩《たた》く大粒の雨が鼓膜を震わせた。前後を滝口と片桐に挟まれ、ただ歩いた。足元を濡らす雨が冷たかった。

片桐は、吉岡の背を乱暴に押した。

「早く歩けよ」

苛《いら》ついていた。こいつらが、あんなバカなことをしなけりゃ、宮本の父親は自殺することも、こんな陰惨な連続殺人が起こることもなかった。しかも、せっかく奪った三億を使わずに燃やしただと？　自分の拳《こぶし》でぶちのめしてやりたかった。

歩きながら、周囲にさりげなく目を配る。カイシャの連中が張っているはずだ。真っ赤なマグマが腹の底でぬたうち、全身が火照った。

背後を振り返る。土砂降りの雨の向こうに人影が見えた。目をすがめ、唇を嚙《か》んだ。血の味がした。片桐は早足で滝口の背中に迫った。右腕を伸ばし、肩を摑《つか》んだ。

「おい！」

強引に振り向かせた。視界の端、わけが分からず突っ立っている吉岡の姿があった。血を舐《な》め、唇を開いた。

目深に被《かぶ》ったハンチングの下、物憂げな滝口の視線が、すっと細まった。頬の無精髭《ぶしょうひげ》が震えた。

「おれは降りるぜ」

「どうして」

嗄れた声だった。定年間際のポンコツ刑事。疲労と絶望で憤死寸前の身体を、執念と、ほんの少しの希望で支えている不器用極まりない男。許されるなら、両腕で抱き締めて、もういいじゃないか、と言ってやりたかった。だが、それはできない。誰にも、滝口を止める資格はない。

「アホらしくなったんですよ」

横を向き、吐き捨てた。

「三億はとっくに焼かれてこの世にないし、すべてが空回りじゃないですか。付き合いきれませんよ。バカなやつらの尻拭《しりぬぐ》いをするのはもう沢山だ」

吉岡が呆然《ぼうぜん》と見つめていた。

「ここで終わりか」

滝口がぼそりと言った。

「そういうことです」

「杉田だろう」

滝口が、雨の向こうを顎でしゃくった。

「杉田とケンカしたいんだろう」

不意を衝かれ、片桐は息を呑《の》んだが、すぐに不敵な笑みを浮かべて頷《うなず》いた。

「そうだ、あの野郎、こそこそ性懲りもなくつけ回しやがって気に食わねえ。ザコはおれが始末してやるから、あんた、思い切りやり合いな。年寄りが悔いを残すほど惨めなことはない」

それだけ言うと、ビニール傘を投げ捨て、踵《きびす》を返した。凍った雨が痛かった。歩道で大柄な二つの人影が、じっとこっちを見つめている。片桐はコートの懐に右手を突っ込みながら、足を踏み出した。特殊警棒を引き抜き、ひと振りした。シャキン、と金属の擦《こす》れる音がした。グリップを右手で握り締めて走った。腹の底でぬたうつマグマが爆発し、背中を駆け上がった。視界が雨に濡れ、白く滲《にじ》んだ。

水たまりを蹴飛《けと》ばして大股《おおまた》で走った。杉田は傘を捨て、腰を落とした。隣の相棒は角刈り頭を頼りなく左右に振った。顔が引きつり、浮足立っている。片桐は裂帛《れっぱく》の気合と共に突っ込み、雨に濡れた銀色の特殊警棒を振った。角刈りは咄嗟《とっさ》に傘の柄で受け止めた。が、アルミ製の柄は呆気《あっけ》なくへし曲がり、そのままこめかみを直撃した。傘が吹っ飛び、角刈りは顔を苦悶《くもん》に歪《ゆが》め、たたらを踏んだ。間髪を入れず、切っ先を鳩尾《みぞおち》に突き入れる。角刈りは腰を曲げ、口から黄色い胃液を迸《ほとばし》らせながら倒れた。歩道に溜まった泥水が派手な飛沫《しぶき》を上げ、仰向けに転がった角刈りが白目を剝いた。

片桐は身体を素早く反転させ、特殊警棒を杉田の首筋に叩き入れた。が、十分な構えをとっていた杉田は太い腕でブロックし、そのまま地を這《は》うようなタックルを飛ばしてきた。片桐は咄嗟《とっさ》に右腕を振りかぶると、警棒の柄尻を叩き込んだ。肩口を直撃したが、鍛え上げた身体にダメージを与えられるはずもなく、そのまま腰を両腕で抱えられ、無様に倒れ込んだ。車道に転がり、アスファルトで後頭部をしたたか打った。一瞬、意識が朦朧《もうろう》としたが、胸にどっしりとした圧力を感じ、目を見開いた。杉田が馬乗りになっていた。コートに黒のタートルネックのセーター。その襟首から、白い包帯が覗《のぞ》いていた。湿布薬の強烈な匂いが鼻をついた。

「好き勝手やってくれたな」

昨夜、片桐が潰《つぶ》してやった喉のせいで、声が掠《かす》れていた。片桐は奥歯を嚙み、右手の特殊警棒を持ち直そうとした。空《くう》を摑み、憤怒《ふんぬ》の唸《うな》りを漏らした。タックルを食らった衝撃でどこかへ消えていた。

「てめえ、所轄の分際で悪ノリし過ぎなんだよ」

杉田が頰を緩ませた。それは、獲物を弄《もてあそ》ぶ肉食獣の顔だった。片桐は苦笑し、小さくかぶりを振った。

「職務熱心な野郎だ。そんなに点数が欲しいか」

嘲《あざけ》るように言った。杉田が唇を捩《ねじ》った。

「てめえをぶちのめしたいだけだ」

嗄《しゃが》れた声だった。片桐は拳を握り、緩んだ頰に突き入れた。ガツッと鈍い感触があった。しかし、杉田の顔は小揺るぎもせず、目を瞬《しばた》かせただけだった。

「たっぷりお返ししてやるからな」

言葉が終わらないうちに、こめかみが熱く弾《はじ》けた。体重をのせたパンチが炸裂《さくれつ》した。唸りを上げる拳を連続で食らい、たまらずのけ反った。温《ぬる》い鼻血が喉を下り、激しくむせた。あっと思う間もなく、俯《うつぶ》せにされた。両手で髪を摑まれたのが分かった。ぐいっと持ち上げると、そのまま濡れたアスファルトに叩きつけた。額がゴチッと鳴り、目の裏に火花が散った。意識が朦朧とした。右腕が背中に回った。何を？　と思った瞬間、一気にひねってきた。ゴキッと鈍い音が背筋を貫いた。肩関節が外れたのが分かった。これまで経験したことのない激痛に呻《うめ》き、身体を反転させた。仰向けになった。

いつの間にか、立ち上がった杉田が見下ろしていた。

「おまえ、どこから見てもドブネズミだぜ」

余裕たっぷりの顔でせせら笑った。凍った雨粒が顔を叩いた。仁王立ちになっている杉田の股間《こかん》ががら空きだ。考える前に足が動いた。左足を蹴り上げた。革靴の固いつま先が金的を捕らえた。グッと呻いて、杉田の腰が落ちた。片桐は外れた右肩を左手で押さえ、跳ね起きると、こめかみを蹴り飛ばした。杉田は堪らず横を向いた。一気に左足を踏み込み、止《とど》めに金的を潰してやろうと右足を飛ばした瞬間、あっと声が出た。膝《ひざ》を太い両腕で抱え込まれていた。身動きができない。杉田はすぐさま巨体をひねり、左足一本で立つ片桐をアスファルトに叩きつけた。全身を鉄板で殴られたようなショックがあった。無様に転がり、泥水を跳ね上げた。俯せになったまま左肘《ひじ》をつき、緩慢な動きで上半身を持ち上げようとした。その隙を杉田は見逃さなかった。背後からするすると両腕が伸び、無防備な首をがっちりと捕らえた。腕に左手をかけ、引き剝《は》がそうとしたが、びくともしない。

気管が圧迫され、酸素を断たれた脳が悲鳴をあげた。意識が白く染まる。

「すぎた——」

喉《のど》を絞って呟《つぶや》いた。渋滞したクルマの中から、脅えを含んだ視線が幾つも注がれる。腕が少しだけ緩んだ気がした。大きく息を吸い込んだ。喉がヒューと鳴った。

「おまえ、サツカンになって……」

か細い声を絞り出した。

「こうかい……してない……か」

「バカヤロウ！」

掠れた怒声が鼓膜を刺した。腕がぐっと締められ、呼吸が止まった。頸椎《けいつい》が軋《きし》みをあげる。物凄い力だった。己の左手が、何かを求めるように虚空を掴《つか》むのが見えた。薄れていく視界の中に、緒方純の父親、七十四歳の老人が悄然《しょうぜん》と立ち尽くしていた。その皺《しわ》だらけの頑固そうな顔は、まだ見たことがないのに、緒方の父親に間違いない、と思った。叩《たた》き上げの警察官、組織に忠誠を誓い、生《い》け贄《にえ》を差し出した男……混濁し、消えていく意識の中で最後、頬を伝う熱いものを感じた。タキサン、タキサン、と唇が空しく動いた。

上野駅から地下鉄銀座線に乗り込んだ滝口と吉岡は、三つ目の浅草で降りた。松屋デパート前の乗降口から地上へ出る。

陰鬱《いんうつ》な雨は、いつの間にか霙《みぞれ》に変わり、辺りは暗い鉛色に染まっていた。風が出ていた。街路樹が揺れ、電線が鳴った。凍った風が頬に吹きつける。傘が頼りなく揺れた。吉岡は革コートの襟を立て、傘の柄を強く握り締めた。

江戸通りの信号を渡り、交番の横を、肩をすぼめて歩いた。目の前には隅田川に架かる吾妻橋《あづまばし》の赤い欄干と、水上バスの発着所があった。普段は観光客でごった返す発着所も、いまは運行を停止しているらしく、人影が疎《まば》らだった。滝口は、隅田川沿いに細長く延びる隅田公園へと入った。

右手の堤防の向こうでは、泥色の濁流が、まるで怪物のように荒れ狂っていた。川幅は二百メートル近くあるだろう。水位の上昇した川面《はら》が盛り上がり、大きな渦を巻いて流れていく。吉岡は、降り続く雨のせいで凶暴さを孕んだ隅田川に息を呑んだ。しかし、ビニール傘をさした滝口は、前を向いたまま、上流へ向かって黙々と足を進めて行く。一度たりとも振り返ることはなかった。まるで、尾《つ》いて来るのが当然、と言わんばかりの、揺るぎのない足取りだ。吉岡は背を丸めて後を追った。葉の落ちた木々の植わった公園の水銀灯には、すでに明かりが入っていた。途中、ずぶ濡《ぬ》れのボロを着た、ホームレスと思《おぼ》しき老人が引くリヤカーとすれ違った以外、ひとの姿は無かった。

吉岡は足を早め、滝口と肩を並べた。

「滝口さん」

呼びかけた。反応はなかった。

「いまさら純の親父さんに会ってどうするんです」

滝口が足を止めた。ぐるりと首を回し、見上げた。への字に結んだ唇が動いた。

「おまえ、恭子の素性を知ってたんだろう」

重い声だった。

「あの事件を引き起こす前から父親のこと、知ってたよな」

霙に濡れた武骨な顔が、言い逃れは許さない、と語っていた。吉岡は喘《あえ》ぐように答えた。

「おれだけじゃない」

「純も、か」

吉岡は目を据えたまま頷《うなず》いた。滝口は右手で首筋を撫《な》で、薄く笑った。

「あの女、思い切り殴りやがった」

火《ひ》掻《か》き棒の一撃を食らった首筋は青黒い痣《あざ》になっていた。

「おまえのためだろう。あの女、おまえのことを今でも愛していたんじゃないか」

口を半開きにして老刑事を見つめた。

「だからおまえは、緒方に会わなきゃならないんだよ」

それだけ言うと、再び足を踏み出した。吉岡は小さくかぶりを振り、後を追った。

東武伊勢崎線の鉄橋を潜り、堤防上に設けられた歩道へと階段を上がる。コンクリートに落ちた霙が雨水を含み、足を踏み出す毎に湿った音がした。

鉄橋からものの三分も歩くと、堤防の下に降りる階段がある。滝口の後に続き、吉岡は足元に注意しながら降りた。河岸にはテーブル状の護岸壁があった。護岸壁は幅約十メートルのコンクリート張りの広場となって川沿いに続き、端には転落防止用の鉄柵《てっさく》が張り巡らされている。今しがた歩いてきた堤防上部までの高さは約四メートル。見上げると、分厚いコンクリートが迫ってくるようで、その重い閉塞《へいそく》感に息が詰まりそうだった。濁流が轟々《ごうごう》と唸《うな》りを上げている。凍った風が鳴り、霙が頬を叩いた。耳が千切れそうに痛かった。

滝口は足を止め、周囲を見回している。青のビニールシートで覆ったホームレスのハウスが、そこここに建っていた。冷たい雨に打たれ、風に嬲《なぶ》られるそのみすぼらしいハウスは、底辺に堕《お》ちた宿無したちの、行き場のない諦観《ていかん》と絶望が暗く淀《よど》んでいるように見えた。もしかして、純の父親はここにいるのか？　吉岡の心臓が激しく乱打された。

顎《あご》に手をやった滝口は無精髭《ぶしょうひげ》をしごき、暫《しば》し思案顔だったが、じきに最寄りのハウスへと歩み寄り、腰を屈《かが》めて無遠慮にシートをはぐった。何かを話しているようだった。滝口は軽く頷くと立ち上がり、上流に向かって歩いた。

吉岡は霙に濡れた唇を舐め、生唾《なまつば》を呑《の》み込んだ。滝口は上流の外れにある一軒のハウスの前で立ち止まった。小型発電機が唸り、内部では電灯も点《つ》いているようだ。屈み込み、シートをはぐる。一言、二言、やりとりをしていたかと思うと、内部から黒々とした髭面の大男が顔を出した。耳当て付きの防寒帽を被《かぶ》ったその煤《すす》けた顔は、目の焦点が虚《うつ》ろで、心なしか怯《おび》えているようだった。

吉岡の顔を認めると、髭面を強《こわ》ばらせ、外へ這《は》い出た。醤油《しょうゆ》で煮染めたようなズダ袋を胸に抱え直すと、どたどたとおぼつかない足取りで川上の方へと歩いて行った。大男が消えてしまうと、辺りに重い沈黙が満ちた。耳を澄ましてみる。建ち並ぶハウスの中で声を圧《お》し殺し、このふたりの闖入者《ちんにゅうしゃ》の動きを探ろうとしているホームレスたちの息遣いが聞こえそうな気がする。しかし実際は、降り続く霙の音と濁流の轟音、対岸の首都高速から風に乗って届くクルマのエンジン音だけが鼓膜を震わせた。

寂寞《せきばく》とした光景だった。冷たいコンクリートと唸りをあげる濁流、静まり返ったハウス。川向こうでは首都高速の高架が朧《おぼろ》に霞《かす》んでいた。生きているものの姿も気配もない。一瞬、すべては廃墟《はいきょ》か、と錯覚し、次いで声を出さずに笑った。神経がイカれ始めている。不意に、背筋がゾクッと粟立《あわだ》った。こめかみが疼《うず》いた。ホームレスが向ける警戒心とは違う、得体の知れない気配がある。もっと尖《とが》った、鋭いものだ。悪意の波動といったものが、自分の周囲を取り巻いている。疲労と恐怖のせいか？ 違う。たしかに感じる。まだ見ぬ殺人者の視線か？――臍《へそ》の下に力を入れた。湧き上がる恐怖を何とか抑え込んだ。自分は滝口と共に、ここまで来てしまった。もう、後戻りはできない。純の父親が、すぐそこにいる――足が竦《すく》んだ。自分と恭子が密《ひそ》かに感じていながら、絶対に口にしなかったこと。それが、いま明らかになろうとしている。

「吉岡、来い」

滝口の鋭い声が飛んだ。夢遊病者のように歩み寄った。傘を閉じ、滝口の後からハウスへと這い入る。ムッと異臭が鼻をついた。垢《あか》と汗をこねたような臭いに顔をしかめ、次いで、部屋を見回した。シートを叩く霙の湿った音が響いている。内部は三畳ほどの広さだった。部屋の隅に食器棚と積み上げられた衣装ケース。カセットコンロとテレビまで置いてある。奥の裸電球の下、寝袋に胡座《あぐら》をかいてぽつねんと座った老人がひとり、じっとこっちを見ていた。無精髭の浮いた渋皮色の顔と、深い筋を刻んだ額、そげた頰。歪《いびつ》に伸びた胡麻塩頭《ごましおあたま》と古びたジャンパー。どこから見ても冴《さ》えない老ホームレスだが、鉋《かんな》で無駄な肉をそいだような鋭角的な顔の輪郭と、相対する者を真正面から射貫《いぬ》く、澄んだ冷たい眼《まな》差《ざ》しに、紛れもない純の面影があった。

「吉岡、緒方さんだ」

先に前へ出た滝口が、振り返って言った。その慇懃《いんぎん》な口調とは裏腹に、無遠慮に土足で入り込んだハウスの床は悲惨な有り様だった。分厚い板を置き、その上にくすんだワインカラーの絨毯《じゅうたん》を敷いた床に革靴の泥と水が散っている。しかし、滝口は委細構わず、どっかと胡座をかいた。気がつけば自分も土足だったが、今更脱ぐ気にもなれず、そのまま滝口の右斜め後方に腰を下ろした。緒方の足は見るからに分厚い、作業用の靴下履きだった。滝口は懐から取り出したハイライトのパッケージをひと振りして唇にくわえると、焦《じ》らすように、ゆっくりと火をつけた。だが、緒方は冷然とした目を向けたきり、微動だにしなかった。風が吹くたびにハウス全体がギシギシと軋《きし》む。天井の裸電球が前後左右に揺れた。その下、陰影を刻んだ緒方の顔が油を流したようにとろりと歪《ゆが》んだ。逞《たくま》しい顎を傲然《ごうぜん》と上げ、値踏みするように視線をすがめた滝口は、ゆるりと煙を吐き、分厚い唇を開いた。

「やっと会えましたね、先輩」

不遜《ふそん》な響きがあった。緒方の視線に怒気が浮いた。

「見ず知らずの男に、先輩などと呼ばれる筋合いはない」

深みのある、毅然《きぜん》とした物言いだった。滝口は頬を緩めて苦笑し、目深に被ったハンチングの庇《ひさし》を指先で押し上げた。

「ひとが次々に殺されてんだよ、緒方さん」

一転、凄《すご》みのある声音だった。

「おれは葛木殺しの捜査本部を外されちまった、情けないデカだが、まだサツカンとしての誇りは持っているつもりだ」

左の指先に吸差しのハイライトを挟み、上半身を乗り出した。そびやかした肩の辺りから、濃い精気のようなものが立ちのぼる。視線を緒方に据えたまま、右手を額の高さに掲げた。五本の太い節くれた指を開き、親指を折った。

「まず、緒方純が死んだ」

吉岡の背筋が凍った。地の底から湧き出た、重く冥《くら》い声だった。次いで、ひと差し指を折る。

「三十四年経って、葛木勝が結城稔に殺された。マスコミに話を売る、売らない、といった揉《も》め事が招いた殺人だ、仲間内の共食いだ」

緒方の顔に変化は無かった。強いて感情の色を読み取ろうとすれば、それがどうした、とでも言いたげな、固い無関心のみが窺《うかが》えるだけだ。

「ここからは違うぞ」

滝口の声が力を帯びた。

「結城が殺され、金子が殺された。いずれも拳銃《けんじゅう》で一発だ」

四本の指が折られた。

「そして、女が殺された。これで五人――」

小指を畳み、サザエのような握り拳《こぶし》をつくった。

「女？」

緒方の片眉《まゆ》がぴくりと動いた。初めて見せる、感情の揺れだった。

「そうだ。名前は真山恭子、五十六歳——」

そこまで言うと、反応を窺うように唇を噤《つぐ》んだ。目を細め、タバコを吸う滝口の顔には、主導権を握った余裕があった。緒方は顔を上げ、記憶を手繰《たぐ》るように視線を這わせた。吉岡は息を詰めた。心臓がビクンと跳ねた。知らない？　緒方が恭子のことを知らないだと？　バカな。仮にも警察の人間だろうが。いまの今まで知らなかったなど——胃が捩《よじ》れ、吐き気が込み上げた。吉岡は両腕で頭を抱え、背を丸めて呻《うめ》いた。口の中が渇き、尻《しり》から背筋へと悪寒が這い上がった。次の瞬間、頭に浮かんだのは、このハウスから逃げる、ということだった。尻を浮かした。が、腰が伸びない。左肩に重い圧力を感じ、呆気《あっけ》なく尻がぺたんと落ちた。滝口の右手が、がっちりと肩を摑《つか》んでいた。緒方に視線を据えたまま、小さく言った。

「座ってろ」

吉岡は口を半開きにして、荒い息を吐いた。ハウス内の酸素が希薄になった気がした。窒息してしまいそうな圧迫感に喘《あえ》いだ。

宙を凝視していた緒方の顔が変わった。頬が強ばり、視線を落とした。薄い唇が動いた。

「今朝、東京駅の近くで発見された射殺体だな。テレビニュースで見た」

静かに語った。滝口は、タバコの火口を濡《ぬ》れた絨毯で押し潰《つぶ》した。

「緒方さん、あんた、あの女の正体を知らないだろう」

低く言うと、吉岡の肩を摑んだ右手に力を込め、揺すった。

「この吉岡や純の背後にいた女だ」

ギリッと硬い音がした。緒方だ。奥歯を嚙《か》み締めた頰が隆起し、充血した目が、まるで痙攣《けいれん》するように小刻みに震えている。胸の内に湧き上がる動揺を必死に抑え込もうとしていた。

「女が……」

絞り出した掠れ声が哀れだった。滝口は満足気な表情を見せると、吉岡の肩から右手を外した。

「警察庁キャリアの妾腹《しょうふく》だ。当時、東北管区警察局長で、後に大手建設会社へ天下った男だ。もう亡くなってしまったが、な」

緒方の顔から血の気が失せ、視線が虚《うつ》ろになった。唇が緩み、心ここにあらず、といった風だった。

「やめろ！」

悲痛な声が出ていた。吉岡は両腕を伸ばし、滝口のコートを摑んだ。

「滝口、やめろ、もういいだろう。おれたちがバカだった。おれはもう――」

声にならなかった。ゴッと風の鳴る音がした。電球が大きく揺れ、三人の影が狭いハウスの中で狂ったように走り回った。滝口が眉間《みけん》を寄せ、右腕をひと振りした。コートを摑んでいた両手を呆気《あっけ》なく振り切られ、次いで肩をどんと押された。

「てめえは黙ってろ！」

　怒声が飛んだ。

「吉岡、てめえ、緒方が警察の人間だから、真山恭子の存在を承知していた、と思ってるだろう。いや、てめえは女房とふたり、堅気の世界での成功を夢見てレストラン経営に精出すうちに、もうどうでもよくなったんだ。純の親父がコトの真相に気づいて、絶望しようが、泣こうが、死のうが、自分の知ったことか、と腹の底で嗤《わら》っていた。それが本当のところだろう」

　胸の奥に錐《きり》を揉《も》み込むような、痛い言葉だった。何も言えなかった。

「だがな、サツカンの組織はそんなに甘くない。上は、立川を根城にしたワルのグループのことなら幾らでも教えたろう。おまえの息子が三億を強奪した、と明言した野郎もいたかもしれない。だが、恭子は別だ。おれでさえ、朧《おぼろ》な情報しか得られなかった。まして、この緒方は閑職に追いやられ、惨めな飼い殺しのまま警察人生を終えたんだ」

　滝口はギョロッと剝《む》いた赤い目を緒方に戻した。

「なあ緒方さん、分かったろう。別にあんたの息子が死んだから、捜査が止まったわけじゃない。恭子の父親だよ。警察はキャリアである恭子の父親を、そして組織を守ろうとしたんだ。しかも純が死ねば表向き、恰好《かっこう》がつく。つまり、あんたら親子は警察に利用されたんだ。惨めなスケープゴートだ」

　強い口調で言い放った。吉岡は、息を詰めて緒方を見た。慟哭《どうこく》か、それとも錯乱か。だが、緒方は唇を固く結び、瞼《まぶた》を閉じただけだった。重い沈黙がハウスを支配した。裸電球の下、粗末なホームレスハウスで瞑目《めいもく》する老人は、まるで石仏だった。十秒か、あるいは一分か。時間の感覚が捩《ねじ》れていた。緒方の肩が震えた。泣いているのか？　違った。緒方は唇の両端を吊《つ》り上げ、喉《のど》でクックッ笑うと、瞼をゆっくりと開けた。

「滝口、おまえ、わざわざこんなジジイのとこまでやって来た理由は何だ？　キャリアの娘とかいう女のことをご丁寧に教えにきたのか？　だとしたら、おまえはバカだ。おれは棺桶《かんおけ》に片足どころか、首まで突っ込んでいる死に損ないだ。あれから三十四年、経っちまったんだぞ。三億円事件などもう忘れた。ほっといてくれないか」

何の気負いもない言葉だった。滝口は尻をひねり、にじり寄った。

「あんたはおれのことを、見ず知らずの男と言ったな。そのとおりだ。しかし、あんたの女房の緒方晴子とは会っている。おれは緒方晴子と言葉を交わし、息子可愛さの嘘八百に付き合わされた」

緒方の目がすぼまり、険が浮いた。が、滝口は続けた。

「昭和四十三年十二月十六日、午後四時。三億円事件の捜査本部にいた二十六歳のおれは、先輩刑事と二人、小平へ赴いた」

「では、おまえが……」

太い声だった。唇が震えていた。こめかみにミミズのような血管が浮いた。初めて見る、緒方の激情だった。滝口は大きく頷《うなず》いた。

「そうだ。緒方純が自殺した、とされるその日だ。白の割烹着《かっぽうぎ》姿の晴子は、必死に訴えた。主人がいないから、お引き取り願いたい、と。そして、息子は家にいない、と。だが、純は二階にいた。裏に回ったおれは硝子《ガラス》越しに人影を認めていた。そのことを先輩に訴えた。しかし、上から極秘の指示を受けていた先輩は、おれの訴えを頭から無視した。おれは未練を残しながらも、新築のあの一戸建てを後にした」

滝口は言葉を切り、片頬を歪《ゆが》めた。苦悶《くもん》の表情がじんわりと浮き上がった。喉仏が萎《しな》びた皮膚を押し上げ、声を絞り出した。

「おれは、純をあんたたち夫婦の手に委ね、見殺しにした」

血の滴《したた》るような言葉だった。緒方の額に玉の汗が浮き、電球の明かりでギラリと光った。視線に、殺気を帯びた悽愴《せいそう》の色があった。滝口はその反応に満足したのか小さく頷くと、太い首を回した。

「吉岡」

赤黒く濁った目を向けてきた。

「純とおまえは恭子の素性を承知していた。だから、純の自殺などあり得ない、と思っていた。自殺しなくても、捜査の矛先は鈍らざるを得ないんだからな」

吉岡は俯《うつむ》き、曖昧《あいまい》にかぶりを振った。むろん、何の効果もなかった。滝口は淡々と続けた。

「純は自殺したんじゃない。何も知らない両親に殺されたんだよ」

静かに言うと、緒方に向き直った。

「そうだろう。緒方さん、あんたら夫婦が息子を殺したんだよな」

緒方の顔色が変わった。今にも爆発しそうな激情が消え、代わりに穏やかな微笑が口元に浮いた。

「それで？」

素っ気なく先を促した。滝口は分厚い唇をゆるりと動かした。

「あの夜、なにがあったのか、知りたい。どうやって殺したのか、おれは知りたい。それが刑事としてのおれの義務だと思っている」

決然とした物言いだった。重い沈黙が再びハウスを満たした。シートを叩《たた》く霙《みぞれ》の湿った音と荒れ狂う濁流、低く唸《うな》る発電機のエンジン音が、三人の男を三十四年前の夜へと誘《いざな》っていった。

「いいだろう、滝口」

沈黙を破るように緒方が口を開いた。

「教えてやろう」

視線を上げ、虚空の一点に据えた。

「三億円事件との関連を疑っていたおれはあの夜、晴子から刑事の来訪を聞き、我を失った。純を怒鳴りあげ、殴りつけ、おまえはなにをやった、と迫った。しかし、感情を露《あらわ》にしたおれの怒りなど、あいつにとっては痛くも痒《かゆ》くもない。せせら笑うと、こう言った。そのとおりだ、おれがやった、おれが白バイ警官に化けてやった、清く正しい警察官の息子がやったんだ、これであんたは破滅だ、と。あいつは悪魔だった」

悪魔――バカな。吉岡は頭を振った。しかし、緒方は淡々と語り続けた。

「純はもの凄《すご》い目付きで睨《にら》むと、階段を駆け上がっていった。晴子は泣きじゃくり、おれは呆然《ぼうぜん》と突っ立っていた。暫《しばら》くすると、晴子は二階の純の部屋に入り、遅くまでなにか話し合っている様子だった。あれは午後十時頃だったか。おれは居間の炬燵《こたつ》で、息子を道づれに、さてどうやって死んでやろうか、とそればかり考えていた。それは突然、起こった。空気が揺れ、階段を駆け降りる激しい足音が響いた。居間の襖《ふすま》をがらりと開けた晴子の顔は蒼白《そうはく》で、唇がわなないていた。異変を察知したおれは、晴子を突き飛ばし、二階へと駆け上がった。ベッドには呻《うめ》く純がいた。傍らのテーブルには、空のコップがあった」

「じゃあ、晴子が青酸カリを交ぜたサイダーを渡したのか」

滝口が喘《あえ》ぐように訊いた。

「そうだ」

虚空から視線を戻した。

「晴子が、サイダーを渡した。それを純は一気に飲み干した。たったそれだけのことだ」

「あんたは関係ないと言うのか？」

声に怒気があった。

「ばかな」

緒方は吐き捨て、唇を歪めた。笑みと怒りがないまぜになった、不思議な顔だった。

「晴子はおれの横ですすり泣いていた。青酸カリの中毒作用は呼吸困難から意識障害へと移行する。呼吸が乱れ、すでに意識障害を起こしていた純は、それでもおれに虚《うつ》ろな目を向け、こう言った。父さん、あんた、母さんを責めるな。これでよかったんだろう、これが父さんの望んだことだろう、もう、さよならだ、とな」

ハウス内に乾いた音が弾《はじ》けた。滝口が右拳《こぶし》を握り、左の掌に叩きつけていた。頬を膨らませた顔がみるみるどす黒い紫色に染まる。が、緒方は静かに語った。組織にすべてを捧《ささ》げて生きた老人の、哀しい独白だった。

「おれは、すすり泣く晴子の肩を抱き、死んでいく純の顔を見ていた。何の救命措置もとらず、うろたえもせず、おれは純の死を黙って見届けた」

吐息のような声だった。緒方はゆっくりとした仕草で己の分厚い右手を目の前に広げ、顔を近づけ、凝視した。

「この手で抱いた晴子の肩は、熱かった。火傷《やけど》するんじゃないか、と思うほど熱かったよ。晴子はおれの蛮行に耐えていた」

滝口に視線を戻した。

「おれは、ここで純が死ねば上に迷惑をかけなくて済む、警察の人間として当然のことだ、と己に言い聞かせた」

皺《しわ》だらけの瞼《まぶた》の縁がぷっくりと膨らんだ。

「滝口、だからおれが殺したんだ。晴子ではなく、おれが殺した」

右の目尻《めじり》から涙が一筋、落ちた。

「ちょっと待ってくれ」

吉岡は渇いた喉を引き剝《は》がした。四つの瞳《ひとみ》が据えられた。それは、幾つもの絶望を腹の底にため、呻吟《しんぎん》して生きてきた者のみが持つ、深い透明な色を湛《たた》えた目だった。

「純は承知のうえでコップを呷《あお》ったんだろう」

滝口の眉間《みけん》が狭まった。

「どういうことだ」

「これを飲めば死ぬ、と分かっていて呷ったんだ。純はもう、生きることに飽いていた。現金強奪を終え、純の生命《いのち》は燃え尽きた。緒方さん、あなたは死人を相手に怒ったり悩んだりしていたんですよ」

強い口調で言った。緒方の顔に変化はなかった。が、滝口は小さくかぶりを振り、嘲《あざけ》るような笑みを浮かべた。

「そんなこと、もうどうでもいいだろう」

吉岡は言葉に詰まった。

「緒方夫婦には明確な殺す意志があった。そしておれは、自分の判断ミスで殺しを阻止できなかった。それだけで十分だ」

声が出なかった。滝口は右手でハンチングを持ち上げ、左手で汗の浮いた禿頭《とくとう》を撫《な》で上げた。緒方に視線を戻す。

「緒方さん、純を殺したあんたは晴子だけを守って生きてきた。目立たない、平凡な生活を心掛けた。息子を殺した家の中で三十四年もの間、夫婦は互いにどのような思いを抱き、言葉を交わして生きてきたのか、おれは想像するだけで怖くなる。それは紛れもない地獄だったろう」

緒方は冷徹な表情のままだった。

「罪の重さに耐え切れず、あんたたち夫婦が自殺なんぞしたら、マスコミから執拗《しつよう》に裏を探られ、あいつの息子が三億円犯人だったのでは、と疑われるかもしれない。なにより、カイシャに迷惑がかかる」

緒方は皺だらけの頬を緩め、ふっと小さく息を吐いた。

「そんなきれいなものじゃない。おれは命が惜しくなった、それだけだ」

「晴子を看取ったいま、あんたは心置きなく消えていくだけか。だから、あの小平の家を捨てたのか。ふたりして純を殺した家を――」

目を細め、緒方は鼻で笑った。

「おれはもう七十四だ。だらだらと生き過ぎたんだ。おまえもおれの年齢《とし》まで生きたら分かる」

滝口はハンチングを被り直すと、大きくかぶりを振った。

「だが、どうにも収まらない野郎がいるんだ」

言葉が震えていた。ほう、と緒方が口をすぼめた。

「それは滝口、おまえのことか」

からかうような口ぶりだった。

「違う」

冷えた声だった。

「犯人グループを確実に、手際よく殺して回っている野郎だ」

吉岡は、声にならない声を上げた。腋《わき》に冷たい汗が浮いた。緒方が眉《まゆ》をひそめた。滝口の視線が刃物のように尖《とが》った。

「あの事件には、本当の犠牲者がいるんだよ」

　怒気を含んだ声音が、空気を震わせた。犠牲者——誰のことか分からなかった。緒方も訝《いぶか》し気《げ》な表情で次の言葉を待っていた。

「私服のガードマン、現金輸送車の助手席に乗っていた男だ」

　ガードマン——強烈な光がきらめき、吉岡の視界が眩《くら》んだ。脳が音を立てて、あの光景を映し出した。最後までひとりセドリックの車内に残り、爆発物を捜し出そうとしていた男。濡《ぬ》れたアスファルトに屈《かが》み込み、派手に煙を噴き上げる車体の下を窺《うかが》っていた男。頭上では雷鳴が轟《とどろ》き、バケツを引っ繰り返したような雨が降っていた。純がハンドルを握るセドリックがタイヤを鳴らして発進した後、黄金色の閃光《せんこう》に染まり、立ち尽くしていた男。あの逞《たくま》しい横顔が鮮やかに蘇《よみがえ》る。

「名前は辰巳史郎」

　滝口の重い声が響いた。そうだ、男は眉の太い、岩を削ったような骨太の顔だった。激しい雨が叩きつける路上で唇を噛《か》み、走り去ったセドリックの行方を追い、険しい視線を向けていたあの男が——

「そして連続殺人犯は辰巳の息子、宮本翔大。事件発生時は二歳の、赤ん坊に毛の生えたガキだった」

　吉岡は声もなく、ただ滝口の横顔を凝視した。この男は信じられない事柄を、淡々と、まるで事務報告のように語っていた。

　なかなか犯人が挙がらず、捜査が長期化する中、周囲から辰巳が真犯人では、と疑われ、職を追われ、辛酸を嘗《な》めたこと、六歳の息子が首吊《つ》りの自殺体の発見者となったこと、息子は母までも喪い、幼くして親戚《しんせき》の養子に入ったこと、長じてジャーナリストとなり、事件の真相を追っていたこと、そして葛木から手記を引き出そうとし、それが仲間の分裂を招いたこと……

「バカな」

吉岡は呻《うめ》くように言った。

「おまえらが蒔《ま》いたタネだ」

滝口が毛細血管の浮いた眼球をギロッと動かし、吉岡を見た。

「そして、真犯人を挙げなかった警察のツケが、三十四年経って爆発したんだ」

緒方の目が光った。

「その息子は、宮本という男は、ずっと憎悪を溜《た》め込んできた、というのか」

重い声音だった。

「ただ復讐《ふくしゅう》のために生きてきた、というのか」

自問するような声だった。滝口は瞑目《めいもく》し、頬を歪《ゆが》めた。なんともいえない苦悶《くもん》の表情だった。

「違う、おれだ。おれのミスだ」

瞼をゆっくりと開け、視線を緒方に向けた。

「おれが、真山恭子のことを教えた。三億円事件の真相を追う、熱心な骨のあるジャーナリストだと思い込んだおれは、バーターで恭子の情報を渡した」

緒方の頬がひきつれた。唇を引き結んで睨んでいる。が、滝口は続けた。

「それでヤツは爆発した。あまりのくだらなさに、抑えていたものが吹っ飛んだんだろう」

緒方が身を乗り出した。

「では、殺人を犯す気はなかった、と？」

「おれはそう信じている」

揺るぎない声だった。

「緒方さん、もういいだろう」

一転、宥《なだ》めるように滝口が言った。

「すべてを白日のもとへ晒《さら》し、警察が、あんたが、そしておれが何をやってきたのか、明らかにしようじゃないか。宮本にこれ以上、殺しをやらせるわけにはいかない」

「滝口、それがおまえの狙いか」

「そうだ」

緒方は口元にうっすらと笑みを浮かべた。諦《あきら》めか、それとも軽蔑《けいべつ》か。どちらにせよ、滝口に同意した顔ではなかった。ひび割れた唇を動かした。

「それよりも、宮本のやりたいようにやらせたらどうだ」

顎《あご》をしゃくり、吉岡を示した。

「ひとり残ったこの吉岡を殺し、おれを殺す。そう望んでいるんだろう。あとふたり死ねば、すべては終わるんじゃないのか」

なんの力みもない穏やかな物言いだった。

「願わくば、この残り少ない命が果てる前に、宮本にはやり遂げて欲しいものだ」

滝口は首を振った。

「それは無理だろう」

緒方の顔が強《こわ》ばった。

「どうして」

滝口は新しいタバコに火をつけた。そしてフィルターを噛《か》み締め、頬を緩めた。

「カイシャが張っている。警察が包囲している」

静かに語った。吉岡はヒッと喉《のど》を鳴らし、目を剝《む》いた。滝口がゆるっと視線を据えてきた。その面白がるような顔は、片桐が暴れたくらいで警察の尾行が振り切れるか、と言っていた。ハウスに入る前、全身で感じた悪意の波動が蘇る。

「だから宮本は手が出せない」

滝口は低く言うと、視線を緒方に戻した。

「なあ、緒方さん、あんたも晴子も組織の論理ってやつの犠牲者だ。利用されたんだ。おれは、カイシャのど真ん中に爆弾をぶち込みたい。三十四年前の呪縛《じゅばく》を解き、すべてを明らかにしたい」

「とんでもないことになるぞ」

「ああ。カイシャはこれまで経験したことのない、凄《すさ》まじい世の非難に晒されることになる」

肩を上下させて息を吐き、続けた。

「そこからやり直せばいいんだよ。おれが、あんたを責任もって保護する。気骨のあるマスコミの連中をこっちに引き入れ、一気にカタをつけてやる」

緒方の唇が震えた。

「それがおまえのケジメなのか」

タバコを一口吸い、滝口は目をすがめた。その横顔には固い覚悟があった。

「そうだ。あんたはとっておきの爆弾だ。犯人の手記なんか問題にならない。おれがあんたをバズーカ砲で打ち込んでやる」

吉岡は声が出なかった。警察組織を敵に回して――この男は狂っている。

緒方は？　背を丸め、胡座《あぐら》をかいた膝《ひざ》の上で両手を組み、宙を睨《にら》んでいた。眉間《みけん》を寄せ、何かを考えている。沈黙が訪れた。発電機の低いエンジン音と、地鳴りのような隅田川の流れ、風の音――吉岡は眉《まゆ》をひそめ、耳をそばだてた。あれほどシートを叩《たた》いていた霙《みぞれ》の音がしない。どうしたんだろう、と思ったとき、緒方の表情が変わった。皺《しわ》の寄った老人の頬が強ばり、眉根が盛り上がる。それは鋼の意志を持つ刑事の貌《かお》だった。滝口は？　横を見た。呆然《ぼうぜん》と緒方を見つめている。半開きになった唇からタバコがポロリと落ちた。刹《せつ》那《な》、バサッとコートが鳴った。ずんぐりとした身体に似合わぬ素早さで身を翻《ひるがえ》し、滝口は振り返った。

「伏せろ！」

緒方の野太い声が飛んだ。吉岡は見た。突き出された腕。出入り口のシートを割り、すっと伸びた腕だ。黒のダウンジャケットの袖《そで》と、手に握ったリボルバー——そこまで認めた瞬間、ハウスが吹っ飛びそうな轟音《ごうおん》が響き、電球が砕けた。ハウス内を闇が支配し、滝口がハンチングを飛ばして転がるように外へ飛び出した。

ああっ、と声が出た。ハウスの外は灰色の雪模様だった。空は青い闇に染まり、夜がそこまで迫っていた。風に吹かれ、綿のような雪が舞う。滝口は周囲をぐるりと見回した。鉄柵《てっさく》を背に、黒い人影が佇立《ちょりつ》していた。宮本だった。背後で隅田川の濁流が唸《うな》りを上げて流れていく。宮本までの距離は六、七メートルか。しかし、宮本は遥《はる》か彼方《かなた》、自分の立つ場所とは違う世界にいる。

腰の高さの鉄柵にもたれ、宮本は肩で息をしていた。右手にぶら提げたリボルバー、S&W・M65と大柄な身体、肉厚の顔。オールバックの髪が風に嬲《なぶ》られている。荒い呼吸音に交じって、喉が笛のように鳴った。疲労困憊《こんぱい》し、崩れ落ちる寸前に見えた。沸騰し続けてきた脳に、もう身体がついていかないのだろう。三日間で犯した三つの殺人と監視、そして追跡。尋常ではない執念だった。

「みやもとーっ」

滝口は呼びかけた。視界の端で、ハウスの住人らが蜘蛛《くも》の子を散らすように逃げ出して行くのが見えた。宮本は何も言わず、じっと凝視している。表情は窺《うかが》えない。だが、瞳《ひとみ》が青く冥《くら》く光っていた。それはジャングルに潜む、飢えた肉食獣の視線だった。

「宮本、落ち着け」

両手を前に突き出し、落ち着け、やめろ、と声を掛けた。宮本がおもむろに右腕を上げた。水平に伸ばし、銃口を据える。

「邪魔だ」

紙ヤスリを擦り合わせたような声だった。

「どけ」

滝口はかまわず一歩、右足を踏み出した。躊躇《ちゅうちょ》なくトリガーを引くのが見えた。オレンジの炎が噴き出し、銃声が響いた。太股《ふともも》に衝撃を受け、ガクンと腰が落ちた。右太股の内側に痛みが疾《はし》り、脳天へと突き抜けた。焼けた鉄棒を押し付けたような激痛だった。ズボンの布地を吹っ飛ばし、肉が抉《えぐ》れていた。飛び散った鮮血が灰色の雪を濡《ぬ》らした。右膝をつき、次いで尻《しり》を落とした。銃口が滑るように移動する。滝口は首を捩《ねじ》って振り返った。ハウスの前に呆然と突っ立つ吉岡。唇がわななき、剝いた眼球が飛び出しそうになっている。その脂汗の浮いた蒼白《そうはく》の顔には驚愕《きょうがく》と悔恨があった。滝口は、太股の傷口を両手で押さえながら宮本に視線を戻した。掌《てのひら》に熱い血と削られた肉の感触があった。銃口が止まった。強ばった舌を動かした。だが、「撃つな」とか細い声が絞り出ただけだった。リボルバーを構える宮本翔大と、実行犯グループの最後のひとり、吉岡健一。雪の上の尻を振り、ふたりを交互に見た。吉岡は観念したのか、それとも単に恐怖で動けないのか、惚《ほう》けたように見つめていた。濃い殺気が垂れ込める。一秒、二秒……二発目の銃声は響かなかった。リボルバーを握り締めた宮本の唇が不快げに歪《ゆが》む。滝口の胸に疑問が芽生えた。

なぜ、撃たない？

音がした。湿った雪を踏む音だ。慌てて視線をやった。

喉が鳴った。黒い人影がぬっと吉岡の背後から湧き出た。瞬間、吉岡が突き飛ばされた。呆気《あっけ》なく前のめりに転がり、雪に塗《まみ》れた。緒方耕三だ。腰を落とし、一直線に駆けてくる。年齢を感じさせない、軽快な動きだった。靴下を履いただけの足が灰色の雪を跳ね上げる。座り込んだままの滝口を一顧だにせず、走った。熱い風が頬を嬲った。

「宮本、おれだ、おまえの相手はこのおれだ」

口の中で呟《つぶや》く声が聞こえた。大股《おおまた》で一気に距離を詰めていく。その後ろ姿には、一片の迷いも怯《おび》えもなかった。

虚を衝かれた宮本は、それでもリボルバーを構え直した。緒方は何の迷いもなく宮本に組みついた。ふたりが重なり合った瞬間、緒方の背中がブルッと震えた。くぐもった銃声が響き、怒号が鼓膜を震わせた。緒方は、ひと回り大きな宮本に組みつき、左手でリボルバーを握る右腕を捩《ねじ》り上げ、右の肘《ひじ》を喉笛に押しつけていた。宮本はぴたりと動きを止められ、それでも目を剝き、吠《ほ》えた。それは猛り狂った野獣の断末魔だった。背が鉄柵の手摺《てす》りで大きくしなった。

滝口は腰を持ち上げ、両手を湿った雪について立ち上がった。奥歯が軋《きし》みをあげた。煮え立ったアドレナリンが全身を駆け巡った。痛みも恐怖も無かった。あるのはただひとつ、緒方への憎悪だった。

「おがたーっ」

怒声を張り上げ、右足を踏み出した。太股から血がボタボタ垂れた。緒方が振り向いた。

唇から垂れる泡混じりの血と、焦点が結べず虚《うつ》ろになった視線。土色の肌。緒方の腰がガクガクと震えていた。踏ん張りながらも、身体がいうことをきかないようだ。撃ち抜かれた腹部から大量の血が滴り、足元の雪をみるみる黒く染めていく。緒方が血に濡れた唇を吊り上げた。喉仏が上下に動いた。

「来るな！」

口からカッと血煙が舞った。鼓膜がビリッと震えた。重く低い、腹に響く一喝だった。向き直った緒方は、己の左足を宮本の両足に絡め、空気を裂く気合と共に跳ね上げた。それは、持てるすべてのエネルギーを凝縮させた、力感溢《あふ》れる動きだった。右足一本でふたり分の体重を支えた緒方は、そのまま身体をひねり、ゆっくりと、まるでスローモーションのように手摺りを越えた。

滝口は、隅田川の濁流へと落ちて行くふたりを見た。派手な水飛沫《しぶき》が上がった。烈風がむせび泣くように耳元で鳴った。吹き荒《すさ》ぶ雪の一片が剝いた眼球に張りついた。目を瞬《また》き、ぶるんと身震いした滝口は、声にならない声を漏らしながら川辺に駆け寄った。

雪が狂ったように舞う川面は、激しく渦を巻いて、人影などどこにもなかった。鉄柵の手摺りを摑《つか》み、身を乗り出した。材木が、ドラム缶が、流れて行く。目を凝《こ》らした。十メートルほど先の波間に見えたものがある。頭が二つ、西瓜《すいか》のようにぽこりと浮き上がった。ああっ、と声が出た。緒方が、宮本の背後から両腕を回し、首を固めていた。緩慢な動きで宮本の腕が上がった。リボルバーを握り絞めた右腕が、頭上に伸びた。後ろから締め上げる緒方の顔が、そこだけサーチライトを浴びたように白く輝いて見えた。滝口は息を詰めた。その顔は、晴れ晴れと笑っていた。すべてから解き放たれた、満面の笑みだった。

差し上げたリボルバーが、小刻みに震えた。ターン、と乾いた銃声が響いた。細く尾を引いて川面を渡り、藍色《あい》の天空へと吸い込まれていく。右腕がゆっくりと畳まれ、リボルバーが水中に消えた。宮本の頭がガクッと垂れ、口が、鼻が、泥水を被《かぶ》った。背後の緒方は背を丸め、両腕で抱き締めながら、耳元に唇を寄せた。何かを囁《ささや》いているように見えた。宮本が、そっと瞼《まぶた》を閉じた。ふたりは濁流の渦巻く沖合へと遠去かり、波に呑《の》まれて消えた。

滝口は禿頭《とくとう》から湯気を上げ、二歩、三歩と下流に向かって足を進め、立ち止まった。膨れ上がった川面の地鳴りを思わせる音が、重く低く響いた。青い闇が濃くなり、対岸の赤や黄色のネオンが滲《にじ》んで見えた。雪が激しくなった。寒く、凍った光景が目に痛かった。

滝口は手摺りにもたれ、コートの袖に顔を埋《うず》めた。どのくらいそうやっていたのだろう。背後で自分を呼ぶ声がした。崩れ落ちる寸前の身体を無理に立て直し、振り返った。

吉岡が雪の上に座り、放心した顔で見つめていた。上等のレザーコートに泥まみれの雪がへばりつき、グレーの髪もぐっしょりと濡れている。唇がかすかに動いた。

「なぜだ」

掠《かす》れた声だった。

「なぜ、宮本はおれを撃たなかったんだ。おれは最後のひとりなのに——」

そうだ、確かに撃たなかった。リボルバーを構え、真正面から対峙《たいじ》しながら、トリガーを引かなかった。だが、宮本が濁流に呑まれ、そして緒方も消えたいま、もう取るに足らない、瑣末《さまつ》なことにしか思えなかった。胸に重い諦観と虚無が巣くっている。

「知るか」

吐き捨てた。吉岡は縋《すが》るように見上げた。

「みんないなくなった」

声が震えていた。

「あの稲妻の下ですべては終わっていた」

虚《うつ》ろな視線が、過去を探るように宙をさ迷った。

「眩《まばゆ》い閃光《せんこう》を浴びたとき、運命は決まった。全員、逃《のが》れられなかった」

小さく呟《つぶや》くと首を垂れ、両手で顔を覆ってすすり泣いた。滝口は、たったひとり残った三億円強奪犯を眺めた。哀れな死に損ない——白髪《しらが》交じりの眉《まゆ》をしかめた。額のあたりに視線を感じた。顎《あご》を上げた。堤防の上に人影があった。それを認めた途端、脳の芯《しん》が爆発した。憤怒《ふんぬ》の唸《うな》りを撒《ま》き散らして歩いた。既に感覚の失せた右足を引きずり、視線を据えたまま歩いた。ハウスを過ぎ、コンクリートの階段を上がり、男の前に立った。コートの襟を立て、両手をポケットに入れた細面の男。メタルフレームのメガネの奥から、冷たい目が光っている。捜査一課管理官の藤原孝彦だった。ポマードできっちり固めた七三の髪に、いまは黒のソフト帽を載せていた。

「嵌《は》めてくれたな」

滝口は拳《こぶし》を握り、睨《にら》んだ。背後にがっちりとした人影があった。宍倉文平だ。朱を注いだゴリラ顔が、ぐいっと前に出た。目が血走っている。いまにも摑みかからんばかりの形相だった。

「係長」

藤原が顎をしゃくり、下がるよう命じた。宍倉は憤怒の呻《うめ》きを漏らしながらも従った。

「管理官、あんた、宮本を泳がせたな」

藤原の表情に変化はなかった。

「懐に拳銃《けんじゅう》呑んでるのが分かっていながら、泳がせたろう。緒方と吉岡を始末してくれるなら御の字だ、と思ったんだろう」

藤原は鼻で笑った。

「何をおっしゃっているのか、理解できませんね。我々は、隅田公園でおかしな動きがあるとの報告を受けて、急いで駆けつけたんですよ」

「おい」

左腕を伸ばし、コートの襟を摑み上げた。宍倉が怒声と共に突進しようとした。藤原はコートのポケットから右手を抜き出し、制すると、その手でずれたソフト帽を被り直した。

滝口は眉根を寄せ、鼻に皺《しわ》を刻んで迫った。

「緒方が宮本を道づれに濁流へ飛び込んだのを見たろう。バカらしいと思わないか？　カイシャに騙《だま》され、息子を殺し、女房とふたり地獄の底をさ迷い、最後は破滅だ。緒方の人生はいったいなんだったんだ？　おまえも同じサツカンならおかしいと思うだろう。ええ、どうなんだよ、管理官」

藤原の薄い唇が動いた。

「立派じゃないですか」

静かに言った。滝口は言葉の真意が分からず、ただ凝視した。藤原は続けた。

「最後の最後まで沈黙を守り、自ら身を挺《てい》して危険な連続殺人犯の口を封じたんだ。わたしが警視総監なら、特別表彰ものですよ。尊敬すべき大先輩だ」

「貴様」

震える声を絞り出した。藤原の目が光った。

「タキさん、それに比べてあなたはなんだ。どのような目的があったのか知らないし、また知りたくもないが、組織の規律を無視して勝手に動き回り、さんざん混乱させてくれた。我々はいい迷惑だ。愚かで手前勝手な先輩の思い込みに付き合っているほど、我々は暇じゃないんだ」

滝口は頬を膨らませ、荒い息を吐いた。言葉が出なかった。

「三十四年前、蓋《ふた》を閉めた時点ですべてが終わっているんです。緒方さんだって、納得してたんだ。真山恭子のことを知れば尚更でしょう。あの人は自らを犠牲にして、組織を守った。わたしは尊敬しますよ。立派な先輩だ」

コートの襟を掴む左手が緩んだ。藤原はその手首を掴み、ひねった。呆気《あっけ》なく引き剝《は》がされた。

「タキさん、あなただって組織の人間ですよ」

藤原が背を丸め、顔を覗《のぞ》き込んできた。

「緒方さんに一喝され、電流に打たれたように動きが止まったでしょう。一歩たりとも踏み出せなかったじゃありませんか」

滝口は唇を引き締めて睨んだ。

「中途半端に生きてきたとはいえ、あなたも組織の人間だ。身体の血は簡単に入れ替えられるものじゃない。わたしもあなたも、組織に生かされ、回り続けるしかない歯車なんですよ」

それだけ言うと、摑んだ手首を押しやった。滝口は膝《ひざ》から崩れ落ちた。雪の上にぺたんと座り、赤黒い目で見上げた。

「あの連続殺人犯は犠牲者だぞ。三億円事件には犠牲者がいたんだ」

藤原はほう、と唇をすぼめた。

「おまえも、そしてこのおれも知らない裏があった。おれは間違っていた」

か細い、嗄《しゃが》れた声だった。藤原が薄い頰を緩め、白い歯を見せた。

「それは犠牲者じゃない、負け犬でしょう。あなたと同じだ」

冷たく言い放った。滝口は顔をしかめ、俯《うつむ》いた。酷《ひど》い悪寒が全身を絞った。奥歯がカチカチと鳴った。大腿部《だいたい》から流れる血が体温を奪っていた。両腕で身体を抱え、震えた。

「係長、吉岡健一の身柄を確保しろ」

藤原の太い声が飛んだ。ぼんやりとした視界の端で宍倉に続き、複数の人影が階段を駆け降りていくのが見えた。しかし、滝口はもう、動けなかった。よれたコートに、禿頭に、雪が積もり、視界が灰色に滲んだ。もう、何も見えなくなった。ただ雪だけが降り続いていた。

二月中旬、底冷えのする夜だった。新宿中央公園には、まだ雪が少しばかり残っていた。凍った雪が月光に照らされ、朧《おぼろ》に輝く様は、海を漂う夜光虫の群れにも似て、どこか幻想的だった。

ハウスの中で横になっていたヨシは、シートを叩く音で目を覚ました。寝袋から上半身を起こし、出入り口のシートをはぐった。黒い人影があった。目をこらす。

「水谷」

聞き覚えのある声だ。ハンチングを被った、コート姿のずんぐりとした男。ジイさんを絶対に助けると約束した刑事――今夜はひとりだった。若い、背の高いほうの姿が無かった。男は屈《かが》み込み、丁寧に頭を下げた。ヨシの顔から血の気が引いた。男は俯き、すまない、助けられなかった、と低く言った。おれの責任だ、申し訳無いことをした、と声を絞り出した。ジイさんが死んだ――ヨシは唇を嚙《か》み、右の拳を突き入れた。頰を叩《たた》く鈍い音がした。男は簡単に引っ繰り返った。なんの手ごたえもなかった。空気を詰めたような木偶《でく》の坊《ぼう》だった。ばかやろう、でたらめ言いやがって、と怒鳴った。男は、ぎこちない動きで膝をつき、腰を上げた。右手に松葉杖《まつばづえ》を握っていた。右足がうまく動かないようだった。

男は再度、頭を深く下げた。

消えろ、と吐き捨て、シートを閉めた。頭を両腕で抱え、目を固く閉じた。ジイさん、なぜ死んだ、と呻いた。

夜半過ぎ、再びシートを叩く音がした。まどろんでいたヨシはガバッと跳ね起き、耳を澄ました。ヨシ、おれだ——一瞬、誰だか分からなかったが、すぐにゲンの髭面《ひげづら》が浮かんだ。出入り口から顔を出すと、ゲンが笑っていた。吐く息が酒臭い。ゲンは、ジイさんから預かったものだ、と呂律《ろれつ》の回らない声で言い、薄汚れた封筒を差し出した。遅れて済まねえな、ジイさんは消えた、どこへ行ったのか分からねえ、と肩をすぼめた。ヨシは封筒を引ったくると、カシを変えた、いま新宿の東口にいる、と言い添えるゲンを無視してハウスの中に引っ込んだ。

懐中電灯をつけ、封筒を破った。中には一枚の便箋《びんせん》があった。震える指で開いた。丁寧なボールペンの文字で縦書きに綴《つづ》ってあった。ヨシは懐中電灯で照らし、文字を追った。胸の奥が熱くなった。

『ヨシ、おまえには世話になった。まともな礼も言わず別れてしまい、心苦しく思っている。簡単に記す。おれは家族を守れなかった。おれは、己を優先した揚げ句、家族を犠牲にした。そしてひどい、人間《ひと》にあるまじき行為を犯してしまった。その時から、おれは畜生道に堕《お》ち、苦悶《くもん》してきた。

ヨシ、もう二度と会うことはないだろう。だからこそ伝えておきたい。再起しろ。おまえはまだ若い。再起して、娘と女房を迎えに行け。家族に勝《まさ》るものなど、この世に何もない。勝手ながら、銀行のカードを同封しておいた。些少《さしょう》ではあるが、おれにはもう用のないものだ。自由に使って欲しい。おまえの再起に役立つのなら、こんなうれしいことはない。娘をしっかり育てろ。家族みんなで幸せになれ』

最後にカードの暗証番号を記し、手紙は終わっていた。ヨシは封筒の中を探った。キャッシュカードが一枚、こぼれ落ちた。

水谷義昭は便箋を胸に抱え、ギュッと目を閉じた。顔を歪《ゆが》め、声を殺して嗚咽《おえつ》した。


五月の陽光が、無数の鏡を反射させたように輝いていた。千葉の房総半島。目の前に、昼下がりの内房の海があった。

滝口は、指定された国道沿いの食堂にいた。二階の和室から眺める海はのんびりと静かだった。遥《はる》か彼方に、朧《おぼろ》に霞《かす》んで横たわる三浦半島が見える。

腕時計に目をやる。午後一時の約束を十分ほど過ぎていた。テーブルのビール瓶を取り上げ、コップに注いだ。半分を一気に飲む。フーッと息を吐き、窓の下に目をやった。交通量の少ない国道と堤防、その先に砂浜が広がり、キラキラと光る海原には白い漁船が浮いていた。十……いや、三十以上はあるだろう。その向こうを、白亜の高級ホテルを丸ごと浮かべたような豪華客船が、ゆっくりと移動して行く。

コップの残りを呷《あお》り、テーブルに置いた。この美しい海のどこかに、ふたりは沈んでいるのだろうか。醜い骸《むくろ》となり、無数の魚に啄《ついば》まれているのだろうか。あれから三カ月になるのに、宮本と緒方の遺体はまだ上がっていなかった。ハイライトに火をつけ、テーブルに頬杖《ほおづえ》をついた。ぼんやりと海を眺めた。頬を撫《な》でる潮風は、生臭い死人の匂いがする。

クルマのエンジン音が響いた。視線を下げる。食堂の前に軽トラックが停まった。白の塗料が剝《は》げ、錆《さび》の浮いたオンボロトラックだ。運転席のドアを開け、出てきた男はパンチパーマにタオルを捩《ねじ》った鉢巻、浅黒い肌と白のTシャツに作業ズボン、黒のゴム長。どこから見ても漁師だ。ポケットに両手を突っ込み、首をぐるりと回しながら、見上げた。滝口の顔を認めると、唇を歪めて笑った。片桐慎次郎だった。

足音も荒く二階へ上がってきた片桐は、下で受け取ったらしいビールとコップ、それに刺し身の盛り合わせが載った大皿を持っていた。真向かいにどっかりと座ると皿をテーブルに置き、手酌でビールを注いでさも旨《うま》そうに喉を鳴らした。唇の泡を手の甲で拭《ぬぐ》い、フーッと息を吐くと、頭のタオルを外し、腰に挟んだ。

「なんだ、タキさん。定年を迎えてすっかり毒気が抜けたようじゃないですか」

片桐は鼻の頭に皺《しわ》を刻んで微笑んだ。白の半袖ポロシャツに淡いブルーのジャケット。ベージュのチノパン。確かにそうだ、引退して仕事を失い、心身ともに緩んだジジイだ。

「おまえこそヒネた根性が少しはマシになったんじゃないか」

「おかげさんで」

コップにビールを注ぎ足し、一気に飲み干すと、柔らかな視線を向けた。

「タキさん、ケガの具合はどうなんです」

滝口は右の太股《ふともも》をぽんと叩いてみせ、「問題ない」と力強く答えた。次いで手元の紙袋を押しやり、

「おまえ、魚は幾らでも食ってるだろう」

と言い添えた。

「なんです」

「米沢牛の味噌《みそ》漬けだ。デパートで買ってきた」

「ああ、そりゃあどうも」

ぺこりと頭を下げると、割り箸《ばし》を割って、刺し身の大皿に伸ばす。

「こんなイカ、東京じゃあ食えないでしょう」

イカの足が箸《はし》にぐるぐると巻き付いた。それを片桐は頑丈な白い歯で吸盤ごと箸からこそぎ落として食った。顎《あご》が動く度にコリコリと小気味いい音がする。

「漁師の生活はどうだ」

片桐は鼻で笑った。

「デカより惨めな仕事ってのは世の中にないのと違いますか」

素っ気なく答えた。片桐は警察を依願退職した後、同棲《どうせい》していた女、津村多恵子と一緒になり、この千葉の漁師町に引っ込んだ。以前、片桐から貰《もら》った手紙によると、多恵子の実家がここにあり、祖父が現役の漁師として頑張っているのだという。多恵子の両親は商売の失敗で借金を抱え、多恵子が幼い時分から行方知れず。それ故、多恵子は跡取り娘で、その旦那《だんな》の自分は気楽で大威張りなのだと、片桐独特の斜に構えた書き方で綴《つづ》ってあった。片桐は将来、多恵子の祖父から漁業権を譲り受け、漁師として独り立ちするつもりらしい。今は修業中の身といったところか。

「おまえ、まだ見習いだろうが」

からかうように言った。片桐は真顔で答えた。

「夕方入れといた刺網を朝四時起きで引き上げるんですよ。高さ二メートル、幅百メートルのバカでかいカーテンみたいな網だから、結構大変ですよ。最初は船酔いで血を吐くまでゲーゲーやって地獄の苦しみでしたが、今は平気なもんです。沢庵《たくあん》と握り飯、ばくばく食ってますから」

そう言うと、クリーム色の分厚いアワビの刺し身を口に放り込んだ。

「なにが採れるんだ？」

農家育ちの自分には、刺網の何たるかも分からないまま、それでも訊《き》いてみた。片桐は目をキラキラさせながらテーブルに身を乗り出した。

「イセエビからメバル、イナダ、シマアジ、ブダイ、カワハギ――まあ、いろいろですよ」

潮灼《や》けした顔が、自信に溢《あふ》れている。滝口は顔を綻《ほころ》ばせた。

「よかったな」

「おかげさんで」

片桐はマルボロに火をつけると、目をすがめた。沈黙が流れた。穏やかな潮騒《しおさい》が聞こえる。片桐の頬が強《こわ》ばった。顎《あご》を引き、探るような視線を這《は》わせてくる。緩んでいた空気が固く尖《とが》り、穏やかな雰囲気が一変した。唇の間から煙を吐き、低く言った。

「タキさん、まさかのんびり遊びにきたわけでもないんでしょう」

滝口は禿頭《とくとう》を指先で掻《か》き、小さく頷《うなず》いた。

「吉岡のことですね」

「ああ」

片桐は指先に挟んだマルボロの火口を眺めた。

「おれたちはあいつに救われた。それでいいんじゃないですか」

吉岡健一は殺人の容疑で逮捕されたあの夜、亡くなっていた。取り調べを受けた後、自ら命を断ったのだ。場所は真山恭子殺しの捜査本部が設けられていた丸の内警察署。その留置施設で夜中、シャツを切り裂いて紐《ひも》状にしたものを鉄格子にかけ、首を吊《つ》っていたのだという。

「あいつが死んだから、すべてうやむやになった。真山恭子殺しの捜査は尻《しり》切れトンボ、被疑者死亡のままの書類送検さえされなかった。あの事件だってそうでしょう」

声が微《かす》かに震えていた。

「三億円事件に関係した人間はすべて、消えた。緒方純からはじまって、葛木、結城、金子、恭子、吉岡、そして緒方耕三……」

タバコを灰皿でもみ消した。

「吉岡が死んだから、おれたちはカイシャを放り出されただけで終わった。当事者がただのひとりもこの世に存在しない以上、泣こうと喚《わめ》こうと、頭のとち狂った落ちこぼれの戯《ざれ》言《ごと》で終わりですからね」

滝口は片肘《ひじ》をテーブルに置き、上半身を乗り出した。分厚い唇が動く。

「自殺じゃない、としたらどうする?」

片桐が呆然《ぼうぜん》と見つめた。

「おまえ、本当に吉岡が自殺したと思うのか」

掠《かす》れ声で言った。片桐は肩をすくめ、諭すようにかぶりを振った。

「タキさん、もういいじゃないですか。おれたちは吉岡に救われた。吉岡の会社だって救われた。死んだから、事件はうやむやになった。身の潔白を証明するための自殺、と受け取られて、捜査は終息化の方向へ向かった。あのまま生きていたら、恭子殺しの犯人にされたかもしれない。レストランチェーンにとっては大変なダメージだ。あの男は最後の一歩を踏み出したんですよ。家族を守るために命を捨てた。おれはそう信じている」

己に言い聞かすような物言いだった。

「そうか」

ため息と共に、言葉を吐いた。

「すべてが終わった。そういうことか」

「そうだ、おれはもう忘れた」

それだけ言うと、腰を上げた。

「網の手入れをしなきゃいけないので、そろそろ帰ります」

手土産の紙袋を取り上げ、背を向けた。筋肉の盛り上がった逞《たくま》しい、紛れもない漁師の背中だった。片桐は何かを振り切るように大股《おおまた》で階段へと向かったが、不意に足を止め、振り返った。

「そうだ、タキさん、言い忘れたが——」

唇の端を吊り上げた。

「おれ、子供ができたんですよ」

白い歯を見せた。

「腹ん中で三ヵ月だ」

滝口は頬を緩めた。

「よかったじゃないか」

片桐は片手を挙げ、「それじゃあ」と言い置くと、出て行った。

窓の下に目をやった。片桐は軽トラに乗り込むと、タイヤを鳴らしてUターンし、走り去って行った。軽トラが消えてしまうと、目の前には静かな海があり、浜辺があった。ああ、と思った。俊江とよく話していた定年後の夢は、こういう海辺の生活だった、と。ふたりして大型犬のラブラドールを飼い、浜辺を散歩する。燦々《さんさん》と降り注ぐ太陽の下、自分と俊江は談笑《えしょう》しながら、ゆっくりと歩く——滝口は頭を振り、立ち上がった。右足がよろけた。肉を抉り取られた傷口がジリッと痛んだ。力が入らない。柱に摑《つか》まって身体を支えた。俊江、と小さく呟《つぶや》いた。俊江、おれはもう……言葉が出なかった。自分は魂を抜かれ、打ち捨てられた形骸《けいがい》だ、と思い知った。柱にもたれ、銀色の光が溢れる海を見た。眩《まぶ》しかった。あの雪の中で呟いた、吉岡の言葉が蘇《よみがえ》る。

——眩《まばゆ》い閃光《せんこう》を浴びたとき、運命は決まった。全員、逃《のが》れられなかった——

そうか、ならば自分もどこかで閃光を浴びたのだろう。滝口は目を細め、初夏の海を眺めた。

解説

西上心太

万人の記憶に残る特別な一日、あるいは一瞬がある。

直近の例を引くならば、なんといっても「9・11」——アメリカで起きた同時多発テロ事件——があげられるだろう。そびえ立つ高層ビルの壁面に突っ込んだ飛行機……。遠近感を無視したような、出来の悪い特撮映画を思わせる奇妙で非現実的な映像が、まぎれもない現実であることを理解した時のショック。そのショックはおそらく世界中の人間が共有したのではないだろうか。

日本人にとっての特別な一日といえば、まず初めに指を屈するのは昭和二十年八月十五日であろう。無論、日本が連合国に無条件降伏し、昭和天皇の終戦の詔勅がラジオから流れたあの日である。昭和三十年代生まれの筆者にとっては知るよしもない一日ではあるが、両親のみならず一緒に暮らしていた祖父母からも当時の話をよく聞いたものだった。

少し時代を下れば、昭和三十八年十一月二十二日のケネディ大統領暗殺事件がある。はっきりとした日付を記憶している日本人は少ないかもしれないが、この日は日米間で初めて通信衛星を利用したテレビ実験放送が行なわれた日でもあり、大統領暗殺という超弩級《ちょうどきゅう》のニュースがリアルタイムで中継されたのだった。明るい話題では翌年十月十日に行なわれた東京オリンピックの開会式だ。この対照的な二つのトピックは、当時幼少だった筆者の記憶に今なお鮮明に残っている。

そして昭和四十三年十二月十日。後に多くの人々の記憶に刻み込まれることになる大事件が起きる。三億円事件である。

東京芝浦電気府中工場へ届ける従業員のボーナス約三億円を積んだ日産セドリックが、篠突《しのつ》く雨の中、日本信託銀行国分寺支店を出発した。それからおよそ五分後、府中刑務所の巨大なコンクリート壁を左に臨む道路上で、後ろから来た白バイが輸送車の前に出て停車を命じた。オートバイから降りた警官は車に近づき運転席の窓越しに、銀行支店長宅が爆破された、この車にも爆発物が仕掛けられていると告げたのだ。やがて車の下部から立ちのぼる炎と煙。慌てて逃げ出す行員と入れ替わるように車に乗り込んだ警官は、セドリックを発進させ行員たちの視界から消えていった。

現場の混乱による初動捜査の遅れや、犯人が用意した別の車に乗り換えたこと、さらにはあり得ないような捜査の手抜かりなどが重なり、何人もの目撃情報や多くの遺留品にもかかわらず、警察の威信をかけた大捜査は暗礁に乗り上げていったのである……。

永瀬隼介の五作目の小説に当たる本書は、戦後三大未解決事件とも呼ばれる三億円事件をモチーフに据えたミステリーである。

東京都小金井市にある都立小金井公園付近の上水路で中年男の他殺死体が発見された。被害者は頭部を鈍器で殴られ扼殺《やくさつ》された後に、橋の上から川に投げ落とされたのだ。被害者の身元はすぐに判明した。発見現場からほど近い駅前でラーメン屋を営む葛木勝、五十三歳であった。警視庁捜査一課で事件の一報を受けた滝口政利は、被害者の名前を聞いたとたんに血相を変え、捜査に加わるため捜査本部が置かれた小金井中央署に駆けつける。定年まであと二か月の窓際ベテラン刑事にいったい何が起きたのか。

所轄の若手刑事片桐慎次郎とコンビを組まされた滝口は、被害者の身辺捜査を受けもつ「敷鑑」の担当に名乗りを上げ、相棒の片桐を置き去りにして単独行動をとるなど、常道を無視した捜査を開始する。子供扱いされ怒った片桐は滝口に詰め寄るが、滝口からありふれた殺人事件の背後に潜む秘密を聞かされる。

昭和四十三年、新人刑事だった滝口は三億円事件の捜査本部に配属されていた。やがて滝口たちは有力な手がかりをつかむ。地元の不良グループが容疑者として浮かんできたのだ。滝口は先輩刑事に同行し、そのグループのヘッドである十九歳の少年の自宅を訪ねる。だが母親に居留守を使われた二人は少年と会うことができなかった。そしてその夜、少年は青酸カリを飲んで「自殺」してしまったのである。有力容疑者を失い、不良グループへの捜査は立ち消えになり、ついに三億円事件は迷宮入りしてしまう。「自殺」した少年、緒方純の父親が警察官であったことから、滝口は警察上層部による隠蔽《いんぺい》工作を疑うが、組織の決定に抗《あらが》うことはできなかった。

そして三十四年後の今日、滝口は脳裏から離れようのない名前を聞いたのだ。葛木勝はまぎれもなく、捜査線上に浮かんだ不良グループのメンバーの一人だったのだ。眼前にある殺人事件を足がかりに、滝口と片桐は封印された過去の事件をこじ開けようと試みる。だが二人の前には再び組織の壁が立ちふさがる。さらに滝口たちの捜査と並行して、かつての不良グループのメンバーをつけ狙った事件が続くのだった。

現金輸送車を襲撃した場所、あるいは銀行名といった固有名詞など、変更されている箇所はあるものの、ほとんど現実の三億円事件を踏襲しているといっていいだろう。また、もっとも重要な登場人物の一人であり、本書において実行犯と位置づけられている、不良グループを率いる少年の運命や家庭環境も、ほぼ現実通りなのだ。実際の捜査においても滝口と同じく、自殺した少年を疑う捜査員の声も根強くあったらしい。

だが事件発生から一年後、警察上層部が膠着《こうちゃく》する捜査を打破するため、定年間近い伝説の名刑事を捜査主任に起用したことで事態は一変する。帝銀事件、吉展ちゃん誘拐《ゆうかい》事件を解決に導いた平塚八兵衛である。平塚はすべての資料を洗い直し、単独犯説を捜査方針と定め、同時に自殺した少年は三億円事件には関わっていないと断定したのである。平塚の単独犯説が、それまでの複数犯説を唱える多くの捜査員との間に齟齬《そご》を生み、迷宮入りの一因になったとも噂されているのだ。

現実の事件の真相は闇の中であるが、永瀬隼介は複数犯説を基底に据えて本書を創りあげている。過去と現在を行き来してサスペンスを醸成させながら、十指に余る主要登場人物を配し、彼らの心情を浮かび上がらせて行く作品構成力は並大抵の腕ではない。

本書は、元不良グループを襲う殺人者の正体と動機、及び三億円事件の真相という現在と過去二つの謎をめぐるプロットをサスペンスフルに進めていきながら、二つの事件に関わった人間たちの人生の転変をもたっぷりと描いているのだ。それぞれの人間模様がきっちりと書き込まれ、それがプロットや作品の趣向と密接にからみ合いながら融合しているのである。本書が題材に寄りかかっただけの安易なキワモノ小説と一線を画している点はそこにある。

たとえば滝口である。彼は組織防衛という論理の前に、自分が抱いていた警察官としての理想を打ち砕かれてしまった過去がある。刑事のあり方を否定された恨みの念がモチベーションとなり、組織の圧力に負けずに真相を追い続けていく。それはまさしく青春の挫折を克服しようという思いにほかならない。

そして前代未聞の犯罪を実行し見事成功させた不良グループの中心となる男女がいる。ベトナム戦争（舞台が米軍基地を抱える地域であることにも注目）が激化し、大学紛争が全国に拡大していった当時の世相と彼らを切り離すことはできないだろう。親へ反抗し不良グループを結成した緒方純。彼と恋人関係になる女子大生の真山恭子。緒方を恐れながらも恭子に魅かれていくのを止められないサブリーダーの吉岡健一。小悪魔的なインテリ少女に操られ、引き返せない場所まで行ってしまうメンバーたち。彼らの焦燥感が、時代の空気とともにページから嗅《か》ぎとれるのだ。

また冒頭から登場する謎めいたホームレスの老人がいる。「死にたいほどの絶望感」を身にまとったこの老人の正体がわかった瞬間、彼が過ごしてきた地獄が浮かび上がる。その過酷な人生を思い慄然《りつぜん》としない者はいないはずだ。

このようなさまざまな人物の濃密な人間ドラマが加わり、本書の魅力はいやが上にも増していくのである。


昭和四十三年十二月十日。冬の雷が放った「閃光《せんこう》」とともに未曾有《みぞう》の犯罪は成功する。彼らの記憶に刻み込まれた一日、そして閃光によって切りとられた栄光の一瞬。だが緒方を除いた五人にはその後の人生が続いていく。借金に苦しむ自営業者、リストラされた会社員、先のないヤクザ……。世間的には成功者である吉岡や真山であっても、閃光を浴びた一瞬に感じた高揚感は決して取り戻すことはできないのだ。栄光の一瞬の後に続く、長い長い空虚な毎日。

本書は優れた犯罪小説であり、また同時に空虚な日々を送りつつ緩慢な死を迎えようとしていく者たちの、ほろ苦くもの悲しい人生を描いた異色の青春小説でもあるのだ。

※三億円事件に興味を持たれた読者への蛇足
一橋文哉『三億円事件』（新潮文庫）はこの事件の「もう一つの真相」を追ったノンフィクションの力作で読みごたえがある。また佐々木嘉信『刑事一代　平塚八兵衛の昭和事件史』（新潮文庫）は捜査にあたった名物刑事の聞き書きをまとめたもので、こちらも興味深い。

最後に高橋克彦『パンドラ・ケース　よみがえる殺人』（文春文庫）と北森鴻『共犯マ

ジック』（徳間文庫）という二つの小説も紹介しておきたい。本書とは全く違ったテイストのミステリーである。これから読む人の興を削《そ》いではならないので詳しくは述べないが、作品のラストで、本書と縁戚《えんせき》関係になるような思わぬ仕掛けがほどこされている。

主要参考引用文献

『父の詫び状』向田邦子　文春文庫
『三億円事件』一橋文哉　新潮社
『大捜査　3億円事件』読売新聞社会部　読売新聞社

本書は、二〇〇三年五月小社刊の単行本を文庫化したものです。

本作品はフィクションです。

閃光《せんこう》

永《なが》瀬《せ》隼《しゅん》介《すけ》

平成18年 5月25日 初版発行
令和７年 2月25日 12版発行

発行者●山下直久

発行●株式会社KADOKAWA
〒102-8177 東京都千代田区富士見2-13-3
電話 0570-002-301(ナビダイヤル)

角川文庫 14236

印刷所●株式会社KADOKAWA
製本所●株式会社KADOKAWA

表紙画●和田三造

●お問い合わせ
https://www.kadokawa.co.jp/（「お問い合わせ」へお進みください）
※内容によっては、お答えできない場合があります。
※サポートは日本国内のみとさせていただきます。
※Japanese text only

ISBN 978-4-04-375902-6 C0193

◆◇◇

角川文庫発刊に際して

角川源義

第二次世界大戦の敗北は、軍事力の敗北であった以上に、私たちの若い文化力の敗退であった。私たちの文化が戦争に対して如何に無力であり、単なるあだ花に過ぎなかったかを、私たちは身を以て体験し痛感した。西洋近代文化の摂取にとって、明治以後八十年の歳月は決して短かすぎたとは言えない。にもかかわらず、近代文化の伝統を確立し、自由な批判と柔軟な良識に富む文化層として自らを形成することに私たちは失敗して来た。そしてこれは、各層への文化の普及滲透を任務とする出版人の責任でもあった。

一九四五年以来、私たちは再び振出しに戻り、第一歩から踏み出すことを余儀なくされた。これは大きな不幸ではあるが、反面、これまでの混沌・未熟・歪曲の中にあった我が国の文化に秩序と確たる基礎を齎らすためには絶好の機会でもある。角川書店は、このような祖国の文化的危機にあたり、微力をも顧みず再建の礎石たるべき抱負と決意とをもって出発したが、ここに創立以来の念願を果すべく角川文庫を発刊する。これまで刊行されたあらゆる全集叢書文庫類の長所と短所とを検討し、古今東西の不朽の典籍を、良心的編集のもとに、廉価に、そして書架にふさわしい美本として、多くのひとびとに提供しようとする。しかし私たちは徒らに百科全書的な知識のジレッタントを作ることを目的とせず、あくまで祖国の文化に秩序と再建への道を示し、この文庫を角川書店の栄ある事業として、今後永久に継続発展せしめ、学芸と教養との殿堂として大成せんことを期したい。多くの読書子の愛情ある忠言と支持とによって、この希望と抱負とを完遂せしめられんことを願う。

一九四九年五月三日

角川文庫ベストセラー

19歳 一家四人惨殺犯の告白　永瀬隼介

92年に千葉県で起きた身も凍る惨殺劇。虫をひねり潰すがごとく4人の命を奪った19歳の殺人者に下された死刑判決。生い立ちから最高裁判決までを執念で追い続けた迫真の事件ノンフィクション!

天涯の蒼　永瀬隼介

北関東の郊外で起きた風俗嬢殺し。事件を担当した警部補・古城は容疑者を自殺に追いやり警察から放り出された。だが、私立探偵となった彼のもとに新情報が舞い込み、自分は嵌められたのではと疑念を抱き……。

去りゆく者への祈り　永瀬隼介

北関東で探偵業を営む古城。彼のもとに東京へ出たまま連絡の途絶えた息子を連れ戻して欲しいという依頼が舞い込む。古城はやがて中国マフィアと警察組織の抗争に巻き込まれて行く。迫真の探偵小説。

疑惑の真相 「昭和」8大事件を追う　永瀬隼介

三億円事件で誤認逮捕された男の悲劇、丸山ワクチンは何故認可されなかったのか。疑惑の和田臓器移植の新証言など、昭和の8つの未解決事件と封印された真相を炙り出す、衝撃のノンフィクション。

灼夜　永瀬隼介

母親とふたり貧しく暮らす篤のもとに、知り合ったばかりの中国人美少女リーホワが突然訪ねてきた。甥が誘拐されたという。篤は、中国人三世の先輩・尾崎とリーホワと3人で甥の救出に乗り出すが……。

角川文庫ベストセラー

太平洋戦争　最後の証言
第三部　大和沈没編
門田隆将

なぜ戦艦大和は今も「日本人の希望」でありつづけるのか——。乗組員3332人のうち、生還したのはわずか276人に過ぎなかった。彼らの証言から実像を浮き彫りにする。シリーズ三部作、完結編。

蒼海に消ゆ
祖国アメリカへ特攻した海軍少尉「松藤大治」の生涯
門田隆将

米国サクラメントに生まれ、「日本は戦争に負ける。でも俺は日本の後輩のために死ぬんだ」と言い残して死んだ松藤少尉。松藤を知る人々を訪ね歩き、その生涯と若者の心情に迫った感動の歴史ノンフィクション。

あの一瞬
アスリートが奇跡を起こす「時」
門田隆将

瀬古利彦、サッカー日本代表、遠藤純男、ファイティング原田、新日鉄釜石、明徳義塾……さまざまな競技から歴史に残る名勝負を選りすぐり、勝敗を分けた「あの一瞬」に至るまでの心の軌跡を描きだす。

死の淵を見た男
吉田昌郎と福島第一原発
門田隆将

2011年3月、日本は「死の淵」に立った。福島県浜通りを襲った大津波は福島第一原発の原子炉を暴走させた。日本が「三分割」されるという中で、使命感と郷土愛に貫かれて壮絶な闘いを展開した男達がいた。

記者たちは海に向かった
津波と放射能と福島民友新聞
門田隆将

その時、記者たちは、なぜ海に向かったのか——。東日本大震災で存続の危機に立った福島民友新聞。『死の淵を見た男』の著者、門田隆将があの未曾有の危機に直面した記者たちの真実の姿と心情を描く。

角川文庫ベストセラー

慟哭の海峡　門田隆将

太平洋戦争時、20万人とも言われる犠牲者を生んだ台湾〜フィリピン間のバシー海峡。生き延びたある人は私財をなげうち慰霊を続け、亡くなった人の中には「アンパンマン」作者やなせたかしの弟もいた——。

「A」マスコミが報道しなかったオウムの素顔　森達也

メディアの垂れ流す情報に感覚が麻痺していく視聴者、モノカルチャーな正義感をふりかざすマスコミ……「オウム信者」というアウトサイダーの孤独を描き出した、時代に刻まれる傑作ドキュメンタリー。

職業欄はエスパー　森達也

スプーン曲げの清田益章、UFOの秋山眞人、ダウジングの堤裕司。一世を風靡した彼らの現在を、ドキュメンタリーにしようと思った森達也。彼らの力は現実なのか、それとも……超オカルトノンフィクション。

世界が完全に思考停止する前に　森達也

大義名分なき派兵、感情的な犯罪報道……あらゆる現実に葛藤し、煩悶し続ける、最もナイーブなドキュメンタリー作家が、「今」に危機感を持つ全ての日本人を納得させる、日常感覚評論集。

クォン・デ——もう一人のラストエンペラー　森達也

満州国皇帝溥儀を担ぎ上げた大東亜共栄圏思想が残した、もう一つの昭和史ミステリ。最も人間の深淵を見つめ、描き上げるドキュメンタリー作家が取材9年、執筆2年をかけ、浮き彫りにしたものは？

角川文庫ベストセラー

それでもドキュメンタリーは嘘をつく　森　達也

「わかりやすさ」に潜む嘘、ドキュメンタリーの加害性と鬼畜性、無邪気で善意に満ちた人々によるファシズム……善悪二元論に簡略化されがちな現代メディア社会の危うさを、映像制作者の視点で綴る。

死刑　森　達也

賛成か反対かの二項対立ばかり語られ、知っているようでほとんどの人が知らない制度、「死刑」。生きてていけない人などいるのか？　論理だけでなく情緒の問題にまで踏み込んだ、類書なきルポ。

いのちの食べかた　森　達也

お肉が僕らのご飯になるまでを詳細レポート。おいしいものを食べられるのは、数え切れない「誰か」がいるから。だから僕らの暮らしは続いている。〝知って自ら考える〟ことの大切さを伝えるノンフィクション。

オカルト　現れるモノ、隠れるモノ、見たいモノ　森　達也

職業＝超能力者。ブームは消えても彼らは消えてはいない。否定しつつも多くの人が惹かれ続ける不可思議な現象、オカルト。「信じる・信じない」の水掛け論を超え、ドキュメンタリー監督が解明に挑む。

スローカーブを、もう一球　山際淳司

ホームランを打ったことのない選手が、甲子園で打った16回目の一球。九回裏、最後の攻撃で江夏が投げた21球。スポーツの燦めく一瞬を切りとった8篇を収録。

角川文庫ベストセラー

嘘つきアーニャの真っ赤な真実　米原万里

一九六〇年、プラハ。小学生のマリはソビエト学校で個性的な友だちに囲まれていた。三〇年後、激動の東欧で音信が途絶えた三人の親友を捜し当てたマリは――。第三三回大宅壮一ノンフィクション賞受賞作。

心臓に毛が生えている理由《わけ》　米原万里

ロシア語通訳として活躍しながら考えたこと。在プラハ・ソビエト学校時代に得たもの。日本人のアイデンティティや愛国心――。言葉や文化への洞察を、ユーモアの効いた歯切れ良い文章で綴る最後のエッセイ。

米原万里ベストエッセイI　米原万里

抜群のユーモアと毒舌で愛された著者の多彩なエッセイから選りすぐる初のベスト集。ロシア語通訳時代の悲喜こもごもや下ネタで笑わせつつ、政治の堕落ぶりを一刀両断。読者を愉しませる天才・米原ワールド！

米原万里ベストエッセイII　米原万里

幼少期をプラハで過ごし、世界を飛び回った目で綴る痛快比較文化論、通訳時代の要人の裏話から家族や犬猫たちとの心温まるエピソード、そして病と闘う日々の記録――。皆に愛された米原万里の魅力が満載。

阿寒に果つ　渡辺淳一

雪の阿寒で自殺を遂げた天才少女画家…時任純子。妖精のような十七歳のヒロインが、作者の分身である若い作家、画家、記者、カメラマン、純子の姉蘭子と演じる六面体の愛と死のドラマ。